青拳物語

Seiken-Story

凪田暁彦
Nagita Akihiko

文芸社

目次

刻《とき》は二十世紀。九十年代。
現代よりも、いろんなものが少しいいかげんで、ほんの少し、単純で熱かった。
そんな時代の物語である。

空浪の章

―迷走玉砕編―

「えいりゃあーっ！」

裂帛《れっぱく》の気合と共に回し蹴りが炸裂し、相手が崩れ落ちる。

ピーーッ
試合場の四隅の席に座った副審の持つ旗が一斉に横に振られた。三秒以内に立ち上がれば技あり、それ以上であれば一本になる。

（立ち上がるなよー立ち上がるなよー）

心の中で念じ続ける。

倒れた相手は顔を押さえたまま立ち上がれない。再び副審が、今度は横に上げた旗をまっすぐ上に上げる。

「赤ー、上段回し蹴り、一本！」

主審から勝ち名乗りを受ける。

「おおし！」と顔をほころばす。

夏の日差しを感じさせる梅雨《つゆ》明け間近の六月二十五日。多摩川を望む多摩市市民体育館。臥薪會舘第八回首都圏高校生大会の準決勝が終了した。

参加人数三十二人でレベルにばらつきはあるが、この大会で全国へ羽ばたいた選手も輩出《はいしゅつ》している。

放っておいても黙っていても騒いでいても汗が滴《したた》り落ちる。

そんな中、寸鉄一つ身に着けず、素面素手《すめんすで》で殴り、蹴り合う選手たちがいた。

国際直接打撃制空手《からて》道連盟　臥薪會舘。

その名のとおり、実際に当てる空手だ。実戦空手、ケンカ空手の異名を取る。

　一対一で真正面からド突き合い、腕っぷしの強さを競う。分かりやすい。そのシンプルさが功を奏し、日本はおろか世界にも広がっている。

　反則はつかんで投げること、顔を殴ることの二つのみ。それ以外は頭を蹴とばそうが逆立ちしようが、何をしてもいい。相手をぶっとばしたほうが勝ちだ。


　ごふっごふっとむせそうになりつつも、ペットボトルからじかに水を飲みながら、「あと一つっす！」と周りに声をかける。

「おお！　一本勝ち、おめでと」「あと一個！　気ひきしめてけよ」周りの人たちが声をかける。

　汗だくの顔をタオルで拭《ふ》きながらまだ緊張感の残る笑顔でそれぞれに答えている少年。

　名を硲優作《はざまゆうさく》という。


　現在十七歳、高校三年生だ。実戦空手・臥薪會舘の茶帯（二級）である。

　小学生のとき、立ち読みしていたマンガ雑誌、週刊少年マックスに衝撃を受けた。連載されていた作品。

「狂い咲きカラテロード」

　タイトルの意味も分からなかったが、誌面からほとばしる熱気にやられた。確かにタイトル通り、間違いなく狂い咲いていた。

　なんと素手で、何も持たずに、銃弾はおろかゴリラや象に勝てる人間がいた！

　空手の達人の主人公が、徒手空拳《としゅくうけん》をもって戦後の混乱期に愚連隊《ぐれんたい》相手に立ち回り、山に篭《こ》もって修行し、はては海外雄飛してあらゆる格闘家はおろか動物、最後は悪の秘密結社と闘うのだ。なにがカッコ良いといえば、敵が日本刀だろうがマシンガンだろうがこっちは素手、なのである。

轟《ごう》、と拳がうなれば岩を砕き、斬《ざん》、と蹴りが疾《はし》れば鉄を裂く。

臥薪カラテを習えばそうなれるのだ！

その後、実際の臥薪空手の試合を見ると、マンガほど無茶苦茶なわけはなかったが、それでも必死の形相《ぎょうそう》で生身の拳足で打ち合う姿にしびれた。

習わない手はない！

そう考えるのは強くなりたいと思う読者全員の思いだったたであろう。

ただ、その思いを何年持ち続けられるかは個人のモチベーションに左右される。

優作の家は裕福でも貧乏でもないが、わりと貧乏寄りの家庭だった。勉強にも熱心でないが特に習い事も奨励する家風ではなかった。そこで、新聞配達を始めた。早寝早起き、そして家計を助けることにもなる。

涙を呑んで給金は親に渡した。それを続けること四年。高校入学と同時に憧れの臥薪空手を始めることができた。ちなみに高校はお情けで入れてもらった地元でも最低ランクの公立校だった。金がかからないというだけで親も優作自身も満足だった。

そしてカラテに狂った高校生活だった。

新入生として初登校した日、すでに五月の声を聞いていた。四月一日に道場に入門してから一日一コマも漏らさずに稽古《けいこ》していたので、学校のことなど頭から飛んでいたのだ。一コマというのは、稽古一回分ということである。

臥薪空手は武道であるので礼に始まり礼に終わる。すなわち、神前に礼をして始まり、柔軟体操、基本稽古、移動稽古、組み手立ち基本稽古、組み手立ち移動稽古、そして実戦カラテをうたう本懐である組み手稽古をもって終了する。

実戦とはすなわちケンカ、実際に殴り合う練習だった。まさにケンカ空手といわれるゆえんである。

優作は入門してから誰よりも熱心だった。熱心すぎるあまり、平日の朝のクラスから参加していたのだ。

さすがに一か月ほどたった日に指導員の青山《あおやま》がそれとなく聞いたのだった。

「おい、裕くん、若いのにがんばってるな〜」

「オス」

優作は照れくさそうにこたえた。憧れの黒帯指導員の青山は、身長は低いが技の切れがすごく、全国的に注目されている選手だった。

「えっと、学校行ってねえの?」

「え……?」

完全に忘れていた。カラテをやれることがあまりにも嬉しく、完全に頭から飛んでいたのだ。

午前十時からおこなわれるクラスに出る。近所の公園で自分で作ってきた弁当を食べる。午後のクラスに出る。一度家に帰る。夜のクラスにも出る。帰宅後、メシをかきこんで死んだように寝る。まさか親も学生服を着て朝出てゆく息子が学校に行っていないとは思っていなかったらしい。

ほとんど顔も合わさないし、また会話も少ない家庭だった。優作の家は一人親家庭であり、父は近所の鉄工所に勤めていた。

「警察に厄介なるようなことだけはするな」、それだけが口癖の父親であった。多分、であるが面倒くさいことが嫌な性格なのであろうと思う。優作自身もそういう性分だからなんとなく分かるつもりでいた。

そんなわけで一か月遅れの高校生活を始める

ことになった。

優作自身、カラテは楽しかったが、忘れていただけで高校生活というものを捨てていたわけではなかった。ただ、優先順位が違っただけだ。

公立とはいえ工業系の高校だったので、あまりガラはよろしくないがそれでも共学なので女の子もいた。カラテ第一ではあったがそれでも友人もでき、楽しかった。

ケンカを売られることは少なかった。一か月遅れで学校に顔を出して、入学当初の喧騒《けんそう》、つまりは新入生同士の最初のかまし合いがおさまっていたこと、自分のクラスがどこか分からずいきなり三年生のクラスに平気な顔で半日居座りつづけたことなどで、かなり大物と認識されたようだ。

さらには仲間と連れ立って町へ繰り出したときに当然のように揉《も》める。そういうときにかなりカラテは役立った。役立つといっても単純な話で、稽古で鍛えており、実戦組み手をかかしていないことから必然的にケンカ慣れしてくるのだ。

気がつけば三年間近く過ぎ去っていた。カラテ漬け、といってもいいくらい面白かったからだ。

茶帯、二級の免状をとるまでになっていた。白帯からはじめて、橙、黄色、青、緑、紫、茶と段階を踏んで帯の色が変わり、茶の次には黒帯である。一応、未成年では茶帯が最高とされている。

毎年、優作は臥薪會舘首都圏高校生大会にエントリーしていたが、一年時は一回戦負け、二年時は二回戦負けと決してかんばしい成績は残していない。ちなみに一回戦負けが「一《いち》コケ」、二回戦負けが同様に「二《に》コケ」と隠語で呼ばれる。

道場内は、十八歳までが少年部にクラス分けされている。一応、未成年という区切りだ。実際に殴り、蹴り合う競技のため、まだ身体が成長途中なので、通常の一般部とは別な枠組みである。ただ、優作は志願して一般部にも参加し、大人たちを相手に一生懸命に稽古している。ひときわ元気がよい気合を発してどんなにでかくて強い相手にも真正面から食らいつく気性の激しさを持っていた。

すでにはだけた襟元《えりもと》から見える胸元は今までの試合の爪《つめ》あとか、青あざだらけである。一発打たれたら倍返し。受けよりも攻撃。とにもかくにも勢い重視。技術的にはつたないが、それでもこの試合のレベルであれば気迫で技術差を埋めることができるだろう。

今年、高校三年生でまだあどけなさが残る中にも負けん気の強そうな目が印象的である。短く刈った坊主頭《ぼうずあたま》から滴る汗をぬぐいながら「ぜったい勝ちます」を連呼していた。

先輩の青山太郎《たろう》が声をかける。青山は、身長は低いがまるで冷蔵庫のように見える体躯《たいく》だった。

「優作ー初めての決勝で舞い上がんなよ～」

「オス、そんなことないっす、勝ちます！」

かなりテンパった血走った目で優作が返す。まばたきが少ない。青山の目には優作の気持ちが張り詰めすぎているように見えた。

ケンカ空手といえど、試合は試合、あまりにも張り詰め、入れ込みすぎると勝手に消耗して肝心の試合で動けなくなることもままあるのだ。

しかし青山は、今回、高校最後の大会ということで冗談半分で優作を丸坊主にした責任があるのであまり強くは言えない。願掛けといわれる儀式で、青山自身も大会前には気合を入れるために丸坊主にするのを優作がまねたのだ。

「よおっしゃあ、やっと江川にカリ返せる、ぜったい倒します！」

まだテンション上がりっぱなしの優作だ。

周りも少し引き気味ではあるが、次は決勝戦。せっかくの盛り上がりに水をさすのも悪いと、あまり注意しなかった。

今日は高校生の部以外にも小学生の部、中学生の部などもおこなわれ、どんどん試合は消化されてゆく。

決勝までの約一時間も、優作はずっと興奮しっぱなしで常に誰かに話しかけ、落ち着きなく動き回っていた。

そして迎えた決勝戦。

「ただ今より第八回首都圏高校生大会決勝戦をおこないます！」

どん！と太鼓が打ち鳴らされる。

「白！　硲優作！　帝西支部多摩！」

「オス！」

胸の前で腕を十字に交差させてあいさつして、試合場へ入る。優作が先に入場し開始線で待つ。

日本各地に多数の支部を持つ臥薪會舘の総本部は東京、新宿にあった。その総本部を中心に東京を東西南北に割り、それぞれ帝東、帝西、と支部が分かれていた。今回の交流試合は一応首都圏とうたってはいるが、開催場が多摩、帝西支部主催のためか参加者はほとんどが帝西支部の道場生がしめていた。

「赤、江川智明《えがわともあき》、帝西支部府中！」

対戦相手の江川選手が静かに入ってくる。優作と同い年ではあるが、高校一年のときからこの高校生の部を連覇中である。父親も臥薪会の黒帯で四歳の幼少時より空手をしているサラブレッドだ。

そして今年は高校生活最後の年、三連覇が掛かっているが、自信にあふれたその表情からは気負いは感じられない。泥臭い格闘技にはおおよそ似つかわしくない秀麗な顔をしていた。幼少時からの鍛錬のたまものか、技が非常に綺麗なのも特徴だ。

対する優作は……何が何でも勝ってやる、食ってやる、と気迫が試合前からあふれ出している。同じ帝西支部同士ではあるが、片や江川は一年から優勝し、将来を嘱望《しょくぼう》されているが、優作のほうは雑草扱いである。

そして支部内の合同稽古でも顔を合わせることも多いので、そのたびに優作が仕掛けてゆくが、毎回痛い目を見ていた。一度など、苦し紛《まぎ》れに反則で顔面を殴りに行ったところを、カウンターで後ろ廻し蹴りを喰らい失神させられている。強い、かなわない、だがそうは思いたくはない。

しかも可愛い女子部の道場生と付き合っているという噂もある。さらには高校でもかなり成績が良いという。

対する優作は一コケ、二コケで、もちろん彼女もいないし頭も良くない。要するに一つも勝てるところがないのである。さらにいえば優作の道場には女の子などいなかった。

「負けてたまるか」

ついつい言葉が漏れる。魂の叫びであろう。

（試合にゃ勝てねえけどなー、こっちゃあこれでもガキんちょんころから地元じゃそこそこい い顔だったんじゃい）

まばたきの少ない目がぎらつく。

「はじめ」主審の声が響いた。

「えっしゃ」「せりゃ」と開始の合図と共にお互いに腹から声を出して気合をぶつけ合う。

ここでも優作は相手を威嚇《いかく》するかのように目を見開いて大声を張り上げ、対する江川は丹田《たんでん》から湧き起こすように気合を返した。

「せいっ」

何が何でも勝つ、という気迫を前面に、優作から仕掛ける。下段蹴りから突きを打ち込み、また下段を蹴る、帝西スタイルと呼ばれる組み手である。

江川も落ち着いて返してくる。優作は江川のペースを崩すために、突きに膝蹴《ひざげ》りもからめ、がむしゃらに攻め込む。

「えいしゃえいしゃえいしゃ」どんどんどん突きを打ち込み江川を後退させる。

「いいぞ、優作」セコンドから声が飛ぶ。

「いけるぞー」

「ピー！」優作の勢いに押し出されたように江川が場外線を割り、副審が旗を振り注意する。押し出されてもポイントは取られないが、印象は悪くなる。

一度場外に出しただけなのにもう勝った気で調子に乗ってセコンドにガッツポーズをする優作。じろり……と主審に睨《にら》まれる。

「おす……」と小さくつぶやきながら拳で十字を切って礼をする。臥薪空手は武道としての精神性を重んじて試合中のガッツポーズなど派手なアピールは禁止されているのだ。

「はい、両者構えて、続行」

主審が試合を再開させる。

「おいしゃあっ」

勢いに乗る優作が、準決勝で一本勝ちした上段回し蹴りを決めようと掛け声ともにモーションに入る。

「いきなりそんな大技……」とセコンドの青山が注意しようとした刹那《せつな》。

江川の体がふわりと浮く。と同時に、優作のガラアキのあごに江川の膝が吸い込まれるように入った。

ガツン！

試合場に直角に崩れ落ちる優作。

ぴーっ
「赤、上段ヒザ蹴り一本！」

副審四人が一斉に旗を上げながら笛を吹き、主審がまっすぐに右手を上げて叫んだ。

はっと気がつく。

「正面に礼！」

（なんで？　あ、これから決勝かあ。よし、がんばるぞ）

すでに礼をし終わり、試合場を出ようとする江川に優作が吼《ほ》える。

「おらー江川、まだケリついてねーぞコラア」

さっと主審をつとめていた東京総本部の師範である品川の顔色が変わったのを見て、青山がダッシュで優作をはがいじめにした。

「ダー、おら、優作、こっちこい」

汗みどろの頭をふんづかまえて試合場から引きずり出す。

「なにすんですか、試合中に手え出さんでください！」

青山を振り払いながら優作はなおも叫ぶ。

「何でオレの負けなんすか？　納得いかないですよぉ！」

主審に食って掛かる。試合場は大混乱となる。

せっかくの交流試合、その決勝が台無しだった。

乱闘騒ぎになりそうなところであったが、青山が頭を下げて回り、何とか事なきを得た。

この数年間、全日本選手権、臥薪カラテの最高峰である秋の全日本選手権の舞台で毎年帝西支部の選手が活躍しているのを総本部の人間が快く思っていないことは有名な話である。おかげで優作の所属する帝西支部長が謝罪するはめになった。

「どういうことなんですか？　負けてませんよオレ」

なんとか場を収め、優作を一応は準優勝の祝勝会——という名の反省会で行きつけの中華料理屋まで連れてきたものの、まだクダを巻く優作にさすがの青山も怒り気味に言う。

「あのなあ、お前が覚えてないだけで、上段ヒザもらって倒されたの！　ほら、あご痛いだろ？」

「こんなの……あ、一回戦で顔面もらったからその分ですよ！」

何となくあごが痛いのを自覚しつつも優作は引かない。

「違うって……」

青山も、他の道場生も、何度も何度も説明しても聞かない優作に、いい加減むかついてきている。

「なんすかーみんなしてオレを負けにして。むかつくなあ」

優作がギョウザをつまみながらはき捨てる。

「お前、その辺《へん》にしとかんとガリかますぞ」

青山が抑えたトーンで言う。いつもであれば、こういうトーンになるのは本気で怒っている時だと分かるのだが、引くことを知らない優作だった。ちなみに「ガリかます」というのは「ぶん殴って説教かます」という意味である。

「なんでですか？　自分、何も悪くないっすよ」

優作が立ち上がる。

限界を迎えた青山もうっすらと立ち上がり、叫ぶ。

「オモテ出ろやあ！」

「上等ですよっ」

優作が勢いだけで答える。皆、さすがに止めようとするが、いいかげん優作にはあきれ果てていたので、あまり本気で止めようとしない。少年部あつかいでヤンチャな言動もある程度は大目に見てもらえるが、結局は武闘派集団である。

一分後……優作は試合のダメージにさらに強烈な打撃を叩き込まれて路地裏ではいつくばっていた。

「もう辞めます……試合は負けにされて……文句言ったらぼこられて……やってられんですよ」

本当なら高校三年なので大会で優勝して空手は一旦辞めて予備校で勉強する予定だった。

まあ、もういいやと予備校通いを始めることになった……。

今日も朝から蝉《せみ》が五月蠅《うるさ》い。予備校に入ればクーラーも効いていて快適に勉強が捗《はかど》るのは分かっているが、ついついとモーニングセットを食いにいつもの喫茶店《サテン》に足が向く。

「おーーっす」

優作がドアを開けて入る。

「あっちゃあ、また死んだあ！」

とゲームをしながら騒いでる連中がいた。予備校の講習で知り合った他校のヤンキー生徒たちだった。

「今日も一日！　がんばって勉強、する気になろう……」と力ないギャグをかましつつ、優作は席につく。

「ハザマくん、何系？」「B系」「なにが？」とつっこまれた後で、「一応……理系……」と続ける。

「正気？」「けんたっきー……」「……」

そう、ここは高校時代に好き勝手にやってきて、今さら勉強だと言われてもナニをどうすればいいのか分からない連中のたまり場だった。受験ということが目の前に大きく立ちふさがり、とりあえず予備校に入ってみたものの、やることとは当たり前のように勉強、勉強だ。試験勉強などは一夜漬け、長くても一週間がまんすれば終わったが受験はまだ半年以上も先だ。現実的には半年前にはある程度のレベルに上がっていなくてはいけないのであるが、彼らのいる予備校のクラスは高校卒業も怪しいような連中ばかりだった。

もちろん優作はその最先鋒であった。類は友を呼ぶというが、やる気のないオーラはやる気のない連中を呼び寄せるものだ。

予備校に通いだして三日目のことだった。

——あー、今日も勉強かあ……

ふてくされたようにドアを開け、教室に入る優作に金髪の少年が声をかけた。

「あのー、ハザマ君？」

とても勉強しに来た風体ではないことは確かだった。

それは悲しいかな優作にも当てはまる。上下くたくたのジャージ姿だった。普段着と言えばそれしか持っていないので仕方がない。

「そうだけど？」と怪訝《けげん》そうな顔でヤンキーに返す。

「空手やってるんでしょ?」ヤンキーがやたら嬉しそうに話す。

「やめた」優作がつれなく返す。

「あーでもケンカ強いって評判だよ。ほら北一の山本やったのハザマ君でしょ?」それでも妙に持ち上げる様子で話を続けてくる。

「山本〜? ああ、春休み、映画館でガン飛ばしてきた奴かな?」優作が少しうさんくさそうにしながらも、嬉しそうにこたえた。

「そうそう! 僕らね、山本に前やられたから嬉しかったよー」

金髪が笑った。前歯が欠けているのを優作は複雑な笑みを浮かべて見ていた。

金髪は差見と名乗り、いい調子で持ち上げられて気分のいい優作を行きつけのスナック喫茶に連れて行った。

スナック喫茶 わごん
メシをおごってもらいさらに調子に乗る優作だった。気づけば両足をソファーに乗せてふんぞりかえっていた。いつのまにやら酒もふるまわれていた。

ふいに煙っぽい天井を見上げながら優作が我に返った。なんとなく照れくさい気分をまぎらわすかのように紫煙《しえん》に酔った。今までの生活ならば考えられない間違ったセレブっぷりである。

物心がつくころから家はメシと寝床くらいにしか考えず、カラテにはまってからはさらにそれが加速。どうにも止まらなくなったころにイキナリ止めがかかった。優作自身にもどうしようもない衝動からだったのが始末が悪い話ではある。

とにもかくにも物心ついたころから勝負事には見境《みさかい》がなかった。負けることなぞ考えもせずにいた。空手が好きだった。

試合では最終的にあまりいい結果は出せなかったが、それでも夏と冬に行われる合宿や行事、その中で普段は口をきくことも少ない年上の人間と接することから、同世代の少年たちよりは大人びた雰囲気も出ていたことから仲間内でも一目置かれていた。

それでも学校の仲間とつるむよりも道場でもまれるほうが楽しかったのだ。

指導員の青山も優作を可愛がってくれ、他の道場へ出稽古やら食事やらに連れて行ってくれた。調子に乗って暴れ、飲み喰いしすぎて青山のアパートをゲロまみれにしてド説教をくらったのも楽しい思い出だ。

優作が二年生のとき、青山が体重別の大会で上位入賞したことから本当に全国区の存在になった。臥薪會舘の機関紙の取材に照れくさそうに、それでも意気込みを語り、結果を出す姿は格好良かった。兄弟のいない優作にとって憧れの存在だった。

その尊敬する青山に勢いとはいえ舐《な》めた口をきいてケンカになり、道場もやめてしまった。戻りたいという気持ちはあるのだが、目の前に迫る卒業、受験という大きな壁に気持ちが持っていかれたのは十七歳の少年にとっては仕方がないことだろう。

——もう、戻れない。まずは大学に入ってから考えよう。

弱気になっている人間特有の、問題を後回しにしておく方法論だ。

しかしそんな弱気になっている人間が、本当なら正面から向き合ってがんばって勉強せねばならないこの大学受験前の状態で真剣に勉強に取り組めるわけもなく、そしてそういう時には同じように負のオーラを持つ連中が近寄ってくるものである。

偶然でもあるが、とりあえず優作が飛び込んだこの予備校の夏季コースには同じ学校の仲間は誰もいなかった。それもあって単純に話し相手が欲しかったのだ。


ただでさえうっとうしい夏の日差しがまぶしい日だった。

「今度なあ、青水晶《あおすいしょう》とケリつけねえとなあ。うちも舐められないようにしねえとなあー」

相変わらずスナック喫茶でたむろしていると、金髪ヤンキーの差見たちからそんな話が聴こえてきた。話が見えない優作だった。

「ケリって？　うちらって？　君らなにかの同好会？」

どうやら優作はヤンキー集団、「ルーガー」とやらに取り込まれているらしかった。


「ハザマ君も手伝ってくれないかなー？」

また持ち上げる調子で差見が話を振った。

「おれえ？　何？　ケンカか？　おおー最近動いてないからちょうどいいな！」

わざとらしく指をバキバキ鳴らす。

「おお！　やってくれっか？」

意気上がる喫茶店内で、優作は小さくなった拳に目を落としていた。

思えば高校三年間、いや、小学生のころからいつかは臥薪空手を始めるために独学で拳を鍛《きた》えはじめた。目につくもの全てに突きを打ち込み、高校入学後に正式に道場に入門してからは砂袋という鍛錬器具を叩きまくった。

それが、やめてわずか数か月でしぼんでしまった。他のものが見ても分からないくらいの変化でしかないが、本人にとってはかなりの変化である。

そしてなにやら青水晶という対抗チームとの抗争が始まった。駅前ロータリーでの睨み合いから決着は北町の旧青果市場跡でおこなわれた。

約三十人が入り乱れる乱戦の中で、優作は八《はち》面六臂《めんろっぴ》の大活躍だった。はっきり言って格闘技素人《しろうと》のヤンキーは言葉のはったりで優位に立ってこその勢いのケンカは強いが、純粋な闘争術の競い合いでは三年間臥薪空手をやってきた優作の敵はいなかった。

最初こそ大声で威嚇してくる相手に怯《ひる》んだもののの、遠い間合いからケリで相手の手首を蹴り、獲物をなくさせるや、ほとんど一撃で相手を沈めた。

「おおー？　コラア、なんかおまえー」

勢いだけで胸倉をつかんでくるような相手にも臥薪空手の下段蹴り、相手の太ももをスネで蹴り込めば、立っていられない。

そんなこんなで優作の暴れっぷりの凄《すさ》まじさに相手が逃げ腰になったころ、青水晶のリーダー本田一幸が「タイマンはるかこらー？」と現れた。

優作は本田を一瞥《いちべつ》するや何も言わずに襲いかかる。実戦カラテの基本中の基本であるワンツーローがまともに入れば立っていられる素人はいない。しかもケンカなので胸ではなく顔を狙ってパンチを撃つのだ。

顔面二発に左足を破壊され本田はのたうち回る。冥《くら》い笑みが優作をおおった。

(所詮、シロウト相手だろ？)

そんな声もどこかで聞いた気がするが、聞こえないことにした。

はっきり言ってマトモに正面切って向かい合えば相手は実力的には黄色帯くらいがいいところだろう。カラテの試合では顔面は殴ってはいけないルールだが、それでも何年も向かい合って殴り合いの練習をしてきたのだ。そこいらのケンカ屋に後《おく》れを取るわけがなかった。


「いやーハザマ君強いわー」

「マジほんきマジ。助かった、本田死んどったねー」

ぎゃはははは、と笑いの渦が起こる。

青水晶を一方的に撃破したルーガーは大盛り上がりで、溜まり場の喫茶わごんで祝杯をあげている。

「いやあ、はっはっは……」

優作がまんざらでもない様子で笑う。

「ほんとーかっこよかったー」

周りから声がかかり、さらに酒が進んだ。

「へえ～ハザマ君ってそんな強いんだあ、見たかったなー」とウェイトレスのバイトをしている清美《きよみ》が声をかける。

あまり女慣れしていない優作はちょいケバイ可愛い女の子に格好いいと言われ、有頂天である。


町に繰り出し、のし歩くルーガーの面々。乗り物に乗らない暴走族というか、まあ愚連隊である。

優作という用心棒を得て、意気揚々と勢力拡大していた。

一日二回、昼と夜ペースで町のどこかで誰かが倒された。街中でケンカ、いざこざ、カツアゲ、タタキ、と少年ヤクザの見本のような生活が始まった。

優作は秋ごろには家にも帰らず、ルーガーのメンバーの借りているアパートを転々として暮らしていた。予備校などとっくの昔に行かなくなり、ついでに本職の高校のほうの出席日数もヤバくなりはじめていた。たまに顔を出しても高校三年の夏休みからいきなりグレはじめた優作のことを皆イタイ人を見る目でしか見なかった。そんな目で見られるのでさらに学校にも疎遠になった。まさに負のスパイラルだった。

気づけば年の瀬も押し迫っていた。頬《ほお》を走る風がだんだんと冷たく感じるころには、ルーガーの名前はかなりこの町に浸透していた。駅を境に西と東の盛り場にいろんなチームが割拠《かっきょ》していたが、その中でもかなり大きな勢力となっていた。

上り調子の勢いは怖いもので、格上とされるチームとの抗争でも勝利していた。用心棒気取りの優作はルーガーのたまり場だった喫茶店でバイトしていた娘の部屋に転がり込んでいた。清美という子だった。生まれは隣の稲木らしい。中学中退だと笑って言っていた。

一緒に暮らしはじめて知ったのは、彼女がシンナー中毒だったということと、実はルーガーのほとんどがそうだったことだ。一番安く手に入り、とりあえずどうでもいい気分になれる。気づけば優作もはまっていた。食事もとらず、ラリっていた。

昼過ぎに起きて清美を抱き、シンナーを吸って夜は街を徘徊《はいかい》する。ダラダラと怠惰《たいだ》な生活が続く。

新年を迎えるころには体重が激減していた。それでも、まだ清美と、シンナーと離れられなかった。中毒性ということもあるが、心の拠りどころを失《な》くした優作はその生活に溺れ、すさんでいた。しかし、そんな生活を続けていればいくら若くても肉体は錆《さ》びてゆく。

そして、三が日もすんで一週間がたったころ。あたりでは新年会と称しての飲み会が盛んにおこなわれていた。普段はあまり一般人ならば寄りつかないこのルーガーのたまり場付近の盛り場である西門商店街にも人があふれた。

もともと、このあたりの土地は陸軍の施設が立ち退《の》いた跡地であり、広大な訓練場を切り取って適当に道路が伸ばしてあった。そのせいか、この西門商店街、名前の由来は駅の北西部にあったことと旧訓練場の西門があった場所に近かったことである。あたりは袋小路になっており、ある意味吹き溜まりとなっていた。呼び込みやピンク産業もタチが悪く、ボッタクリバーも数多いという。

この時期はルーガーのような愚連隊は稼ぎ時でもある。迷い込んできた子羊たちを狩るのだ。わざわざ店に連れ込まなくても商店街をうろついている見慣れない人間をかたっぱしから恐喝する。楽なボーナスステージ、そんなふうにしか思っていなかった。

しかし、やはり世の中よくできている。踏んではいけない虎《とら》の尾というものは間違いなく存在するものだった。

その日。七草がゆを食べるには少し早い正月明けの金曜日。

迷い込んできたらしい大学生二人をルーガーの正田たちが取り囲んでいた。

二対八だったらしい。

当たり前のように余裕綽々《しゃくしゃく》で金を奪おうとしたら反抗され、あろうことか反撃までされたので、ナイフまでちらつかせてなんとかボコボコにしてやった。

その話を得意そうに語る正田を見たとき、優作の心に強烈に嫌悪感が襲った。

「カラテかなんかやってるみたいだったけどカンケーねっつーの」

その言葉に反応して思わず正田を睨みつけたが、当の正田は知らぬ顔だった。

確かにここ最近のケンカで優作はいいところなしだった。最初のワザのきれはどこへやら、雑魚《ざこ》にも苦戦していた。優作が当初、不良相手のケンカで優位に立てたのはカラテ時代の貯金だったのだ。

カラテの貯金は稽古で溜める。その貯金――稽古をしなくなれば目減りしてゆく。当たり前の話だった。

最近、優作は風当たりの強さを感じはじめていた。用心棒のような存在で、まだ近隣のチームにハッタリは効くらしいが、キレが錆びついているのは実感している。それをどうやらルーガーの連中も気づいていいるらしく、扱いがぞんざいになってきていた。

いつもの日の夕刻過ぎ、いつものように溜まっていた喫茶わごんの扉が吹き飛んだ。

「おまえらかー、ルーギャーとかいう連中はあ？」

朗々とよく通る声が響いた。とくに相手を無理に恫喝《どうかつ》しようとしているような発声ではなく、腹、丹田から起こす気合を出し慣れている声だった。

優作が目を見開く。

そこには――そこには、青山が立っていた。

「おうおう、ごっらあ、おまえ、なんじゃ……」

最後まで能書きを垂れる前に正田が崩れ落ちた。周りの連中はなにが起こったか分からずにポカンとしていた。わずかではあるが残像を見ることのできた優作だけがなにが起こったか知っていた。

　青山の、青山太郎の右上段回し蹴りが炸裂したのだ。まばたきする間もなかった。

「あ～君らね、調子乗るのは勝手だけんども、うちの身内に手を出しちゃあ、いかんよお～」

　くだけた言い方で朗々と語る。金のなさそうな大学生にしか見えない。安そうなスタジャンとジーンズ姿ではある、がしかし、久しぶりに見るその肉体、胸板。太ももの分厚さが尋常ではなかった。まるで歩く冷蔵庫のような迫力だ。

「カンスケ、シンヤ！」

　青山が声をかける。砕け散った扉の陰から新たに二名が現れる。

　顔を腫《は》らした二人の大学生らしき男が切羽詰まった表情で立っていた。

「おい、こいつらか？」青山が二人に声をかける。

「オス！」懐かしくてたまらない答えが響いた。

「なぐりこみかゴラア」

　いきなりたまり場に乗り込まれて一瞬気後れしたルーガーであるが、人数が少ないと見て取ってすぐさま勢いづいた。こっちは十数人、向こうは三人だ。負けるわけがない。さすがに道具は用意していないがそれでも数でなんとかなる。――今までの相手、街で当たる同類のチーム相手ならそうだっただろう。

　優作は立ちすくんでいた。

　青山が構えるわけでもなくまっすぐ歩いてくるだけで人間が吹き飛ぶ。あまりの拳速のはやさに目が追いつかない、まるで手品でも見ているかのように人間が崩れ落ちる。

「おらああ、二人とも！　働き悪いと、もっかいガリ喰らわすぞ！　気合入れてけ！」

　烈火のような檄《げき》を飛ばすや、入り口で固まっていた二人が悲鳴のような気合を叫び、ルーガーの連中に襲いかかった。

「えいしゃぁ、せりゃぁ！」

気合で恐怖をねじふせるかのように暴れだした。どうやらこの二人が先ほどぶっとばされた正田がカツアゲした大学生だったらしい。

しかもしかも、悪いことにこの二人は空手を習っており、さらにその空手が臥薪空手であり、最悪なことにあの、青山の道場、臥薪會舘帝西支部、多摩川道場の門下生だったのだ。

いつもは面倒見のいい先輩指導員である青山は、道場生がケンカに負けたときには倍返しを指示する。まずは気合を入れるために青山自身が道場生をぶっとばす。その後、やった奴らを探し出してぼっこぼこにする。もちろん、青山自身も同行する。

やられた道場生は最初は尻込みするが、それよりも青山のほうが怖いので行く。行かざるを得ない。臥薪空手はケンカ上等。誰にも負けてはならない。本気でそう思い込んでいるし、実行していた。優作自身も何度か仕返し――青山自身は延長と呼んでいた――に同行したことがあった。

あのときも青山の暴れっぷりは凄まじかった。試合よりも生き生きとしていた。後でそれを言うと怒られたのを覚えている。

しかし道場の場所が街道沿いにあるため、このあたりで遭遇するとは思っていなかった。

「優作さん！　ほら！　出番だ、オラ」

さんづけで呼んでいつも持ち上げてケンカの尖兵《せんぺい》に使っていた差見が優作を押し出す。すでに十数人いたルーガーのうち八人が床にはいつくばり、残りは逃げ出していた。

残っているのは優作と差見だけだった。

薄暗い照明がかち割られ、ソファーがへし折れて転がっていた。どん、と押されて通路によろめきながら進み出た。

大学生二人がハッと身構える。優作もうつむいたまま構えを取った。

両の拳をアゴを守るように置いて。スタンスは歩幅よりも二歩大きく、腰を落とす。アゴは引いて胸を張るようにすると肩と胸で頭部が固定され、衝撃に強くなる。

「まだいたか」「先輩、自分らでやれます」

かなり今回の出入りで勢いがついたのだろう、二人が声を張り上げる。

「おお〜まかせたぞ〜、オマエラ、な？　ほら、ビビラなけりゃ、こんなクソヤンキーなんか一発で……」

一暴れしてゴキゲンそうに青山が後輩道場生にこたえながらドン、とソファーを蹴倒してきた。その途中で通路に構えを取るヤンキーの残党を見て声を途切れさせた。

「……優作か……」

声が低くなる。優作は足が震えだすのを止められなかった。

「お前は何やってんだあよ、目え覚ませや！」

その叫びを最後にまるで暴風雨の中に叩き込まれたように意識は途絶えた。

＊

気がついたら病院のベッドだった。

全身打撲で点滴を打たれていた。

情けなかった。

涙が尽きなかった。

一体なにをしているのか。

目を覚ますと親父がいた。久しぶりの対面だったがいきなり殴られた。親父も泣いていた。

何も言えなかった。

入院しているときに誰も見舞いに来なかった。

清美くらいはさすがに来るはずだと思い込んでいたが、来なかった。

退院して家に戻ったが、いたたまれなくなり、また飛び出した。行くあてなどなかった。

つらくて情けなくてどうしようもなかった。

さみしかった。仲間が欲しかった。

気がついたら清美のアパートに来ていた。

明かりがついていた。帰っているらしい。

清美だけだ。優しくしてくれるのは清美だけだ。だけのはずだ。

――はずだった。

ドアをあけて声をかける。

「清美！」

知らないパンチパーマの男がパンツ一丁で水を飲んでいた。

「あ？　誰じゃオマエ？」

「だ～れ～？」

奥から清美が出てきた。こっちも半裸だった。またラリっているらしく、片手にビニール袋を持っていた。

「んん……あ、あに？　何しにきたの？　忘れもん？」

とてものんきなことを言いだす。

「あ、おめーか、役立たずの用心棒ってのは？　もうおめえは用なしだとよ！　とっとと出てけやボケが」

男はこれ見よがしに肩に入れたチャチなタトゥーで凄んで見せながら、歯ブラシを投げてきた。優作の目のあたりに当たった。

「あれ？　あにオメ泣いてるの？　ぎゃっははは、おい、見てみ、清美泣きよんぞコイツ！」

「あっは~泣いちゃったのお~」

笑い合う二人を、優作がすごい目で睨みつけた。

「あんたなんかケンカ強いだけで全然おしゃれじゃないし、別に好きじゃなかった~はっは~」

ラリった調子でさらに清美が挑発する。さすがに男のほうがヤバイと気づき、歯をむき出す。

「やんのかオラ！　役立たず」

「だああああれっが」

優作が思いきり殴りかかった。がしゃん、と食器が割れて飛び散り清美の悲鳴があがる。

狭い四畳半の台所で取っ組み合った。怒りに任せて突っ込んだ優作だったが、後悔していた。病み上がりというか、体力が戻っていない。不摂生にまかせて怠惰な生活、そして青山にブチくらわされての入院生活で一般人以下の体力になっていた。

息が切れ、乱れて力が入らない。どったんばったんとあちこちに体中をぶつけて転がり回る。ちゃぶ台がひっくりかえり、しきっぱなしのせんべい布団《ぶとん》が舞い上がる。灰皿が飛び散り、空き缶が転がった。

「くっそオラア」

なんとか立ち上がろうとするも男が服をつかんで頭つきをかましてくる。清美の新しい男(?)は優作の代わりにルーガーの用心棒をしているらしいだけあって、かなりケンカ慣れしていた。目の奥で火花が飛んだ。鼻の奥から鉄のにおいが燃えさかる。

「があ！」

鼻血を噴き出しながら優作が頭つきを返して男をひるませ、手を振りほどいて離れて立ち上がる。距離を取ってやっと構えをとることができた。ぜいぜいと切れる息をおさえこんで気合を入れた。

「えいりゅああああああああああ」

男が顔をひきつらせながら台所をひっかき回して包丁を取り出してきた。

「ころすぞコンガキャア」

幸いにしてと言おうか、構えを取ってみたものの、あまりにしんどくて顔を上げられなかった。敵の足元しか見えず、包丁の存在は目に入っていなかった。

「ひいいい、ふうう、はあああ……」

手は構えを取っているだけで、殴り合いなどできそうにない。うつむきかげんに下げた視線に相手の足が見えた。

(足……ローだ)

幸いにして、腰は落ちていた。あまりにも疲弊していたのでヒザが曲がって腰が、重心が落ちていた。そのまま、以前習い覚えた通りに後ろに引いた右足で地面を蹴る。左前足は蹴った力をせき止める。

がくがくするが、気にせず腰を回転させ、その勢いで右足で思いきり相手の足を蹴飛ばす。

実戦カラテの基本中の基本技にして代名詞でもある下段回し蹴り、ローキックだ。なんの変哲もないような相手の足にダメージを蓄積させる技であるが素人相手には絶大な効果を発揮する。

普通の人間であれば蹴られ慣れていない太もも の筋肉の継ぎ目を強打されれば悶絶《もんぜつ》する。筋肉の継ぎ目は急所であり、まともに入れば筋肉が硬直する。カラテの選手などは筋肉で増強し、なおかつ打たせない防御技術を駆使してもなお倒されることもある。

ちょうど、男が包丁で優作を威嚇しようと足を踏み出したところを直撃した。踏み出した足には体重が乗っている。蹴られたら衝撃の逃げ場がない。モロに喰らうというやつだ。

「……ぎょっええええー」

「いっだだだだっ」

一瞬の間のあと、男が飛び上がって悶絶し、一緒に優作も転げ回っていた。

ちなみに下段、ローの威力の裏には攻撃部位であるスネの鍛錬が不可欠である。一般人以下の体力になっているということは、拳足も普通の人間以下の強さだった。弁慶《べんけい》の泣き所といわれるスネを、日々砂袋、サンドバッグ、鉄棒などに打ちつけて強度を増す稽古、部位鍛錬で石を蹴っても平気なくらいにせねばならない。それをせずに思いきり蹴ると、下手をすればスネが折れる。

「いっご、うううう」

目を剥いて泡をふいて痙攣《けいれん》する男を横に、優作もスネを押さえて悶絶していた。


そのとき、ドアが開けられた。

「こっちこっち、こいつ、こいつ」

部屋の奥で丸まっていた清美が声を上げた。どうやら優作が来て暴れていることで仲間を呼んだらしい。ルーガーの連中が飛び込んできた。

「よう顔出せたなオマエ！」

正田が叫びながら優作の顔を蹴り上げた。完全に鼻の骨が折れたらしくビュウビュウと出血した。

それでも立ち上がり、構えを取ろうとしたが、さすがにもう身体がいうことをきかなかった。

「ええいしゃあああああー」

それでも気合を発してルーガーに向かっていった。

＊

また目が覚めたら病院のベッドだった。

さすがに今度は親父はいなかった。あきれかえっていることだろう。当たり前だ。

また涙ぐみそうになったが、なんとかこらえた。

——何をやってんだか……

今度も全身打撲、そして何より右足の打撲がひどかった。軽く尺骨《しゃっこつ》にヒビが入っているらしく、ギプスが取りつけられていた。

「ああ……、もうなあ、何やってんだか……」

誰に言うともなく、つぶやいた。

「ほんと何やってんのオメー?」

カーテン一枚でしきられた病室が開けられて、青山が顔を出した。

「目エ、さめたかあ?」

半笑いだが、ばかにしたような笑みではなく、照れくさそうだった。

「オス」自然に出た。

「おー、やっと起きたってよ!」青山が後ろを振り返る。

「おすおすおすおす」

肉の分厚そうな人間が大量になだれ込んできた。

「おーす、はじめまして裕先輩、自分は……」

「まてまてまて、お久しぶりっすセンパイ、覚えてますかあ?」

「はっは〜、ヤンチャかましてたらっしーなあ、おい」

「いいかあ? 裕クン、カラテは君子の武道でね……」

「わりいな優作、この前はやりすぎたわ、まさか入院してるって知ってたら行ってたんだけどなあ」青山が頭をぽりぽりかきながら言う。

「オス、先輩、あの連中狩っときましたから!」

嬉々とした顔でカンスケが言う。

「全滅っすわ！」シンヤが後をつぐ。

「押忍《おす》、ありがとうございます」

今度は涙が止まらなかった。


二か月後、早すぎる春一番が吹きすさんでいた。

三多摩といわれるこのk県と首都との県境に位置する平野部には気まぐれな突風が吹くことがあった。そんな年は豊作だといわれている。

国際直接打撃制空手道連盟　臥薪會舘　多摩川支部。

新滝川街道、都心から山梨、長野へと抜ける二十号線の旧道に沿うように走る路《みち》だ。気の利いた長距離トラックの運転手などは建設作業が多数あるこの地域を抜けることが多い道だった。街道沿いには定食屋が固まって軒《のき》を連ねていた。

そんなハンパに交通量の多い街道にその道場はあった。掘っ立て小屋のような軽量プレハブの、三十畳くらいの平屋だ。あちこち補強しまくった壁と、窓ガラスがすべてダンボールなのが特徴である。駐車場もムダに広い。

三月の声を聞くこの寒空に裂帛の気合がこだましていた。

「次イ！　中段鍵突き、気合入れてエやあ」

「しょりゃああ」

声をかける青山一郎指導員の号令を跳ね返すように道場生のいらえが返る。

金曜日、午後七時の稽古開始から一時間。

初春とはいえ肌寒いこの時期にすでに道着はズックズクである。

神棚を背にして立つ青山の正面には、向かい合うように道場生が同じ動作を模倣する。空手独特の基本稽古、師範、指導員の号令どおりに同じ動作を繰り返して肉体に憶《おぼ》えこませる。

とっさの時でも、意識せずとも正しいその動作、攻撃であり防御でありを可能にするための稽古である。

これを全力でやる。突きも受けも蹴りも全力で行う。全力でやらなければ終わらないからだ。

五本も思いきりパンチを打つ動作をすれば疲れる。十本でへとへとだ。

基本、というからにはまず染み込ますために軽いときで五十本ずつおこなう。

それを各動作、突きであれば十種類、受けは五種類、蹴りとなれば七種類する。

今日はそれぞれ百本ずつやっていた。

しかしそこはやはり地上最強を目指すケンカ空手、臥薪空手の門下生である。汗みずくの肉体であってもはつらつとした気合は忘れない。

基本稽古時には、見本となり号令をかける指導員および黒帯が前に立ち、向かい合うように前から順に茶帯、紫、緑……と下位の帯の者が並ぶ。当たり前だが白帯は最後方だ。紫帯、茶帯を締める上級者の中には高齢、中年の人間もいるがそこは意地でもつらい顔は見せず、動作は号令についてゆけずとも気合だけは負けてはいなかった。

金曜、夜クラスは一番参加人数が多かった。週末を前に汗をかきつくしたい、イヤな日常を忘れたい、ただ単に強くなりたい、大声を出して頭を真っ白にして脱水症状寸前まで肉体を追い込み、道着に塩が浮くほど汗をしぼりつくしたい。

実戦、ケンカ空手をうたうだけあって普段の稽古から異様なほどの密度を保つことが臥薪空手の信条であった。運動経験の少ない一般人が体験入門などで軽く汗をかこうなどと思って入った日には稽古前の柔軟補強体操ですでに顔色がブルーベリーのように熟してしまう。

この日も最後列で倒れそうに突きを放つ白帯の姿があった。

優作だった。

(死ぬ……って、もう死んでるかもしれん……)

右に左に体をぐらぐら揺らしながら、それでもなんとか二本足で踏ん張って——本人は踏ん張っているつもりであるが、ハタからみれば周りの人間がよけてやっているからぶつからなくてすむものの、顔を蹴り上げられてもおかしくないくらいフラついていた。

すでに意識はもうろうとし、汗を出しつくした肉体は痙攣していたが、それでもなんとか直立することに成功していた。

「おーし、やめえ、構え解いて」

わずかに額から垂れる汗を気分良くふりつつ指導員の青山が声をかける。

「おーす」

道場生全員が組み手立ちといわれる実戦構えから肩幅の位置に足を置いて正面を向く。両腕は拳を握って肘をわずかに曲げて垂らす。不動立ちと呼ばれる立ち方だ。

——やっと……休める……

両手を膝に置いてヒイヒイ言いたいところだが、そこはなんとか押しとどめて不動立ちになる。鼻水が垂れていたがそれをぬぐう元気もなかった。

「あ~今日も稽古に参加いただきありがとうございます、一緒にいい汗かきましょう!」

「オース!」

青山のあいさつに即座に道場生たちが返事を返す。

「え～続いて組み手稽古いきます……ってアレエ？　そこにいるのは硲クンじゃないかい？」

とてつもなくクサイ芝居《しばい》口調で青山が最後列を指さす。道場生たちが後ろを振り返り、注視した。いきなり声をかけられ、さらに注目されて優作がうろたえながらも返事をした。

「……オス……」

「元気ねーぞおおお？」

青山が吠える。

「オスッ！」

やけくそだった。

「なんだ、元気あんじゃねーか、でだ、オメー茶帯だろ？　なんでそんな後ろにいんだよ？」

青山が嬉しそうな、そして少し悪そうな顔で聞いてくる。

「オス……あの久しぶりなので……」

優作が顔面蒼白《そうはく》になりつつも言い訳する。


「あ？　しろーとのふりしてんの？」

「いやあの、久し……」

「ア？」青山の追撃はゆるまない。

「何でもありません」

背筋を伸ばした優作が覚悟を決めた表情で青山を見返した。

「じゃあ前出ろよ」

「オス」

（遺書ってどう書くんだっけ？）

本気でそんなことを考えながら優作は歩《ほ》を進め、最前列に入る。

「はい～二人ずつ向かい合ってください～、同じ帯同士回ります～」

青山の声が遠くに聞こえた。震える拳を握り締め、組み手立ちになる。汗で相手が見えない。

「はじめ！」

ものすごい遠くで声が聞こえた。

「えええええいりゃあああああ！」

声、だけは出したのを青山が満足そうに見ていた。

悲惨だった。

前蹴りでぶっとばされ、下段で足を壊され、胸を肩を鎖骨《さこつ》を殴られ、首をカックンカックンされ、急所であるレバー（肝臓）と水月（胃袋）を撃ち抜かれて腰を落とされ、白目をむいてよだれを垂らしながら何度も何度も立ち上がりつづけた。

未来永劫《えいごう》、この地獄が続くのか、そんな自問自答を繰り返しつつ立ち上がり、気合を入れる。

ようやく組み手が終了した。

青山が泣いていた。みんな泣いてる。恥ずかしい奴らだ……と思いつつも優作も泣いていた。

「オス、稽古終わります！」

青山が神棚の方を向いて正座する。

「オス！」「神前に礼！」

号令が響いた。

黙想が終わり、青山が叫ぶ。

「メシ、いくぞー」

オオオオオオ、と稽古のときよりも数倍迫力のある気合が響いた。

すでに半分意識を現世ではないどこかに持っていかれていた優作も、強制的にお好み焼き屋らしき店に道着姿のまま連れて行かれ、鼻からあふれ出るくらいヤキソバを食わされ、内臓を鍛えるというドリンクをでかいジョッキで何度も流し込まれ泣きながら失神していた。

さらに、年が明け――四月。

すでにこの地域では桜は舞い散り、葉桜の季節になっていた。

汗ばんだ身体をときおり冷たい風が吹きぬけ

てゆくのが心地よい。

　すたっすたっとリズミカルなステップで坂道を駆け抜けてゆく。

　多摩丘陵とよばれる起伏に富んだ平野部だ。緑が多く、ランニングには不足がない。まだ住宅計画が追いつかず、とりあえず公園にしておく政策からか、異様なほど緑地地域が多かった。

　ｋ県の最北端である南平のリンガー公園のハット池を目指して駆け上がる。紺色のジャージが面白いように早く動く。調子に乗ってわずかに続く平坦な道で後ろ回し蹴りなどの回転系の技を出した。

　途中、案外長く続く登り坂に失速しそうになった。すでにこれまで長距離を走ってきたのであろう、かなり足に乳酸が溜まっているらしい。動かない足を無理やり精神力で動かしていた。

　丸坊主で童顔ではあるが、凄みのある目つきがギラリと光った。

「えええいしゃあああ」

　また加速した。

　硲優作が咆哮《ほうこう》しながら、彷徨しながらも駆け上がって行った。

空錬の章

――選手会参加編――

バカをやらかして道場を飛び出して町の底を這《は》い回り、ケンカと酒と女に溺れてうつつをぬかしたあげく、結局道場の人間にぶっとばされて目が覚めた。

まあ覚める前にも二悶着《ふたもんちゃく》くらい起こしたがそこはスルーだ。

さあ。祭りがはじまる。

やはり半年以上不登校だったので、高校三年を二度やるはめになった。

それでもなんとか卒業し、バイトに明け暮れながら稽古に復帰した。

最初の稽古復帰のことは思い出したくないくらいだ。正直、死にたくなった。復帰したはいいが、体が動かない。まるで全身麻酔されたかのように――されたことはないが――それでもそれくらいの感覚で動かない。わずか半年足らず、怠惰な生活を続けただけでこんなに、こんなにも違うのか。感動した。耳血と汗と鼻血と吐《と》しゃ物にまみれて道着をピンク色に染めながら、それでも感動していた。

ボッコボコに殴られ蹴られながらも感動していた。

また、戻ってこられた。その思いだけで胸いっぱいだった。

二年が過ぎていた。

花冷えの二月。

やっと体力が、技巧が戻った。

戻ったといっても一日道場を飛び出す前までの話である。ひよっこもいいところである。

　道場を飛び出す前は茶帯だった。黒帯一歩手前の立場だ。

　臥薪空手は武道でありケンカ空手、実力重視というか実力がないと下の帯の者に示しがつかない。組み手はおろか、突き蹴りを空でおこなう基本稽古、移動稽古でも誰よりも速く、力強く動かねばならない。かなりなプレッシャーである。黒帯ともなればそれ以上だ。だいたいが茶帯まで歯を食いしばってがんばって稽古しても辞める人間が多いいわれだった。

　ブームの後押しもあり、臥薪空手に入門する人間は数多い。おれも世界最強になりたい。誰もがそう想い、入門する。

　千人に一人。単純計算だが、それでも多めに見積もって千人に一人しか黒い帯は巻けない。

初回の稽古で入門した人間の半数がゲロまみれアザまみれでへたをすれば入院騒ぎでいなくなる。

　手加減なし。これが臥薪空手の精神だ。

　どこの誰とでも対峙し、親兄弟でも向かい合えば全力で戦う。


　稽古復帰から半年たったころ、去年の夏。

　優作は親に土下座して大学進学を願った。

　なぜか先輩の青山も一緒に土下座していた。

　また涙が出た。

　感動しいの父親はとっておきの老酒《ラオチュー》を持ち出して気がつけば乾杯していた。

　と、いうわけで、本当に青山先輩のおかげで大学生になれた。

　おっそろしいことに高校卒業して一年、バイトと稽古しかしていないにもかかわらず合格した。恐るべし相里大学。恐るべし電気社交技術科。名前が書ければ入学できると噂される、レベル的には相当アレな学校だ。

郊外に異様なほどの敷地面積を持つマンモス私大で、意味の分からない学部が多数存在した。入試は面接だけだった。

ちょっとびびった。その面接の試験官が青山先輩だったからだ。さすがに驚いた。

（適当すぎる！　これって本当に大学入試なの？　このヒト学生でしょ？　バイトでしょ？　もしかしてドッキリ？）

どこかバカにされたような面接から一週間、当たり前のように合格通知が届いた。

「今日はいい天気ですね」

「そうですね」

それだけの受け答えで大学生になった。

あまり深く考えないようにした。


そして一年後の今、やっと大学生となってこの春を迎えた。

空手の極意は臥薪嘗胆《がしんしょうたん》にあり。

泣く子も踊りだすケンカ空手、臥薪會舘。西新宿はうらぶれたと言っては文句が来そうな平たい住宅街の一角、百人町を右手に大久保の視線を感じつつ浄恩寺の鐘が響くあたりに総本部はあった。

八百羅漢《らかん》を模しただけの門作り。あまりのチャチさで失笑を買いそうになるが誰も笑う者などいない。——今は、いない。

四半世紀前にこの場にこの會舘ができたときには爆笑された。

三日後、沈黙が訪れた。

その三日間に何が起こったのかは新宿西署の取調室のドアに残っている歯型がものがたって

いる。

近所の愚連隊組織とモメにモメたあげく、ケンカ両成敗として初代臥薪會舘館長も逮捕されたのだが、両手両足に手錠、特注のド太い運動会の綱引きで使うような縄で腰を結《ゆ》わえられていたにもかかわらず、隣の部屋で事情聴取していたケンカ相手の地回りが自分の悪口を言ったと言いだして頭突きで壁をヘシ割り、ドアノブを噛み千切り、隣の取調室へ怒鳴り込んだ。「噛み砕くドー?!」全員震え上がった。

初代館長、早乙女礼文。さおとめれもん。乙女チックな名前だ。だが剃髪《ていはつ》し、人相は烏賊《いか》に似ていた。

昭和元年、満州生まれ。大戦のどさくさにまぎれ、タンカーのイカリにぶらさがって帰国を果たした。身長百九十センチ、体重七十キロ。当時の日本人としては破格の大きさだ。ただ、身長のわりに体重が少なく、また少し猫背であり、戦闘時にはさらにその姿勢がすすみ、まるで四足歩行、暗闇であればタランチュラを連想させたという。ここらへんですでにどこが空手なのかという話であるが、本人が空手家だと言い張るのだから仕方がない。

ついでに公式な空手の試合記録はない。幼少時に大陸で日本人の馬賊の男にカラテを習ったと言い張り、市内の空手大会に乱入して大暴れした。数少ない早乙女の闘争情報によると、両足を大きく広げて低い姿勢で構えていたことから梅花拳を元とする武術だったと推測される。もちろん逮捕された。

終戦のどさくさにまぎれて愚連隊を組織し、全国制覇を目指していたという噂もある。

高度経済成長を背景に実戦空手臥薪會舘を設立。翌年、大相撲の千秋楽がおこなわれる国技館に乱入、大関三名を蹴り散らして横綱に迫ったときに機動隊に取り押さえられた。このとき砂被りにたまたまいた劇画作家が感動し、後援者となり雑誌連載がはじまる。

伝説の「狂い咲きカラテロード」であった。狂気に満ちた凶器が荒れ狂う逸品で、世紀末の荒野を、マントを羽織った放浪のカラテ家が四つんばいでさすらい、ただただ暴れ倒す。蹴り倒し、殴り倒す。素手、ということ以外、敵役との差異はない。とにかく、やられたら、やり返す。

いくつもメディア展開され、小説に漫画連載、それも少年向けや成人向けどころか十八歳以上等、さまざまな映像作品も生まれ、一大ブームと化した。日本中、いや、なぜか毒電波を受信した世界のキワモノたちにビンビン響いた。

臥薪空手に人が殺到した。入門希望者は言うに及ばず、殴りこみ、道場破り、借金取り、とにかく暴れたい人間、現世のすべてのことに不満を持つ者たちが終結した。

強くなりたい。日本一になりたい。

そして、これからが本題である。

臥薪會舘、館長。現在は三代目となる。別に、初代、早乙女礼文が亡くなったわけではない。失踪《しっそう》したのだ。第三回大会の直後、姿をくらました。借金とかではなく、事件に巻き込まれた、巻き起こした等ではない――はず、という公式発表ではある。

当時、スマトラ半島で人食い虎の被害が出て現地の村人たちが困っているというニュースが流れた。それを見てすぐに旅立った。虎を殺すと言い残して。それ以来、姿を見た者はいない。

噂では虎を追ってジャングルへ行ったとも言われている。書き置きが見つかり、それは礼文本人のものかは不明だったがなぜか皆、それに納得した。

臥薪會館は強い者が継いでゆけ、己は目の前の路を往《ゆ》く、それだけだった。

現在の會館のテーマソング「虎を追え」はここから来ている。

二代目を継いだのは、初代館長失踪直後におこなわれた第三回大会の優勝者を擁する支部長であった。なんば、大阪を根城とする関西一円を包括していた大沢一郭《いっかく》。ホトケの大沢の異名のとおり、常に笑顔を絶やさぬ包容力で、組織運営は言うに及ばず、元々の通り名である「ホトケ」というのも笑顔でエグイことを平気でしまくるためであり、実戦での腕も空手の実力も相当なものであった。

第三回優勝の山中竜三は大沢の子飼いの喧嘩《けんか》師で、ホトケの大沢に鬼の竜三のコンビは通天閣あたりでは「天地無用」の通り名で暴れ回っていた。

ただ、優勝した山中は自身が館長になれないことで大沢と揉め、臥薪空手を飛び出した。

その後、大会がさらに熾烈《しれつ》を極めたことは言うまでもない。なにせ、優勝者を出せば館長におさまれるのだ。

ちなみに第四回大会の優勝者の支部長、神奈川県海老名《えびな》支部をあずかる山添トシキは「え？おれ次の館長？」とか思ったが、大沢館長の「なんでやねん、オレ辞めてへんやろ」のやりとりがあったそうだ。さらに「文句あったらいつでもきいや」とも言われたが動けなかった。そこはホトケの大沢、ポッと出に食いつかせるほどゆるくはない。

ちなみに二代目、大沢は十年前に勇退した。カルタッタでおにぎり屋さんを開店する夢があったらしい。現在も息災で、大会のたびにメッセージを送ってきていた。

現在は三代目だった。

三代目、有働・バイケン・武郎。全日本無差別選手権、第十六回大会の優勝者だ。

それまでは優勝者を擁した支部の長が館長になっていたが、今回は優勝者本人が館長になった。これはこれでとても革新的である。

実は第三回大会時、優勝者が館長にならず、その支部長がおさまったことで別枠の闘争も勃発したことから、今後は現役で一番強い人間が力で押さえ込む組織として原点に戻る意味もあった。

日本でケンカで一番強い、その分かりやすい称号を得るために命を懸けて戦う。

崇高《すうこう》ですらある。

文句があるならかかってこい。それを実践した。分かりやすい。

その頂点が全日本無差別選手権となる。

もともとは年末、十二月に総本部の納会がてらに大会を開いていたのが発端である。

初代館長の早乙女は、空手は当ててなんぼ、という信念だった。当てないと倒れない。倒れないと分からない。そう、どっちがケンカに強いのか分からない。分かりやすい信念だった。

そんな勢いで設立された臥薪空手は、初代館長のキャラとその勢いで、メディアの食いつきも凄まじかった。

実際に当てる空手の大会。

ものすごい勢いで日本中へ広まった。あちこちで臥薪空手の道場が乱立したが、沈静も早く、分かりやすかった。とりあえず臥薪空手を名乗れば繁盛するので、皆がそう名乗った。正式な支部とか関係なく、名乗ったもの勝ちでもあったが、その後、本当の実力が試される。たとえば繁華街の雑居ビルに臥薪空手の道場が複数入居していた場合、放っておけば食い合いになり、弱いほうがいなくなる。結果、淘汰《とうた》される。

問題は、正規に認可された支部でもつぶされることがたまにあったことだが、それでも生き残ったほうを総本部は認可した。

後年、教育がどうの、青少年育成がどうの、との文言も追加される道場訓であるが、原点として「強くないと話にならん」となる。

当てる空手、強い空手、なによりも結果を出す、強いと文句を言わせない空手。それが臥薪空手だ。

ただ、群雄割拠を勝ち抜いて、支部認可を取り付けても、問題はそこからだ。集団で威をまとっても、結局のところ、個々で強くなければならない。いくら口が立とうとも、十発二十発殴られてすぐに音《ね》を上げるようでは話にならない。支部認可を受けた新参のものは総本部にて新規審査という名の拷問《ごうもん》を受ける。柔軟体操から基礎体力、腕立て懸垂腹筋スクワットを各千回、その後基本稽古、移動稽古、組み手稽古、とたった三時間の「当たり前な臥薪空手」の稽古を実施するだけなのだが、呼び出されてきて参加した新規認可支部メンバーはほぼ全員、血反吐《ちへど》を吐いてのたうつ。

ほんの少しきつくはしてあるが、通常営業の臥薪空手の稽古である。そこで音を上げてはいけない。我慢が大事。そこで性根が試される。たとえ仲間が全滅しようが、孤高を保つ。

ちなみに勝手に臥薪空手を名乗って道場を開き、呼び出しに応じないところには、正式に総本部からの処刑人が派遣され、粛清がなされたという。

まずは、個々で、孤高を守れるくらい強くなければならない。臥薪空手だ。何万発打たれ蹴られてもへこたれずに前を向く。ぼろぼろになっても前を向く。敵を突く。血反吐を吐きながらそれでも闘う姿に見る者は感動した。

その人気の凄まじさに、大会も十回を数えるころに体重別の開催も検討、こちらは総本部主管でなく、中部地区主体で実行された。年末の無差別と対照的に夏開催が決まりになった。

そしてこのころより、初期のケンカ空手の色合いより、殴り合いで日本一を決める、という少し競技色の強いものへと変化していた。

すべては無差別選手権へ。

近所の腕自慢、ケンカ番長から、実戦カラテ日本一へ。

年末、十二月の無差別に出場するために、秋、十月の選抜に。夏、七月の体重別に出るために、春、二月の各階級選抜で入賞する必要がある。

まずはそのまえに通常の道場内のクラスにフルに参加し、内部試合でも結果を出す必要がある。要は小さなところから地固めし、どんどん大きな舞台へ出てゆくのだ。

そして、運よく体重別で入賞、結果を出しても、やはり無差別とはケタが違う。言い方は悪いが、体重別でベスト四どころでは誰も名前を覚えてくれない。高校野球の春の選抜、夏の無差別にも相当する。選抜を下に言うわけではないが、やはり無差別にはかなわない。

寸鉄身に着けず、素面素手素足で打ち合い、蹴り合い、しのぎ合う。魂の重さ、そういうものが競われる。

入学式のある四月の少し前。初春の二月。多摩川の流れを横目に建つ府中総合武道館に於いて試合がおこなわれた。

全日本体重別大会への支部選抜交流試合だ。

全日本の看板を掲げた大会に出場するためには地域、県の代表権をもたねばならない。なにせ全日本だ。日本一を決めるのだ。

体重別ということは、その設定された体重で、日本一強い人間を決めるのだ。

それならばドコの誰からも文句の出ないやり方でやる。それが選抜だ。地域で選抜されねば代表になれない、すなわち日本一を目指せない。そういう試合だ。

てっきり優作は試合に出してもらえるものと思って会場に駆けつけた。この一年間、優作なりにどん底から這い上がって稽古してきたのだ。

しかし、這い上がった場所はまだどん底だった。渡されたのは選手用のゼッケンではなく会場整理係のジャンパーだった。


「なんでですかー？」

食ってかかった優作に、青山が諭《さと》すように指をさした。

ちなみに青山の姿は普段見慣れないワイシャツネクタイにスラックス姿だった。試合場でこの姿をしているということは、すなわち審判をするということだ。

その青山の指先には、去年、高校生大会の決勝で優作を倒したあの江川が悠々とアップをしていた。当たり前のように進学も決まり、期待の新鋭としてかなり注目されているのが周りの雰囲気からも分かる。

優作は目を見張った。

ふいに目が合う。まっすぐ視線をとばしてきた。江川が少し驚いた顔をした。どうやら優作の復帰を知らなかったらしい。だが何も言わずにペコリと礼をし、そしてまたアップに戻った。

まるで同い年とは思えないようなしっかりした感じに優作は衝撃を受けた。二年前の試合の後もきっちりと稽古を積み重ね、そしてこの選抜試合に照準を合わせてきたのであろう。豊富な稽古量を裏打ちするかのようにその技にキレがある。

試合前のアップ、一度試合前に思いきり動いて心拍数を上げておくことだ。そうでないといきなり動けない。

空手の試合時間は本戦三分、延長二分、再延長二分で設定されている。通常、試合時間と同じ時間をシャドーで動き、ミットを打って体を温めておくのだ。

その、江川の身体の切れ、のびのびと動く手足がまるで演舞のような美しさだった。

優作が歯噛みする。まったく太刀打ちできる気がしなかった。

さらに衝撃的だったのは試合が始まってからだ。圧倒的な強さでトーナメントを駆け上がっていった。

向かい合って一撃二拍と技のやり取りをこなすとすぐに相手が下がりはじめる。江川の技の切れ、正確に急所を打ち抜いてくる的確さ、構えのブレのなさ、パワー、スタミナ、群を抜いていた。

軽量級、中量級、重量級と全日本体重別のカテゴリに合わせて代表を決める。五つの試合で一本勝ち四つ、判定で勝った試合でも終始攻め込み技ありをとって本戦三分で決着をつけ、江川は見事中量級代表の座を勝ち取った。階級は七十キロ以下が軽量級、八十キロ以下が中量級、それ以上が重量級となっている。

毎年夏に体重別の全国大会があり、初冬のころに無差別大会がおこなわれる。二月に体重別の選抜をおこない、夏に本戦、そして秋にも今度は無差別大会への選抜戦がおこなわれる。

体重別大会でベスト8に残れば、そのまま全日本無差別に出場権を得られるシステムである。ちなみに体重別で8に残れなければ、また次の年の選抜から出場して代表権を得なければならない。

前述の青山が審判姿でいたのは昨年体重別大会でベスト8入りしていたからである。


アップ時の江川の姿に衝撃を受けたまま、優作は会場整理係をこなした。選手の呼び出し、出場する選手のセコンド陣への連絡、保護者への注意、各支部への伝達など、下っぱにはくさるほど仕事がある。丸一日こきつかわれて、昼飯に弁当が出るのが関の山だ。

それでも所属している支部の選手が優勝、入賞すればその日はどんちゃん騒ぎで死ぬほど飲み食いできる。若い、十代の人間にとっては自分のサイフがいたまずに死ぬほど飲み食いできるということはものすごい魅力だ。なので余計に応援に熱くなる。

まあ、飲み食いだけではなく、一緒におかしいほど汗をかいて血を流して稽古してきた仲間が闘うのだから熱くならないほうがおかしい。

「おめえよ、パンゲーでちょっと強いからっていい気になってんじゃねーぞ」

その言葉をかけられたのは選抜終了後の慰労会のときだった。ホロ酔いの青山が優作をつかまえて話しだした。

(長くなるのかなあ……)

優作はそんなことを考えていた。パンゲーとは一般稽古（イッパンゲーコ）の隠語である。

稽古クラスはざっくりと少年部、一般部、そして選手クラスに分かれていた。バカ丸出しではじけまくる飲み会は大好きだが、今日はそういうわけでもない。帝西支部の選抜大会であり、支部の代表を決める大会であるが、結局は支部内での争いだ。今回、優作の所属している多摩川道場から三名が参加したが、最高位は軽量級に出場した浅野二段の二位だった。やはり優勝者がいないと盛り上がりも精彩を欠くものだ。

　帝西支部は新宿の本部を中心に東京を四つの区域、それぞれ東西南北に割った西地域の支部だ。中央線の吉祥寺より西、つまりは環状八号より西地域をさす。それぞれの駅ごとに道場があるわけでもないが、それでも帝西支部の傘下には分枝部ふくめて三十をこえる道場の数があった。数が多いということはそれだけ切磋琢磨が盛んであり、揉まれるということだ。

　帝西支部内でも勢力図というか、地域的にあそこの道場には負けるなという意識がある。非常にある。そうでなければ勝ち残れない。

　入賞した浅野はすでに三十路《みそじ》をこえるベテランである。熟練の受け返しに定評のある選手だ。それはそれでいいのだが、若手、若者が上位にいかないと活性化ができない。

　ベテランの健闘も大いにたたえるが、やはりそこは牙城をのりこえてこそ、若さで力でぶちやぶってこそである。

　そういう意味で今回の選抜試合、さらに江川の評価が上がっていた。他の階級も若手が全滅していたからだ。

　優作の道場からも何名か出場していたがことごとく老獪《ろうかい》な組み手、ポイントをおさえたメリハリのある攻防で印象をもっていかれ、敗退していた。優作には、自分が出ていれば、という思いもあったが、あの江川の動きを見る限り勝ち目はなかっただろう。しかし、それでも向かい合えば、やってみなければ分からない、そう思っていた。

「やっぱ上目指すならよ……」

青山がどろりとした目で話を始めた。

「おす……」

優作がうつむきながらこたえる。

「ああ？　っておめえ飲んでねえよ」

「おす」すかさず杯を空ける。

（やばいぞ！　今日の青山先輩は、やばいぞ！）

視線を道場復帰後に仲良くなったカンスケとシンヤに飛ばす。そう、今日の選抜試合、自分の管轄する道場から一人も優勝者が出なかった。そこでまず青山が面白くない。そしてさらに青山の上司というか地域を統括する立場にある番《ばん》場宗一《ばそういち》が面白くないのだ。

番場宗一、齢《よわい》十九にして全日本無差別大会に四位入賞して「ビッグバン」の異名を取った。黙っていれば真面目な公務員にしか見えない朴《ぼく》訥《とつ》な雰囲気であるが、試合になれば鬼と化す。無酸素運動としか思えないラッシュを叩き込んで対戦相手を片っ端からぶちこわすスタイルで人気を博す全日本無差別大会の強豪だ。

その気性のせいか、下位対戦で力を抜くことができず、弱い相手も向かい合ったらなにがなんでも倒さねば気がすまない性格のためか上位、準決勝あたりになると毎回ダメージが蓄積し、敗退している。

激しすぎるラッシュでついた異名がビッグバン。現在三十歳であるが、まだその熱気は常軌《じょうき》を逸《いっ》する手前であった。

ただ、普段は非常に優しい指導をする。

普段は、である。

これが試合になると、自分以外の試合でも違う。すでに地域責任者を任され、組織的にも幹部待遇であり、位置的にも選抜試合などで決勝の主審などを務めなければいけないのだが、以前に主審という立場にあるにもかかわらず、ふがいない試合をした道場生を張り飛ばしたことから、審判の役は外されている。

少年部の試合にも必ず本部席から大声で応援し、負けたら一緒に泣く、どうかと思うほど熱い男だ。

その番場自身も一番弟子《でし》と思い、鍛え込んでいる青山にはきつい言葉を伝える。なによりも負けることを嫌うビッグバンが、教え子の敗退を目のあたりにして黙っていられないのだ。

ちなみに毎回、自身が全日本無差別で負けた後は控え室が大騒ぎになる。鉄のドアを蹴破って始末書を提出したこともあった。

そんな男が上司なので、青山もかなり道場生の試合に関しては神経質にならざるをえないのだ。

試合後、かなり叱責された様子だった。そのストレスをどこにぶつけようか考えている様子だ。受け答えに注意せねば思いきり優作にとばっちりがくる。飲んではいるがとても酔える状況ではなかった。

「おめえよ、分かってんだろうな？」

「おす」

無限ループのような青山のからみに優作が返す。

「ほんとに分かってんのか？」

「お……おす！」

「なにが分かってんだよ？」

「オス！　自分が次、来年は優勝します！」

「分かってんじゃねえか」

満足そうに青山が杯を飲み干して優作に伝え

た。——選手会に入ったことを。入れられてしまったことを。

帝西支部選手会。一度入ったら最後、退会不可という意味不明の恐ろしさを持つ組織だ。すなわち、一度登録したら母親の葬式以外不参加は原則認められない。何が何でも稽古参加必須である。毎週、土曜に番場の指導する帝西支部、多摩境道場にておこなわれる稽古だ。仕事の都合なら出張その他、ある程度は大目に見てもらえるが、これがデートなんぞでさぼった日には大変なことになるという。

優作の通う甲州街道沿いの暮塚道場は、道場生が多いことから、一般稽古中心の編成だった。

帝西支部、多摩境道場は、優作の道場から距離にすると二十キロほど離れていた。ちょうど、多摩丘陵地帯をはさんで反対側に位置する隣の神奈川県との境にあるためか、道場生が少ない。道路を渡ったらそこは神奈川西支部の区域になるので付近に住んでいる道場生のほとんどが神奈川のほうへ流れてゆくからだ。

道場は、帝西分支部長である番場が地元後援会の副会長をしている古本屋の店主の倉庫を借りた場所だ。ちなみにその古本屋はつぶれ、店主は夜逃げしたため倉庫は不動産用語で塩漬け物件といわれる売却もできない場所になってしまったが、家賃を払わなくて済むので道場として機能はしていた。ただ、その地の利の悪さのせいで帝西支部生の足が向かず、仕方ないので選手をむりやりここに集合させて強化練習をするようになったらしい。

場所も悪く、最寄りの駅から遠いので、道場生たちは車で乗り合わせるか、自転車、バイクで通っていた。師範である番場、頭一つとびぬけた青山を筆頭に強豪選手がしのぎをけずる場である。

優作としても望むところだ。支部内ではある意味有名だったが、これからは空手の実力で名前を売ってのしていくつもりなのだ。選手稽古は通常の一般稽古とは違い、組み手中心、技の研究中心であり、試合に勝つことに特化している。ほとんどの時間が対人稽古、組み手に費やされる。

「カンスケ、シンヤ！　おまえらもだ！」

「え、あおオス！」「おおっす！」

いきなり話をふられ、少年部の保護者のヤンママとにこやかに話し込んでいたカンスケたちがあわてて返事する。

「てんめ、なにしてんだよ」

青山が怒鳴って即座にとんできた。

「いや、おす、なにって」

カンスケがあわてて正座する横でシンヤが言い訳を始めた。

「あ、いやカンスケがっすね、おいしいラーメン屋がどこかって聞いてて」

「ばか、てめ！」

醜い争いがはじまった。どうやら可愛い若奥さんにフラフラとすりよっていたらしい。

ちなみに、カンスケは可愛らしい顔をしており、密かに奥様連中の人気が高いのだ。

本人に自覚がないが、じつは相棒のシンヤは気づいている。だが黙っていた。そのほうが面白そうだからだ。

二人とも、いや、若い道場生のほとんどが女に飢えているので仕方ないのであるが、道場内での色恋は表向きご法度《はっと》である。あくまでも表向きであるが、ご法度はご法度だ。青山も一瞬、そのままにしといてやろうかなと思ったらしいが、声をかけた手前後に引けず、

「おら、コップ持ってこい」

とぶっきらぼうに命じた。

優作は、矛先が自分から転じたとはいえ、気の毒そうにカンスケとシンヤを出迎えた。

「お～す、おすおす」

返事をしつつ、優作とカンスケたちがアイコンタクトをかわした。

(たいへんっすね)

(いやあ、オス、いつものこってす)

なみなみビールをつがれたコップを片手に青山が宣言する。

「ってなわけで、来週からおまえら参加な！」

「オス」三人そろって返事をした。

青山がさらに続ける。

「どうせ優作、おまえ試合出られないんだからきっちり稽古しろよ」

「ええええ？　なんでっすか？」

優作は今回の選抜が出られないだけで次の試合から出るつもりだったのだ。

「一年間、謹慎だよ」

「まぢっすか？」

「オマエ、なにしでかしたか分かってる？」

「あ」

「高校生の試合とはいえ試合場で審判や支部長にかみついたんだぞ？　ヘタすりゃ除名だよ」

「……おうす……」

「まあそのあと勝手に飛び出したから、上のほうも振り上げたこぶしの下ろしどころがなかったんだよ。これでもまだ番場先生がかけあってくれたから一年で済んだんだぞ」

「オス」

「さらにいえばだ、その番場先生がかけあってくれたとばっちりがどこにくると思いマスカー？」だんだんと青山の声が大きくなる。

「……ほおおっす」小さくなるしかない優作だった。

「じゃあちょうど来年の選抜が再デビューか、すごいっすね」シンヤが能天気に言った。

「そうなる……んすか?」

「そうなるわな」

　選抜試合は一般的な支部の内部試合よりもランクが上である。

「え、あ、う……」

　優作がなんとなく不安げな顔になる。来年の選抜に優勝すると言い放ったものの、実は実戦、試合から遠のいていたので、試し切りではないが内部試合に何度か出るつもりだったのだ。長い一年になりそうだ。

　そんなことを考える優作の横で、青山が二人に指示を出す。

「カンスケとシンヤはさしあたって夏前くらいの内部出すから」

「ほっす?」「ほおっす?」

「選手会に入ったんだから、基本、優勝してもらう」

「……オッス!!」

　かたまっていた二人だが覚悟を決めて返事を返した。

　カンスケとシンヤ。二人とも相里大学の学生だ。一応、二人とも現役で入学していた。年齢は優作より一つ上だが、空手歴では優作のほうが先輩になる。

　カンスケ、岩城《いわき》勘介は都心に実家がある。高校までは文科系のクラブしか体験していなかったらしいが、どこをどう間違えたのか、このケンカ空手に入門してきた。

　最初の稽古、二回過呼吸になり失神した。それでもまた、稽古に来た。毎回、貧血などで最後まで立っていることができずにいた。稽古が終わって帰る際にもフラフラで自転車に乗っていった。

もう、来ないだろう。毎回、そうみんなで話していたが、それでも来る。来ては倒れる。呪《のろ》われているのでは？　という噂もとんだ。

ただ、倒れるのだが、少しずつ、少しずつ、倒れるまでの時間が長くなってゆき、ついには最後まで立っていられることができた。そこにたどりつくまで三か月を要したが、一回二回の稽古で来なくなる人間が大半のこの厳しい道場ではかなり異例だった。

大人しい性格と優しげな顔立ちではあるが心に秘めた負けん気は人一倍の様子だった。ただ、どうやらアタマのほうはそうでもないらしい。相里大学に在籍していることがなによりの証拠である。


入門してから二年半。着やせするタイプらしいが、それでも全身鍛え上げられたワイヤーのような強靭《きょうじん》な筋肉で覆われていた。

相棒のシンヤ、大石《おおいし》真哉。こちらの実家は中古車を扱う店で、北関東の大きな沼沿いの町出身だ。子供のころから野山を駆け回り、釣りの合間に水たまりを走って渡ったと豪語するほど身が軽い。高校時代は体操部だったことから柔軟性にすぐれている。

高校卒業寸前に顧問のコーチとケンカになり、行くはずだった体育大への推薦を取り消された。ケンカの理由はコーチがシンヤの母親と不倫していたことだった。かなりＤＥＥＰな理由からか、体操をする気がなくなってしまった。マットを見たら吐くほどだったらしい。

完全無欠の無気力状態で相里大学へ入学後、シンヤの名前を知ってしつこく勧誘してくる体操部員とケンカになったところを青山に助けられ、そのままなしくずし的に入門した。

　体操をしていたことからバネがあり、上達は早かった。だがしかし、やはり格闘競技独特の間合い、気合に慣れていないため、組み手などでも柔軟な肉体を生かした縦横無尽な動きを出す前に足を殺され腹を効かされ動けなくなる。

　だがそれでも、前を向く、上を向く。ときどき、稽古中でも発作的にバク宙をしてしまうところが一部で宇宙人と呼ばれるゆえんであった。


　今年一年なあ……

　なんとなく優作は気が抜けたような気持ちになった。勝手に波乱万丈などどん底生活から抜け出しこの一年、歯噛みしながら稽古してきたのだが、もう一年、待てと言われて気持ちが切れかけていた。


　ただ、今回の選抜試合での江川の姿は刺激にはなっていた。

　刺激を受けたらすぐに動きたくなる性格である。すぐに試合がしたかった。満天下に俗優作ここにありと見せつけたかった。

（あ～あっと……）

　ゴツン、と壁に後頭部をぶつけて天井を見る。脂《あぶら》で汚れた天井しか見えなかった。

「はあ……」

「こら、優作」

「あおす……」

　ため息をついて壁に頬を押しつけている優作に青山が声をかけるが、気のなさすぎる返事だった。

「てんめ、またオアズケ食らわされたとか思ってね？」

　青山の目の色が変わりそうなことを察知して

優作の背筋が伸びる。

「いいやあああ……っす」

すぐさま正座をして返事をする。

「なんだその返事は？」

「おす、いえ、そんなことはありません」

「ま、いーや、とりあえず次の選手稽古から参加しろよ」

「おーす！」

正直、このときまで優作は舐めていた。すでに一般稽古の組手では誰にもひけは取らないつもりでいた。選手稽古を舐めていたとしか言いようがない。まだ、カンスケとシンヤのほうが再《さ》来月の試合という目に見える目標を提示された分、緊張感があった。

道場からの帰りぎわ、カンスケが優作に声をかける。

「優作さん、どうします？」

「どうって？　メシでも行くですか？」

ハンドルをしぼった、通称・鬼チャリを押しつつ、優作が答えた。

「お、いっすね、なんか変な緊張でどこに入ったか分からんっす」

優作が非常にのんきな声で聞き返すと、シンヤがくいついてきた。

「いやそうでなくて……まいーや、万心いっときますか」カンスケが頭をかきながら言う。

「オス！」むだに元気よく二人が返した。


「そいでっすね、さっきのはなひっふけど」

「あ、酢とって酢、カラダにいいんだよね」

「ほんと？　おれもかけよっと」

三人でしょうが焼き、ゆで卵、ソーセージ、モツ煮込みをつつきながらドンブリめしを喰らう。どの皿もあふれんばかりに具がてんこもりだ。

　どうかしているとしか思えない量を安価で提供することで地元の大メシ食らいに伝説的な人気を持つ店、北淵のロケッティアとの謎の異名をとる店、鉄板焼きの万心だった。

　とにかく多い。味はともかく、とにかく多いことが売りだ。野菜サラダなどキャベツ丸ごと二個使用している。

　そして酒、チューハイは焼酎五割の炭酸割りがピッチャーでお届けめされる。一杯三百七十円だ。どうやら優作が道場復帰したときに青山らに連れてこられて、たらふく飲み食いさせられた店らしかった。

「ああ、そんでさ、カンスケ、シンヤ、もう敬語やめない？」

　優作がソーセージの肉汁をすすりながら言う。

「へ？」

「まあ年数とかいろいろあっけどさ、これからは横一列でいこうや」

「あ……オス」

「でも……ま、優作さんがそう言うなら」

　照れくさそうに優作が叫ぶ。

「呼び捨て！」

「おあす！」

　優作自身、仲の良い二人と話すのにいちいち敬語をつかうのがかったるかった。

　武道的には一日でも早く入門したほうが先輩と呼ばれ、それがずっと続くのであるが、結構形式ばったコトは苦手なほうであった。

「いーよ、もう、おれがこやってここで汗流していられるのも二人のおかげって、そんな面倒なのも……あーめんどくせっ、もーさ、青山先輩の下ってことで一くくりでいこーぜ！」

　途中からさっきの飲み会の酔いもあってガチ

で面倒くさくなった優作であるが、なんとなく伝わったようだ。この時点では優作のほうが頭一つ抜けていると自負していた。

「おっす、そーゆーことならっ」

どっちかといえばノリのいいシンヤが眉《まゆ》をわざとゆがめて宣言する。

「じゃあああ、かんぱいっ！」

万心特製のチューハイをガチンと当てた。


そんなわけで次の土曜日、選手会に初参加する日がやってきた。梅から桜へバトンタッチしそうなうららかな日だった。

優作は暮塚道場の前の植え込みでミツバチを眺めていた。

「おお、春だよなあ……」

バルン……と排気音がしたので振り向いた。

「やっぱいるし……」

あきれ顔のカンスケがカブにまたがっていた。

「おう、カンスケ、おせえじゃんか」

しゃがんだまま優作が手を挙げる。待ち合わせした時間にはまだ三十分以上あったが、はやる気持ちを抑えきれずに来ていたのだ。

「ったく、もお、ハイこれ」

何となくカンスケも落ち着かず、早めに来たのだ。選手会に初参加ということで、こちらは優作よりも緊張しているが、それを隠すように優作にヘルメットを渡す。

「なにコレ？」

「メット！」

「ああ」

タメ口にも慣れてきたカンスケが優作を怒鳴りつける。こないだメシを食ったときにカンスケが切り出した話は、選手稽古にどうやって行くかの相談だったのだ。

一応、カンスケもシンヤも足がある。ここでいう足とはバイクであり車だった。カンスケは一〇〇ｃｃのカブで、なんとシンヤは車を持っていた。実家の中古車屋から勝手に持ち出してきたアメ車、ダッジ・チャレンジャー改のピックアップトラックという、かなりレアなブツだった。

「ええ〜車で行くんじゃねえのお？」

面倒くさそうにメットをかぶりつつ優作がぼやく。

「はい、ほら乗って、なんか今日はバイトの都合でチョクで道場向かうってさ」

バルルンと吹かしつつ、カンスケが答えた。

「バイクかあ〜もお〜」

ぶつぶつぼやく優作を無視してカンスケが発進した。

帝西支部、番場道場選手会稽古。

ビッグバンの異名を持つ番場宗一直接指導である。

ビッグバン、番場宗一。

超人である。

素面素手素足、直接打撃でおこなわれる臥薪空手の無差別全日本大会での上位常連。

朝から三十キロを二時間で走破してからウェイトトレーニング三時間、それから組み手稽古を四時間。放っておいたら一晩サンドバッグを殴り続ける。

サラリーマンが一日八時間働いてさらに残業するのだから、武道家である自分はそれ以上鍛錬せねばならない。二十歳のときに武道、空手を職として生きてゆこうと思ったとき、そう考えた。そしてその日に八時間稽古したら倒れた。

そこで走りはじめた。

八時間以上稽古するにはまず八時間以上動ける体力がなければ話にならない。

走った。走った。走った。おおよそ、その距離百二十キロ。

また倒れた。が、次の次の日に起き上がり、走った。今度は倒れなかった。

ただ、次の日起き上がれなかった。毎日八時間走りつづけるまで一か月かかった。

次は突きだ。八時間突きつづけた。案外できた。面白くなかったのでそのままさらに八時間蹴りつづけた。できた。が、倒れた。

思い立ってから半年後、早朝から二十キロを走って泳ぎ、午後から指導をしながら砂袋を一万回叩き、夕方から組み手主体の稽古、そして夜はクールダウンをかねて十キロ走る。

百七十八センチ、百二キロ。悪魔のような肉体が出来上がった。


その番場が直接指導である。

基本、この男は「自分ができることは誰でもできる」という男だった。がんばればできる。それ自体は間違いではない。問題はそのがんばるというレベルが死を覚悟せねばならない高さということだけだった。

選手の指導を始めたところ、どんどん選手が壊れていった。何年か経過し、やっと気づいた。自分と同じことをさせたらダメかもしれない。

そんなわけで、かなり番場としては不本意ではあったが、今まで自分のしてきた稽古をアレンジし、要点だけをまとめた稽古を指導するようになった。

本来の番場の稽古を九時間超大作に例えれば、ちまたで地獄といわれるこの選手クラスも四時間に短縮した特別編であった。

しかしそれは番場にとってだけの話である。

鍛えていても、臥薪空手でいっぱしの腕をもっているつもりの若者でも悲鳴をあげた。

「ごおっは……！」

崩れ落ちそうになるのをなんとか踏みとどまる。

（効いた、やべえ、効いた）

まともに水月に突きを入れられた。

「……っく……」

逆流してくる胃液を気力で飲み込んで相手を見すえる。すでに涙目だ。

「えやりゃ！」

気合を入れる。気合を入れることしかできない。本来であれば殴られたら殴り返さねばならない。しかし、その体力がなかった。

（こ……こんなはずじゃ……）

「そら！　ほい！」

相手が、むかつくくらい元気な相手が前蹴りのフェイントから変化させた上段回し蹴りを振ってくる。

反応できない。充分、加減してくれるのが分かる衝撃が頭部をかすめる。

これにもむかつくが何もできない自分にさらにむかつく。

「ドラア！」

気合一発、一発だけでも入れてやる、気力体力をふりしぼって前に出る。

ボディは効かされまくり、腕も胸も肩もパンパンに腫れ上がっていた。

突きなど打てそうにない。足もだめだ。

立っているだけでやっとだ。いうことを聞きそうにない。

前蹴りもヒザ蹴りも足を上げる動作ができそうになかった。

——回し蹴り……ローしかねえ！

思いきり振った。相手の足をへし折るつもりで思いきり振った。

ドブっ
カウンターで今度は手加減なしの突きを入れられた。

「……いいひいいいい」

イとヒの混じった声が出る。

「わりいわりい、まともに入れちゃったな、大丈夫?」

くの字に折れ曲がって床に手をつく優作の肩をポンポン叩く。

「……く……おす……」

いたわられることはこの場では屈辱だ。だがしかしもう、動けない。

「あっち下がっとけ」

相手が指さす方向には同じようにぶっ倒されて動けなくなった人間が切り株のようにいくつも転がっていた。カンスケとシンヤもとっくに来ていた。二人とも顔色が蒼に寄せた感じの白さで表情もなかった。カンスケは壁に変なかたちにもたれかかったまま上を見つめ、シンヤは体育座りでひざにあごを乗せていた。

「……よお……」

ボロボロの優作が仲間入りする。二人ともあいさつを返すのが無理らしく、力のない視線だけ返してきた。

どすん、と床にへたりこみながら振り返る。

「ええいっしょ!」

「らー! らー! らー!」

まだまだ元気な道場生たちが組み手を続けていた。

「っさっ!」

短く、それでいて見事な気合とともに肩くらいまで跳躍し、蹴りを入れる姿があった。

青山だ。

「……ばけもん……」

優作がつぶやく。

選手稽古。はっきり言って舐めていたことを痛感した。

道場での組み手稽古などではめったなことでは後れをとらない自信のあった優作だが、それを根こそぎ奪われた。今まで出ていた稽古、一般稽古とはボリュームが違う。まるで内容も違う。とにかく体力を消耗させ尽くすことに全力を傾けて編み出されたようなメニューだった。

まず、開始直後に道場内をうさぎとびで三周し、腕立て百回。そして二人一組で肩車をして鬼ごっこ。この辺で足元がおぼつかなくなった。

小休憩で水分を補給後、お互いにキックミットを持ち合っての稽古へ移る。

ここで両手両足の感覚がおかしくなる。末端、指先の神経が急に過敏になったり鈍くなったりする。これは異様に体力を消耗させた後で無理にカラダを動かしていることから肉体が危険信号を発しているのだ。

この後、組み手。通常の一般稽古でおこなわれるのは長くても二分で十本程度だが、ここでは一本が三分だ。たった一分の差であるが、やるほうからしてみたらつらさがまったく違う。さらにそれを二十本やる。それだけで一時間。

普通の人間であれば組み手まで到達できないどころかミットまでも無理であろう。

午後七時の開始、終了したのは十一時を回っていた。すでに脱水症状にみまわれ、ぶるぶる震えながら最後の礼をして、道場の掃除をしているときには終わった安堵《あんど》感で目を開けているのがつらいくらいだった。

カンスケは気持ち悪いくらいかっくんかっく

んしながら雑巾《ぞうきん》をしぼり、シンヤは酸欠の症状が出ているのだろう、しきりにコメカミのあたりをさすっていた。

「おう、優作、どうだった？」

チリトリをかたづけながら青山が声をかけてくる。

「おす……」

返事だけでいっぱいいっぱいである。

「わりいなあ、今日は番場先生休みだからちょっと軽い内容だったんだけど、物足りない？」

満面の笑みで聞いてくる。ここで物足りないですなどと虚勢を張ろうものならもう一度最初から稽古させられそうだ。

「いえ」

正直に答えておかないと本当にさせるだろう、この青山という男は。

「今日は組み手で当たれなかったなあ」

そう、青山と当たる前に動けなくなり戦線離脱したのだ。

「おれの言った意味分かった？」

「……おす」

「試合に勝とうとかな、本気で思ってんならここで音上げてちゃいかんぜ？」

「オス！」

選手とは、一般部の試合に出る選手とは、かくも体力があるのか。それを身を以て実感した。元気なうちに二分、三分の組み手であればそんなに差は出ずとも、極限の体力消耗状態で組み手をやれば、おのずと差は出る。実際の試合、実戦でも同じことだ。

軽い組み手をこなして技を当てることも大事だが、最終的には極限状態でどれだけ動けるかが一番大切だ。すべては試合のためである。度を越しすぎてはまだいない、はずだ。その理由は死人が出ていないという判定基準である。

さて、選手稽古。普段、一般稽古であたる顔ぶれも多々いた。

この日の選手稽古には優作たちを含め二十数名が参加していた。ときどき、暮塚道場の一般稽古で顔を合わす人間もいた。

何度か組み手でやり合ったことのある同じ茶帯のその会社員、木林という二十代後半であろうが、かなり額《ひたい》が広かった。年はかなり優作より上だが、組み手ではそんなことは関係ない。一般稽古での組み手では、若さにものをいわせて押し切ってやった。

かなり意地になり、向こうの攻撃を防御せずに打ち返して手数で壁に追い込んだ。

しかし、今日向かい合ったときにはボコボコにされた。

すでに組み手が始まる前の運動で汗が出尽くしており、集中力は低下していた。すなわち、気持ちが切れている。組み手などできる状態ではないが、そうも言ってはいられない。なぜならみんな平気――ではなかろうがそれでも気合を飛ばして闘っているからだ。

へこたれることは恥である。意地でも倒されないとがんばったが、それだけだった。相手の攻撃をまともにさばくこともできず、ただ打たれ続けた。攻撃を返すどころではない、まったく反撃できなかった。

このあいだとはまったく違う。極限状態での組み手では、普段は見えなかった差がモロに出る。元気な状態でやり合うのはまるで浅瀬でたわむれるようなもの、極限の疲労で闘うのは深海でさらに深く沈んでゆくようなものだ。

必死で息を止めて我慢を競い合う。文字通り、先に顔を上げて息継ぎしようとするほうが負けである。

負けた。音を上げた。何もいえないくらいボコられた。

「よおっし！　みんな、今日初めてこの選手稽古に参加してくれたハザマくんたちに拍手～」

青山が立ち上がり、いまさらであるが道場生たちに紹介する。稽古の最初に紹介しないのは最後までいるかどうか分からないからだ。実際に途中で失神、痙攣して救急車で病院へ運ばれたり、逃げ出す人間も時々いるのだ。

「お～がんばれよ」「ひゅーひゅー」「うぇるかむ！　ヘルサイド！」

選手稽古に参加していた道場生たちが着替えながら笑いかける。

「よーし、歓迎会するか？」

青山が嬉しそうに笑った。正直、何ものどを通りそうにないが飲み会は断われない。

臥薪空手にＮＯはないのだ。

「オス、望むところですよ！」

そこだけは元気に言い放ったつもりだが、声が震えていた。後ろでカンスケとシンヤが亡霊のように礼をしていた。

「へえ、優作、ほんでなに？　これからはタメでいこうって？　カッコいいなおめえ」

芝居がかった口調で狭山《さやま》が言う。

「お……おうす」

優作が串焼きを頬張りつつ答えた。

狭山がへらへらと笑いながら酒を追加する。

現場仕事の帰りらしく、泥だらけの作業服を着込んでいる。飲み屋で赤ら顔で騒いでいるところだけ見たらただのくたびれたオヤジだ。ところがこれが先ほどまで優作たちがのたうちまわっていた稽古を鼻歌交じり、とは言わないが軽々とこなしていた。

青山よりも先輩で、番場よりも年は上の三十四歳だ。全日本選手権にも何度か出場経験のあるベテランだった。この選手稽古の古株でもあり、普段は青山も何も言えない。

歓迎会ということもあり、最初から優作たちはピッチを上げて飲みすぎて、すでにカンスケとシンヤはぶっ倒れていた。脱水症状を起こすほどの過重運動の直後、過量のアルコール摂取。へたをすれば死ぬ。なんとか優作だけは気絶せずにいたが、時間の問題らしくすでにプルプル震えながらヨダレを垂らしている。

恐ろしいことに同じくらいの運動量をこなしておいて青山筆頭にこの狭山たちも優作たち以上に飲んでいた。ぜんっぜん平気らしい。しかも食う食う。一人でブタ玉を三枚はやっつけている。おかしい。

（……どーゆー内臓してんだよ……）

道場生行きつけの店、万心に今日も今日とて来ていた。わざわざ選手稽古をした多摩境道場からこの北淵まで移動してこの店に来たのだ。お得意さんもいいとこだ。ここからなら皆歩いて帰れるという理由もあった。車やバイクなどは暮塚道場の駐車場へ置いておけばよいのだ。

いつもは稽古後にメシを食いに来たらガッサガッサとかきこむのであるが、今日は入らない。いつもは満面の笑みでかきこむ好物のオムソバのケチャップのにおいがイヤだ。

そんな優作とは対照的に青山たちはよく飲み、かつ食った。そして新人が入ったことが嬉しいのか狭山がやたら優作にからんでいた。優作たちとしては早く解放されたいが、そんなことを言えるわけがない。そんなわけでさっきから優作が後輩のカンスケとタメ口をきいている理由を説明していた。

優作のことは以前から知っていたが実際に一緒に汗を流すのは初めてだった。選手会稽古についてのしきたりを聞いた。

狭山、狭山龍雄《たつお》は帝西支部番場道場選手会の会長であったのだ。いうなれば青山は若頭である。まず、毎回参加が基本で、働いている人間は多少のお目こぼしもあるが学生は必ず参加すること。学生の本分は稽古だからだそうである。勉強ではないらしい。

遅れる場合、どうしても参加できない場合は事前に道場事務局へ連絡を入れること。楽をしようとして毎回遅れてきてもいいがその場合はスペシャルメニューが加算される。さらに言えばズル休みが発覚した場合は想像もできない目にあわされる。

とつとつと説明しながら狭山は飲み、食い、優作を叩き、青山を呼んだり注文を追加したり忙しい。元気すぎる中年だ。

（そういやあ青山先輩もときどき酒でおかしくなっけど、これってここの道場の伝統なの？）

素朴な疑問が優作の心をかすめた。

すでにこの歓迎会に参加した道場生のほとんどがデロンデロンである。やはりいくら鍛えているとはいえ過度の運動の後での過剰な飲酒はよくないらしい。

だがそれでも飲むのが臥薪魂だ！

すがすがしいとしか言いようのない笑顔で青山がそう言い放ち、ピッチャーを飲み干した。そして飲み干した姿勢のまま倒れた。誰も気にしない。いつものことのようだ。

優作は違う意味で寒気がしてきた。

（ここ、ほんとに大丈夫なのか？）

今日は初めて会う先輩も多く、さらには同胞みたいな仲間であるカンスケたちがすでに撃沈しているので孤立無援である。仕方なく狭山の相手は優作一人でふんばっていた。

とにかくタフだった。空手もそうらしいが、とにかくしつこい性格らしい。

「いやあ、今日の稽古つらかったよなあ?」

まったく疲れを感じさせない狭山が優作にからみつづける。

「お……す」

すでに返事するだけで精いっぱいの優作だ。

「おれもしんどかったんだわ」

同意を求めて狭山が顔を寄せる。

「おす?」

イヤな予感だけを感じ、優作が距離を取ろうとする。

「おれたちは仲間だよ、ゆーなれば!」

それを逃がさず、狭山が詰め寄る。

「はあ……」

「ああ?」

「おす!」

「仲間ダヨな?」

「オス!」

「じゃあタメ口でいいよ!」

ひっじょおおにイヤな笑顔だった。

「お……」

返事はできない。うかつに返事はできない。

(ぜってーできねー)

青山先輩ですら組み手で効かせるオヤジである。しかも歳はゆうに優作より一回りは上だ。

だが、へたをすれば優作以上にバカとしか思えない行動をとる。それはこの数時間で非常に分かった。

「な、仲間じゃん? な? な? 一回言ってみろよ」

「ぜったい怒るじゃないすか」

「おこる？　おれが？　なんで？」

「いやなんでじゃなくて」

「いや？　いやなのかおれが？」

「そうじゃなくてですね」

　堂々巡りが果てしなく続く。

「先輩の命令がきけねえってのか？」

「だからっすね」

「だからあ？」

「いやオス」

「いやあ？」

「オス」

「いいから呼んでみろって」

「……」

「ほらいいからよお～」

「さ……狭山」


　ガツン！　予想通りぶん殴られた。

「なに呼び捨てにしてんだテメエ」

　完全にヤ×ザのやりくちである。それでもいつものことなのか皆は笑って見ている。

（ここ、ホントに大丈夫かあ？）

　疲弊しきり、解放だけを願う優作が力なく笑いつつ、思った。


　さて、選手稽古であるが、驚いたのはその練習量だけではなかった。過剰すぎる運動量から、肉体が興奮状態のままになってしまう。興奮といっても変な意味ではなく、単純に眠れないのだ。

　とてつもなく疲れているのだが眠れない。さっきまで飲み食いしているときは疲れて一刻も早く横になり、眠りにつきたかった。しかし、眠れない。布団に入っても体が火照《ほて》って眠れないのだ。

　経験したことのないほどの肉体疲労で、肉体が危険信号を発している証拠である。それでも時間は過ぎてゆく。そして寝なければ、と焦る気持ちでよけいに眠れなくなるという悪循環の果てに朝日は昇る。


「おす」

　優作が若干フラつきながらも、それでも根性で、根性だけでなんでもない風を装いながら店に入った。行きつけのファーストフード店「らっつ」であった。

　ここも、安いということだけで道場生、貧乏学生ご用達《ようたし》となっていた。廃棄された市役所をそのまま使用しているのが売りらしい。

　テラスと店の人間が言い張る、ただの広場のオープンカフェのテーブルでシンヤが突っ伏していた。シンヤも眠れなかったらしく一晩中横になって、朝方に少しだけ眠り、昼間はバイトしてからここにきて体力の限界を迎えたらしい。まったく優作と同じ生活サイクルだった。違いはシンヤは豆腐の配達、優作は日がな一日コロッケを揚げていた、ということだけだ。ちなみにカンスケは神社で宮司のまねごとのバイトをしているらしい。

　昨夜と同じように、シンヤが目だけであいさつしてくる。慣れてきたがそれでも気持ち悪い。

　異様なまでの疲労からか、優作自身もそうであるが目がおかしくなっている。左右の焦点が合っていないのだ。本人は案外気にしないのだが、周りの人間は気味が悪いことこのうえない。お互いにやたらと目を見開きながら、なにかを伝えようと首を曲げたり手首をカクカクさせたりを無言でしている。

（イケルカ？）

（シヌカモシレン……）

　本人たちは本気なのだ。なにせ、人生始まって以来の疲労である。どうしていいか分からない。

　正直、稽古などしたくないのだが、現在この時系列では休み中の大学生（カンスケ、シンヤ）、そして入学待ちのフリーター（優作）ということになり、要はやることがないのだ。

　それに今日休んだら他の連中に負けたことになる。ここのところいつも一緒に稽古に出ているので休むわけにはいかないのである。

「らっつ」に誰も来てなかったら帰って寝よう、そう考えながら優作は向かったのだが先にシンヤが来ていた。お互いを発見したとき、同時に舌打ちした。どうやら考えていることは同じらしかった。

しょーがねえ、と覚悟を決めて席に座り、アイスコーヒーを注文する。なんと九十円だ。安すぎて成分が心配になるが、それでも安さにはかなわない。一歩歩くたびに内臓が揺れ、吐き気がする。眠気と寒気が同時に来るが、それでも食い気が止まらない。気が冴える、とでもいうのでもあろうか、蛍光灯のわずかな点滅がスローモーに見える。きっと、気のせいだ。

　黙ったまま席についてお互いじっと見つめ合うシンヤと優作の姿をウェイトレスたちが気味悪そうに見ていた。

「ちょっと、ナニあれ？　きっしょ！」

「なんで見つめ合ってんの？」

「801《やおい》？」

「なにっ、衆道？」

「どれどれ、おっ、ボーイズらぶっ？」

「あーもお、春はねーこの辺、あーゆーの増えるしー」

間延《まの》びしたような言い方の女の子がホットミルクを淹《い》れながら言った。

「あ、も一人増えた」

カンスケがふらふらと道着の入ったバッグをズルズルとひきずりながら現れた。こいつも同じく目がイっていた。優しげな顔立ちの分、鬼気迫る感じだ。

「ひゅいいいいい」

カンスケが奇妙な声を出した。

結局、三人そろって道場へ足を運んだ。

無言だ。

身体も心も、とてつもなく重かった。

誰かが「今日は休まね?」と言ってくれるのを待っていたのだが叶わなかった。

口をきく気力がなかったのであるが、それでも足は道場へ向かった。


「お! よく来たな、ひゃはは、えらいぞ、おまえら」

青山が元気一杯に笑って迎えてくれた。今日も指導なのだが先に道場へ来て一汗流していたらしい。

(なんちゅう体力なのか……)

優作がつぶやく。昨日同じように——というか自分たち以上に動きまくって飲みまくっていたことを思い出して憂鬱《ゆううつ》になった。

「慣れだよ慣れ、続けてりゃそのうちお前らも平気になるって」

(なるのか? ほんとに?)

目を見合わせる。

「それとな、今日稽古に来たのはほんとにいいぞ、昨日の稽古で乳酸がたまってるから、今日無理にでもカラダ動かしとけば、疲れの抜けかたが違うんだよ、これは積極的休養っつってな

「……」

　やはり全日本選手である青山は肉体関連のケアに関しての知識はかなり持っているらしい。

「オス……」

「元気ねーぞ！」

「オッス！」

「よし！　じゃ着替えろ、稽古はじめっぞ～」

「しっかし、マヂで昨日なあ？　死ぬかと思ったぜ……」

「ああ、ほんっとな、もうどんなメニューだったか覚えてねえよ」

　なんとか稽古をこなして汗を流すと、やはり青山の言ったとおりかなり楽になっていた。さすがにまた万心に繰り出す元気はなかったので帰りもなんとなく「らっつ」に寄っていた。

「ほんとほんと、もう組み手がイツ始まったのか覚えてねえもん」

　ドデカパフェを男三人でパクつくさまを見てまたウェイトレスたちの白い視線が突き刺さる。ちなみにバケツサイズで三百円である。成分が気になるくらい安い。疲れのせいか、必要以上に甘いものをカラダが欲しているのだ。

「やべえよな、だいたい肩車して鬼ごっこしたじゃん？　あれでもう足つりそうになって」

　優作がはればれとした顔で言う。

「そうそう、もうね、あのへんで意識飛んだよオレ」

　シンヤがぼんやりと言った。

「おれ、もうそこらへんで見失ってたよ……あ、そうだ、昨日眠れた？」

　カンスケが思い出したように聞く。

「ぜんっぜん」

　シンヤが手をぺらぺらさせる。

「ああ〜なあ？　びっくりしたよな！　あんまり目が冴えるもんだからよ、仕方ねーし二回も抜いちゃったぜ！　ギャハハハハ！」

「ゆ……優作、もうちょい声しぼろ」

カンスケが注意する。横を通り過ぎたウェイトレスから……さいってー……と聞こえてきたのだ。

「んだよ、カンスケおめ何気にそーゆーとこ細けーなあ、女キョウダイ多かったんか？」

優作が生クリームをがっつり口に入れながら聞く。

「んむう、まーねえ……」

カンスケがふいに元気なくつぶやく。

「なんだ急に？　ってと、そろそろ帰る？」

シンヤが立ち上がる。

「そうすっか……なんかさ、腹へらねえ？」

乳酸を流したことで完全に疲れが抜けていたことから肉体がさらなる栄養を欲していたのだ。やはり若い。とにかく食いたい。いくらでも入るのだ。

「今パフェ食ったばっかじゃ、行こうか」

シンヤが文句を途中でやめ、同意する。

「うーん、そだね」

カンスケも立ち上がる。

「でも金あんまねーしな、どこにする？」

「万心行くですかー！」

なんとなくつぶやいた優作に、いつかのセリフをシンヤがかぶせた。


選手稽古にかまけて完全に忘れていたが、優作は大学生になっていた。またもや入学式にも出ていなかった。今度は高校入学のときと違い、一週間で気づいた。

あわてて大学に顔を出したものの、まだ講義は開始されておらず、オリエンテーションが続くという。

「五月連休くらいから週一で大学顔出しとけば単位とれるよ～」

「そうそう、だいじょぶ、だいじょぶ、大学に来ても講義受けてないで単位とってる人たちがたくさんいるから！」

カンスケとシンヤが自信満々に言っていた。

二人ともなにやら大学では「地球儀研究会」というサークルに所属しているらしいのだが、そこの部長が現在四年生を六回やっているということで、卒業はともかく進級に関しては負のエキスパートと呼ばれるほど精通しており、いけない方向へ要点を教え込んでくれたのだ。

バイトはそれぞれ三人別だがいつも一緒に稽古していた。

「風、薫っつーのかねーハッハー」

首を器用に前後左右にふりながらシンヤが機嫌よくのたまう。

「あおう、シンヤ、前、前！」

助手席の優作が注意する。後ろの席ではカンスケがひっくりかえっていた。

三人で話し合い、選手稽古には車で行くことにしたのだ。乗り合わせて燃料代はワリカンだ。やはり、あまりにも凶悪なほどしんどい稽古なのでバイクや自転車では危ないという結論に達した。まあ車でも運転手が居眠りなどしたら危ないのは一緒だがやはり疲労感が違った。

あの日、恐怖の扉、選手会稽古初参加以来、二か月が経過していた。

確かにキツイ、キツイのはキツかったがそれでも青山の言ったとおり、何ごとも慣れるものだ。手を抜くとか流すとかいう意味ではなく、若さと気力で稽古についていけるようになるものである。

最近は番場先生からも直に稽古をつけてもらえ、しかも組み手で当たれるようになった。

日がすぎるたびに強くなってゆく。タフになってゆくのが実感できる時期だった。楽しくて仕方ない。

今日もダッジ・チャレンジャーが街道を駆け抜ける。車検がもうすぐ迫っているのは秘密だ。


そしてカンスケとシンヤは目の前に迫る試合に向け調整中でもあった。初めての試合、というわけでもないが一般上級の部に出るということは強者のあかしでもある。

今回は出場できない優作も稽古しつつ、二人のサポートに徹している。実力重視、試合での結果がすべてであり、選手は王様でもある。

―道場破り撃退編―

六月に入ったころ。すでに衣替えは済み、なにもせずとも汗ばむ季節だ。

ただでさえ暑苦しいのに好きこのんで大汗をかいていた。ここ数か月で間違いなく太くなった四肢を出してこれみよがしにTシャツ、短パンでぶらぶら歩く。背中にしょったどでかいバッグには道着とバナナが常に入っていた。

バイトと空手のみのシンプルな、それでいてステキな生活だった。

この日、内部試合を三日後に控えた時期、出場する選手の稽古はクールダウンし練習量は抑えられている。怪我をせぬよう、それでも毎日汗をかいておくという練習は結構この直接打撃制空手においてはむつかしいものだ。

カンスケは実家から呼び出しをくらい、帰省。まあ帰省といっても都内なのであるが非常にブルーになっていた。

シンヤはいつもどおり能天気に、それでも急に神経質に、試合直前の選手特有の落ち着きのなさで急に優作を呼び出した。稽古につき合ってくれと言うのだ。

水曜日だった。いつも夜稽古のはじまる八時前に小一時間、相手をしてくれという。優作としてはのぞむところだ。なにせやることが空手以外ないのだ。

呼び出された時間に道場に着くと、すでに気合が響く。

（おお、気合入ってんなー）

いくら選手会で鍛えられているとはいえ、やはり試合、実戦を前にしての緊張感は一味違うのだろう。

道場のドアを開けてそのままロッカー室へと進む。熱の入った稽古をしているので途中で邪魔をしては悪いと思ったのだ。道着に着替え、そのまま軽く柔軟をしてシャドーもおこなう。入ってすぐにシンヤの相手ができるよう、気づかいだった。

がっしゃん！

壁にぶつかる音が響く。

（気合張りすぎだろー？）

半笑いで優作が首をこきりと鳴らして道場へと向かった。

「なんだあオラ？　今日は番場いねーのかよ？」

罵声《ばせい》が道場の羽目板を通して伝わってきた。

すっと優作の腰が落ち、目が据わる。

「なんだゴラ？　たいしたことねーなー！　なーにがケンカ空手ってかかかかかかか」

最初は誰かがふざけているのかと思った。ときどき、稽古中にふざけ回る小学生もたまにはいるが、その場合はきっちり本人を諭し、さらには保護者呼び出しである。一般、学生の道場生ではよっぽどでなければそういう人間はいない。臥薪空手がどういうものか分かっているはずだからだ。

それに今は考えてみれば稽古クラスの時間帯ではない。シンヤしかいないはずだった。

「おす、入ります！」

優作が声を張ってドアを開けて道場へ入った。見慣れた三十畳ほどのスペース、サンドバッグが吊られ、ウェイトトレーニングのセットが転がる。

その見慣れた道場に見慣れない人間がいた。

二人のうち、一人は分かる、シンヤだ。壁を背にしてひざをついて顔をおさえていた。それでも相手を見すえている様子だ。

「誰?」

短く聞く。

「あああああああ?」

坊主刈りの男だった。シンヤから視線を優作に向け、目を見開いて叫びだす。前歯が全部なかった。

「あ、ああさんですか? オスはじめまして」

視線はそらさずに不動立ちで礼をしてから近寄る。目じりを押さえてうずくまるシンヤを目の端で確認する。おさえた手のすきまから血が流れていた。

「あー、ああさん? そこで倒れてるヤツは今週試合でしてですね、試合前の追い込みで……」

優作が距離をとりつつ、話しかける。

「あー? バンバはよお?」

「番場先生は今日は北溝道場の指導に行かれてます」

「あー? バンバはよお?」

「番場先生は……だめだこりゃ」

後半は声が小さくなった。

道場破り、というのではなさそうだ。というか優作自身、道場破りなど話に聞いたくらいで見たことがないので判断できない。ケンカ上等で有名になった臥薪會舘創世記にはさまざまな流派の空手家が道場破りに現れたというような話は聞いたことがある。だが、そんなものは二十年くらい前の話だった。今どき、道場破りなど聞いたこともなかった。確かに与太話でボクサーが来ただの、プロレスラーを蹴り倒しただのということは聞いたことはあるが真偽は不明だ。

　さておき、目の前で吠えるこいつはきちんと臥薪の道着を着ている。しかも黒帯も締めていた。間違いなく門下生であり、先輩なのだろう。

　妙に赤茶けた顔色で、年齢は不明だが、番場先生を呼び捨てにすることから最低でも三十代半ばと思われた。だが、先輩だからといって試合前の選手にけがをさせてよい理由はない。

「なあーにい？　なあにがダメっだっだっだ!?」

　目が飛んでいる。

　優作がなだめようと両手を前に出した。

「いや、あのっすね」

「優作！　構えると向かってくる！」

　シンヤが叫んだ。ジャキン、とどこかでスイッチが入ったような感覚が走る。

　目の前の男が構えていた。どうやらおかしいフリをして因縁《いんねん》をつけ、変なタイミングで組み手を仕掛けてペースをつかむらしい。

（……っ……）

　優作がかなり小さく舌打ちする。かなり小さくしたのは、この男がどんなくそったれかは知らないが、一応、先輩らしいからだ。

　しかし、いきなり組み手が始まるとはいえ、シンヤがそう簡単に後れをとるとは。最近の充実っぷりは目を見張るくらいなのだ。

「顔！」

　シンヤの一言で理解した。

　ケンカ空手で鳴る臥薪會舘も試合ルール、組み手では顔面は叩かない。素面素手素足で向かい合うことを信条としているので、このルールが最適なのだ。ただ、組み手で熱くなりすぎたり、胸や肩を狙った拳が流れてくることは多々あるので注意は怠《おこた》らない。

だがこの男はいきなり、開始直後から狙ってきた。それも連打でだ。もちろん反則だ。それも黒帯、上の帯の人間がそんなことを下の帯の者へしてくるとは思わない。おそらくシンヤもこれで驚いたのだろう。

試合直前にシンヤに怪我をさせたこの男への怒りが爆発した。何発かガードしたが、すきまを狙ってパンチが入ってくる。

（ボクサーか⁉）

そんな疑問をいだくが、組み手をやめて問いただすわけにもいかない。殴り返そうにも連打が止まらず、だんだん押し込まれる。頬を、アゴを、コメカミを生の拳が襲う。久しぶりの感覚だった。蹴りを出そうにも間合いが取れない。

ふと、昨日の選手稽古での青山の言葉がよみがえった。

『優作、カラテは頭使わないと勝てねえよ、がむしゃらに動くだけじゃダメだよ』

そうか！

「っかー！」

優作が吠えながら頭突きのフェイントをかました。顔面ばかり狙ってくる相手、反則には反則である。フェイントのつもりだったが前に出した額で思いきり相手の拳を受けてやった。頭蓋骨は硬いのだ。拳とケンカしたら間違いなく拳が壊れる。

がっ

「って……」

優作が顔をしかめる。そして眉間《みけん》のあたりからつつーと血が滴った。

見ると、相手も顔をしかめている。文字どおり、頭を使ってみた。痛かった。

それでも間があき、距離ができた。

今なら蹴れる。

小さく息をついで下段に足を飛ばす。

「っしゅ！」

相手もそれを察知して蹴りこんでくる優作の顔面にカウンターを入れにきた。

「っけ！」

優作が蹴りに行く姿勢のまま顔、上体を後ろにそらした。びっと優作の頬のあたりを衝撃が走った。相手の拳が飛んできたのだ。

「くっそ、やっぱ速え」

それでも蹴りをそのまま飛ばした。

ビジャン……

相手の内モモか前に出ている足のヒザあたりを蹴飛ばしてバランスをくずさせる目的の左の下段蹴りだった。――だったが。

股間を直撃していた。あまり蹴ったことのない感触だった。柔らかく、それでも何か芯がある感じの、カエルを踏んだような感触だった。

当たりが浅い、もう一発、と優作が踏み込んだ。

「あれ？」

ものすごい顔をゆがめて男がクネクネもだえだしていた。

（新手の作戦か？）

ぱっと離れて距離を取る。こいつはなにをしてくるのか分からない。

「っぴっぴ……」

相手の赤茶けた顔色が、青紫色に変色していた。

「ぎゅむううう……」

まるで映画「豚と戦艦」の長門裕之のような断末魔の苦啼をあげた。

（ここで油断させといて、襲いかかってくる気だな？）

優作がとどめの一撃を放とうとした。

「そーはいくかあ！　シンヤのかたきだ！」

そのとき道場に入ってきた青山があわてた声を出した。

「おす、あれ、どした？　わ！　草野《くさの》先輩！」

ピーポーピーポー……

「おす、あ、いえ、稽古中の事故で、だから事故ですって！　おす、あ、お願いします」

青山が救急隊員と話していた。後ろでは優作がかしこまって正座していた。

「ったく、も〜バタバタさせやがってよお」

青山が振り返り、ぼやく。

「あ、シンヤ怪我大丈夫か？」

「オス、二針ほど縫われました〜」

包帯が痛々しい。

「ア、先輩、自分も血が出てですね」

「試合、どうする？」

青山が優作を無視してシンヤを気づかう。

「おす……別に体にダメージないし、出ます！」

「そっか、まあ今日はゆっくり休め」

「そ、そうそう休んだほうがいいよ」

優作も少し先輩的なアドバイスする。

「ユーサーック！」

「おす！」

「ったく、おめーなあ！　番場先生のいねーときに騒ぎ起こしやがって！」

「すんませんでした！」

「まーその、よくやった」

「へ？」

「お疲れさん、メシいこっか」

「はあ？」

「シンヤも行くぞ、前祝いだ」

「おーす」

てっきり怒鳴りつけられるもんだと思い込ん

でいた優作は首をかしげながら着替えた。

「バグさん、レバニラと大根サラダね、あとギョウザ四つよろしく〜」

青山が店主に叫ぶ。この日は中華「金角」だ。ここも、安い。とにかく安い。安く上げるために小学生のバイトをやとってさらに金を払っていないとかいう噂もあるほど安い。味はともかく安くて量が多い中華屋でベトナム人のバグさんがやっていた。

万心も安いがここも安い。後はホルモン焼きの「ピーヤン」がこのあたりの定番である。

青山が話してくれたところによると、あの男は草野敏《さとし》、旧《ふる》い門下生の一人だった。ここ帝西支部傘下、番場道場系列が立ち上がる前、十年以上前の道場生のひとりだ。

強い男だった。当時、大会の数が少なく、年一回しかなかったことが不満で空手からボクシングに転向したという。どうりでパンチが速かったはずだ。

そしてライト級（約六十キロ前後）でプロデビュー。デビュー戦こそノックアウト勝ちだったが、その後六連敗、すべてノックアウト負けだった。

ベタ足で突進するブル・ファイターであったが防御がヘタでパンチをもらいまくり、一発殴ったら三発は殴られる選手だった。打たれても打たれても前に出る。根性だけはすごい。それだけならよかったが、勝てない選手は試合を組んでもらえない。

所属していたジムをやめ、名前を変えて他のジムで試合をした。出るたびに、負けた。必ず打ち合いになるので人気はあった。

だが、倒し合いを挑み、必ず最後には前のめりにぶっ倒されつづけるとどうなるか？

パンチ・ドランカーだ。ろれつが回らなくなり、急に暴れだす。普段は大人しい人間であるが、急にスイッチが入る。

転々と職をかえ、今は配送の仕分けの仕事をしているという。なぜか、ドランカーになってから一年に一度くらいのペースで道場に顔を出して因縁をつける。たいていの場合は道場をあずかる番場に諭されて帰路につくのがお約束だった。

ただ、年々症状が悪化の一途をたどりつづけ、一昨年に現れたときは番場にぶちのめされた。ドランカーになってからも毎日走り、また仕事が肉体をかなり使うのであまり衰えていない。去年をはさんで今年、いきなり現れたのだ。

「なんかいろんなヒトがいますねえ」

優作が正直な感想を言う。

「まあ、悪気があったわけじゃ、いやあったのかあ」

シンヤの包帯を見て青山もどうフォローを入れたらよいか迷っている。

「うーん、でもびっくりしましたよ、一人で道場に来てストレッチしてたらいきなり飛び込んできて……」

シンヤが思い出して言う。

「ああ、そんで顔狙いか、びっくりするわな、おれもオマエのアドバイスなかったらやられてたかも」

優作が額の絆創膏《ばんそうこう》をなでながら返す。

「空手の組み手ばっか慣れてるとああいうのにとまどうかもしれんな～」

オレンジチューハイを飲み干して青山。

「いや、でも試合前、いい経験できたっすよ」

持ち前の能天気さでシンヤが笑う。

「そうだよな、いい経験だよな」

優作も笑った。

「オメーはちょい違うぞ、優作、そこ座れ」

「座ってますけど」

「正座だ！」

「おす」

あぐらだったのでかしこまる。

「まーその、確かにあの草野先輩もおかしいっつか悪いんだけど、オメー金玉つぶすことねえだろ？」

「えっ？　つぶれたんすか⁉」

「いや、言葉のあやだ、つぶれてねえだろ多分」

「多分っすか……」

「いや、ほんとにつぶれてたら顔色がもっとすごくて口きけないから大丈夫だろう」

青山が救急車に運ばれる草野の様子を思い出しながら言う。確か若干正気に戻った様子で「はんそくだ」とかわめいていた。

「た……たぶん、大丈夫だ」

自分に言い聞かすように言った。

「おうす……」

「ま、向こうもいきなり道場に殴り込んできたようなもんだし、もう二度と来ねえだろ」

「もう、一回やったら油断しないっすよ」

シンヤが言う。かなり悔しいらしい。油断があったとはいえ、やられっぱなしで終わってしまったのだ。

「おう、そうだよな、また金玉蹴ってやるぜ」

ギョウザを頬張りつつ優作が言った。

「だーっら、おめーやりすぎだってっの！　トドメの蹴りでアゴまで割れてたんぞ！」

「……おす……」

――内部試合編――

そして週末の土曜日。

多摩川体育館柔道場で帝西支部番場道場の内部試合がおこなわれた。交流試合という名目で、番場道場として管轄している七つの道場の親睦もかねている。

かねているが、やはりそこは殴り合いの競技。要は身内で食い合いだ。近親憎悪に近い感情からか、かなり応援も熱くなる。

先の草野が殴り込んで撃退されたという話はすでに広まっており、なぜか青山が金玉を蹴り潰したことになっていた。

「違いますってー」

会場で話しかけられるたびに、青山は関係者、先輩の幹部連中に事情を説明して回っていた。

カンスケ、シンヤが出場するクラスは「一般上級の部」。人数が少なく、一応親睦目的であるので無差別級でおこなわれた。

出場人数は十六人のトーナメントだ。本来は本戦三分、延長二分、再延長二分の試合形式であるが、内部試合のため再延長はなく、延長判定引き分けの時点で体重の軽い方の優勢勝ちとなる。

主審一人、副審四人の計五人で判定をおこなう。副審は全員笛をくわえるため、声を出せるのは主審だけだ。

選手はそれぞれ白、紅の布を帯に巻きつける。審判はそれぞれ紅白の旗を持ち、判定の際に優勢なほうに旗を上げる。引き分けは両方の旗を下で交差、反則などを取る場合は笛を吹きながら反則した方の旗を振る。

内部試合ということで青山や他の先輩も審判役だ。審判の姿はスラックスに白いワイシャツ、なぜか主審は蝶《ちょう》ネクタイと決められていた。

この日の優作は、カンスケ、シンヤ両者のセコンドにつきながら選手の呼び出しやらトーナメント表の管理やタイムキーパーなどバカみたいに忙しかった。かけずり回る優作を見て、以前のあの騒ぎを知る者は目を丸くしていた。かなりの悪評であったからだ。

「えっと、なんだっけ、試合場入ったらまず神前に礼して主審に殴りかかるの？」

「そんなことしたらソッコー負けにされる」

「ばかナニ言ってんだよカンスケ、ひゃっほー！」

「おまえはちょっとくらい落ち着けシンヤ」

三者三様とは言うが今は二者二様だ。異様に神経質になり、カチカチのカンスケと普段以上に調子に乗るシンヤの相手をしつつ、雑用をこなさなければならない優作も実はかなりキていた。

試合の順番を待つ間、とてもとてもいやな時間だ。試験直前の心境に似ているかもしれない。

面白いもので、たいして勉強（稽古）をしていなければ、試験（試合）は怖くない。本気で勉強（稽古）をしてきたからこそ本番の試験（試合）を前にして緊張するのだ。

そしてその緊張の仕方というものは、人それぞれである。先ほどのアップでかなり汗をかいているにもかかわらずカンスケの顔は青白い。シンヤのほうはいつにも増してはしゃいでいた。性格なのだろう。どちらが良いのか一概には言えない。

「おーい、優作、弁当の用意しとけー！」

試合場の前に置かれた机、本部席の一角から指令が飛ぶ。

「オス！」

「で、カンスケ、試合場入ったらまずは正面に礼だ、殴るのは対戦相手、『はじめ』って主審が言ってからな、それからシンヤ、気合はいいけどわけわからん奇声はやめとけ、いいか？　いいな？　たのむぞ？」

早口でそれだけ言って体育館の事務局へ走りだす。

「優作、いいとこいた、水と氷もってこー」

「おす」

用事を言いつけられ、動きだすとさらに用事が増える。下っぱの宿命である。だが、だれもが通る道でもある。

「……続いて、一般上級クラス、無差別級の試合をおこないます、白、下柚木道場、土屋選手、赤、暮塚道場、大石選手……」

アナウンスが入った。ちなみにアナウンスは数少ない女子部の道場生がおこなう。

はっと優作が顔を上げげた。今度は弁当の片付けとスリッパの整理をしていた。

「大石……シンヤだ！」

用事をうっちゃり、駆けだす。試合場の周りは両選手の応援や関係者でいっぱいだ。なんとか人をかき分け前に出る。

「すんません……オス、しつれいします、知り合いなんす……オスすんません……」

かなり時間をくい、人垣から最前列まで進んできたときに一斉に副審の笛が吹かれた。

ッピーーーーーー！

「ヒョッハー」

シンヤがバク宙をしていた。おおおおお……

とざわめきが広がる。

何が起こったのか分からずキョロキョロする優作に主審の青山が叫ぶ。

「赤！　上段後ろ回し蹴り、一本」

おおおおー、とふたたび歓声が上がった。

「ひゃっほー」

また飛び上がろうとするシンヤを青山が苦い顔で止める。

「試合場だ、慎んで！」

そのまま優作のほうへも視線を飛ばして、分かってるな？　と念を押した。セコンドとしてちゃんとやれということだろう。優作は目を開きつつ礼をした。

試合場から選手の控え室となっているロッカールームへ戻ってからもシンヤははしゃぎつづけていた。

「よーよ～よ～見てくれた？　ひゃっはー」


せまい天井でもきれいにバク宙を決めてみせる。

確かにすごかった。開始二十秒で一本勝ちである。相手の土屋選手は茶帯とはいえ最近稽古はごぶさたで、体重もシンヤより軽い六十二キロだ。それでもやはり新人であるシンヤに舐められまいと、開始直後は前に出てきた。ガツガツと胸を突き、膝蹴りで押し込んでくる。

シンヤはそれを受け止めつつ後退、場外直前で土屋が油断したところを後ろ回し蹴りが一閃《いっせん》した。

やはりこのあいだの道場破りの一件がかなり悔しかったのだろう。動きに凄みが出てきた、というか組み手での機微《きび》に長《た》けてきたようだ。

「あの～シンヤ」

「おお優作、見てくれた？　ひゃっほー！」

声をかける優作に超ハイテンションのままシ

ンヤが抱きついてくる。

「一瞬だぜ一瞬！　見てくれた？」

「ああ、おお、おめでとう、でもな、ほら、もうちょい落ち着こうぜ、ほかのひとにも迷惑だから」

はしゃぎ倒すシンヤに優作が諭すように言う。そう、ここの控えのロッカールームは試合待ちの選手がたまっているのだ。目の前には青白い感情を失った顔でツメを噛むカンスケもいた。

「カンスケ！　おまえもがんばるんバ？」

すぱーん、とさすがに優作がスリッパでシンヤを張る。

「あいた！　なにすんだよ！」

「落ち着けっての！　他に選手いんだから迷惑だろが！」

むふう～とやっとシンヤが息をつく。さすがに調子にのりすぎていたと思ったらしい。ロッカールームの隅にはさっきの試合で倒した土屋選手も苦笑いで座っているのだ。

「おうカンスケ、もうすぐ試合だぞ、集中しろ、あとシンヤ、土屋先輩にあいさつ行っとけよ」

試合後、対戦相手にあいさつに行くのは礼儀である。優作がそれだけ言ってまた飛び出す。さっきの用事がまだ途中なのだ。

「おーい優作、湿布《しっぷ》用意しといてー！」

「おす！」

今度は二階席からも声がかかる。忙しすぎる。やっとスリッパを片付け、二階席へ湿布を届けたらカンスケの呼び出しが聞こえた。今から一階に下りても間に合わないので、そのまま二階から応援する。

「……この試合を以て無差別級一回戦を終了します……」

アナウンスの終了を待って、選手が試合場に入る。カンスケは緊張感がMAXに達したようでガチガチなのが遠目にも伝わってくる。

相手の選手は鳥居という黒帯の選手で、何度か選手稽古で当たったたことがある。これというう武器はないが、やはり黒帯、圧力で攻め立ててくる選手だった。

「はじめ！」

青山の号令で二人が前に出る。いや、前に出たのは鳥居だけだった。

「えいさ！　こらさ！」

声で威嚇しながら攻め込んでくる。カンスケがガチガチで動けないと見て取ったのだろう。黒帯を締めているからには茶帯なんぞ一蹴しないとでかい顔はできないのだ。

「カンスケ、相手の技、見えてるぞ！」

優作が声を飛ばした。

カンスケが後退を続けた。どんどん攻め込まれる。

――ようし、もう少しで押し出せる！

意気込んで鳥居が攻め込む。

――最近選手稽古に顔を出してくるようになった三人組の一人だ。青山に目をかけてもらっているらしく、今回の試合にも抜擢《ばってき》されている。自分は黒帯になってやっとこの試合に出られるようになったのに、茶帯ごときで生意気だ！

――ほらみろ！　もうすぐ場外だ！　何度も場外へ押し出してやる！

どんどん前に出てきた。

――さっきの土屋みたいに場外間際で油断したらいけない。おれは油断せずに押し込むぞ！

「へいや、こらやー」

しかしだんだんと鳥居の顔に焦りの色が浮かんできた。攻めても攻めても前に出ても、いつまでたっても場外へ行けないのだ。

――おかしい、おかしい、なんでだ？

「いいぞ、カンスケ！　受け返し受け返し！」

優作が応援する。ガチガチで動けず、後退して防戦一方に見えたカンスケであったが、下がりながらも冷静に相手の攻撃をカット、ガードし、しかも8の字を描いてステップを踏んでいる。まっすぐに後退するのではなく、ナナメ後ろに下がりつづければ場外線を割ることなく永遠に後退できる。練習でもやるし、頭では分かっていても試合ではなかなかできるものではない。

そして受け返し。帝西支部、番場道場の特徴だった。

直接打撃の空手、顔を殴ること、つかんで投げること、この二つをのぞいて何をしてもいいルールだ。だがそれでも殴る蹴る、という動作であれば四本の手足を使って攻撃するしかない。つまり、必ず四方からしか攻撃が来ない。

四方、突きと蹴り、その攻撃を一つ一つ分解し、相手がこう突いてきたらこう受け、こう返す、という稽古、それが受け返しだ。番場道場ではこの反復をとにかく稽古する。

もちろん、鳥居も稽古してはいたが、カンスケを押し出すことに意識がいってしまっていた。突いても蹴ってもガードされ、攻撃が返ってくる。前に出てものれんに腕押しだ。こうなると前に出られない。攻撃しても受けられるので手が出なくなる。

「ラスト三十！」

残り試合時間が三十秒という合図だ。

「……エ！　エ！　エ！　エ！」

それまで静かだったカンスケが短い気合を発しながらラッシュを始めた。細かい突きを胸、肩、水月、レバーに打ち分け意識をけずり、蹴りで足をつぶす。ペースをもっていかれた鳥居はすでに棒立ちだった。

　ドン、と太鼓が鳴り試合終了の合図として小豆《あずき》の入った袋が試合場に投げ入れられる。

「両者、開始線戻って！　判定とります！　判定！」

　青山が声を張り上げる。

「白！　イチ、ニ、サン、シ、主審、シロ」

ビッと青山が白の方向に手をあげる。

カンスケはまるで夢からさめたような表情で汗だくの顔で目をぱちぱちさせた。

「キレイな組み手だな」「うん、こいつ面白いな」

そんな声も聞こえた。

　優作が一階に飛んで降り、ロッカーへ向かった。

「カンスケ！　おめでと！」

「げっは、げっは……ほほおお……よかったよ勝てて……」

　がくがくと震えながら、カンスケが握手してきた。

　そして次の試合。シンヤは再び一本勝ち。だが、今度は、技あり二つを取っての合わせ一本だった。

　カンスケのほうはこれも初戦と同じく判定勝ち。ただ最初から攻め込まれることはなく、終始安定していた。

　ここでベスト4。勝っても負けてもあと二回は闘わねばならない。

「おう、優作」

かけずり回る優作に青山が声をかけた。

「おうす」

　両手いっぱいにキックミットを持った優作が立ち止まる。

「忙しそうだな、シンヤに言っとけ、次の相手は見てくるぞってな、あと、カンスケ、ちゃんと冷やしてるか？」

「おす！」

礼をしてまた走りだした。

青山は、主審を務める立場上、試合中にアドバイスができないので休憩時間中に指示をとばしてきたのだ。

ロッカールームに入るとすでに熱気むんむんだった。初の上位入賞確実で完全に盛り上がったシンヤが飛び回っていた。

「ハッホッハッホ！」

完全にイっていた。

「あ〜、シンヤ？　青山先輩から伝言だ、次の相手は見てくるらしい、気ぃつけろ」

優作が伝言を伝える。見てくる、というのはシンヤの一、二回戦の動きを見て慎重に攻めてくるという意味だ。シロウトならともかく上級の部ともなれば動きを見せたらすぐに研究されてしまうものだ。

「チャガっ」

まったく話を聞かずにシンヤが魔獣のように吠えてバク宙した。

「おうす……」

体育座りで全身に氷の入った袋をのせたカンスケがあいさつを返す。

冷やす、アイシングは基本だ。なにせ生の拳、足で打ち合い蹴り合うのだ。打撲はついて回る。いくら鍛えようとも打たれた箇所は熱を発し腫れあがる。それを強引に押さえ込むのがアイシングだ。これをするのとしないのではまったく違う。

「すんません……あの……お迎えが来そうに寒いんですけど……」

しかしやりすぎると良くない。

「っちゅーかっすね、もーいいすか？　おれは……ぐー」

「おーい、優作、おめーんダチ、ここで死んでっからかたしとけっ」

「おーす！」

　下っぱは大会後も下っぱである。

（もー、ええかげんにしてくれ）

　いいかげん優作もキレそうである。大会終了後に会場である体育館の片付け、体育館の人たちへのあいさつ、そして関係者の見送り、さらに幹部連中の車の手配やら後援会の相手、やることは腐るほどあった。ピキッ、ピキッとコメカミに血管を浮かせるたびに、うまいタイミングで青山が現れた。

「よっ、優作、もうすぐで終わるからさっ、ね？　あとでメシ、たらふく食わせてやっから、なっ？」

　そう言いつつ右腕をしゅたっと上げて去っていった。

　そういうフォローも入れるが、実は青山こそ、師匠である番場の直下でいろんな指令が飛んでくるため、優作どころではないくらい忙しい。

　さて、舞台かわってここは万心。道場生行きつけの場。激安鉄板焼き店、万心。すでに二階の座敷では定員完全オーバーな五十人以上の人間が飲み食いしていた。

　酒は原酒のまま焼酎が洗面器でたらい回しされ、食い物は生のままで練った小麦粉のお好み焼きの生地が食われていた。

　口元を真っ白にした番場が立ち上がる。先生といわれる立場にあっても道場生の誰よりも早く鉄板で焼かれる前の練っただけの小麦粉をむさぼり食っていたことからさらに尊敬を深めた稀有《けう》な存在でもある。

「あ~今回の内部試合、素晴らしかったと思います、えっと~三決（三位決定戦）も決勝もね、負けた方の選手が良かった、えっと、名前分かんないけど良かった……じゃあ」

そのまま直角に倒れた。あわてておつきの青山が後頭部に座布団を敷く。

「優作、あとは任した！」

そう言い捨てて親分である番場先生の介抱に回る。弟子の活躍に人一倍感激した番場先生であるが、稽古のしすぎで体調を壊しているという噂は本当らしい。

キタネーッと正直優作は思ったが、青山先輩も大変ナノダと心に言い聞かせ、修羅場に戻った。

「おー、ユンサ！　きーてくれって！　おれ負けたの？　なんで？　なんで負けたの？」

とんでもない勢いでシンヤがからんでくる。

「オレ、あんで？　アンディー？　カカト落とし？　なんで表彰状持ってんの？」

カンスケも準優勝のカップを持って寄ってくる。正直、うっとうしい。

「あのーな！」

シンヤは準決勝、やはり体操仕込の柔軟な肉体からくりだす回転系の大技を連発していった。だが対戦相手の苦山選手はこの内部試合は何度も制覇しているベテランだ。仕事の関係などで本式の交流試合や全日本大会などには出場経験はないのだが、巧い組み手に定評がある。青山の読みどおり、大技をくりだすシンヤの攻撃をたくみにさばき、そして反撃した。

頭部を狙って大きく振り上げた足が空振りする。空振りするということはバランスが崩れる。

そこを突く、蹴る。

気づけば本戦終了、旗判定四対〇で敗退していた。

それでも気を取り直して三位決定戦ではふたたび大技連発。見事優勢勝ちだった。

カンスケのほうは、準決勝までは初戦からの粘り強い受け返しでコテコテの粘り合いを制したところまでは良かったが、そこで力尽きた。

攻防一体の受け返しではあるが、基本、生の拳、蹴りを当てられるのだ。いかにガード、カットをしてもダメージは蓄積する。決勝戦、二分すぎについに足がいうことを聞かなくなり、ヒザをついた。

結果的に二人とも苦山選手に敗退したことになる。それでも今は正直、悔しいよりもやりきった清々《すがすが》しさでいっぱいだった。

「いやー、でも気持ちいーな！　この開放感！ひゃっはっは！」

「うん、悪くないね」

二人がニヤニヤ笑い合う。なんとなく疎外感をおぼえた優作は飲むしかない。

（ちっくしょ！　次はオレも……）

それでも静かに燃えていた。

まあ静かだったのは最初のうちだけで、番場先生を家まで送って戻ってきた青山と一緒に大騒ぎしていた。


そして夏。七月下旬。名古屋。

第十二回全日本体重別選手権がおこなわれた。全国から選抜された強豪が覇を競う。

ここで優秀な成績、基本ベスト8以内に入れば自動的に冬の無差別大会への切符が手に入る。今回はもちろん出場できないが優作たちは先輩である青山たち選手の応援としてかけつけた。

結果、軽量級で青山は三位入賞した。初の表彰台であったがそれでも頂点をめざして刃折れ矢尽きた印象でボロボロだった。

そして江川。優作が一方的にライバル（?）視している江川は初出場ながら中量級でベスト8入りした。

機関紙などではこの実績で帝西の若きエースと呼ばれるようになった。


冬。十二月初旬。東京、新宿都庁の横手にある新宿区武道館において無差別大会が開催された。

二日間にわたり全国各派の強豪選手が一堂に会する。直接打撃制のルールで空手日本一を決める大会だ。

先生である番場宗一も年に一度、この大会に照準を合わせて出場する。毎年ベスト8には入れるが、毎回満身創痍《そうい》となり、頂点にはいまだ手が届いていない。

完全燃焼を座右の銘とする闘い方にファンも多く、観客席のあちこちに横断幕も張られる。齢三十一、この肉体を酷使するルールで頂点を狙うにはもう時間が残り少ない。

すでにこの無差別大会には七回連続参加、それだけでも鉄人であった。

弟子の青山も去年にひきつづき、参戦。江川ももちろん初出場していた。

ビッグバン、番場の結果は初の決勝進出こそかなったものの、最後の最後で相手のラッシュにのみこまれ、印象点で旗を持っていかれた。

青山も江川もそろって二回戦敗退、二日目に姿を消す。


そして時は移り、再び、初春を迎えていた。

「ええいしゃー！」

道場を縦横無尽にかけめぐる若者たちの姿があった。

「優作！　おら、あんまり飛ばしすぎんな～」

青山のあきれたような声が飛ぶ。

「オッス！」返事しながらも、優作はまったくペースを落とさずに動き続ける。

突いて蹴って受けて回ってまた突いて……延々と動く、まったく疲れた様子を見せない。

選手稽古参加から一年。あの、初参加の日がうそのように優作、そしてカンスケ、シンヤは強くなっていた。稽古内容にも慣れ、さらには試合直前の青山や番場たち全日本レベルの強化稽古にもなんとかついていけるようになっていた。

初参加の日、青山が言った、「今日は番場先生がいないから軽い内容」というのは真実だった。

それでも、ついていった。

そして、週末、ついに封印が解かれる。

―全日本体重別選手権
道場内部選抜編―

ふたたび、年が明けた。

優作、試合解禁の年が明けた。

明けてしまった。

試合に出る、勝つ、という目的のための一年だった。大学に顔を出した回数は片手で数えられるほどだった。

二月中旬。府中総合武道館。

帝西支部、毎年恒例の体重別選抜試合がおこなわれた。

優作とカンスケは八十キロ以下の中量級、シンヤは七十キロ以下の軽量級に参加した。


支部選抜を決める大事な試合だ。ここから続く階段の頂点には全日本の栄冠がある。長い長い、つらく苦しい階段である。

それでも空手に魅せられた若者たちにとっては王となる道しるべであった。まだ寒風がふきすさぶ季節であるが灼熱の熱気で闘いが繰り広げられる。

いの一番に会場入りし、道着に着替えて柔軟をしているうちに関係者が続々と入ってくる。なかには優作の顔を見て「出るの？　よく出られるな～」だのとイヤミを言う幹部も一人や二人ではなかった。そのたびに耳でもかみちぎってやろうかというような目で睨みつつも「オス」とだけ答えた。

（文句があるなら今のうちに言っとけ、どいつもこいつも黙らしてやる）

炎のような気魄《きはく》をあたりにまきちらしていた。

「おーう優作、気合入ってんな」

笑いながら青山たちもやってくる。この時間になれば場内は人いきれでいっぱいとなり、あちこちで「オス！」「ガンバリマス！」と声が聞こえる。

「優作、ひとつだけ言っとく」

「おす！　優勝します！」

かなりテンパっている優作が大声で叫んだ。

ざわ……と波紋が広がる。またアイツか、と冷たい視線も突き刺さる。

「……えっとだな、ちょっとこっち来い」

青山があわてて柱の陰に引っ張る。

「なんすか先輩、忙しいんですから、優勝しますって！」

「だーらその話だよ！」

「おす？」

「あのな、まだオマエのやらかした騒ぎのことをうるさく言う連中多いみたいなんだわ、幹部に、これが」

青山がへきえきしたように言う。

「まあ番場先生なんかは基本、稽古がんばってればいいじゃんって人だからいいんだけど、それでもまだオマエにいい印象を持ってない連中は多い」

「……オス」

「そんでな、試合なんだけど、今回は選抜だろ？　そういう幹部連中が審判やんだよ」

「おうす」

「だから、圧勝しろ。全員倒せ。文句がどっからも出ねえくれえ圧倒して勝て」

「オス！」

青山に完全にネジを巻かれた優作の目は完全に血走っていた。下手をすれば四つんばいで歩きだしそうなほどケモノの目をしていた。

「おうす、優作」「……ほおす……」

シンヤとカンスケも着替えを済ませて身体を動かしはじめていた。内部試合で結果を出し、そして選手稽古で歩をならべて鍛錬してきた仲間だ。だが、今日は、泣く子も黙る臥薪空手、試合となると親でも蹴り殺す。

「カンスケ!」

「お……おう?」

「決勝で待ってるぜ!」

驚くカンスケにグッと拳を見せて力む優作。

「お、おう!」

とまどいつつもカンスケが呼応する。

「シンヤ!」

「おう!」

「決勝で待ってるぜ!」

シンヤにも同じムーブの優作だった。

「おう!」

優作はそのまま踵《きびす》を返していった。

「えっと、シンヤ? おまえは階級違うんだけど、優作なに言ってるのかな?」

カンスケが不安そうに聞く。

「へ? なにが? なにがなにが?」

こっちはまた試合前のハイテンションモードに入りかけていた。

「いや、いいや」

シンヤと同じできっと優作もテンパっているのだろう。そう思うことにした。

事実、そのとおりだった。

今回の選抜試合。軽量級、十六名、中量級三十二名、重量級十八名でおこなわれた。すでに内部試合での闘い方からシンヤはマークされていた。

開始直後から大技連発するスタイルは研究さ

れていたが、それでも選手稽古で培《つちか》ったスタミナと、以前にも増した技のキレで技あり、一本を連発する。軟体動物さにも磨きがかかり、上半身をまるでブリッジするかのように反らして相手の攻撃をかわして反撃したりしていた。華のある選手には旗が上がる。シンヤは難なく準決勝に駒を進めていた。

中量級。

同じ道場所属ということもあり、優作とカンスケはそれぞれ違うブロックに入っていた。

カンスケはトーナメントの最初、優作が最後だった。

初戦から、カンスケは派手さはないものの、堅実な組み手で勝ち上がる。よほど帝西スタイル、突きと下段の打ち合いで相手のスキをついたりタイミングをずらしたりして攻撃を入れるスタイルが水に合っているのだろう、コツコツと相手を効かして下がらせ、接戦をものにしていた。

そして、問題児、優作だ。

三年ぶりの試合だ。仲間である二人が先に試合に出るわ入賞するわ、さらに先輩の青山も全日本入賞、さらにさらにはにっくき（？）江川までもが全日本ベスト8だ。かなりの出遅れ感、焦燥感に焼き殺されそうだった。楽になれるのなら自分で火をつけてもいいくらい実は追い詰められていた、というか自分で自分を追いつめていた。

（ここでぜったいに優勝して全日本に乗り込む、何が何でも、なにがなんでも）

稽古した。稽古した。稽古した。とくにこの一年は稽古漬けだった。元日から大晦日《おおみそか》まで、できうるかぎり稽古してきた。はずだ。

気負っていた。

（ここで勝たないと、圧勝せねば）

どんどんエスカレートした。

（あいつらに一泡ふかせてやる、血の海に叩き込んでやる）

「……赤、暮塚道場、イカリ……失礼しましたイワマ選手です」

アナウンサーに一瞬ガンを飛ばす。女子部のアナウンサーもヒトの名前を間違えといて、平気でガンを飛ばし返すあたりはさすがはケンカ空手の門下生であろう。

「おら優作！　集中しろ！」

後ろから青山の檄が飛んだ。

試合場へ入る。三年ぶりだ。少し足が震えた。この二年、いや三年、我慢に我慢を重ねてきたのだ。やれるはずだ。

試合直前、急に不安になるのを押し殺して相手を見据える。番場道場の選手稽古では顔を合わせたことがない。同じ帝西支部下ではあるが、番場の他にも胡桃沢《くるみざわ》という強豪がおり、胡桃沢道場の傘下なのだろう。

ちなみに胡桃沢も強豪であるのだが、番場よりも上位に食い込んだことがなく、かなりライバル視していた。

対戦相手は立川分支部の選手らしい。蛭田《ひるた》という選手で、ヒゲ面でこわもてを演出していた。

「蛭田センパーイ！　ふぁいとおー」

応援席から声が飛んだ。しかしすでに優作の耳にはなにも入らない。

「はい、正面、礼！　主審に礼！　お互いに礼！　かまえてー！」

「きゃおらあああああああ」

主審の号令にかぶせるような気合を優作が発した。コイツか……と主審の目が細まる。どうやら先に青山が言っていた、優作の出場に文句を言っている幹部らしかった。

絶賛アウェーで逆風状態から優作の試合が始まった。

「エッシ！」

テンパった目つきで飛び掛かっていった。真正面から殴りかかってくる優作にとまどいながら蛭田が蹴りを放つ。

ドボっと水月に入った。おほっと優作が後退する。だが、効いていない、タイミングが合っただけだ。

「ハイ、白！　中段前蹴り一本！」

「おいちょっと待てこら！」

いきなり一本を宣告する主審にくってかかる優作をあわてて止める青山。

「バカ、やめろ優作！」

「ピッピピッピッピ！」

さすがに今のは一本ではないと副審も旗をふりながら笛を吹く。けっこうまぬけな光景だった。

「ったく、はい続行！」

仕切り直しだ。

「しゃら！」

また突っ込む優作、蛭田が迎え撃つ。

だがまだ気負いすぎている優作は前に出ようという気持ちが強すぎて相手を突き飛ばしてしまう。なんとか踏みとどまり、今度は蛭田が両手で胸を突き飛ばしてくる。ただの押し合いになった。これは空手ではない。

「ッピー！」

副審の笛が吹かれる。待ってましたとばかりに主審が分けて入り、二人を開始線まで下げて叫ぶ。

「ハイ！　赤、つかみ、注意イチいいい！」

反則を取られた。どういう理由か分からないが何が何でも優作を勝たせたくないようだ。

「な……向こうも、おれだけ！」

優作がまた主審に食ってかかろうとする。

「ユウサク！」「おちつけ！」「どうどう！」青山だけでなく、カンスケやシンヤも声援をおくる。

「だって……」優作が口をとがらせてまだ文句を言おうとする。

「おめーなあ、ほんといいかげんにしろよ！」

青山が本気でキレそうになっているのを見て、やっと黙り込む。

「ハイ、続行！」

今度はやっと落ち着いたか、優作が構えたまま相手の様子をうかがおうとした。だんだんと違う意味でキレだしていた。

「えいしゃ！」「オラ！」

声をかけ合うように技を飛ばし合う。やっと空手らしくなってきたようだ。

落ち着いてみれば相手の技量はたいしたことはない、はずだ。こちとら毎週青山先輩や番場先生にぶっとばされつづけてきたのだ。ガシガシと拳を打ち込んで相手を後退させ、後ろ足に体重がのったところを見はからって下段を蹴る。

ガッと優作のスネが蛭田の太ももに食い込む。蛭田も鍛えているらしく、当たり前だが一発では効かない。

（なら効かすまで蹴る）

優作はしつこかった。目の色を変えて蹴りまくる。だんだんと興奮してきて足ばかり蹴る。ほんとうなら突きで崩してから蹴るのが定石だが、夢中になるあまり足ばかり蹴っていた。

「バカ！　上！」

シンヤが叫んだ。優作の圧力に下がらされていた蛭田が、苦しまぎれではあるが一発逆転の上段回し蹴り、ハイキックを狙ってきた。

足を狙って蹴りすぎると神経が下にばかりいってしまい、頭の位置が下がってしまうのだ。さすがは選抜に出てくる選手、その優作のスキを見逃さなかった。

シンヤの声にはっと頭を上げた。それでもカツン、と優作の口元をヒザがかすめた。

鉄サビの味が広がる。ついでに、江川の上段で失神、大暴れした記憶がよみがえった。

「くおらあああ！」

蹴り足をつかんだまま蛭田を投げ飛ばした。

「ッピッピー！」

副審の笛が鳴り、主審がまた嬉しそうに叫ぶ。

「赤あ！　つかみ、注意にいい！　合わせて減点いちぃー！」

わあああ、と観客がざわめいた。

「なーにをしとるかキサマー！」

「アホー！　技ありとおんなじポイントとられたー！」

「優作、優作、落ち着けー！」

青山が激高し、シンヤが頭をかかえ、カンスケが声援を送る。反則のポイント、つかみの注意二回で減点一となり、それは技ありに匹敵するのだ。技あり二つで一本となる。

「アホかオマエはー！　この三年むだにする気かよ！」

青山がさすがに怒り狂って叫んだ。

ここで、ここでやっと優作が我に返った。

（そうだ、そうだよ、なにやってんだよ、空手しかねえって戻ってきたのに、空手に戻してもらったのに、それで空手ができるってのに、なにやってんだよ）

「オス！」

優作が開始線で構えをとる。

「優作！　残り一分！　一分しかねーぞ！」

シンヤが焦った声で叫ぶ。

「やっと、落ち着いてくれた……」

「ギャオ！」

「まだか……」

ダッシュで相手に向かう優作に青山が頭をかかえ、しゃがみこむ。

「あ、青山先輩、だいじょうぶ……かも」

カンスケが試合を見ながら言った。

「えいし！　えいし！　えいし！　えいし！」

優作の気合が響き渡る。突いて蹴って、上に下に横に散らして中に外に蹴りを振る。前に外に打ち分けて蛭田を棒立ちにさせた。

「えいし！　えいし！」

ドン、と蛭田の水月を突いて頭を下げさせたところに飛びヒザを入れた。

カツーン、と蛭田のアゴが跳ね上がる。

「シャッハー！」

腰から倒れ込む蛭田を前に優作が腰を落として拳を引き、いつでもとどめをさせる姿勢、残心のポーズをとる。

「はい、とりませーん、認めませーん！」

主審が無理やり半分白目をむいている蛭田の道着をつかんでひきずり起こす。

「おおおい！」

我慢の限界が違うところで爆発した。

「オウ、こらあ！　ウチの若いのに文句あんだったら後で聞いてやっからあ、審判くれえマトモにできねーのかテメー」

優作より早く青山が叫んでいた。裂帛の勢いに飲まれたかのように主審が仕方なさそうに腕を上げる。

「ええっと……赤、……有効……？」

「んなのねーよ」

青山がまた叫んだ。
「技ありー！」
いやそうに主審が宣言した。ザワザワザワザワと
また波紋が広がった。
「残り十だぞ！」
シンヤが声を出す。そう、試合時間は残り十
秒しかないのだ。
今現在、技ありを取り返したとはいえポイン
トは五分五分、互角であればなぜかアウェーな
分優作には分が悪い。
「おお、任しとき」
目を挙動不審にきょろきょろさせながら優作
が足踏みする。
「はい、かいし～せん～戻ってええ～～」
やたらまったりもっさりと主審がうながす。
少しでもさっきの優作のヒザ蹴りのダメージか
ら蛭田を立ち直らせようとしているらしい。

（早くしろ早くしろ早くしろよコノヤロー）
また優作が焦りだす。焦ったら一つもいいこ
となどないのは分かってはいるが焦りだす。
ここで声を出すとさすがに越権行為になるの
で青山も我慢している。歯噛みしていた。
「ん～む、……ハイ、続行！」
引っぱるだけ引っぱって主審が続行を宣言、
言い終わる前に優作はふたたび跳躍に入る。
「ええらあ！」
気合とともに跳ぶ。
（もう倒すしかねえ）
その思い込みからふたたび飛びヒザ蹴りを出
した。主審も主審でぜったい優作が倒しに来る
と踏んで、続行直後にむりやり割って入ってま
た仕切り直そうとしていた。まさに負のデフレ・
スパイラルとしか言いようがなかった。
がつん！

優作の飛びヒザが主審の顔面を直撃した。

「え……ええ～？」

「うわあ……」

ため息だけが試合会場を支配した。完全無欠に失神し、ピクピクと痙攣する主審を前にして優作が立ちすくんでいた。

「えっと、えへ？」

頭をぽりぽりかく優作に小豆袋が投げつけられた。同時にアナウンスが入る。

「時間です」

ピピピピピ……と試合時間をはかるタイマーの切れる音と同時に対戦相手の蛭田が崩れ落ちた。

試合は中断した。大会予定にはない休憩が入った。それはそうだろう、前代未聞の主審ノックアウトの事態が発生したのである。

審議の結果、再試合をおこなうことになった。

優作は納得できなかったがこれ以上もめると青山や番場先生に迷惑がかかると思い、我慢した。すでに迷惑はとっくにかけているのだがそこはそれだ。

再試合といっても相手の蛭田はすでに一度優作の飛びヒザで倒されていることから異様に警戒して上段のガードをがっちり固めるのみになった。下の意識がガラ空きだったのでしこたま足を蹴っていった。

本戦三分持たずに蛭田は沈んだ。

二回戦。

同じ選手稽古で顔を合わす木林だった。初めての選手稽古の記憶がよみがえる。

（あんときゃあ遅れをとったけどっ）

そんな思いをぶつけていく。開始直後、木林が飛び蹴りをしてきたが冷静にさばく。優作の欠点であろうと思われる短気さをつこうと、出鼻に大技を入れてきたのだ。カッとさせて技があらくなったところに付け入ろうとしているらしい。

しかし、一回戦の教訓からか、優作はやっと本来の動きを取り戻してきていた。いくら選手稽古を一緒にやってきたといっても密度が違う。向こうのほうが先輩だろうが関係ない。終了間際に飛びヒザのフェイントで木林の上体を起こしておいて中段前蹴りで技ありをとり、優勢勝ちをおさめた。

勢いに乗った優作は強い。どんどん、身体が動く。まるで自分が別な場所にいてコントローラーで動かしているような別距離感からやっと心と体の一体感を感じていた。

そのまま三回戦、準決勝となる四回戦も勝ち上がり、ついに決勝の舞台に立った。

残念ながらカンスケは反対側のヤマの準決勝で浅野に敗れた。浅野選手、浅野先輩は去年のこの大会の優勝者だった。去年は軽量級では準優勝、今年は中量級に階級を上げてきたのだ。

コンピュータシステム関連の仕事で生活が不規則なため、全日本大会などは欠場することが多いが、なぜか選抜大会は優勝していく、ある意味迷惑な男である。今年で三十歳。年齢的なこともあり、若手の壁のような存在でもあった。

「ごめん、優作、負けちゃったよ……」

カンスケが泣きそうな顔であいさつに来た。いい試合だった。堅実に勝ち上がる組み手、派手さはないが確実に手数、足数で上回る試合展開で勝ち上がっていったカンスケだったが、それ以上に浅野は堅実で確実だった。

勝負を分けたのは技の正確さでもある。同じように打って打たれても、浅野は必ず肝臓、水月、脾臓と急所を打ち抜くように突き、蹴ってくる。それだけでダメージが蓄積してゆく。歴戦のたまものだろう。経験の浅いカンスケにはまねのできない芸当だった。

「心配すんな、おれがカタキとったる」

ついに決勝、ということでまた優作の目が飛びはじめていた。

「あ、おう、それはいいけど、ね？　優作、たのむから冷静にいこ？　な？」

カンスケがあわてて言った。

軽量級決勝で惜しくも敗れたシンヤもかけつける。

「つっかれたあ！　あーちっくしょー！」

はっちゃけ組のシンヤも大技連発で会場を沸かせつづけたが、決勝の相手が悪かった。胡桃沢道場の門下、全日本軽量級で上位入賞経験のある恩田選手だった。天才肌であるが集中力が持続せず、いきなり海外を半年放浪したりしており、絶対的な稽古量は少ないはずだがそれでも強い。試合に出ると発作的に決めたときの集中力は凄まじく、今回もシンヤをまるで寄せつけずに圧倒した。

苦し紛れにバク宙しながら恩田を蹴ろうとしたシンヤだったが、自分以上の高さまで跳躍した恩田の蹴りを喰らった。

「あんなのされたらもお〜なー」

すごすぎて笑ってしまうくらい派手な試合だった。

「お疲れさん、でも面白かったよ」

首にタオルをかけたカンスケが言った。

「おう！　心配すんなシンヤ、オマエのカタキもとったる」

優作が目を血走らせて言う。

「いや、だから優作落ち着けって」

カンスケが困り顔で諭す。

「ま、あれだあ、優作、おれらのトリなんだからよ、いいとこ見せてくれよ？」

バシーンとシンヤが優作の背中を叩いた。

「いって、おめシンヤっ」

「ぼくからもねっ」

ババーン！　とこっちは両手でカンスケが叩いた。

「イダイ！　おまえらなっ」

「ほら優作、呼び出し呼び出し」

「お……おお」

試合場へ向かう。

「ただいまより、帝西支部選抜試合中量級決勝戦をおこないます」

アナウンサーの声が響く。

「白、暮塚道場、浅野選手、赤、暮塚道場イカ……ザマ？　選手……」

あのアマまた間違いやがった！

この決勝に来るまで五試合、しかも再試合が一回入ってるから六回も間違いやがった！

優作がお約束になったかのようにガンを飛ばす、もちろんアナウンサーも飛ばし返した。

「優作！　集中！」

青山の声が飛ぶ。

「決勝だぞ優作！」「冷静に、冷静にいこ！」

シンヤとカンスケの檄も飛ぶ。

「正面、礼！　主審に礼！　互いに礼！　……かまえて！　はじめえ！」

主審の号令とともに優作が舞う。

「しょら！」

いきなり上段ヒザで距離をつめ、浅野が下がったところを追撃する。読んでいたかのように浅野が転進し、距離をとろうとするが、それを許さずに優作が前に出る。

カンスケとの試合でもそうだが浅野の受け返

しのうまさには定評がある。相手の攻撃をカット、受け流す角度から攻撃を返すテンポなど、達人の域である。まともに正面から技術戦をしたら勝ち目はない。

正直、最近は受け返しだけなら優作よりもうまいカンスケを完封したのだ。とにかく休まずに攻撃するしかない。シンヤのようにびっくりするほど柔軟性もないので派手な蹴りもないが、とにかく、とにもかくにも、休まずに攻撃し続ける。

「えあ！　は、えいし、はっ、えら！」

しかも攻撃が単調、たとえば突きだけになると即座に浅野が下段を蹴ってくる。たとえば蹴りだけで攻めたら突きで上体を崩される。そこに注意をはらい、上下の蹴りの打ち分け、それに下段を蹴るにも相手の前足の外、内、後ろ足、奥足も外、内、さらにヒザ蹴りもからめてとにかく攻撃をつづける。

この一年の選手稽古で何度も浅野とは組み手で当たっている。とにかく受けがうまい。

それを崩す。意地で崩すのだ。

受けを崩すには攻撃しかない。ただ、攻撃だけではいけない。常に相手の反撃、カウンターを予測した攻撃でなければ。

そして声を出す。攻撃し続け、そして声を出し続ける。

本戦三分、延長二分、引き分けとなった。

次の再延長で白黒をはっきりさせねば体重判定となるシステムだ。優作は百七十センチ、七十五キロ、浅野は百六十五センチで七十二キロだ。去年は軽量級で出場していた分、軽い。そして体重判定では軽いほうが勝者となる。

引き分けにされた時点で優作の負けだ。何が何でも差をつけなければならない。

しかし浅野の守りは堅い。ボディへの攻撃はほとんどさばかれ、一発二発入っても効かすまでに至らず、ごまかされる。

（なら頭だ）

何度も優作がハイキックや上段ヒザを狙うが、焦りもあって技を見切られていた。

「ユーサーク！　あと三十、ラスト三十！」

シンヤが声をかぎりに叫ぶ。

「あっさっのっ！　あっさっの！」

リズミカルに浅野コールも起き、それに乗って浅野も最後のラッシュに出る。

ここで動きまくって狙いを定めさせなければ引き分けにもちこめる。

「しゃ！　……って、オラア！」

優作がクルクルと動き回る浅野の頭部を狙い続けるがかわされてしまう。それでも意地で追い掛け回す。最終延長であるこのタイミングで倒すか、大技を当てるか、なにか大きな印象を取らなければ負けてしまうのだ。

浅野もラッシュに来ているが全体を通して見れば優作のほうが押しているはずだった。

しかし、明確な優勢ポイントがない。

（くっそ！　当たらん！　当たるトコどっかねえのかよ）

歯を喰いしばりながら考える。ボディも一発で効かせられないし、上（頭）は当たりそうにない。

「だったら」

思わず口に出していた。

ちょうど浅野が突きからヒザのラッシュで片足立ちになっていたことも幸いした。ヒザ蹴りを腹にもらいながらも優作が下段蹴りで軸足を払った。足払いだ。

「しょやっ！」

スパーン！

どん、とマットに浅野が背中から落ちた。即座に優作が残心をとる（腰を落とし、いつでもとどめの突きを打てる姿勢）。倒れた選手と技を決めた選手のコントラストが鮮やかだった。

「時間です」

ちょうどそのタイミングでタイマー係が叫んだ。ハアハアと息を切らせながら道着を直して正面を向く。

（勝ったはずだ、勝ってるはずだ、勝ってるといいいな、勝たしてください……）

弱気になるがそれでも顔に出さず、なんでもない、という心持ちで不動立ちになり、判定を待つ。主審が声を張る。

「判定とります！　判定！」

さっと副審の旗が上げられる。白が浅野、赤が優作である。

「白、一、引き分け、一、赤、一、二」

一瞬、間が空く。ここで主審が赤をコールすれば三対一で優作の勝ちだ。

逆に白か引き分けであれば、結果、引き分けとなり、自動的に浅野の勝ちとなる。

「主審、赤！」

わあああああ、と歓声が上がった。

（やった、やった、やった）

優作が天井を見上げて涙をこらえる。

（やった）

汗と涙でずくずくになった優作が歓喜の叫びを上げた。

「うおおおおおおお！」

「おお、優作、おつかれさん、よくやった」

青山が嬉しそうに迎えてくれる。

「やったなあ！　優作！」「さっすがあ！」

シンヤとカンスケも飛び上がって喜んだ。

「いや、おす、ありがとうごあいましゅ」

うまく言葉にならない優作を、

「あれ？　なに？　おまえ泣いてんの？　バカじゃね？」

と、青山がからかう。

「まあまあ先輩い」

カンスケがとりなすが、

「いやー、よかったよ優作、最後どうなるかと思ったけど」

マイペースにシンヤが感想を言う。

確かに、たしかに際どい判定だった。ラストの足払いも印象的だったが、やはり最後の最後まで攻め続ける姿勢が勝ちを呼び込んだのであろう。

対戦相手の浅野にあいさつにゆく。

「おす！　ありがとうございました！」

浅野はさすがに精魂つきはてた表情で座り込んでいた。

「いやあ、凌ぎきれると思ったんだけどなあ、ハハ、とにかく、負けたわ、全日本がんばれよ！」

浅野が優しく笑いながら言った。

「オウス、先輩も一緒にがんばりましょう！」

「ハハ、夏は忙しくて出られねえんだよ、だからオレの分もがんばってくれ」

なにやら秋ごろに完成する大きなプロジェクトのメンバーらしく、充分に稽古《けいこ》に時間をとれないのだという。

「オス！」

そして師である番場先生にもあいさつに行った。

考えてみればこうして試合の優勝のあいさつに行くのは初めてだったので緊張した。

「オス！　暮塚道場、硲優作！　優勝しました！」

「お〜う、おめでとさん、えっとなハザマ、おまえね、パワーつけろ」

「オ……オス！」

「以上」

簡潔であった。

「ありがとうございました！」

そして表彰式がおこなわれた。

一位から三位までに賞状が渡されるのだが、その賞状を渡す係があの優作が飛びヒザで失神させた主審をしていた幹部だった。

「中量級、優勝！　いま……イワマ優作選手！」

ここでも名前を間違えられ一瞬、女子アナと視殺戦をくりひろげ、さらに普通であれば名前を呼ばれ、先生や幹部から「おめでとう」と賞状を受け取るのであるが、この幹部はさっきのことを根にもっているらしく、優作に賞状を渡しても睨みつけたまま手を離そうとしない。

優作も優作でさっきは悪かったとは思うが優勝したんだから関係ないとばかりに睨み返して賞状を引っぱる。

「園部先生、手を離してください、続いて重量級……」

女子アナが冷静に注意をうながし、次の階級の表彰にシフトさせた。

仕方なさそうに幹部、園部先生が手を離し、やっと賞状は優作の手元に来た。

まだ睨み合ったままだった。

いろんな意味で前代未聞の大会が終了した。

「おっし、じゃあ着替えて片付けたら道場集合な！」

青山が号令をかける。試合、大会後の打ち上げだ。何名かに分散し、買い出しに行く者や会場の片付けに回る者を分担する。

「おおおおっす！　飲みっすよ飲みぃ！　ひっひー！」

シンヤがジャンプしながらシャツを着替えて叫ぶ。試合の緊張感から解放されたこの瞬間がたまらない。

「うーん、やっぱいいね、試合前はほんっとにヤだけど、この終わったあとのノヘ～っとなる感覚さあ……」

カンスケは着替え終わり、両足をのばしてすわっていた。ふへえ～、と顔がだらしなくゆるんでいた。

優作が最後に青山に礼を言った。

「おす、先輩、なんて言ったらいいか分かんないっすけど、ありがとうございました」

「ばーか、なに最終回みてえな達成感あふれる顔してんだよ、あんなショッパイ試合しといて」

青山なりに嬉しいのだが、つい毒舌になる。

「おお～っす」

それでも優作が嬉しそうに笑ったとき背後から声がした。

「お～いた、アオヤマ、番場先生が呼んでる」

女の声だ。

「ん？　おお、ありがと、じゃ優作、あとで道場でな」

青山がそう言うなり立ち去る。なんとなく優作が違和感を感じながら振り返る。

——ペンギン？

なぜかそう思った。不思議そうな顔でそのペンギンが優作を見ていた。

「……おめでと……」

それだけ言って背を向けた。声を聞いて初めて分かった、あの女子アナウンサーだった。

「お〜〜〜〜〜飲んでっか？　オラア！　シンヤ、そこでバク宙」

「オス！」

ざばしゃああん！

暦の上では立春を迎えたとはいえ、二月である。この寒い夜に、いくら酔っ払っているとはいえ、道場裏の公園の池に飛び込むのは自殺行為だ。

「さっむー。さっむー！　しっぬー」

「もお、うるせえなあ」

すでに宴もたけなわ、というか飲みはじめてから六時間は経過していた。完全に日付も変わっていた。

「みんな！　まだ宵《よい》のクチだぜ」

いつになく元気に見えたカンスケがそう叫んだカタチのまま倒れた。


「……ほおおお⁉」優作が立ち上がった。

「おお、主役〜やっと起きたか」

両方の鼻の穴に棒キャンディをつっこまれ、パンツ一丁、全身にラクガキがされていた。おめでとう！　とか、次は全日本！　だのお祝いのメッセージからバカとかアホだのと悪口もしこたま書かれている。なぜか胸には大会優勝の賞状がセロテープで貼りつけてあった。

「なにすんですかー」

そういえば最初の乾杯から記憶がなかった。

「なにっておめえ、自分からそうしてくれって言ったんだぞ？」青山が優作に言い返す。

「え……？」

「飲みはじめてすぐ泣きたおしてうるせえからブン殴ったら今度は笑いだして、そっから優勝したんだからみなさん、自分に一言ずつメッセージくださいっつって服脱ぎだしたんだよ、ワケ分かんねーよオメー」

「うそだ！　またそうやってオレを悪者にしようと」

「っちゅうかな、優作」

「おす？」

「おめでと」

「オウッス！」

「だけどしかしテメーな、もうほんとハラハラしたっちゅうか、たのむわ」

青山が何から言おうか頭をかかえた。一回戦の騒ぎを思い出した。じっさい、よく優勝できたものである。

「ほんっとにさあ、オメー、なにかしでかさないと気がすまないわけ？」

「いや、そんなつもりは毛頭……」

優作がぺらぺらと手を横に振る。そう、いつもトラブルは向こうからいきなり現れるものだ。優作の場合はその数がやたら多い気がするが、気のせいだと本人は思っていた。

「おー、優作、やっと正気になったみたいだな！」

選手稽古でいつも世話になっている狭山が来た。

「おっす！　狭山先輩、ありがとうございました」優作が立ち上がって礼をする。

「まあ〜おめでとさん！」

「オス！」

「おまえ、ほんっと青山に感謝しろよ？」

「おうす」

「一回戦、あの主審の園部のジジイもひどかったけど、青山があそこで言ってくれなかったら負けだったぞ？」

「おす、でも、あの主審の先生、なんでオレことあんなにいじめるんですかね？」

「バカ！　オメーの態度のせいだよ！」

「態度って……」

「オメーな、朝言っといたろうが、目つけられてんだからって」

「オス、でも……」

「あの園部のジジイ、優作を目の敵《かたき》にした原因はさ、聞いた話だけど、優作おまえ、あの日の朝にあのジジイにガン飛ばしたろ？」

「ええ？」

「朝、会場で幹部連中が入ってきたときだよ」

「えっと……飛ばした……かなあ……？」

　飛ばしていた。ギンッギンに飛ばしていたはずだった。試合前でいきりたち、さらにむかつくことを言われたので思いきりガンを飛ばしていた……いたかも知れない。

「ああいう昔っからの幹部のジジイはさ、そういう武道的なっちゅうか、上下のアレにうるせーんだよ」

　狭山が説明する。どうやら幹部という立場にある自分を敬《うやま》っていない、という風に見られたらしい。

「ま、うちで頭の番場先生もちょい天然入ってっけどな」

「ははははは」

「笑うな」

「オス」

　そう、師である番場宗一も空手に掛ける情熱は人一倍なのだが、かなり一般常識では測れない男であり、数々の伝説を残していた。

　四年前の全日本大会のときなど、試合に向けて集中力を高めすぎて電車を乗り過ごし、二駅分高速道路の高架下を裸足で走ってきたのだ。

　番場いわく、最初は線路を走って戻ろうかと思ったが、さすがにそれはやめたらしい。それでもタクシーなどの手段を用いず、さらにはダッシュで走ってきたことは特筆に値する。一番弟子の青山の気苦労がしのばれる。

「しっかし優作、優勝は優勝だけど、始まったばかりだかんな」

青山が焼酎を原液でコップにつぎたしながら言う。

「おす」

「それになあ、なんだ？　あの試合はあ？」

「お……おす」

「いいとこ三十点だ」

「……」

「まあ最後、浅野先輩を喰ったのは認めてやるよ」

「おす、ありが……」

「でも！」

「ほおす！」

「次が本番だぞ」

「またビッシビシいくぞ！」

狭山が嬉しそうに笑った。

「オオス！」

宴は続く。言うだけ言ってやっと気の済んだ青山も酔っ払いだした。今日はなんだかんだで弟子たちの活躍を見て嬉しかったのだろう、珍しくロレツが怪しくなっていた。

「……あ、そーいえばっすね、先輩を呼び捨てにしてたあのオンナ、なにもんっすかあ？」

また急に思い出して不機嫌になった優作がぐちりだす。

「ったく、あのペンギン、ひとの名前、何回も間違えやがって……」

「あん？　ああ、ありゃあれだ、ああ……」

もう、無理なようだ。

「んと、まあ待て、もうちょいで出る……」

「出るってウンコとか出さんでくださいよ」

言っておかないと本気で出しかねないのだ。

「バッケロウ！　……ん、そうくるか」

「そうもこうもねえでしょうが」

「そうだな！　うん！　優作！　そうだぞ？　そーなんだよ！」

「……おす……」ダメなようだ。もう。

「あ、思い出した！　ありゃおめえ、鬼百合《おにゆり》だよ！　ヒャッハッハッハ！」

もう今すぐにでも鼻ちょうちんでも出しそうになっていた青山がふいに顔を上げた。

「そおっか、優作、おめえは初めてだったたっけ？　ギャッハッハッハハ！」

「あ……ああ、オス……」

もういいや。そう思った。

爆笑した挙句、青山は眠りについた。

「なんだそりゃ……はーあっと！」


あくびが出た。

やっと、やっと永い一日が、全日本体重別大会選抜、帝西支部交流試合が終わった。

空波の章

―全日本体重別デビュー編―

はじまる。はじまる。ついに、はじまる。

第十三回全日本体重別選手権大会が。

体重別ではあるが、日本の名を冠するということは日本一を決めるということである。

この大会の勝者は日本一なのだ。

古くさい言い方であるが日本一だ。どこの県のどこの島のどこの半島のどこの山の生まれのどこのどいつよりも強い。それが日本一の称号である。

全国四十七都道府県、そして各支部を代表選抜された選手がメンツと想いと意地その他、いろんなものをゴッタ煮にし、できた煮コゴリのような熱い大会が開幕する。

熱い。熱い。熱い。

文字通り熱い。

本当に熱いのだ名古屋は。そう、全日本体重別選手権大会は中部、名古屋で毎年開催される。名古屋はなにげに夏は暑い土地である。伊勢湾の奥深くに位置するため海風が届かず、さらに盆地である。蒸し暑く、そして空気が全身にまとわりつく。全国で最高気温を人知れず更新している土地でもあった。

優作は気合が入っていた。

なにもせずとも気合が入りやすい性格である。ついに、そう、ついに支部内の選抜大会を優勝し、全日本へと歩を進めてきた。

順風満帆、というにはほど遠いのは自分でも分かってはいるが、それでも選抜優勝、胸を張っての全日本進出だ。

全日本体重別大会は選抜のとおり、三階級でおこなわれる。七十キロ以下の軽量級、八十キロ以下の中量級、それ以上の重量級である。

今回は軽量級にシンヤと青山、それに苦山など七名。中量級には優作、カンスケ、そしてあの江川をふくめ八名。重量級には四名が帝西支部から出場していた。

各階級、百名以上の参加者だった。

二日間を通して激戦が繰り広げられる。初日に二回戦まで終了。二日目に決勝戦までおこなう。参加人数にもよるが、今回は優勝するためには通算六回勝たねばならない。

当たり前の話であるがトーナメントの優勝者は一人だ。一人しかそのトーナメントの頂点には立てない。一つ一つ回戦が進むたびに、人数は半減してゆく。文字通り、消えてゆくのだ。

勝たないと前に進めない。百名を超える大会のトーナメントはそれだけで壮観である。まるで巨大な山がそびえたつかのような迫力がある。

その山を、下位回戦からひとつひとつ、そう、その山を一歩一歩、一段一段ていねいに登ってゆかなければならない。その苦しさに耐えきった者だけが頂《いただき》に手を掛けることができるのだ。

ちなみに初日の開会式だけで二時間近くかかる。あまりの参加人数の多さから入場行進をするだけでもえらい時間がかかるからだ。だがそれでも、全日本を頭に冠する大会の決まりごとであるのでぜったいにやる。

その後の試合時間が押しすぎて会場の使用許可時間である午後十時を経過してもスケジュールどおり消化する。融通の利かなさもガチンコだった。

各階級ごとに、整列し、入場を待つ。この待ち時間も長い。そして階級ごと、ゼッケン順に並んで待つのでトーナメント表どおりに並ぶ。並んだ列の一番前にはそれぞれゼッケン何番から何番まで表示されたプラカードを持った女性が先導するしくみだ。

　この、トーナメント表順に整列するということはつまり、このあとすぐに対戦することになる相手と長時間一緒にいることになる。有名選手、強豪選手であれば顔が売れているが、ほとんどがそうでない者同士だ。

　優作たちのように支部内の選抜を勝ち上がったか、師範からの推薦、もしくは地方でおこなわれるブロック大会の実績がなければ基本、全日本と名のつく大会には出場できない。

　そういうわけで、ほとんどの選手同士が初対面となる。

　やはり試合前は神経質になるもので、最初はお互い、まったく気づかぬふりをして対戦相手から視線を外しながらも値踏みしてゆく。体重別大会なのでそんなに体格に差はないのであるが、体つきですばしっこそう、パワーがありそう、顔つきで気が強そう、弱そう、道着のくたびれかた、帯のボロさでも貫禄が変わってくるのだ。

　カンスケなどは異様におどおどし、対戦相手を安心させ、シンヤはまたハイテンションが入りだしていたので対戦相手にやたら話しかけてイヤがられていた。

　青山など強豪選手は落ち着いたもので黙って不動立ちで待っている。江川もすでに去年の実績からか周りから注目を受けていたがまったく意に介さず、じっと前を見据えていた。

　そして優作。頭のなかがグルグルだった。

（ついに、ついに全日本だ、全日本！　おれが全日本！　このオレ？　そう、ていうか全日本がおれ？　おれはやる。やってやる、やってやるんだ、でも相手強かったらどうしよう？　ところで対戦相手って前のヤツだっけ後ろのヤツだっけ？）

整列する前からよく分からなくなっていた。

臥薪會舘の思想から、平等の精神でトーナメントを作成するために必ず偶数人数となる。奇数になる場合は無理に増やしてでも偶数にする。収まりがいいからである。

基本、シードなどはしない。必ず皆を同じところからスタートさせるのだ。必ず、同じ回数試合に勝たねば優勝できない。

家柄、貯金額、人格に学歴、貧富の差から人種までどんなに違いがあろうとも試合場で向かい合えばそこは対等な立場で己の実力だけを以て勝負の場とする。そういう思想が根本にあるのだ。

なのでトーナメントとなれば必ず奇数のゼッケンの選手はその数字の後の偶数の選手との対戦となるしくみだった。

（えっと、おれのゼッケンが二二一だから……え？　奇数ってなんだっけ？）

少しテンパっていた優作は算数が怪しくなっていた。恐ろしい大学一年生もいたものである。

（えっとえっと、二百二十一、えっと全部足して……？　いや違う……えっと……）

こんがらがっているうちに整列させられた。なんと列の一番前だった。ここでまた焦る。

（ええ？　もしも自分の対戦相手の順が前だったら見れねえ、確認できねえ）

勝手に冷や汗をかいていた。

「ふうん……」

そのとき、後ろから値踏みするような声が聞こえた。

（二二一は奇数だ、ってことは後ろは偶数、こいつか）

首をコキッと鳴らす。そこで優作が固まった。なぜか急にこのまま後ろに振り向いて対戦相手を確認するのが恥ずかしくなった。

試合が怖くて相手がどんなヤツか知りたがっているると思われるのが急に恥ずかしくなったのだ。実際、そのとおりであり、ほぼ皆がそうであるのだが、人間、せっぱつまると奇妙なことにこだわってしまうものである。

（見たい……どんなヤツか見たい）

普通に振り向けばいいのだが、さっきの値踏みするような感じがシャクにさわっていた。軽くイラッとしていた。なので、対戦相手のことなんかぜんぜん気にしてないぜ、という空気を醸し出そうとしていた。リラックスしたように見せかけ、なんとか自然に背後を見る方法はないかと考えも巡らせる。

どうせ試合になればイヤでも向かい合うのだし、この開会式が終わればいくらでも見ることができるのだが、どうしても今見たくてたまらなくなっていた。よく考えれば相手も優作の後ろ姿しか見えないのだから五分五分だと思えばいいのに、そういうわけにいかないのが優作である。

（見たい！　なんとしても……）

どんなツラをしているのか気になってしょうがなかった。

前を向いたまま眼球だけを動かして背後を見ようとしたが、そんなことが可能なわけもなく目がつりそうになった。柔軟をするふりをして上半身をねじって背後を見ようかとも思ったがわざとらしすぎる。

「ううむ……」

コメカミから汗を流して考え込む優作がふいに目の前のプラカードを持った小柄な女性の姿に見入った。黒っぽい服を着てかしこまっていた。今まで変な意味で集中しすぎ、目の前のモノに焦点が合っていなかったらしい。

どこかで見た記憶のあるひっつめ髪を凝視した。

……ペンギン？

口には出さなかったが驚いた気配にプラカードを持った女子が振り向いた。くりっとした丸顔の女の子だった。

「やっぱ……」

思わず優作がつぶやく。

「なに？　あ、アオヤマんとこの……」

目が合った。

「がんばって」

それだけ小さく言ってペンギンが前を向いた。

「オス！」

小さく、優作も答えた。

臥薪會舘のテーマソング「虎を追え」のイントロが鳴り響いた。

はじまる。

初日である今日、二回戦まで試合を消化するためには概算で三百八十四試合おこなう。そんなものを一コートで進行していたら日付が変わってしまう。

なので、初日は会場に六面試合場を開設している。六面同時進行で消化すれば六十四試合ですむ。

そして二日目は各階級が三十二名に絞り込まれているところから始まる。全試合、三位決定戦込みで九十六試合となる。初日よりも多いがそこは開会式がないので午前から試合がおこなわれることで吸収するのだ。進行を管理する本部席は戦場と化す。

そして、まずは初戦を勝たねば話にならない。なにがなんでも勝たねば当たり前だが次はない。それがトーナメントの恐ろしさだ。

負けても次があるのは準決勝からだ。ただ、そこで勝っても、三位決定戦に勝っても、結局は三位である。

トーナメントでは一度でも負けたら優勝できない。シビアである。

勝負偏重主義、臥薪嘗館のポリシーだ。

常に勝者たれ。そう大々的に書かれたポスターがあちこちに貼られていた。

「えっと、青山と苦山と恩田……あ、軽量級の選手はA、Bコート、そのまま中量級の選手はC、D。重量級はE、Fコートで試合だ」

師である番場先生が試合進行表を確認しながら言う。周りには帝西支部のメンバーが集まっていた。

「おす」「えっと、Bね」「だいぶ先だな……」「オッス!」「ヒャラボ!」「……」

各人各様の試合前の表情だ。固まる人間、はしゃぐ人間、饒舌《じょうぜつ》になったり寡黙《かもく》になったり目が据わったりオロオロしたりと本当にさまざまとなる。どんなに鍛えていても、どんなに鍛錬を積んできていても、試合前、実戦前は怖くなるものだ。たまに、まったく怖がらない人間もいたりはするが、それは本当の天才かやる気がないかのどちらかだ。

基本、稽古を詰めば詰むほど本番前に不安になる。あれもやっておけばよかった、あの練習をもう少しこなしたかった、先週腹をこわした……

もちろん、自信もある。あれだけやったんだ、大丈夫！　おれは強い！

いや、でもあの先輩に効かされた……いやでもあいつを上段で倒した……！

体を動かしてアップしながらも不安と楽しみが瞬時に入れ替わる。

相手がとてつもなく強かったらどうしよう？　自分の技がまったく通用しなかったらどうしよう？

オレの攻撃が通じないわけがない！　なにがなんでも倒してやる！

青くなったり赤くなったりと忙しい。やせ我慢も相当あろうが、それでも試合前に平然としているサマを見せるには場数が必要であった。

「充分、稽古してきた、その思いをぶつけてください、以上」

番場はそれだけ言うとさっさと本部席のほうへ向かった。肩透かしをくったような気分で道場生が取り残される。

「あ〜、あっと、まあ番場先生なりに、な？　みんなの緊張をほぐそうとしてだな！」

青山が元気よく切り出す。

「ヒョッハー！　気合気合気合気合！」

シンヤが天井に向かって吠えた。一瞬、どうしようかと思った青山だがここは勢いで行こう、と判断した。

「よおっし！　おら！　円陣組むぞ！」

「オオオオッス！」

皆で、帝西支部メンバーで円陣を組んだ。なぜか優作の隣は、あの、江川だった。

「行くぞー！」

青山が叫ぶ。

「オオオオッス！」ふたたび声の限り叫んだ。

「おーい、一コケどこいった一コケは？」

「あ……あの、青山先輩……」

「ん？　どした一コケどこで泣いてる？　あ、カンスケ、おまえ明日も、明日も、明日も、もちろん試合だからあ、明日も！　もちろん、試合！　それはなぜなら！　な～っぜなら」

「せ……せんぱいい……」

「なぜって？　なぜって聞きたいのかい！」

「いや……あの……」

「それは今日、勝ち残ったからさ、ねえ？　一コケくん？」

どっしゃんっどっしゃんとちゃぶ台がひっくり返り、名古屋城のシャチホコの上にでもよじ登りそうなほどの騒ぎだった。

大会初日を終え、明日の試合に備えて英気を養っているところである。二日にわたっての試合ということで集中力を切らすとよくないが、緩急は大事だ。張りつめたままではいつか糸は切れてしまう。

ここ、大会会場の近隣のホテルは毎年この季節になると臥薪會舘関係者の宿と化す。ホテルの近くの居酒屋では阿鼻叫喚《あびきょうかん》の地獄絵図が展開される。

明日も試合がある。とはいえ、全日本大会、でかい大会のさなかであり、活気に満ちた表情で酌み交わしていた。

勝った者は。そう、今日勝利した者たちは。

明日がある者たちは。

「あ……優作？　飲んでる？　ははっ」

カンスケが部屋のすみでうずくまる優作に声をかけた。

「……おす……」

前を向いたまま視線を落として優作が返事だけする。

「まあ、その、飲もうよ、ね？　お疲れさん！」

空のコップにビールをついで乾杯しようとする。

「……おす……」

「よ！　ユーサッキー、へいへいへい！　暗いぜ」

今日の朝からテンションが上がりっぱなしのシンヤもやってきた。

「あ、シンヤ、その……ボリューム落とそ？」

気をつかったカンスケが言ってみる。

「いえー！　おお、カンスケ、明日もがんばろうぜ！　な？」

まったく気にせずシンヤがはしゃぐ。

「あ……ああ、だからね？」

「な？　な？　がんばるんば」

「おお、がんばろうぜ、だから」

「優作もガンバだ」

シンヤなりに元気づけているのだろうが、はしゃいでいるだけにしか見えない。

「おーい！　一コケ！　おうこら、そんなとこにいたのか、ちょっと連れて来い」

広間の真ん中から青山の声が飛んだ。


全日本体重別選手権。

中量級一回戦、四十七試合。Cコート。

ゼッケン二二一、帝西支部、硲優作。

ゼッケン二二二、山梨支部、佐久間キヨシ。

自分の試合の五試合前から選手たまりに集合する。そして番号の若い順に白、赤、と振り分けられ、それぞれの試合場に向かう。

優作は朝から気合が入り通しだった。

あまりに規模の大きい大会のため、待つだけで疲れてしまうこともある。四十七試合目ということは単純計算で一試合三分でも二時間半、さらには延長や、審判の入れ替えなどはいるので軽く三時間はかかる。

偶然のいたずらか、シンヤやカンスケたちは案外早い時間に一回戦をこなしていた。もちろん、勝ち上がっている。

青山などの強豪選手はわざと倒しに行かず、判定までじっくりと試合を組み立てて稽古で培ってきた身体操作を実戦にシフトさせていた。

シンヤは派手に飛び回り、カンスケは確実に打ち勝った。

江川も当たり前、という表現が似合うほどの勝ちっぷりだった。すでに強豪選手として関係者からは注視されており、一回戦から会場の視線を独占していた。試合場に入るしぐさ、礼の仕方、そして構え、貫禄が出てきていた。相手の選手は完全に呑まれ、一方的な展開だった。

そして優作。仲間の活躍、先輩の活躍、そしてあの、江川の活躍を見ていきりたっていた。

本来であれば自分の試合までは少し落ち着き、鎮めてからキレるくらいのほうがいいが、この日は周りのあちこちで気になる選手の試合が目白押しだったので、気を休めるヒマがなかった。

声援を送り、声を出して気合を入れ、熱に浮かされたように試合場をうろつき、気づけば休む間もなく自分の試合順が来ていた。

優作がギラリとした視線を対戦相手に這わす。山梨の佐久間選手。お互い無名同士、データなどない。ただ、この日この場で向かい合うということは最低限、支部内選抜を勝ち上がってきたか、師範の推薦があったからのはずだ。ごく例外的にあまりにも支部の人数が少ない地域だと員数合わせで弱い選手が出場することもあるらしいが、最近はあまり聞かない。弱い相手のわけがない。油断は禁物だ。だが、それでも自分のほうが強い。

（負けるわけがねえ）

　優作はそう思い込んでいた。シンヤたち、青山らが勝ち上がっているのだ。同じように稽古して来た自分が負けるわけがない。

　そしてあの江川の勝ちっぷりが目に焼きついていた。ここで、よせばいいのに優作がへんな色気を出した。

（江川以上に華麗に勝って、注目をあびてやる）

　あの騒ぎの一件の前から、ケンカをしているわけでも口をきかないわけでもないのだが、一方的に優作は江川をライバル視していた。遺伝子的になにか書き込まれているのかと思うほど意識していた。

　前の試合が終わり、次が出番だ。選手係に名前を確認され、帯に布を巻かれる。拳、スネ、足にテープング等が巻かれている場合は必要以上に巻かれていないかチェックされる。これは数年前、試合に勝つために拳に分厚く巻いたテーピングの下に凶器をしのばせ、勝ち上がった選手がいたからだ。ちなみにその選手は凶器発覚後に便所でリンチされ、除名となった。

　ゼッケン番号、支部名、名前が呼ばれ、試合場へ足を踏み入れる。対戦相手に視線を這わせながら殺気がほとばしった。

（蹴り殺したるわ）

　優作のコメカミに血管が浮き出していた。

　佐久間は警戒していた。名門、そう、山梨支部の人間にとって都心の名門、帝西支部だ。なにやら支部内の選抜試合を勝ち上がってきた選手だという。去年、帝西支部で同じく選抜を勝ち上がってきた選手がこの体重別大会でいきなりベスト8に食い込んでいるはずだ。江川のことだった。

（こいつも強いはずだ）

確か帝西は受け返し、近い距離での突き蹴りの応酬、回転に巻き込んで勝ち上がるスタイルのはずだ。去年もこの大会に出場していた佐久間は江川を見ている。ため息が出るほど華麗な組み手だったのを覚えている。全国区デビューというのに落ち着いた若者だった。

去年は二日目に残ることができずに二回戦で姿を消したが、今回は残るつもりだった。なにが何でも。

二日目に残れば分支部長として道場を出させてもらえる約束を師範としたのだ。なんとしてでも、勝つ。

「構えて～！　はじめ！」

「ジャラア！」

主審の開始の合図と同時にいきなり相手が飛びかかってきたので佐久間が少し驚く。相手はガツガツと突き込んできた。佐久間は落ち着いて突きを返すと見せ、牽制の蹴りを相手の顔の前に振る。

さっと相手の顔色が変わるのが見えた。

「えりゃあ」「おう」

一拍、お互い間を空けて気合を飛ばした。

相手が目をむいて叫び、また飛びかかってくる。ガツガツ突いてくる。今度は佐久間も応じた。だが相手は力みすぎているのか、突きが力任せなだけでぜんぜん効かない。

――こいつ、もしかして……

佐久間が前蹴りで距離を取り、大きく構える。

「そおっら！」

両腕を伸ばし気味にして前に出す。前羽の構えと呼ばれる形に似ているが、そうではない。とりあえずのハッタリだ。普段はこんな構えなどしたことがない。相手がふっととまどう気配が浮かぶ。佐久間に余裕ができた。

（やはり）

確信した。

（こいつ、あがってる）

おそらくは経験不足、同じ支部内でしか稽古していないので、そのスタイル以外でこられるととまどってしまい、どうしていいのか分からなくなるのだろう。

その通りだった。気魄を全面に出して前に出る優作のスタイルは、相手がそれに応じてくれて殴り合い、蹴り合いになってこそ真価を発揮する。

打てば響く。しかし打たねば響かない。そう、まさに気持ち先行のスタイルなので相手もムキになってくれれば噛み合うのだ。そういう意味で、支部内の選抜など、同じスタイルとしか当たったことがなかった。接近戦で顔を突き合わせてド突き合う。お互いに負けん気を発揮するような気持ちのぶつけ合いに持ち込めれば優作も優位であろう。だが、すかされるとどうしようもなかった。

まるでノレンに腕押し、なんとかつかまえようとするも下がられ、崩れたところを蹴られ、だんだん焦ってきた。そう、焦ってきた。今まで焦るとろくなことのない優作が焦っていた。

（当たらない、効かせられない）

試合が始まる前は江川を超えるが如く華麗に倒すつもりが、試合が始まるや突きも蹴りもいい感触がなかった。ふわふわした感覚のままだった。芯を捉えていない。ただ当てているだけ、悪く言えば拳を置きにいっているだけだ。

カタチは突き蹴りでも軸がなかった。簡単にいえば上がっている、というヤツだ。

それでも優作の性格上、打ち合いにでもなってくれればイヤでも目が覚めたであろうが、悪いことにこの対戦相手は距離をとってきた。

殴り合いになんとか持ち込もうとするが空転して蹴られ、一方的に殴られるという一番ダメなパターンにはまっていた。

各選手がバラバラのコートに散っているので、いつもなら気の利いたアドバイスを飛ばしてくれる仲間もいない。

「ラスト三十っ」

どこかから声が飛ぶ。

（試合時間が残り三十秒しかない）

焦る優作はラッシュに出る。遮二無二《しゃにむに》手足を動かしてゆく。試合の流れをつかんだとは言いがたく、むしろ向こうのペースだったので最後の三十秒、ラッシュをかけて印象点だけでもよくしておこうという考えだった。

だいたいが、こういうことを考える時点で負けているものである。


「ええい！　ええいいええいし！」

声を張り上げてラッシュするが違和感があった。身体が動かないのだ。ぜんっぜんイメージどおりに動かない。

ラッシュとなれば通常時よりも早く的確に突き蹴りを出さなければラッシュといえないのにまるで普通の組み手をやっているようなスピードでしか動かない。これはやはり、朝からの緊張、そしてこの試合でペースをつかめず焦ったことから余計に体力を消耗したことが原因であった。

対して佐久間のほうが元気が良かった。優作を上回る手足の速度で手数、足数、そしてさらに距離を取って前蹴りや後ろ回しなどの大技まで入れ込んでくる。

不思議なもので、自分のペースで動ければ疲労はしないものである。焦る優作の顔面に牽制《けんせい》の蹴りをとばして、あわてて後退したところを突きとヒザ蹴りで押し込み、ついには優作は場外へ押し出された。

「ッピー！」

副審の笛がいっせいに吹かれる。ルール上、場外線を割っても別にポイントにはならないが、押し込まれているように見えることから判定になったときの印象点は悪い。しかもラスト三十秒を切っての場外は非常に悪い。

なかにはわざと引き込んで場外間際で大技を出す選手もいるが、少数だ。

（やばい、やばい、やばいっ）

優作の腰のあたり。肛門《こうもん》までむずむずしてきた。幼少時にとてつもない失敗をやらかしたときのようなヒリヒリする感覚だった。保育園のころ、公園の噴水を壊して横の市役所を水びたしにしたときの感覚がよみがえった。

（やばい……これマヂでやばいっす）

場外に押し出されて開始線に戻り、もう死ぬ気で前に出る覚悟をきめる。

（こんなとこで負けてらんねえっ、なにしに来たんだか、わざわざこんな遠いトコまで何しに来たんだか分かんねえ、ぜったい盛り返して勝ってやる）

気持ちが「やばい、どうしよう？」から「ぶっ殺す！」にシフトした。やっと、やっと、エンジンに火がともった——そのとき。

どん！　と太鼓が鳴らされ、小豆袋が飛んできた。

「あれ……？」

ぴぴぴぴぴ……「時間です！」アナウンス係の声が遠くで聞こえた。

「判定とります！　判定！　赤、一、二、三、四！

主審、赤！」

判定五対〇だった。誰も文句のつけようのない、負けだった。

第十三回全日本体重別選手権大会。

帝西支部　硲優作。一回戦　本戦　判定負け。

一回戦でコケた。通称、一コケだ。

なんの言い訳もできない。そう、一コケはいかなる理由があろうとも、たとえ両手両足が折れていても言い訳はきかない。

優作の足が震えだす。

(もしかして……とんでもないことしちゃったかも?)

そう、優作はとんでもないことをしてしまったのだ。

名門、帝西支部。毎年全日本大会では上位に選手を送り込む常勝軍団。そこの選手が一コケである。判定とはいえ本戦五対〇、完敗だった。延長にもいけなかった。

ここ数年、帝西支部の選手が初日に消えただけでもニュースだった。それが一コケだ。非常に遺憾である。イカンことをしでかしてしまった。とりかえしのつかない失態であった。

あらゆる意味での旋風児と言い換えてもよい。つねに優作のゆくところ、ただではすまない出来事が連発するのだ。

案の定、初日に負けたのは優作だけだった。そして先の宴会場に話は戻る。

「おお、一コケ、おめー名前かえろ、優作じゃなくてコケ作にしろ、あした市役所で名前かえてこい」

青山にめちゃくちゃなことを言われる。

「うわあああああん」

優作が泣きながら飛び出した。

「子供かアイツは……」

さすがに青山があきれてつぶやく。

「いや、でも先輩、言いすぎっすよ……」

カンスケがたしなめる。

「バカ、おめえ、あれでも優しいほうだぜ」

「でも……」

「オレが前に初日で消えたときなんざ、会場爆破してやろうかと思うほどいじめられたんだから……」

青山が言い返す。

「そ……そうなんすか？」

カンスケが目を剥く。青山先輩と言えば全日本軽量級の雄《ゆう》であり、一目置かれる存在であり、番場道場の若頭として選手たちを引っぱっていっている存在だ。

「あんときゃおまえ、狭山先輩とかも現役で来てたからそらあもう……」

青山がため息をついたのを見てカンスケがびびる。

「オオ、青山、ハザマは？」

「あ、オス、番場先生！」

「オス」

師である番場が顔を出した。青山が礼をし、カンスケもあわてて立ち上がった。

「あ……おす、優作はちょっと席を……」

「まあ〜いいや後で、青山」

「オス」

「ちょっと見すぎてるな、明日ちゃんと自分から出られるようにシフトしろ」

「オス！」

「岩城」

「オス！」

カンスケが背筋をのばす。

「ていねいな組み手だ、いいぞ、今回は何も考えるな、受け返しだけしっかりやれ」

「オッス！」

試合のことに関して番場にアドバイスされるのは初めてだった。

「そんで青山、あんまりいじめてやるなよ？」

「おっす……」

「反則したわけでもないし、弱かったから負けるんだ」

「オス」

カンスケは聞きながら、真理だ、と思った。確かに優作は自分より強いし、稽古でも圧倒されるが、結局勝負偏重主義のこの道場、あくまでも試合での結果が優先される。試合で勝たないと、強いとは認められないのだ。

「明日もがんばってください」

番場がみなに敬語で礼をして去っていった。いかに強豪、有名選手となっても大会があり、そこに出場している選手がいるならば、敬語で接する。さすがビッグバンだった。

ふう……とため息をついて、カンスケが言う。

「いやあ、重いっすね、言葉が」

「番場先生も、実力は認められながらも勝てない時期が長かったりしたからな」

ポツリと青山がつぶやく。

「試合の結果が大事ってことっすよねえ」

感銘を受けたカンスケが言った。

「まあな、あ、でもな、さっきあんまり優作のこといじめんなとか先生言ってたけどさ、先生も自分が支部の幹部とかにイロイロ言われたら結局オレんとこに来るんだよ～」

青山が仕方なさそうに言う。

全日本レベルの強豪である番場も、分支部長としては新人なので、支部内の幹部連中の中では下っぱなのである。武道社会、タテ社会の構造上、いたしかたない部分でもある。

強くなければならないが、強くてもどうしようもないこともある。

「はあ、あ、優作戻ってこないっすよ、探しに行きましょうか？」

「ほっとけ〜もう、腹減ったら戻ってくっだろ」

青山が立ち上がる。

「猫の子じゃねえんだから……」

「いいって、カンスケも明日試合なんだから余計なこと考えてねえで早く寝ろ」

「あ……おうす」

「明日も朝からバタつくかんな」

「ピンコロピー！」

宴会場の真ん中ではシンヤが選抜で試合してから仲良くなった恩田と飲み比べし、ぶっ倒れていた。

「あのバカも早く連れて帰れ」

「オス、ああ〜あ、明日試合だってのにあんな飲んで……」カンスケがあわててかけよる。

そう、明日も試合なのだ。もちろん、今日勝っていればの話だ。

――熱帯夜編――

(ちくしょうちくしょうちくしょう)

店を飛び出した優作だったが知らない土地で行くあてもない、知り合いもいない、ついでに金も今回の遠征代で消えた。カラダ一つ、キズだらけの心ひとつ、だった。

蒸し暑い町をかきわけるように歩き、人いきれに疲れて気づけば大きな川沿いを歩いていた。臥薪空手の大会があるため、町にいるとどこへ行っても関係者らしきガタイのいい人間がうろついているのだ。空手関係者と顔を合わせたくない優作はなんとなしに町外れの方へ足が向いていたらしい。

(ふう……ん?)

名古屋は伊勢湾に面していることから、大小問わず、河川の多い地だ。川が流れれば、多少は熱気も流される。さっき飛び出してきたカッコウのまま、タンクトップに短パン、サンダル履きの優作が河川敷《かせんじき》に下りた。

頭に巻いたタオルの中をゆるい風が舞う。

優作の生まれた多摩のあたりには細い川はいくつか流れているが、このあたりとはやはり見た感じが違う、流れる空気も違う、気がした。もうすぐ行けば海だということからか、気のせいか、夜でも水の色が深く見えた。

(ったくなあ、ちくしょう)

ぼやきながらも完全にどこのどいつが悪いわけでもないのは理解していた。

自分を見失い、自滅したことが原因だ。どうせ一コケなら思いきりぶつかってのされたほうがマシだと思う。言い訳もたちやすい、という計算もあるが、優作に勝った佐久間選手は次の二回戦であっさり敗退していた。負けた選手独特の奇妙な心理で、自分に勝った相手は強い、上まで上がる、上がってくれ、なんなら優勝しちゃってくれ、とか考えてしまう。しかしそれも叶わなかった。

（くっそ……）

ここが地元であればすぐさま道場に戻って稽古で汗を流したいような気分であった。

さすがにここで暴れたりして騒ぎまでは起こしたくない。川の流れを見つめる。さっきまで花火でもやっていたのか、なんとなく火薬のにおいがただよっていた。

（そんな季節なんだかな～）

夜とはいえ、整地されたサイクリングコースも併設された川沿いはあちこちにある照明と町の明かりの乱反射でまあまあ明るい。それでもあちらこちらにカップルが点在し、密着しているのが見て取れる。

（けっ）

わざとサンダルを乱暴に履き鳴らして歩く。と、向こうからきゃっきゃ言いながら歩いてくる集団があった。男女混合、四、五人くらいのグループだ。なにかの集まりの帰りらしい。大学生風の浮かれぐあいだ。

（そーいえばオレも大学生だったたっけ……合コンとかゆーの帰りかなあ、確かお持ち帰りだとかテレビで言ってたっけ……）

そんなことも考える。

だんだんと近づいてきた。

「さいが、総長のイラスト、あいかわらず萌えきゅうう～」

「拙者、恥ずかしながら、ジュンときちゃって……」

「やっぱあれです？　総長的には今回のコミケの目玉は……」

優作には理解不能の会話だった。きっと違う世界のヒトタチなんだろう。

「だがや、腐女子的な世界観で、ショタの歴史が、コペルニクス的変換は、ジャンプの編集者の……」

グループの真ん中にいる小さな女の子が話し出したのをみんな聞き入る。何語……？

距離が詰まる。

「さっすが総長！」

「めっちゃんこすごいな鬼百合会はあ！」

「だがね？　だがね？　デラ深いもん総長は！」

総長と呼ばれた女の子が自慢げにツン、と上を向いていた。


――鬼百合？　どっかで聞いたっけか……えっとなんだっけ？　あれ、そういや今日……。

「ペンギン？」思わず口に出していた。

「あ」

目の前には今朝、入場式のときにプラカードを持っていた選抜大会での女子アナウンサーがいた。数秒、固まった。

大会のときの格好、黒のパンツルックでひっつめ髪しか知らないが、それでもシルエットでなんとなく分かってしまった。今日は髪はいつものひっつめだが、ダボっとした短パンで胸に大きく「鬼百合会」と書かれた黒のシャツを着ていた。しかもグループ全員が着ていた。

（なんだこの集団は？）

若干、禍々《まがまが》しい気配を感じた優作が警戒した。

「押忍……」

優作が拳を交差させてペンギンに十字を切る

あいさつをする。確か、詳しくは知らないが青山先輩を呼び捨てにしていた記憶から同輩なのだろう。ということは優作にとっては先輩にあたる。女性だろうが年下だろうが先輩は先輩。そういう決まりだ。

なぜか急に顔を真っ赤にしたペンギンがしどろもどろになった。

「え……あの……おすう……」

妙に可愛かった。

「っていうーわけでさ、なんか言うに言いだせないまま今日という日を迎えて……おい！　イワマ！　聞いてんの？」

「ハザマっす、いいかげん覚えてください」

「うっさい！　あたしゃ大人の男の名前なんざ覚える気はさらさらねーんだよっ」

「……そっすか……」

「なにその返事は？」

「オッス！」

なんでこんなことに……。

どういうわけか川沿いのファミレスにみんなして座っていた。さらにどういうわけか酒を飲んでいた。優作はあまり飲む気にはなれなかった、というかさっきの酒が抜けてきて変に冷静だった。でも飲んでいた。すでに大生四杯目だった。

「で、そのペン……ユリ先輩はその～」

「ああ？　ペンペン？　だあれが、皇帝ペンギンか？　あたしゃ冷蔵庫に住んでんの？」

理解不能なからみ方をしてくる。

「すんません、おっしゃる意味がこれっぽっちも……」

「そうそう、ペンペンの目って装甲がはずれた初号機と一緒だって知ってた？」

「え？　じゃあ使徒？」

周りでさっきの取り巻きも盛り上がるが、そっちも皆目《かいもく》なにを言っているか分からない。

――はあ、もう……なんなんだか……

ため息まじりになんとなくじっと優作がペンギンの胸のあたりを見た。

「そんでさ？　あたしも若気の至りってゆうのか高校時代に同人始めてね……」

ペンギンが話しだした。鬼百合会の誕生秘話を聞かせてくれたが、優作はあまり聞いていなかった。

（案外……おちち、おっきーんです……ねえ……アハ……）

とつとつと話す目の前の女性の意外に豊かな胸に釘付けであった。

優作命名のペンギンこと本名・百合丘千草《ゆりおかちぐさ》は同じ帝西支部、胡桃沢道場に所属していた。生まれも育ちもこちら名古屋で、大学入学の際、上京した。

小学生のときに見たアニメ「聖拳士　翼」に衝撃を受け、腐女子と化した。女ヲタクになったのだという。

「聖拳士　翼」は十二支を模した鎧《よろい》を装着して闇の勢力である星座十二宮と戦うアニメで優作もうっすら覚えていた。やたら目がキラキラする少年たちがとにかく大声で「スピンクラッシュ」だの「メガトロ戌《いぬ》ボンバー」とか必殺パンチをお見舞いし合うアニメだった。腐女子の間では人気が高く、十二支それぞれのキャラをカップリングさせて楽しむのがブームとなっていた。

腐女子となった千草はその泥沼にはまり、世間的なカテゴリではショタと呼ばれるジャンルに入っていた。ショタ、すなわちショタコン、小さな男の子が大好き、ということだ。小さな女の子が大好きだと現在では即監獄に近いが、それよりも若干ソフトな嗜好《しこう》ではあった。

さておき、その千草が高校時代につくった同人サークルの名前が「鬼百合会」だったのだ。なんとなく、いかつい名前のほうが萌えるかな、と思い、苗字の百合丘をもじって名づけた。千草自身のイラストには定評があることからそこそこ有名になり、しゃれで揃いのTシャツまで作った。青春の一ページだそうだ。

少し同人活動の方に力を入れすぎたので浪人したがそれでも都内の大学へ入学。上京してかららもちろん同人活動は続けるつもりだった。大学入学式の歓迎式典で地元の臥薪會舘の演舞がおこなわれ、そこで少年部の存在を知った。

――とても可愛い男の子たちが飛び、跳ねている！

涙が出そうなくらい感動した。あんまり感動したのでつい入会してしまった。

千草は頭の出来がよかったので医学部にも行けたが、子供と触れ合いたかったので将来は小学校の先生になりたくて教育心理学科を選んだ。

学業と空手で忙しすぎて同人のほうからは疎遠になってしまったが後悔していない。それくらい空手が面白かった。

運動経験はあまりない千種であったが、腐女子だけあってハマったときの集中力は尋常ではない。黒帯を巻くまでの記憶があいまいなほどであった。

もちろん、腐女子だったことはおくびにも出していなかったが、ある日の稽古。女子部の道場生は皆、道着の下にTシャツ着用が義務付けられている。理由は簡単、素肌に道着だけだと乳房が飛び出すからだ。

そしていつもは無地の白いシャツを着ているのだが、稽古に夢中になるあまり、適当に着替えを詰め込んできてしまい、以前シャレで作った鬼百合会のシャツを着ていた。しかも背中に総長と赤い筆文字で書きなぐってあるレアなヤツだった。

道場で強面《こわもて》で通っているのは、ショタなので大人の男には興味がないからであった。いろんな意味ではっきりした性格をしていた。道場のしきたりに従い、先輩には敬語、同輩以下、他の道場の人間も呼び捨てである。それだけのことであるが非常にとっつきにくい。

しかし元々が体育会育ちでないので、先輩後輩の区分けに不案内だった。本来は年が下でも道場に先に入った人間が先輩と呼ばれるのだが、一般的な常識しか知らなかったので単純に年齢だけで先輩かそうでないかを分けていた。女子だったのであまり誰も細かく注意せず、さらには黒帯まで取り、指導員までしていることから、今では誰も文句を言わない。当初は反感をもつ人間もいたらしいが、本人は気にしていない。

ちなみに少年部の指導などもまかされ、子供たちには面倒見のいいお姉さんで通っている。ユリ先生と最初によばれて駆け寄ってこられたときなど、そのまま誘拐《ゆうかい》しようかと思ったほどだったそうだ。

少年部は基本、幼児から小学生、中学生までが対象で、高校生になると試合こそ別枠だが、一般部にまじって別メニューで稽古するならわしだった。少年部、ド真ん中、ストライクゾーンである。

そして鬼百合に話は戻るが、その鬼百合会Tシャツを見られてから噂がたった。まあ道場生にヒマが多かったせいもある。あとは、女子部もあるにはあるが、基本的に人数が少ないのでたいていお姫様扱いとなるため、勘違いして女王様のようにふるまう女子も少なくないのだ。そんな中できっちりと上下関係をはっきりさせ、少年部の指導なども買って出る千草は一目おかれていた。

そこに「鬼百合会」だ。噂では「関東一円をしきっていた伝説の武闘派レディースの総長だった」ということになった。千草自身、不良などではないし、はっきり言ってそういうヤカラは嫌いだった。根はマジメなのだ。

だが疑いを晴らすには一から説明しなければならないし、少年部の指導も外されるかもしれない。それは困る。正直、今はそれが楽しみで空手をやっているのだ。ひどい話と言われてもそうなのだからしょうがない。子供たちが一生懸命稽古しているのを優しく、ときには厳しく指導するのだ。

定期的に開催される少年部のお楽しみ会では千草が同人で鍛えたイラストを壁に描いて盛り上げたり、学芸会のような劇も率先してやっていた。もともとがアニメ好きなので子供たちとも話が合う。千草自身が楽しいのが伝わるので子供たちも喜んでくれ、さらには保護者にも評判がよい。

だが、一般部の男連中は相手にしない。つっけんどんな態度、別に礼には反していないが非常に事務的だった。そういうところが余計に面白がられ、伝説のレディースだったという噂を呼んだのだろう。

本人はあまり気にしていない。同人のほうもご無沙汰であるが、こうして大会にかこつけて名古屋の実家に戻る際には昔のサークルの仲間と旧交を温めるのが楽しみでもあった。

今日は大会の入場式が終わるや速攻で逃げ出し、名古屋港近郊で開催される同人イベントとやらに参加していたらしい。

「だいったいね、今日は手伝いできないってのに、クルミちゃんがどうしてもってな、もう」

「くるみ……ちゃん?」

「ああ、胡桃沢先生のこと、知らなかった?」

グイっと杯をあおる。

「でも総長、ほんとだったんですね、空手やってたなんて、すごいなあ」

「ほんとほんと」

サークル仲間たちが感嘆する。思いきり文科系の人間からしたら狂気の沙汰に見えるのだろう。ガタイのいい優作を妖怪《ようかい》でも見るような視線で見ていた。

「でもなあ~、ほんと隠してたんだけどなあ~あーもー!」

頭をかかえ、テーブルにつっぷし、急に荒れだす。必死で隠していた事実を知られ、身を揉んでいた。もだえるペンギン……優作の感想だった。

「いや……すいません」

なんとなく優作が謝る。

「すいませんですんだら警察はいらん!」

——なんで空手のヤツはこんなのばっかなんだよ……

優作がトホホな顔になる。

「いやだから別にみんなに言いませんから」

だいたい、なんで自分が怒られているのかまるで分からない。

「ほんとに?」

「いやほんとに」

「ほんとにほんとに?」

「ほんとに」

「ほんとにほんとにほんとにほんとに？」

「オス、言いませんって……」

じっと真剣な目で見つめられて、なんとなくドキドキしてしまった。

「ったく、それどこじゃねーんすよ、こっちゃあ……」

確かにそうだ。ふてくされる優作だった。

「そういえば、なんであんなとこにいたの？　選手のホテルって栄町のほうでしょうが」

一息ついて千草が聞いた。

「総長！　おかわりいかがですか？」「生六つ！」

「あと唐揚げとサラダも！」

「よく飲みますねえ……ああ、みなさんも」

優作があきれたようにつぶやく。ついでに優作も飲んでいるのだが。

そういえばペンギン――千草は空手をやっている以上酒が強くても不思議ではない（？）が、他のみなさんは一般人のはずだ。

「いやあ、同人つくりって体力勝負でして、徹夜連続とかのテンションのほうがいい作品できるんでっ」

意気込んで太った男が言う。そういうことらしい。

「えっと、総長の空手仲間のイカリさん」

「ハザマです！」

優作がただす。

「ア、失礼、は……マさんも空手で名古屋に来たんですか？」

「そっか、大会があるもんな、だいたい総長もそれで帰ってきてるんだもんね」

同人たちが納得し合う。

「そーだよ、あんた選手なのにこんなとこいていいの？」急に千草が言い出す。

「いや、その……」

「え？　選手じゃなかったですか？」

「いや選手は選手なんですが」

優作があらためて強調する。

「あんた入場式んとき、おったでしょーが」

千草が顔を起こして言う。ついでにジョッキを空けた。

「いましたとも」

「じゃあ選手じゃん、なにしてんのこんなとこで」

「いやだから……っすね」

「アタシに遇《あ》いに？　ひいいいいい！」

飲みすぎだ、このペンギンは……

「なにい？　総長があぶない！」

「われら三銃士がゆるさん！」

調子に乗った集団にガンを飛ばして黙らせる。

「だいたい初日終わったら選手は小打ち上げやって、明日の決意表明とかやらされんだよねっ」


何度か参加したことがあるらしい千草がぶつぶつぶやく。

「あーそーですよ！　勝った選手はね！」

面倒くさいので優作が白状する。

「へ？　ああ、ああああああああ～」

千草が丸っこい顔でさらに目をまん丸に開く。

「ア、あああ～そーゆーこと……ねえ、あっそおおお」

「オス」

「ま、あんたも大変さねえ」

年上ぶった言い方がカチンとくるが、仕方ない。

「まーね、そういうことかあ、いろいろいじられて飛び出して？」

そのとおりなので黙っていた。

「町のほうじゃ関係者ばっかだから」

だんだんと楽しくなってきたのか千草がどん

どん続ける。やはりそこは女子部とはいえ臥薪空手の人間である。

「ああ、ボクはなんで負けちゃったんだろう、なんでこんなに弱いんだろう、ああ、ぼくはなんてことをしてしまったんだ……」

オペラ調に立ち上がり、胸に手を当てて歌いだしやがった。

「あ〜にょほ〜ねえ〜センパイ〜」

歯を喰いしばりながらしゃべるので変な声になった。

ちなみに、優作たちの座っていたファミレスの席は街道沿いの窓際であった。つまり、外から見える。外から見たら立ち上がって言い合いをしているカップル、に見えなくもなかった。

「あーもー！　やってられん！」

優作がそのまま飛び出した。

ファミレスを飛び出してまた歩きだす。なんとなく、河川敷に戻ってしまう。

（ったく、あのアマ、先輩じゃなきゃ……）

むかっ腹が立って仕方ない。

（ったく！　くっそおお！）

しかし気持ちの持って行き場がない。

「むふう〜むふ〜〜〜〜」

異様に鼻息の荒くなる優作に付近のカップルたちから冷たい視線が刺される。

「おーい！」

後ろから走りながら声をかけてくる。

（ペンギンだ！）

むかついていた優作は走りだした。

「おーい、さっきはゴメ……おおおい？」

驚いた千草が声を上げるが、すぐに追いかける。

「こらー！　待てー！」

優作の速度が上がる。千草も上がる。

気がつけば全力疾走していた。

なんだかんだ言っても今日は朝から緊張しまくる試合、一コケで負けて酒を飲んでイヤミを言われて飛び出し、さらにペンギンと出くわして酒を飲んでまた飛び出して全力疾走だ。かなり疲れがきていたらしく、すぐ失速した。それでも五百メーターくらいは疾走したのはさすが臥薪空手の選手である。

同じく試合はしていないとはいえ、そこは女子、酒を飲んで思いきり走ったらどうなるか？

気分が悪くなる。

「お……おえー、ううううう……」

吐いていた。

「あああモオ！　なんなんすか、もお！　なんだってんだよコンチクショー」

誰にどうぶつけていいのか分からない衝動で優作が叫ぶ。

「なんで走りだすか、ああ、気持ち悪い……」

千草が顔を上げて文句を言った。

「はあはあ……もう、なんすか？　まだ言い足りないことでも？」

口元をぬぐいながら優作が聞いた。

「おげえ……うっぷ」

えずく千草を優作が気持ち悪そうに見る。

（なんて女だ……）とか、さすがに口に出せなかった。

「ああ、もう、こっちがもうだよ」

千草も口元をぬぐう、鬼百合Tシャツの袖でグイグイぬぐう。見ていられなくなった優作が頭に巻いていたタオルを差し出した。

「ほらあ、これで……」

「うげ、汗くさ」

「……てっめ……」

「あは、ありがとね」

小さく見上げて千草が言った。そのまましゃがみ込んだ。

何も言えずに優作が黙り込んだ。ふうっと上を向いた。満天の星だったことに気づいた。酔いもさめ、頭もすっきりしてきた。蒸し暑いが、それでも川を渡る風が気持ちよかった。

結局、自分のせいだ。

ふいにさっきのペンギンの言葉がよみがえる。案外、それほど親しくない人間に言われるほうが堪えるものである。

（なんて弱いんだろう……）

そうだ。結局、弱いから負けたのだ。

どんな理由があろうと、負けは負けだ。

試合に負けるということは、いくら稽古をがんばっても、いくら稽古で強くても、試合で負けたら話にならない。あんだけ稽古してきたんだから、それは自信にはなるだろうが、まずは試合に勝たねば話にならないのだ。

当たり前すぎることがやっと分かった。

「また、一からだ……」

そうつぶやいて走りだした。

「はっ、がんばりゃー」

背中に声が聞こえた。

第十三回全日本体重別選手権大会　結果
青山は二日目、三回戦で足の指を骨折、なんとか勝ち上がるも次で力尽きベスト16で終わった。去年の成績、三位入賞からしたら大きく後退だった。
カンスケとシンヤも二日目には残ったものの、やはり二日にわたる激闘であちこち故障していたことから本来の動きを見せることができずに終わった。
そんな中、軽量級では恩田が準優勝、そして江川が四位入賞と気を吐いていた。

天才の異名を一部で取る恩田はアクロバチックな動きがおとろえぬまま決勝まで駆け上がった。決勝こそ場外に何度か押し出されて印象的なポイントで敗退したが、それでも天才児らしい俊敏な動きで観衆を魅了した。

そして江川。超新星、江川は一回戦から確実な動きでまったく危なげない試合運びでどんどん勝ち上がっていった。ただやはり若さ、体力的、肉体の練りが全国区の選手にはわずかに届かず、準決勝で敗退した。だがそれでも去年のベスト8、今年四位と着実に順位を上げてきているのはさすがといわざるをえない。

一応、帝西支部として胡桃沢道場の恩田、番場道場の江川の入賞で面目を保ったのだ。

ちなみ一コケの優作はツラ汚しだの、支部の面目丸つぶれだのと面と向かって言われ、キレそうになったがなんとか我慢していた。

大会終了後、宿泊先のホテルの宴会場を貸しきって正式に打ち上げのレセプションがおこなわれることも慣習だった。

優勝者、入賞者は壇上で喝采《かっさい》を浴びる。

地元名古屋の有力者、政界や暗黒組織にも顔の効く臥薪會舘創始者の実力でかなり盛大なパーティである。おそらくは五百人を超える規模だ。ビジネスホテルではあるが、かなり宴会場は広く、結婚式の披露宴などもおこなわれる会場だった。立食形式で飲み放題、食べ放題である。大会の終わった解放感でよっぱらってへたりこむ関係者の姿もあった。

ちなみに各支部から参加は自由であるが、都心の支部、帝西、帝南、帝東、帝北、それに総本部の関係者、特に大会出場選手は絶対参加である。これは飲み食いをさせてやろうという親心もあるが、勝った選手がチヤホヤされる様子を負けた選手の目の前で見せつけ、勝つぞ、勝ってればおれも、という思いを新たにさせる目的もあった。要はどこにニンジンをぶらさげるかである。

「優作……」

「おす」

入賞した江川たちの周りに幹部、関係者がひっきりなしに祝いに訪れるのを、横で優作たちは指をくわえて見ている。

青山が優作に話しかける。足にはギプスが取りつけられていた。やっと一コケと言われなくなったな、と思いながら優作が返事をする。カンスケたちはわらわらとひとごみにまぎれていた。足の怪我のせいで動けない青山に優作がつきそっているのだ。

「次は無差別選抜だな」

「え？」

「秋にゃあ無差別選抜があるっつってんだよ」

「おうす」

そう、冬、十二月に、臥薪會舘最強、階級無差別で日本一を決める大会がおこなわれる。その前の秋、十月初旬にその大会への選抜がおこなわれるのだ。

今回の体重別で入賞、あるいはベスト8に入れば無条件に出場できる。だが、そうでない人間は選抜、無差別選抜に勝ち上がらねばならない。

「先輩、でも足は……」

「こんなもん、半月で治す」

「え……？」

「気合で、治す」

「おす」優作が答え、そして黙り込む。

江川の姿を目に焼きつける。

「オス」

声をかけられた。

「……おす？　あ……」

千草だった。打ち上げのレセプションにまた呼ばれたらしい。女子道場生は会場の華《はな》なので、こういう席にも拝み倒して呼ばれるものだ。

「昨日はどうも、お疲れさん、じゃね」

ペコッと頭を下げて去っていった。

「あおうす、おす」

優作が十字を切って礼をした。

「優作？」

「……」

「優作くんや？」

うっとうしそうな、じっさいホントにうっとうしそうな顔をしていた。

「なに今の？」

「いや、なんでしょうね」

「今のなに？　鬼百合、お前に声かけてたよな？」

「い、わ、分かんないっす、先輩にじゃないすか？」

「いやいやいやいやいや」

「いいですから！　もう！」

「なにがいいの？　なにがお疲れさんなの？」

「……置いていきますよ……」

「あ、それは困る」

青山は松葉杖をまだ使い慣れていないのだ。

「おおっし！　気合入れていきますか！」

優作が叫ぶ。

「おおい、だからなんでだよおう」

青山の笑い声を背中に優作が気合を入れた。

「ええええいしゃあああ！」

こんなとこで終わってたまるか、との思いだけだ。

（次は、次こそはっ）

周りからは何ごとかと、怪訝な視線も送られるが知ったことではない。まあ、視線を向けた人間は、幹部含め、優作たちとみるや無視していた。

「えええっしゃ！」

青山も吠えた。

「やるぞ、優作！」

「オス、やりますよ！」

次こそ、次回こそは……

―夏、体験物語編―

名古屋から帰ってすぐに優作は稽古を開始した。たいてい、大会に出た選手は当分休むのが暗黙の了解でもある。なにせやはりガチンコで他人とド突き合う競技だ。いくらスポーツとはいえ神経の磨り減り方がハンパないのである。それに肉体そのものも磨耗するので少し休んだほうが気持ちのリフレッシュにもなるので正解だろう。

ただ、あくまでもそれは一般論であり、さらにいうなら大会で上位入賞、そして何試合も闘ってきた選手に当てはまる話である。

一コケ。レコード（試合戦歴）の輝かしく残る記録、一回戦負けだ。何もできなかったということだ。

言い訳、当日バタバタしてようが体調が悪かろうが集中できなかろうがなんだろうが、全ては敗戦の結果の前には意味を成さない。条件は対戦相手も同じなのだ。

同じ条件で闘い、勝者、敗者が生まれる。一コケの汚名を払拭、返上するには勝てばいい。まずは次の大会で激勝すればいいのだ。

ただ、それまでは、次の大会までは一コケ一コケ言われるのは、仕方ない。ソレは仕方ない。なぜなら悪いのは一コケした自分なのだから。

だが、そうと分かっていても、頭では分かっていてもヒトに言われるとつらい。支部内、同じ道場の人間であれば優作がどんなに稽古しているか分かっているし、なにより組み手ではかなり強いので面と向かって罵倒《ばとう》されることはあまりない。

　あまりない、ということはたまにはある、ということだ。

「おらー！　一コケ！　そんなんじゃまた一コケだぞ！」

　タイヤを引っぱりながら道場を往復する稽古。なにがなんでも前に出る気力、体力を養うのにはもってこいだ。四トントラックの古タイヤをもらってきてそれを使っていた。

　直径一メートル近いタイヤにロープをかけ、それを腰に巻きつけて移動する。その状態で移動稽古をおこなっていた。移動稽古とは、腰を落として足幅を大きく取り、突き、蹴りを決まった本数出しながら移動する稽古で足腰の鍛錬、バランスに役立つ。地味だがかなりきつい。それを大きなタイヤを引っぱりながら、さらにはそのタイヤの上に人間を乗せてやるのだ。


「おらどした一コケ！　もうへばったか！」

　タイヤの上から青山が嬉しそうに叫ぶ。

　……ぶっころす！

　奥歯をかみすぎてアゴの骨がきしむような表情で優作が前に出る。

「ダッソー！」

「腰浮いてる！　もっと落とせ！」

「おおおうっす」

　勢いだけで前に出ようとすると腰が浮く、それを即座にいましめられた。

　──ちくしょう！　ちくしょう！

「どーした、もうへばったかハザマ？　遅いぞ！」

　横からは竹刀《しない》を持った番場の声も飛ぶ。

「うおっしゃあああ！」

　ぐん、と前に出て蹴りを放った。

熱い夏は続いていた。すでに季節は灼熱、八月だった。

毎年、支部で合宿がおこなわれる。三泊四日、海に行く。海水浴もあり、道場対抗の演芸会もあり、楽しい異空間である。

夜明けとともに起床し、海岸をみなで声を出しながらランニング、さらには海に飛び込んで騎馬戦などで競い合い、腹いっぱい食った後は海水浴、夕刻に道場で汗を流して夜は宴会、演芸会だ。

少年部の子供たちも日焼けした笑顔で走り回る。笑いが絶えず巻き起こり、さらにはそれが次の笑いを誘発し、話は尽きず、夜を徹する。

灼熱の、刻。楽しい思い出いっぱいだ。

……一般部は。少年部は。

そう、そこまでは。一般道場生、少年部の少年少女たちにとってはリクリエーションも兼ねた遠足なのだ。楽しいのは当たり前、苦しかったら誰も来ない。

でもやはり、苦しいヒトタチもいました。

「ドオッセーイ！」

灼熱の砂浜、百メートル向こうでは楽しく女子部もまじえてビーチバレーなんぞがおこなわれているこの時間。優作たちは炎天下にダッシュを繰り返していた。

「キ……キキキキキキ」

シンヤなどこの合宿にきてからキ以外の言葉を発しなくなっているし、カンスケはあきらめたような自嘲的な笑顔がはりついており、どこかニヒルな感じだ。選手団を引っぱる青山ですら口数が減っていた。

ちなみに本来の選手会の会長である狭山は一般部にまじって気持ちよく汗を流していた。

キタネエ！

誰もが思ったが何も言えない。なぜなら選手会の中で一番先輩だからだ。

だってオレって壮年部だも〜ん♪

壮年部とは三十代半ばから上の年齢の道場生を指す言葉だ。

一緒のバスの中、死刑囚のような顔をしている選手会の前で麦わら帽子に浮き輪という問答無用の夏をアピールしながらはしゃいでいた。全員で殺人光線を放ったが死ななかった。気合が足りなかったようだ。


選手稽古、夏季強化合宿。夏が嫌いになりそうなくらいのボリュームだった。

一般部、少年部も宿は合同だがメニューがまったく違った。

総勢百人を超える大所帯、そのうち選手会は二十名ほどだ。約五分の一の人間にとっては楽しくもなんともない夏の日々。

午前五時起床。日の出とともに砂浜へ向かう。ここは一般部と同じだが、宿泊場である民宿から約一キロ先の砂浜まで選手会は片足のケンケンでゆく。もう稽古は始まっているのだ。

軽くジョギングでからだをほぐしてから基本稽古。朝日を浴びて号令の元、規律正しく正拳突きや前蹴上げなどの基本動作を反復する。すがすがしい夏の朝である。

選手会も同様に横で稽古するが、一般部の号令一回につき三回動作をおこなわなければならない。イーチ！　と突くあいだにイチニッサンっと突かねばならない。これも手打ちで拳先をぴっぴっと出すのではなくちゃんと腰を切って肩を入れ、思いきり突く。他の動作、蹴りなども同様だ。

突き、受け、蹴りそれぞれ五種類ずつであるが各五十本としてそれが三倍になる。

そして組み手。一般部は軽く当てるようにおこなうが、選手会はもちろんガチだ。寝起きでいきなりド突き合う。コンディションもくそもない。何か根源的なものに対する怒りでもぶつけたくなるような気持ちになる。

それから朝食。

午前中は民宿横の体育館で稽古。ここからが地獄の一丁目だ。

ここでも一般部と同様のメニューであるが、体重の近い者同士組み、十分交代で背中におぶいながら稽古する。おぶわれるほうは休めると思われがちだが、バタバタ動く人間に必死でつかまっているのは結構しんどい。ひきつける腕力、そして脚を絞める力、太ももの内側の内転筋が鍛えられる。

昼食をはさんで一般部は海水浴。

選手はもちろん、稽古だ。まずは炎天下、砂浜ダッシュでふくらはぎが痙攣する。すぐ横から聞こえてくる海水浴の歓声がひときわつらい。

それから古タイヤをひきずりながらの蹴りや突きの移動。集中的に下半身をいじめぬく。

両手を後ろにしばられて、蹴りしか出せない状況での組み手、片方だけが顔面を狙える条件、片方が蹴りなしの条件、などいろいろと条件を変えて組み手中心の稽古をおこなう。

各セットの時間は短いが、ころころと条件が変わり、さらに各セット間に腕立て、腹筋、スクワットを各五十回競争する。どんなに疲労していても瞬時に頭を切り替えられるようにする稽古だそうだ。

とっぷりと日が暮れ、最後に疲れきった肉体で型稽古をおこなうことにより正しい姿勢、正しい脱力を学ぶ。

稽古終了時に番場先生からその日の注意点、助言を聞き、やっと解放される。

そして夕食、就寝となる。当初、立案されたスケジュールでは夕食後も稽古が入っていたが、さすがにそこまでやると死人が出ると判断され、削除されたらしい。

全日本レベルの強豪選手である番場の後援会からの差し入れもあり、食事はバイキングスタイルでかなり豪華である。一般部であれば太って帰る人間も多いが、選手会はむつかしい。食欲がないのだ。普段、選手稽古でかなり鍛え込まれている選手たちであってもつらい。

その理由の一つが、メニューが公開されていないことだ。しかも終了時間も休憩も知らされていない。全体的なスケジュールが分かれば、もう少しがんばれば休憩入って……といった計算も可能だが、それをさせない。


そして番場は常に全力を求め、さらに先頭に立って実践する。逃げ場がない。スケジュールどおりに進行しているはずだがその進行は番場まかせなのでかなりアドリブも入っているとしか思えない。

知らない相手と向かい合えば緊張する。それと同じく、次は何をやらされるのか分からない稽古は緊張し、そして消耗する。とてもとても消耗する。

今回、合同合宿ということで胡桃沢道場の門下生、そして胡桃沢本人も一緒に稽古していたが完全に目が死んでいた。

同じ支部とはいえ、番場道場と胡桃沢道場は敵対、まではいかないがやはり張り合っている。普段はあまり顔を合わすことがなく、選抜試合や行事などで一緒になるくらいだ。

胡桃沢道場、道場長の胡桃沢健二。番場より三歳若い二十八歳だ。全日本にも何度か挑戦しているが、二日目に残れるがベスト8までは届かず、という中堅より上の位置にいた。本人もそれが悔しいらしく、ベスト8どころか4までいく番場を意識していた。

番場のほうは若くから強豪選手としての実績を認められ道場を持っていたが、胡桃沢は少し事情が違った。

顔がいいのだ。それだけ、というわけでもないがこの世界には珍しく甘いマスクでかなり人気があった。そして長髪で普段の服装もダンディである。さらに実家がかなり土地を有している大地主であることから道場を出すことになったようだ。その甘いマスクのせいか、胡桃沢道場のほうが女子部が多い。

もちろん、強い選手も育っている。この夏の体重別で軽量級決勝までいった恩田を筆頭に派手な組み手をする選手が多かった。

胡桃沢本人も足技が得意で豪快な後ろ回し蹴りなど、試合も華やかで人気があった。

それでも勝てない、上にいけない。

だが派手な試合で後援会の数も多かった。

さて、合同合宿。たまに会うとはいえ、たいがい会うときは選抜試合など、闘うときだけなので最初はお互いに遠慮があるが、そこは同じ支部門下生同士、気心も知れ合うものだ。さらにこのキツイ稽古を一緒にやることにより、連帯感も生まれる。要は刺激が大事なのだ。そういう意味では正解だった。

どちらの道場生も、向こうの道場には負けるか！　という気概で稽古に望むため、自然と白熱する。組み手はもちろん、ダッシュや腕立てなども張り合うので普段以上の力が出る。

ただし、疲れる。ほんとうに、疲れる。

二日目の夕食。

「ふううう……ふううう……」

優作が機械的に口にスプーンを運ぶ。意地でも、無理でも食わねば身体がもたないからだ。

豪華メニューとは別に胃に優しいおかゆなども用意されている。一般部の年齢層も少年部は幼稚園児から老齢、最高は六十歳まで参加しているのでメニューは幅広くしてある。ただ、そんな軽いものを食っていては本当に稽古についてゆけないのは事実だ。

がっつり脂っこいヤツ、ぎっとぎとのトンカツを七枚くらいまとめてチーズをはさんで食いたい！

考えただけで疲れ、さらにはそんなブツを出されたところで食えるわけはない。冷静に考えたわけではないが、メニューをぼんやり見た結果、食えるものを食う。喰らう。

いろんな栄養素が入っており、しかも噛まずに流し込めるカレーは人気が高かった。

ほとんど流し込む。食事を噛む、という行為に使うカロリーが残っていないのだ。すでに食事ではなく、燃料補給と化していた。

「ふうっく……！」

どんどんどん、と胸を叩く。頬張りすぎてのどに詰まったようだ。

「ほら、水」

横から出されたコップを受け取るや一気に飲み込んだ。

「ふううう……あ？　あ、ああ」

「ありがとうは？」

「ありがたオス」

「何語？」

「オス、ありがとうございました」

優作が小さく頭を下げた。

ペンギン、千草だった。胡桃沢道場と合同合宿のため、参加しているのだ。もちろん一般部で、少年部の引率をたまらなく楽しそうにしているのを炎天下のダッシュのとき、横目で見た記憶がある。

半分、意識が遠のきながら食事を始めたので自分がどこにいるのか分からなかった。取り決めなどはあまりないが、一応は同じ道場ごとにテーブルで固まって食事するようになっていた。ただ、少年部たちは保護者が同伴していないので引率者がグループでまとめあげ、行動をともにしていた。

「あー！　いっけないいんだ、コイツー！　お礼もちゃんと言えねーんでやんの！」

ふと見れば、目の前に今にも青ッパナを盛大に出しそうな生意気丸出しのワルガキが指さしていた。少年部、十歳くらいの道場生だろう。

ふいに優作の目に生気がやどる。基本、自分に文句をたれる人間は許せないくちだ。

「あんだ、ごら？」本気で睨みつける。

「た～っけ！」

パコン、と叩かれた。ちなみに名古屋弁でアホとかそういうニュアンスだろう。なんとなく分かった。

「子供に本気でガン飛ばすな」

「……おす」

それでもまだワルガキとガンを飛ばし合う。まったく同レベルだ。

「ほら、俊平も選手会のヒトにそんなこと言うな」

千草がワルガキ、俊平とやらに言う。

「オス、ごめんなさい、ユリ先生」

――急に大人しくなりやがった。さすがユリ先生……

「あ、ええ？　なんで？　総……」

ヒュン！

総長、と言いかけた優作の目の前に裏拳が飛んできて押し黙る。

「なあ～んて？」千草の目がマジだ。

「おす、なんでもありません、ペン……鬼……ユリオカ先輩」

疲労のせいですぐに名前が出なかった。ええっと、と酸欠で脳に酸素が回っておらず、回らない頭でぐるぐる見回す。

どうやら、ここは少年部のテーブルだった。

かなりだだっ広いこの民宿の食堂。普段は大学や社会人チームなどのスポーツ系関連の団体の合宿を受け入れていた。いくつかのグループに分かれて騒ぎながらの食事タイムだった。あたりを見回せば、そちらこちらで盛り上がっている。

壁際のテーブルでは選手会の連中が前を向いたまま黙々と口を動かしていた。口を動かしているといっても話をしているわけではない。必死で食べ物を噛んでいるのだ。

話す気力などほとんどない、はずだ。顔は前を向いているが、多分何も見ていない。断言できる。なぜならさっきまで優作がそうだったからだ。

優作はうつらうつらとカレーを持ったまま転びそうになったのを見かねた千草がこの少年部のテーブルに座らせたようだ。そのまま大人しく座り、黙って食べていたらしい。

「なあ～んかデ大変そうやね」

千草がサラダうどんを取り分けて子供たちに与えながら言う。デ、とは名古屋弁のデラの短縮形でスゴイ、たいへん、という意味もある。

「あむ？　いや？　ぜんぜん？」

なるべく平気そうに聞こえるように優作が返す。

「カレー減っとらんよ」

笑いながら千草が指摘する。

「む。好物は最後に食おうと思って残してんの！」

無理な言い訳をしながらカレーをガツガツかきこんだ。

気の持ちようというのは不思議なものだ。体力、気力の限界だと思えてもふとしたことでよみがえる。好きとかそんな意識はさらさらないが、女っ気のない生活の中、なんとなく近しい異性との会話だ。あくまでも親しい、ではなく、近しい、だ。

「ユリ先生！　明日楽しみだね！」

俊平がうどんを飛び散らせながら叫ぶ。口から飛び出したウドンが優作のカレーの中に入り、殺意が芽生えそうになる。

「そうね〜、練習いっぱいしたもんね〜、がんばろうね〜」

そんな顔すんだ、って驚くほど優しい顔で千草が微笑《ほほえ》む。日焼けした肌がつやつや光っているのがまぶしかった。

そういやペンギンってビキニだったのかな？　そんなことを考えていた。

「あんたら何すんの？」

「へ？」

「明日の夜よ、演芸会！」

「へえ？」優作の顔に生気がやどった。

「へえ！　そっか！」

がっしがっしと本気で食いはじめた。

「ほら、選手会のおにいちゃん、これも入れたる！」

「おお、さんきゅ」

千草がしかるよりも早く優作が礼を言う。俊平がテーブルにおいてあるマヨネーズをぐるぐると優作のカレーにかけたのだ。

「これも！　ほらこれも！」

「おお、わりーな！」

俊平が面白がって周りにある食材を手当たりしだいぶちこむ。ジャコにサラダに納豆に豆腐、ツナ缶とキムチ、シシャモと生卵をぶちこんだカレーをざくざくと飲み込む。

ガシガシと何を入れられても礼を言いながら食い続ける優作をさすがに千草が心配そうに見ていた。

「はっは、そっか、っはっはっはっは！」

時折笑うのが非常に気持ち悪かった。

翌朝ももちろん稽古がある。波間に膝までつかり、黙想のあと、基本稽古をおこなう。

「しょりゃあ！　しょりゅあああ！」

昨夜の一瞬のリフレッシュが功を奏したのか優作の気合が弾んでいる。

「気合入ってんなあ……」「おお、すげえな、やっぱ一コケで燃えてるんだ」

疲れきった周囲の面々からそんな声も出るほどだ。

それでも最終日ということもあり、燃料は空《から》でも気合だけで体を動かす。

基本、生身で拳足を当て合うこの競技の本質は我慢比べである。どれだけ打たれても蹴られても動き回れるか、倒れないで防御しながら動き、攻撃する。

考えてみれば単純だ。誰よりも強靭な肉体をつくればいい。殴られても蹴られてもビクともしない肉体をつくればいいのだ。

だが、そんなことはありえない。相手の肉体も強靭だからだ。結局、技術が優れた者がより攻撃を多く当て、ダメージを与えて勝つ。

同じように強靭な肉体を持ち、技術力が同等であれば？

ここで出てくるのが精神力だ。ぜったいに負けない、という強い気持ちだ。それが、最後の最後、気力勝負となったときに出る。

「デラッシャアー！」

青山が目をかっとむいて走りだす。

思いつきとしか思えないような稽古メニュー。今は基本稽古のあと、道場対抗でリレーをしていた。これもまた砂浜を体重の近い人間をオンブしながらだ。

「いけいけー！　先輩！」「負けるなー！」

自然、白熱して声が飛ぶ。ただでさえ足がとられる砂浜で、人間をおぶって走る、というか歩くよりは少しだけ速い速度だ。

「ひいいい、ひいいい」「クテハー」

すでに走る選手たちのそれは気合ではなくただの苦鳴と化している。

「イヨラッシャ！」意味不明の叫びを放ちながら優作が駆けだす。背中にはカンスケだ。ざっしざっしと砂浜にうまりつつも前を見すえて走る。

「ぬおおおお！」胡桃沢道場の選手もその気合に刺激されたか速度を上げる。

「よおっし！　じゃあ整列して！」

番場の声に道場生が並ぶ。やっと午前中の稽古が終了したらしい。

「ええっと、みなさん、ご苦労様でした、朝稽古終了します、以上」

そんだけかい！　皆の心の声が響いた。

青山以下、道場生の目が点になる。番場にならぶ道場主の胡桃沢も驚いた顔をしていた。

午後からは組み手中心の稽古だ。

今日は最終日ということもあり、一般部と混合で回る。昨日までは選手同士での組み手だったこともあり、どうしてもムキになって効かせ合い、ダメージの蓄積も多々あった。怪我人もまま出ている。それでも棄権せずに足をひきずりながらも参加していた。

今日は一般部も合同でおこなうため、基本、効かしたりせずに技の飛ばし合いをする。けっこうこのほうが間合いの取り方やタイミングの勉強にもなるのだ。

そして、一般部と合同ということで、もちろん女子部とも組み手で回る。時間をわざと三十秒と短くくぎってたくさんの人数と当たれるようにしてあった。

一般部合同で軽く全員と当たったあと、締めとして選手同士の組み手がおこなわれる。これも最終日らしく一般部に囲まれておこなうので盛り上がる。

さて、合同組み手。番場道場には女子部の数が少ないので構えて向かい合うだけで新鮮な気分だった。女子とはいえ、臥薪空手の門下生、パワーはないが柔軟な肉体を生かして思いもよらない角度から蹴りがとんできてヒヤッとする。それにやはり女子とはいえ組み手となれば熱くなる。

だいたいが空手を、実際に殴り合う臥薪空手を習おうとしている時点で、しかも合宿に来ている時点で間違いなく普通の女の子ではない。女子部の年齢層も十代から三十代までさまざまだ。女子高生から主婦までいろんなキャラがいた。金髪をおさげにした子や長い髪を後ろでひとくくりにしたりと、髪型も女性だけにさまざまである。

——え？　こんな子もいるんだ。この子可愛いな！　おお～すっげスタイルいい……。

稽古中であり、組み手のさなか、本来そういうことは考えてはいけない。それに一応、あくまでも一応道場内の恋愛はご法度となっている。だが実際にはくっつく確率は高く、隠れて付き合っているカップルも数多いと聞く。付き合ってもいいが、道場内でいちゃつかなければＯＫだ。そうなのだがやはり道場内、なんとなく空気で分かってしまう。

女子部の中でも派閥争いがあるらしく、空手、組み手の強さで優位に立とうとする者、後ろ盾、という言い方もいやらしいが選手や道場内の実力者に取り入り、なかには付き合うことにより、優位に立つ者もいたりする。

女子部の多い胡桃沢道場では丁々発止、その諍《いさか》いがあり、表には出していないが道場主である胡桃沢のもとへ持ち込まれる苦情もかなりある。日々、その甘いマスクにニヒルの色が増すのもそのせいでもあった。

——へえ、この子はお姉さんキャラっすかね、いやあ、新鮮だな！

パパパッと技を受け流しながら構えを大きくとって相手に入れないようにして優作が観察する。すでに稽古ではなくなっていたが、そこはキツイ合宿中のこと、許してあげたい。

「時間です！　はい礼！」

「おす、ありがとうございました！」

列がずれ、次の相手が回ってくる。

「礼！　かまえて、はじめ！」

数をこなさねばならないので号令も簡潔だ。

次も女子か……。小柄な姿を見て、ふう、と

料金受取人払郵便

新宿局承認

1409

差出有効期間
2021年6月
30日まで
(切手不要)

郵便はがき

1 6 0-8 7 9 1

1 4 1

東京都新宿区新宿1－10－1

(株)文芸社

愛読者カード係 行

お名前《ふりがな》		明治 大正 昭和 平成 年生 歳		
ご住所《ふりがな》	□□□-□□□□		性別 男・女	
お電話番号	(書籍ご注文の際に必要です)	ご職業		
E-mail				

ご購読雑誌(複数可)	ご購読新聞 新聞

最近読んでおもしろかった本や今後、とりあげてほしいテーマをお教えください。

ご自分の研究成果や経験、お考え等を出版してみたいというお気持ちはありますか。

ある　　ない　　内容・テーマ(　　　　　　　　　　)

現在完成した作品をお持ちですか。

ある　　ない　　ジャンル・原稿量(　　　　　　　　　　)

書　名			
お買上 書　店	都道　　　　市区 府県　　　　郡	書店名	書店
		ご購入日	年　　月　　日

本書をどこでお知りになりましたか?
1.書店店頭　2.知人にすすめられて　3.インターネット(サイト名　　　　)
4.DMハガキ　5.広告、記事を見て(新聞、雑誌名　　　　)

上の質問に関連して、ご購入の決め手となったのは?
1.タイトル　2.著者　3.内容　4.カバーデザイン　5.帯
その他ご自由にお書きください。
(　　　　)

本書についてのご意見、ご感想をお聞かせください。
①内容について

②カバー、タイトル、帯について

弊社Webサイトからもご意見、ご感想をお寄せいただけます。

ご協力ありがとうございました。
※お寄せいただいたご意見、ご感想は新聞広告等で匿名にて使わせていただくことがあります。
※お客様の個人情報は、小社からの連絡のみに使用します。社外に提供することは一切ありません。

■書籍のご注文は、お近くの書店または、ブックサービス(0120-29-9625)、セブンネットショッピング(http://7net.omni7.jp/)にお申し込み下さい。

一息つく優作の目の前に蹴り足がせまった。後ろにのけぞったらアゴに喰らう！　そう判断し、前に出る。ごん、と頬にもらった。

続いて腹に突きの連打が来た。上を振っておいて中に入って連打。かなりの腕だ。

「ニヤニヤすんなっ」

優作の構えの中にすっぽり入り込んだ女子が小さく叫ぶ。

「え？」ひっつめの髪しか分からないが……

とりあえず中に入られたままだと腹を突かれてうざいのでひざ蹴りで突き放す。

「だれがっ」優作も言い返しながら叫ぶ。

「やらしいっ」

くるっと回って後ろ回し蹴りを放ってくる。

やはり、ペンギン、千草だった。

ほう、と思った。女子部らしく柔軟な股関節を生かして多彩な蹴り技で攻め込んでくる。そういえば黒帯だったといまさら思い出した。考えてみれば組み手どころか空手をしている姿を見るのも初めてだった。

「うるせっ総長！」

また小さく叫びながら前蹴りで入らせない。それでもシンヤに似た感じの回転系の技を連発する組み手は好感が持てた。

「それっ、言うなっ」

本気の突きをかわしたところで時間が終了した。

「オス、ありがとうございました」

きちんと礼をする。少年部の指導をしているだけあって、立ち居振る舞いにキレがあった。確かに空手の指導をするのは前で皆に手本を見せなければならないのでキレイな姿勢での突き、蹴りが要求されるのだ。

さてとっと。

優作が気分を入れかえて構え直す。

――確かに、すんません、ちょっと浮かれてました。

心の中で千草に謝る。

――しっかしちくしょっ、鋭《するで》ぇな……

横目で見たら同じようにシンヤが頭を蹴られていた。油断していると痛い目にあう。

と、思っていたらガシガシとやたら意気込んで攻めてくるヤツがいた。む……と思ってみるがこの二泊三日、一緒に稽古した選手ではない。番場道場から十二人、胡桃沢道場から十五人、選手の顔は全員覚えていた。

優作より年上で、黒帯だ。年は以前、選抜で戦った浅野と同じくらい、三十過ぎくらいだろうか。しかも同じ番場道場門下ではないらしい。

――なんなんだコイツ？

黒帯なのでそこそこ強いが、それでも鍛えこまれた茶帯である優作の敵ではない。

――軽くやるはずなのに、なんかオレのこと気に入らんの？

イラッとしたので一発だけ左の突きをズシンと右わき腹に叩き込む。

「あ、やべ……」

ちょっと少し力を入れすぎたか右わき腹にある急所、レバーを打ち抜いたとき独特のグニュウリとした感触が拳に伝わる。

「ピゴ！」

――あ、やべえかな……

そう思いながら組み手を続ける。相手の黒帯も茶帯に落とされたとバレるのが恥ずかしいので唇を噛みしめ、血が出てきても我慢して立っていたのはさすが黒帯だ。

しかし我慢がもったのは優作までらしく、次の相手と組み手を始める前に倒れていた。

——ありゃりゃ……すんません……

またもや心の中で謝罪しておく。

レバーは効く。顔を叩くことを禁じられている臥薪空手のルールにおいて、手わざ、突きで攻撃する部位は鳩尾《みぞおち》である水月、そして左わき腹の脾臓（キドニー）、そして最大の急所が右わき腹の肝臓（レバー）だ。

嫌がらせとして技を散らすため、鎖骨や肩の三角筋を打ったり胸の中心、のどの下の気骨などさまざまな部位を狙い打つが、最終的にはレバーを狙い合う。水月はメディシングボールや腹踏みとよばれる鍛錬で耐久力を上げることは可能だが、レバーはまともに入ったら耐えられない。倒れるか、我慢しても動きは間違いなく止まるのだ。


一般部との組み手が一回りしたあとで選手同士の組み手がおこなわれる。先ほどまでとは違い、いつもどおりの一本二分で回す。選手同士なので白熱するのはもちろん、一般部の道場生が周りをぐるりと取り囲んでいるので自然と気合も入る。

人の目を気にするなとは言うが、人目があったほうが意地を張るのは人間間違いないし、仕方ない。知っている人間に見られているとなれば不細工なところは見せられないのでがんばれるのだ。

しかも今回は胡桃沢道場の女子部もたくさんいる。試合、大会などでも女子部は会場の華としてよく駆り出されているはずなのだが、試合などはそのトーナメントに勝ち上がること、勝負事が優先されるのであまり気にならない。だが一緒に稽古していると気分が違うものである。

基本、オンナノコの前ではいいかっこをしたいものだ。その狙いがあったかどうかは不明だが、少なくとも効果は間違いなくあった。

「ひゃはっ！」

笑うような気合とともにシンヤが跳ねる。相手は先の軽量級二位の恩田だ。選抜の決勝でも当たったこの二人はお互いが軽業師《かるわざし》との形容が似合うほど飛ぶ。

「キャー！」「すっごーい！」「恩田先輩がんばれ！」

女子部からの黄色い声援を受けてシンヤがびゅんびゅんと蹴りを放つ。ハッタリだけの二段蹴りから変化させてバク宙しながらの蹴りまで放っていた。

この夏合宿に出ている選手会のメンバーは皆、番場道場、胡桃沢道場問わず、秋の無差別選抜に出場するだろう。体重別でベスト8に入っている恩田や江川は除外されるがそれ以外のメンバー、優作をふくめカンスケ、シンヤ、そして青山も出場するはずだ。

みんなライバル、そして対戦の可能性が高い。なにせ次回の無差別選抜は決勝まで行った二名しか無差別大会の出場権を得られない。体重別選抜がベスト4まで切符がもらえるのとは違う。それくらい無差別は違う。

いい感じで、同じ道場の木林を効かせて後退させたところで時間が来た。

「お互い礼！　はい、回って！」

列が入れかわり、次の相手が前に立つ。

江川だった。

ふっと優作が軽く息を吐く。息吹《いぶき》（空手の調息法）の簡略版だ。さすがに大げさに気合は入れないが、それでもいつでもどこででも、優作は江川を意識している。

自分でもなんでこんなにこの男が気になるの

か分からないが、おそらくは常に実績その他で優作を上回るこの同い年の人間が気に入らないだけだろう。

「かまえて、はじめ！」

　この合宿で江川と当たるのも最後だろう。普段から多摩境の選手稽古で当たっているのだが、やはりこの合宿で当たるのは気分が違う。いつ見ても構えにブレがなく、そして気負いもない。どんなときでも気負っている優作とはえらい違いである。

　肩をくっくっと動かしてフェイントを入れつつ左の拳を飛ばす。それを捨て技にしておいて右の中段回し蹴りのモーションに入ろうとしたところで江川が左足で優作の左足を蹴ってきた。軸足払いだ。

　それを読んで優作が中段回しではなく前蹴りに変化させる。横からの攻撃である回し蹴りは内側から崩されやすい。そしてこの江川、非常にそのスキを突いてくるのがうまい。

　どんな達人でも前後左右に移動するときに重心は動くもので、いかにそれを悟られないか、また移動中でもぶれないように頭の位置を動かさないように稽古するのだが、それでも止まっているときよりはるかに安定が悪い。

　動こうとするタイミング、ふっと重心が浮くタイミング、そこを江川に突かれる。自然、崩される、いや、崩されまいと力んでも、それが結果崩れることになり、攻め込まれる。

　天性のものか幼少時からの鍛錬のたまものか、江川はその機微を突くのが非常にうまい。

　帝西支部、番場道場にあって、受け返し、きちんと突きなり蹴りなりをカット、ガードして即座に攻撃を返すスタイルが主流の道場で、もちろん受け返しも稽古するが組み手、試合では受けずに攻撃していた。相手の攻撃をもらいながら反撃するのは誰にでもできる。それではあまりにもレベルの低い我慢比べになってしまう。受けない、ということは相手が攻撃中に崩されているので受ける必要がないのだ。

　例えば、臥薪空手の蹴り技の主幹である下段回し蹴り。向かい合った相手の太ももの筋肉の継ぎ目の急所を、スネや足の甲を使って蹴る技だ。まともに入れば、まるで脚が感電したがごとくしびれて筋肉が硬直し、いうことをきかなくなる。

　トーナメントに勝ち上がらねば優勝できない臥薪空手の大会においてダメージの蓄積は避けては通れない。そして足のダメージというのは食らえば食らうほど蓄積する。そこで受け返しだ。とにかくきちんと受けねば必ず蓄積する。

　もちろんその受けをおこなうため、スネの鍛錬も怠ってはいけない。鍛えていないスネで受ければ悶絶する。普通の人間にとってスネは弁慶の泣き所といわれるくらいだ。

　江川の得意技はその受け返しの必要のない、言うなれば打ち落としと分類される技法だ。よっぽど相手の攻撃の気配に敏感でないとできない。タイミングが命である。何度かかっていって返り討ちにされたか覚えていないくらいだ。

　対戦相手のほとんどは江川の打ち落としを食らって、攻撃の手がすくむ。そして一方的にやられるのだろう。

　認めたくはないが江川のほうが才能がある。それでも、それでもしかし負けたくない。優作は負けたくないのだ。

　そんな優作の取る手段はただ一つ。攻め続ける。まあとる手段もクソも、他に選択肢はないのだ。黙って見合っていても勝てない。手を出すしかないのだ。

「江川くん、ナイス打ち落とし！」

女子部からの声援まで受けていやがったこと　がさらに優作を燃え上がらせる。一瞬、視界の端で確認したのは数少ない番場道場の女子部だった。確か、立川支部の女の子で名前は……サッチン？

成瀬早苗《なるせさなえ》。立川一高出身で江川や優作と同い年、中学生から空手を始めて江川と知り合い、付き合いだした。ショートカットで若干釣り目な感じの猫っぽい女の子だ。

このとてつもなくどうでもいい情報が優作の脳内にインプットされているのはもちろん先輩の青山が仕入れてきたからである。優作の江川キライは有名なので、青山が面白がってわざわざ立川支部に出稽古にゆき、道場生を全員ぶっとばして立川道場生に飲み会をむりやり開かせて聞き込んできたのだ。なにやらサッチンの方から告白したらしい。とても青山が楽しそうに長い時間をかけて優作に教えてくれたのでイヤでも覚えていた。

――確かに……可愛いじゃねえかっ！

さっきの一般部との組み手では当たった印象はなかった。

「っきゃー！　江川くん！」

「えいし！　ナイス下段！」

サッチンだけでなく、支部内で若きエースとして名前の通っている江川は人気がある。悔しい。

「っっしょ！　っしゃ！　エラア！」

気合だけは負けじと声を出すものの、やはり技術的にかなわない。

――くっそ……！　いつもいつも……！

優作が焦りだす。そのとき声が飛んだ。

「イワマ！　ショート！　小さく小さく！」

江川への声援ばかりだった女子の中からだった。

――イワ……マ……？　おれか？

技を交錯させ、一瞬離れたときに横目で見る。千草だった。

――……！　オレはハザマだっ！

心の中で叫びながら後ろ回しを放つ。江川がサイドに回り、蹴りをかわしながら突いてきた。

――しかし？　なに？　ショート……小さくか……

それでも千草のアドバイス（?）を意識してみた。こころもち、構えの肘をしぼりワキを締め、そこから突きを出す。

江川がオッというような顔をした。いつもならいなされる優作の突きが入りだしたのだ。

頭に血の上りやすい優作は、いつも江川とやるとき意識しすぎて肩に力が入りすぎ、大振りになりやすかった。そこを千草のアドバイス通り、意識してコンパクトに突いてみたら入ったのだ。

――お？　お？　おお？

いつになくズボズボと入る突きに優作が気を良くする。

しかしさすが江川、接近戦で分が悪いと見るや、いったん距離をとってきた――が、優作がしつこくくっつこうとする。

無理に前に出ようとすると頭が下がる。すかさず上段ヒザが飛んできた。

「くらうか！」

つい声が出た。それでも防御した分、江川が離れ、構えをとった。

ここで組み手時間が終了した。

「オス、ありがとうございました！」

相手と礼をして、また列をずれる。

優作が目礼で千草に礼をした。

「はじめ！」

今度は青山だった。体重別で負った足の怪我をほんとうに半月で治し、この合宿では一番元気良くダッシュしていた。

——誰にも負けない。負けてたまるか。

すでに青山の目は選抜、そして全日本へ向いている。

「それまで！　全員整列。これにて支部合宿の稽古メニューを終了します！　正面に礼！」

「おおおおおっす！」

道場生全員の気合がこだまする。正直、稽古中よりも元気なくらいだが、そんなものである。

人間、現金なもので死ぬほど疲れていても楽しいことがあれば元気になれる。

しかも夏だ。


「夕食後に演芸会を開催しますので、各自準備しておいてください」

さすがに優作は立っているのがやっとだった。最後の最後、きっつい合宿の組み手の最後のシメが青山だった。体がくの字どころかカのカタチにされた。ぼっこんぼっこんだったが楽しかった。

突きを意識してコンパクトに、疲れきっていたがそれだけを意識してやってみたら案外入る。これが面白かったのだ。

「キタキタキタ！　演芸会だってよ！　どするそーっする⁉」

テンパった目つきのままシンヤが駆け寄る。

「やはっと終わったねへエエ……」

カンスケもよれよれで、それでいて目をらんらんと輝かせていた。

「おう！　優作！　最後の組み手、いいかんじだったぞ、肩の力抜けてて」

青山も声をかけてきた。

――アンタ、そんなこと言ってボッコボコにしてたでしょうが……

「オッス、ありがとうございます！」

心でそんなことを思ってもおくびにも出さずに優作が元気よく返事する。

「選抜、がんばろうな！」

「おっす！」三人そろって気合を返した。

「そんでだ」優作が二人の肩をつかんだ。

「なにやる？　どうする？　火でも吐くか？　いつもみてーに脱ぐ？」

「いや、女子とか子供もいるし」

「カンスケってそうゆうとこ止めるよなあ、おかしいんじゃね？　一回病院行ったら？」

「おかしかねえって！　シンヤこそ次つかまるって！」

「だいじょうぶ、オレ足速いから」

「あのなお前ら、話聞けって！」

「なんだよ？　月面やりながら脱ぐの？」

「そっからはなれろ」


「はい、ありがとうございましたあ！　胡桃沢道場は青梅分枝部、ピーチボンバーのみなさんでした」

司会の狭山がマイクでがなる。ヤンヤの喝采をあびて青梅支部の女子部三人組のアイドルのものまねが終わった。

「あんこーる！　あんこーる！」

すでに酒が入った一部の連中から声が飛ぶ。むさくるしい空手家ばかりで、女子部の出しものであれば基本、なにをやっても人気爆発だ。

「いやあ～スゴイ人気でしたね！　もう今回の

演芸会、優勝マチガイなしでしょうか?」

砂被りで女子部による国民的アイドルであるピーチボンバーのものまねをじっくり堪能した狭山が、完全にオヤジ丸出しのイイ笑顔でコメントする。

「え〜続いては……ん? 少年部、選手会合同、……おお、ジョジョのけったいな冒険? いってみよ!」

狭山が次の出しものを紹介する。いきなり照明が消され、するどい声が響きわたった。

「ついに見つけたぞ、ディオ! 今こそ決着のとき!」

少年部、俊平がズバババババオオン! と効果音とともに舞台に立った。

「なにい? おまえはジョジョ? よくここが分かったな!」

こちらも別な少年部の男の子が出てくる。

「勝負だ! スタープラチナ!」

「出たなスタンド!」

「オラオラオラオラオラオラオラオラ!」

「ぐはあああおおおおおおう!」

「ふるえるぞハート! 燃えつきるほどヒート!! おおおっ 刻むぞ血液のビート!」

アクションあり、コスプレあり、効果音ありと、とても演芸会レベルではない凝りようだった。宿舎にあったダンボールの箱を解体して切り抜き、即興でマジックで色を塗り、鎧を演出、そしてこの日のために作成したシナリオ(脚本)どおりの完璧すぎる舞台を演出した。

もちろん、総演出、総監督は鬼百合こと千草だ。少年部一丸となり、火の出るような気迫だった。

スタンドと呼ばれる異世界からモンスターを召喚して戦う超能力を見せる場面では優作、カンスケ、シンヤがコスプレして出演していた。

まさか少年部の出しものに優作たちが出てくるとは誰も聞いておらず、そして顔を覆面で隠したままでの派手な組み手を披露し、拍手喝采をあびた。

要は子供たちがマンガの主人公に扮して超能力で闘う設定で、その超能力が視覚化された存在がスタンドであるということで、そのアクションを、顔を隠した優作、シンヤ、カンスケが大張り切りで演じた。

「いやあ、熱演だったね〜」

あきれたように狭山が言った。演芸会では少年部の出しものが特賞をとるという初の快挙だった。

すでに飲み会は佳境をすぎ、あちこちで朽ち果てた野良犬のようなありさまで選手がぶっ倒れていた。飲みすぎ、というほど飲んでいないがやはり強化合宿の打ち上げということで急ピッチで飲んだためだろう。

青山は意地でも寝てたまるかと体をプルプル震わせながらもまだ飲んでいる。

元気なのは一般部合宿メニューだった狭山たちだった。

「くっそ、なんで狭山先輩そっちなんですきゅわあ？」

ロレツがあやしい青山が濁った目でからみだす。

「しょ、しょおれふよ！」優作も続く。

カンスケ、シンヤはすでにくたばっていた。

「いいじゃねえかよ、オレ試合出るわけじゃねえんだし！」

「だめっす！　だいたいがアンタ選手会長でしょーが！」

「そうらそうら！　腹切れ！」

意味の分からないからみ方をされ、狭山が珍しく困った顔をする。いつもは一方的に理不尽にからむ方なのであまり受けには慣れていないのだ。

「もう〜うっとうしい……あ、ほら優作！　見ろ、江川だ！　あんにゃろう女子部といちゃうついてやがる！　行こうぜ！」

「ぬう？　江川ときやがったか、このクソオヤジ……」

とても先輩に対する口のきき方ではない。

「ほら行くぞ！」

宴会場の一角の禁アルコールゾーンでは女子部が華やかにテーブルを囲んでいた。一般部の男子道場生が圧倒的に多いので皆お姫様状態である。中でも人気爆発なのは演芸会でアイドルのものまねをやっていた女子高生三人組だった。

きゃっきゃと楽しそうな声が響いてくる、そのグループになぜか江川の姿もあった。

「あんにゃろおう！　許さん！」

「許すまじ！」

「震えるぞファート！」

「燃え尽きるほどヒイイーっ！」

女子部と聞いて復活したシンヤとカンスケも立ち上がる。優作もへろへろとついてゆく。視線を動かさずに千草を探すがいなかった。

「おうおうおう、ちょっとすんません、オスオス、おじさんたちも仲間入れてね〜」

いやに下手に狭山が仲間に入る。露骨に一般部の男子道場生から剣呑な視線を浴びるが基本、道場はタテ社会であり、強いものが偉い。つまり、選手のほうがえらい。だからといって偉そうにしていいわけではないが、こういう場合は融通がきいてしまうものだ。

「お……おす」「あ、先輩、どうぞ……」

涙をのんで、という感じで女子部の近くに座っていた道場生が席を空ける。

どん、とこちらはいきなり江川の前に座る優作。

「江川！」

「おす」

「江川！」

「おす」

「だから江川！」

「おす」

「飲もうぜ」

「おす」

今さらすぎてびっくりするが、優作は江川と話したことがなかったことに気づく。まるまる、知り合った高校一年、十五歳のころからだから五年もたっている。


「うわあ」

「なん……だよ？」

グビリ、と缶チューハイをかたむけながら江川が返す。

酒は無尽蔵なほどあった。さすがは人気のある道場主だ。後援会に酒屋はマストアイテムである。

江川もとまどっているのが分かった。横ではシンヤがきゃっきゃ笑いながら女子高生にさっきのアイドルの踊りの振りつけを習っていた。

「こう？　こう？　ウィゲッチュ♪」

「キャハハ、そう、うめー」

いっつもいつもむさくるしい男ばかりでド突き合い、蹴り合っていてこういう機会がほとんどないのでみんな舞い上がっている。

しかも女子が皆可愛い、可愛く見えるのだ。皆、容姿端麗とまではゆかなくても日々空手の稽古をつんでいるので身体もしまっている、それに合宿ということもあり、今はラフな格好、基本、ほぼ全員がTシャツに短パンジャージだ。かなりとっつきやすい、というか距離が近いような錯覚にも陥りやすい。

「えへへえ、あのお、どちらの道場？　あ、胡桃沢道場でしたね、こおりゃまた失礼！」

女子を前に舞い上がり、いつもよりオヤジ度が増している狭山を冷たくカンスケが見ている。

「えっとお、岩城先輩、今度出稽古来てくださいよ～」

妙にもてているカンスケに青山の視線が厳しくなる。けっこう、年上に受けのいい感じが非常にむかついていた。

「っつーかな？　みんなクルミちゃんクルミちゃんってよお、ちっと顔がいいからって調子のりやがってよ、知ってる？　あいつ子供七人いるんだぜ？」

「いきなりなに言いだすかこのおっさんは」

横で青山がつぶやく。仮にも胡桃沢は道場長だ。笑い話にしていい存在ではない。

「あんだ青山？　先輩に意見すんのか？」

――いや、その先輩のあんたが何を言い出すのかって話でですね……

青山が注意をうながそうとする前に狭山が話しはじめていた。何か余計なスイッチが入った狭山は、胡桃沢が以前、総本部にいたころに女子部を食いまくって追い出され、帝西支部へ転がり込むまでを克明に話しだした。

昔からかなり胡桃沢はモテモテで、狭山たちからは敵視されていたらしい。ただ、年齢はかなり若いうちから道場を持たせてもらえたり、派手な試合で実績の割には人気もあり、そしてこれが一番大きいのだが顔が良かった。かなり悔しい思いが充満していた。

「いや、あの先輩、そのへんで、もうみんな引いてますから」

青山が、引いているというか、ドン引きの女子部を見ながら言う。

「んだ？　こっからだよ、これから面白くなんのに……」

「まあまあ、ほら、まあ飲んで飲んで」

青山が目配《めくば》せし、よく気のつく女子の一人がお酌をはじめてくれた。

「お～っす、先輩、今度出稽古でおじゃましますね～」

「あ、あたしも～」

青山が焼酎にウイスキーをまぜこんだグラスを補充し、どんどんその女子に渡して狭山に飲ませた。

「ん？　んん？　そうかい？　うちはきびにーよ？　ふふふのふ」

調子に乗った狭山はそっこうでつぶされた。後輩連中にからんだり飲ませたりするのはダイスキだが案外飲まされると弱いのだ。

「ったく、せっかくの女子部との飲みがぶちこわしだよこのオヤジは……」

青山が誰にも聞こえないようにつぶやく。

ふと、後ろを見たら別なグループが車座になっている、そして優作が江川にからんでいた。あちゃあ、という顔をして青山が寄っていった。さすがにケンカにはならないだろうが、優作を野放しにするとロクなことをしないのは確かだ。

メンツは優作、江川、そして女子部が二人だった。パっと見、二対二の合コンのようだ。しかしもちろんそんなワケはない。

「でだ、江川」

「んだよ、もお」

「しょーじきな、うらやましーんだよ優作は、なあ?」

青山が乱入してきた。

「いや、ぜんっぜんうらやましくねっすよ」

「そっかあ?」

「いや、だからっすね? その、えっと高一んときにな? 江川、聞いてる?」

優作がいきなり話し出すが、すでに五年近く前のことなので江川もうろ覚えだった。

「え? こ、高一って……」

「あんときな? あんときオレは確かに一コケだったよ? でもな……」

「おまえ、案外根に持ってんだな……」

さすがに青山が目をみはる。

「あのな? 確かにオメーは強いよ? 分かってんだよオレだって! だっておめえあれだろ? 高校んときからオンナいたろ?」

「へ?」

ちょっと江川がしどろもどろになる。

「いたろ?」

ここが江川の弱点だ、とばかりに優作がしつこく聞く。

「いたよ」

アタシだよと言わんばかりに横からサッチンが口を出す。案外男らしい性格のようだ。さっきまでは可愛らしく横座りだったのであるが、いつのまにかアグラをかいていた。

「あ……」

さっき、青山がつくった狭山撃沈用のブレンド酒のコップを持っていた。

「ああ? あんた、前から智くんのこと目のかたきにしてっけど、どういうつもりなわけ?」

直球だった。意外なところから攻められ、優作がしどろもどろになる。

「いや、えっと、そんなつもりは……」

「だいったいさ、関係ないじゃんか、彼女がいよーがいまいがっ」

「そうそう、そうだよね」

サッチンと一緒にいた女子も同調する。男だらけのこの場でも、女子の結束は怖いものだ。サッチンに文句を言おうにも、案外空手歴は優作より長いのだ。すなわち、厳密には先輩である。

「まあまあ、せっかくのほら、合宿なんだからね、楽しく飲もうよ」

青山がとりなそうとする。忙しい男だ。

「くらっ……けらっ……」

サッチンがおかしくなってきた。やはり狭山撃退ドリンクが効いているらしく、酔っ払っていた。そのまま糸が切れたようにカクンと崩れおち、スースーと寝息を立てていた。


そんなサッチンを平気な目で江川が見ている。

「おい、大丈夫なの？」

優作が心配になって聞く。

「ん？　いつもこうだから」

当たり前のように江川が答えた。こいつ男らしいな、とよく分からない感想をいだく優作だった。

なんとなく押されている気配があるので面白くなく、目の前のコップをぐいぐい開けた。

——……な……なんだこりゃ⁉

一口含んで吐きそうになった、ハンパないアルコール度数だ。あのドリンクを飲んでしまったようだ。

数分後、優作がくだをまきだしていた。

「ったくよお、ったくテメーだきゃあ」

最初に戻っていた。

「いいかげんにしてよ、言わせてもらうけどそっちだって体重別んときユリ先輩とデートしてたくせにっ」

ふいに起き上がったサッチンが爆弾発言をかました。

「智クンも見たんだからっ、ファミレスでいちゃついてたくせにっ」

「いちゃついてねーよ！」

「うっそだっ！　そのあと川のほうに消えてったもん！」

「川って……」

「あたしらもいたもんっ」

あぐらをかいていた江川が正座し直した。優作も正座する。気まずい空気が座を満たす。

「ゆ……ゆうさく……」

青山が信じられないものでも見たかのような顔でつぶやいた。

「あーそれでさっき少年部の出しものに出てたんだ〜やだ〜」

サッチンを介抱していた女子部の子が急にはしゃぎだした。

「ち……ちがっ……」

なにからどう説明したらいいのか、急に脳を使いだした。この合宿で、というかここ最近こんなに頭を使った記憶がなかった。バカになるわけである。さておき、急に脳に血液がめぐったことで、酔いが激しくなった。


翌朝、頭がガンガンしながら起き上がった。タコ部屋と化しているこの選手の部屋、八畳の広さに十人以上の人間が転がっていた。

「ううむう……」

優作が不機嫌きわまりない表情できょろきょろする。むさくるしい男連中がこれまたむさくるしく半裸で転がっていた。

布団は敷いてあるがそんなもので寝ている者はだれもいない。柱にだきついて眠るもの、窓枠から上半身を外へ出している者、逆立ちのまま壁にもたれかかっている者……

「戦争でもあったのか……爆撃とかよ？」

なぜか優作の着ていたTシャツは破かれ、丈が半分になっていた。ヘソ出しである。

「セクシー路線？」

短パンはそのままだ。

「よかった……」

扉によりかかり、中腰のまま眠っている青山を気持ち悪そうに見ながら外に出る。すでに夜は明けていた。

どうやって部屋に戻ったかまるで覚えていない。廊下に出て便所を目指す。

この合宿所、トイレはなぜか屋外、大きな庭、というか軽い陸上の練習もできるくらいの大きさの運動場の端にあった。

「ううううううう」

起きだしたのは尿意かららしい。

「ふう、まにあった……」

用を足して洗面所で手を洗いながらふと視線を上げた。外からきゃっきゃと声がする。窓からはすでにギッラギラする朝日が差し込んでいた。今日も暑くなりそうだ。街道に出ようと歩きだした。

「あー！　スタープラチナ！　おらおらおらおらあ！」

声とともに背中に飛び蹴りを食らう。

「むおっ？」

蹴とばされてよろめきつつ振り返ると、俊平だった。

「殺すぞ」

本気の目つきにさすがに俊平が引く。

「ドたーけ！」また蹴られた。

「ぬおっ？」今度はこけた。

振り返ったら、千草がいた。

「おはよ」

「なーにを子供にすごんどるかっ」

よどんだ目であいさつするが、怒られた。

「はいはいっ」

「押忍っ！」

「オスオス」

「返事はいっかい！」

「……おす……」

どうやら朝っぱらから子供、少年部を連れて散歩してきたらしい。元気はつらつである。どこかの選手たちとは大違いだ。

「かかってこいやあ！　オラオラオラ！」

千草がいるとなって、強気に出てくる俊平がまた優作を挑発した。

「……小僧ォォ……」

瞬時に挑発に乗る優作をまたはたく。

「やあめーって！」

「っちゅか、こいつがよお」

口をとがらせて文句を言うが、聞いてもらえない。

「あースタンドのお兄ちゃんだ、スタンドのお兄ちゃんだ」

他の子供らもやってきた。

「おらおらおら！」

一気に囲まれた。二十人以上はいるだろう、下は六歳くらいから中学生くらいまでさまざまだ。きゃいきゃいきゃいきゃい、まるで動物の群れに放り込まれたような気分になった。気づけば背中に三人、右足に二人、頭の上に一人まとわりついていた。

「あま……も……」

「おらおらおらおらあ！」

まだ俊平が蹴り続けていた。

「ユリ先生は渡さんっ」

異様な使命感にかられての行動らしい。

「……ぐわくいい……」

両唇をひっぱられながらもまだ優作が俊平にガンを飛ばす。

「すんなっちゅーのっ」

またはたかれた。


やっと一段落して砂浜に来ていた。

一騒ぎしてテンションの上がったまま子供たちは宿舎に戻るや食堂へ駆け込んでいった。そういえばもう九時、朝食の時間だ。わずかに空腹感はあるものの、まだ気持ちの悪い優作はあきれ顔で子供たちを見送り、歩きだした。

「はっ」息を吐いた。


どすん、と尻を蹴られる。

――あのクソガキか！

「なんかカッコつけとらん？」

千草だった。

「むう……いい朝……ですね」

そういや、先輩だったよな、とか思い出して後半敬語だ。

「さっけくさっ」

千草が優作に顔を近づけ文句を言う。

「わざわざ近よんなっ」

顔の前にあらわれた千草に動揺しつつ頭を押しやる。

「つぎ、選抜でしょ」

「おす」

「がんばれ」

「オス」

優作が顔を上げた。

ガンガンに太陽が昇っていた。

「オッス！」

力強く、太陽に向かって気合を入れた。

気づけば秋風、とかそんなチラシを目にする季節だった。

シンヤのダッジ・チャレンジャーの後部座席で空を見上げた優作が思う。

――空、たけーなあ……

イワシ雲が舞っていた。薄く広がるその雲のせいで空の青さがさらにきわだつ。上空では風が渦を巻いているようにゴウゴウと音を立てていた。

『がんばれ』

投げ出すように言われた言葉を思い出す。

「ひひっ」

「んだよ優作、気持ちわりーよ」


カンスケが後部座席の上で体育座りでつぶやく。すでに緊張モードに入っている様子だ。

「へっ……」

優作が照れくさそうに笑った。

「調子、よさげじゃんかよ！　でも、負けねーっぜっと！」

シンヤがハンドルを切りながら歌うように叫んだ。

——全日本無差別選抜編——

「はい、選手もみなさん、整列お願いしますう～」

女子の道場生の声が響きわたる。

本日、九月第一週の日曜日、府中武道館では臥薪會舘帝西支部、全日本無差別選抜大会が開催されていた。

いつもであれば内部試合などの場合で選手係その他をおおせつかる道場生がほとんど選手そのものだ。ある意味、いつもの学校の先生たちが急に教室で試験を受けているような状態で、試験官、というか見回りが生徒のようなものだ。すなわち、やりにくい。

まったく知らない人間であれば先生だろうが師範だろうが意に介さずに事務的に進行できるかもしれないが、見知った顔がそこらじゅうにある。すでに無差別への出場権を得た選手や、師範、幹部などは審判や係に回るが、いつもそういう雑用をする連中が試合に出ているので手が足らない。

ただ、道場生、選手であっても不思議と女子部の言うことなら聞いてくれるので重宝されていた。

「えっと、ゼッケン一番のかたから八番まで、八人ずつ四列にならんでください～」

合宿の演芸会でアイドルのものまねで人気が大ブレイクした女子高生三人組の一人、矢野アケミが声をあげる。金髪三つ編みで女子高生らしく短いスカートが試合直前で禁欲状態にある選手には目の毒だった。

――っく……！　やべえ……

　思わずガン見しそうになる自分をいましめる優作だった。背中にはゼッケン二七とある。青山はゼッケン一、シンヤは十五、カンスケは二十、と散らばっている。

　総員三十二名のトーナメント、決勝に進んだ二人だけが無差別大会への出場権を得る。今回の大本命はやはりゼッケン一番、番場道場、青山太郎。対抗はゼッケン三十二、胡桃沢道場、大垣一也と言われている。

　大垣は重量級の選手で身長百八十五センチ、九十五キロ、見事な体躯をしている。前に出る圧力はハンパなく、攻撃力だけなら全日本級といわれる逸材だ。年も若く、優作より一つ上の二十一歳。前回の体重別には出場せず、最初から無差別を視野に入れて稽古してきたという噂だ。

　順当に行けば優作とは三回戦で当たることになる。先の合宿でも顔を合わせていないし、稽古でも当たったことがない。どんなに強いヤツだろうが、一回戦で当たろうが決勝で当たろうが、勝たなければ優勝できないのだ。

「選手、入場！」

　アナウンスの声で音楽がかかり、入場が始まる。試合場の正面には本部席が設営され、そこに師範、幹部、そしてアナウンサーが椅子に座っている。アナウンサーは毎度のことらしい、千草がちょこんと座っていた。

　――いたな、ペンギン。

　試合、行事のときには師範たちは背広で来場する。審判をやる道場生たちはスーツのズボンに白いワイシャツ姿になる。その本部席に横並びに座るのでいきおいアナウンサーも堅い服装を求められるのか、千草はアナウンサーとして黒のパンツルックのスーツ姿だった。なんとなく就職活動みたいだ。

デンデガデガデガデ〜、演歌調の行進曲みたいな音楽が流され、行進していった。

八人ずつ、四列になり整列した。師範たちのあいさつ、なぜか大会実行委員長として優作たち行きつけの鉄板焼き屋、万心のオヤジさんが開会宣言をしていた。

「そりぇでは、ただいまより開会しまず」

噛んでいた。

「選手、退場」

プッと笑いそうになる空気を振り払うかのようにアナウンスの声がかぶさり、選手たちが退場してゆく。一人、一人、試合場から退出する際、拳を胸の前で交差して十字をきって礼をする。

「五分後に第一試合を開始しますので、選手、関係者のかたは準備してください」

ふたたびアナウンスが入り、キイン、と選手間に緊張が走る。

「っせっ！」

青山、ゼッケン一番、青山太郎が小さく気合を発して首を回す。そう、ゼッケン一番なので第一試合なのだ。

選手が控え室に戻り、優作が水を一口飲んだとき、第一試合のはじまりを告げる太鼓がドンと打ち鳴らされた。

今日は仲間といえども、いつもバカを言い合う道場の仲間同士でも敵だ。

血で血を洗う内部試合。

まずは近所で一番強くないと外へ出られない。代表を取るとはそういうことなのだ。

今日はシンヤもカンスケも青山も、敵だ。体重別選抜のときは階級が違うので当たることはなかったが、今日は無差別選抜。当たる。組み合わせで行けば決勝まで進んだら青山と当たる。

――空手で当たる。試合で、当たれる。

以前のイザコザでケンカでボコられたことはあるが、試合は初めてだ。優作が空手を始めたころからすでに全日本級だった青山は憧れの存在であった。

もちろん、道場内の組み手で当たることは多い。毎度毎度、ぶちのめされる。

それでも向かってゆく。

今日も、向かってゆく。

向かってゆく。

「さってと」

――優作が水を床に置いて自分の試合まで柔軟でもしようかと思ったとき、控え室に青山が入ってきた。目が合う。

「試合っすよ先輩」

優作が青山に教えてあげた。

「分かってるよバカ」

「いや、今呼んでましたけど」

「だから分かってるって」

「え、試合っすよ、行かないとまずいじゃないですか」

さっき第一試合が始まるとアナウンスしていたのだ。青山が行かないと始まらないだろう。

「分かってるって！」

「分かってないっすよ！　早く行ってくださいよ！」

「もう行ってきたんだよ！」

「え？」

青山の後ろからタンカにのせられた道場生が運ばれてきた。どうやら開始数秒で倒したらしい。見れば汗もかいていなそうだ。

「優作、待ってっぞ」

あぜんとする優作に青山が声をかける。

「押忍」

当たり前のようにスイッチが入った。どこか、なんとなくであるがどこか他人事みたいな感覚でいたが、あの青山と向き合えるのだ。

「どっつきまわしたる！」

「あ？」

「いえなんでもありません……」

心で叫んだつもりだったが口からダダ漏れだったようだ。


「へいやっ！」

シンヤがいつもの変幻自在な蹴りで相手を幻惑、そのまま押し切って勝った。先の体重別で自分と選抜決勝を争った恩田が、本番である全日本でも結果を出したことが自信につながっているらしい。

順当に行けば先にシンヤが青山と当たる。

だが。それどころではない。

自慢ではないがそれどころじゃねえ。まずは自分だ。

あの全日本体重別での一コケから数か月。また一コケは死んでもイヤだ。勝つ。なにがなんでも、勝つ。勝たなければ、クソだ。

「おっす！　ありがとうございました！」

カンスケもいつもどおり、コツコツと手数、足数で上回る堅実な組み手で勝利した。

みんな勝っている。

当たり前だ、あれだけ練習してきたのだ。

負けたらまたなにを言われるか、いや、今度こそなにをさせられるか分からない。

ぜってー勝つ！

「白、秋川道場、菊野選手、赤、暮塚道場、い……ザマ選手」

お約束と化したかのように名前を間違われ、優作が試合場の門で十字を切り、開始線へ向かう。

――わざとかよ！

そんな視線を千草に飛ばすと、こっちを見ないまま口パクで「がんばって」ときた。

ぐっと盛り上がる。バカみたいな話だが盛り上がった。

両手で自分の頬を思いきりはたく。

ぱあーん！

無差別選抜であるが、一回戦は一応、同じような体格の選手同士が当てられるように組み合わされている。向かい合って優作を食い殺しそうな目で睨みつけるこの菊野も中量級、すなわち八十キロ以下――なはずなのだが、どう見ても百キロ近かった。なにやら作為を感じるが気にしないことにする。

チラ、と本部席に視線を飛ばすと、してやったりとアゴをなでる、以前体重別選抜一回戦で優作が失神させたあの園部とかいう幹部の姿が見えた。

すっと優作の目が冷たく光る。

そういえば、今さらであるが優作の方のブロックは重量級が大勢固まっている。

だが考えても仕方ない。

――みんなぶったおしてやる！　ぶったおせばいいんだろ！

「かまえて！　はじめ！」

主審が拳を前に突く。

「はっ！」優作が気合をぶつける。

菊野は最初、様子を見るかのように下段を蹴ってきた。体格が違うとはいえ、一応優作は体重別選抜優勝だ。警戒はしているが、圧力で押しきれる。そんな顔をしていた。

優作が下段をカットし、蹴りを返すふりをして突きで中に入った。

「せい！　せい！　せい！　せい！」

四連打五連打とつなげてどんどん前に出る。身体は動く。

――よし、身体は動く。

優作が自信満々にうなずきながら突きまくる。やはり集中力というか、気魄主体、気持ちで前に出る組み手が信条の優作はとにかく集中していれば強いのだ。体重別本戦などのように気を散らすと、弱い。本人もどこまでそれを分かっているのか定かではないが、とにかく今は集中していた。

「ッピー！」

試合場の四隅のパイプ椅子に座る副審の笛が吹かれる。場外だ。

「ええい、やめ！　場外、開始線戻って！」

主審が優作の首ねっこをつかむ。集中しすぎて相手を場外に出してもまだ攻撃をやめない優作をしかる。

「お……おうす！　おうす！」

分かっているのかいないのか、優作が返事する。

「菊野！　だいじょうぶだいじょうぶ！　落ち着いていけば大丈夫！」

向こうのセコンドの声にイラついた。

――なあにが……オウ！

ドン、と前蹴りを突きさしてまた前に出る。今度は菊野も本気で受け止める。下がらない。

何度も下がって場外線を割ると印象が悪い。菊野は今年で二十八歳、空手歴は五年ほどだが百キロ級の圧力でどんな相手でも下がらせてきた。何度か全日本の本戦にも出たことがある。あくまでも出場しただけで結果は残せていない。それは全日本クラスになれば押すだけでは勝てないからだ。

ただ、内部試合などでは何度か入賞の経験もあり、とくに自分より小さな相手には自信があった。

――ふん、最初はちょこっと勢いに飲まれたけど、オレが本気で腰据えれば……

はっきり言って舐めていた。

真正面から向き合い、腕で胸で肩で腹まで使って押し込んで膝蹴り、それが菊野のスタイルだった。

なるほど体力差が有ればそれも有効だ。圧力で下げられて重心が後ろにいっている相手をさらにヒザ蹴りなど直線的な攻撃で後退させる。格下相手や道場内での組み手では確かに有効だろう。

だが相手が何も考えず、いや、勝つことだけを考えて一直線な狂犬のような目つきの人間だったとしたら？

――あれ？　おかしいな……なんでコイツ下がらないんだ？

だんだんと焦りが広がる。押し込もうとする胸、肩に拳が突き刺さる。

い――てえ！　いてえぞこいつ！

ひるんだ。怯んでしまった。

そして怯んだと見るや優作が加速する。突いて蹴って蹴って蹴って突く、突く、突く、蹴る、蹴る、蹴る。

「おおっしゃあ！」

本戦、三分間、休みなく打ちつづけ、攻めつづけた優作に旗五本が上がった。

汗だくの顔でまっすぐ正面を見据える。

勝つ。そのことだけを思っていた。

正面の本部席の千草と一瞬だけ視線が絡まった。目礼だけをして優作が退場する。

控え室に戻るや二リットルサイズのペットボトルの水をぐいぐい飲む。

「っふっふっふっふっふっふ……」

息を整えつつもまだ興奮がおさまらない。だが無理にでもクールダウンしておかねば体がもたない。上げっぱなしでは体も心も持たない。

「っふっふっふ……くうはあ～～っふ！」

無理にでも、そう無理やり息を吐きつづけ、肺をからっぽにしてからふっとゆるめる。自然と空気が気道を通る。

「くっふ、くっふ……」

これを何度も繰り返す。荒っぽい深呼吸だ。

息吹、と呼ばれる空手独自の調息法もあるがそれの応用である。

「……っしゃ……」

小さくガッツポーズをする。

――勝った、勝った、勝った……一コケはセーッフ！

一回戦は大事だ。

なにせ負けたら終わりであり、もちろん一回も勝っていない。勝っていないから一コケなのだ。もう、ぜったい、イヤだった。

「おう優作、よかったぞ」

青山が声をかけてきた。同じトーナメントに出ているといってもやはり気になるのだろう。

「オス、ありがとうございます」

「今日は落ち着いてるみてーだな」

「おうす」

それだけ言って立ち去る。すぐに二回戦なのだ。

「よおっし！」

青山の後ろ姿を見ながら気合を入れ直す。


二回戦。

今度はさすがに秒殺こそしなかったものの、技ありをとった青山が完勝。

シンヤもまたアクロバチックな蹴りで飛び回り、勝った。

カンスケはかなりの消耗戦を強いられ、それでもなんとか体重判定で勝ち残る。

本戦三分、延長二分、再延長二分を戦い抜き、判定で旗が片方に三本以上あがらない場合は体重の軽いほうが勝者となるシステムだ。

そして優作。またもや重量級を相手に真正面からぶちかます。どうやら、優作は重量級相手には相性がいい、というか大きな相手にぶつかるほうが心情的にも燃えやすいようだ。そして燃えれば集中もするし、取りこぼしもない。そんなわけで二回戦も延長までいったが判定は四対〇で圧勝した。


三回戦でついにカンスケが力尽きる。歯を食いしばり、目を真っ赤にして外へ出て行った。優作と当たる、それを目標にしていたのだが壁は厚かった。

そして、三回戦。これに勝てば次は準決勝。残るは二つとなる。青山もシンヤも勝ち上がっていた。次は両者の対戦だ。

青山は先輩らしく、そしてシンヤはいつもどおり何も考えていない顔で優作のもとへ来ていた。

「ヒャハ！　優作、おいおい次おれ青山先輩とだぜ！」

「お～う、優作う、次はあれだな、どうやら今回のオレの相手らしーぜな?」

青山が挑発する。次の優作の相手、大垣が決勝に上がってくると皆が思っていると。皆、優作が負けると思っていると。

百も承知だ。それでも、焚きつけられていると分かっていても、それでも、燃える。

「まっとたってつかあさい!」

ちょっとイッた感じで優作が吠える。

「蹴倒してきたりますわ!」

「どこの生まれだおまえ……」

満足そうな笑顔で、青山があきれながら送り出す。

「しょあ!」

「おい、まだだよ、前の試合終わってねえよ!」

走り出そうとする優作をあわててシンヤが押さえつけた。


「つづいて……三回戦最後の試合をおこないます、この試合後、十五分間の休憩に入ります」

アナウンスが流れる。

「白、暮塚道場、イワマ選手、赤、福生道場、大垣選手」

なんで誰もなにも言わないの? おれの名前は硲、ハザマ! ハザマなんです! と大声で叫びたい気分で試合場へはいる。

誰だよイワマって! そんな目で千草を睨むが、まったく気にしていない。どうやら本気でイワマと思い込んでいる様子だ。しかも、試合会場にいる全員が気にしていなかった。

確かに硲、ハザマという字は珍しいし、しかもみんながみんな優作と下の名で呼ぶことが多い。あ、優作の苗字ってイワマって読むんだ、とか間違った知識をインプットした人間も多かった。

「はい、正面、礼！　お互い、礼！　主審に礼！」

審判、主審が声を上げる。正面、本部席に礼をし、お互い、対戦相手と礼をし、主審に礼を……。

主審と優作の目が合った。体重別選抜のとき、優作がノックアウトしたあの幹部、園部だった。目で笑いながらアゴをなでる。おまえの勝ちはぜったい、ない！　目がそう言っていた。

優作にさらに火がつく。「上等……」小さくつぶやく。握りしめた拳は、血色がないほど白かった。

「かまえて～はじめえ！」

主審の声と同時に対戦相手の大垣が飛んだ。飛び前蹴りだ。遠い距離から顔を狙ってくる。

当たれば倒される。ガードの上からでも当たれば持っていかれる。重量級ならではの攻撃だ。効かなくても勢いで押し込んでいく。放っておいても旗は上がる。

決勝まではその展開でいくつもりだった。決勝もあの青山とかいうチビが出てくるはずらしいが、それも押し込んで勝つつもりだった。

軽量級で全日本クラスらしいがしょせんは軽量級、押し込めばなんとかなるだろう。決勝まではウオーミング・アップのつもりだ。

……だったが。

がっし、と前蹴りを受け止められた。その蹴った足の引き際に合わせて優作が入ってくる。火のつくような目つきでふところへ飛び込んでくる。

「せっ」

大きな気合も入れず、連打を始めた。ちょうど、大垣のガード、両手の間に身体をこじいれて暴れまくる。重量級、大型の選手を相手にする場合は有効な手段だ。遠い間合いであればリーチが長い分、有利であるが、接近戦になればその長い手足がじゃまをして回転が遅くなる。

本当の全日本超級ともなれば大型選手だろうが、みな軽量級の速さを身につけているものだが、大垣はそこまでいっていない。だがまた、優作も全日本超級の速度までは動けていない。それでも気持ちで前に出る。

リーチの差、そして主審も向こうの味方であろうというアウェーな環境では気持ちで前に出て乱戦に持ち込むしかない。というか優作は乱戦しかできない。とにかく気持ちのぶつかり合いに持ち込む。

定石として胸を打って上体を起こす。上体を起こせば重心が浮き、腰がすえられず、ふんばれなくなる。そして上下に打ち分けながら効かしてゆくのだ。

一発で倒したいが選手同士であればそこまで弱い人間ではない。優作の攻撃の特徴として、手数のわりに捨て技が少ないことがあった。本人も意識していない、というか力が抜けない、力みがとれないせいでもあるのだが、手数足数、運動量が多い割に軽く当てて次につなげる技がなかった。

つまりほとんど全力だ。知らない相手はとまどう。ふつうの人間であればもたない。疲れてしまう。だが優作持ち前の闘争本能からか、試合中、組み手中は集中しているので思いきり打ちつづけても疲れを感じないらしかった。ある意味、バカであるが大したものだろう。

大垣のように余裕を持って舐めてかかってくるほどとまどう。いつもであれば押されない攻撃、効かない突き蹴りが妙に効くのだ。

大型選手にありがちなことだが、受けの意識が低い。トーナメント、それもレベルの高いトーナメントとなればなるほどダメージの蓄積が上位での勝敗を決しやすい。ある大会など、決勝の舞台に上がる階段すらまともにのぼれず、そこで棄権した選手もいたほどだ。受けをきちんとしておかないと勝ち上がれない。

大垣が距離をとろうと後退しても優作がピタリとはりつくように離れない。これはうっとうしい。そして後退しながらということはできる攻撃も限定される。

じれた大垣が優作の胸を押して距離を作り、ヒザ蹴りを連打した。両拳を握ったままで優作の肩をはさんで固定し、蹴る。反則であるが、拳を握っているのでツカミをしているようには見えにくい、いやらしい技だ。ゴッツゴッツと優作の腹、胸、顔と、当たるをさいわい連打してきた。

「くおらあ！」

優作が大垣の目を睨みながら叫ぶ。

「しょおっほっほっほ！」

反則だろうが、と優作の目が言っているが大垣はそ知らぬ顔で連打し続ける。ドンドンドンドンとリズミカルに連打する。大きな選手がこれをやりだすと厄介だった。

「優作、回り込め！」

いつのまにか戻ってきていたカンスケが叫ぶ。

そう、定石どおりであればヒザ蹴りをしてきた相手への対処は蹴りをさばきつつ身体を横へ入れ替える。回り込みだ。だが、今は両の肩を固定されており横へ移動できない。優作が必死で拳を振るうがヒザ蹴りに飲み込まれる。

「っピー！」副審の笛が吹かれる。

「っくっ……」

優作が場外に押し出されていた。

「はい、開始線戻って、構え、はじめー！」

以前とはえらい違いでサクサク園部が進行する。にっくき（？）優作が劣勢で嬉しくて仕方なさそうだ。大垣の反則まがいの攻撃を注意する気はいっさいなさそうだ。

それを感じているのか大垣が自信満々に攻め立ててくる。調子に乗ると人間、動きにキレが出てくる。最初のとまどいもなんのその、前蹴りで攻め立てて近づくや両方の拳で肩をロックし、ヒザ蹴りという逃げ場なしの攻めを連続させる。

遠い間合いからは前蹴り、長い射程をいかした攻撃、接近戦では打ち合い、技の飛ばし合いではなく相手を反則で固定してのヒザ蹴り、と小さな相手になにもさせない戦法だ。突きを打って散らそうにも両肩をはさまれており、突きに必要な身体の回転、ねじりを作れず押し込まれるままだった。

「いけいけー！　いいぞ大垣！」

「大垣せんぱい！　ふぁいとー！」

観客の声援に後押しされて大垣が勢いづく。

「っぴー！」場外、二度目だった。

「やばいやばい！　回り込めって！」

カンスケたちが必死に叫ぶ。

——やれるもんならとっくにやっとるわ！

そう言い返したい気分だった。それに拳で肩をはさんで固定する反則も審判に言ったところでどうしようもなさそうだ。自分でなんとかするしかない。

当たり前だが試合場で闘っているときに頼りになるのは自分だけだ。負けているときに負けるイメージをしてはいけない。いいときのイメージをする。夏合宿で番場がそう話していた。

夏合宿のとき、江川相手に苦戦したのを思い出す。

――くっそ……でもあんとき……鬼百合から千草がくれたアドバイスを思い出した。

……

――小さく！

肩をロックされたままでも少しはタメが作れる。拳の先を飛ばすようにイメージして、コンパクトに打った。

ドボッと入る。ビビュンと大垣の鼻水が出た。

小さく、小さく、下突き、ボディブローをしこたま打ち込む。小さな回転であれば、いくら肩をロックされているとはいえ、反則に見せないための細工として手のひらではなく拳ではさんでいるためか固定からすりぬける。

バフバフバフバフ！

「ふおっ！」

大垣が気合か苦鳴か分からない声を上げた。

ちょうど、ヒザ蹴りを打って片足立ちになっているタイミングだったので腹筋を締められない。

思いきり入った。

「おおっしゃあ！」

一発いいのが入り、効かせた、と感じられるや勢いは優作に移る。

効いた腹をかばおうと腕でガードするため、肩のロックができない。つまり、優作は解き放たれた。

「えい、えい、えい、えい、えい！」

さっきのお返しとばかりに反対側の電車道、一気に場外まで押し込んで蹴りだす。

「ッピー！」今度は大垣が押し出される。

再び開始線に戻り、再開されるやいなや、調子にのった優作が飛んだ。飛びヒザだ。

しかし大垣が下がったため、届かずに目の前に降り立つ。そのままの勢いでまた突き、蹴る。

ガッシンガッシンと殴る蹴る。防戦一方になった大型選手は狙う場所、的が大きい分たいへんなことになる。

「くはー！」

苦しまぎれに大垣が優作の頭をつかんでヒザをカチあげた。ゴシ、と胸に当たった。優作の踏み込みが速いので距離をつめられ、ヒザが上がりきる前に当たったのだ。

頭を振って大垣の手を払った優作が思いきり胸を突いた。まるでクロールでも泳ぐかのようにふりかぶって胸を打つ。どしーん、どしーん、と大垣を打つ。

「てめっ！　ごら！　はんそ！　つかみ！」

なにやら文句を言いながら打っているようだ。要はつかむなと言いたいらしかった。

ドスン、と小豆袋が試合場に投げ入れられる。

「時間です！」

本戦、三分間が終了した。はっふ、はっふと息を整えながら判定を待つ。まっすぐ、前を見つめる。

「判定とります！　判定！」

主審が声を上げる。

「ピー！」判定は割れた。

白の旗が二本、赤が一本、引き分けが一本だ。ここで主審が白にあげれば優作の勝ちであるが、主審はあの園部だ。

「主審、赤！」

とうぜんのように大垣にあげる。

「本選が引き分けになりましたので延長戦二分間をおこないます」

千草のアナウンスが入る。キッと優作を見ていける、勝てる、と思いをこめた。……ように優作には見えた。

思い込みは大事だ。おれは強い、勝てる、そう思い込み、さらには勝ってと願う者までいる、なんでもかんでも利用して気持ちを燃やす。最終的にはどれだけ勝ちたいと思う気持ちが強いかで決するときがあるのだ。

「はじめ！」

「しょりゃ！　まかせとけ！」

不明の気合を発しながら突進してくる優作に大垣が不審な顔をする。

優作の圧力に対して今度は足を使ってきた。ふところに入られないようにするため、半身、サイドにかまえる。優作からは大垣の攻撃部位であるボディの正面が非常に遠くなった。そこから前足、左足でまるでジャブのように軽い蹴りで距離をとろうとする。前に出てこようとする優作を止めようとする作戦だ。

ぎゅうっと拳を握る。優作の作戦は一つしかない。前に、出る。

「おおう！」

どん、と前蹴りで止められる。

「おおう！」

またどん、と止められる。

「おおお！」

また止められた。リーチの差があるため、真正面からせめこむ優作が蹴ろうとしても先に大垣の前蹴りにはばまれるのだ。

「ちょっとは頭使う気ねーのかよ！」

さすがにカンスケがじれて叫んだ。そのとおりだ。

それでも優作なりに作戦はあった。相手の反応が少しずつではあるが悪くなっている、気がしていた。前に出つづける優作に前蹴りを合わせるのはいいが、その蹴りが効かす蹴りではなくまるでつっかえ棒のように距離を置いてストップさせるのが目的の蹴りのため、あまり効かない。しつこく前に出る。

前足のみでは止められなくなるはずだ。ぜったいに奥足、右足でも蹴ってくる。

「一分経過！」時間係の声が飛ぶ。

――ここ！

幾度目か分からない前蹴りを受け流して前に出る。大垣が奥足、右足で蹴りを出してきた。半身、距離をとろうと横を向きすぎているので必然的に奥足の位置は遠い。つまりその奥足で蹴ろうとすると優作まで遠い、時間がかかる。

そのタイミングで優作は前足の内側を蹴り込んだ。軸足払いだ。

どすん、大垣がしりもちをついた。場外を割るのも印象が悪いが、それ以上に倒される、転ばされるのは印象が悪い。倒す、こけさせるといっても、つかんで投げるのは論外で、今の優作のようにタイミングを合わせて軸足を刈るのは有効だ。


「待てー！　はい～立って～」

主審が試合を止め、大垣を立たせる。

再開後、また同じ展開から今度は優作が蹴りに行くフェイントから突きでふところに飛び込んだ。

「おおっし！」

カンスケが歓声をあげた。

大垣がしまった、という顔をする。

「お、お、お、お、お、お、お、お、お、」

小さな回転を心がけ、突きを上下左右と振り分ける。鎖骨、肩、胸の中心、鳩尾、脾臓、肝臓と打ちまくる。大垣も打ち返してくるが優作の回転のほうが速い。そのため突きは捨てて身体を密着させて優作をかかえこんでくる。これも完全な反則だがこの主審では反則をとりそうにない。まるで優作を抱きしめるかのように覆いかぶさってくる。

――こんの……！

優作が腰を落として両拳を大垣の胸に当てて思いきり突き飛ばす。距離がとれた。

一瞬、大垣がこのまま下がってもっと距離をとってまた前蹴りで攻めるか、また密着していくか迷った。

試合中、勝負中に迷いは禁物だ。そして迷ったときは棒立ちになってしまう。

優作には迷いがない。前に出て、突く、蹴る。それだけだ。突き飛ばした勢いのまま思いきり拳をオーバースローで投げるように打っていった。

ガシーン
優作の右拳に大垣の鎖骨の感触、わずかに骨がたわむような感触が伝わった。骨は硬い、だが一定以上の衝撃が加わるとたわむ、それ以上だと折れる。

効いた！

そこからはもうボロボロだった。

ダメージを受けた鎖骨をかばおうとしたら腹を打たれ足を蹴られとすべて後手に回るので反応が遅れる。そこを優作が突き倒し、蹴り倒す。

「ッピー！」

終了が告げられたと同時に大垣がヒザをついた。

完勝、だろう。誰もがそう思った。

「優作、気いぬくな！　もっかいやるつもりでいろよ！」

青山が声をかける。思いきり主審の園部を睨みながらだ。

「判定～とります……判定！」

非常にやりにくそうに園部が号令をかけた。

いっせいに副審が旗をあげる。

「あ……し……ろ、いち、に、さん、し、……

主審、赤」

　むちゃくちゃだ。副審が全員白、優作にあげているのに園部だけが赤、大垣にあげていた。ただの意地であろう。

「判定、四対一で白、イワマ選手の優勢勝ちです」

　間髪いれずに千種がアナウンスする。あいかわらず名前は違っていた。

　歓声と一緒に、あああ……、というため息が広がる。

「よおし！」「やった！」ため息は大垣を応援していた道場生たちからだ。

　なんといっても選抜試合はその各道場の代表たち、身近にいる強い人間たちが闘うので道場生たちも非常に感情移入しやすく、そして我を忘れやすくなる。

　冷静に見ていれば、反則しまくり、そして後半効かされていた大垣の勝ちはありえないはずだった。それでも園部だけは不服そうな顔をしている。よっぽど優作に勝たせたくないのだろう。

　試合の判定基準は一にダメージ、次に手数、その次に勢い、というかどれだけ前に出られるか、それから反則のポイントなどで優劣が決まるのだ。どう考えても優作の圧勝であるが、こういう場合でも園部だけでなく、もしも副審には相手の方を支持するように通達があった場合には分からない。そういう意味もふくめ、倒さなければ勝てないこともある。今回はまだラッキーなほうであろう。

「おおっし！」

　選手控えに戻ってきた優作を皆が祝福する。

「いよお～ドロ試合、また上がれたな」

　青山が憎まれ口をたたくが顔が笑っていた。

「おお、さっすが優作！　すげーすげー！」

「やるじゃん！　この巨人殺し！」

「ふっふっふ……はあはあはあ、ら……楽勝っすよ」

よだれを垂らしつつ優作がまだ見栄を張ってみせる。その意気や、良しだ。

「優作、準決まで少しだけど休んどけよ」

青山が気づかう。

「おっす！」元気よく優作が返事する。

「そんでシンヤ」シンヤに向き直った。

「手加減、なしな」

パン、と肩をたたいて去っていった。

「かっこいいなあ……おい、シンヤ、なんで青山先輩に返事しないんだよ、失礼だろ？」

カンスケが青山の背を憧れのまなざしで見送りながらシンヤに注意する。

「……っておまえ、見なかったのか？」

「なにをよ？」

「青山先輩の目だよ……」

いつものシンヤらしくなかった。青ざめている。

「ただいまより二十分間の休憩に入ります」

千草のアナウンスが聞こえてきた。

「あ、そーだ！　あのペンギン、ひとの名前平気で間違えまくりやがって！」

「ぎゃはは、そうそう！」

優作が怒り出し、カンスケが爆笑する。

「え？　なにが？」

シンヤは気づいていないようだ。

「お・れ・の・名・は！」

「おお、なんか優作、ジャギみてえだ」

興奮する優作にシンヤがぼんやりつっこむ。

「ちげーって、おれの名はだな！」

「あ、いたいた」

控え室の一角でさわぐ優作たちを見て千草がつかつか寄ってきた。

「あー、こらテメー！　ひとの名前間違えてんじゃ……」

「それより、腕、拳見せて」

千草がまじめな顔で言う。

「え？　あ、おお……」

気圧されたように優作が拳を出す、と同時に叫ぶ。

「なんじゃごらあ？」

右拳が腫れ上がっていた。ちょうど、中指の根元の尺骨と指とのつなぎ目である拳頭部がふくれ上がっていた。

「最後の鎖骨打ち、よかったけど効きすぎだった、まさかと思ったけど……」

千草が心配そうに言った。

「うわ……痛そう……」

カンスケが顔をしかめる。

「んあ？　だ、だいじょうぶだよ！」

優作が強がる。正直拳の状態を見てびびっていた。不思議と痛みはない。おそらく衝撃でしびれたままなのだろう。

「相手の大垣選手、鎖骨を負傷したって聞いたから、もしかしてと思って……棄権するか？」

「しねえ！」千草に即座に応える。

「ぜってえ、しねえ、勝負もしてねえのに負けるなんてイヤだ！」優作が騒ぎだす。

「た〜っけ！　しずまれ、ほら」

千草が優作の頭をパカンと叩いてポケットから布テープを出す。

「手、出して」

「え……、ああ」

手馴れた手つきでくるくる巻いてゆく。

「子供、少年部もさ、勢いだけの打突《だとつ》でケガ多いんだよ、まあ折れてはない、たぶん亜脱臼《あだっきゅう》だろうけど……」

つらつらと言いながら固定する。

「あんたみたいな子、よくいんのよ、夢中になってててケガしても気づかないような……」

「あ……あんがと……」

「お礼は？」

「おす！　ありがとうございました！」

頭を下げた優作が頭を上げたらまだ千草が立っていた。ぎゅうっとテープで固定した拳を握る。優作はちょっと痛かったが黙っていた。

「……おす」

なにか言いたげだったが、そのまま踵を返した。

「優作……」

カンスケの声が聞こえないかのように優作が壊れた右拳を握っていた。


「えええいしゃオラア！」

まるでシャドーボクシング、独演でもするかのようだった。

青山の裂帛の気合に飲み込まれたとしか見えない。得意の飛び技で幻惑する前にしこたま足をへし折られんばかりに痛めつけられ、後は連打の餌食となり、シンヤは沈んだ。

「白！　中段突き、一本！」

主審が宣告する。一本どころか十本くらいとられていた、とは担架で運ばれていったシンヤが後で言った言葉だ。完全に試合が始まる前からのまれていた。

声もない観衆の前でゆうゆうと青山が試合場を退場してゆく。優作と一瞬、視線が重なる。が、優作の目には青山は見えていない。準決勝の相手、またもや重量級の早田の姿しか見ていなかった。

早田は大垣の後輩であり、今回、大垣と対戦するつもりだった。実力的には勝てるとは思っていなかったので、大垣が敗退してトーナメントから消えたのはラッキーだと思っていた。しかし、調子が悪いというだけであの大垣が敗れるとは思えない。毎度毎度、道場内の組み手ではボコにされているからだ。

さっき、大垣が負けた試合は見ていないが控えに戻ってきた姿はぼろぼろだった。しかも苦しそうな顔で胸を押さえていた。

突きが強いのか？

そんなふうに思い、試合を見ていた道場生に聞いてみたが、「ものすごく突きが強い」ということを言う人間はいなくて、かわりに皆が異口同音に言っていたのが「しつこい」だった。

うわあ、と一瞬、思った。


——面倒くさそうだなあ……

試合場の前の溜まりで相手を見るとさらにその思いはふくらむ。狂犬のような赤い目つきでこっちを見ていた。

ただ、向こうも重量級相手の連戦で無傷ではない様子で、胸も変色し、拳にテーピングをしていた。

「はじめ！」

主審の合図とともに気合をぶつけ合った。

早田は冷静に様子をうかがう。対して優作は爆竹のように前に出てくる。

「せい！　えいっし！」

オーソドックス、左前の構えから蹴り、突き、蹴り、と必ず連打で打ち込んできた。

ガードに専念しつつ、優作の打ち終わりに合わせて攻撃を返してゆく早田。踏み込んで連打を入れても途中で早田に流れを切られ、そしてまた距離をとられる。

長距離砲で胸を突く。これだけでも体格に劣れば入ってこられなくなるものだが、しかし。

やはり聞いていたとおりだった。

しつこい。とにかくしつこい。なにをどうやってても喰らいついてくる。足で距離をとろうが腕で押しやろうが、次の瞬間には蹴りながら、突きながら、そして大声を出して、ときにはよだれを垂らしながら攻撃してくる。

——ああ、もう!

いいかげん面倒くさくなり、とりあえず少し休もうと大技を出す。後ろ回し蹴り。近い間合いでもクルリと上段を蹴れる早田の得意技だ。当たれば倒せるし、当たらなくても充分威嚇になる。とりあえずこの蹴りでびびらせておけば距離を取れる。少なくとも休める。……とか、試合中にそんなことを考えていれば……

ズブリ
右のわき腹、あばらの下。左の突きで間合いを取っておいて右足をわずかに下げて腰にタメを作り、一気に上半身を回す。その勢いで相手を巻き込みながら足を跳ね上げて蹴る。ときどき相手の道着をつかんで蹴ることもある。反則だが、どさくさまぎれでも倒してしまえば関係ない。

当たればラッキー、当たらなくとも道着をつかんでひきずり倒す、そんな後ろ回しだ。

相手を、相手の道着ごと巻き込むつもりのため先に回した上半身と同時に右腕も大きく回す。これが案外めくらましになってくれる。

いつもどおりだった。ここまでは。

それが……

ズブリ?

そう、右わき腹のあばらの下、ひねって回した上半身のすきまに杭が打ち込まれた。

優作が下段の蹴りからの返しに右の突きを狙った。しかし相手も同じ左前の構えのため、右の突きで有効打を狙う箇所である右わき腹のレバーは遠く、鎖骨も腕が邪魔で入らない。しかし攻撃を入れておかねばまた距離をとられる。それは困る。

「優作！　上きいつけて！」

カンスケの声がきこえた。

上？　この距離で？　――後ろ回しか！

江川、宿敵（笑）の江川に何度このタイミングで後ろ回しを喰らったか覚えていないほどだ。おかげさんでタイミングはバッチリだった。

――つくづく何でも華麗にできるヤツだぜ。

そんなことを一瞬思いながら相手の後ろ回しに反応する。すっと足を左斜めに運んで移動させて身体を逃がし、回転してきた相手の上半身の右側がちょうど前にきたところに右の突きを叩き込んだ。

ぐうにゅり
拳の先で肝臓がたわむ。不思議なことにボディで効かしたとき、この肝臓、レバー打ちの感触のみ、その臓器に触れるような感触がある。

数瞬後、相手の早田が腰から崩れ落ちた。

カウンター、後ろ回しのカウンターでレバー打ちが入ったのだ。

まともに入った。立っていられるわけがない。

おおおおおおおおお
歓声がわきあがった。

上半身をくの字に折り曲げた早田が顔だけをあげて優作を睨む。三秒後、副審の横に振られた旗が真上に跳ね上げられた。

「一本！　それまで！」

主審の声がこだまする。

三秒以内のダウン、戦意喪失で技ありとなり、技あり二つで一本、倒れてそのまま構えを取れねば一本となる。

「白！　中段突き！　一本！」

開始線であらためて主審が叫ぶ。

「ただいまの試合、中段突きで白、イワマ選手の……」

ちら、と本部席を見た優作が右拳にチュッと口をつけておどける。汗みどろでくたくたの顔だが、それを見た千草の顔が真っ赤になっていた。

「ほおおおう、よおっしゃ！」

優作が控えでカンスケと手をパン、と合わせて叫ぶ。

「ほおおおう、優作ううう……」

シンヤが床から這い出してきた。

「あ、ごめんシンヤ、かんぜんに忘れてた、だいじょうぶ？」

カンスケがあわてて気づかった。

「わりい優作、びびっちまった……情けねえ」

いつもは陽気なシンヤがガチでへこんでいた。

この世界、勝った負けたはある程度仕方がない。勝負なのだから必ずどちらかが勝ち、どちらかが負ける。問題はその勝ち方、負け方だ。

ほめられない勝ち方もあれば、全力を出し切り、完全に肉体はくたばっているのに視線だけでも負けまいとする姿勢が評価されるのだ。そういう意味で、さっきのシンヤの試合は確かにいただけなかった。それが自分でも分かっているのだろう、かなりへこんでいた。

「シンヤ……」

カンスケがかける言葉もなくつぶやく。

優作もなにを言ったらいいか分からない。

「おっす、ハザマ、次決勝だな」

振り向くと江川が立っていた。

「お、おお」

「がんばってください」

横にはサッチンもいる。

「あ、おす……江川」

礼を言いつつ、何かを思い出した優作が江川を呼ぶ。

「あのよ、えっと……」

さっきの試合、相手の近距離からの後ろ回しに反応できたのは江川のおかげなので礼を言おうとしたのだが、どうやって伝えたらよいか、さらに江川に礼を言うのに抵抗が出てきた。かなり優作は小者だった。

「あ！　イワマ！　さっきのなに？　試合場でふざけんな！」

千草が怒鳴り込んできた。まだ顔が赤い。

「さっきの？　後ろ回しカウンター？」

ぽかんと聞き返した。

「違うっての、こうチュッて……」

そこまで言ったところで江川たちに気がついたらしく後半聞こえなくなる。江川はあっけにとられているが、サッチンはなにかに気づいたようににやけていた。

「拳出して！　ほらテーピングずれてる！」

照れ隠しに大声を出しながら優作の右拳をまたテーピングする。

「あんた……」

「あん？　さっきよりでかいだろ？　痛くねえから大丈夫」

優作がへらへらしながら言う。骨にヒビでも入ったか、右拳の腫れが大きくなっていた。

「あと一コだぜ、決勝だぜ、青山先輩だぜ」

優作の目が細まってゆく。千草が黙ってギュウーッとテープでしぼりあげた。

「百合丘先輩、決勝の時間ですよー」

本部席の係がアナウンサーである千草を呼びに来た。千草はくっと顔を上げ、優作の目を見てからうなずき、踵を返した。優作がぺこりと頭を下げる。

「あ、んじゃ決勝、がんばれよハザマ」

「がんばってください！　あとね、案外ユリ先輩、ファンが多いよ？」

江川が激励し、サッチンもにやけながら言葉を置いていった。

「オッス！」優作が答える。

もうなにも聞いていなかった。

決勝だ。痛み、はとりあえず二の次だ。考えないようにする。考えようが考えまいがどうせ優作は棄権などしない。どうせ闘うのだ。闘うのなら関係ない。

相手だって、青山とて無傷ではない、はずだ、そうであってほしい……いや、関係ない！

「オオッス！　来い！　青山あああ！」

優作が吠えた。呼び捨てだ。武道的タテ社会のここで普通であれば考えられない。びっくーとカンスケとシンヤが直立不動になる。

試合場の向こう側の選手のたまりで青山がこちらを見すえていた。

——これか！　この目を見てシンヤがびびったのか。

さもありなん。人間を相手にしている気がしなかった。ただでさえ冷蔵庫のような青山の肉体がさらにふくれあがったような錯覚さえした。

「ただいまより決勝戦をおこないます……」

千草の呼び出しとともに試合場へ足を踏み入れる。

「おおっし！」

優作の目は青山しか見ていない。

憧れてきた先輩だ。いつもいつもブチのめしてくれた先輩だ。空手を始めたときから憧れていた先輩だ。道を外したとき救ってくれた先輩だ。酒を飲ませてくれた先輩だ。組み手でまいどまいどボコボコにしてくれる先輩だ。ムチャな命令を本気で言う先輩だ。大学生にしてくれた先輩だ。ずっと憧れつづけてきた先輩だ。

勝てるとか負けたらどうしようとか、今の優作にはなかった。

青山と闘える。対等に試合場で向かい合える。それだけで興奮していた。

――痛みなんぞい、ねえ！

「はじめ！」

「ごい！　青山あああ！」

もういちど叫んで優作が飛び掛っていった。


拳がうなり、風を巻き起こし、蹴りが舞い、雷雨が降り注ぐ。

まさに、暴風雨の中にただひとり、優作はいた。

からだが、心がひしゃげそうになる。

あまりの衝撃、圧力に跳ねとばされそうになり、ふんばったところを足をぬいとめられ、胸を鎖骨を水月を、爆撃のような打突の嵐が襲った。

気合だけでも、と声を出しているつもりだが何も聞こえない。

上も下もない。

真っ白な空間にいるようだ。

「やめーい！」

目の前に主審が現れた。

――なんだ、いたのか？　なんで主審？

——主審ってなんだっけ？

ぼんやりとした頭で考えるが分からない。

「判定とります！　判定ー！」

言い終わらぬうちに副審の旗が白四本、きれいにまっすぐ上がる。

そこで優作が顔を上げた。千草がいた。

目が真っ赤だった。

「白！　イチ、ニ、サン、シ、主審、白ー！」

「……た……たっただいまの……試合、判定五対〇をもちまし……て、白の青山選手の勝利となります」

震えるような声でアナウンスが響く。

——あ、青山先輩勝ったのか。ふうう……

「優作」

声をかけられ我に返った。

「ありがとな」

青山が会心の笑みを見せてくれた。


試合場を出るや歓声が湧き上がり、道場生に囲まれた。みな興奮し、口々によかった、感動したと言ってきた。あんまりなんのことかピンとこない優作はいちおう礼を言う。

「ハザマ！　ハザマ！　よかった！　よかった！」

珍しく、本当に珍しく江川が興奮の面持ちで人垣をかきわけ出てきた。

「あ？　おお」

「よかった！」

そう言いながら優作の腕をとり握手する。

「イダー！」

「あ、すまん」

「み……みぎはやめろって……なんだよモオ！」

「いや、よかったよ、ホントにいい試合だった！」

「あたりまえじゃん……いい試合ってなにが？」

「ああ？　おまえなに言ってんの？」

「なんかわけ分かんねーよ、いきなり取り囲まれてさあ、なに？　みんなしてオレから金でも借りようと」

「優作……もしかして飛んでる？」

カンスケがあきれた声で言った。どうやらあまりの集中力と興奮のあまり、決勝を闘った記憶がないらしい。よく記憶の飛ぶ男だ。

「おう優作！　おつかれ！」

青山がやってきた。

「あらためて言うな、ありがと！」

「おす……えっと、オレ負けたんすか？」

「ああ？　またか？」

「おす……」

「またかよ……んで？　なんだ？　負けてねえってもっかいヤルか？」

青山がにやりと笑う。

「……えっと、また今度」

ギャハハハハハと皆が爆笑した。

「おっし、打ち上げすんぞ！　道場集合！」

青山が声を張り上げて、優作たちがオオ、と答える。

試合の後の飲み会は格別だ。

直接打撃で素面素手素足で殴り合う競技、そのプレッシャーはハンパではない。その試合のため、勝つための努力、稽古もハンパない。そして、それを乗り越えて試合に出て、勝ったときの勢いときたらもうどうにも止まらない。

「三十七番、大石シンヤ！　バク宙しながら乾杯します！　おりゃあ！」

なみなみと焼酎がつがれたコップを持ったま

まシンヤがバク転しながら飲み干そうとして失敗、道場のマットに突き刺さった。爆笑の渦となる。恐ろしいことに誰もシンヤの心配などしていない。

「おお、優作、飲んでっか？」

狭山がやってきた。先ほどから勢いだけで始まったかくし芸大会という名のバカ合戦の口火をきったときの格好、頭に鍋をかぶって股間にどこから調達してきたのか大人用オムツをしていた。完全なバカだ。

「いいか？　おまえ、確かにいい試合だったよ、でもな、慢心しちゃいかんぞ？」

てめえ、その格好でえらそうなこと言うなよ……優作の目がそう言っている。

「おす……」

とりあえず返事だけしておく優作もすでに上半身裸で下半身はシャツをはいていた。意味が分からない。サカサ人間とかいいながらこの格好で逆立ちし、右手に激痛がはしったところで脳天から落ちてそのままごろごろと壁際まできて寝転がっていたのだ。

「いいか〜おめえな、カラテってのはな？」

変なモノが降臨したかのようになった狭山が延々とカラテ論を繰り広げていた。

——ああ、そういえば鬼百合にちゃんとお礼言ってなかったな、帰り際すれ違ったとき何か言ってたけどなんだっけか？

キツイ稽古、キツイ試合、そしてバカ飲み、とてつもなく濃密だった。試合のプレッシャー、そしてダメージもあり、本来は早く上がって休むべきであるが、そうも言っていられない。なによりも選手自身が打ち上げに出たがるのだ。ただ、ケガなどをした場合は病院に行ったほうがいいのは言うまでもない。

しかしいいかげん試合での疲れとダメージ、それにプレッシャーから解き放たれた解放感と打ち上げでの一気合戦でくたくたになり、どうでもよくなっていた。

ぼんやりする優作の目に千草の姿が見えた。

——あれ？　なんで？　道場違うのに？

なにやら入り口で誰かと、ああ、サッチンと話してる、ん？　こっち指さした。

——なぜか急にイヤな予感がしてきた。なんでだろう？

ざっしざっしとバカどもを押しのけて千草が一直線に向かってくる。

この後、千草に張り倒された優作は救急病院に連れていかれた。右拳、中指と薬指が亀裂骨折していたらしい。しかも全身打撲だった。とても酒なぞ飲んでいい状態ではなかったようだ。

ついでに横にいて張り倒された狭山が後に語る。

「優作のかあちゃんおっかねーなー」

秋が、どんどん深まってゆく季節のことだった。もうすぐ、列島を冬将軍が熱くおおう。

空烈の章

――全日本無差別本戦編――

「よおっし、治った、治った、ふっへーっ、これで思う存分組み手できるぜっ」

道場で優作のはしゃいだ声がする。

季節はすでに秋風が吹き終わり、透きとおる大気がさざなみのように流れる十一月となっていた。

「あんま調子のんなよ優作、また鬼百合にどやされっぞへっへっへ」

青山が柔軟体操をしながら注意する。

「な……なに言ってんすか」

「ふひひ、顔が赤いぜ」にやにやしながらシンヤも寄ってきた。

「もう、寝た？」

おっさん丸出しの言い方で狭山が言い放つ。なぜか黙ったまま江川も横で聞き耳を立てていた。無表情なのにこころもち顔が笑っていた。

「ちゃうっつーんすよ！　なにいうーとるっすか！」

「なぜ、なまる？」

青山が的確なつっこみを入れる。

「どうやら優作は勢いでものごとをごまかすヘキがあるようだね」

カンスケもしたり顔で冷静に分析してみる。

「あーもお！　かちくらわすぞこのクソタワケがあ！」

優作がキレたふりでごまかし、笑いが広がった。

「ひゃはは、まあいいや、でも気つけろよ？　拳の怪我は再発しやすいからな」

「あ、おうす」

「それと！　ちゃんと鬼百合にお礼言ったか？」

「え？　あ、その……」

しどろもどろになる優作にまたみなが悪ノリしはじめる。

「待ってるぜ……きっと……」

急に青山がしぶくニヒルに言う。壁にもたれかかり、うつむき加減だ。

「待ってるわ……」

シンヤが両手を合わせて乙女風に言う。

「きっさまー」

今度は狭山がキレた。キレッキレになった。なにかいけない地雷を踏んだらしく怒り狂っていた。急に怒り狂うので始末が悪い。

「ルミコちゃんが……くっそー！　てめーシンヤ！　今日はおめーが掛かり稽古だ」

「ええ？　なんでっすか！　おれ全日本でないのに！　だいたいルミコちゃんて誰？」

シンヤがびびる。

掛かり稽古とは一人に対して三十秒、あるいは一分交代でどんどん相手が入れ替わって組手をする稽古のことだ。文字通り、かかっていくので掛かり稽古。掛かってゆくほうは一人に対して五、六人で回り、時間が少ないのでいつもフレッシュな攻撃を入れられる。それに対して掛かってこられるほうはどんどん疲労が蓄積してゆく。本戦三分、延長二分、再延長二分の合計七分間ぶっつづけでおこなう。たったの七分であるがとてつもない七分間だ。

始める前は青山でさえおかしくなったような大声で気合を入れる。とにかくテンションを上げ、半分どうかしないとやれないくらいしんどいのだ。

ちなみにルミコちゃんとは最近、狭山がオキニなスナックでバイトしている自称看護学生である。そこに毎夜のように現れ、口説《くど》いているらしい。

「おーす」

「あ、おうす、オス、オス」

騒いでいると番場が入ってきた。

「はじめるぞー」

どことなく呑気な気風が道場にただようのは、間違いなく師であるこの番場の性格によるものだろう。おかしくなるほどの修練を己には課すが、弟子には無理強いはしない。昔は違ったらしいが少なくとも今はそうだ。ただ、それでも死ぬ寸前までしごかれるのは確かである。

全員がわらわらと整列する。

「全日本まで一か月半、集中していきましょう、じゃあシャドー、三分十ラウンドからっ」

いきなり開始される。

「おす、お願いします、おす、おす、おすおす……」

オスの輪が広がり、また今日も熱気あふれる選手稽古が始まった。

「ん〜でも大丈夫っすかオレ？　みんなして組み手すんなすんなってさあ！」

妙に元気な優作が文句を言う。

いつもの店、最近は店先ののぼりに「俺たちの店！」とか書いてある行きつけの鉄板焼、万心のテーブルだ。卵七個を使った特製の万心焼き（それでも三百円）を特製チューハイ（二百円）で流し込む。

「文句言ってんじゃねー、こちとら掛かり稽古にかかってくだけで死にそうなのに……」

ポクポク、となぜか転がっていた孫の手で肩を叩きながらカンスケが言い返す。

「そ……だぞ？　おめーゼータク、言ってんじゃね……」

珍しく短いセンテンスなシンヤ。今度の全日本無差別対策とやらで、顔を真っ黒に塗られてバク宙蹴りオンリーをやらされていた。

「ほおれなんか……今日ほ、ひゃっひゃっひゃ……百回以上バク転させられたんだぞ？」

そう、今回の全日本無差別大会は外国人選手も多数参加、中でもカメルーンの黒人選手はまるで鳥のように飛んでクルクル回って蹴る！

という噂がかけめぐり、その対策（？）としてシンヤがその役をおおせつかったらしい。だが皆、噂先行でそのカメルーンがどんな動きをするのか知らない。なのでとりあえずシンヤの持ち技で一番派手な技、体操でいうフラッシュキック、バク宙しながら後方へオーバーヘッドキック、そのまま足から着地する技をやらせてみたところ、番場が言った。

「うん、それだ」

なにがそれだか分からないが、そのせいでひたすらバク転するはめになった。番場にほぼつきっきりだったので気が抜けず、大変だったらしい。

「でもなんか、こうね、もうジャブみたいに出せるかも」とはシンヤの弁だ。

しかしお好み焼きを頬張りながら店内で座ったままバク転はする必要はない。

「元気じゃねーかよ」

面倒くさそうに優作が言いながら右拳を握る。思いきり握るとわずかに電気がはしる感覚があるのが気になるが、気にしなければ気にならない。

「まあそうくさんなよ優作、組み手以外に走ったりとかスタミナ強化したんだから」

カンスケがなぐさめる。

「まあねえ……」

ぽつりとつぶやきながら思い出す。

無差別選抜、決勝で青山にボコられたとはいえ二位入賞。本戦への出場権を得たはいいが右拳を痛めた。亀裂骨折で全治三週間。

二週間後にギプスははずれ、そのまま稽古に行こうとして、怒られた。

怒ったのは、怒り狂ったのは千草だった。選抜後、優作の首根っこをつかまえて病院に放り込んでくれた。確かにあのまま放っておいたら怪我も悪化していただろう。ギプスがとれた日に、偶然か千草が胡桃沢道場の面々と一緒に暮塚道場へ来ていたのだ。

最初は「よかった」と一緒にギプスがとれたことを喜んでいたが、優作が道着に着替え、いきなりサンドバッグを叩こうとしたときにまた千草に張り倒された。

しかもその場にいた青山も血相を変えて怒っていた。当たり前である。骨がくっついたといってもすぐに殴ったりできるものではない。全治といってもそれはあくまで日常生活に支障がない、ということである。若くて治りが早く（牛乳がいい、と千草に教えられて毎日三リットル飲んでいた）、ギプスがとれたとはいえ空手はできるものではない。

そんなことも分からないいくらい空手がしたかった気持ちはくんであげたい。なので、とりあえず少年部の指導を手伝うことになった。千草が言いだしたのだ。

このバカ、一般部で目を離したらぜったい組み手とかバッグ叩くに決まってる。なので自分が監督して目が届くとこでしか空手させません！　と言い張った。

　さすがに優作も「ガキじゃねえ！」と反発したが、今度は千草どころかそこにいた道場生全員から「おまえはガキ以下だ」と逆ギレ気味に怒られたのだ。

　そしてなんとなくこの半月、少年部の指導の手伝い、そして後は走ってばかりいた。そのかいあってか、このたび全快――のはずである。

　半月間、手伝ってきてさらに千草との距離が近づいた、気がしないでもない。勢いで優作を自分の指導する少年部のクラスの手伝いにしたはいいが、最初は照れくささから顔も見られなかった。

　そこをすかさず突いたのは夏合宿で優作と最初にからんだ小学生、俊平だった。いきなり蹴って逃げ、走り回った。それにあおられた他の子供たちも騒ぎ倒して逃げ惑う。さすがの千草、ユリ先生にもどうしようもない大騒ぎだった。

　しかし、さすが幼児以下の優作。三日もすれば打ち解けていた。というか同じ目線で一緒になって騒ぎ倒し、毎回千草に怒られた。

　遊ぶのも、怒られるのも一緒だ。子供たちと仲良くならないわけはない。中でも、夏合宿から優作と因縁（？）のある俊平とはもう呼び捨てで呼び合っていた。

　ちなみに俊平をふくめ、少年部はみんなユリ先生こと千草同様に優作のことを「イワマ」と呼んでいた。バカである。

　まあ、なんだかんだとバタバタしながらも二週間が過ぎていった。少年部の指導の手伝いをしながらも稽古はこなし、しかも補強で拳立てふせを多くやっていたのが効果的だったか、かなり拳の調子は戻っていた。

　そして昨日、選手稽古に出るので手伝いは今日までとあいさつに行った。千草にお礼を言いたかった。

もっと気のきいたことを言いたかったが、いざ顔を合わせたら緊張したのと、千草は千草で文句ばかり言いだし、しかも俊平をふくむガキんちょどもが泣きながらからからみついてきたのでまた大騒ぎになった。

「イワマーっ」

まだ俊平の泣き声が耳に残っていた。


怪我が治るまで、とにかく走った。と、いうより走らざるをえない。やることがない。

全日本無差別、臥薪の日本一、直接打撃で殴り合う日本で一番強い男を決める大会。

体重別も全日本だが、それは優勝者が各階級、計三名だ。無差別は一人しか優勝できない。

本当であれば、体重別で優勝してから無差別でも優勝したかった。だが、仕方ない。先に無差別をとるのも悪くない。

完全に優作は優勝するつもりだった。それくらいの気概がないとダメ、なのではあるが優作の場合は本気だった。負ける気がしない、とカッコつけて言うわけではなく、優作は本気で負けることなど考えていなかった。

常に、勝つことしか考えていない。

このあいだの無差別選抜決勝で道場生や皆に大絶賛されながらも青山に負けたのだが、それはそれだ。

次にやれば、勝つ。そのつもりですがナニカ？という気持ちを、笑いをとるとかではなく本気で持っていた。

走った、走った走った。組み手稽古ができない分、補強、と呼ばれるスクワットや腕立て伏せ、逆立ちなどをしこたまやった。

そして番場道場、選手会稽古のおこなわれる多摩境の道場の近くの裏山の急勾配《きゅうこうばい》の坂をダッシュした。このあたりは住宅造成地のまま工事がストップしており、自動車が入ってこられない。約五百メートルほどの舗装された道が放置されているのだが、その勾配たるや歩いて登るだけでも心臓がバクバクする。

ケロヨン坂、といつしか呼ばれていた。

これは、選手会のメンバーをひきつれて、師である番場がこの坂でダッシュを命じ、さらには自分が、こうやるんだ！　とばかりに凄まじい速度で登りきり、どうだ、速いだろう、と自慢しながらケロケロと吐いたことに由来する。

いきなり準備運動もなしにこの坂をダッシュで登ったら運動経験のない人間であれば筋断裂や心肺停止も起こしかねない。人間の体は心臓の位置の上下により心拍数が上がるようになっている。階段などの踏み台昇降はヒザに負担をかけないで準備運動には最適であるが、ここ臥薪空手の道場生であれば負担をかけてナンボ！の心意気だ。

その坂、選手会ですら試合前になれば週に一、二度とダッシュをおこなうのだが、優作は組み手ができないストレスから毎日やった。

はっきり言って身体に毒である。ウェイトトレーニング、バーベルで負荷をかける練習は通常、毎日やらない。筋肉が疲弊し、回復しなくなるからだ。

三日目でケツがつり、ふくらはぎが痙攣したがそれでも優作は続けた。ときにはカンスケやシンヤも無理やりつき合わせた。

試合に出るわけでもないのにいきなりこのケロヨンダッシュは死にそうになる。あまりの急な負荷をかけられると内臓にクル場合もある。

立証したのがカンスケだった。一本目を登りきったあと、真っ青な顔でしげみにかけこんだ。吐いてるのかな、と思っていたらなんと野グソをたれていたらしい。急な負荷でおなかが痛くなったようだ。カンスケがこれをカミングアウトしたのは先週のことだった。なかなか言えなかったらしい。

そんなこんなでバタバタしつつも大会直前には組み手のお許しが出た。組み手をしこたましたかったが、すぐに調整期間になってしまい、思うように組み手稽古ができないまま大会の日を迎えた。

優作にはストレスがたまっていた。

組み手ができない。つまり殴り合えない。

変態、と言えば言いすぎであろうが、それでも殴り合いをしていないと不安になる。

それくらい、組み手が好きだった。空手が好きだった。

さて、無差別大会は恐竜が闊歩する異世界である。その恐竜どもを力で押さえつける上位入賞常連、現在四強といわれる選手が覇を競っていた。

つわものども、その一。

杉山晃太郎、無差別王者。千年杉のニックネームだ。東京を四つの区域に割った支部。それぞれ東西南北に支部があるが、その帝南支部である。名門、帝西支部に対し、常勝、帝南。強い。

最近は常勝の名のとおり、選手権大会では上位入賞者の数では群を抜いていた。

全日本選手権、無差別連覇。

これだけでも何も文句は言えない。文句を言いたければこの千本杉を倒してからなのだ。一昨年も去年も、文句を言える立場になれる人間はいなかった。

身長百九十五センチ、体重百二十五キロ。二十九歳。脂肪率、一桁。この破格のサイズでその場からの垂直飛び一メートル以上。化け物だ。

もともとはボディビルをしながら重量挙げの選手を志していたところ、トレーニングジムで帝南支部の関係者と知り合い、最初はトレーニングの仕方を教えていたところ、空手の選手と口論になり、殴り合いになった。結果、ボッコボコにして勝ってしまった。その場で帝南支部長にスカウトされたという。

初試合は三か月後、まさに無人の野をゆくがごとく快進撃だった。突けば相手が吹き飛び、蹴れば床へ落ちる。圧倒的な肉量、圧倒的な存在感。あれよあれよという間に全日本無差別のタイトルを獲っていた。

顔は、彫りが深い、と言おうか妙に奥目なのが特徴的な長い顔から裏ではモアイと呼ばれていたりする。長く、太い手足。そして最新の科学的トレーニングで全身を筋肉で武装、さらにスピードトレーニングも取り入れ、肌まで焼いていた。

真っ黒だ。だが、ちゃらけているわけではない。全てが真面目なのだ。真面目も行きすぎるとおかしくなる、その典型でもあった。

重量挙げを志していたころ、一日二十四時間のうち、二十時間はバーベルを握っていたという。空手に転向してからも同様、何度も稽古のしすぎで病院にかつぎこまれている。ここまで来たら何が強いのか分からなくなるが、それでも目に分かる結果として無差別連覇だ。たとえ決勝後にすぐ入院したとしても結果としては優勝だ。

つねに食事にも細心の注意を払い、サプリメントもとりまくっている。スポンサー筋《すじ》である大手フィットネスジムのイメージキャラクターも務めており、今度は映画にも出るらしい。

試合スタイルとしては、帝南支部の特徴であるどっしりと腰を落とす形で一発一発の攻撃を確実に効かす。手数足数の帝西がマシンガンだとすればこちらはライフルだ。一撃必殺、というテーマに真摯に取り組んでいるといえばそうだが、帝西からすれば楽をしているという見方もできる。どちらが正しいか分からないが、それでも結果を出している、優勝しているほうが目立つのは間違いない。

ただ、この杉山の闘い方は尋常ではない肉体の強靭さに支えられている。つまり、相手の攻撃をガード、カットなどせずに相打ち覚悟で攻撃する。相手が突いてきても蹴ってきても長い手足を振り回してゆく。まるで対戦相手などいないかのように動くのだ。

ただ、そのあまりにも非人間的な強さから人気はあまりない。


つわものども、その二。

軍艦。帝北支部の番長とも呼ばれる。

身長百七十七センチ、体重九十五キロと、一般人よりもたくましい、というくらいのサイズである。サイズの数値だけであれば肥満だが、そんなわけはなく、筋肉の塊だ。

その戦闘能力はただごとではない。ケンカ空手を具現するブチコワシ系ファイトで人気のある選手だ。

年齢は番場よりも若い二十八歳。第十一回全日本体重別で重量級を制した後は無差別のみに照準を合わせて出場していた。

　郡斗寛。むれと・ひろしと読むのだが苗字と名前の音でグンカンだ。小学生のときからそう呼ばれていたという。

　学生時代からケンカで鳴らし、帝北支部にも道場破り同然に現れたらしい。そこで、現帝北支部長である宇多田に集中治療室送りにさせられて入門した。よく事件にならなかったものだ。

　スタイル的に帝西と帝北は似ていた。道場、支部のある地域が近いことが影響しているかもしれない。受け返し、相手の攻撃をきちんと受け、自身のダメージを最小におさめ、的確な攻撃をいれることを信条とする組み手スタイルだ。一撃必殺を否定はしないが、まずはマイナス部分を極力減らしてゆくという思想のスタイルである。

　そして帝西のその受け返しを重視しつつ、さらに回転力をあげる組み手スタイルが帝北スタイルだった。他から見ればそんなに大差がないように見えるが帝西、帝北、それぞれの所属であれば違いが分かる。向かい合って相手が下段を蹴ってきた場合、帝西であれば足で受け、そして攻撃を返す。帝北は横にずれ、そして攻撃を返す。わずかではあるがそのほうがカウンターの反撃が速くなり、回転が増すかららしい。

　優作の宿敵、江川もこのスタイルに近いが、帝北のほうがよりカウンターに特化していた。

　そして、グンカンこと群斗。五年前の無差別デビューが鮮烈だった。目をぎらつかせ、相手をかみ殺すかのような勢いで突き、蹴りを叩き込む。なかでも突きが強く、一発入るたびにドカーン、ドカーンと爆発音が聞こえてくるかのような錯覚まで起きた。

　そこからついたアダ名が名前の語感もあり、

グンカンだ。ちなみに調子に乗ったときに出るラッシュの名は軍艦マーチと呼ばれていた。

かなりトッポイ性格で、学生時代は七つの高校を〆《しめ》ていたという噂もある。番場との対戦成績は二勝二敗の五分だ。ただ、ここ最近は対戦していない。

全日本無差別最高戦績は三位と、ここは二位をとったことのある番場に負けていた。だが人気は番場以上にある。

とにかく、なにがなんでもド突き合い。どんなに相手がでかかろうが、逃げ回ろうが真正面から行く。結果、それで負けることもある。公式戦で負けたことはあるが、未だ、倒されたことはない。

あるファンは「臥薪魂」と呼んだ。

人気先行、といえば聞こえが悪いが、そのせいで総本部上層部からはよく思われていないらしい。若いころから名を馳せ、そのせいか態度が大きい、と幹部にも受けが悪いという。そういうところも共感を呼び、さらに人気は加速していた。おそらく、人気だけで言えばチャンピオンであろう。ここは玄人《くろうと》受けする番場以上だ。

本人はいたって気さくな性格なのであるが、人相がとてつもなく悪役顔。ありていにいえばセミに似ていた。知らない、いや知人でもびびる。ただそれでも男っぽい顔つきから女性ファンももちろん多い。


ビッグバン、番場宗一。我らが師匠、番場だ。

朴訥に見えるが、その実、かなりの天然で、いろんな騒動を起こしているが本人はまったく気づいていないという恐ろしいキャラだ。

百七十八センチ百二キロ。三十三歳。一度、杉山に負けた後、体重増加し、百三十キロまで増やしたが動けなくなり、しかも内臓をおかしくして入院した。

デビュー当時はブチコワシ系、ガードもせずに攻撃オンリーのファイトスタイルだったが、やはりこの究極の無差別で勝ち上がるには防御の必要性を感じて受け返しを重視し、ダメージを蓄積させてゆく組み手に変化した。

そのせいか一般的な人気では四強でも劣るが、玄人筋には評価が高いといわれている。

ただニックネームであるビッグバン、デビュー当時の爆発するような迫力は健在だ。

白虎《びゃっこ》、田山純太。総本部所属。

最近戦績の振るわない総本部が、威信をかけて手塩にかけて育ててきた選手だ。幼少時より英才教育を受け、その華麗な技は見る者の目を奪う。色白で育ちのよさそうな顔立ち、そしてきれいな動きから名づけられた。

最少年位、十七歳で黒帯を許され、二十歳のころには分支部を任されていた空手エリート。

若き獣のような風情で大きな相手に挑むその姿をして白い虎のようであった。

最高位は番場と同じく準優勝。

百八十三センチ八十八キロと均整のとれた体型から上中下段すべての攻撃力がすぐれているが、タフネスさでは四強の中では少し弱い。

年齢は一番若く、二十六歳。

今大会はケガのため欠場していた。

現在、この四人が四強と呼ばれてはいるが、毎回ベスト4にいるわけではない。

ただ、この二年間は杉山の天下が続いており、誰かがこの千本杉をぶったおすとしたらこの中のメンバーだろうと思われている。

だがそれでも他の選手も手をこまねいて見ているわけでもなく、まさに群雄割拠といってもおかしくない状況だった。

　北は北海道から南は沖縄まで強豪が結集する。北海道から閂《かんぬき》の異名を取る小川鉄也。秋田のアバラ折り職人・熊川修也。杜《もり》の都《みやこ》、仙台には圧縮バット十八本を演舞でわざわざ高校球児の前でへし折って見せた鉄脚・加藤清四郎。新潟には稲妻・中村正義。群馬となれば樽酒と呼ばれる元大関の串枝みゆき。茨城は砕岩機・川尻達也。長野はクロスファイア・須崎アキラ。遠州、静岡には石松・木谷勇次。岐阜の跳ね馬・小松武。

　愛知、名古屋は鯱鉾《しゃちほこ》・逢坂菊次郎。三重の極太海老・富岡和也。奈良には土蜘蛛《つちぐも》・畠山ズブロウ。滋賀、金柑《きんかん》ソーダ・野村吉比呂。京都、猟銃・荒辺スウナ。兵庫には案山子《かかし》・瀬戸一海。岡山の潜水艦・田村賢一。広島では山賊・桐木司。香川の地雷・川島忠。高知、いごっそうと呼ばれる坂本辰由。

　福岡にはカランバ・藤崎和仁。佐賀の石牛・西良則。熊本のロシナンテ・遠藤俊夫。鹿児島、笹貫太刀・波ノ平修。最南端、沖縄では海人《うみんちゅ》・田丸浩史。

　それぞれの地方ブロック、県予選を勝ち抜いてきた名物選手がいた。それぞれの特色をいかして、それぞれのやりかたで頂点を狙う。蹴りを強化してくる者、突きを生かす、動きで翻弄《ほんろう》する、体重を増やしてタフネスを増す、なかには型稽古のみで試合に出場する剛の者もいた。

　王道など、ない。勝った人間、王者となったものが王道なのだ。すなわち、踏み出したその一歩が、その標した足跡が道となるのだ。

「おおおお、出たな！　トーナメント表！　見た？　見た？　見た？　優作見た？」

「おめーのせいで見られねえよ」

道場に入ってきた優作にシンヤが犬のように四つ足で走ってきて聞くが、優作が冷静に答える。

無差別級トーナメント表は各支部に郵送されてくるまで誰も知らない。十二月初日前後に届く。全国各地に届く。四十七都道府県に同じ日時に届くように操作されているのだ。

畳約一畳分はある和紙に書き込まれている。百二十八名のツワモノが名を連ねている。北は北海道から南は九州、そして沖縄。全国より、一つだけの栄冠をその手につかむために乗り込んでくる。冬が、燃える。燃える、燃える、燃える、少なくとも優作は燃え上がっている、炎上している。燃えないのなら火をつけてやるくらいの勢いだった。

「でえ！　優作って！　ニヒルに笑ってる場合じゃねーよ！」

「んだよ？　話題のカメルーンがおれの相手かよ？　っせーなあ！」

「あ、カメルーンの相手は青山先輩だよ」

さわぐシンヤに優作が一喝、さらにそれに対してカンスケがフォローする。

「ん……ああ、そうか、じゃ、誰なの？　おれの相手は？」

「グンカン」

「はあ？」

「軍艦」

「んだあソレ？　じゃあオレ宇宙戦艦でいーよ」

「優作……」

「すまん……」

微妙な空気が流れた。

「だっから！　俺の相手はよお？」

振り払うように優作が叫んだ。張り出されたトーナメント表の一角にその名はあった。

そして当日。

寒気が入り込んできてうすら寒くなってきた十一月最終週の土曜日。

新宿駅に猛者《もさ》が集《つど》った。会場は新宿御苑の横手の新宿武道館。一万五千人の観客を擁することのできるキャパシティを持つこの会場が毎年満員になる。

二日目の夕方におこなわれる決勝では地鳴りのような大歓声がわきおこる。

日本一を決める大会にふさわしい。

「無差別かあ……とんでもないよねえ……」

靖国通りを右手に歩きながらカンスケがつぶやく。

両手両肩に大きなバッグを持っていた。横にいるシンヤもクーラーバッグをぶらさげ、ビッグミットをかついでいた。

一般的なキックミットは蹴りやパンチなどを練習するための道具だ。たいていは長方形で二十センチ×五十センチ、厚みも二十センチくらいでちょうどヒジから手の先まで隠れるくらいの大きさだ。それを両手にはめて蹴りを受ける。サンドバッグよりも動きが多彩で、持つ人間によってかなりの運動量になる。

試合前にかるく身体をほぐし、シャドーなどで温めたあと、このミットを蹴るなどしてより実戦に近い動きで本番にそなえる。試合時間と同様の時間をこなして汗をしっかりかいておく。

試合当日の緊張感などで、最初から調子よく動ける人間はほとんどいない。なので一回むりにでも動かし、汗をかいておくのだ。

ビッグミットはそれをさらに大きくしたものだ。厚みは変わらないが各辺一メートル、それをたすきをかけるようなベルトで身体の前面に固定する。キックミットが、その大きさから持ち手のミットを持つ場所に攻撃部位が限定されることに対し、ビッグミットは身体全体、どこでも攻撃できる利点がある。

だが、大きい。いつもは車にのせて運ぶので苦にならないが今回は会場が新宿のため、電車で来ていた。

「ああ～めんどくせえ～」シンヤがぼやく。

「っせな！　だから車でくりゃよかったんじゃねえか」優作が文句を言い返す。試合を控え、ピリついていた。

皆、同じようなジャージを着ていた。新宿駅からぞろぞろと長蛇《ちょうだ》の列ができる。そのほとんどが大会関係者だ。誰もかれもとりあえずガタイがいい、なかでも選手は目がテンパっているのですぐ分かる。

テンパった者同士、いざこざでも起きそうなものだがそれはない。理由は簡単、試合をすることが目的だからだ。

日本各地から選手がやってくる。会場付近のホテルは関係者で満員となり、夜ともなれば選手以外の人間が必ず歌舞伎町界隈《かいわい》で騒ぎを起こし、引率してきたその支部長が身元引き受けやら始末書などで頭を剃り上げることが通例と化していた。

去年は優作も青山のセコンドとしてやってきていたが、まるっきり気楽だったのを思い出す。

風林会館の横を突風が吹き抜けた。

はじまる。はじまる。

見ているだけで、ケツが縦だけでなく横にも割れそうなくらい凄まじい闘いが。

会場に着き、淡々と準備する。入場式でどこぞの後援会の会長のあいさつが長すぎるので文句を言ったら都知事だった。ちょっと驚いただけの優作だったがカンスケが恐縮していた。優作にとっては軽く（他の人間であればクタクタになるくらい）幹部に説教を喰らってから大会が始まった。

はじまってしまった。

年に一度、正真正銘、日本一決定戦。臥薪マニアであれば垂涎《すいぜん》ものだ。

もちろん、そのマニアも会場入りしている。マニア中のマニア、ホンマモン、だ。

毎年、暮れ近くには、日常で暮らす人類ではありえない怪獣大決戦が見物できるのだ。観ないほうがバカだ。そう想いつつ、真田重慶がペンを這わす。パンフレット、千七百円で購入したトーナメント表に印を入れるのだ。

グッと力を入れる。ギシっと両膝の金属のジョイント入りの装具が鳴る。

くっは……。一つ、息を吐いた。

真田は今年で四十八歳。全てをなげうって空手にかけてきた——わけではもちろんない。そこまで入れ込んでいるなら観客席に座ってはいない。

現在不況の波をあやしつつ、それでもアパート管理の会社を立ち上げ、金策、事故その他、様々なトラブルを乗り越え、何が何でも食いつないでくることができているのも、遥か昔ではあるが、かつて臥薪の道着に袖を通した気概を持っているからだと思っていた。

真田なりの臥薪魂。それは心を据えることであった。

会社でトラブルがあった場合、いざとなったら暴れてやる、毎度それくらいのテンションで打ち合わせに行く。首を前後にカクカクし、変なトーンではあるが、それでも何かは伝わるらしく、問題なく終わる、ことが多い。終わらない場合は泣き寝入りになる。仕方ないのでそれはあきらめる。

臥薪マニアのご多分に洩れず、伝説のトラッシュアニメ「狂い咲きカラテロード」で脳天をカチ割られたくちだ。定期的に再放送されていることから放送局にも組織の工作員というか、同様のヤカラが潜んでいるのであろう。そのおかげで優作やその他、若年層にもアピールしており、常に有り余る勢いをもてあます若人、バカモノ、オロカモノ、ハミダシモノ、神の化身、愚連隊たちの受け皿としても直接打撃カラテは機能していた。

きっとカラテで発散せねば現代日本の五割以上は暴力犯罪が増加しているはずである、というくらいの道場生はカクジツに存在していた。

さておき、現在五十路《いそじ》あたり、ということは生放送、つまりはライブでカチ割られたということだ。ライブとはつまり生、リアルタイムである。このただいまテレビ前でぼさっとしている現在、この画面の向こうで、地続きの日本で、特急とか船とかそんなパスポート要らずなのに乗ればそのままたどりつけるであろう魔都・新宿に、創設者である臥薪カラテの初代館長、早乙女礼文は間違いなく実在し、蛮勇を奮っているのだ。

本当に、リアルなうに、同じ空気を吸っているのだ、神が。逢いに行かずに、門下生とならんとせずにどうしようか？

全国で十万人は胸を焦がした。三重は尾鷲で生を受け、少年時代に例のマンガを観て、頭をカチ割られて覚醒した真田は死にモノ狂いで勉強し、帝都の片隅の大学に奨学生として入学した。臥薪カラテ門下生となるためだ。

世は臥薪ブーム、毎日入門希望が千人単位で押し寄せていたころだ。軍隊蟻ばりの勢いで入ってくる入門者に対する仕打ち、当時の総本部指導員が思いつきだけで言い放つ号令、例えば突き万本、蹴り万本、これでふるいにかけていた。強者のみしか残さない。

黎明期の臥薪空手道場、それも総本部と来た日には入門希望者が殺到していた。文字通り道場に人があふれ返り、指導者の黒帯が道場の外の廊下で号令をかけ、指導したほどだった。結果、生み出されたのが「剪定《せんてい》」と呼ばれる過酷な稽古であった。これは当時の指導員が庭師をしており、そういう単語を使いたかったから命名したらしい。

選手クラスのような、かなり一般部より強度をあげた稽古で、一気に道場生の数を減らす目的と、もうひとつ、新規認可された各地方の支部メンバーの実力測定というものだった。こちらは一応、別枠で「枝打ち」といわれたが、剪定と内容は同様だ。定期的、そう、数か月おき、第二土曜の昼三時からのクラスでおこなわれることが多かった。

そして、まさに運が悪すぎるのか、「持っている」というやつか、まさに初回の入門時から、毎度毎度、稽古に来るたびに「剪定」に当たり大怪我を負うという、呪われているとしか思えない運命の男だった。

剪定とは、とりあえず増えすぎた新人どもをある程度減らし、ついでに新規認可支部メンバーにもひとかましして、血反吐を吐かして臥薪空手の精神注入、という阿鼻叫喚の稽古だった。黎明期の風景だ。間違いなく、そのおかげで強者という恐竜の末裔《まつえい》みたいな人間しか残らなかったのだが、その超人たちの働きで現在の隆盛がある。

ただ、その功労者の陰に、矢折れ刃折れ力尽き、屍《しかばね》と化して時代に飲み込まれた一般道場生は幾千、いや、幾万に及ぶ。

真田もそんな中の一人であった。十七回、稽古に行った。二十歳から、六年かけて。

行くたびに骨折したからだ。

つまり、十七回骨を折られた。アバラや指なんぞは折れたうちに入らない。すなわちカウントされない。それ以外で十七回だ。鎖骨頬骨、スネに上腕、大腿骨どころか頭蓋骨をぶち折られた。全身にボルトが入っている。ある意味筋金入りである。

真田は十七回、剪定、枝打ちされた。呪いにでもかかっていたのかもしれない。

鍛えこんだ道場生でも音を上げる「剪定」に、数か月おきに毎度新規入会枠で稽古参加する。誰も、止めてくれない。他の日時に行けばよかったかもしれないが、初めて入会、参加したのがこの土曜クラスだったので、稽古をするならこのクラスで続けようと心のどこかで想ったのかも知れない。結果、十七回ふるい落とされ、決意した。

――やるのは無理だ。観るだけにしよう。

そんなわけで現在、全裸で飛行場の金属探知機をくぐってもアラートする自信がある。って、実は飛行機なんぞ乗ったことがない。それがどーした？　舐めんなよ？　いつもその言葉をつぶやきつつ会場入りしている。気概を、持っている。

　もちろん、長年道場に在籍し続け、一目置かれ、道場生たちに愛され、選手会にも顔が利き、後援会を立ち上げたり、懇親会など定期的に開いたりなど、したいもんだ。つくづく、思う。そう想うができないもんは仕方ない。

　同じような目つきの人間、まっすぐ歩けなかったり、手足が震えていたり、下手をすれば車椅子に松葉杖に包帯だらけ、と野戦病院の待合のような連中とやたら視線が合う。

　真田も睨み返すのだが、どこかお互い旅愁がある。クッと口元を歪め、小さく、ほんとうに小さく、拳を固めて十字を切り合う。仁義、であろう。お互い息をしているだけも儲けモノだ。かつての戦友にエールを送る。きっとどこかの道場で血反吐を吐いたのだろう。

　お互い言葉は交わさない。尽きないだろうからだ。おまえもだろ？　あんたもか？　それだけで通じ合える——つもりだ。おそらく生で口をきけば殴り合いになるだろう。どっちが大変だったかで。そうなれば引けない。お互い、それどころではないのだ。そんなことをしている場合ではない。

　三階席奥の吹き溜まりのような踊り場にゆらりと集結し、情報交換のみ取りかわす。試合を観るほうが大事だからだ。

　番場が腰を落とす。ビッグバンの絨毯《じゅうたん》爆撃が、来る。空襲警報が鳴る。軍艦マーチが轟《とどろ》き、千年杉が無敵の戦闘要塞と化し、白虎が牙を研ぐ。

　今年の門の調子はまあまあだが、加藤のキレがやばいらしい。新潟の稲妻は樽酒との呑み比べで肝臓を壊し、削岩機は地元のエスペランサに押し切られ、遠州は石松となれば法事と相続で本家と揉め倒して収監、クロスファイア、撥ね馬、鯱鉾は健在。

土蜘蛛、須磨ブラック、猟銃を擁する関西圏はなぜか今回、中国圏の山賊、潜水艦と冠大会の主催で揉め、四国の地雷、維新は対岸の石牛と静観。

九州は野心家のカランバが転覆を扇動しているが、ロシナンテの慟哭《どうこく》と海人の虹が舞う。臥薪マニア同士にしか分からない暗号で情報交換が成される。

もちろん、真実ばかりではない。当たり前だ。臥薪空手は玉石混淆《こんこう》。上等だ。

煌《きらめ》く。もう、試合しか見られない。

誰も彼も刮目《かつもく》するしかない。

ビックミットを使ったアップを終えて試合までの準備完了、覚悟完了、すぐさま日本刀でも丸呑みするくらい気合の入っている優作が体育館の廊下で壁にガンを飛ばしていた。

放っておいたらすれ違う人間、選手はおろか関係者、はては花瓶にまでガンを飛ばしまくっていた優作をもてあましたカンスケたちがそう指示したのだ。

拳をガキッと握り締めたままウロウロ、そして壁の一点を異様なまでにガン見しながら行ったり来たりしていた。もうすぐ穴があきそうだった。

「イワマ……」

振り向くと千草がいた。今日は全国大会なので係などはしておらず、私服だった。それもいつものような短パンのようなラフな姿ではなく、スカート姿だった。まあスカートといっても超ミニとかそんなではないのだが、普段と違う姿を見ただけで得をした気分になってしまう。優作はお得な性格だった。

「あ……」

バカみたいに口を開けた。よだれが垂れていないか気になってあわてて口に手をやる。

「負けんな、軍艦がなんだ！　超時空要塞になれば勝てる！」

スカート姿であるが、そこは鬼百合会総長、すでにギンギンに飛ばしていた。

「勝つつもりっす……すんません、その超なんとかって……」

「イワマー」

わらわらと子供たちが湧いて出た。

「おう、俊平っ、それに……」

「おーい優作、そろそろ出番……ワオ！　子だくさん？」

優作と千草、そして子供たちの姿を見てシンヤが叫んだ。

「デラあほーっ」

真っ赤な顔の千草がシンヤに蹴りを入れた。


がやがやとにぎやかしの一団が去った。

「さってと」

小さくつぶやいてしゃがんでいた優作が立ち上がる。首をこきりと鳴らし、顔を上げた。もう、誰にも文句を言わせない目になっていた。

「グンカン？　上等じゃねえか。全日本クラスだあ？　超一流だあ？　二日目だの上位入賞だの……」

ぶつぶつ声に出す。だんだん声が大きくなる。

「おんながいるだのいねーだの、金持ってるだの持ってねーだの、関係ねえんだよっ」

うるさいくらい大声だ。

「グンカン？　沈没させたるわいっ」

そのまま叫びながら廊下を歩き、会場を横切り、そのまま選手たまりについた。

パイプ椅子にドーンと座り、腕を組む。あたりの関係者から思いきり睨まれるが、知ったことではない。ぶっとばす！　それだけだった。

全日本無差別大会、二日目に残る選手は超一流だ。

臥薪空手門下生、十万人の頂点。それが無差別大会の優勝者だ。道場生、少年部、壮年、女子をのぞいて一般部、そしてその中で試合を目的として鍛錬している選手会の総数は全国でおよそ五万人。素人の五万人ではなく、切磋琢磨する五万人だ。下は十八から、上はおそらく四十過ぎまで、日本全国で切磋琢磨している。

その、頂点。

一般的に「強い」と言われるのが支部内選抜で勝ち上がる選手。全日本の名を冠する大会で入賞して全国区。優勝して一流。

そして無差別大会で入賞、あるいは二日目の常連となれば超一流といわれる。

優作の周りで言えば師の番場が超一流、あの青山でさえ一流の仲間入りをした程度で、江川などただの全国区である。冷静に考えてみれば優作など無名も無名、雑草以下だ。

無差別大会初出場、優作の初戦の相手はグンカン、群斗寛だった。噂に名高いケンカ屋で、対戦相手のほとんどをノックアウト、そして二度とグンカンと闘いたくないと言わせる。それくらい攻撃が強い。

グンカンの名の由来となるその大砲のような突きを喰らった選手はどこを打たれようと悶絶する。まさにぶっとばす、という言葉がぴったりだった。

選手たまりで控えていると、ふと視線を感じて振り返る。優作を目の敵にする幹部、園部がニヤニヤ笑いながら腕を組んで立っていた。どうやら初戦で強豪、グンカンに叩きのめされることを期待している目つきだ。

ただでさえテンパっている優作がまた思いきりガンを飛ばす。

しかもなにやら取り巻きと話しており、アイツもうすぐへの字に曲がって担架で運ばれてくるぜ、などと言っているのが聞こえてきた。目の色をかえて思わず園部に詰め寄りそうになるのをシンヤとカンスケがあわてて押さえる。

「ゆ……優作！　落ち着け」

「おめ、今から試合だってのｌ　あんなのほっとけって！」

「んあってあんだあゴラア！」

ぷるぷる震えながら吠える優作に恐れをなして園部は退散していった。

「ふううううう」

まだプルプルしながら優作がうなる。

「昔、こんな野良犬近所にいたっけ……」


シンヤがつぶやく。

「いや、もしかして武者震《むしゃぶる》いってやつかも？」

カンスケが言う。

どがしーん！

前の試合で蹴りが決まり、朽木のように選手が崩れ落ちた。

「あ……終わった」

カンスケがぼんやりつぶやく。前の試合が終わった、ということだ。つまり、次の試合、優作の試合が始まるということである。

全日本無差別上位の常連、選手にとっては雲の上の存在である超一流とこれから闘う。

「ひゅーさっく、出番だぜっ」

シンヤが陽気に声をあげる。それを見てカンスケが自分の頬をパシャンと叩いて気合を入れ直す。セコンドの自分がこんなに緊張してどうすんだよ？　これから闘う優作の力になってやらないと、元気づけなきゃ……。そう思い、声をかけた。

「優作っ、気合……入ってますね」

そう、シンヤにうながされて顔をあげた優作はすでに汗だく、まだ震えながらも目がらんらんと光っていた。

「綱、とか欲しいかも……」

イメージ的には闘犬、土佐犬につけるような太い綱がないかカンスケがあたりを見回すが、そんなものがあるわけない。

「白、ゼッケン三十五番、帝西支部、硲優作選手、赤、ゼッケン三十六番、帝北支部、群斗寛選手……」

重々しい声で名前が告げられる。全日本無差別名物となっているプロのアナウンサー、谷野キヨシだ。

財界や芸能界、各界につながりのある臥薪空手関係者の一人で、臥薪空手が無名のころからアナウンスを無償でかって出てくれ、今ではテレビの報道局長にまでなっているのに大会の日にはスケジュールを空けて来てくれる名物アナウンサーだった。さすが、名前を間違ったりはしない。

「あ、合ってるわ」

カンスケがつぶやき、シンヤが、

「優作、いこっか」

と、バシーンと背中を張った、同時にカンスケも張った。痛みを感じているのかいないのか、すぐさま優作が選手たまりから走り出す。試合場である舞台にしつらえられた五段ほどの階段をすっとばして試合場のマットに跳躍した。

「うおおおおおおおっ」

吠えた。場内に失笑と声援が広がる。最初だけは威勢がいい無名の新人、そんな空気がただよった。

続いてゆっくりと群斗が上がってくる。どーん、どーんと太鼓のような歓声が爆発した。さすがの人気だった。

群斗はこの三年間、無差別大会の初日の二試合はつねに一本勝ちだった。初出場で四位になったときなど、勝っても負けても一本だった。去年までの戦績でもKO率九〇パーセントだ。初日だけのデータをみれば一〇〇パーセントである。

観衆はみな、グンカンのKO勝利を期待している。すなわち、初日にグンカンに当たる選手は不幸としか言いようがない。誰も彼もが悶絶し、試合場から蹴り落とされるように去ってゆく。なかには空手をやめる人間までいるそうだ。それくらい、トラウマになるほど攻撃力がすごい。

稽古ですりきれた道着、ケバ立った袖口さえ歴戦のつわものの雰囲気が漂う。短く刈った髪でぐっとあごを上げて優作を見た。きっと、優作のことなど知りもしないだろう。無差別初日、しかも一回戦ともなればいつものように嬲《なぶ》り殺しにするだけだ。

……茶帯風情が……そんな風にグンカンの口元が動いた、気がした。

「ゆーさーっくっ、かましたれえええ」

いつになく熱くなったカンスケが叫ぶ。開始線で向かい合う。優作は堂々と立っていた。

最近は初日でグンカンに当たる選手、そのほとんどが若手なのであるが、そのなかには萎縮しまくる選手もいる。さらには試合が始まって逃げ回って注意、失格になる選手までいた。

変なふうな封建意識、過剰な劣等感を周りが吹き込んでしまい、選手が自滅する典型的なパターンだ。あいつは強い、とても強い、気をつけろ、と周りのものは皆、言う。

それならば稽古するだけだ。

そこで変に意識しすぎると「どうやって勝とう」というより、「どうすれば試合をしなくてすむか」などと考えてしまう。ドツボ、である。

その点、優作は心配なかった。本気で勝つつもりだからだ。


「正面、礼」本部席に向かって礼をする。

「主審、礼」開始線をはさんで向かい合う選手の真ん中に立つ主審に礼をする。

「おたがい、礼」対戦相手に礼をする。

「かまえて」拳を握りしめ、アゴのあたりを守るように、そしていつでも突きを出せる意識のまま構え、足を前後左右上下、どこへでも動けるようなスタンスにする。くっとアゴをひいて上目づかいに見すえる。

「あーーーーーっ」

優作が目をひきつらせて叫ぶ。思わずグンカンが驚くしぐさでおどけた。リラックスしまくり、通過点以下、へたをすれば自身のプロモーション映像だとでも思っている感じだ。

さあ、何秒持つのかな？　そんなことを試合前に話していると聞いた。

今まで、グンカンと初日に当たる選手の多くは、いかに倒されまいか、だけが目的になっていた。どうせお前も威勢がいいのは最初だけ、あとは逃げ回るんだろ？　でも逃がさねえから
――優作の耳にそう聞こえた。

グンカンがそう今現在面と向かって試合中に優作に言っているのが聞こえた。もちろん、幻聴だ。――だが。

「ひゅーさっく、ぶちのめせえ」

「舐められてんじゃねっ」

シンヤとカンスケが同じタイミングで叫んだ。さすが仲間、幻聴も一緒に聞こえたようだ。

「っメてんじゃねえゴラあ」

興奮のあまりか口から少し泡を吹きながら優作が詰め寄っていく。

あ、くるの？　ハハハ、来るんだね？

またグンカンの目がそう言った。

「おらあっ」

優作の突きとグンカンの突きが交錯した。

ドーン！

セコンドにつき、試合場の舞台の下で見つめるカンスケの目に、優作の背中からグンカンの突きが飛び出してきた、ように見えた。

突きが背中を突き抜けてこちらまで飛んできたように感じたのだ。


「うっわっ」

思わず胸を押さえる、まるで自分に当たったように感じたのだ。横にいるシンヤも目を見開いていた。

思わず顔を見合わせる。

なんて……なんて……なんだこの迫力は？

空気を切り裂いて、焦《こ》げたにおいまで漂うような錯覚を起こす突き。まさに、大砲といわれる威力を至近距離で見せられて驚愕した。こんな突きをまともに喰らったら立っていられない。そう思わせる、納得のいく迫力だ。

「にゅ……」

声が出ない。シンヤも固まっている。でも出さなきゃ、声出して優作を応援しなきゃ、その思いだけだが口がパクパクしたそのとき。

「イワマー、がんばれー」

背後から声が飛ぶ。

――名前が違う……鬼百合だ！

「がんばれ～イワマあ、ばんばれ～」

子供たちの声もする。そうだ、セコンドの自分たちがびびってる場合じゃないんだって！

「優作、優作……がんばれっ」

本来、セコンドであれば時間の経過や相手のすき、ガードの注意や場外の位置などいろいろと言うことがあるのであるが、そんなレベルではなかった。

この最高峰の舞台。なにも技術的な助言などできようもなかった。がんばれ、としか言えなかった。

「ガンバレ、ヒューサク、ガンバレ、ヒューサク」

シンヤも同様に呪文《じゅもん》のように繰り返していた。

そうだ、今の自分たちにできるのは大きな声で背中を押してやるだけだ。


「がんばれっ」

叫びながら、それでも目を見張る。

――よく、あんな相手と打ち合えるな……

カンスケは本気で思った。


――こ……

まるで胸板に風穴でも開けられたような消失感があった。

――これ……

つぎつぎと肉を削《そ》ぎとられ、骨を砕かれ、ぼろぼろにされていく感覚。

――これが……なんじゃい！　こんなもん！

確かに、びっくりした。これが超一流と呼ばれる選手の攻撃か。さすがに驚いた。

驚いたが、慣れた。

慣れた、というか、一度同じような攻撃を受けたことを思い出したのだ。

そう、この大会へ出るための選抜、無差別選抜の決勝。青山戦で同様の攻撃を受けた。

――全日本級の攻撃なら、初めてじゃねえっ
ほとんど青山との試合内容については記憶にないが、会う人間全員が絶賛してくれた。負けたのに、何がよかったのか分からなかった。それが、今はなんとなく分かった。

反応だ。

極限の緊張感、わずかでもすきを見せたら一撃で倒される、まるで銃弾が飛び交う戦場にいるような緊迫感のなか、剥き身で殴り合うこの場で、動ける。

意識する前に反応できていた。

――これかっ
優作の一番の得意技、それは本人も意識していないだろうが、集中力だ。軽業師のシンヤ、堅実な組み手のカンスケと、カラーができはじめている仲間をおさえて選抜に勝ち上がる実力の秘密は、はまったときの強さ、つまり集中力だった。

特に、自分よりも強い相手、強豪と当たったときにそれは発揮される。本人は死んでも認めたがらないだろうが、優作は怖がりである。いつも必要以上に強がるのもそのためだった。が、ただの怖がりではなく負けずぎらい、それも極度の、だ。怖がりで負けずぎらい、それが極度まで研ぎ澄まされたとき、異様なまでの集中力が発揮される。

確かに凄まじい突きだ。だが、我慢できる。いきなり喰らったらびびって倒れたかもしれないが、すでにこの威力は体感済みだ。

やられたらやり返す。同じように突く。突き返す。

グンカンの突きを受け流して左の突きを入れ

る。しかし感触が違う。これでは効かない。

――くっそ……

グンカンの突きをもらう。どかーん！　ときた。

――これだよ、くっそ、どうやればこの突きが打てる？

肉に拳がのめりこみ、そしてそのまま見えない爆弾が肉の奥に置かれてそれが爆発するような衝撃。奥から弾けるようなこの突き。

――どうすればこんな突きが打てる？

熱気に巻かれ、無我夢中で動きながら不思議と優作は冷静だった。先日の青山戦とはここが違った。

このままいけばいずれダメージが蓄積してやられる。負ける。それはイヤだ。

勝ちたい。勝つためにはただ攻撃を受け、ガードして返すだけではだめだ。効かさなければ。

しかし今の突きではグンカンは効いてくれない。どうすりゃ効かせられる？　蹴りか？

蹴りを出そうと片足のモーションになりかけた瞬間にわき腹が寒くなった。

――やばい！　この距離で蹴りにいったら即座にカウンターを合わせられる。

一撃でわき腹の肉をえぐりとられ内臓が撒き散らされるイメージまであった。真正面からの打ち合いであれば両足で踏ん張れるので受けるダメージが違うのだ。

――やはり、突いて効かすしかねえっ。っくっ、奥で弾く……？　どうすりゃいいか分かんねえっ。

まさか試合中にタイムをとって突きの練習をやり直すわけにはいかない。

――効かす突き、効かす突き……効かせるためには？

優作の頭で考えた威力のある突き、攻撃、それは相手の身体を貫いて向こう側まで通り抜けるような攻撃。そう、グンカンが大砲ならこっちもそうだ、なんか、えっと、貫く、相手を通り越して、向こうにまで届く……

——とどけえぇっ

腰をため、連打の中で優作の左の突きがグンカンの右の胸に入る。舐めきっているのか、まともにガードもせず、わずかに身体をずらして流しながら半笑いで攻撃を返してきた。かっとなる。優作も負けじと笑ってやった。一瞬、グンカンの目がひきつる。

「ふん！」何度も、突き返す。

——こうか？　こうか？　この突きか？　これでどうだ？

イメージ的には相手とすれ違うくらい突き込む。攻撃をするたびに、顔は真正面を向いたまま、身体は左に右にと忙しい。だが、この肉体の運動量、ねじりこそが攻撃力を生む。まるで拳の先からまた拳が伸びてゆくような感覚が、きた。

——これかっ

つかまえられそうでつかまえられない不思議な感覚を逃さないように、夢中でその感覚、その突きをものにしようとした。

ふっと一つ気づいた。グンカンの構え、大きい。まるで胴体に大きな卵をかかえているかのようだ。そして手首から先、拳を握らず半開きだった。その構えから、がっと腰、肩、ヒジを入れ、まるで半開きの拳の中にためこんだ空気を相手に打ち込むかのように突いてきていた。

——こうで……こうか？

——これだっ

優作の半笑いがさらに笑顔になる。

「なんか、楽しそうだ……」

声援の合間にカンスケがつぶやいた。すでにノドが嗄《か》れ、しゃがれ声だった。

そう、優作の顔はまるで夏休みの子供みたいに楽しいものを見つけた子供みたいに純真な好奇心に満ちた顔をしていた。

「イワマ、いいぞ、イワマ、いいぞ」

千草、鬼百合も必死で声を飛ばす。熱にあおられ、子供たちも大声を出していた。俊平などすでに失神しそうになっていた。

「残り一分っ」

タイムキーパーが声をかけたあたりから空気が変わった。場内がざわめく。

グンカンが押されている。いや、押されているわけではない。現に今もあの凄まじい突きを放っている。だが、いつもと違う。違った。

いつもなら、この全日本無差別初日であれば、秒殺がお約束だった。それが、最初こそ相手の無名の若手が元気よく殴りかかってきたがそんなものは時間の問題だろうと、誰もが、グンカン本人もそう思っていた。

だが一分が過ぎ、二分を過ぎてもこの若手の勢いは一向に衰えない。それどころか……

バスーーーーーーー
「っふっ」

グンカンの顔色が変わった。

うわあああああ、と歓声が上がる。

「うっわ、うっわうっわ、優作優作っ」

カンスケとシンヤが抱き合って大騒ぎした。

――効かしている？

ざわめきがさらに広がってゆく。

――これか？　こうか？　いや、こうだろ？　こうだ！　こうか！

優作の突きがどんどん加速してゆく。いや、回転は遅くなったり速くなったりするのだが、リズムは優作にあった。

景気良く、ただ攻撃するという意味でのリズムではなく、攻撃の、そして試合の流れのリズムだ。試合の軸とも言っていい。つまり、主体、支配権の話だ。

グンカンが攻撃をしていても、全体的な支配権はガードし、反撃する優作にある。

これは目に見えるものではない。

場の、空気。風が吹く、と言い換えてもいい。優作に風が吹いていていた。

「いけるいける、いける、いける、いけるっ」

すでに応援も無酸素状態でラッシュしていた。千草の顔が叫びつづけすぎで青紫色になっているが、それでも叫ぶ。ひっつめにしていた髪をふりほどいてかきみだしながら叫んでいた。叫ばずにいられない。


グンカンの顔から笑みが消えた。

すっと冷静な顔で突きを放った優作を受け流し、半歩下がった。

「よおっしゃああ、下がったぞ、優作いまだあああー」

能天気に叫ぶシンヤをカンスケがおしとどめる。

「シンヤ落ち着け……優作、こっからだぞ」

そう、ここからだった。ようやく、ようやくであるがグンカンが本気になったらしい。

今までが冗談だったというわけではない、ちゃんと本気で倒すつもりで攻撃していた。

「ぶっちらばったるっ」

小さくグンカンの口元が呪文のように動き、集中砲火が開始された。

ガガガガガッ
突きが変わった。それまで、一発一発、確かめるように打ち込んできていた突きを連打してきた。おっそろしいことに威力が変わらないまま連打してくる。まさに軍艦マーチ。

「い……イワマー」

泣きそうな声が届く。

──とどけ……

──とどいた！

「エエラッシャア！」

優作が叫びながら前に出る。

──こうだっ、こうで間違いない、こうだ、こうだろ？

叫びながら突きまくった。

──そっちが連打ならこっちも連打だっ

かっと目を見開いたままグンカンと見合う。睨み合う。ガンを飛ばし合う。

意地でも優作は半笑いをやめなかった。

意地でもグンカンは半歩以上下がらなかった。

意地、そう、意地だけで殴り合う。

「やめ、やめ、やめーーーっ」

本戦終了後の太鼓が鳴り、小豆袋が投げ入れられ主審が割って入った。

拍手が鳴りやまなかった。

「判定、とります、判定っ」

バシッと副審の旗がいっせいに上がる。

「赤、いち、にっ、さんっ、しっ、主審、あかーっ」

主審が派手なリアクションとともに判定を告げる瞬間、グンカン、群斗寛が叫んでいた。

「もっかいやらせろやあっ」

一回戦で名もなき若手を倒せなかったことが気に入らないらしい。

当然のように無視、スルーされた。

全日本無差別選手権大会、初出場の硲優作、一回戦、本戦判定負け。

確かに熱戦ではあった。しかし、グンカンなどのスター選手、それも人気も実力も超一流といわれるレベルの選手に勝つには、倒すか、一方的に攻め込まねば勝てるものではない。多少、善戦、盛り返したシーンがあったところで無名の若手に旗が上がるほど甘くはなかった。

「おす、ありがとうございました」

目を見たまま優作がグンカンと握手し、マットを降りた。

――まった一コケかよ……

階段をゆっくりと降り、天井を見上げて最初に思ったのがそれだった。

――くっそ、よええなあ
ぼんやりしていると、カンスケとシンヤが抱きついてきた。

「ゆうさっく、ひゅーさっく」

「うわお」

「ちょっとあんたら！　迷惑なるから、こっち、こっち」

千草が大騒ぎする優作たちを無理やり体育館の廊下まで引っ張っていった。

「いて、ひて……ひて……ひたひ……ひっひ」

試合が終わって一息ついて気がぬけ、アドレナリンが飛んでいったせいか、優作のロレツがまわらない。

「ゆうさく、よーやった、よーやった」

「よかったよお」

シンヤたちがまた抱きついてくる。

「いや、ちょっと待って、負けたんだから、っちゅーか、いてえっ」

優作がわらわらやってくる道場生に叫ぶ。

「え？　また拳？」

千草が心配する。また拳を痛めたといっても驚かないくらい強烈な突きを打っていたのだ。

「ちげーっ、背中、あとわき腹とか、うっわ、足もキター」

床にしゃがみこんでのたうちまわる。どうやら全身がおかしくなっているようだ。

「氷、あと水っ」千草が叫ぶ。

「あ、おっす」

シンヤが駆けだす。確か控え室のクーラーボックスにはいっているはずだ。

「だいじょうぶ？　ゆうさく……」

「ほら、上脱がせて！」

心配そうなカンスケに千草が指示を飛ばす。

そのあいだにシンヤが持ってきたでかいコンビニ氷を壁にぶつけてカチ割り、慣れた手つきでタオルに巻いていた。直接、氷を患部に当てると凍傷の危険があるので布などで一枚覆うようにするのだ。


「うっわ……」優作の空手着の上を脱がせたカンスケが息をのむ。

「いいいいだああああいいいいい……」

まだ歯を喰いしばり、声を上げる優作の上半身。グンカンの突きをしこたま喰らいまくった上半身。全面赤紫色に変色し、恐ろしいことに胸や上腕部などはあちこち陥没《かんぼつ》していた。

「しみるよ」

「っぎゃーっ」

千草が氷をまいたタオルを押し当てる。

「押さえて」

「お……おっす」シンヤたちが二人がかりで暴れる優作を押さえつける。

「はい、どうどうっ」「優作、ステイ」

「いぎゃあ、ってうっわ、いってー、なんだこれ？　また脚つった、っぎゃー背中もつった」

騒がしいことこの上ない。

「おーちょっとどいてくれ､どけってんだあ､あ､すまん、ああ、いたいた」

どこの愚連隊か、と思うような勢いで人ごみの中、まっすぐにやってきた。

さすがはグンカン、軍艦である。

「はっは、おめえ、おもしれえな」

試合が終わったこともあり、アドレナリンもなにもかも抜けきり、ただの新米と化した優作がかしこまる。

「おっす、えっとおお、えっとおおおお」

ドスンと千草に肘鉄《ひじてつ》をくらい、正気に戻った。

「オス」

床から立ち上がり、きれいな不動立ちになってみせる。

ニヤッと笑いながらグンカンが握手を求めてきた。本来であれば下位の選手、後輩から試合後にはあいさつに行くのが礼儀である。ただ、今回にかぎっては取り巻き、同じ道場生に取り囲まれて身動きできなかった優作ではあるが、それでもグンカンから出向いてきたのはありえないことであった。倒して救急車で運ばれていった選手がわざわざ病院からあいさつにくるほど恐れられているのだ。

「おめえよ、えっとなんだ、ハザマってのか？」

「オス」

「こんど道場遊びに来いよ、一緒に稽古しようぜ」

ギュッともう一度握手してグンカンが去っていった。

「かっけー」シンヤがつぶやく。

ついでに言うなら、グンカンが初日に当たった若手の名を口にするのも初めてだった。

「おお、優作、どした？　もうグンカン先輩行ったから座っていいぞ」

カンスケがうながすが……

「う……わはあぁ……」

「あ、ユリ先生ー、イワマかたまっとるー」

俊平が笑いながら指さした。

今大会、初日に判定勝ちをしたグンカンを「調子が悪いのだろう」と思った関係者は多かった。無名の若手を倒せないなど、ありえないとされていたからだ。

いつもであれば間違いなく倒している。あんなにグンカンの突きを喰らって立っていられるわけがない。それが統一見解であった。なので、倒せない、イコール、本調子ではない、という結論になる。

有名選手はちょっとしたことでいろいろと注目を浴びるものだ。そしてすぐに観衆はアラを見つけたがる。そしてそういう噂はすぐに払拭される。

二回戦が始まる前、富山支部の新鋭、磯代はかなり調子に乗っていた。全日本無差別初出場の二十五歳だ。地元、富山でおこなわれた大会で優勝し、今回初出場となった。ただ、県大会をうたってはいたが、参加人数は四人だった。たまたま急病人や怪我人が連発してしまい、本来はもう少しいたのだがとても小規模になってしまった。それでもなんでも優勝は優勝であり、胸を張って出場した。

……は、いいが、同じブロックにグンカン、群斗寛がいるのを知って萎《な》えた。一回戦はなんとか勝ち上がったものの、すでに帰る準備をしていたが、グンカンの一回戦の様子を見て気が変わった。

倒せなかったのだ。あの、恐怖の軍艦、グンカンが、だ。大砲、俗称は軍艦パンチ、グンパンを数え切れないくらい入れているのに倒せなかった。

すぐさま富山支部長の筒井が飛んできた。

「ぜったいグンカンはタッタ調子悪い、マンデいけるゲン、気張ってこお」

その気になった。

――ふへへ、もしグンカンに勝っちゃったらもてるだろうなあ……

そんなことを考えながらマットに上がった。

主審の合図とともに構える。

――ふっふっふ、調子が悪いそうだなヲイ、オーラが出てね……

目の前に真っ赤なオーラが見え、その十七秒後に磯代はヒの字のカタチのまま担架で病院に直行した。あたりまえのように汗一つかかずにマットを後にするグンカンの姿にどよめきが止まらなかった。


おい、グンカン調子悪いんじゃねえのかよ？

そんな声があちこちで聞こえる。

廊下でぶっ倒れて横になり、全身に氷をまかれた優作がつぶやく。

「なんだあの突きは……」

「よくもったよな」

あきれたように新たに氷を足しながらカンスケが返す。

優作の全身、とくに上半身から湯気が上がっていた。異様に肉体を酷使したつけが今、きていた。胸も腕も背中もケツも、太ももふくらはぎも全身の筋肉がおかしくなり、そこにグンカンの突きのダメージが爆発した。異常な集中力を発揮し、グンカンの大砲のような突きをまね、とんでもない威力の突きを放っていたそのツケだ。

普段、組み手では使わないような部位の筋肉、身体の使い方、運動量だった。よく筋断裂などの大ケガをしなかったものだ。まさに全身を使って打ち込んでいた。

突きは腕の力だけで打つものではない。それを痛感した。肩甲骨と背骨のあいだや、肩とのつなぎめ、それにわき腹に近い腰、足の付け根、さらには足の裏の筋肉など、わけの分からない場所がピクピクと痙攣する。

この、今、びっくりするほど酷使され、悲鳴を上げている箇所を鍛えればいい、ということだけが分かった。悲鳴を上げている場所は弱いのだ。弱いからびっくりする。

「ふうむ」

なんとなく、さっきの試合で出していた突きのイメージを思い出そうと拳を握った。

「アヅウっ」

それだけで今度は手首に激痛がはしり、飛び上がる。

「こおら、動かんでや、もお～」

千草が文句を言うが、さすがにはたいたりはしなかった。せっせと氷を包んでは優作を包む。

ずっとうつむいたままの優作がやっと口を開いた。

「また、負けか」

ぽつりとつぶやく。うっと周りの者が顔を見合わせる。

「また一コケかよ……」

全身をおおう氷をひとかけ、かじりながら言う。

「でも……よかったよ優作、感動しちゃったよ」

カンスケが励ます。

「……負けてたらしょーがねえべ……」

優作が元気ない。

「まあまあ、ゆっくり休んでさ！」

シンヤも励ます。

「優作、いやほんとによくやったぞ、おれは嬉しいよ！」

すでに酔っぱらったかんじの狭山をイヤそうに見ながら優作が言い返す。

「だっから負けて……んあ、まあ当分身体動きそうにねえけど……」またうつむく。

「ハザマ、大丈夫か？」江川がやってきた。

「おお……」

手をあげるやまたガラガラ氷の音がする。

「あわう、大丈夫う？」

サッチンも顔を出す。ジャージ姿で首にストップウオッチをぶら下げていた。どうやら江川のセコンドもやっているようだ。

「すごかったな、ハザマ、こないだの青山先輩との試合といい、もうすごいよ」

江川がゆっさゆっさと優作をゆすりながら興奮気味に言う。

「イギアオ……」

かくかくとされるがままの優作がなぞの言葉を吐いた。

「何語？　あ、智くん、ストップ、ユリ先輩が睨んでる」サッチンが江川を止める。

「睨んでません」千草が小さく言った。

「……アーカップ……おお、江川、そっちは？勝った？」

さらになぞの言霊《ことだま》をはきながら優作が聞く。

「ん、ああ」

江川が言いづらそうにこたえた。

「いいいいいいいいなああああああ」

急にうらやましがられた。

「……ありがと」

イヤな予感がした江川がそっけない。

「いいいいいいいいいいよなああああああ」

「……おす」

やっぱ、こうきたか、と江川が立ち上がろうとする。

「いいいうウウウウワああアアアア……」

泣きだしていた。

「えええ？」

さすがに江川がびっくりする。江川だけでなく、シンヤたちも千草もびっくりだ。

「うううううう、いいのやあ……ううううううう」メソメソ泣きだしていた。

「あ〜いや〜その〜」

江川が上を向きながらサッチンの方を見る。サッチンは海亀でも見るような目つきで「ん〜〜」という顔をしていた。

「うまもう、そんで、江川？　どやって勝ったの？」いきなり抱きつかれる。

「うえ？　えっと、後ろ回しで……その……」

「一本か？　倒したのか？」

「あむ、倒したけど……」

ふと見るとサッチンが首を横にぶんぶん振っていた。

「あ、でも一本じゃなくて、技ありとっただけでさっハハッハ」江川が棒読みで続ける。

「あああ？　んだとお？　なにがおかしいんだオメエ？」

今度はいきなり胸ぐらをつかまれた。

「え？　なんで？」

また江川がサッチンを見るが、今度は「分かりませ〜ん」と首を振っていた。

「ちゃんと倒さなきゃダメだろうがあ！　あぁ？　キサマそれでも軍人かあ！」

優作が泣きながら叫ぶ。どこにも軍人はいない。

「ううむ、ホンマモンだな」

狭山がマジメな目つきでウンウンとうなずいた。

「ああ、すまん、その、次は、倒すよ……」

「倒すのか？　倒してシカバネを乗り越えておまえはそうやってオレの前を走ってゆくのか？」

どうしたらいいの？　と江川がサッチンに視線を飛ばすが、すでにサッチンは中空を見上げ口笛を吹いていた。

「うをおんうおんうおおおおおんん」

優作が泣き崩れる。完全に違う方向にスイッチが入ってしまったようだ。

「すげえな、優作、誰か飲ませた？」

シンヤもまじめな顔でつぶやく。

「あ〜わ〜う〜」

カンスケがパニックになり、どうしていいか分からず立ち上がる。


「そ、そーだ、優作、その！　えっと、気晴らしにどっかいこ？」

とりあえず叫んだ。

「それ！　そうそう、えっと、ハザマくん？　ほら、ね？　今度どっか遊びいこーよ？」

サッチンが食いついてきた。

オレ、まだ試合あるんだけど！

江川が見たことのないくらいに驚いた顔をしているのを、アンタ大丈夫でしょ、とサッチンが目で返す。

そんな二人を千草がちょこっとうらやましそうに見ている、のをまたサッチンがチェックを入れる。ここにいる全員で一番大人かもしれない。

普通に考えれば、この武道社会ではありえない空間が広がっていた。試合、勝負偏重主義の臥薪空手、しかもその最高峰である全日本無差別の舞台裏で、さらにはこれからまだ試合をおこなう選手そっちのけで遊びの話をするのはありえない。

だが今は仕方ない。

「ね？　ね？　ね？　この大会終わったらみんなで遊ぼ？　ぜったーい楽しいよ！」

「ぐすん……ぐすうん……」

優作がぐずりながらもうなずく。サッチンが、オラなんか言えや、と視線を飛ばす。

「あ、そうそう、ほら、みんなでさ、えっと、動物園とか……さあ……」

プレッシャーに耐え切れずにカンスケがうめくように言う。

「あ……あはは、えっと、美和ちゃんとかも来たりして……なあ？」

違うところでポイントに入ったシンヤも食いついてくる。ちなみに美和ちゃんとは夏合宿でアイドルのものまねで人気爆発した女子高生三人組の一人で金髪三つ編みな思いきりギャルに振り切った気合の入った子だった。

——シンヤ、アレがいいの？

——いいんだよ、うっせーな！

カンスケとシンヤが視線を飛ばし合う。

サッチンが肉食獣の目つきで言葉を拾う。

「ね？　ね？　ほら、じゃあ試合のうちあげもかねて合同でバーベキューとかいいじゃん！」

「あ、いいね！」

「うん、賛成、マヂで」

急に盛り上がりだす。もちろん、優作はおいてけぼりだ。

「ね、ね、ね、で、美和ちゃんはあ？」

「あーもお、呼んだげるってっ」

「やった！」

嬉しさをバク転であらわす男、シンヤだった。

「ふむう、ワタシ的にはっすね、立川道場のミソノちゃんの登場をば願いたいんですが？」

とつぜん横から口を出してきた狭山にシンヤがガンを飛ばし、カンスケが抱きついた。

「うわあ！　狭山先輩！」

「な……なんだよ？」

「それ、言いたかったけど言えなかったでふう！」

カンスケが珍しく興奮していた。ミソノちゃんとは立川の駅前で花屋さんをしている女性で非常に色っぽいお姉さんなのだ。

「なんだカンスケ、おめーだって人のこと……あ、そだ、バクさんとこから肉安く調達できるんじゃね？」

「ないすだシンヤ！　酒はまかせとけ！　くっくっく盛り上がってきたぜ」

狭山がとてもとても嬉しそうに笑った。すでに飲み会、ＢＢＱ大会の算段に走りだしていた。輪の中にとりこまれた江川も微妙な顔つきでエイエイオーとかやっている。完全に優作は忘されていた。

一気に盛り上がるシンヤたちの横で優作が体育すわりのまま氷を顔に当てた。

「かっこ、よかったよ」

泣きぬれた顔を上げる。千草だった。こちらも目が真っ赤だった。

「…………」

「元気出しなって！」

ニコッと笑いながら言った。優作の周りが明るくなるような笑顔だった。

「どうぶつえんはあ……？」

そこかよ！　と本気でカカト落としを喰らわしそうになった。

「象さん……」

優作がまたうつむく。よっぽど行きたかったらしい。

「分かったから、ね？　ほら、今度行こ？」

イラッとしたのだが、実は千草はこういうのに弱かった。クソっと思ったが弱かった。下からこられると、非常に弱い。

「ほんと？　じゃあおにぎりも？」

ぱっと顔をあげる。

「持ってくから」

仕方なさそうに言いながらも千草も嬉しそうだ。

「じゃあじゃあじゃあじゃあじゃあ」

「タコさんウインナ？」

「ちがーっう、コロッケ、コロッケ」

優作がばたばた手足を動かす。

「はあ……？」

千草の眉間にさすがにシワが寄った。ここらへんでやっと優作が正気に戻ってきた。甚大なダメージを受けた肉体を冷却するため全身にまきつけてある氷のおかげでやっと頭が冷えたらしい。

「う……えっと、その、コロッケはオレが持ってくから」

「はあああ？」

「うまいんだって、いつも揚げてるから」

急に照れくさくなり、優作はぶっきらぼうに言った。

「へ……へえ〜、楽しみだね」

「へへっ」

壁際に座り込んだ優作の前にちょこんとしゃがみこんでいる千草。いい感じだった。

「おーい！　優作！　喜べ！　ひゃっほー」

シンヤが飛び込んできた。サッチンがあわてて襟首をつかもうとしたが遅かった。

「っわっ」

あわてて千草が飛びのき、シンヤが優作にアタックしてしまう。

「ギャオッ」

やっと熱は引いた、とはいえダメージは残っている。しかも完全に冷やしたせいで違う意味で筋肉がピキピキになっていた。

「あおうおお、シンヤ……」

「喜べって優作」

「なんだ？　コロッケか？」

「ちいげーっよ！　パーティだパーティ！」

「うっせー！　おまえら！　主役忘れてねえかあ！」

優作がシンヤに抱きつき、さらにはカンスケのほっぺに噛みついた。

「イダイ！　やめてよお」

泣き叫ぶカンスケになぜか狭山が太ももに下段蹴りをマヂに入れる。阿鼻叫喚の地獄絵図が始まっていた。

「顔、赤いっすよ」

なんとなく二人な空気に入りそうになるところをちゃんとチェックしていたサッチンがかます。

「むう！」千草が頬をふくらませた。

この騒ぎを柱の陰から見ていた人間がいた。

「くそう……出そびれた……」

最初は優作をねぎらいに来たのだが、だんだんと違う方向へ向かっていくのが分かったので傍観していた。入るタイミングを逸したまま悔やんでいた。

その悔しさ（？）からか、青山の今回の動きは群を抜いていた。

注目のカメルーンからの刺客《しかく》、ワッシー・ナダムと一回戦で対戦した。

「こいやシンシンヤッ」

シンヤにカメルーン対策を指示したのは青山だった。最初からのんでかかっていた。

ワッシーは七人兄弟で、姉のバネッサの婚約者が日本人、しかもダンナがお寺の住職だという衝撃的なプロフィールだった。

全身にバネでもはいっていそうな黒人の選手だ。純白の道着を着ていることからそれがよけいに引き立つ。

体格は軽量級の青山と同等、ただ体重は青山が無差別対策で七十四キロに増量してきたのに対し、ワッシーは六十七キロだった。身長は青山より五センチ高い百六十八センチ。ここも普通だ。まるで普通サイズなので肩透かしをくったような気分だった。噂では身長三メートル、体重二百キロ、首にはガイコツのネックレス、腰みの一枚で長い槍を振り回して火を吐く、という現代では電波にのせられない感じだったのだ。

開始の合図とともに青山が距離をつめて重点的に足を狙う。飛ばれるとやっかいだと考えたからだ。しっかり、殺せるときに間違いなく殺しておく。

さすが全日本常連、とりこぼしをしない。太ももの下、ヒザ上あたりの筋肉の少ない部位を的確に蹴る。内、内、外、内、と蹴りわけながら様子をうかがった。

ワッシーがものすごい顔をしていた。変身でもしそうなくらいだった。

――やばい、なんかくる？

注意を怠らずにラッシュする。なにかしようとしているらしいが、その何かをさせないようラッシュに持ち込む。

突いて蹴って突いて蹴る、蹴る、蹴る、蹴る、突く突く突く蹴る蹴る蹴る。

どんどんと回転が加速してゆく。

ラッシュにまきこまれたワッシーは、両手のひらをひらひらと振り出すという妙な動きに出た。

「ゴンボー」

呪文か？　一瞬、ワッシーの気合（？）にとまどった青山の動きが止まる。

――なにをする気だ？

身構える青山の前に主審が現れた。

「やめやめやめー！」割って入った。

――なんで止めるんだよ？

珍しく青山が試合中に不服そうな顔を見せた。主審の肩越しに向こうを見たら、カメルーンが悶絶していた。

噂先行、たまにある話だった。


今回おこなわれた第二十五回全日本無差別選手権大会。

結果、青山は初日の一、二回戦は勝ち上がったものの、二日目の三回戦で散った。ベスト32だ。

江川は四回戦まで進んだものの、壁は厚くベスト16となった。それでもやはり着実に順位を上げてきていた。体重別での上位入賞、そして無差別でのベスト16入り。二十一という年齢を考えてみても大型新人である。

ベスト4からはもう試合場はとても人類の闘いとは思えないような激戦だった。強豪の中の強豪、まさに王を決めるにふさわしい舞台だった。さすがにここでいきなり初出場で優勝しようと思っていた優作の肝が冷えた。

凄まじすぎたのだ。

ベスト4に残ったのは以下の四名だった。

千年杉・杉山晃太郎。東京、帝南支部、川崎道場。一昨年から連覇してきている怪物。

ビッグバン・番場宗一。東京、帝西支部、多摩境道場。優作たちの師であり、無差別優勝を悲願としている。

軍艦・群斗寛。東京、帝北支部、朝霞道場。大砲パンチの異名を持つ人気選手だ。

笹貫太刀の異名をとる、手刀を振るう独自のスタイルで名をはせる、波ノ平修。鹿児島、鹿児島支部、中央本部道場。平安時代の刀工、薩摩国波平を祖とする。代々刀工であり、先祖の打った刀は波を水平に斬ったことから、この苗字がついたという。幼少時より刀打ち、火入れの賜物で前腕部が異様に発達しており、それをいかして手刀打ちを主体とした組み手をつくりあげた。長男であるが、空手に専念するため実家は双子の弟の錬に継いでもらった。憂いは、ない。

化け物の饗宴だった。

生身の人間など迷い込もうものなら八つ裂きにされてしまうような迫力。

死ぬ寸前まで殴り合うような試合を何試合も連続させる。


準決勝　第一試合。杉山対番場。

二度目の対戦となり、前回は負けている番場が雪辱を期して試合場へ上がった。

いつも沈着冷静で言葉を荒らげない番場であるが、事実上の決勝とも言われているこの試合を前にして、やはり緊張からか目が釣り上がり、赤鬼のようなふぜいであった。

対する杉山は王者の風格か、落ちついたしぐさで歩を進める。

主審の号令から本戦三分間、延長二分間、そして再延長二分間がまたたくまに経過した。まるで二人とも息継ぎなどしていないのではないかと思うほど連続で動き回り、殴り合っていた。

再延長、判定は引き分けだった。ここで、通常の大会、体重別などであれば、再延長で引き分けの場合は体重の軽いほうが勝ちとなる。この無差別大会でも初日と二日目、ベスト8を決める四回戦まではそうだ。

だが、ここより上、準決勝からは本当に真の空手の実力が試される。すなわち、「型」をおこない、それで優劣を競うのだ。

毎年、この無差別準決勝で指定される型は観空、そして決勝では征遠鎮となっていた。

ただ、型をおこなうだけであれば上手にこなす人間は多いだろう。

しかし。臥薪空手の最高峰、無差別大会を勝ち上がってきたということはもう体力的にボロボロである。ふらふらの状態でもピシッと立って、キレのいい型を演じなければならない。合図と共に一つ一つの型の動作、突き、手刀、蹴り、受けなどを伝統型独特の腰を落とした状態でおこなう。もう、見ているだけでもしんどいが、逆に見ているものにしんどさを感じさせてはいけない。

ここで、ダメージの差が出てしまった。

圧倒的な体格差をうめるべく、受け返しで常に相手の攻撃をガード、カットしてきた番場であったが、それでもこの激戦の連続で肉体は悲鳴を上げている。そこに千年杉、杉山と七分間休みなしで打ち合ったのだ。唇を噛みしばり、血をにじませながらも腰を落として、ふらつくまい、と型を演じてみせた。

しかし結果は残酷である。型判定は旗五本があがった杉山のものとなった。

激闘のすぐ後でもまったく軸がぶれずにいたのはさすが千年杉である。


もう一つの山、準決勝第二試合。

軍艦対笹貫太刀は群斗が得意の突きで手刀を粉砕、延長一分で波ノ平から一本勝ちした。

なんと、二回戦以降、この準決勝までの四試合、連続一本勝ちであった。もう誰も「今年のグンカンは調子が悪い」などと言うものはおらず、ひそかに優作のタフネスさが噂になるほどだった。


三位決定戦。

負けてから口をぐっと噛みしめたままの番場が汗もぬぐわずそのまま試合場へ上がり、あっというまに一本勝ちし、そのまま本部席の横に陣取った。決勝を近くで見るためだ。

敗れた波ノ平は両腕を先の準決勝で骨折していたが、それでもまさに一太刀だけでも浴びせようと試合場へ上がってきた。しかし刃折れ矢尽き、立ち尽くした。


決勝戦。

無差別大会決勝戦。臥薪門下生の憧れの舞台だ。

一本勝ちの連続で決勝まで駆け上がってきたグンカンであったが、それでも杉山を崩せず延長で技ありを取られた。

それでも杉山よりも二回り小さな体格で果敢に挑み、大砲パンチを打ちまくる群斗の人気はさらに上がった。


「さって、そろそろイクですかー忘れもんねえよな？」

シンヤが声をかけて立ち上がる。

「よお、優作、立てるか？」

「ん？　ああ、大丈夫、だいぶマシだよ」

優作たちも立ち上がる。

試合場のマットでは表彰式がおこなわれていた。師匠の番場ふくめ、上位入賞者の記念撮影がおこなわれていた。

きらびやかな場所だ。

——見とけよ、次は……

つぶやきながら初戦敗退者が立ち上がる。そう心に刻みつけながら立ち上がった。

「ふう、シンヤ、カンスケ、あんがとな」

「ひっひ、なに言ってんだよ急に」

シンヤが笑いながら振り返る。

「そうだよ、こっちもすごいもん見せてもらったんだから」

カンスケも笑う。

「また、ガンバルかっ」

優作が声を出しながら元気よく走りだそうとして、こけた。

「いったーっ」

びしゃーんと床に顔面をぶつけて鼻血が出た。

あきれかえって声もない二人を見上げ、言った。

「見とけよ、次？」

空灼の章

――冬の公園編――

「まだ焼けてねえよ！」

「いいんだよ」

「よくねーよ」

「じゃあいーよ」

「いいのかよ」

「いいんだよ！」

北風の吹きはじめた公園の広場。

バカ騒ぎが始まっていた。

黄色い芝生の続く、小高い丘の東屋ふうの建物が人でにぎわっている。

「えっとお、僭越《せんえつ》ではありますが、乾杯の音頭をとらせていただきますはワタクシ番場道場選手会会長狭山……」

「ハーイっワッキーダヨっカンペ、カンペッ」

嬉しそうな顔、そしてすでにほろ酔いのていで拡声器を手に長くなりそうなアイサツを始めた狭山の横から黒い風が飛び出してジョッキを奪いとって一気飲みした。

つられてみんなが乾杯する。わあああっと盛り上がった。

今日は帝西支部、胡桃沢道場、番場道場合同の慰労会だ。慰労会といってもただ飲み食いするだけだが、大勢でやると大変である。しかもバカしか来ない慰労会。考えただけでも寒気がするが、まず、場所の選定からだ。

話し合った結果、南平にある丘陵公園の花広場でやることになった。川沿いでやる案もあったが水際は避けたいという意向もあった。どうせバカばかり集まるので、ぜったいに水に飛び込むバカが出る。ここは断言できる。バカは必ず飛び込む。間違いなく出るので、その場合、川だともしもということがある。

その点、公園の池ならなんとかなる。盛り上がると人間、高いところから飛びたくなる。思いきり水に飛び込みたくなるもの、らしい。ならそこまでは仕方ないとして、飛び込むなら、池だ。川は危ない。なぜなら流れがあるからだ。

そういう判断で池のある公園開催が以前からデフォだった。

肉も酒も死ぬほど用意された。毎回、感心するほどの量だ。

地域に密着している町道場の特性からかあらゆるものを調達できる。コンロに鍋に鉄板、かまどに炭、それにテントにクーラーボックス、テーブルに椅子、そして食物。

食物とはそれはイコール肉である。駅前のスーパー俵屋の店主も後援会で番場のファンのため、格安、あるいはほぼタダで提供してくれる。その特権としてサッチンなどのきれいどころがお酌したりする。ある意味ギブアンドテイクというやつだ。

そして競うように飲み、競って食いまくり、いつもどおりバカ合戦となる。

なぜかなにがどうしてか、カメルーンからさきにおこなわれた無差別大会に参加した黒人選手、ワッシー・ナダムが普通に参加していた。青山にぶっとばされて以降、日本に居つき、今は書道の教室に通っているらしい。気がつけば一緒にテントを設置したり、火を起こしたり皿をならべたりしながらどんどん仲間入りしている。

「ワッシー、お肉スキー、これヲイシーよ」

飲みまくっても顔色をまったく変えず、というか分かりにくいだけだがどんどん騒ぎだす。完全に座の中心を持っていかれた感じだ。

試合から一週間、少し時間が経過していることもあり、ダメージがだいぶ癒えた選手たちも笑顔で騒ぐ。

今年はもう試合がない。この意味は大きい。選手にとってはかなり大きい。たとえ今年というのがすでに一か月もなくてもそれはそれ、気分の問題である。ぶっちぎりの解放感だ。

中でもひときわ優作のはしゃぎっぷりはすごかった。

「きーーーーーーえーーーーーーーーっ」

金切り声を上げながらアスレチック施設の太い綱にぶらさがり転がり落ち、むさぼるように肉を食い、走り回っていた。

まずは少年部も合同だったのが原因である。シンヤ、カンスケ、青山や狭山、道場生たちと飲みまくり、合間に俊平が飛び蹴りをしにくる。それを追っかけ回すのだ。

一回目はガチで追いかけ回し、知らない人間が見たら間違いなく通報していただろう。

「なんがかーっきさんー」

どういうわけか博多弁で叫びながら駆け回る狂気の小学生、俊平相手に無言で両手を広げ追い詰める優作。放送禁止だった。

なぜか毎回飛び蹴りを背中にまともに受け、二回目以降は立ち上がる前に青山の指示で腕立て十回、ジャンピングスクワットを十回こなしてから追いかけていた。ハンデ、だろう。

池に追い詰め、俊平の頭をつかんで水に沈めようとしたところで千草が優作を張り倒す。

それを十分おきに三回続けた。

さすがにくたびれたのか、と思わせておいてさらにそれを七回続け、やっと俊平が動けなくなった。四度目以降、俊平もナゼ行くのか、なぜそんなにしてまで行くのか、というくらいフラフラでよだれを垂らしながら飛び蹴りしにいっていた。これもまた臥薪魂。

　唇が紫色になった俊平が身体をピクピクさせながらもすごい目つきで芝生に寝かされつつも優作を睨みつけていた。当然のように優作もガンを返していた。本気の本気で追い回すほうもどうかと思われる。

「きぃいいいいいいい！」

　だが本気で追いかけっこをしたせいで完全に優作は足に来ていた。そして完全に酔っ払っていた。思いきり食らう→焼酎乾杯→補強→ダッシュを七連発、酔わないほうがどうかしている。

「ううう……」

　うめき声を上げながら立ち上がる。顔面がすでに黄色くなっている。

「あれえ？　なあにぃ？　もしかして酔ったの？　そらーそんなんで酔うよおじゃよ、一コケするわなあ」

　広場じゅうに聞こえるくらいの大声で狭山が叫んだ。

「……はあ？　なに言ってるのけ……」

　むりやりなんでもないふうを装いつつ、最後のほうは怪しくなりつつも優作が座り直す。

「ぎゃっはっは、なんだ一コケ？　どしたあ？」

　狭山が嬉しそうな顔で指をさして笑っている。

「ひゃっはっはっ、睨んでるぞこの一コケがあ、なあ見てみろギャッハッハ」

　気のせいか、横でガシガシ肩を叩かれているカンスケが嫌そうな顔をしている。

　優作がこころもちアゴを引いて右の眉を上げた。カチン、ときた。きてしまった。

　意地だ。意地でもトイレに行けない。つまり、吐けない。何も考えないようにし、テーブルに放置された缶チューハイを飲み干した。さっき頬張った肉の塊をむりやり流し込むのだ。

すでに相手がドコにいるのか分からないがとりあえず前を見据えて言うことが大事だ。ちなみに視線は左右ばらばらである。

「へはっ……センパイも飲んでくださいよ」

それはそれ、とばかりに完全にスイッチが入ってしまった。

自分は吐きそうだ。死にそうにつらい。

今現在で一番、今、この瞬間にムカツクことを言われた。普通であれば殴りかかる。それは、できない。相手がセンパイだからだ。センパイにケンカを売ってはいけません。それだけは優作にも刷り込まれている。青山のおかげであろう。なので、ケンカ以外でいく。

稽古中であれば殴り倒せるのだが今はそうはいかない。今は酒を飲んでいる。なら、酒だ。酒で潰す。かなりキテいる自覚は多少あるがそれでもいく。

小僧は追い掛け回して潰した。今度は、センパイは、むかつくオッサンは、酒で、潰す。

言わなきゃよかったと後悔していたがそこは狭山、選手会長、グラスをジョッキに持ちかえて受けて立つ構えであった。

逃げない。これもまた臥薪魂。

ガチン、とグラス、ジョッキが並べられた。ぜったいここにいたら余計なことに巻き込まれる、そう判断したカンスケは酒を用意しておいて逃げ出した。

なんの意味もない飲み比べが始まってからいくばくかして、

「へっはー！　ノンデル？　ヤッホ！　ワッシーダヨ！」

優作の視界に黒い塊が飛んできた。反射的に殴り倒した。

「ぐはっ」

むかついていたから仕方ない。そう思いながらもう一回前を見据えた。

「おーいワッシー！　うわあ！」

シンヤが走ってきておどろく。

「っきゃー！　ワッシー大丈夫？」

いっしょに金髪女子高生もやってきた。

「ヘニョウ」

ワッシーは血の海に沈んでいた。

「ゆ……優作、おまえ国際問題になるぞ」

「んあ？」

「いや、ワッシーが」

なんとかシンヤが説明しようとしたがむりっぽい。

「あああん？　わしがアンダンテ？」


シンヤを睨みつけているつもりらしいが優作はすでに白目をむいていた。

「おらあ！　ちゅぎオマハンの番やけえのまんかい！」

どこの方言か分からん感じで狭山が杯を空け、優作に渡す。

「……上等……」

完全に目が据わっている優作が杯を持つやそこになみなみ酒を注がれる。かわりばんこ乾杯だ。同時に飲んで速さを競う場合には審判が必要になる。審判無しでやるとたいがい相手のほうを笑わせたりつねったり腹を殴ったりと揉め事のもととなるので番場道場で禁止されていた。なので審判なしでシロクロつけたい場合にはかわりばんこで飲み続ける。分かりやすい。

問題はたいがいがデロデロになるため、先攻後攻がおかしくなることくらいだ。ささいな問題である。

「ってはっ」

何度目か分からないくらいの飲み合戦のすえ、難敵狭山をうちやぶった優作が右手を高々と上げた。むろん、誰も見ていないないし尊敬もされない。

「きらきら……ぽこぽこ……」

芝生に崩れおちた狭山は胎児のように手足をおりまげ、痙攣していた。とりあえず、腰を落として残心のポーズをきめる。いつでもとどめの突きを出せるように倒した相手にも油断はしない、という意味のポーズだ。

「うむう……」

優作がうめく。

――えっと、とりあえずトイレに行こう。やばすぎる。えっとしかし、なんでこんなことしてんだっけ？　今日ってなんだっけ？　ああ、公園で飲み会……打ち上げ……

ふいに思い出す。そうだ、動物園、象さん？

優作が急に背を伸ばしてきょろきょろあちこちをうかがいだす。かなり挙動不審だ。

そこへ、

「まあまあ優作飲もうよ」

急にカンスケが寄ってきた。

「……ああ、おお」

「のむべのむべ飲むしかねーべ」

青山もやってくる。

「ったくよ、もうイケメン来たらだめだよな」

ぶつぶつ言いながらべたりと座る。

「そっすねーさっきまで美和ちゃんと盛り上がってたのにさあ」

文句を言いつつズルズル足をひきずりながらシンヤも腰をおろした。前、横、ななめ後ろと、まるで優作を閉じ込め、結界を張るかのような配置だった。

「……はあ？」

「あ～あ、また狭山先輩こんなとこで寝てたらかぜひきますよ～」

カンスケが芝生に転がる狭山に声をかける。よだれを垂らしていびきをかく狭山はまあ、気分よく昼寝をしているふうに見えなくもない。

「優作、まあ飲もうぜ」

シンヤがぐいっと自らグラスを飲み干して言った。

「あ……あのオレ、ちょっと……」

「んだよどこいくんだよ、おめえな、分かってんの？　今日はおれら選手が主役なんだよ？」

立ち上がろうとする優作に青山が文句を言う。変にからむときは狭山同様に正論で来るのでタチが悪い。

「なんすか急に、もう」

まだ中腰であたりを見回しながら優作が聞く。さっきまで座の中心だったワッシーはどこかに行き、そのかわりかコンロの横のテントできゃあきゃあ声がした。

「んあ？　なんかあっちで騒いでますけど」

「ああ、胡桃沢センセーが来た」

それだけ言ってグイッと青山が杯を空ける。

「へ、あ、そういえばいなかったっすね」

最初のうちの騒ぎ、小僧を追い回すのに夢中だったのであまり覚えていないが確かにいなかった。

「せっかく美和ちゃんらと楽しく飲んでたのにさっ」シンヤが口をとがらせて言う。

「ミソノさんもいたし……」カンスケもさみしそうだ。

「ったく、わざと遅れてきて目立つのは反則だよな」青山までぐちりはじめる。

「はあ……」優作がなんといっていいか分からず適当に返事する。

どうやら女子部含めて楽しく飲んでいたところに胡桃沢先生が現れて座を持っていかれたようだ。

「んん、えっと、さっきまでワッシーいなかった？」

「おめーにぶちのめされて帰ったよ」

「はあ？　またまた～」優作が、そんなわけないじゃないっすか、とばかりに手を振る。

「おまえさあ、ほんっと国際問題なるとこだったんだぞ」青山がマジメな顔で言った。

「そうそう、なんとか青山先輩がとりなしてくれて」

「ひゃはっ、でも今度稽古来るって言ってましたよね？　楽しみだな」

カンスケとシンヤも続ける。

さっき、狭山と飲んでいたとき、反射的に手が出た記憶がぼんやりあるが……

「またあ、もお～またオレを悪者に」

「おめーまだ言う？　ほんっとだって、ワッシー血の泡ふいてたんだぞ！」

「ああ、あれは前歯全滅でしたね……」

「うん、なんか警視庁24時みたいだった」

「え？　じゃあ……マヂで？」

「マヂで」

少し沈黙が支配した。

「でもまあ済んだことは仕方ないしですね」

「おめーが言うなって！」

「おす」

立ち上がるタイミングを完全に逸した優作がまたアグラをかき、飲みはじめる。車座だ。ちょうど芝生広場の小さな丘の上あたり、酒で火照った身体をまだギリギリさわやか、と言える温度の風が吹き抜けてゆく。

「ふううぃいいい……」

優作がくいっと上を向く。

空が、高い。うっすらと雲が舞う。

酒のせいもあり、くうううっと浮き上がるような気分になるのがおもしろく、何度も上を見上げた。

「へへっ」

「優作、楽しそうだね」

あきれたようにカンスケが言った。

車座で飲む優作たちにどんどん人がたかってきた。そのうちの半分はやはり胡桃沢においしいところをもっていかれてあぶれてきた人間たちだった。

わいわい、がやがやとにぎわう。

また乾杯が始まり、バシュバシュと缶が開けられる音がした。

「さすがイケメン、すげえなあ、おい、今度はギターで弾き語りまで始めてんぞ」

シンヤが目を細めながら言う。そう、テントを背にして椅子に座った胡桃沢のリサイタルがはじまっていた。

切なげなメロディが風に乗って届く。なかなかうまい。

「へえ、なかなか」カンスケが感心する。

「あ、踊りだした、くっそ、おれも踊るうっ」

見れば胡桃沢を中心に輪になっていた道場生たちの中で女子部の子たちが可愛くダンスを始めていた。

シンヤががまんできずに走りだした。

「おれも行こっとへへ」

青山もにやにや笑いながら後を追う。それにつられるかのように周りに来ていた道場生たちも続々向かった。

「ったくう……」

優作がまたぐびりと酒を飲む。

「ま、オレもいこっかな、カンスケは……あれ？」

優作が立ち上がろうとして横を見たらすでにカンスケはつぶれていた。気持ちよさそうに寝息を立てていた。

「はっは」

どうでもよくなり、また座り、上を見上げた。

「うわっ」

まっすぐ見上げたら人の顔があったのでびっくりした。むこうも驚く。

「っきゃっ」

「おおおう、おおう、おう」

優作がうろたえた。

「もお、おどろかさんでやあ」

千草だった。さっき、俊平と追いかけっこをしたときにも会っていたのだが、まともに二人で話したわけではなかった。今日はこないだ会場で見たようなスカート姿ではなかったが、道場で会うときのジャージ姿でもなかった。外での宴会、慰労会ということもあり、ラフな格好、パーカーに短パンではあったが新鮮だった。

いつもはひっつめで横に垂らす髪も今日は後ろでポニーテールにしている。それに、っきゃ、という声が妙に可愛らしかった。くそう、くやしい、可愛い、くそう、くそう。

「くそう……」声に出ていた。

「あん？」

「いやっ、そのっ」挙動不審だ。

「なにがくそうって？」

「いいえ、なんでもないっす」

言ってから、もう一回見上げる。丸っこい千草の顔を見つめた。

「なーんか、もう」

千草の顔がちょっと赤くなった。

「えっと、っすね、まあその、飲みます？」

「まだ子供らの相手があるから」

「ええ……」とてもさみしそうな顔になる。

「ちょこっとだけね」千草が笑いながら言う。

「うひい」

「あはは」

飲んでばっかいるな、おれ、とか思う。

寝転がっているカンスケを蹴飛ばして場所を開けて千草を座らせる。

飲みはじめて、優作が意を決したように顔をあげた。

――なんか、その、お礼とかもちゃんと言えてねえし、その、もお、どおしていいか分かんねえし！　可愛いし！

なんか、急に今しかない、と決意した。


「そいでっ」

「はいっ」

急に優作が正座し直す。

つられて千草も正座する。

「っそのっ、動物園、コロッケ、っっとっ、オレとっ……」

顔を真っ赤にして優作がどもりながら言った。

「なあ～に～って？　はっきり言ってやあ」

ニヤニヤ、それでも嬉しそうに千草が笑う。

ふうっと一息ついてから優作がはっきり言った。

「こんど、動物園、いこ」

「うんっ」こくり、と千草がうなずいた。

「じゃ、じゃじゃ来週、とかさどうかな？」

「いつでもいーよ、じゃ、来週ね、あ、携帯教えてやあ」

きゃっきゃと喜びながら段取りを決める二人に起き上がるタイミングを完全に逸してしまい、

寝たふりをするしかないカンスケが歯ぎしりしていたことは誰も知らなかった。

―冬の息吹編―


土曜、選手会稽古。

やはり年末も近く、そして最大のイベントである全日本無差別も終了したことから人数も少なく、メニューも軽めである。

年がら年中鍛錬しまくる臥薪空手門下生であれど、やはり息を抜くところは抜いておかないと身体が、心がもたない。

ただ、軽いメニューとはいってもそこは最強最悪（?）の選手会。地獄の掛かり稽古こそないものの、五人に一人くらいは倒れるくらいの組み手はおこなう。ちなみに今回の参加人数は三十人強だった。


「っしょっしょっしょー！　はいっと！」

鎖骨、胸の中心、わき腹、上腕、と突きを散らしておいてドスン、と水月にヒザを入れて相手を壁際まで吹っ飛ばす。

「せらっ！」

そのまま上段前蹴りで壁に縫いとめて動けなくし、また突きを見舞う。

「おお、ハザマ、いいな、いい動きだぞ」

師である番場もほめる。

無差別大会後、また優勝できなかったことについて自問自答を繰り返し、寺にこもろうとして行った先が尼寺で追い返された男、ビッグバン番場宗一だ。

弟子も最初のころは心配して探し回ったが、最近は放置されることが多い愛すべき師範である。悩むところではとことん悩んだ後はすぐに気持ちを入れ替え、来年に向けて稽古計画を練っていた。

「ハザマ、そういえば群斗が今度ほんとに稽古に来いって言ってたぞ、行くか？」

番場が優作に声をかける。なにやら上位入賞者のパーティで群斗寛、グンカンと話したらしい。

「おす、出稽古っすか、行っていいんすか？」

優作が目を輝かせる。出稽古、帝西支部内の道場、胡桃沢道場の支部には何度か顔を出したことがあるが本当の他支部、この場合は群斗の帝北支部には行ったことがない。経験を積むにはもってこいである。

「オス、番場先生、自分も行きたいです」

シンヤが手を挙げ、すぐにカンスケも続く。

「オス、自分もお願いします！」

優作たちバカタレ三人組の顔を見て、ほんの少しだけ不安になった番場が青山のほうを向く。

「ん〜、まあ茶帯ばっかり行かせるのもあれだから、青山、おまえが連れてけ」

「オ、オッス！」

急に振られた青山が返事する。急な振りには慣れてはいた。

稽古後、着替えながら出稽古の話をした。

「おお、そんでいつにするよ？」

青山がバッグに道着を詰めこみながら言った。

「いつでもいいっすよ、なんなら明日でも殴り込みますか！」

「シンヤ、殴り込みじゃないよ」

カンスケが笑いながらつっこむ。

「あにゅお〜、明日はちょっと……その……」

優作が非常に言いにくそうに口をはさんだ。

「あん？　ばか、いきなり明日なんか行くわけねえだ……なんかあんのか？」

なにかを感じた青山が途中で言葉を区切り、問う。

「いや……バイト」

「はあ？　おめえんとこの惣菜屋、市場の中だから日曜は休みじゃねえか」

同じ市場で豆腐屋のバイトに入っているシンヤが言う。

「その、レポートとか……」

「へ？　大学の？　あんなもん来年四月に……ふううん……」

カンスケがにやにやしはじめた。

「なに？　なに？　なに？」

なにかを察した青山が非常に興味を持った面持ちで近寄る。妙な気配を肉食獣のような感で察知した狭山も獰猛な笑顔で寄ってくるのが見えた。このあいだの飲みで潰されたことを根に持っているらしく、やたら今日もからんでこられた。間違いなくチャンスがあればヤマを返そうと思っている貌《かお》だった。

やヴぁい……！

「あ、雪ふってる」

優作が大声で外を指さした。

「え？」「うそ」「バイク外だっ」ばふっ！

「ばふ？」

青山が視線を戻すと優作の姿が消えていた。

「あれ？」

なんとなく下を見たらカンスケが悶絶している。

（やべー、やべー、やべー）

自転車を立ちこぎしながら優作が後ろを振り返る。

道着のままでバッグをかついでいた。雪だ、とウソをついて皆の注意をそらした瞬間に、カンスケにグンカン群斗と闘ったさいに会得(?)した突きをぶち込んだ。

明日はペンギンと動物園に行く日なのだ。申し訳ないが出稽古どころではない。

多摩境道場を飛び出し、一路弾丸トンネルを駆け抜けて下柚木の小径をぶっとばす。このあたりはまだ住宅造成が途中でストップしていることもあり、あちこちで掘り返されたままむきだしの土地が多かった。

そして道路は広く、長い。ほとんど人通りもなかった。

優作が最近買ったチャリは、いちおうマウンテンバイクのカテゴリに入るヤツだ。頑丈そうなフレームに前後のサスペンション、そして左右の変速機つきだった。脚力強化を名目にギアは一番重いまま乗り回していた。本気でこげばカンスケのバイク、カブと同じくらいの速さで走れる。時速七〇キロくらいは出る。出るはずだ。出なくても出す。

後方からまるで悪魔の使いのようにライトが迫る。ダルルルル、といつも不機嫌そうな八気筒の吐息をはきながらダッジ・チャレンジャーのライトがうねる。

「ひゅーさーっく!」

シンヤだった。冬でもフルオープンにした運転席から叫び声を上げげた。それをすり抜けるようにバイクが前に出てきた。

「おめー! なんだあ? デートだってえ?」

青山だった。こちらも道着のままだ。その後方にはまたカンスケもカブでついてきているはずだ。

青山のバイクはなにやら青いタンクのカワサキ旧型で、かなりボロボロであるが本人曰く唯一の贅沢《ぜいたく》だという。確かにあまり今は見ないような感じのレトロさで一部ではダブワンと呼ばれかなり稀少なバイクらしい。以前に青山が自慢げに話していたのを思い出す。

ちらり、振り向く。もうすでにかなり距離はせばまっていた。

なんとか南平の丘を越えて下りがつづくツヅラ折りの青蛇街道まで距離を稼ぎたかったが、そこまでに追いつかれた。

――くっそ、このままじゃ時間の問題だ。

優作がさらに速度を上げるべくペダルを踏むがやはり悲しいかな人力、キカイの力にはおよばない。

「なあ～～～んで、なにも教えてくれないですかー?」

歌うようにシンヤが叫び、ライトをハイビームにした。暗闇に疾走する優作が浮かび上がる。

こんなふうになるから言わなかったんだよ!

そう心で叫び返しながら優作が歯を食いしばる。

やっぱとても青蛇まで逃げきれん!

デコトコトトトとカブも迫ってきた。

「優作、ひどいよ、いきなり殴るなんて」

カンスケがまだ腹をおさえながら片手運転で叫ぶ。

――ちきしょう!　つかまってたまるか!

「うーひーひーっ」

いつでも捕まえられるぞ、とばかりに青山が加速、減速を繰り返す。

「なあ～な～って、鬼百合か?　なあー、ユウサク?　なーって?」

ちょうど下柚木を抜けて上柚木の湿地公園の横のストレートに入ったあたりで青山が優作に並び、声をかける。聞こえないふりをして優作がペダルを踏む。それにむかついたのか青山が前に出て蛇行しはじめる。とても先輩、というか大人の行動ではない。

「ひゃっほー」

　シンヤが後ろに張りついた。一歩間違えれば轢《ひ》き殺される。

「ほっといてくれよお」

　優作の魂の叫びも無視される。

「いーっひっひっひ」

　間違ったスイッチの入った青山がぐにゅん、ぐにゅんと大きく蛇行の幅を大きくする。優作はそれを追い越せないのでどんどん失速する。後方にはシンヤが逃げられないようにはりついている。

「ひゅーさっく、おまえはもう包囲されているー、降参して白状しなさい」

　調子に乗ったシンヤがなぜか搭載されている街宣車用マイクで怒鳴る。

「きっさまらー」


　優作がいちかばちかの賭けに出た。急加速し、歩道に乗り上げ、ガツン、と衝撃で前輪がはねあがるのを利用して湿地公園の一メートルくらいの高さの柵を乗り越え飛び込んだ。

「おわあっ」

　さすがに驚いたシンヤが急ブレーキを踏む。キキー！　っという音に驚いた青山が転びそうになる。

「わあ、轢いた？」

「優作、逃がさん」

　目に蒼い炎を宿したカンスケが柵のすきまを見つけ、そこからカブをすべりこませて湿地公園に入り込んだ。

　木々をくぐりぬけるように森の中へ飛び込んだ優作が疾走する。実はこのあたりは最近このチャリで走り回っており、道には詳しいのだ。一度、森の中で迷い込み、気づいたら青蛇街道の下りの中腹あたりに抜けていた。それが今回は役に立ったようだ。

「……まてー優作……まてーまって～暗いよ怖いよ～」

カンスケの声が途中まで聞こえていたが、やがて途絶えた。

すまん、と心の中だけでカンスケにわび、さらにペダルを踏んだ。

「ちょっと、早かったたっけか」

広場の時計を見上げながら優作がつぶやいた。待ち合わせは十一時、まだ十五分あった。気合が入っているのが自分でも分かり、照れくさいのだが仕方ない。

——そういやあ、女の子とどっか行くとかって初めて、かも。

ふいに、久しぶりに清美の顔が浮かんだ。あの荒れた生活をしていたときに一緒に暮らしていた子だ。あのときはなんとなく、まさになんとなくやることもなく、暴れるだけでいい気になり、あてがわれように清美の部屋に転がり込んだんだっけ。ぼんやりそんなことを考える。

——そういう意味じゃ、ほんとに初めてだよなあ……

そう考えると急に緊張してきた。

昨日は眠れなかった。選手会稽古に初参加以来だ。びっくりした。

目をつむったらペンギンが出てくる。ひっつめの髪でキッチリした格好だったりアニメのTシャツで酒を飲んでダッシュしたり道着で後ろ回し蹴りをしたりするのだ。

眠れなくて仕方ないので服を選びだした。だがここで問題が発生した。

この日、着ていくつもりだったジーンズが入らなかった。腰と尻と腿の太さが尋常ではなくなっていたのだ。異様なほどのボリュームの稽古のたまものであろうが、今は迷惑な話だ。

確か高校卒業したくらいに買ったビンテージとかのブツだ。優作の持ち物の中ではピカイチに値のはるブツだった。それが、穿《は》けない。

——えええええええ？

びっくりした。あわててもう一回チャレンジしたらなんと破れた。

ジーンズが破れた。絶叫した。

親父に怒鳴られた。

なんとか、着られるものを探した結果、一番しっくりきたのは「臥薪會舘」と胸の刺繍の入ったジャージだけだった。

さすがにそれはない。それはさすがにないだろう、と朝を待ち、駅前のショップに駆け込んだ。

現在、優作はテンガロンハットをかぶり、ポンチョを羽織っていた。

誰も止めなかったらしい。

「つえっとさあっ」

背後から声をかけられ振り向いた。見知った顔がいないのでまた前を向き直す。

「あのさっ」

また振り返る。誰もいない。

「んあだよもお～おせえなあ……」

文句を言ったところで息が詰まる。まるで蹴りを受けたような衝撃が襲った。

「つぐふっ」

「なーに無視しとるっ」

いた。

千草がいた。

腰下くらいまでのショートコートにニーハイブーツ、すきまの太ももがまぶしい姿でニットの帽子を深くかぶって立っていた。

パクパクと口を動かす。

「……ひいいいいい」

「つうっわ」

「っと待て、やりなおす！」

「ほほう」

必死すぎる自分を自覚した優作がドン引きする千草の手首をつかむ。

千草が向き直った。ぐっと右拳を握り締め、視線を落とす。

「おはよ」

「うん、おはよっ」

「くそう」

「なにがって！」

蹴られながらも言い返す。

「可愛いじゃんか」

「っさいわっ」

照れ笑い含みの今度は上段だ。

上段回し蹴りをきちんと受け、肩をつかんでくるりと回してこちらを向かす。

「さいしょからっ、おはよ」

「うひっ、おはよー」

照れくさそうに千草が返した。

人通りが少ないとはいえ、動物園前のバス停で上段蹴りは目立つ行為だった。あちこちで優作たちを指さしてひそひそ言い合う声が聞こえる。あの子たちケンカしてるんじゃ……朝っぱらからカップルで殴り合いなんて……

「むう、なんか注目を浴びてるので行こう」

優作が千草の手首をつかんで動物園に引っ張る。

「あ、ちょい待ち」

引っ張られながら千草が足元においたバスケットを手に取る。

「えへへおにぎり？」

「……そだよ、早起きさせやがって」

「おす」

「……そこで使うな」

またまた蹴られそうになるのでチケット売り場に向かった。

「しっかしさあ、イワマ、そういう趣味？」

てくてくと散策しつつ千草が聞く。確かに西部劇にでも出てきそうな格好である。

「ん、ああ……べつに……正直言うと着られる服がジャージしかなかった」

「べつにジャージでもいいのに」

千草がふふん、と鼻を上に向けて言う。

「んだよ、自分だって見たことないカッコしてきたくせにっ」

「それはあ〜〜〜」

「あ、象だあっ」優作が走り出す。

「うわ、でかっ」千草も目を輝かせる。

「アフリカ象が好きっ」

優作を追い抜いて象の柵の前に走り込んだ千草が叫ぶ。

「……インド象って書いてあるぞ？」

「いいの、こーゆーのは勢いっ」

ちょっと恥ずかしそうに言い返す。

案外広いこの動物公園は、冬ということもあり人影もまばらだ。そしてガチで広いので実はあまりデートコースには向いていないという噂もある。あまりに歩く距離が長いので話すことがなくなりケンカになるという。ただそこはしかし鍛えこんだ臥薪空手門下生、二人、アップダウンもものとせず、中央にある花広場まで息を切らすこともなく着いた。

「……でさあ、狭山先輩ってもお、マヂでしつこい、ほんっと蛇みてえな性格で」

「あんたも実はしつこいって言われとーよ？」

「ええ？」

「あ、試合んときね」

「そなの？」

「ほら選抜のとき……」

普段は会場くらいでしか顔を合わすことがないので非常に新鮮だった。

「あ～、でもあれか、もう半年になるんか～、ねえ？」

千草が丘のてっぺんの東屋から下に見える河を眺めつつ言った。

「半年い？　なんだっけ？」

「名古屋ん川で泣いとったよ」

「泣いてねーよっ、て……自分こそ吐いてたくせに」

「っさい、あ、ほら、これあんときのタオル、返すね」

「へ？」

そういえば河原で酒を飲んでダッシュという荒業で一緒にうずくまっていたときに頭に巻いていたタオルを貸した記憶もあった。

「ってなんでお弁当くるんでんの？」

「いいっしょ、いい大きさのタオルがなかったの」

「うむう」

なんともいえない顔で優作がお昼ご飯を広げる千草を見守る。テーブルの上には、シンプルながらも手作り感あふれるお弁当が広げられていた。

「あ、タコさんだ」

タコさんウインナーを見て叫んだ。

「やっぱり喜ぶと思ってた」

目をキラキラさせる優作に千草が笑う。

「コロッケは？」

「あ……」

「もうっ」

「こ……今度、次、ぜったいっ」

自分で言っておいてなんだが、その、次って、なんだ？

「つぎ……？」

千草も少しうつむき加減になる。

「その、次っていうか……」

固まりそうになる優作に千草がうながす。

「いただきまーす、ほら、食べよ、食べよ」

「むぐう、おお、うめえっ、いただきまーっす」

かなり特大、ソフトボール大のおにぎりに定番の卵焼き、そしてウインナーというシンプルすぎるメニューだったが大満足である。

「おいし？」

「うめー、うめー」

「えへへえ、よかった」


「あ、えっと話は変わるけど」

「なん？」

ポットからお茶を入れつつ千草が聞く。

「いいかげん、オレの名前覚えてくれねえかな」

「ん？」

「いや、だからイワマってさ、いつも呼ばれるから」

「ああ……あはは」

「オレはハザマだっての」

「うん、知っとーよ」

「じゃあなんでえ」

「……ん〜〜〜」

一瞬、風が吹き抜ける、もうすぐそこまで冬将軍がやってきているぎりぎりの季節だ。その風に背を押されたかのように意を決して優作が口をひらく。

「じゃあさ、えっと、その、みんなみたく下の名前で呼んでよ」

「……やだ」

ちょっと、というか、かなり優作がショックを受ける。なんだかんだで千草には好意を持っている。千草もそうだとばかり思い込んでいた。だいたいがそうでなければ二人で動物園に来たりしないはずだ。優作としては女性に下の名で呼ばれることなど今現在誰もいない。なので、特別な存在として、そう呼んで欲しかったのに却下された。

「あれ、どしたん?」

ウインナーをぱくつきつつ急に静かになった優作に声をかける。

「んだよう……」

「あれ?　へこんどらん?　どしたん?」

「っさいなーもお」

「なあ、なーって、……ユウ……くん?」

パッと優作が顔を上げる。

千草が照れくさそうにそっぽをむいた。

「呼んでんじゃん」

「呼んどらん」かたくなだ。

「呼んでよ」

「なんでよ」

「……ユリせん……ペン……じゃねえ、えっと、千草のことが好きだから」

ズイっと直球を挿しこんだ。うっと千草が後ずさる。組み手の機微と一緒である。技のぶつけ合いか気持ちのぶつけ合いかの違いくらいだ。

ただ、問題は空手の組み手はお互い向かい合って技をぶつけ合う、相手を倒そうと両者がするのが成り立つ条件としてあり、今のこの場では優作の気持ちをぶつけてみたが向こうにその気がなければどうしようもない。

それでも、それでも、思いながら優作が続ける。ラッシュする。

「その、最初は、えっと、選抜で名前間違えられてむかついたけど、だんだんとさあ、なんてか、気になりだして、毎回選抜で名前まちがえられても気にならなくなってきて、そんでその試合前とかに目が合うとなんか嬉しかったり、テーピングとか、嬉しかったし！　ってえ、好きです、付き合ってください！」

どーんと最後にもう一回直球をぶつけた。

優作なりに出しきった思いがある。

「ええよ」

「え？」

「あたしも好きやから、ええよ」

にっこり笑いながら千草が答えた。

「エヘア、マヂ？　やったー」

立ち上がり芝生を転げ回り、東屋の柱に頭突きをかまし、テーブルに噛みつき嬉しさを表す。


「子供みたいことしなさんなっ」

ペシリと頭を叩く。

「えへへえ」

テーブルにかじりついたまま優作が上目づかいに見上げた。

「もお～」

千草が赤くなる。やはりこういうのに弱いらしい。

「えっと、さあ、じゃあ、あの、今度からちゃんと呼んでよ」

「やだ……あ」

「なんでって？　下の名前で呼んでくれよお」

「やなの」

「なんで」

「みんな呼んでるから……」

恥ずかしそうにつぶやいた。今度は優作が顔を真っ赤にする。

「呼ぶなら……あたしだけの呼び方がいい」

さらに赤くなった。

「えひひひ」

「うふふ」

またフワリと風が吹きぬけた。

寒いはずの北風だがまるで気にならなかった。

空乱の章

――立春――


「お〜そこ右じゃね？」

「……」

「なんで曲がらねええんだよ？」

「言うの遅ぇって！」

「ナビつけろよ！」

「んな金ねーよ！」

環状八号線。都心を上から見て右下に位置する羽田空港からぐるりと周回し、東京都北区までのびる街道だ。早朝から深夜まで交通量が多く、大型車、トラックが非常に多い運搬路だ。

そしてここにバカ運搬車が走っていた。というか迷っていた。

年式不明のダッジ・チャレンジャー改、ぽんこつピックアップトラックに搭載されるバカ四人。シンヤが運転し、助手席に優作が見慣れない地図を広げ、後部座席にカンスケと青山が座っていた。

年明け一月第二週。まだまだ寒いがフルオープンである。理由は屋根が最初からないからだ。

「まあ、甲州街道まではギリギリ許せたけどよ？　この季節っちゅうかこの時期にオープンはねえんじゃねえか？」

さすがに青山が文句を言いだす。

そう、支部のホームに近い甲州街道あたりであればまだ並木道も多く、ドライブ感があったのだが、環状線に入ってからはあたりを大型トラックに囲まれ、排ガスを浴びたり隣のカップルの乗る車に嘲笑を浴びたりし、寒々としていた。普段の足がバイクなので寒さには強いはずだが、自動車でただ座っているだけなのは勝手が違うようだ。

「あ、ああのお～先輩、もうすぐっすから、ね?」

カンスケがあやすが、

「おっせーんだよ！　おら、運転手、急げよ！」

バカンと後部座席からシンヤの椅子を蹴る。

全日本クラスの空手選手であるが、公道ではバイク乗りのイラチな部分が出てしまうようだ。

「あっぷねっすって、文句言うなら横で地図広げてるバカに言ってくださいよっ」

シンヤが後部座席に吠え、優作がうなり返す。

「オレかよ?　言ったじゃねえか今んとこっ」

それでもシンヤがおさまらない。

「おっせーつんだよ」

後ろからのぞきこんだカンスケが震える声で言う。

「ゆ……優作、今広げてんの青森んとこだよ?」


優作のひざの上には青森は五所川原市の詳細が広げられていた。


「オス、群斗先輩、遅くなりましたっ、申し訳ありませんっ、帝西支部番場道場、青山以下三名、ただいま到着しました」

青山が大声で言いながら頭を下げる。

「オスッ」

優作たちも頭を下げた。

全日本無差別初出場から年が明け、寒稽古という名のバカ合戦で赤フン一丁で川に飛び込んだ狭山が溺れ、救急車が出動する騒ぎなどをこなしつつ、日はたち、一月中旬の今日は出稽古の日となった。

帝北支部。群斗道場。

グンカン、群斗寛の道場だ。

前回の無差別で優作と対戦した強豪、グンカンの誘いで今回出稽古の運びとなった。

そしてその日。

当たり前のように道を間違えて遅刻した。

この武道社会で、出稽古とは言わば軽い道場破り的側面もままある。支部が違えば敵同士、という気風があるのだ。

支部が違うということはすなわち、全日本のタイトルをかけて向かい合う、対戦する可能性が高い。その手の内を探り合う、というよりも「鉄は熱いうちに叩く」とばかりに最初のうちに「コイツには敵わん」とかまし合うことが多かった。

通常の選手会稽古でさえも一般稽古からほど遠い殺気があふれるが出稽古ともなればそれ以上である。そして、それ以上の日なのに遅刻してきた。つまり、殺気MAXだった。

「パパッパーフェクツなアウェーだよな……」

さすがにシンヤも顔が固い。

「なんでモヒカンのひととかいるわけえ？」

急いで着替えながらカンスケも泣きそうな声で言う。

「ったく、おまえらが遅れっからだろうがよ」

仕方なさそうに青山が答える。かなり落ち着いたしぐさなのはさすが修羅場の数が違う。

「そうそう、遅れたもんはしゃーねーべ」

アウェーな状況には慣れている優作がのんきに言う。

「オメーが言ーうな」

シンヤとカンスケがハモった。

そう、最初に環八からはずれる際に、優作の指示は奇跡的に正しかったが、シンヤが行き過ぎてとりあえず曲がったが道に迷った。どんどん裏道に入り、ドデカアメ車のため行き止まりでバックしたり負の連鎖が降臨し、最後の最後、カンスケの提案でコンビニで道を聞こう、と飛び込んだ店の店員がなんと群斗道場生だったことでなんとかたどりついた。

約束の稽古開始時間に十五分遅れだ。道中、誰がハラをかっさばくか大討論になっていた。

出迎えてくれた群斗の空気の抜け具合になんとか優作が内臓を空気にさらさずにすんだ。すでに切り込み線もコンビニで買ったマジックでへそのラインに入れ込んであったのだ。ちなみに密かにサヨナラメールを千草に発信しかけていたのは秘密だった。

「おお～う、よく来たな！　はっは～オオイ釘沼ああ、番場先生んとこから来てくれた選手のみなさんだ！」

呼ばれて出てきた釘沼と呼ばれた屈強としか形容できない男に控え室に通されて着替えはじめた。なんだかんだで他支部に出稽古は初めてな三人、ドキドキである。

しかも、優作含め三人ともある意味すでに帝西支部では名が通っていた。全日本無差別に一コケとはいえ出場した優作などは一般部からしたらすでにヒーローでもある。本人はまったくそんなところに気づいていないが道場生たちからも慕われているのだ。

シンヤやカンスケも選手会の一員として選抜や内部試合で好成績を残していることから後援会や少年部の保護者にも顔が売れている。いうなれば人気者、それも売れはじめだ。ちょっと調子に乗っている感じだ。

どこへいっても、どこの道場へ顔を出しても歓迎ムード満載だ。

それが。違う。まずはこの案内してくれる釘沼という男からして違う。

まず、この名がありえないくらい不吉そうだ。

監獄、という言葉が非常に似合いそうな感じだ。道場主である群斗がすぐに声をかけて案内させたところから番場道場でいえば青山のような立場、若頭なのであろう。

「こここここで着替えてください、オス」

そう案内して釘沼はいなくなった。

「ああもお、なんてゆーか牢名主《ろうなぬし》的な存在感がありますねっ」

緊張感をときほぐそうとシンヤは言う。

「ううう、なんでスキンヘッドで後頭部に十字のヌイメがあるの？」

ガチで震えながらカンスケがシャツを脱ぐ。

「えっとまあ、言い忘れたが帝北はガラ悪《わ》りーんだよね」

青山がさわやかに言う。

ガラが悪いとかそういう問題ではないと思うが確かにガラが悪そうだった。ただ、直接打撃、ようはド突き合いの競技、多少ヤンチャなほうが歓迎されるのは間違いない。

「そっすかねえ」

優作がズボンを脱ぐついでにパンツもずりおろす。

「おめーフルチンなんなって」

「いーじゃねえすかどうせ脱ぐんだから」

そう、稽古の際には下着も稽古用に、大汗をぶっかく前提でスパッツとかに着替えておくのがマナーだ。だが一応、着替えるときにはタオルを巻くなどの心遣いも必要である。

腹をかっさばかずにすんだので優作なりにリラックスしていた。

帝北支部は名の通り、都心を四分割した斜め上あたりの地域にある支部のことである。

ちなみに環状七号線より内側の支部は新宿にある総本部管轄となる。隣り合う帝西支部との境界線は西武新宿線路線を境としていた。反対側の境界線は並びでいえば帝東支部になるのだが、間に埼玉県支部が挟み込まれるのであまり交流はないらしい。やはり県をまたぐといろいろとしきたりなどが変わり、交流しにくいという。

その点、もともと支部設立時、二十年前には北も西も同じ支部長が兼任していたことから交流もままあった。

その元支部長は現在、臥薪會舘副館長の樽木師範だ。ただの言葉のあやでしかないが、右と左、上と下、反対側にはなぜか対抗意識がどこかで働くらしく、帝西は帝東、帝北は帝南と仲が悪い——というほどではないが対抗意識があるようだった。

だが帝南については現在の無差別王者、千年杉こと杉山を擁しているせいか、一番勢いがあるように見られている。

帝西は頭の番場の性格上、帝北にも登戸あたりで境界となる帝南とも特に仲が悪いわけではなかった。ただ、立地的な問題で帝北とは交流しやすく、帝南と交流するにはかなり都心下部へおりてこなければならず、電車も車もとにかく時間がかかるので敬遠されていた。

それと同様の理由からか、川崎に本部を持つ帝北支部と上野の本部を持つ帝東は電車一本で行き来できることから交流していた。

言うなれば西北連合対東南連合という言い方もできた。

さておき、帝北支部。

数年前までは帝西の陰に隠れたような存在だったが、エースである群斗の活躍で強豪選手も多くなってきた。みな、グンカンに鍛えられているらしい。

そしてこのグンカン道場は帝北支部の中でも一番大きかった。

環状八号から住宅街へ抜けたあたり、大きなガレージを保有し、倉庫を改造したスペースにあった。空手の道場だけでなく、ウェイトトレーニングの施設やフィットネス、ヨガの教室までもあり、いろんな人が出入りしていた。道場といえば目が血走ったろくでなししか来ないイメージしかなかった優作たちはそこでまず驚き、道場に着いたら着いたでガラの悪さに驚いた。

「……なんかさあ、妙にカラフルなのは気のせいかなあ」

小声でカンスケが道着のズボンをはきながら言う。

「あん？　ああ、まあ、その現場仕事関連……とかさ、そういうとこってヤンチャの多いだろ？」

「微妙な答えっすね」

青山の回答にまだカンスケが疑問をもつ。

「ただ、カラーが違うのは確かかもな、うちって近くに大学が多いから学生が多いだろ？」

今度の説明は多少納得がいったようだ。ただ、大学生といわれても優作を含むこの四名がキャンパスライフを謳歌《おうか》する大学生ではないことは確かである。

「まあ関係ねーよ、スミ入ってようが耳がなかろうが空手は空手だよ」

そう言われるとそんな気もしてくるから不思議である。確かにどんな背景を持っていようが一対一、素手で向かい合えば関係ない、そこが空手の魅力だった。

「おすっ」

「じゃあ行くぞ、遅刻してきといてだらだらできねえ、気合入れてくぞ」

「オスッ」

青山の号令でピンと背筋が通った。

「オス、失礼します、番場道場生青山以下三名、遅れましたがただ今から稽古に参加させていただきます、オス」

控え室のドアを開け、青山が熱気でむせかえるグンカン道場で叫んだ。


「っせえーっいや」

妙に長い気合を発しつつ、相手が片足のままぴょんぴょん近寄ってくる。ふざけているわけではないだろうがそれでも妙な気分だ。

グンカン道場選手稽古。初参加組の優作たちもなんとかついてゆく。やはり、気風が違い、まずはスタイルが違う稽古をするのが新鮮だった。

とにかく動く、とにかくずれる、ズレる、というのは常に動き、対戦相手の正面に立たない、という意味だ。

理想は相手の斜め四十五度、死角に立つ。そこに位置すればこちらからは近く、向こうからは遠い、そんな距離になるという。

帝北、といえばエースのグンカンとしか当たったことのない優作はかなり驚いた。てっきり真正面からのド突き合いの稽古ばかりしているイメージが強かったからだ。

ただ、前に立って説明する群斗によればどんなに突き蹴りしても同じ場所にはぜったいにいないように心がけているという。

帝西支部とのスタイルの違いは、そのずれるという動作を優先させるためにガード、カットをあまりしないことだ。蹴りに対しても衝撃を逃がす方向へ身体をずらし、反撃する。確かに一回受けてからよりも半瞬早い気がする。

だが、いくらずれるといっても多少は攻撃をもらう。その蓄積をどう考えるかだ。

ずれる、といっても闇雲《やみくも》に動くわけではなく、ガード、カットもするときはする。ただ、毎回必ずガードから受け、返し、と反復するスタイルよりも攻撃の幅が広いように思えた。どちらが正しい、ということはないのだろう。

小休憩が入り、水分を補給する。

「いやあ、新鮮だよねえ」

カンスケが目を輝かせる。優作たちと同じバカ大生ではあるが、研究熱心というか理論派であった。

「同じ突きでもずれ方によって相手を操作できるってのがね、いやあ、勉強になるなあ」

嬉しそうに言っていた。

「確かに、そだな、でもなあ、う〜〜ん」

優作が首をひねる。

「でもな、オレはけっこうしっくりくるよ?」

シンヤが言う。確かに飛び回るスタイルのシンヤは攻撃をカットするより早く飛んでいた。

いうなれば最初からずれていた。

いろいろと意見を交わす優作たちを青山がタオルで汗をふきながら言った。

「まーよ、おまえら、この後の組み手、楽しみにしとけって」

「よっし、じゃあ、組み手はじめまーっす！ 準備いいかあ？ 二分で回すぞー」

グンカンの声が響く。

「オス、お願いします」「おっす」

道場内で気合がこだました。

……あれ？ あれれれ？

優作はとまどっていた。

さっき、カンスケたちと話していたときのあれだ。しっくりこない感じ。それの正体がコレだった。

相手がいない。目に見えている、というか視界に入っており、確かに攻撃も当たるのだが、芯を食ってはないようで、感触がおかしい。それでもなんでもどうにでも、得意の泥仕合に持ち込み、消耗戦を仕掛けていった。

案外、カンスケのほうがここ帝北の組み手スタイルに対応していた。もともと、打たれ強さも攻撃力も回転力も自信がない、というほど弱くはないが特筆するものではなかった。ただ、丁寧さ、きれいな受け返しを信条とする。そして吸収力が早かった。受けることもずれることも、相手の攻撃をかわすという意味では一緒だと看破していたのだ。だが理解したからといってすぐにできるものではない。これはさっきの技術稽古の際、誰よりも熱心に取り組んでいたからだろう。

シンヤはシンヤで自分で言っていた通り、あんまり帝西支部内での組み手と大差はなかった。飛び技主体でつねに自分からステップをふんで動き回るため最初からあまり帝西スタイルらしくはないのだ。ただもちろん接近戦での打ち合いになれば受け返しもこなしているが、相手が今回のようにずれたりする場合にも回転系の大技、後ろ回しやバク転などで相手をびっくりさせて距離をとり、しきりなおしができる強みがあった。

青山となれば、もうこちらは百戦錬磨の全国区、当たり前のようにどんどん効かしていった。

「はい回ってー」礼をして、相手が変わる。

「オッスお願いします」

監獄だった。スキンヘッドを汗まみれにして優作を睨みつけてくる。どうやら、グンカン道場選手会の若頭（？）として優作たちに一太刀浴びせてやる――そんな目つきだった。優作好みの目つきだった。

「……っふ……っはッ」

息を吐いた後、今度は少し口元が笑う。

「そいじゃー、えらっじゃー」

バチコーン、ときた。

一瞬、優作の目の色が変わった。

――なんじゃこら。

そう、監獄の突きはグンカン級だった。

「……えらっ」

優作も突きを返す。大きな構えからカカト、後ろに置いた足の親指でマットをこじるように踏み出し、背骨を中心に上半身を一八〇度回すくらいの気持ちで反転させ、肩甲骨で殴るくらいの気持ちで突きを放つ。

背中、肩、肘と動きを伝達させて上腕、肘から手首までの筋肉をぶるんと震えるような感覚で拳の中に握った大気を相手の肉体に打ち込む。

グンカンの突きを優作なりにそう解釈していた。

ただ、この突き、意識しすぎるとタイミングがむつかしく、変に弱い突きになったりする。まだ身体がタイミングを覚えきれていないのだろう。

だがこういう場合、相手が強烈な攻撃をしてきた場合は反射的に出る。ビッチンと肉に直角に突きが入り、相手の監獄が目を白黒させていた。

「うごらあ」

「えいらあ」

それでも一歩も下がらず、打ち返してきた。

ますます優作好みの展開である。

「はい時間ですー」

タイマー係の声が響くまで、まるで無酸素運動でもするかのように監獄と優作は打ち合っていた。

「オス、ありがとうございましたあっ」

礼をしながら相手をうかがう。効かした、という感触はかなりあったのに相手は足を痙攣させながらも平気な顔をしていた。

また口元に笑いがこみ上げる。かくいう優作もすでにぼろぼろだった。あの突きを打つためにはまだタメが必要で、そのぶん防御がお留守になる。今回のように相打ち覚悟でいく分にはいいが、この先このままでは上にはいけないだろう。それだけは優作の頭でも分かった。

「はい並んでー！」

グンカンの声がかかる。そろそろ稽古終了なのだろう。そういえばグンカン先輩と当たれんかったな、ぼんやりと残念そうな、ほっとしたような気持ちだった。

そう思いながら整列する。

「おっし、じゃあアレいっとくかあ、土俵つくれ土俵」

グンカンが汗をしたたらせながら指示する。

道場生がすぐになわとびを用意してくる。

——え？　なわとび？　ああ、ずれる動きが多いからステップの練習とかするんかな？

優作たちがそう思っていると、道場のマットにまるで円、直径一メートルの円を描くようにナワトビのナワが置かれた。その中心にグンカンが立つ。

「せっかく出稽古きてくれたんだからよ、とっときの見せてやるぜ」

優作たち四人を手招きする。

「おう、一人ずつかかってこい」

構えた。オリジナル、グンカンの構えだ。

空気が変わる。ずんっと胃のあたりが重くなるような気配。視界に、制空権に凶器を持った人間がいるような緊迫感。

「今回、呼んどいて当たれなかったからよ、楽しんでいってくれや」

どうやら、その一メートルの円の中から出ないでグンカンは相手をするらしい。

「オス、お願いしまっ」

元気よくシンヤが飛び出す。まったくなにも考えていない感じが怖い。

「おうっ」

グンカンが答えると同時跳躍、横蹴りを放った。当たらない。

ばふっと空気の塊が優作の頬を打った。べしゃりとシンヤがマットに糸が切れたように倒れていた。

「おーう、ちょっとびっくりしたぞ？　お？　いけるか？」

「あびゅう……」

腹を押さえてシンヤが首を振る。どうやら飛び横蹴りをかわされ、着地前、腹筋を締められないタイミングでグンパンをもらったようだ。

「オス、いきます」

後半震え声でカンスケが構えを取る。一回視線を落とし、もう一度上げるともう迷いのない顔つきになっていた。

「っさっ」

パパンと突きを飛ばし、回り込む。一緒に動けばなんとか崩れてくれるか？

「げぶっ」

そう思いつつ蹴りを放った瞬間、カンスケが崩れ落ちた。わずか数センチ蹴りのヒットポイント、一番効く位置をずらして突きを入れられたカンスケもシンヤ同様、悶絶した。

「おうすッ」

優作が構える。

道場生の視線が集中するのを感じた。

「っじゃ」

蹴りで軽く足を振るように前に出し、突きを放……とうとしてやめた。ブオッとわき腹の横の空気が切り裂かれた。

「おお～よくかわしたな」

グンカンが笑いながら言った。

「……ふんぐ、優作っ」

「……が……がんばれ」

マットに横たわったままシンヤとカンスケが声を上げる。

「おう、まかせとけっ」

グンカンの目を見据えながら言ってやった。

ちょっと声が震えたが言ってやった。

道場がざわつき、群斗の目が真剣になった。

もう後戻りはできない。もともとバックギアは、ねえ！

「そらあっ」

「……ッシャ」

くっと目を開いたまま極限の緊張感の下で拳を交わす。先日のあの無差別大会の再現だ。

――だが、こないだと違う！

優作が驚愕する。

――おかしい、手ごたえがぜんぜん……

これでは肉を斬らせて、どころか皮も切れずに骨を断たれる。

目の前でグンカンがニヤッと笑った気がした。

――こんの……

意地でなんとか一発入れた、入れたはいいが入れられた。ドーンドーンドーンドーンと連発だ。まるで胸に空洞が開いたかのような衝撃に優作が吹き飛ばされた。

よろよろと後退し、胸を押さえながらもう一丁、とばかりに前に出ようとしたところを肩をつかまれた。

「優作、それ以上やったら胸骨いためる、下がっとけ」

青山だった。手首足首をバキバキ鳴らしながら前に出た。

「オス、お願いします」

優作と対戦したときの、あの目になっていた。自分の直下の後輩連中を軒並みぶっとばされては放っておけない。ただじゃ、すまさん。そんな目だった。

「おおおう、おめえとは初めてだったな、こいや番場んとこの一番弟子っ」

楽しそうにグンカンが言った刹那、青山が回転した。まさかの奇襲、後ろ回しだ。

それさえも紙一重、いや当たってはいるがわずかにポイントをずらし、ナワトビの円から出ないままグンカンが反撃する。

青山もさすが全国区、帝北支部以上のスピードと回転力で応戦した。

優作とやったとき以上に回転が速い。しかも威力も上だ。マシンガン、というよりはまさに対空砲火、まさにグンカン、軍艦だった。圧倒的な体力的、体格差がここで出てきた。

真っ赤な顔で青山が低い体勢で前に出る。相手の重心を浮かして後退させ、バランスを崩そうとした。

それを見透かしていたかのようにグンカンが上から青山の肩口を突きで縫いとめた。まさに縫いとめる、という表現が合いそうな攻撃に青山の動きが止まった。

そのまま蹴りでふっとばされ、膝をついた。

身体を折りつつも、目だけで相手を殺しそうなくらい熱の入った視線を飛ばす。

そこでグンカンが構えを解いた。

「おす、ありがとうございました」

空気がゆるんだ。


「いいや、くっそ、やあられたなあ」

もうなにからなにまでどうしていいやら分からない口調で優作がつぶやいた。なんのかんのと番場道場四タテ喰らったのだ。

「ぜんっぜん、見えなかった」

シンヤがへこんでいた。

「優作、青山先輩もよくあんなに打ち合えるよね……」

カンスケも感嘆する。


「……」

青山は無言だ。かなり悔しいのだろう。

「おーい、おまえら、メシ行くぞお」

控え室で暗くなる優作たちに群斗が声をかけにきた。

「オス！　群斗先生、今日は稽古参加させていただいてありがとうございました」

青山が歯を食いしばりながらも率先して礼を言う。

「オス、ありがとうございました」

優作たちもすぐにならう。

「ああ、いいっていいって、おれもいい汗かけたしさ、それより、おらメシいこうぜ」

「お……おす」

「なにへこんでんだよ？　……あ、さっきのあれか？　アッハッハ、ありゃあ手品みてえなもんだよ」

「え？」

「知りたいか？」

「オスっ」

「じゃあメシ行こうぜ」

「おうすっ」


「いやあひゃっっひゃっひゃ〜っと！　いいっすねここ！」

テーブルの上にのってジョッキを次々空けながら優作が大声で叫ぶ。

群斗がメシに誘った店はなんと敷地内にあった。敷地内、というかこのばかでかい倉庫は表側には道場とジム、そして背面側にはドライブインのような無駄に広い食堂となっていた。

なんと、この一角は市会議員をやっている群斗の親戚の土地だという。

「すっごいなあ、なんでもあるし……ここ住めるよね」

カンスケもため息をつきながらいう。そう、道場で稽古したらジムの施設でシャワーを使い、メシも酒も裏で食える。

「お？　住みてえ？　いいぜ、部屋空いてるから、おい釘沼あ、空いてるよなあ？」

ご機嫌のグンカンが釘沼、監獄ヅラに声をかける。

「おす、一昨日、二人ほど行方《ゆくえ》不明になったんで」

「ばっけろう、出て行ったって言え、人聞きがわりーだろっ」

「おす」

「す……住めるんですか」

「ああ、無駄にひれえからな、いつでも言ってくれよ」

稽古後、群斗は黒革のライダースーツに着替えていた。

「すごいっす、グンカン先生、かっこいいっす！」

シンヤが感動する。

「おうす、先生、さっきの話っすけど」

青山が飲みつつも真顔で聞いてくる。

「んあ？　ああ、手品ってやつか？」

群斗がピッチャーを追加注文しながら振り返った。

「あ、おす、おれも知りたいっす」

優作も寄ってきた。

こくこくとうなずきながらカンスケも興味津々《しんしん》だ。

シンヤはすでに群斗道場生たちと飲み比べをはじめていた。

「まあ、手品っつか、えっと、まずは礼を言う、ありがとう」

「え？」

「いやあ、実はよ、組み手がしたかっただけなんだよな」

「はあ？」

「本気で突きを打てる相手があんまりいねーんだよ」

「え？　でも……」

きょろきょろと周りを見回す。今日、稽古に参加していた群斗道場生たちだけでも三十名近くいそうだ。

「そんなおめえ、自分の生徒思いきり殴れねえじゃねえか」

「……えええええー？」

さすがに驚いた。

「あの……じゃあ、オレ呼んだのも……」

「はっは、そうそうこないだの試合でな、こいつ頑丈《がんじょう》だなって、いや、でもおめーのこと気に入ったのは確かだぜ？」

群斗の言葉に優作がかしこまる。なんといっても全日本上位の人間にそう言われたら悪い気はしない。

「ま、そんで手品ってことだけどよ」

「ステップ、それもすごい小さな、ですか？」

カンスケが入ってくる。

「うん、ただ、ステップっていうより体捌きにちけえかな」

「先生、当たってからも攻撃ずらしてましたよね？」

「おう、気づいた？」

「オス、芯を捉えられないっていうか……」

優作が自分の拳に目を落として不思議そうに言う。

「そこはまあ経験だな、いかにうまく逃がすかって、これは手品じゃねえよ」

「はあ……」

「で、手品ってのはな、あれだよナワトビだ」

いたずらっぽく群斗が笑う。

「あんなふうに、オレは逃げないよ、出たら負けだよって言ったらイヤでも接近戦になるだろ？　せっかくイキのいい若いの呼んできたんだからさ、足使われたりしたらつまんねーじゃんか、おれあよ、おら、ハザマっけか、おめーとやったああいう試合、大好きなんだよ」

「おおおす」

優作が力強くうなずく。なにを隠そう優作もあの試合は楽しかった。青山もうなずいていた。

「だっからまあ今度自分とこでやってみな？　下の連中、はりきってくる若いのほどかかりやすいから、攻撃が単調になるからよ」

「それが手品かあ……深いなあ……」

カンスケが興奮気味につぶやいた。

「よっし、じゃあ種明かしもしたから飲むべ飲むべ」

「おーっすッ」

と、飲みだしてしばし。

「あれ、そういや、おれら今日どうすんの？　飲んだら帰れない」

ふいに優作が気づく。唯一、免許を持っている運転手はいの一番に酔っ払ってトウモロコシの芯をぼりぼりむさぼり食っていた。

「あいたー」

「んだよ、部屋空いてるから泊まってきゃいいじゃんか」

なんでもないことのように群斗が言う。

「おっす、ありがとうございます」

青山が礼を言う。腰をすえる気だ。

「……おす」

今夜は長くなりそうだ、そんなことを思いながら優作も礼を言った。


「おう、おめーら食えよ！　バカみたいに料理あまらせたら全員ぶっとばすぞ」

グンカンの声に、大皿に盛られた料理をワサワサかきこんだ。ドライブイン風の食堂だけあって、基本、定食メニューばかりだ。若くて金がないくせに動きまくって常に腹をすかせている連中の口にはトテモ合う。それもまたすべて大皿にトンカツやらハンバーグ、目玉焼きとあふれんばかりに載せられている。ついでながら米も大皿だった。

「こりゃ……こりゃいいいやっ」

優作が飛びつく。

「おまえらよお、こんどもっとたくさん連れて来いよやあ」

群斗が叫ぶように言う。

「オス、でもいいんですか先生、そんな手の内……」

青山が気をつかって言う。グンカン、群斗は全日本上位、今回も準優勝で王位に手が届く位置にいる。全国区の青山ですら雲の上の存在だ。

「ああん？　おめえ、ちっちぇえーこと言ってんじゃねーよ」

群斗が話す、だけであたりが静まり返った。

「手の内とかそんなもんな？　あの舞台でやんだから関係ねえって」

「おす」

「ぶっちらばしゃあいーんだよ」

しびれた。

「おーっす！」

グンカン道場生の気合が響いた。

「くっそ、かっけーちくしょっ」

ダブルでピッチャーを両手に持ったシンヤが叫ぶ。

もう、ドライブインは大騒ぎだった。


「あの～、ええっと、迷惑ならないのかなあ？」

この中で、あくまでもこの空間での一番の常識人、カンスケがとなりにいる人に聞いた。

「ああああん？」

監獄だった。

「ひぃ！」

「あ、オス、失礼しました、えっとですね」

案外、礼儀正しかった、が、それはそれで怖かった。なにやら、監獄ことやはり帝北支部群斗道場選手会主将（という位置づけがあるらしい）、釘沼の語るところ。

ここ、帝北支部のある大泉あたりは高速のジャンクションやら交通量の多いことからかなり治安の悪い一角で今現在道場のある場所ももともとは潰れかけたボーリング場で不良のたまり場だったらしい。

そこにいきなり現れたるはグンカンだ。

片っ端から、そう本当に片っ端からぶっ飛ばして回った。本当に人間が跳ね飛んだ。

そしてこの場に道場を立ち上げ、さらに勧誘、というよく分からない言葉を笑いながらつぶやきつつ、近隣はおろか街道で暴れ回る暴走族やら愚連隊をぶっ飛ばしまくった。

そのせいで治安は良くなったので最近は暴れ足りなくなり、こんなふうに気に入った他支部の人間を呼んだりするのだという。

誇らしいんだか迷惑なのか微妙だがここはありがたく礼を言っておくのがスジであろう。

「おおっす、あらためてお招きありがとうございますう」

あの、極限とでも形容すべき突きを思い出しながらわき腹をさする。

「あ、オス、いえ、こちらこそいい稽古つけていただきました」

スキンヘッドが頭を下げる。怖い。

「岩城選手、ですよね、受け返しに定評のある」

「なななナニを言い出すですか」

カンスケがあわてる。

「っていうかなんでボクの名前知ってるですか？」

「オス、情報収集はかなり……」

にやりと笑った。どうやら野蛮なツラに反比例するようにデータ派らしい。

カンスケが身を乗り出した。

「えっとお、っすね、実はこういう動きに対しての帝北としての……」

「あ、いえいえ、実はですね、帝西の受けをこうアレンジした……」

変なところで波長が合った。

「あっふぉふぁあ！　かんしゅけえ、呑んでるう？」

シンヤが優作をヘッドロックしながら現れた。

「もごぐう」

卵焼きをしこたま口に詰めこんだ優作がのたうつ。

「もお、なんだよお」

カンスケが迷惑そうな声を出す。かなり今、監獄とはレベルの高い情報交換の最中だったのだ。

「きーてよかんしゅけっ、ヒューサクったら、電話しながらオンナに土下座してたんだぜ」

「なっ」

優作がヘッドロックされたままシンヤの鼻の穴に指を突っ込んだ。

「あーそーだっ、忘れてたあ、くっそ、優作」

目の色を変えてカンスケが立ち上がる。

「お……おうっ？」

いきなり激昂したカンスケに釘沼が少しびびった。

「青山センパーイ」

「おうっ」

すぐさま駆けつける。マッハだ。

「ユーサクがユーサクがあ！」

カンスケが泣き出す。

「おめー聞いたぞ！　なんか鬼百合とデートして上段回し喰らったってえ？」

「先輩、違うっす、植物園でチュウかましてたらしいでヤンス！」

大声でわめく青山に初めてみるキャラのシンヤが叫ぶ。

「え……？　ちゅう……なんで……？」

植物園はさておき、けっこうガチな情報収集能力に優作がびびった。気づけば拡声器を持ち出したカンスケが街道に向かって叫んでいた。

「ご清聴にー、きーてくださーい」

大音響がハウリングし、信号待ちで停車していたデコトラのサイレンが割れた。ご清聴もくそもあったものではない。

「ばっかやめろって、怒られるって」

さすがに優作があわてる。

「さー言えやあ優作う、おめえなんだ？　チョメチョメしたんか？　おう？」

青山にも見たことのないキャラが憑依《ひょうい》していた。

「いやっ、そんなっ、えっとっ、すねっ」

床に正座した優作がなにをどう言ってこの場を切り抜けようか必死で思考する。

「ネタあ、あがってんだよ！」

シンヤはエビフライでぺしぺし優作を叩く。

「ど……どこのネタだよっ」

優作が言い返すが、

「サッチンの情報網、舐めんなよ」

勝ち誇ったようにシンヤが切り返した。

……負けた！

優作が打ちのめされたようにひざまずく。

その後、携帯を取り上げられた優作の目の前で青山が千草に電話し、変わりばんこにどうか優作をよろしく頼むと、シンヤ、カンスケは言うに及ばず、今日初めて稽古で顔を合わせた帝北支部選手会道場生まで一言ずつ言わせた。

「あ……オス、愛してるそうっす」

「オス、添い遂げるっておっしゃってます」

「あ……あいらっぴゅん……」

ぜんぜん知らない人たちから祝辞が届く。強制的に。

ワルノリしたこいつらはまさに軌道を外れたミサイルのようだ。

椅子に縛りつけられて泣き叫ぶ優作の前でわざわざ青山たちが優作の好きなシチュエーショ

ンやら弱いポイント、以前に同棲していた女のタイプ、部屋の間取りに最近借りたエロＤＶＤの種類まで事細かに伝えた。

もう、針のむしろというか公開処刑だ。

そんなこんなで都合四十五分、電話を切らずに聞き入った千草もある意味すごい。

ラストに震える声でやっと優作が携帯電話を返してもらって話しだした。

「あ……あにょお……」

……ぶつっッツーツーツー
切れた。

「ウワアアっ」

優作も切れた。錯乱した。

「テエエエエンメエラアギャア」

阿鼻叫喚の地獄絵図が繰り広げられたのは言うまでもない。

ついでに言えばよその支部に出稽古にきておいてやることではない。

翌朝、稽古以上のダメージを受けて這いつくばるように四人が車に向かった。

昨夜は途中から記憶がまじで消し飛んでいるのだ。暴れすぎたらしい。

ほんの、ほんの少しだけ、優作をイジリすぎてしまった。それだけは後悔していた。

狂気の優作は青山に殴りかかり、その勢いで群斗にも蹴りかかった。悪魔のような行為に帝北道場生が駆け寄る。勢いでシンヤやカンスケも巻き込まれ、大乱闘になってしまった。

悪いことに先ほどのカンスケの路上演説のハウリングに対して文句を言いにきたトラック軍団も集結してきた。また、負のデフレ・スパイラルが発生した。

さらにはどうやら最近のここら付近での群斗

軍団のふるまいを良く思わない愚連隊も暴走族と結託し、ヤマを返す機会を待ち構えたらしく、乱入してきたのだ。

たまったものではない。

一番の被害者はもちろんトラック軍団、およぴ愚連隊ＷＩＴＨ暴走族だ。全員、フルチンで駐車場に並べ、土下座させた。

いかにふいを突かれてもそこはケンカ空手で鳴る臥薪軍団であった。ものすごい勢いで殴り込んできた連中に殴りかかり返した。きっと、たまったものではなかっただろう。

「オス、出稽古参加させていただき、ありがとうございましたっ」

青山が気合だけで大声を出す。

「ありがとうございましたあ」

優作たちも礼をした。

全員、でろでろの格好だった。シャツの襟首は千切れかけ、ズボンは片方短パン、そのうえ寝不足、および飲みすぎで完全に目が赤い。からだじゅうに稽古後にできたアザ、生傷だらけだった。

「おう……まあ呼んだのはこっちだしな」

さすがのグンカン、群斗も不機嫌だった。黒革のライダースーツはあちこちほころび、左目の上にはうっすら青タンまで浮いていた。

「お疲れさん……当分くんな」

それだけ言って踵を返した。本音だろう。

後ろに控える帝北支部道場生たちも同じような風体、目つきでこちらを睨んでいた。

まったく、何をしに来たのかまるで分からない出稽古だった。

静かな、それでいてとんでもなく重い空気の中、車に乗り込み、こそこそと走り出した。

とりあえず優作が駐車場を出る前に「ちゃお

～」とか手を振ってみたら舌打ちされた。

「……ん～～～、むつかしい」

優作のつぶやきはそよ風に流された。

街道に出て、帰り道。

「アタマガ、イタイッ」

カンスケが叫ぶ。

「そらそーだろ……」

青山が疲れた口調で言う。

「誰かさあ、まっじで運転かわってくんねっ？」

もう完全に「誰かケンカ売ってくれねえかなあ、誰か騒ぎ起こしてくんねえかなあ、そしたら運転しなくてすむのになあっ」、そんなオーラ出しまくりのシンヤが信号待ちで両足をダッシュボードにのせながら叫ぶ。

「なんだよ……」

沈黙に入りそうになる空気を察知して先に優作が口火を切る。

「……なんだってなんだゴラ？」

青山が後部座席から言い返す。荒野を流離《さすら》う英雄のように完全に右目がふさがっていた。

「ゴラ……？」

口元だけで笑いながら優作が助手席から立ち上がる。こちらはさらにボロボロだった。

もともと坊主に近いくらい短かった髪が左半分剃られていた。火事にあったマネキンのような不気味さだった。

「こ……っんな異形にしやがって……！」

罵詈雑言《ばりぞうごん》が環状八号に乱れ飛んだ。

「だいったいてめーがだなっ」

「っせー」

行きよりも帰りのほうがバカ度が高まっていた。

その後、なにをさておき千草の元へ向かった優作は、千草の部屋の前で延々謝り、えんえん説教されたあげくやっと許してもらった。

―立春選抜編―


ハイ、腹効いた、ほい、頭下がってきた！

がつん
――ん、まだがんばるか、じゃあ……

バシコーンと足をつぶす。立ちすくむ相手にさらにもう一回腹を打ちにいこうとしたところで相手がひざまずいた。

ッピーーー！

副審の笛が吹かれ、旗がいっせいに横に振られる。そしてすぐさま主審からコールが入る。

「技あり！　……一本！」

倒れ、三秒以内に立ち上がれない場合に一本となる。


「白！　下段回し蹴り！　一本！」

しゅたっと手をあげられ、対戦相手と握手して試合場を出る。

ふっと一息つく。汗をかいていない、というわけでもないがかなりの余裕、というような態度ではないが充分余力を残している風情だった。

二月、バレンタインもなんのその、またまた府中が血に染まる。

体重別選手権への出場権をかけた選抜大会が開かれていた。去年と同様、軽量級にシンヤ、中量級にカンスケと優作がエントリーしていた。本来のルールで言えば、去年の本戦でベスト8入りをしていない青山も選抜で勝ち上がらねばならないが、今回は番場先生の推薦枠が取れたので出場は見送られた。

だがそのかわりに審判だの選手係だのと案外試合をするよりも忙しくしていた。試合に出たほうが面倒くさい用事を押しつけられないものなのだ。

「は～い、優作センセイ、調子よさそうっすねっ」狭山が笑いながら寄ってきた。

「オス」優作が礼をする。

「なんか今回落ち着いてるな、見違えたぜ」

青山もやってきた。審判の格好だ。

「あ、オッス、ありがとうございます」

そう、今回は落ち着いていた。

「だいぶ、髪のびたな」

「さわらんといてくださいっ」

青山が優作の頭を見ながら言い、優作がかみつくように返した。先日の帝北への出稽古の騒ぎで半剃りにされた優作は仕方なく全部剃った。剃ってくれたのは千草だった。なにがおかしいのかキャッキャ笑いながら剃ってくれた。いたく気に入った様子で頬ずりしたりされ、優作もまんざらではなかったのは言うまでもない。

とにもかくにもバカ電話のことで千草の部屋の前で延々謝り、やっと許してもらってドアを開けたら向こうが爆笑した。怪我の功名？　かもしれなかった。なにかツボに入ったらしく、笑いながらも、ものすごく丁寧に剃ってくれた。ちょっと怖かったがされるがままにしておいた。ご機嫌の千草は写メもとりまくった。なぜかそのときの写メが出回り、サッチンも持っていた。普段から丸坊主に近いような短さだが剃るとやはり違った。まだ二月なのでかなり寒い。そして少年部の子供たちからの人気が急上昇した。

ただ、剃ってみて判明したことだが、優作の頭蓋骨、絶壁ではなかったが頭頂部がわずかに尖っていた。そこからついた通り名がラッキョウだった。ものすごい勢いで広がった。かなりむかついていた。

今回、二度目の出場となるこの体重別選抜で試合に集中しているのはもちろん去年の経験やらもあっただろうが、一番の理由はここであった。むかついていると集中する性格らしかった。

「へっへ～い、お、今日も輝いてるねっ」

シンヤがペットボトルを飲みながらやってきた。

「しゃあっ」優作が吠える。

「おう、シンヤ、おめえも調子よさそうだけどよ、飛びすぎじゃねえか？」

青山が声をかけた。

「そっすかねえ、こないだ、無差別前にカメルーン対策でバカみたいにバク転させられたじゃないですか。あれっからなんかこう、飛ぶのがフツー、みたいな？」

言いながらもトンボを切ってみせる。

「ハエかよ」

「黙れラッキョウ」

「ふんがっ」

そう、ラッキョウの名づけの親はシンヤだったのだ。ばたばたやっているとカンスケもやってきた。

「ふう～、やれやれ」

こっちももうかなりリラックスしている。

「おう、カンスケ！　決勝で待ってるぜ！」

お決まりの文句を優作が言う。

「がんばるよお～」

いつもどおり、堅実確実、かたい受け返しでカンスケも調子が良かった。

「お、カンスケ、このままいったら準決で浅野先輩だな」

青山がトーナメント表を見ながら言った。去年と同様の三十二名、そして去年の準優勝者である浅野も参戦していた。考えてみれば選抜で好成績を残すものの本戦の全日本には仕事の都合などで出られないのであるが若手連中にとっては厄介なベテランである。

「イ～ッワマ！」千草も寄ってくる。

「お、おう」

「調子いいっすね、へへっ」

「えへへ」

にやにや笑い合う二人にさっそくシンヤがしかける。

「オッツ、これはアネさん、今日も呼び出し、ご苦労サンですっ」

「オッツ」「オッツ」

青山、カンスケもならう。

「つさいわっ」

鬼百合の叫びが響き、笑い声がはじけた。

軽量級決勝、去年は天才児恩田に遅れをとったものの、シンヤが順当すぎるほどに勝利した。

とにかく動く。まるで別な競技かと思うほど地面に足をついている時間が少なく思えた。

開始早々からバク転を連発するスタイルで目まぐるしく回転する手足にははばまれ、とても距離を詰められない。大技、とくに捨て身系の胴回し回転蹴りなど、柔道の前方回転受身のように身体を投げ出しながら蹴り、そのままマットに寝転んで試合を中断してしまうような選手は技の「掛け逃げ」と呼ばれ注意されるが、シンヤの場合はバク転だろうが前転だろうが横回りだろうが必ず足から着地し、その反動でまた跳ぶ。対戦相手は体操の床運動をしている場所に迷い込んだかのようだ。

わずかな距離の助走から側転を開始し、相手の目の前で跳躍、さらに回転しながら相手を飛び越しざまに蹴りを放つ。もう手がつけられなかった。

中量級準決勝。第一試合は優作が完勝した。

相手は胡桃沢道場の杉本という選手だったが、ここに上がってくるまでに足をつぶされていた。トーナメントの恐ろしさである。

一、二回の試合数ならともかく、それ以上となると受け返しの技術がダメージの蓄積に比例する。気持ちが強い選手らしく、気合だけで前に出てきたが、優作はそれ以上の気合でぶっつぶした。

準決勝第二試合。浅野と対峙するはカンスケだった。

ここまでベテランらしく堅実な組み手で上がってきた浅野、そして丁寧な受け返しに定評のあるカンスケ。玄人好みの組み合わせだ。

これに勝てれば決勝、しかも相手は優作だ。それに、対戦相手の浅野には去年のこの選抜で同じく準決勝で負けた。受け返しの技量のわずかな差、だったと思う。

あれからカンスケも稽古を積んできた。去年より強くなっているはずだ。

「カンスケー、ふぁいっ」

「いけいけー」

「つきゃーっカンスケくーんっ」

応援する優作のほか、客席から黄色い声援も飛ぶ。わりと優しい顔立ちで隠れファンが多いという噂（ネタ元はサッチン）はほんとうのようだ。

「お……おお、カンスケ、いけんじゃね？」

優作がつぶやく。どっちが上がってきてもぶっつぶすつもりである。

試合は一進一退ながら、カンスケが主導権を握りに行っていた。両者、受け返しの回転力を武器とするも、今回のカンスケには秘策があった。このあいだの帝北支部への出稽古でつかんだ作戦だ。

帝西の受け返し、そして帝北のずれて返すスタイルをうまく融合させていた。帝西スタイルも、なにがなんでも受けるわけではなく、タイミングによってはずれて攻撃を返す場合もあったが、カンスケは出稽古以降、さらに研究を進めた。そして受けながらもずれたり、とにかくタイミング、テンポを乱雑にする。支部の内部試合、選抜試合で好成績を残しているが、全日本の経験のあまりない浅野との差がそこで出た。面と向かって突き蹴り、受け返すスタイルに慣れてすぎていたとも言える。

ラスト、カンスケのラッシュに浅野がついてゆけず棒立ちとなったところで終了の小豆袋が投げ入れられた。うわああ～～と歓声が響く。

「判定取りますっ、判定、赤っ一、二、三、四、主審赤っ」

圧勝だった。

「いよっしゴラッ」

優作が膝を叩きながら立ち上がる。

盟友、カンスケが上がってきた。

相手にとって不足はない。

「ただいまより体重別選抜、中量級の部、決勝をはじめます。白、岩城カンスケ選手、赤、……イワマ優作選手」

わざとなのかなんなのか、相変わらず意地でも優作の名を間違え続ける千草のアナウンスに先導され試合場に入る。

「がんばだ、カンスケ」

「ぶっとばせカンスケっ」

「フルボッコだカンスケっ」

「いけいけカンスケ」

「自演乙《おつ》ぞカンスケ」

「カンスケー、その色ボケをたたっきれ」

「ラッキョウなんぞ蹴りころせー」

ものすごい声援だ。ちょっと優作の顔色が変わる。

――えええ？　なあんでえ？

なにやら青山にシンヤ、狭山以下選手会、それにサッチンたちまで集結し、一丸となっていた。因縁の幹部、園部も一団に仲間入りし、肩を組んで叫んでいた。またもやアウェー出現だ。

――……って、てめえらあっ
優作の手がぷるぷる震える。ふと本部席を見たら千種までカンスケの方を見ていた。

――おめーまでっ

力が抜けそうになった瞬間、きゅりっと千草がこちらを向き、叫んだ。

「イ……ユウー、がんばっ」

「応っ」

――がんばらいでか！

とても立ち直りが早いのが優作のとりえだった。

開始線に立ち、向かい合う。カンスケのまばたきが異様に少ない。完全に入り込んでいる。

「かまえて、はじめ！」

号令とともに前に出る。

カンスケとはしこたま組み手をしてきたが、試合で当たるのは初めてだ。そういう意味でもカンスケは燃えていた。

仲良し三人組ではあるがシンヤは軽量級で結果を出し、優作は着実に経験を積んでステージを上げていっている。すくなくともカンスケはそう思っていた。優作は目標であり、憧れだった。

だからといって恐れ多い気持ちなどさらさらない。勝つ。

必ず優作は最初、様子を見てくる。負けん気が異様に強いくせに、最初から自分では飛ばしていけない。軽い突き、蹴りを出して様子を見るクセがある。

そらっ
振ってきた軽い左の前蹴りを受けつつ死角、優作の背面にすべり込み、突き、さらに回る。あわてて優作が追いかけるが半歩遅い。つまり、振り向いたころにはもうそこにカンスケはいない。

どんどんどんどんどんどんっと連打で腹を叩き、横にずれる。

常に回る。しかも受けながらずれる。優作を円の中心として、その半径五十センチの外周を死角に死角に回り込んで攻撃する。

ズバッ!

優作の突きがうなる。

充分に読んでいたカンスケはそれをさばき、また回り込んで打つ。打つ。蹴る。蹴る。

そしてまた打ちながら回る。

「い……いいぞいいぞカンスケっ」

「ゴーゴー、カンシュッキー」

「っひゅー、すっげーすっげーっ」

「おおう、まじで翻弄してるよ」

上下右横、攻撃を散らしながら狂ったようにカンスケが動く。

——や……やヴぁいっこれやべーやつだっ
「残り一分!」

タイムキーパーの声が飛ぶ。

さらにカンスケが加速する。

も優作も受けて立つ。

この展開はとにかくまずい。完全にカンスケのペースだ。ダメージはさほどでもないがとにかく攻撃できていない。カンスケをまるでとらえられない。

――こんなに速かったっけ？

優作が目を見開く。やはり、優作の心のどこかでカンスケを下に見ていた気持ちがあったのだろう。試合前から胸を貸してやる、受けて立つ、というような心構えだった。一番、勢いに飲まれるパターンだ。喰われるパターンであり、いつもは優作がやってきたことだ。

――いかん、このままじゃ……

――ふっと額をぶつけるくらいの距離にカンスケの顔があった。

「おめー、いつからそんなえらくなったんだよっ！」

心を見透かされていたかのような檄が奔《はし》った。

わざわざ言いにくるところがカンスケだ。

「私語、慎む！」主審の注意が飛ぶ。

「ジョアアアっ」

吠えながら優作が蹴りを放つがすでにカンスケは横にずれており、目の前にいない。何度も繰り返してきた攻防だ。

――ここっ
もう半分以上やけくそで、優作が左に回ったであろうカンスケに対し、前を向いたまま横蹴りを放つ。横蹴りは一回ヒザを持ち上げて寝かせながら腰を切って正面を蹴る技だが、今の場合、腰を切らずにそのまま文字通り横、自分の左側を蹴った。

左に回った相手を追いかけて左を向いても、もういない。何度も何度もそうだった。すでに相手はもっと左に、死角に回っている。追いかけてけっこしても先手を取られた以上、無駄だ。

ならばと取った策が、回り込んだ相手を振り向かずに攻撃する、というバクチだった。

――だが。

ばふっと腹に足刀がのめりこむ感触があった。

――え？　うそ？　まじ？　ラッキっ
種を明かせば、練習量のたまものか、カンスケは非常に教科書どおり、きれいな組み手をするため、回り込みの戦法をとった場合は毎回同じような位置、もちろんそれは死角ではあるが同じ位置にずれていた。完全にまぐれではあったがなるべくしてなった奇跡のタイミングだった。

一瞬、そう一瞬だけカンスケが驚いたがすぐに持ち直す。タイミングよくもらっただけで全然効く蹴りではない。

――もっかい回って！

そう思ったとき、もう一発蹴りを喰らった。

これも効かす蹴りではない。押し出すような、突き放すような蹴りだった。

とっと、足を踏ん張って前を見た。思いきり優作が右のオーバースローの体勢に入っていた。

ガシーン！

鎖骨がたわむ、ひしゃげる、骨膜がぷつんとはじけ、得体の知れない液体がジュワッと広がる感触とともに、激痛と衝撃で吹っ飛び……そうになるのを踏ん張ってこらえた。

「ええええいおらしゃあっ」

優作がド突きかかった。

「そら、え、え、え、え、えっ」

カンスケも応じ、ラッシュする。

「時間です」小豆袋が投げ入れられた。

ぜいぜいはあはあと息が切れるが、それでもなんでもない風を装いつつ乱れた道着を直す。

――勝ったか？　なんとか勝ったかな？　最初の印象点はもらってるはずっ
カンスケがまばたき少なめのまま歯を食いしばり、不動立ちになる。

――……やべえ、っちょ、やべえって、最後んとこしか見せ場なかったしっ
焦りつつ、この試合でかいた汗ではない液体を背中とわきの下から垂らしつつ優作もピシっと立つ。この判定を待つ状態、姿勢は大事である。接戦の場合、ここでの数秒、数十秒の態度だけで勝ちが転がり込むこともあるくらいなのだ。

「判定とりますっ判定っ」

主審の声が飛び、副審の旗がビシッと上がる、はずであるが……いつもより数秒遅れた。

「白、一、二っ」

おおおおおお、と歓声が上がった。

白、つまりカンスケだ。

「引き分け、一、二」

これにもどよめきが出る。

「主審っ」ここでちょっと溜めた。

みんな、固唾を呑んで見守る。一番緊張しているのはもちろん選手であるカンスケと優作だ。

――どっちだよ⁉

「引き分けーっ」

オワアアオ……キャー！

怒声と嬌声が舞い上がった。

引き分け、つまり本戦、引き分け、イコール延長戦だ。

「……本戦引き分けのため、ただいまより二分間の延長戦をおこないます」

千草のアナウンスもどこかほっとした声だった。

「はい、かまえてー、はじめえ」

今度は優作もまばたきが少ない。最初から少ない。

――ヤバかったー、やばかったー、やばかったーっ
「っふっ」

息を吐き、腰を落として両腕を大きく構える。拳はもちろん半開きだ。

「こいやっあー」

「いくさっ」

優作が一瞬かっこつけようとした瞬間にカンスケが飛び込んでいた。ばばばっと散弾銃のように技を散らして横にまわる。

ばしこーん！

カンスケがステップを踏んで位置をずらそうとするその軸足を優作が蹴る。カンスケ自身の肉体はすでに死角にずれているのだが、最後に残る左足を蹴られた。ふっと動きが止まる。

そう、回り込む、動き回る選手を止めるにはどうすればいいか？

効かす。効かせれば止まる。

だがその前に縫いとめる。縫いとめてから効かす。間違いない。

ビリビリと電気が走るような空気、優作が集中している証拠だ。見逃さない。

びゅばっ
カンスケが思うより早く身体が反応していたのは稽古量だけだ。とんでもない突きがコンマ何秒か前に自分が確かにいた空間を切り裂いた。

「っかっ」

優作が吠えながら前に出る。どんなに集中していようがやることは同じだ。前に出て、殴る、蹴る。それだけだ。

「へあっ」

カンスケが気押されずに先手を取った。この

空気の中、なかなかできることではない。当たらない突きと当てる突きに気を散らす上の蹴りを散りばめながらドスン、と当たってから回り込む。帝北への出稽古で覚えたタイミングだ。

　本当は競技ルール上、反則であるが帝北の連中はうまく肩での体当たりもコンビネーションに入れ込んでいた。カンスケならではの洞察力だった。

　――入れた、よっしずれられるっ回れるっ
　――回った、ずれたっ
　そのまま突きを優作のボディに入れながらさらにずれようとした。さらにずれ、蹴りにつなぐ。そしてまた回り込み、突く。

　理論上、速さが同じであれば先に回れば半歩遅れる相手は永遠に追いつけない。あくまでも理論上であるが試合時間、本戦三分、延長二分、再延長二分のあいだであればそれは可能となる。

　問題はそれまでつかまらないで回り続けられるかだ。回って、蹴る、蹴って、回る、回って突いて回って蹴る。

「いいぞ、いいぞ、カンスケ、いけ、いけ、カンスケ」

　どんどん加速してゆくカンスケに観客は狂喜乱舞、園部など踊りだしていた。単発では攻撃が入るが効かす、縫いとめるまでに至らない。

　――効かす、よりまずは縫いとめにゃあっ
　効かす、ということは相手のボディ、急所を打たねばならない。だが今日のカンスケのキレは抜群で、一発で効かそうにもボディには触れられない。

　――遠い。とりあえず当てられるとこ、近いトコから崩す。

　――どこが一番近いか?

　必死で考える優作の胸に突きが飛ぶ。

――これだっ
ぐっと腰を切り、えぐるような突きを放った。

――腕に。カンスケの突いてきた、腕を打った。

一瞬、ひるんだカンスケが蹴ってくる。その蹴り足を逆に蹴り返す。

原始的だ。だが、効果的だった。まだカンスケの帝北融合のずれるスタイルは未完成で、こんなふうにわけの分からんことをしてくるとは想定外だった。

優作が手当たり次第、突き、蹴った。完全に防御は捨て、カウンターとかそんなレベルでもなく、とにかくカンスケの攻撃してきた部位をただ狙い。突く腕も、蹴る足もつぶしにかかった。もちろん優作の拳足にもダメージは出るが、かまっていられない。

だんだんカンスケの手数が減る。

攻めあぐねだした。


――……え……えええええ？

観衆からナニソレ？　って感じの声が飛ぶ。

「カ……カンスケ、だ、だいじょうぶっ」

その声をかき消すかのようにグイッと優作が前に出た。

――あーやっべーっ
シンヤたちが頭をかかえ、園部はハンカチを噛んで悶《もだ》えだしていた。

ズバンっ、まともに胸に突きを喰らった。

まともに胸骨のど真ん中、電気が走る。

ここで踏みとどまらず、ステップを使えれば連打は喰らわない。だが一瞬、攻めあぐね、見合ってしまったカンスケの間合いのスキに優作が得意の突きをぶちこんできた。

――縫いとめたっ
棒立ちになったカンスケを連打が襲う。

優作なりにこの試合で勉強になった成果をた

めすべく、打ち込みながらもカンスケが回り込めないような攻撃をしてきた。つまりフック系、横からの攻撃を少なくし、直線的な攻撃を多く混ぜてきた。これでは回り込めない。圧力に押されて下がってしまう。

「くっは！」

初めてカンスケが息を吐いた。

そこからは地獄、だったであろう。終了の小豆袋が投げ入れられるまで、カンスケは立ち続けた。暴風雨の中、会場全体の声援を受けながら意地だけで立ち続けた。


体重別選手権大会選抜試合、中量級決勝。

延長一回、硲優作が旗五本で判定勝ちした。

「なああんなんすか？　なんだったんすか？なにがそんなに気に入らないんすか？」


優作の怒号が響く。

定番となった、いつもの、俺たちの店、鉄板焼きの店、万心。テーブルの上にはところせましと料理が舞い、グラスが転がっていた。

「いや、その、よかったじゃんか、優勝おめでとー」

「そんなこと聞いてません」

デコン、とテーブルに空になったピッチャーを置いて優作が言う。

「まーその、ほら、みんな優作のほうが強いって思ってるからさ、判官《はんがん》びいきってやつ？」

「そのわりにはみんな一丸となりすぎってゆか……」

狭山がとりなすがまだ優作がぐちぐち文句を垂れる。

定例と化した打ち上げだ。番場道場ご用達の万心、二階の宴会場は今日もにぎわっていた。

というかこの宴会場を使っているのは優作たち以外見たことがなかった。

まあ文句を言いだしたとは言っても、すでに一騒ぎをした後だった。優作の上半身は裸で、背中はモミジのように手形が散らされていた。狭山も上はセーターを着ているが下はブリーフに靴下というかなりみっともない格好で、青山はパンツ一丁なのに審判用の蝶ネクタイだけしていた。あちこちで奇声が上がり、悲鳴がこだまする。

「ほんっとみんなしてさあ、なあんか胡桃沢道場まで一緒になってえ」

「アハハ、よく見てたな」

「よっぽど優作嫌われてんじゃね?」

シンヤがつっこむ。こちらは道着を後ろ前に着込み、工事用のヘルメットをかぶっている。

「にゃにおう!」

「でもほんっとに優作よ、おめーは勝っても負けても泣いたりぐちったりともお……」

青山があきれたように言う。

「でも、おまえさ、本戦、負けてたぞ」

まじめな顔で青山が言った。

「おす」今考えてもやばかった。

「支部内でみんな選手も知ってる人間ばかりだし決勝だから、ダメージ重視で決着をつけさすってことで延長になったけどさ、あれはおまえもしも全日本とかの一回戦だったら四ゼロで旗上げられても文句言えないよ?」

「おす」ほんとうにそのとおりだった。

「まあ後半、なんとか攻略したのはさすがだよ」

「おす、ありがとうございます」

「でもなあ、もうちょいなんかねえ? あの相打ち狙いっていうか……その突きとか蹴りにこっちもぶつけにいくってバカ過ぎてさ」

「バカってなんすか、こっちゃあ必死だったんすから」

優作が文句を言う。確かに必死だった。あのぶつけ相打ちがなければやられていただろう。

宴会場にわあああっと歓声が上がった。

「いよっ千両役者っ」「ごーるでんぼおいっ」

「きゃーかっこよかったよカンスケくん」

「っひょー、ひゃっほー」

「ヴィバ、ヴィーーーッバっ、カンスケ」

大歓声が巻き起こる。パンパーン！　とクラッカーまで鳴っていた。

カンスケが遅れてやってきた。胸骨と鎖骨に違和感があったので病院へ寄ってきたのだ。ちなみに二つとも優作にやられたところだ。

照れくさそうに笑いつつ、まんざらでもない感じでカンスケが座敷を進み、両側から握手をもとめられたり賞賛の声が飛ぶ。もちろん優作はそんな歓迎はされていない。全員に思いきり背中を張られた。

「おお、カンスケ、こっちだ」

青山が呼んだ。

「おーっす！　おす」

「よお、お疲れさん、胸、どだった？」

「ありがとうございます、骨には異常はないっすけど当分安静ってことで」

ぽっこりふくれあがった胸には湿布が貼られているらしい。

「おう、人気者」優作が手を上げる。

「優作、強かった……」

「よせやい」

照れくさそうに杯を空け、カンスケに渡す。

「オス」

正座したカンスケが受け取り、青山が酒を注いだ。

なんとなく、こう、口に出さなくても通じ合うような男同士のいい雰囲気だった。

そこへ。

「ほいでえ、あれっすかあ？　決勝はユリ先生のためにガムバッタですかあ？」

気づけばサッチンが嬉しそうな顔をして手持ちのへアブラシをマイク代わりに優作に突きつけに来た。いつものバカ騒ぎに慣れているので優作たちが半裸でも平気だ。

「きっさまっ……」

怒鳴りつけようかとしたがサッチンは千草を連れてきている。なんて用意周到なオンナなのか。

「ねえねえ？　ねーってばあ？　ユリ先輩さ、試合前に本部席なのに立ち上がってたよねっ？」

今度は千草にマイク（？）を向ける。なにをどうしてこの席に引っ張ってこられたのか、すでに千草の顔は真っ赤だった。

サッチンはそれ以上に赤い。かなり、飲んでいる。その後ろで江川が目で謝っていた。

「ねええ〜〜〜ってば、ハッザッマっきゅうん？　ね？　ね？　言ってみそ？」

「誰がきゅうんか、そんなふうに呼ばれてねえ」

「え？　じゃ、じゃ、なんて呼ばれてんの？」

「ん……？」

「ネタあ、上がってるんデスカ？」

一瞬、千草と目で会話する。

言った？　ごめん、言った。

「ユーだよ！　文句あんか？」

もう、これ以上いじられてたまるかと優作が受けてたった。

「いひっ」

千草が両手で顔をおおった。

「はい、ユリ先生笑いましたあ～」

ドンドンドンぱふぱふ～とサッチンが手を叩く。

「だっからよお！　なんか文句あるんけ？　おお、そーだよ、ユリ先生と、千草とつきあっとらーよ」

優作が吠えた。

おおお、と皆がマナコをひらく。

「あーそーさっ、文句あるんならどこの誰でも言うてこいって」

勢いで優作が立ち上がった。

「いひひひい」

千草が両手でほっぺたをぺたぺたしながら笑う。

「ユリ先輩、嬉しいのは分かりますけどその笑い方はやめましょう」

サッチンが冷静につっこむ。コホン、とせきをしながら千草が正座する。

「まーその、文句はねえんだけどさっ」

サッチンがあぐらをかく。

「ああ？」

まだテンションの上がったままの優作が睨み返す。

「風当たり、強いよ？」

サッチンが勝新のような目つきになっていた。

「えあ……？　んなもん、おめえ、ぶっとばしたるわい！」

「ああそ！　あーそーですか！　あたしらんときゃあねえ、そらーもお、ね、男はいーんだよ男はさ！」

いきなりくだを巻きだした。

「そ、そうなんですか」

優作も敬語になる。

「あたしらんときゃあどっかのボケがやたらね

たんでからんできやがったりしてさっ」

「へ……へえ〜」

「あんたのことだよっ」

「あおうす……」

「なんかさっ、高校んときから目のカタキにされてさあ、今でこそみんな結構付き合ってるけどあのころはもお〜ね、付き合いだしたらたいっがいは女の子のほうが辞めてっちゃってたんだよ」

「おお、そうだったよなあ」

青山も同意する。

「えっと、付き合ってるヒトって結構いるの？」

シンヤも食いついてくる。

「えあ？　ああ、女子部でフリーだったのってユリ先輩くらいじゃないかな？」

「ええええ〜〜〜？」

「じゃじゃじゃじゃミソノさんも？」

「美和ちゃんもお？」

悲鳴が飛び交い、あわてふためくバカどもをフフンとばかりにサッチンが見やる。

「も……モサド級……」

なぞの言葉を狭山が吐く。

「ふふふ、まあ公認カップルとしてね、けっこう相談を受ける立場である、とだけ言っておこうか」

えへん、と腕を組んで胸をそらす。

おおおお〜とざわめきが広がった。

「だーらね、ユリ先輩狙ってるの結構いるんだよ、ここだけの話、少年部の保護者とかも油断ならんしさっ」

「黒いぜサッチンっ」

シンヤが悲鳴か歓声か分からない声をあげた。

「そんなわけで、ここいらでハザマくんにもさ、ユリ先輩と付き合ってるって宣言してもらったほうがいいんだよ」

「そんなもんかあ？」

「そんなもんなの！　女の子はみんなの前で言ってくれるほうが嬉しいの、ね？　先輩」

「いひひひひ」

「だからそれやめなさいって」

「もー、まあいいけど」

もう、しゃーないとばかりに座り直してガブリとかみつくように優作が酒を飲む。

「それにさっ、ハザマくんなら安心だよね、実際さ、女子部と付き合ってるのが弱っちい男の子だとボコにされて辞めちゃうんだよねこれはこれで」

「はあ～そういうもんかあ」

「あ、ごめん、それ覚えあるわ」

「おめーかよオッサン！」

優作が感心し、狭山が思い出したかのように膝を叩いたら青山がつっこんだ。

「いやあ、あは、でもな？　そいつら道場でいちゃつきやがるんだぜ？」

「あ、それはしちゃいかんっすね」

シンヤたちも同意する。

「まあそんな感じでね、分かんないことがあったらなんでもオネーサンに聞きなさないなオ～ホッホ♪」

顔の横に手をあててセレブ風味に高笑いをはじめた。

「でえ？　なに？　優作、ユウなの？　ねえ？　ねえ？」

「……殺すぞ」

「……押忍」

優作に睨まれて狭山が正座した。

「よっしゃ！　お祝いだあ、飲み直すぜ！」

「まだ夜は始まっちゃいねえぜ！」

青山が立ち上がりまた乾杯ラッシュがはてしなく続いた。宴は終わらない。

千草の部屋、台所に新聞紙を敷いた上に座り込んだ優作、なぜか道着を着ていた。

そして、そして、黒帯を巻いていた。

そう、ついに優作は臥薪空手の黒帯を許されたのだ。

空雲の章

——初段認定編——


「やっぱさっ、いっとこうって」

「……むう～」

「ぜったいカッコいいって。ね？　ね？」

「むう～」

腕を組んで悩む優作がいた。

必死で説得する千草がいた。

日曜の午後、うららかな昼下がり。

中央線沿線、立川よりも地図で見たら下あたり、うららかだった。

そしてここにかなりうららかな二人がいた。

それは体重別選抜の打ち上げの飲み会、すでに空が白みはじめて鳥がさえずりだすころにやっとお開きの空気が漂い、宴会場を片付けだしているときのことだった。

青山が叫んだ。

「いっけねっ、忘れてた」

「なんすか、飲むの忘れてたとか言わんでくださいよ」

くったくたになった優作がよどんだ目で言う。

毎度のことではあるが、来るたびにこの万心の二階の宴会場が傾いてきている気がする。

「おお～い、集合っ、みんなっ、ちゅうもーっくっ」

「元気だなおい」

狭山もさすがにしんどそうにやってくる。

優作いじりに命をかけているがごとくはしゃぎ、水槽の金魚を食えるかという根性試しのあと、裏の公園の池で万心のオヤジが釣ってきたナマズにかじりついて失神していたが今、起き上がった。口元にナマズのヒゲをくわえている。

「おらあっカンスケ、シンヤ、おきろっ」

青山がテーブルに突き刺さったまま、くたばっているシンヤと壁の穴に頭を突っ込んだままのカンスケを蹴飛ばす。

「ふにゃらああ」「へっく……へっく……」

「おら、みなさーん、発表がありまーすっ」

青山が叫ぶ。みなさんといってもこの時間、もうすでに選手会の一部しか残っていない。さすがに女子部、サッチンやら千草は帰った。というか帰した。

「なんすか発表って？　もうさっき大々的に告知した件はかんべんしてくださいよ」

さっきのからかわれ方を思い出して優作が注意する。もう大変ないじられようというか、道場内で恋愛ごとが表向きには禁止とされているのは、ばれた場合のいじられ方、からかわれ方が尋常ではなく、それこそひがみもあって弱い人間なら組み手にかこつけていたぶられるだろうし、こういう飲み会でもひどい目にあうことが理由ではなかろうかと思った。

確かに道場内でかなり強いと思われる優作ですらこの有様だ。下の帯や初心者なんぞが女子部の子と付き合っているのがばれたら凄まじいことになるだろう。

まあ優作の場合はみなにいじられやすいキャラであり、また周りの連中が狭山、青山筆頭に命がけでからかってくるので余計にそれが加速しているのではあるが。

「ああ？　なにがよ？　おめえらの前途を祝ってやったのになんだ？　まだ足らねえってか？」

「いえっもー、じゅーぶんっ」

「ひゃはっ、安心しろ」

優作に言って青山がふたたび叫ぶ。

「ほら、優作、シンヤ、カンスケ、そこ並べ」

「ええ……?」「ひょわい?」「へっく……」

非常にいやそうな顔で優作が立ち上がり、まったく意識のないシンヤがとりあえずカンスケを起こす。

「ふっふっふ……」

青山が腕を組んで満足そうな笑みを浮かべる。

「……おす、並びました」優作が言う。

「なんすか……?」

イヤな予感しかしないが、一応このメンツということであれば千草関連ではなかろうという計算もあった。

「ふっふっふっふ……」青山が笑う。

「おす?」優作が聞き返す。

イヤな予感が増幅されてゆく。なにを言われ、命じられるにせよ、言うなら言うで早くしてほしいものだ。

だがそれを分かっているのであろう、青山はまだ溜める。

「ふっふっふっふ……」

「オッス、青山先輩っ、硲優作以下、大石シンヤ、岩城カンスケ、並びましたっ」

面倒くさくなった優作が正式な不動立ちになり、叫ぶ。ちらとシンヤたちに視線を投げ、もう早く終わらせよう、と目で言う。どこまで通じたのか分からないがそれでもシャンと立った。

「ふっふっふっふっふっふっふっ」

まだ溜めるか!

さすがに優作が文句を言おうかとしたとき、

「おめでとう!」

青山が満面の笑みで言った。

「今日の試合結果をもって番場先生から優作、

シンヤ、カンスケに黒帯が授与されることになりました」

――ったくまたどうでもいい話なんだろうから早くしてくれねえかなあ……ハア？

いきなりすぎた。

「ま、ちょっと遅いくらいだけどそろそろいいかなと思ってさ」

青山が言うがリアクションできずに固まっていた。うまく頭が働かなかった。

それはそうだろう、激闘の後で一晩飲んで騒いだのだ。本来なら大喜びするところである。

「ひゃ……ひゃほーっ」

とりあえずシンヤがバク転する、がよろけた。着地に失敗し、優作によりかかり、そのまま優作ごとカンスケにぶちあたった。

「うええ……オス、ありがとうございます」

くしゃくしゃの状態ながら優作が礼を言った。


とりあえず、その日はよろよろと帰ったが、時間がたつにつれて嬉しさがこみ上げてきた。ひゃへへへへへ、と気づけばにやける。

実戦空手、臥薪會舘の黒帯である。一万人に一人、と言われる狭き門、なのだが実際のところ黒帯を締めてはいても優作よりも弱い選手はいる。

それでもしかし。入門する誰もが憧れる存在だ。嬉しいものは嬉しい。単純だがそれだけだ。

一週間後、ついに黒帯が届き、初めて締めた。ぎゅうっと締めた。

ちょうど、選手会稽古の日であった。試合後ということもあり、来ている選手は少なかったが一日でも早く黒帯を締めたい優作たちはもちろん参加していた。

決勝で優作にいためつけられたカンスケは組

み手稽古は外れたまでも、きちんと参加して皆と同じメニューをこなしていた。

また青山がワルイ顔のまま、なかなか優作たちに帯を渡さなかった。優作としてもほんとうは欲しいのであるが、欲しがっていると思われるのがイヤなのでしつこくは聞かなかったがバレバレであった。

なぜか選手会のメニューではあまりやらない型の稽古を最後にやった。今から思えばこれが最後の昇級、昇段審査にあたるのかもしれなかった。

黒帯を巻く資格があるのは茶帯からで、その茶帯になるためには昇級審査を受けなければならない。通常であれば昇級審査は別の日に時間をとっておこなわれ、黒帯を巻くためには、初段認定を受けるには基本稽古、組み手稽古、型稽古を師範、番場の前でおこない、そこで認可を受け、最終的に番場本人と組み手をおこなう。そこで初めて認めてもらえるのだ。

ちなみに最後に番場と組み手をするのは番場が一般の道場生の顔をほとんど知らないので、今度黒帯になる人間がどんな顔か知るためという裏の意味もある。

今回優作たちが承認してもらったのはひとえに選手会の一員で、試合、行事はいうにおよばず打ち上げにも常時参加、そしてなにより内部試合などで結果を出したことであろう。

選手会の人間であれば番場も顔を覚えている。それなら組み手はしなくていい。どうせ選手稽古で顔を合わせるからだ。ただ、一応「黒帯を巻く」ということは最低限型ができないといけない、というのが番場の持論だった。そう言いながら指導で間違えるのも番場らしい。

さておき、稽古の最後、あいさつの段になってやっと帯を許された。

「ええ～本日も選手会稽古に参加いただきありがとうございました、先週の試合では大石が軽量級で優勝、裕が中量級で優勝、岩城が準優勝と好成績を残せました」

番場が汗をしたたらせながら話す。

「つきましては、選手会特例ではありますが先の三名を初段に認定いたします」

番場が言い終わるとともに拍手がされ、優作たちが前に進み出る。青山が番場の後ろで優作たちの帯を持って控える。

「ハザマ」

「オス！」

優作が元気よく前に出る。

「こっからだぞ、次、全日本獲《と》れ」

「オオオオッス」

帯を受け取り、列に戻る。にやけないでおこうとしても頬がぴくぴくとひきつった。

「大石」

「おっす」

「軽量級、まかせたぞ」

「ハオオオッス」

飛び上がりそうなシンヤだった。

「岩城」

「おおおす」

「そのままでいいぞ、じっくり進んでる」

「オスっ」

嬉しそうに何度もカンスケがうなずいた。

「オス、じゃあ～きょうは稽古終了します、ラストっ正拳中段突きイイアア」

「おおっす」

稽古のシメとしておこなう正拳突きであるが、この日は一段と熱が入ったことは言うまでもない。

「うっひょ、うっひょ、嬉しなっと、うっひょ、うっひょ、嬉しなラララッ」

シンヤがほんとうに踊っていた。頭を床につけて軸にクルクル回る。踊りたくなるくらい嬉しいのは分かるが、本当に踊るやつは珍しい。

「おめでとさん！」青山が寄ってきた。

「おっす、先輩ありがとうございますっ、ありがとうございますっ」

「優作、おめでと、しっかしおまえこういうときは素直だね」

「えへへえ」

「ううううう……嬉しいよお嬉しいヨオ」

こちらはプルプルと震えながらカンスケが帯を握りしめていた。入門当初、毎回失神していた者からしたら黒帯取得は信じられないことだ。

「ひっひ～優作、おめでと」

狭山も寄ってきた。

「お、おうす、狭山先輩、オス」

にやけ顔でよってくるこの選手会の会長、いつもは顔を見れば憎まれ口しかきかないこのオヤジにも今日は優しくできそうだった。

「オレのおかげだよな？　な？　な？」

優しくなれそうになかった。

「おれがよ、おまえを直々に鍛えてやったから強くなれたんだよな？」

嬉しそうな顔でにじりよってくる。ウザイ。

「あ、あ、おうす」

「なんだよ、照れんなよ、な？　オレのおかげだよな？」

やはりうざかった。どうしよう、とまるでゲームセンターでカツアゲされている中学生みたいに視線をそらす優作に、

「ひゃあーい、ヒューサックっひいいっ」

「わおッ」

ナナメ上空からシンヤが飛んできた。

「うわあああん」

カンスケも抱きついてきた。

「おわあああんあだよお、もお」

優作が叫ぶ。

「ヒューサクっ、ありがとっ」

「うん、ありがとお優作うう」

真正面から言われ、感動してしまう。

「う……いや、こっちこそっ、うんがちろっ」

思えば、空手の世界を飛び出してやさぐれて、またこっちに戻れたきっかけはこの二人だった。急に思いがこみ上げ、吐きそうになった。なにか気の利いたことが言いたかったが、出ない。まともな単語すら出なかった。

どふっ「ぐはっ」

言葉が出ない。なので手が出た。悶絶するシンヤを見てすぐさまカンスケが反応する。

ヒュン、と上を振りつつ回り込む。さすがだ。だが半瞬、遅い。

ばふっ「っび」

「ありがとーっ」

倒れ込む二人に優作も叫んだ。こんなふうでしか嬉しさをあらわせない。

「おまえらのおかげニュオ？」

ズバっとわき腹をえぐられた。

「ゆーちゃあ〜ん、おめでと」

背後から狭山が満面の笑みで突いてきた。

「ごっっつあんっす」

なんとか倒れずに踏みとどまる優作だった。

ボカーン
狭山に振り向いた優作のがらあきのボディにまた突きが叩き込まれる。

「おめでとっ」

青山だった。渾身の全日本クラスだった。

先に床でのたうつ二人の横に崩れ落ちた。床上数センチの高さで視線がからみ合う。

「よっしゃあっおめーら、お祝いだああっ」

雄たけびと共に、優作たちは道着のまま木刀ではりつけられて連れ出された。

行く先は今回は金角だった。理由は先週が万心だったこと、あまりにも毎週行くとさすがに店がつぶれそうになるからだ。ちなみに「つぶれる」というのは破産するとかそういう比喩ではなく、店が文字通り破壊されそうだからだ。

勢いで店に飛び込み、キムチラーメンで顔を洗って酒を飲み、騒ぎ倒して気絶、という毎週定番のコースだった。ここでも言語道断な騒ぎ方をするのだが、なぜ出入り禁止にならないのか非常に不思議である。


そして、次の日、日曜。

気合で午前中に目をひらき、痙攣しながら起き上がった優作はチャリンコを飛ばした。

目指すは一路、千草の家だ。

年末の無差別後に告白し、付き合いだしたがやはり年明けの道場行事、それに出稽古、さらには選抜試合などなどイベント目白押しとなり、ゆっくりできなかった。行事などで顔は合わせるのだが、そこはやはり二人っきりになどなれはしない空間だ。

そして、今日この日。三月第一週、まだまだ寒いが能天気な優作は道着のまんまチャリを鬼コギしていた。

寒風がゆるみだしている気配はあるが、まだコートの季節。道着の上にかるくウインドブレーカーを羽織ったまま風をまいて国道を抜ける。

奥多摩から府中を抜け、東京湾に流れ込む多摩川。府中よりも上流のあたりで浅川と合流している。

優作の住む暮塚の町は豊田と南平のすきまにあった。甲州街道の裏道にもなっている町だ。そこから川を二つ横断し、立川方面へ向かう。ほとんどが平地なため、かなりの速度が出る。

これはまあ急いでいる、というか単純に優作が千草に早く会いたいので鬼コギしているからだけなのであるが。

日野を越えて新奥多摩街道を横切れば柴崎体育館が見えてくる。芝生を豪快にダッシュして通過したら住宅街に入る。

体育館のわきには小さな川が流れ、その川沿いにそのマンションは建っていた。二階建てでロフト付のシャレた建物だった。

「うっひひっひっひ……」

最初、初めてこの部屋に来たときを思い出してにやける。あの動物園での告白から一週間後にお呼ばれした。さすがにポンチョは着ていかなかったがテンガロンハットはかぶっていった。照れくさかったのだ。

ぶっちゃけた話、優作の中では部屋に呼ばれる、イコール、あれ、である。

やれる、そう意気込み、気合満々だった。

べつにやりたいだけというわけではないし、千草のことは好きなのだが、それはそれとしてやはり二十歳そこそこ、やりたい盛りだ。

しかも運動中毒に近いくらい身体を動かしまくっており、体力は売るほどある。

つまり、ギンギン、ゴンゴンだった。

「なーににやけとるっ」

後ろから声がした。

初めて部屋へ行った日。

その日、待ち合わせの柴崎体育館にゆくと、すでに千草が待っていた。

日曜の午後、ということもありまだ肌寒いがうららかな日だった。

毎週土曜は選手会稽古、および反省会、という名の飲み会がたいていおこなわれるのでほんとうは朝から会いたかったが、昼からにしてもらった。昼からということはつまり、手料理こみ、もうたまりません状態である。ハイ、全部いただきます、ごちそうさま、な感じだ。

出迎えてくれた千草は今日は部屋着、でもなんかちょっとよそいき、な感じのジャージ風の姿だった。

「ヨガ?」

なんとなく頭に浮かんだせりふを口に出す。

「ちゃーよ、えへへ」

「へへっ、でも可愛いな」

「えへへへへ」

「照れんなよ、こっちも照れちゃうじゃん、でもほんと可愛いって」

「えへへ、そんなにいい?」

「おお、いい、いい、脱がせやすそうなのがいいっ」

「へ……」千草の目が冷たくなる。

「いや、そうじゃなくてっ」

「やらしいっ」

「ご……ごめん」

千草にきつめに言われ、少しおとなしくなる。すぐに千草がいたずらっぽく笑いながら聞く。

「脱がせたくない?」

「脱がせたいっ」

「……」

「じゃなくって!」

「あんたダダ漏れやね」

千草が腰に手を当ててあきれたように言う。

「今日の目的は？」

「え？」

「今日、来た目的っ」

「え？　えっち、わーっわあぁ、その試合、録画してもらってた試合、見る、オス」

素直すぎる目的意識をうっかり漏らしながら大声でごまかし、後半は短めのセンテンスでまとめた。

「オスってもお」

「いやあ、オス、ってまあ、でもあんがとな、試合とかの録画ってさ、道場で飲みながら見るくらいしかしないんだよね」

確かに最高のサカナだろう。

「自分の試合、あとでちゃんと見て反省点とか書けってよく言われるんだけどさあ、どうもなあ……」

「感覚でやりすぎるとすぐにいきづまるよ」

ちょっと先輩ぽく千草が言っていた。

「それもよく言われます」

「分かってるんならね……」

「だっからこうして来たんじゃないかよお、部屋、どこ？　部屋、どこ？」

犬がしっぽを振るように首をきょときょと振り回す。放っておいたらよだれを垂らしてあおむけに寝転がりそうだった。

もう、と笑いながら千草が手をつないできた。

「ほーい、飲み物っすう、ほいっと」

「ほおっす」

ジョッキになみなみ注がれた麦茶を受け取りながら優作が礼を言う。

広めのワンルームであるがけっこう散らかっている。子供たちを指導している凛《りん》とした立ち居が印象深いので意外だった。

散らかっているといっても脱ぎっぱなしの服や雑誌で足の踏み場もない優作の部屋とは段違いだ。生活観あふれる、というと失礼だがそれでも居心地のよさそうな部屋だった。

大きめの窓から淺川が見える。もう少しあたたかくなれば川風が気持ちよさそうだ。

雑多な感じがするのはひときわ大きな本棚とかなり年季の入った机が鎮座しているからだった。なるべく見ないようにするがついつい視線が泳ぐ。

もともと、今日はどこ行く？　どこ行く？と電話で話していたおり、そういえばみんなから自分の試合の録画映像をチェックしとけって言われたと優作がつぶやき、じゃあアタシが道場で借りてくるから見よう、となった。

ここで、優作は自分の家に呼びたいところであるが、悲しいかな親と同居、いかんともしがたく、それに優作の部屋にはテレビがなかった。もちろんラジオもねえ、だ。まさに、寝ぐら、オンリーな部屋である。特にここ数年、空手主体の生活なので本当に寝に帰るだけだった。

そこで千草が、じゃあうちで見よっか、と提案し、すぐに承諾した。少し経ってからその意味を考え、寝付けなくなったのは秘密だ。

「きょろきょろしないっ」

「いや、えっと、本日はおまねきいただき」

「たーっけ」

「いや、その、慣れなくてさっハハハ、いい部屋だね」

ソファに座った優作が麦茶をすすりながら言う。

「あんがと、ちょいつめつめして」

「うひっ」

一人暮らし用なのだろう、こじんまりしたソファなので二人で座ると少し狭い。

「はい、はじまり～はじまり～」

千草がリモコンのスイッチを押す。

テレビも大学生の一人暮らしのわりには大きなサイズだった。金持ちなのかな……そんなどうでもいいことを優作が考えながら右横の千草の体温を意識した。

「……ゼッケン……はざま……」

「あ、ここだ、ほれ」

早送りされていたテレビからあたりをつけた辺で再生にかえた。

「おおー、おれだおれ、ひゅーっ、かっけー」

優作が手を叩く。

画面の中では正気を失い、このまま飛び出してきそうなくらいテンパった目をした優作が不動立ちで吠えていた。試合場へ飛び上がってすぐに何やら叫んでいる。

「これ、なんて言ったん？」

「……覚えとらん」

くすっと笑いながら千草がおかしをつまむ。

試合はどんどん白熱、見ている優作の身体が対戦相手、グンカンと戦っているかのようにピクッピクッと反応する。

「ちょっ、じっとしてられんかね～」

優作の目は完全にテレビに釘付けだ。ズガン、と爆音のような突きが優作の胸板を突き破らんばかりに襲う。

「うわっ」「っきゃっ」

思わず二人して顔をしかめた。

なんとなく目が合い、吹き出す。

「くっそ、でも負けた試合見るのも勉強だっつっけどむかつくなあ」

優作がソファーにもたれて文句を言う。

「負けて覚える将棋って言葉知っとう?」

「知らんけど、意味はなんとなく……あ、シンヤだ」

一瞬、カメラがセコンド陣にパンした。声もかれよとばかりに叫び倒すシンヤとカンスケが映った。

「へえ〜観客も撮るんだ……」

感心したように優作がつぶやく。

「放送じゃカットされたけどね、これはクルミちゃんがテレビ局の人に言ってもらってきた元テープだから……」

「え? 放送って? テレビでやったの?」

「知らんかった?」

「マヂでえ? じゃあオレ有名人じゃん!」

「たーっけ、あんたのは放送されとらんわ」

「ええ〜〜〜」

「一コケやしねっ」


「くう……」

「あはは、そうへこみなさ……」

「あれ? ……お」

千草がちょっと拗《す》ねる優作を励まそうとしたとき、またカメラがパンし、今度は客席、セコンド後方を映し出した。

そこには少年部、俊平やらと一緒に涙を流しながら応援する千草がいた。

「ありゃま」

優作がにやける。画面の千草がめちゃくちゃ可愛かった。

ぷつん
「なんで消すかあ!」

「っさいわっ」

千草が真っ赤な顔で叫ぶ。

「見よーよ、見よーよ」

「見んでええってっ」

「見せてって」

「見んなって」

せまいソファーでテレビのリモコンの取り合いになる。ワタワタしながらもみ合うように取り合う。だんだんと白熱する。

「かせっつーの」

「やだってーの」

本気でつかみ合いに発展した。熱くなりやすい二人だ。

「泣いてたくせにっ」

「泣いとらんっ」

ばたばたと部屋を走り回る。

「もお、おらあっ、あ……」

本気を出した優作が千草をソファーに押し倒した。

「っきゃっん……」

千草を背後から抱きしめながらなだれこむ。


とっさに気を使って優作が下になった。

ぼふっとスプリングがたわんだ。

数瞬、沈黙の後——

「えっとその……なんか、えっと、可愛かった、嬉しかったし……」

背後から抱きしめた格好で仰向けに寝転びながら優作が千草の後頭部に言う。シャンプーのにおいがした。

優作の腕の中で天井を向いていた千草が器用にくるりんとこちらを向いた。顔が超至近距離だった。

「わっ」

「いひひ」

赤らんだ顔の千草が目の前にいた。もう一回ぎゅうっと抱きしめた。

「可愛かった?」

照れくさそうに可愛い吐息がかかる。

「うん……」

「あんたもカッコよかったよ」

「おうさ、でも一コケだし……でもっ」

「でも？」

「次、勝つ」

千草を抱きしめながらころん、と横におく。

でも超至近距離のままだ。

「ぜったい？」

「ぜったいっ」

「ぜったいのぜったい？」

「ぜったいのぜったい！」

千草の息がかかる、優作の息が触れる。

どんどん、優作の手に力がこもる。

「ぜったいのぜったいのぜったいにょ――」

まだ続けようとした千草の口を優作が口でふさいだ。

「むぐう……」


もう、がまんできなかった。

「おまえのために、勝つ、ぜったい」

一度顔を離してそう言い、おおいかぶさった。


それから毎週のように来ていた。本当は毎日来たいがそれはさすがに無理だった。

先日の選抜、落ち着いて試合に臨めたのも千草の存在があったのは確かだった。

感謝、しきり、である。

てなわけで、今週も来ていた。

ちなみに先週は試合だったので、あの打ち上げ以来である。選抜は優勝、そして黒帯取得、ともう大喜びで鬼コギしてきた。

直線距離にして二十キロくらいある街を河二つ蹴とばすように駆け抜け、最初来たときは三十分かかったのが今日は十七分で到着した。どうかしている。まあどうかしているくらい嬉しいのだろう。

道中、そして今も満面の笑みのままだった。

放り投げるようにチャリを駐輪し、そのままマンションの壁をよじ登りそうな勢いで駆け上がる。

ピンポンを押すのももどかしく、ドアをノックした。

「おれおれおれおれ開けて開けて開けて～」

「おれおれサギかっ」

言いながら千草が出迎えてくれる。

満面の笑みを見てまた千草が笑い、優作の笑みがさらに広がった。

そして冒頭へ戻る。

「ね？　やっとこーよ！　ぜったいイケるって！」

「むうう～～～」

「ね？　ね？　ユウくん？　ユウちゃん？　ユウユウ～お願い～～」

千草がしなだれかかる。軽く頬にチュウもしてくれた。まるでなにか高いものでもねだっているかのようであるがまったくそんなことはない。優作の頭を愛でるようになでながら千草の目がキラリと光り、右手にはカミソリ、左手にバリカンを持っていた。

「ね？　ね？　ねってばあ～～～」

「あんな、そのバリカンはいい、そのつもりだから、でもな？　なんだそれは？」

「いひっ」

可愛く笑う。でも両手に刃物。怖い。

「ちい……」優作がため息つく。

二人っきりのこの空間ではユウ、チイと呼び合っているのは地球が砕け散っても道場関係には知られてはいけない秘密である。

「んふ」

にっこり笑う千草。可愛い、しかし両手に刃物だ。いきなりリストカットをしようとか優作が浮気をしたので頸動脈《けいどうみゃく》をかっきろうとかそういうことではない。

以前の帝北支部への出稽古という名のバカ騒ぎで半剃り対応として全て剃ったのであるが、その後、だいぶ伸びてきた。優作としては大歓迎だ。なにせツルッツルに剃ったときにつけられたあだ名がラッキョウだった。もうイジメだと思う。結構気にしていたのだ。

妙に少年部には評判もいいし、会う人間会う人間爆笑と、変な好感度もあがり、さらには千草も超お気に入りのご様子だった。分かりやすいハッタリが効くため、町を歩けば人ごみでも道が開き、地回りらしき暗黒組織の人間も会釈してくる。それでもだ。

やはり、恥ずかしい。

優作とて若者だ。確かにすでに千草と付き合いだしてはいるがそれはそれとして、別に他に色目を使いたいわけでもないが、普通のバイトをしているときも帽子を欠かせなかったりと面倒くさい。

町を歩けばかなりハッタリも効くが特にそういうのは欲してもいない。ガタイがいいので新興宗教に間違われることはないが、このあいだ父親が少しだけ心配そうな目で優作をうかがっていた。家庭内でも珍獣を見る目つきだった。

何があったのか聞きたい、そんな顔をしていた、が、優作もきちんと説明できる自信がなかった。

「バリカンまでだ、ぜってーそのカミソリはなしだ」

「ええええ〜〜〜」

「そんな毎回、剃ってられるかっ」

「あたしが剃るってっ」

「剃っていらんって」

「剃らしてって」

「なんでだよ」

「好きなのっ」

「むぐ……」

　面と向かって叫ばれて優作が押し黙り、千草が顔を赤らめる。

「そーじゃなくてっ」

「好きじゃねえのか？」

「だからそうじゃなくてっ」

「おまえはオレの頭だけが目的なのか？」

「デラたーっけっ」

　うららかな二人だった。

空昇の章

―夏ノ陣　初日―

ギラリ、光る、夏。

初夏から盛夏へバトンが渡る七月。

名古屋で金の鯱《しゃちほこ》の踊り食いをするような闘いがおこなわれる。

第十四回臥薪會舘体重別選手権大会
於　名古屋総合武道館
盆地ということもあり、また広大な伊勢湾の最奥に位置するため湿気が吹き溜まるように大気が澱《よど》み、動かない。
ギラリと太陽光線が突き刺さる。
優作のスキンヘッドに。

「うわっ、まぶしーっ」

「目があ、目があっ」

「ばか優作、帽子かぶっとけっ」

「……おす……」

またもや丸坊主――を通り越して千草が腕を振るった超鬼百合モード（？）な青剃りの優作だった。

「また、来たな」

ザシャアアっとまるで砂埃でも起きるような錯覚が起こりそうな感覚。あまりいい思い出のないこの場所にまた、来た。

「なんかおう、ラッキョウ暗くね？」

シンヤがそれを言いだしたのは今朝の新幹線の中だった。

「遅すぎるって、先週からすでに暗い、っていうか……」

「アタマは明るいんだけどなっ」

「ぎゃははっはははっ」

狭山が割って入り、爆笑が広がる中、カンスケがなんともいえない顔になっていた。

「大丈夫かな、優作バカだからあんまり考えすぎないほうが……」

ひどい言われようである。

「あん？　ほっとけって！　去年初めて出た体重別本戦であがって一コケしてびびってるだけだろ？」

青山が面倒くさそうに言う。

「負けたのは全部、テメーが悪いの、分かる？　勝ったのは全部相手のおかげ、それくれえの場所なんだよ全日本は」

「おす」

「それに冷てえようだけど、いつまでも一コケのヤなイメージに引きずられてんのも自分のせいだ」

「おす……」なにも言い返せない。

この今は突き放すような物言いの青山ですら、初日敗退したりしたが、それを乗り越えて全国区になったのだ。

勝ったら相手のおかげ、負けたら全部自分持ち、しかも自分で負けの払拭までせねばならない。今回、選抜で負った優作の突きでの負傷が完全に癒えないままだったカンスケは大事を取って欠場し、みなのサポート役に回っていた。

優作はどこかぼんやりしたまま気づけば宿舎に入っていた。

帝西支部選手会の定宿、会場のある中村区の市役所裏の旅館、上下ワシントン荘に来ていた。一応、選手ということもあり、集中せねばならないので合宿のようにタコ部屋ではなく個室だ。まあ個室といってもでかい宴会場をパーテーションで区切っただけで隣の音は筒抜けでテレビもない。ある意味、まろやかな牢獄に入れられた気分になる。軽くグレーな成分が入ったセミナーという名の強制合宿なんぞであれば盛んにおこなわれていそうだった。旅館の店主のワシントン氏は臥薪空手フリークで格安で泊めてくれるのだ。

二畳半の部屋、たたまれた布団に荷物を置いて横に座る。

――また、この部屋かあよ……

急に押し詰められたような気分になり膝を抱える。この、落ち込んでいるというか下向き加減、現在の優作の場合は明日の試合、全日本体重別本戦、二度目の体重別、全日本の名を冠する三度目の大会参戦にあたり、めちゃくちゃ緊張していた。

いつもの優作であれば緊張より先にぶっとばしてやる、が来る。いつも、来ていた。勝負事の場合、勝ちたい、が基本だ。だがどんどん気が細ってゆくと、勝ちたいが、負けたくない、みっともない負け方はしたくない……と負ける前提で物事を考えてしまう場合がある。

こんなふうになった場合はもし試合で優勢になっても精神力のスタミナが切れ、相手に盛り返されてしまうのだ。

優作の場合、ここまで緊張したことがなかった、というかここまで試合が怖いと思ったのが初めてだった。相手が強いとか弱いとかではなく、試合に出ることが、全日本に出ることが急に怖くなってきたのだ。

今まで、全日本、一コケ二連発。まさかの三連発だったらドドドどうしよう？

頭をかかえる。

冷静に見れば三連発だろうが十連発だろうが

挑戦し続けるその姿に皆感銘を受けるし、全日本の舞台に上がってきているだけで弱いわけがないのであるが、そこは優作、バカはバカなりにプレッシャーを感じていた。

最初に気づいたのは千草だった。

「なあ～ん？　どした？」

お気に入りの作業、頭剃り。定番となったユリ先生のお楽しみ（？）タイムだ。

あの選抜前のドタバタからこちら、毎週でも剃りたがる千草をなんとか押しとどめていたが今回は試合前、全日本前ということもあり、気合を入れるための剃髪であった。ある意味、神聖な儀式でもある。たとえそれが千草の楽しみであろうと。

いつも、というほど回数は剃っていないがそれでも毎回剃られながらギャーギャー文句を言う優作が静かだった。


文句を言いつつも剃った頭に千草が抱きついたら、しょお～がね～な～、と言いながらにやけるのがお約束みたいになっていたが今回は違った。

初夏はとっくに過ぎた七月。今年は空梅雨なのか、やたらと太陽が幅をきかせていた。それでも千草の部屋は川沿いなので風が舞う。そこで、ベランダに椅子を出して剃ることにした。

剃られた頭がギラン、ギランと太陽光を跳ね返し、カラスがびっくりして逃げ惑った。

「またラッキョウとかってからかわれるの心配しとう？」

千草がなでなでしつつ冗談ぽく言うが、優作は元気がない。

「いや……へっ気にしてねえよっ、剃れた？よっしゃ、メシ食おメシ」

心ここにあらず、な感じで立ち上がった。

ふむん？　千草が頭をひねる。

そういえば、先日の壮行会、今回全日本体重別本戦に出場する選手を送り出す壮行会からおかしかったかもしれない。いつものように皆にいじられ騒ぐ姿は元気だったが、なにかやらされている感を感じた。

壮行会は毎度毎度大騒ぎで、今回は後援会の会長のヅラを酔っ払ったシンヤがバク転蹴りで射抜いたところから戦争のような騒ぎに発展した。優作ももちろん一緒になって騒いではいたが、なんとなく宿題をしていないのを分かっていて夏休み最後の日に遊び回る小学生のような目をしていたのだ。

「むう、なんからしくないよ」

テーブルに茹で野菜をこんもり大皿に盛りつつ千草が言う。優作はもさもさと食べるだけだ。

外食主体で、定食屋などで一応はバランスの取れた食事を心がけてはいるがしょせん若者、身体を動かしまくっていることもあり、肉、脂を主体に食べているので千草が野菜を多めに摂らせるようにしていた。

千草の心づかいが分かるのか好き嫌いがあまりないのか、基本、優作は出されたものは残さず食う。作るほうとしては甲斐がある。優作としてみたら好きな女の子の手料理である。食べないわけはないいし、実際、なにを食べてもうまい。

いつも照れくさそうに「おいしい？」と聞いてくる千草と一緒に過ごすのがここ最近の日曜だった。

千草のいる日曜、千草が笑う日曜。

大学生、というよりもまずは選手である優作の日常は空手漬けである。平日の昼間は市場の物菜屋でバイト、コロッケを揚げている。まかないが付くのが嬉しいところだ。ただ実際のところ、現役の空手選手の食う量はハンパなく、知り合いのところでもなければイヤがられる。もともとここのバイト先も道場関係者で顔が利き、よくしてくれている。

三時過ぎにバイトをあがり、後は道場で稽古だ。曜日によってゆく道場は違うがそれでもどこかの道場で稽古していた。

毎週水曜と土曜日は選手会稽古が多摩境道場でおこなわれる。土曜は毎回死ぬほど稽古し、日曜は完全ＯＦＦ。

で、千草の家でメシを食べさせてもらう。

今までは日曜といえば家でゴロゴロ、たまにシンヤたちと出かけるくらいだったが、さすがに最近の選手会の稽古のきつさから日曜はくたばっていることが多い。まあそれでも、いくら疲れていても好きな女に会うためにチャリをこぐ優作はやはり若いのだろう。

そして千草と過ごす日曜日。選手である優作に気をつかってか、千草のほうもどこかへ出かけようと言わず、部屋で過ごすことを嫌がらなかった。

たいがい、昼過ぎに転がり込むように現れ、まずはメシをかきこむ。用意しておいた四合くらいの米がなくなる。それからやっと一息ついてニヤニヤしつつお互いの一週間の出来事を言い合う。とか言っても毎晩電話で話しているので知っていることばかりだがそれでも楽しい。理由は相手が目の前にいるからだ。

その後、散歩やＤＶＤを借りに行ったり買い物をしたりして過ごし、夕刻になると千草が夕飯を作りだす。ここらへんで優作がガマンできなくなり、押し倒す。この黄金パターンが確立されていた。

ついこないだも、大鍋でシチューを煮込んでいた千草を後ろから抱きしめてひっくり返しそうになり、とっさにお玉で殴られて本気でケンカし、優作謝る、仲直り、なパターンである。

うららかだった。――それが。


「こんどの……試合？」

卵焼きを口に運びつつ千草が聞く。

「ん？」優作が顔を上げる。

「やっぱり、全日本だし、緊張しとる？」

「……誰がっ」

「いやユウが」

「してねーよ、なーに言ってんだよっ」

むきになる時点でしているものだ。

そのときはそれで終わったが、やはり優作はいつもと違った。違う証拠に必死で大量に作られた食材をかきこんでいた。いつもであればさっさと食べ終わり、千草に「もうないの」と言われるのが常なのに、必死だった。食欲がないのだろうが、それでもせっかくの手料理、残したくないらしくかきこんでくれていた。

そう、千草のにらんだとおり、優作は緊張、というかナーバスになっていた。

集中力が一番のとりえであり、入り込んだときの優作は他を圧倒する動きを見せるが、それはまさに「相手に勝つ」という思いのみ、「ぶっとばしてやる」という気持ち以外、不純物なしになったときである。

それプラス、目の前に向かい合う相手が強ければ強いほど、強い攻撃を受けるほど集中力が高まり好試合を生み出すのだ。

今回、いままでとの違いはおそらくはある程度経験を積んできたことだ。

微妙な経験はやっかいだ。去年まではすべて選抜にしろ全日本にしろ初出場、気持ちだけでも突っ走ってきた。わき目も振らず、とまでは言わないがとにかく勝っても負けても前に進んできた。

それが。二度目の全日本体重別を迎えた夏。漆黒の夏。優作は震えて眠った。


案の定、一睡もできずに朝が来た。びっくりするくらい眠れなかった。まったく眠気がしなかった。すでに空は白み、鳥が啼いていた。負けたらどうしよう、そればかり考えていた。なんで急に今回、こんなに「負けたくない」ばかり思うのか考えだした。

去年はこんなことはなかった。試合に勝つことしか考えていなかった。というよりもまずは空手ができるだけ、試合に出られるだけで嬉しかった。夢中で稽古をこなし、気づけば試合、そうして過ぎていった一年だった。

なにが、違うのか?

去年となにが変わった?

去年なくて今年はあるもの……

最初に浮かんだのが千草の顔だった。思わず起き上がった。

びっくりした。

びっくりしたはしたが確かにそうだった。

——むう……オレ、なんだ？　千草のせいで気弱になって……気弱？　なんだそりゃ？

しかし、こんなに負けたくない、勝ちたいよりも負けたくない、という引いた気持ちになったのは初めてなのだ。

千草が、いや、単純にオンナができて変なところを見せたくない、という若者特有の粋がりが変な方向へ出ているだけなのであるが、優作はバカなのでそれがなかなか分からない。

——じゃあなにか？　千草がいるからダメなのか？　千草がいると勝てないのか？

どんどんおかしな方向へねじれてゆく。千草がいるもなにも、選抜前には付き合いだしていたのだから全く関係のない話だ。

だが暴走した優作は止まらない。単なる寝不足で脳がうまく働いていないだけだがそれはバカなので分からない。というか普段ここまでアタマを使っていない証拠なのだがそれも分からない。

気づけば優作は泣いていた。千草と別れなければならない、となって泣いていた。

もう完全にわけが分からなくなっている。

千草の部屋でメシを食ってるとき、一緒に過ごしているとき、信じられないくらい幸せだった。そう、信じられないくらいだった。小さな人間だと思われようがどうだろうが単純に好きな子と一緒にいれば楽しいだけである。それだけなのだが今の優作のような精神状態では逆に楽しかった思い出が負の効果をもたらした。

ふいに布団の横に投げ出されたスポーツ新聞が目に入った。芳賀スポーツ、と書いてある。元気のない優作を励まそうと、気晴らしにでもなれば、とカンスケが置いていったものだ。

なんとなく、本当に何となくその表紙に視線をはわす。こういうとき、必要以上に活字を目で追ってしまう。たいてい、表紙か裏表紙には星占いとか運勢のページがあるものだ。今日の格言とか書いてある。

「人生で幸せと不幸せは同量だ。」とあった。

優作の背中が汗びっしょりになる。

——しししししし……幸せを感じたら不幸せがくる？

脳内で直訳されたようだ。ちなみに芳賀スポは地元の風俗情報に強いといわれる駅売りオンリーのタブロイド紙だ。格言などは新米が適当に七秒で書き飛ばす部分だった。ここの部分でこんなに衝撃を受ける人間がいるとは書いた記者も驚くことだろう。

ドバッと涙が噴き出す。

――ああ、やはり、あのとき、幸せを感じたオレはもうダメなんだ。

もう、今ならカルト宗教の勧誘にあったら一発だっただろう。とんでもなく精神的に崖っぷちだった。

「オレは……誰だ……?」

ぶらぶらと揺れる裸電球を見ながら中腰でつぶやきだした。かなりの追い詰められかただった。

「おおーい、優作、朝飯、わあああ!」

呼びに来たカンスケがびっくりする。優作がぼたぼた涙を流しながら布団の上で正座し、携帯を握りしめていたからだ。

「ってもお~なにやってんのヒューチャンよお~、一晩中しくしくしくしくよお」

隣の部屋からシンヤがぶつぶつ言いながら出てきた。ただ文句のわりには思いきり寝ぐせがついているので寝不足ではなさそうだ。

「ゆ……ゆうさく、朝だよ、ほら、メシ食ったら出るよ」

カンスケの言葉が聞こえたのか聞こえていないのか首をかくかくさせていた。

「おーおめーら、はやくしろよ!」

食堂のほうから青山の声が聞こえてくる。

「ほら、行くよ、もう、ちゃんと立って!」

カンスケが腕を持って引き上げる。

試合場に着き、控え室で着替える。

なにか、脳に膜でも張っているかのごとく、現実感がない。単なる寝不足であるが優作の脳内劇場はさらに進行していた。

なにがどうなってか、千草に別れを告げようと電話をしようとしたが、この時点で午前四時、さすがに迷惑だろうと思い、朝になってからかけようとしているうちにどんどんどんどん切なさが増し、泣きだしていた。

言われるままにカンスケに従い、スープをすすり、ぱさぱさのパンを噛み、オレンジジュースで流し込んだ。まるで食べ方を忘れているかのように、ときどきえずき、耳からジュースを出しそうになっていた。

そのままバスに押し込まれてもう気づけば当日の体重計測も終わって控え室だ。

「えっと、今回は初出場メンバーがいないから説明ははしょるけど、軽量級はA、B、中はC、D、重はE、Fで、ゼッケンそれぞれ順でよろしく」

ものすごい簡潔な説明で青山がすます。シンヤたちも慣れたもので各自ゼッケンから試合開始までの時間を算出していた。それに今回はカンスケがサポート役で来ていることもあるので安心だ。

いつもならここで番場から一言あるのだが、今大会では審判部に入っているので顔を出せないらしい。

「おっし、気合、入れてくぞ」

選手皆で円陣を組む。一言ずつ、わざと区切って青山が言う。

「結果は、後だ。まずは、悔いなく、気合入れて！」

「えええおりゃあっ」

ガツン、と気合が入り、エンジンに火が入る
——はずであった。

「よおっしゃいっくぜ」

シンヤが飛び回り他の選手もそれぞれアップを始めたり柔軟をしたりする。

ピリピリしつつ、開会式を待つ。

今回の軽量級、去年の王者、恩田、それに青山が同支部ながら決勝で当たるのではないかと注目され、さらには江川も去年の活躍からかなり有望視されていた。そして優作も選抜二年連続優勝してこの二度目の全日本体重別だ。期待が掛かっていた。

選手によっては開会式直後の場合もあれば夕刻間近になる場合もある。それぞれ試合開始時間に合わせて体を動かす。

去年は最初からホロホロと落ち着かず、浮わついたまま試合を迎え、ボロ負けした。今年は夜通しウジウジ悩んでいる。ある意味たまげた男だ。「ドナドナ」でも聞こえてきそうだった。

見かねた感じで青山が寄ってきた。

「優作……」

「おす」優作の顔が青白い。

「んと、まあいいや」

踵を返し、カンスケの耳に小声で言う。

「あんな、優作のアップんとき、おまえ受け返し沁みこませとけ」

「オスっ」

見たことのない優作にどうしていいか分からないカンスケが力強くうなずいた。

もう、まばたきする間に時間が過ぎてゆく。

ついさっき、カンスケに急かされて入場式に並び、臥薪會舘メインテーマ「虎を追え」が遠くで聞こえた。

そのほんの少し後には青山もシンヤも勝って控えに戻り笑い合っていた。もちろん、恩田も勝っていたし、支部の人間はみな勝っていた。

いつもどおりだ。みんないつもどおりだ。

じゃあ、オレも。やはり、オレもいつもどおり……

またうなだれる。もうすぐ試合だ。五試合前には選手たまりに出て行かねばならない。大観衆の前に出て行かねばならない。

涙がまたこぼれそうなった。

カンスケに急きたてられてアップをおこなうが、まるで他人の身体を操縦しているような違和感でぜんぜん動けていない。集中していない証拠だった。

それでもカンスケの指示でしつこいくらい受け返しを重ねた。

下段の受け返しだ。前足の内、外、奥足の内、外、とガードした足ですぐに蹴り返したり突き返したりといろんなパターンをこなす。多少、気がまぎれた。

「ふうう……」

うっすら上気した顔で江川が入ってきた。

「おう、江川、どした？　はっは、ちょい苦戦か？」

青山が明るく声をかける。

「オス、青山先輩、一回戦、勝ちました」

江川が不動立ちで報告する。

「おおう、なんか攻めあぐんでたみたいだな」

「オス、研究、されてました」

「そんなもんだよ、まあ有名税だと思え」

「オス」

「センパイ、おれも研究されたんすかねっ？」

「おめえは研究してもムダだろうなあ」

青山がシンヤにあきれたように言う。

シンヤは相変わらずの空中戦主体、でも一回戦はオーソドックスな前蹴りを効かして勝ち上がっていた。あまりにも飛ぶ印象が強いので、普通に攻め込まれたら相手がとまどったらしい。

「オス、勝ちました、オス、勝ちました……」

江川が選手一人ひとりにきちんと報告して回る。さすが、としか言いようがない。当たり前の行動なのだが、こういうことが普通に浮かれずにできるところが評判の高い証拠でもある。ちなみにこの江川以外、誰もしていないのだが。

「おう、ハザマ、勝ったよ、ちょい苦戦したけどな」

江川が笑いかける。

「おう、おめでと」

優作が返すが江川がけげんな顔になる。

「だいじょうぶかハザマ？　なんか……」


そこまで言ったとき、控え室のドアが開けられた。

「ほらほら～勝利の女神さまーズから差し入れだよ、感謝しなー」

大きなビニール袋に飲み物、氷を満載したサッチンが来た。江川を見てニッコリ笑う。

「おうス、智くん、お疲れさまでしたっ」

「オス、勝ちました」

サッチンにも丁寧な礼をする。見上げた男である。

「うひっ、サッチン、かっけー」

シンヤが飛び上がって喜んだ。

「へへへ、女神ーずからの差し入れだよ、みんながんばってね」

「女神ーっずって……あっそれっ」

青山がサッチンの着ているTシャツを指さす。

「えへへ、実はですね、昨日からユリ先輩んちにお邪魔してるんです〜」

なんとサッチンは鬼百合会Tシャツ下克上ヴァージョンてな感じのブツを着込んでいた。千草の実家が名古屋にあるという噂を聞きつけて泊まり込みを敢行しているらしい。ちなみに今回は千草もサッチンも試合の応援に集中するために大会のお手伝いを断わっている。

「おお……」「あれが……」「……むうう、禍々しい」

黒地に赤の筆文字で「鬼百合会」と書きなぐってあり、右下に「w」と入っている。どうやら「笑」という意味と見られる。

「あはははは」笑いが広がった。

「もうアタシ鬼百合会ですからっ」

サッチンが得意そうに、ツン、とあごを上げてみた。

「ひゃっひゃ、ほら、見ろよヒューサック、すげーよなっ」

シンヤが大喜びでばしばし背中を叩く。

「あ……ううん」

「んだよオメー、なあなあサッチンよお、こいつちょっと気合足んねえんだよっ」

まだうつむき加減の優作をヘッドロックしたシンヤがサッチンに言う。

「はあ？　……もおっはいはい、ほらユリ先輩っ、照れてないで入ってきなよ」

優作を一目見てなにやら得心したサッチンがドアの外に声をかける。

青山が手を叩く。

「お、そっか、総長がいねえやなっ」

「ほらもう、優作、愛しの総長も来てるんだからそろそろ気合入れようよ」

シンヤが優作をはがいじめにして前を向かせる。

「ああ……」

もう、なにかまともに千草の顔を見られそうになかった。

「ほらほらー、女神ーずっ、ただいま見参っ鬼百合会、勝利の女神ーず、ほら先輩、ポーズポーズっ」

「えいりゃあ！」

ふっきれたような千草の気合が響いた。

おおお～とみんなの感嘆するようなため息が聞こえた。

「うわ……かわい……」

優作の後頭部にシンヤの声がもれる。

ふいっと視線を上げた。

真っ赤な顔をした千草がサッチンと一緒に両手で拳銃を模したようなミニスカポリス系のポーズを決めていた。

「ほら、ハザマくんも元気出しなっ、ユリ先輩可愛いよ」

サッチンが元気よく言う。

「勝利の女神ーず、みんながんばれ、ユウっがんばれッ」

千草がむりやりやらされている感と進んでやってる感がゴチャマゼな感じで叫ぶ。

普段は見たことがないミニスカート姿だった。試合アナウンサーなどの行事ごとでのパンツルックや、レセプションなどでのロングスカート、また千草の部屋で過ごすときなどの短パンジャージ姿などは見知っているが、ミニスカはド新鮮だった。

「ほらほらっ」「っきゃっ、もおー」

横からサッチンが千草のスカートをピッとめくる。真っ白な内モモがチラッと見えた。

「こらあサッチンっ」

「あは、ごめんなさい先輩、でもさっ、ほらハザマくん、グッときた？」

プッとふくれる千草をあやしながらサッチンが優作に親指をぐっとサムアップしてきた。

ガツン！

優作の心臓が跳ねた。グッとどころではない、ガツンと跳ね上がった。

なんかとてもとても久しぶりに千草を見た気がした。

照れくさそうに笑う千草が可愛かった。とんでもなく可愛かった。

死ぬほど可愛かった。

死ぬのはやはりイヤなので知らない誰かを殺したくなるくらい可愛かった。

死にたくない。千草と別れたくない。

勝ちたい！

「いひひひひっ」

恥ずかしいのだろう、両手で顔をおおいながらも指のすき間から優作をのぞき見てきた。

目が合った。視線がからむ。

優作の目が見開かれる。

「ギャアアアアアオアアアアアアア！」

「うわっ」

シンヤが跳ね飛ばされた。

「おおーやっと気合入ったな」

青山があきれ顔で言った。

――可愛い！　千草が可愛い！　こいつと別れる？　冗談じゃねえ！

――負けたらヤダ？　じゃあ最初っから勝負すんじゃねえよ！

――勝つ勝つ勝つ勝つ気合気合気合気合っ
目を見開いたまま千草に近寄る。

一瞬、抱きしめられる、と思った千草が身構えるがそれもいいかな、と力を抜く。

両肩をガッとつかまれた。

「かああーっつ、きああーいっ別れん、ヤダ、好きっ、元気、勝つ、ちいんため、ぜってー」

吠え立てた。もちろん周りは何を言っているか分からない。

「うんっ」

どうやら通じたらしい千草が力強くうなずいた。

「おおっしゃあっ」

ドアを蹴破るように優作が控え室を出て行った。

「すげえな鬼百合効果……一発だったぜ」

跳ねとばされたまま床にへたりこんでいるシンヤがあきれたように言った。

ざっしざっしと歩を進める。ほんの少し前まで青白かった顔が絞め殺される寸前で血を噴かんばかりに紅潮していた。


さっきまでのウジウジっぷりがなんだったのか全く分からない、というかすでに完全に忘れていた。

——なにがどうしたってえ？　オレにゃ勝利の女神がついてんだっ、怖いもんなんかねーっ
振り幅の大きな男であった。

ドスン、と選手たまりに用意されたパイプ椅子に腰をかける。

「ったくもお、優作やっと目が覚めた？」

あわてて追いかけてきたカンスケが横につく。

「ばっけろう！　起きてるっての！」

「優作、声でかいって」

目の前で試合がおこなわれているのだ。

この選手たまり、自分の試合の五試合前から入ることができ、最終、二試合前までここに座っていないと失格になる。

ちなみに今、優作の座っている席は試合場か

ら四つ目の椅子だ。一試合平均五、六分として
だいたい後二十分くらいだ。

ぐっと視線を飛ばして対戦相手を見る。

まだ来ていないようだ。舐めやがって。

「なめんじゃねえぞ……」

ぶつぶつ口に出す。うっとうしいがこれが優作の調子のいい（？）証拠でもある。

「はいはい、えっとね、優作の相手は和歌山支部の捉受《そくじゅ》選手、二十八歳、体重は中量ギリの八十、タイプは、えっとねえ……」

「すっげなカンスケ？　なんだおま、あれか？スパイダーマン？」

「なげえよ、スパイ？　そんなんじゃなくてこれくらい調べる気になれば調べられるんだよ」

「へえ〜〜〜」

「あのさ、前にも同じ説明したんだけど？」

「いつよ？」

「先々週くらい」

「オレを誰だと思ってんだよ？」

「らっきょう」

「てんめ……」

「冗談だよ、しかしやっと、ぎりっぎり間に合ったかな？」

「……へっ、なにがよ、おりゃあ、おめ、ぜんっぜん大丈夫だぜえ？」

「まいーや、そんで対戦相手、実績的には地方ブロック予選代表常連、この体重別は七回目、最高位は三年前の四位、タイプ的には消耗戦主体らしいね」

「へっ、泥仕合かよ、オレの流儀じゃねえ……なんだよ？」

「まあそんなギャグが言えるようなら大丈夫だよね」

カンスケがあきれたように言う。

確かに、ミスター泥仕合と呼ばれるほど優作の試合は泥くさい。たいがいはドロッドロにもつれて粘りに粘って相手に音を上げさせての判定勝ちである。ただその分、応援するほうは熱が入る。

「ギャグじゃねーよ、まあいいさ、オレが勝つ、そんだけだ」

だんだんと前の試合が消化され、席が進む。

「優作、ていねいにね」

「おうっ……えっと、カンスケ、あんがとな」

わああっと歓声があがり、一方の選手が勝ち上がる。もう、すぐ次が出番だ。

「はは、ぼくじゃなくてユリ先輩に言いなよ」

「後で言うよっ」

立ち上がる。勝って帰って後で言う。

そう叫びながら試合場へ向かった。


心技体、という言葉がある。武道、競技、スポーツなど身体を動かす動作全般に言えることだが、この心技体がそろって初めて完全と言われる。

一般的に武道が心身練磨に適し、つらい稽古の果てには不動心が宿る、というような言われ方もする。逆に言えばまず、心ありき、でもある。まず心、気持ちがなければ技も体もない。

気持ちありき、もちろん気持ち、心は大切だ。だが、気持ちだけ前に出ても身体がついてこない場合もあった。

そしてここに、まさにその場合に当てはまる男がいた。

「ゆ……ユウサーック、なにしてる、今行けって、今だって」

カンスケが必死で叫ぶ。

カッと目で殺さんばかりに睨みつけながら優

作が蹴る。左前に構えての左での下段蹴り、相手も左前なので相手の前足、左足の内腿、あるいはヒザのあたりを蹴る。たいていは序盤の様子見に使われる技だ。

だが。

試合開始！　はじめの合図と共にペースを握ろうと相手は攻撃してくる。まだ動きの硬い優作に対し相手は舐めてかかり、嵩にかかって攻め込んでくる。ピンチピンチピンチ、だが相手の動きは見てきているので殆どクリーンヒットは許さずにいた。

本来であれば、相手の動きが見えているのであれば反撃すればよい。だが、気持ちだけは火がついた優作であったがいかんせん、身体がほぐれていなかった。寝不足とアップ時の集中力の欠如だ。

その結果（?・）突きが出なかった。あの、グンカンから盗んだ突きだ。

ここ最近の試合、組み手稽古などでも打ち応えというか感触がかなり良かった武器が使えなかった。

——うわわわどうしよ？

とりあえず蹴ろう、としたが足も出ない。不思議と相手の攻撃は見え、反応できる。受けのためであれば腕も動いて相手の突きも流せるし蹴りもカットするために足は上がる。ぜんぜんダメージは受けない。

だがこちらから手が出ない。

——こここここれじゃあ勝てねえって。

焦ったあげく、やっと出せた技がこの左の下段蹴りだった。

チョコン、と出た。こつこつと相手の様子を窺うときしか使ったことがなかった技だ。なにかこう、機関銃やらバズーカやら用意してきたがどれもタマ切れで、履いていたゲタで殴りかかっているような気分にもなった。

相手が突いてくる、受けながら前足を蹴る。相手が蹴ってくる、受けながら前足を蹴る。ワンパターンだ。さすがミスター泥仕合。

「えーっと優作、ていねいだぞ」

とりあえず感丸出しにカンスケが叫ぶ。それくらいしか言いようがなかった。

「まだやってんのか、おら、優作！　動け！」

青山がやってきた。

「がんばれオラ、それでも鬼百合会員か！」

シンヤも意味不明なことを叫ぶ。

相手の捉受選手も優作がたのセコンドが吠え立てているのを見て回転を上げてきた。強引に前に出てくる。それでも優作は受けて蹴る。受けて蹴る。受けて蹴る。

相手も優作がどういうわけか前足しか蹴ってこないのでとまどっていたが「コイツはどっか痛めててこの攻撃しかできない」と思い込んだらしく余裕をもって攻めてきた。

「ユーサク！　ほら、時間！　残り三十だ！　ラッシュかけろラッシュ！」

カンスケが叫ぶが、ラッシュなどできるものなら最初から身体は動くのだ。動けないからこうしてバカみたいに同じ攻撃を繰り返している。

——くそ！　くそ！　くそ！　くそ！

「くっそがあ！」

叫びながら蹴った。また前足だ。思いきり蹴った。相手もそれを読んで足を上げてガードしてくる。それでも蹴る。蹴る。蹴る。蹴る。蹴る。蹴った。蹴った。蹴った。もう相手が攻撃してきても無視して蹴っ飛ばす。蹴っ飛ばす。蹴っ飛ばす。

——お？　お？　お？

だんだん、ほんの少しずつではあるが、相手が下がった。

——お？　お？　お？

ちょっと優作が調子に乗りだす。ドンドン蹴りをつづけた。

「バカ、優作！　ガード！」

カンスケが叫んだ。臥薪空手のルール、顔を叩くことが禁じられた直接打撃制ルールの間合いは近い。

素手素足で殴り蹴り合うトーナメント、一番蹴りやすい足をつぶせば勝ち上がれない。だが、この足を蹴るという行為、あまりにもそれだけに集中しすぎると頭と手の位置が下がる。視線が、意識が下にのみ集中してしまうのだ。

相手選手の捉受選手は彼なりに焦っていた。

——なんなんだコイツは？

下段しか蹴ってこない。なのでガードしたら思いきり蹴り込まれ、身体を流された。

——名門支部のくせになんでこんな力まかせなのか？　しかし下段しか蹴ってこないということは、そのうち……ほらキタ！

ベテランと呼ばれるほど試合を重ねてきた捉受の目が光った。憑かれたように左下段回し蹴りを繰り返す優作のガードが下がってきているのに合わせるように右上段回し蹴りを飛ばした。

バキイ！

「おわっ！」

優作が驚く。相手がいきなり消えたのだ。

「ほおあほお」

「やめー！」

おののく優作に主審が止めに入る。

——へ？　なんで？　なんで止められるの？

おれ、負け？　なんで？　なんで？

迷子のような顔つきでセコンドを見る。

なぜかみんな大喜びしていた。

「……へ？」

よくよく見たら、マットに相手の選手が左足をかかえて悶絶していた。

上段回しと下段回し、一瞬早く優作の下段が当たった。だが先に当たっても、崩せないとそのまま上段を蹴られる。そういう意味で何度も何度も蹴りまくり、ダメージの蓄積があったところにさらに相手が蹴りを放つ姿勢、つまり体を回転させていた、蹴りを放つための身体がねじれたところに、太ももの裏側に優作の蹴りが入ったのだ。

人間の身体は正面は丈夫にできているが背面は急所だらけである。それプラス、打たれ慣れていないということもあった。

つまり、効く。

ストン、と軸足払いのようなタイミングと蓄積していたダメージでなんとか技ありをとった優作が勝ち上がった。

薄氷もいいところであった。

「ぜっは、ぜっは、ぜっは……」

青息吐息、それでも顔を上げてまっすぐ前を見ながら優作が礼をして試合場から降りる。

――あぶなかった、あぶなかった、あぶなかったっ
それしか思いはなかった。

「優作、やった、おめでとっ」

控え室へ戻るとカンスケが手を叩いて喜んだ。みんなが待ち構えていた。

「ったく、なにやってんだおめーはよお」

青山も優作が勝ったことが嬉しいがとりあえず文句を言う。確かに言いたくなるような試合だった。

「ひゃはっ、華麗だったぜ」

シンヤもからかう。

「お、おおう、ったりめえじゃねえか……ぜはっぜはっ、らっらっくしょうだったぜ！」

優作がかっくんかっくんとなりつつもまだ強がり、みなが爆笑した。

「あっはっは～でもよかったよ～勝てて！　ねえ、ユリ先輩？　過呼吸なりかけてたもんね」

「なってないっ」

千草が叫ぶがまだ顔が青かった。

「まあまあ、ハザマくん、ほらあんまり心配かけちゃダメよお？」

「えっらそーにっなんだよモオ」

なぜかサッチンに遊ばれる千草と優作だった。

「でもまあ優作、全日本初勝利、おめでと、よかったな」

青山が笑いながら言った。

「あ……オス、ありがとうございましたっ」

深々と頭を下げる。

「てめー、そんなしたこともないようなことしてんじゃねーよ」

「おうす」

優作も笑顔だ。やっとこさの笑顔だった。

「今日、もいっこあるからな？　浮かれて取りこぼすんじゃねえぞ？」

「オスっ」

そう、全日本初日は二つ試合がある。その二つを判定だろうがなんだろうが乗り越えなければ明日は来ない。

長い一回戦がすべて終了し、そのままに回戦が進んでゆく。

昨年、初日はじっくりいきすぎて二日目にペースがつかめなかった青山は、初日からわざと飛ばし気味に動くように心がけているらしく、大技も入れて技の散らしを多くしていた。シンヤは楽しく、隣のブロックにいる恩田に見せつけるように飛び跳ね、江川も今年にかけている思いを感じさせる組み手を披露した。

全日本初日二回戦。

一回勝って身体もほぐれたろう、と皆や先生に言われ送り出されたのだが……

「ゆーさくー、時間ねえよーっ」「バカ動けって、殺すぞ」セコンドは必死である。

「やばいやばいやばい」と思いつつもまたもや左前内腿蹴りしか出ない……。

相手も優作の一回戦を見ているので前足のカットはしっかりして攻撃してくる。

――動け動け動け……動けって。

必死で思い、願う。思うがさすが優作、動けない。

「優作突け、おまえの得意な突きだ、突き出せ突き」

「おらあっ、グンカンとやったときみてえな突き見せろよ」

「あああもおっ、ほんっとに安心できねーなコイツはあ」

もう声援でもなんでもない声も飛ぶ。

青山が優作の構えを見て叫ぶ。

「バカ、優作っ、肩に力入りすぎだっ、それじゃ突きでねえよ」

そう、優作は今度は力みすぎていた。つくづく、目の離せない男である。

両肩をいからせ、拳を握りしめ、首をカッチカチにしていた。こんな硬い構えで、組み手で動けるわけがない。

「おめーシロートかあ、ロボットみてえに動いてんじゃねえよ」

シンヤがきれはじめた。

「ウガーっ」

気合まで、ゼンマイ仕掛けのロボットっぽかった。

「ああ、どうしよどうしよ」

カンスケが頭を抱える。

「えっと、優作。肩の力抜けって……言っても無理だろうな……」

青山も後半声が小さくなる。それはそうだろう、そんなアドバイスどおりにできたらこんな苦労はしていない。

本日の優作の唯一の武器、下段はしこたまカットされ、下段の届かない中距離の技、前蹴りなどを織り交ぜて相手の選手が攻撃してくる。

下段回し蹴りは本来接近戦の技だ。ガチンコのド突き合いが多い臥薪空手のスタイルだがそれでも接近戦ばかりの展開ではない。


「やばいよ、ユリ先輩、ハザマくん負けちゃうって」

セコンドの後方、観客席でサッチンが千草の肩をゆする。千草はさっきからギュウッと鬼百合Tシャツのすそを握りしめて祈るように震えていた。

「あんな肩に力入ってたらダメだって、なんかない？　なんか言ってあげないとっ」

空手選手の彼女歴が長い（？）サッチンが千草の肩をガタガタゆする。ぜったいにピンチのとき、彼女の声は届く、だから言ってあげないと。サッチンが昨夜、千草の部屋で枕を並べて寝る前に言っていた言葉がよみがえる。

「あ、あああタマゴー、おっきなタマゴーッ」

胸の奥から噴き出すようにいきなり千草が立ち上がり、叫んだ。

「タあアマゴー、だっこー」

「はあ？」

サッチンが真顔になる。コメカミに大汗がたらーっと流れた。

――もしかして変な地雷踏んじゃった？

「タマゴっ、こお、おっきなタマゴ、だっこしてー」

一線を越えた目つきで両腕を前に出して、大きなタマゴをかかえるようなゼスチャーで叫ぶ。

「だっこー、だっこ、だっこしてから」

完全におかしいヒトに見えた。さすがにサッチンがドン引きした。

――抱っこってアンタ……

そのとき。

ドガーンッ
いつか聞いた、そう、去年、全日本無差別で聞いたあの音が聞こえた。

サッチンが試合場を振り返る。相手が場外線間際まで吹っ飛んでいた。目を白黒させている。

「おおっしゃキター、優作っそっれだあああ」

「おっせーっよ、はやくしとめろおおっ」

「っひゃー、おおらぶったおせえっ」

セコンド陣が飛び上がる。爆煙の彼方から、目を伏せていた優作がクっと顔を上げた。構えが変わっていた。

空気が、変わる。

「っふっ」

一拍、息を吐き優作が前に出た。カッチカチに固まっていた肩がなめらかに落ち、両の腕でまるで大きなタマゴをかかえるようにふんわりと大きく構える。この上半身の脱力により自然な位置に腰も落ちる。

「のこり一分ねえぞ！」

向こうのセコンドからも声が飛んだ。

それに急かされたかのように相手が飛び込ん

できた。さっき、なにを喰らったか分かってぃないらしい、どうせマグレだろう、そんな感じだった。まだ優作には下段しかない、とばかりに前蹴りを突き刺してきた。

　スパッと内受けで流しつつ相手のナナメ横にするりと移動する。そのまま相手と背中合わせになるように立つ。相手はいきなり優作が視界から消えたのを追おうと向き合おうとしてくる。優作もそれに合わせるように回転し、向き合いに行く。突きにゆく。

　——あれ？　こいつ動いてる？

　そんな目で優作を見た。一瞬、目が合った。

「っしょりゃっ」

　足の親指をこじるようにマットを蹴り、その勢いで膝、骨盤、腰とねじってゆき、背筋で肩へ伝えてゆく。

　——首で先にリードして、肩を回して肩甲骨をぶち当てるつもりで！

　——かかえていた大きなタマゴを片手で投げるようにっ
　——半開きの拳の中に溜めた空気も打ち込むようにっ
　——わきをしぼってショートを意識してっ突く。

　相手の胸に拳が、手首が、ヒジくらいまで突き刺すようなイメージで。突きぬく。

　久しぶりの感触が、衝撃で拳がたわんで縮むようなあの感触を優作は味わっていた。

「いーーー……っき」

　胸を押さえて崩れ落ちる相手を見ながらさっきの突きのイメージを千草に話したときを思い出した。

　じゃあじゃあ、おっきなタマゴだっこすんだ？　へえ〜と目を丸くしていた、のを思い出して思わず頬がゆるむ。ちなみにそのときは千草の部屋で、千草をだっこしながら話していたことは秘密だ。

「ふわはあ」

不動立ちで勝ち名乗りを受け、今度こそ、今度こそしっかりした足取りで控え室へ戻った。

「オーーーッス、ハザマっ勝ちましたああ」

どうどうと胸を張って叫ぶ。

「っひゅーだっこちゃん！　おめでとー！」

「ほんっと優作のセコンド疲れるわ……」

「シンヤ、カンスケ、あんがと……」

それしか言えない。

「ったくまあ、もう勝ったからいいや、言っとくけどな？　明日が本番だぞ？　あんまり終わったつもりんなんなよ」

青山が釘を刺す。

そう、全日本は二日ある。結構、初日は異様に調子がよく、あいつはぜったい優勝するとか噂が立つ選手が二日目、初戦でコロッと負けることも多い。日が変わる、一晩たつとかなり変わるものだ。

たったの一晩で噂が駆け巡り、マークされ、研究され、つぶされるのだ。

気を抜かない。

脱力と緊張は大事だ。ただ、ものごとには限度がある。緊張しすぎたらさっきの優作のようにカッチカチになるし、脱力しすぎても少しのことで痛みを感じる。つまりアドレナリンがまったく出てこない。どちらもそれでは勝てない。

そのブレンド具合、それをどれだけ自分で調節できるかは経験と運だ。体調にも影響するし、体調次第で心も影響を受ける。

「おうす」

優作がもう一度、真剣に頭を下げた。

「よーっし、ほんじゃ支部の選手は全員勝ったことだし、戻るぞ、すぐにメシだけど騒ぎすぎ、飲みすぎは注意な、あとメシんときに決意表明させるからっ」

青山が号令をかけ、みな宿舎へ戻る準備を始めた。

「はっざっまくーん、よかったねっ」

「あ、おうす、勝ちました」

とりあえず道着を脱いで汗を拭き、Tシャツに着替えたところでサッチンが顔を出してきた。優作がきちんとあいさつする。

「アハハ、お礼ならするひとがいるでしょうが」

サッチンが笑いながらドアの外を指さす。

「あのさ、ユリ先輩、ちょっと恥ずかしがっちゃって入ってこられないから行ってあげて」

小声でサッチンが優作に告げ、そのまま「オーッス、お疲れさまでしたあ～」と江川たちに寄ってゆく。

サッチンに目礼し、ドアへ向かう優作に外野がチャチャを入れた。

「おおう？　優作、だっこちゃんか？」

「だっこするんか？」

「だっこしてチョ」

「駅弁かあ？」

「チョコボールか？」

「うるっさい！」

ガッと虎でも追い払うような気合で黙らせ、優作がドアへ向かう。控え室の中をもう一回ギンッギンに睨み倒し、こっちへヒトが寄りつかないようにしながらパッと外へ出る。

あれ、いねえ……と思って振り向いたらドアの陰で小さくなっている千草がいた。オドオドした様子で優作を見上げてきた。もう、金星まで泳いでいけそうなくらい可愛かった。

「んむう」

固まる優作の気配を感じて千草が顔を上げて真っ赤な目で見つめてきた。優作がそのまま手首をつかんでズンズン歩いた。

人気のない場所を探したがそんなものがあるわけもないので体育館の外周廊下を半周し、空いていたソファに座った。

「ふう……」

なんか妙な感じで二人とも息を止めたままタカタカタカカと早足で歩いていた。

座ってから口を開く。

「えっ」「あのっ」

「いやそっち」「ごめっ」

非常に気が合う。

ふっと息をため、一回頭を下げてから優作が顔を上げてゆっくり言った。

「オス、ありがとうございました、初日、勝ち残れました」

ぶわっと千草の目がうるみ、泣きだしそうになる。

「ううわ」優作が焦る。

「うぐっよがっだあ……えぐっ」

「泣くなっ」

ものすごいきまりが悪そうな顔で座る優作の前をクスクス笑いながら人々が行き来する。

「えぐっえぐっ……ごめん、ごめん……」

「なあんであやまるよお、あやまんのはこっちだって」

「んにゅう……怒ってない？」

「そっちこそっ、わりい、ダサイ試合見せちまって」

「んなことねー」

「だせーって」

「なことねーって」

「だせえっつってんだろっ」

「なことなかろっーってっ」

妙な言い合いになってしまう。

やっと二人とも顔を上げ、おたがいの目が合った。またグウッと来る。また沈黙がきた。

「マヂで、ありがとう、あらためて、ありがとな、チイ」

優作が思いをこめて言う。

「あれがなかったら正直、負けてた、よくもまあ……だっけどあのアドバイスはあ！」

「あんたがゆーとったがやあ！」

また言い合いになり、今度はプッと笑い合う。

さすがに人目もあることから抱きしめはしないかわりに顔だけあさってに向け、手を握った。

ちょっと痛いくらいだったが、千草は黙っていた。しかもそれ以上の力で握り返してきた。

「明日も、勝つから」

「うんっ」

たまらなく、晴れ晴れとした顔で優作が宣言し、千草が力強くうなずいた。

「え〜まずは選手の皆さん、今日はお疲れ様でした、今年はサイワイにして、ええ、ええ、サイワイにしてですねえ、全員が、去年と違い、全員がっ、二日目へ進むことができたことをまずは祝し、さらには明日の健闘を祈り、乾杯のアイサツとさせていただきます！」

狭山が演説の最中に優作をチラリチラリと見ながらワルイ笑顔を見せ、乾杯する。

「かんぱーいっ」「おすっ」「おす」「明日はがんばるぜい」「ばるんばあ」

上下ワシントトン荘の横手、ワシントトンさんの多角経営の一つである屋台風居酒屋「でんぜる」での打ち上げであった。

あくまでも、初日終了での打ち上げだ。明日ももちろん試合がある。なので飲みすぎないようにしなければならない。

青山などの常連となれば明日も考えてほどほどにする習慣がついている。

まあ放っておいてもなんだかんだと遠征地での試合、気疲れもあって酔いの回りも早いものだ。各自、「優勝します」「ぜったい勝ちます」「もっと飛びます」「勝ちます」「ぶっころします」などなどと決意表明という名の覚悟をそれぞれ叫ぶ。

さすがに千草とサッチンは参加していない。基本、選手のみの集まりというくくりであった。女人禁制、とまではいかないが、やはりそこは武道社会。それにまだ、初日が終わっただけで、明日がある。つまり闘いは続いているのだ。


「おうっす！　だっこちゃん、おつかれ」

「っせーなーもお！」

シンヤが優作に寄ってくる。

すぐに嬉しそうな顔で狭山が来た。

「なになに？　どしたの？　ええええー？　そうかーこりゃまった参っちゃったなーもー」

わざとらしい笑顔で優作をどやしつける。

「ええっとっすね、まああの、オス、勝ちました、ありがとうございます、以上っ」

そそくさと立ち上がろうとするのを狭山が押しとどめる。

「いやだからさ、どやって勝ったの？　ねえねえ？　おじさんに教えて？　見てなかったのよお～」

最近オヤジオヤジと言われるのでオジサンを前面に出すスタイルになった狭山だが、これはこれでうっとうしい。

「おおっす、まあその〜」

「はは、優作、まあ狭山先輩も嬉しいんだよきっと、ほら去年はおまえアレだったたから、今年は二日目にいけて喜んでくれてんだよ」

カンスケもフォローに入る。

「おっ、こりゃあカンスケちゃん、いいこと言うね〜、ま、飲め飲め」

——ほんとは飲んでからみたいだけなんじゃねえのか？

優作がそんな目で狭山を見る。きっと間違いなのだと思いたいところだ。

「ひょっひょ〜パクッといったれよお明日〜おお？　聞いてるんかい優作ちゃんよお」

「ハザマ」

「オッス！」

狭山が絶好調でからんでこようとしたところ、番場がやってきた。今日は審判部長とかでかけずり回り、やっとさっき支部の人間と合流できた。狭山がさすがにまずい、と大人しくなる。ありがたかった。

「ハザマ、よかったな、よくやったぞ。まずは結果だ。勝ち方なんかどうでもいい」

「オッス」優作が番場の目を見てうなずく。

「反則しろっていうわけじゃないが、なにをしてでも勝ちに行け」番場が言う。

「オス」

「大石、おまえもいいぞ、ただちょっと狙いすぎだ、もっと飛べ」

「え？　いいんですか？」

「飛び続けろ、気にすんな」

「オスッ」シンヤも嬉しそうにうなずいた。

「あ、狭山」

「オッスっ」

「あんまりからむな、選手疲れさせてどうする、バカなのかお前は」

「……おす」

狭山が小さくなっていた。優作、カンスケ、シンヤがひじで突っつき合う。ざまあみろだ。

「それから岩城、今回は助かってる、ありがとう」

「オス、いえっそんなっ」

カンスケがあわてた。

「じゃ、明日もがんばってください、丁寧さ意識して、でも小さくまとまらないように、思いきりやればいいから」

番場がそれだけ言って去ってゆく。

「おお〜あいかわらず深いなあ」

カンスケが腕を組んでうんうんとうなずく。

優作がうつむきながら反芻し、カンスケに話しかける。

「丁寧か……あ、そういえばカンスケあんがとな、一回戦、なんとかダメージ受けずにしのげたのは、アップんときに受け返ししこたまやってたのが残ってたみたいだったわ」

「あはは、いいって、だいたい受け返し多めにやらせとけって言ったの青山先輩だもん」

カンスケが薄めの緑茶ハイを飲みながら言う。

「えっ、そうなの?」

「そだよ」

優作が向こうのテーブルで江川たちと談笑する青山に目をやり頭を下げる。

「まーあれだよ優作、できのわるい弟もってるような気分なんじゃねえの?」

シンヤが嬉しそうに言う。

「うっせーなっ」

「でもマヂほんっと優作の試合心臓に悪いよね」

「すんません……」

カンスケのまっとうすぎる感想に返す言葉もない。

でもこんなに自分を思ってくれている仲間がいる。なんとか勝ち上がれたのも自分だけの力ではない。それを痛切に感じた。

カンスケたちにも、そして、そして千草にも感謝の念でいっぱいだった。

勢いで立ち上がり、叫ぶ。

「まあさっ、明日だよ明日っ、気合いれてこーぜ」

「優作、おめーそれ去年言えなかったから言いたかったんだろ？」

「うるっせーって」

「で？　だっこちゃんなの？」

「もおっ、しゃべんなオッサン」

笑いが広がっていった。

やっと長すぎる初日が終了した。

―夏ノ陣　二日目―

ガバッと起き上がる。

まぶたがすごい勢いで開き、すぐに目の焦点が合った。

まずは目に入った天井からぶら下がる裸電球を睨み殺して割ろうってなくらい見つめた。

割れなかった。

「まあ、いいや」

つぶやきながら立ち上がった。

優作が立ち上がった。

まだ、日は昇っていない。

「朝日に勝ったから、許してやる」

裸電球を睨みながらそうつぶやいた。


数秒後、昇ってきた朝日を睨みつけた。


ガッチュガッチュと納豆をかき混ぜ、卵を割り、鮭を三切れまとめて練る。さらにマヨネーズをぐりぐり出し、どんぶりメシにぶっかけた味噌汁ごとすする。バッリバリとシシャモも十五匹くらい噛みながらさらにタクアンを丸一本キープしていた。

「あ……あの優作？　絶好調っぽいのは分かるけど、もう食うな、周りに迷惑だ」

カンスケが言いにくそうに注意する。

「ん……適量だ……」

ふっと視線を上げて優作。

「食いす……ビスケット・オリバかよ、まあいいや」

完全にあきれ声でカンスケが言った。

「おおう、優作、気合入ってんな、どうかと思うくらいだけど」

シンヤも笑いながらオレンジジュースを飲んでいる。

そう、昨日は異様なくらい食が細く、パンとジュースをもそもそ頬ばっていたとは思えないくらい食べていた。

上下ワシントン荘、ボロ旅館のくせに朝食は和、洋食完備である。その分、施設に金をかければもっと客は来そうなのだが、押入れなし、洗面所なしの監獄空間満喫仕様だ。

「っふっ、しっかり食わんと動けんのだよ、なんせ今日は決勝まで五試合あるからね」

どこのスーパースターか、というくらい大物口調で優作が言う。

ああ、と頭をかきながらシンヤが笑った。

「今日も暑くなりそうだね」

ジ～ワワワと響き渡ってくるセミの声を聞きつつカンスケがタオルで顔をふきながら言う。

「おう、そだな、いいかおまえら、各自水分補給は早め、多めマメにだぞ」

「昨日と違いすぎんだよおめーはあっ」

優作がちょっとアニキぶってアドバイスするがすぐにシンヤに突っ込まれていた。

「ばっか、昨日は昨日だ、今日は今日、オレはオレ」

「だっこちゃんは？」

「あれはち……うっさい！」

優作が自爆しそうになり、とどまったところでみんなが笑った。

「おーっし、みんな食ったか？　そろそろバスが来るから準備しとけ～」

青山が長テーブルの向こうから声をかけてくる。

「おおっす」気合がこだました。

二日目が、来た。

昨年は会場にいるにはいたが、まったくの傍観者というか観客であった。

今年、なんとか必死のパッチで喰らいつき、生き残った、なんとか生き残れた、ということは必死になればなんとかなるということだ、と優作は変なふうに開き直っていた。

会場につき、ぞろぞろと控え室へ向かう。

昨日と違い、全種の人数が激減している。

当たり前だが軽、中、重、の各階級それぞれ百二十八名参加のトーナメント、選手全員で三百八十四名、それを昨日二回戦まで終了し、ベスト32まで絞り込んでいる。

すでに四分の一になっていた。

ここから、五回闘って勝てば、優勝だ。

基本、ベスト8に残らねば冬の無差別の権利、来年の体重別への出場権も得られないし、ベスト4に入らねば全国区とは言われない。

そして優勝して初めて一流の仲間入りだ。

そこらあたりでやっと機関誌である臥薪カラテマガジンで通り名を名づけられるのだ。

道は、遠く、険しい。だが、どんなに厳しい道筋であろうとそこへは必ずたどりつける。必ず、誰か一人は優勝、頂点へたどりつけるのだ。


「ふうーっふ！」

道着に着替え、すでに柔軟体操で身体を軽くほぐした優作の肩が叩かれた。江川だった。つねにポーカーフェイスだが今日は少し様子が違った。

「ハザマ」

「……おう、どした？　あ、昨日はサッチンにもありがとって……」

「んなこたどうでもいい」

「あ？」

「オレ、今年は獲《と》るつもりだから」

「お？」

「オレとやりたいなら決勝まで上がってこい」

「おお？」

それだけ言って背を向け、江川はドアを開けて出て行った。

「おーい、優作、一回戦の相手だけど」

「あおあああああっ」

「うわあ、なんだよまだ試合始まってねえぞ」

「カンスケーっ」

「なんだって」

「オレって、江川、オス、あがって、オス、あいつオス、オスあがってオス」

「どうどう、落ち着け」

「ひゅっひゅ～カンスケ、オレ恩田先輩と当たるの準決だっけ？」

優作をなだめすかすカンスケのところに、なぜかビーフジャーキーを噛みつつシンヤがやってきた。

「なにやってんの？」

「いやなんか急に優作が炎上してっ」

「は？　まあ落ち着けだっこちゃん」

「うんがーっ」

火に油だった。

どうやら優作は昨日勝ち残れたということで舞い上がり、今回の大会、全日本体重別選手権、宿敵江川も当たり前のように優勝を狙って参戦しているということがスッポリ頭から飛んでいたらしい。さすが、である。昨日までの状態、異様なマイナス思考の中では自分のことで精一杯だったのであろう。

江川は江川で、同じ道場とはいえ、優作の集中したときの爆発力は認めていた。同い年でお互いを高め合える同士だとも思っていた。なので念を押すためにさっき、優作に宣言したのだ。

「おいっちゅ、あいっちゅ、あいりっちゅ」

「ちょっちゅね？」

「ちゃあーああうっ、あいっちゅ、江川っ、くっそ」

「あん？　心配しなくても江川とは決勝まであたんねえから安心しとけ」

「ああ？　決勝まで？　行けたらの話だろ」

「優作、なんだそりゃ？　行く気ねえのかよ？」

カンスケが真顔になる。

「あるにきまってんだろ」

優作も真顔で言い返す。

「もしかして優作、だっこちゃんのことで頭がいっぱいで、対戦表、見てねえんじゃね？」

シンヤが図星をついた。だっこちゃん云々はおいておいても、完全に飛んでいたのは確かだった。

「うるっせー、そんでカンスケ、おれが決勝までにぶちのめすのはどこの馬の骨だ？」

「あいっかわらず油断させてくれないよね優作は」

本気でびっくりした様子でカンスケがノートを取り出す。後年、カンスケメモと呼ばれ全国の対戦相手を丸裸にしてしまうデータの蓄積が始まっていた。

「あんだけいつも江川江川ってからんどいて、よくこのタイミングで忘れられるよね」

「忘れてたわけじゃねえ、ちょっと思い出せなかっただけだ」

横ではシンヤが腹を抱えて爆笑していた。

「ぎゃっひゃはっひゃ、しんじらんねー」

ギインと優作が頭を光らせながらシンヤを踏

み殺そうかと一歩前に出た。

「えっと、ここだ、おい優作どこ行く、あのね、三回戦の相手は兵庫の田端選手、全日本は三回目で慣れてる、毎回二日目に残る実力者だよ、いつも圧力勝負で押し切って勝ちをつかんでくる」

「っへ、華麗なるステップで翻弄してやらあ」

「どーっせドロドロになるでしょ」

「にゃにおうっ」

「まあ三回戦は心配してないよ、問題は次だ」

「なんだよ？　誰が来たってオレは……」

「去年、一昨年、連覇してる王者、四国高知の武智選手と当たることになる」

「っへっ」

優作が笑う。ハッタリとか強がりでなく、単純に強者と闘えることが嬉しい、そんなふてぶてしい笑みだ。

「どっこの誰だろうと、おらあなっ」

カンスケが最後のとどめに言った。

「ちなみに武智選手、去年、江川にも勝ってる」

ズガン、と最終的なネジを巻かれた。

「……………」

「あれ？　優作、どしたの？　まさか」

びびった？　と聞こうとした自分をカンスケは恥じた。

「ぶう〜〜〜〜〜〜ころっすっ」

いきなり立ち上がり、叫び倒す。

——ああ、こういうヤツだったよね……

「おらあダッコマン、気合入れんのはいいけどうるせーよ」

控え室の端から青山が怒鳴る。

「こんなとこでいくら吠えても相手は倒れねえよ、ぶっころすんなら試合場でぶっころせ」

静かに、それでも飛び出しそうになる自分を必死で押さえつけるようにして青山が言った。

全国区と呼ばれて久しい青山も、実力を認められつつタイトルを手にしていない。そういう意味でも今年に賭けてきていたのだ。

「オス！」

ビシッと礼をし、優作がカンスケをうながしてアップするために控え室を出て行った。

本気の夏が、はじまった。


二日目、初戦。

初日からかぞえての三回戦、カンスケの予想通り、田端選手との試合はドロッドロの消耗戦だった。

なんだかんだいっても優作の試合が泥仕合になりやすいのは真正面からのド突き合いが好きだからだろう。一本、技ありこそ取れなかったものの、旗判定４－０で優作が振り切った。ここでベスト16だ。

控え室へ戻る途中、水を飲みながら優作が試合場を振り返るとちょうど江川の順番だった。自分と違って悔しいくらい落ち着いているのが分かる。

落ち着いているといってもぜんぜん動かないわけでなく、浮かれているところがないと言おうか、とにかく相手に集中しているのが見えた。

丁寧さ、カンスケが最近は受け返しで注目を浴びつつあるが、そこは天才江川、受け返しも、あの撃ち落としも組み手技術全般のレベルが高いので個々のスキルが目立たないだけなのだ。

やはり、強い。

それでこそライバル。そして相手が強ければ強いほど、燃えるのが優作だ。

――待っとけっ、オマエを倒すのは……

「おめでと」

なんか優作がイイ表情でひたっていたら選手通路の横手から声がかかった。

「おう……」

「あ、岩城くん、おつかれさま、迷惑かけてない？」

千草だった。セコンドのカンスケにも気づかいを忘れない。

「ああ、いえっ、まあ優作らしいっていうーか」

「っさいっ、おお、応援あんがと、今日はサッチンと一緒じゃねえの？」

優作が礼を言いながら聞く。

「ん、さっき会場来るまでは一緒だったけど、今日は当たるかもってことでさっ」

「かもじゃねえよ、当たる、そして勝つ」

「さっきまで忘れてたくせに」

カンスケが横から突っ込む。

「うっさいっ」

「ふふ、でも今日はなんか元気やね」

安心したように千草が言った。

「おらあ、いつも元気だよ……」

おまえがいるから、とか勢いで言いそうになった。でも優作の視線でなんとなく理解した千草がニヒヒッと笑った。

「あっちいなあ〜、優作、そろそろ戻るよ？」

カンスケがわざとらしく見つめ合う二人にちゃちゃを入れた。

「おお、もっと熱い試合したるわい、そろそろ次の出番かな、一回戻るわ、じゃなっ、ぜってー勝つからっ」

優作が叫びながら控え室へ戻っていった。

入ってすぐに青山に呼び止められた。

四回戦、これに勝てばベスト8、全国区入り、そして無差別への切符が手に入る。

だがそんな計算をしている人間はそこで負ける。ゴールの設定をどこにするかで精神的なスタミナが切れるのだ。

ぜったい優勝、決勝で江川に勝って優勝、それだけを念じながら優作が四回戦の試合場へ向かった。


「……高知支部、武智譲二選手」

アナウンスが流れ、武智選手が上がってきた。

土佐は高知の荒波舞う漁師町で、子供のころから腕っ節に自信がなければでかいツラのできない土地柄、そこでケンカ空手の修行をしてきた二十六歳。真っ黒に日焼けした精悍な印象だった。体格は優作と五分。一七五センチ七六キロと大差ない。

とくに腕が長いわけでも飛びまくるわけでもなく、なにが強いといわれたら空手が強い。そんな選手である。

殴り合いも蹴り合いも押し合いになっても最後には相手をへばらせている。現在体重別二連覇、無差別のほうは家業の手伝いであるカツオの養殖が忙しい時期らしく出場していない。通り名は土佐犬。どうもうな目つきと一度食らいついたら相手が泣き声をあげるまで攻撃するスタイルから名づけられた。同じ支部の兄弟子にいごっそうの異名を持つ坂本選手がいる。

ド突き合い大歓迎、倒れるときは前のめりに、そんな気っ風《きっぷ》のよさで人気はかなりある。人気だけで言えばあのグンカンに次ぐ、とも言われていた。

「正面、礼っ、主審、礼っ、お互い、礼っ」

ズバッズバッと主審が手刀で指示し、向かい合って礼をする。

「ゆーさっくっ、こっからが本番だぞ」

凛とした青山の檄が飛んだ。そう、ここからが全国区、ここからが本当の全日本だ。

「先輩、あったりまえに勝ってますよね」

あきれたような声で横からカンスケが言う。

このベスト8入りをかけた四回戦、青山は危なげなく勝利し、そのまま優作のセコンドについていた。残念ながらシンヤは飛びすぎて場外に転落、足を痛めて敗退していた。

「うぐっうぐっ、ヒューサマーーーっオラの分もおおおっ」

「誰になってんだよシンヤ……」

「おらいけーっダッコマン」

「っせー!」

気合にまぎれて言い返しながら優作が構える。

フルバージョンのだっこちゃんの構えだ。最初っから本気も本気、集中しまくっている。

——去年と一昨年の王者ああ?　土佐犬だかなんだか知らねえけっどっ

「いくだけだあっ」

瞳孔がひらいているような目つきで優作が飛びかかるように距離を詰める。

武智は相手がどうこようとも、どんな展開でも受けて立つ、という話をカンスケから聞いていた。おそらく、似た者同士。気持ちのぶつかり合いになる。そういう意味でも正念場だった。

様子見の突きや蹴りなど出さない。いきなり全力で行った。

「おおう」

「しぃおら」

額がぶつかりそうになる距離で睨み合う。

「タケチーっ今年も優勝だあ」

「土佐犬、かみころせえ」

観客席から声援が飛ぶ。

「せえっア」

胸、鎖骨、気骨、上腕、腹、水月、レバー、おたがいに急所を狙い合いながら突き、受け、動き回る。さすがに真正面から、とはいえ、足も細かく使わねばこの全国区のレベル、通用しない。

「よおっしゃ、いいぞ優作、カンスケだ」

おおう、と青山が声を上げる。

不器用な優作が唯一できるステップ、それが相手の前蹴りをさばいてナナメ横に回るステップだった。動体からの受け返し全般のうまいカンスケの名をつけていた。苦戦した戦法、技をなるべく取り込むのが優作だった。

すっとずれ、死角に回り、蹴りを入れる。まだカンスケのようにうまく回りきれないが、それでもガチンコの殴り合いだけしか引き出しがなかったのに比べれば格段の成長だろう。

一瞬、武智がとまどうふうであったが、そこは全日本王者、すぐに優作の動きについてゆく。伊達《だて》に連覇はしていない。

動くやつ、圧力あるやつ、うまいやつ、どんな相手にも勝たなければ優勝できない。王者になれない。

土佐犬などと荒々しい通り名をもつものの、去年の体重別で江川と技術戦を制していることから技術力も高いのだ。

上下横に技を散らして、いいのを一発入れたい優作だが、やすやすとそれをさせてくれる相手ではない。

「いっぷんはーん、一分半、半分きたぞ優作、そろそろ見せ場つくれーっ」

カンスケが声を飛ばす。

さっき、控え室で青山に言われた言葉がよみがえる。

『いいか、優作、分かってんだろうけど次からが全日本、これは間違いねえ、さらにいえばここ、８からがドラマで言えば主要キャラだ、もちろん主役は優勝者一人だけ、分かんな？　今まで選抜だの初日残っただのってのはよ、言うなれば雑魚、その他大勢ってやつだよ。ここで、８に入って初めて、その他、の仲間入りだ』

青山は全国区だの一流だのという浮ついた言い方はしなかった。これは青山自身がそういましめていることもあるし、優作にもそのほうが入りやすい。

『そんでだ、その他大勢がその他になるにゃ、そしてその上の主役級になるにゃあどうしたらいい？　黙って普通にやっててもその他大勢に旗は上がらんぞ。蹴落とせ。食らいつけ。

主役級を引きずり落とさねえと決まった数の椅子には座れねえんだぞ。選抜も勝ってここまで来たのは認めてやるよ、無差別でグンカンといい試合したのも認めてやる。だけどな優作、結果、目に見える結果を出さなけりゃいくら評価されても意味はねえんだよ。主役級のアイツをひきずりおろせ！』

去年の王者と闘う前に青山がガソリンを入れた。

「おおおおうよっ、その他っおおぜえっでっ、終わって、たまるかってっ」

叫びながら優作が攻撃する。武智が一発殴れば三発返し、四発蹴られたら七発返す。蹴り、突き、押し合い、吼え、なにがなんでも前に出る。ただ、これも、優作の今まで通りだ。

――これ以上？　まっだまだ、こんなもんじゃ……

青山のガソリンが効きたおしている優作が攻める、攻める、攻めるが、それでも武智も返してくる。当たり前だが返してくる。王者なのだから反撃してくる。

――いっつも以上っいつもより、いつもより多く、いつもより速くっいつもより強くっいつもよりしつこくっ
――それでも、まだまだまだあっ
「おらあ、優作、もっとだもっと、まだ五分だぞっ勝ってねえぞっ主役になんだろがあ」

さらに青山が焚きつける。

そう、主役級、王者と対戦するのであれば、椅子を奪い取るのであれば、五分ではだめだ。引き分けなら有名選手に旗が上がるのだ。

下の選手、その他大勢が割り込むには、まずは倒す。基本だ。

青山も四年前に当時の軽量級の有名選手の頬を噛みちぎらんばかりの勢いで椅子をぶんどったとき、蹴り足で目を狙った。手の指で狙えば反則だが足の指、蹴りで狙うのは反則ではない、があまりほめられる行為ではない。だが、それくらい、平気でせねば、いやそれくらいの小技を平気でいなせねば椅子に座り続けられない。

その青山も全国区となって最初から顔面狙いで来るヤツ、拳に鉛を握りこんでくるヤツ、下手をすれば毒を盛られそうになったりしながらも勝ち残ってきた。生き残ってきた。

全日本上位、修羅場である。

「おおがらあっ」

武智もハンパない。二連覇するということはチンケな仕掛けなどぶっとばしてきた証拠である。優作は正面突破、それしかない。

――見せ場、見せ場、くっそ、いい突き打てねえ、蹴りもうまいこと潰されるっ
キイインとまるで金属音でもするような緊張感の中、優作がもがく。武智がうまく距離を操作し、突きも蹴りも微妙にずらされる感覚、

高い下駄をはかされたような違和感のまま優作がもがく。

本当なら、大きなタマゴをだっこしてから足を腰を肩を回して突き込みたいが、それをさせてもらえない。大きく構えようとした瞬間に中心を崩される。

うまい。うまいし、強い。それも認めざるを得ない。

「そんでもおーっ」

無理にでもなんとかしようと優作がもがきながら突きを出そうとするもすぐに距離を詰められてしまう。試合が始まってすぐに優作の突きのヤバさ、適正な距離をとった場合にクリーンヒットしたときのダメージの大きさを瞬時に判断した武智はくっつくか離れるか、両極端な作戦を取ってきた。

うまい。そして要所要所で巧みな攻撃を入れて優作のペースにさせない。

突く、パンチを打つ、当てる、という行為はすなわち立って向かい合った距離が腕を伸ばした位置が一番威力が出る。考えてみれば当たり前だ。それ以上遠くなれば突きは届かないし、近くなればうまく力が伝わらない。

絶妙な位置をキープし、決定打を与えない。

それでも気魄だけで本戦は一－〇、延長も二－一と向こうに旗は上がるもののお互い決定的なポイントは奪えず最終延長の二分間に突入していた。息つく間もないくらい時間が過ぎる。

「おっらあ優作っここまで来てよくやったで終わるんじゃねえぞ」

まだ青山が火をくべる。

そう、ここまで来たら、新人、というか大舞台慣れしていない人間は変な達成感を持ってしまう。有名選手とベスト8をかけて最終延長までやった。よくやった。本人も、つい周りの人間もそれで終わってしまうのだ。

ほんの少しだけ、そう感じていたカンスケはくっと下を向いてから顔を上げる。

「優作、こっからだあ、ぼくらを決勝へ連れてってくれえっ」

「ひゅーさっく、ゆうさっく、勝て、勝てっ」

シンヤも声をからす。

「ユウっ勝っ、だっこ、タマ、おっきく、深呼吸、ユウ、だっだっだっだっだっだ」

客席からかなりもう言いたいことが多すぎて言葉にならない千草も叫ぶ。

「おおおおうっ」

まったく疲れを感じさせない気力満開の目つきで優作が半笑いで武智に向かう。相手にとっては非常にイヤである。

「だっだっだっだいっ」

どうやら千草と思いは同じなようだ。

突く、蹴る、休みなく続ける。なにがなんでも続ける。

優作なりにリズムを崩して緩急を変え、タイミングを変え、左右、と打つところを右右と打ってみたり、いろいろちりばめているが武智も細かく返してくる。土佐犬、と呼ばれるしつこさは群を抜いているらしく、とにかくこちらも途切れない。

最終延長、残り一分になって武智が見せ場を作るべく接近戦を挑んできた。異様に近い距離、突きより近い距離でヒジ、ヒザをまとめてきた。ここでラッシュをかまして逃げ切ろうという作戦らしい。

「優作、くっぞ、走らすなっ」

青山が一瞬早く察知し、注意する。全日本上位、優勝者などにラッシュで走られたらなかなか止められるものではないと知っているのだ。

「くうわっ」

優作が迎え打ちながら突きを返す、と見せかけ、腰を沈めて足を払いに行った。

突きでいくとまたはぐらかされる。蹴りでいってもすかされる。なので、ここに来て出していない技、初めて選抜に優勝したときのあの軸足払いにいった。軸足払いで相手をマットに転がしても印象点くらいもらえるし、崩れてくれたらもうけものだった。

武智のヒジを食いながら、突きを返すふりをしながら足を払った。ガクン、と武智の腰が落ちた。

タイミングが微妙な技で、江川などはスパーンと投げるように転がしてみせるが、この辺も優作は泥臭い。だがこのタイミングのずれが逆に相手にとってはいやな場合もある。ガクッと膝を落とされただけで妙な間が空いてしまう。

「よさっ」

千草の気合に背を押されて優作が前に出る。崩された拍子に後退した武智に向かい、優作が右の下段回し蹴りのフォームに入る。

下段か、と武智がその場でガードの体勢に入る。ガードをするということは、そこにいるということだ。

右の回し蹴りのフォームのまま、優作が右足を前に一歩踏み出して左の突きにチェンジした。オーソドックスの構え、左前から右足で蹴りを放とうとする場合、初動として右肩が前に出る。右肩を先に回してねじりをつくってその反動で蹴りを放つ。その動きを見て武智がひっかかったのだ。

武智が一瞬、しまった、という顔になる。

優作が前に出した右肩、そう、右が前に出るということは左肩が後ろに下がっている。つまり左の突きを出せるタメができているのだ。

ギッツン
胸の上部、鎖骨と胸骨の継ぎ目あたりにロングレンジからの優作の主砲が炸裂した。

ゴッと武智の首が跳ねる。鍛えていない素人であれば一発でムチウチ症になりそうな衝撃が襲う。

「オウッ」

棒立ちに近い状態で喰らった武智の顔が跳ね上がる。まともに顔にもらわなくともこれだけの衝撃であれば頭が振れる。

「おおらっしゃ」

優作が噛み殺さんばかりに襲い掛かる。

「よおっしゃ巻き込んだっ、逃がすな優作、ぜったい決めろ」

バンバンと試合マットを叩いて青山が吠える。

「ぬおお、やった優作！　いけいけいけーっ」

「ひゃっほおうっヒューサック、ひゅーさっく、ひゅーひゅっひゅ」

叫び倒すカンスケたちとうらはらに、千草が歯を食いしばり、両手を祈るように握りしめていた。

「勝って勝って勝って勝って勝って……」

もう、とても前を見ていられないらしく、うつむいたまま呪文を唱えるようにつぶやき続ける。武智もさすがに体重別とはいえ全日本王者、すかさず流れを断ち切り、勢いを取り戻そうとする。

しかし一発クリーンヒットを入れた優作がそれを逃さない。一気に巻き込む。

今度は効かした鎖骨への突きをフェイントにして蹴りを見舞い、突きにつなぎ、ラッシュで打ち込む。さらにはカンスケのステップも使いまくり動きまくる。

いいのを一発入れると疲れなどふっとぶ。精神力の面白いところだ。

ドンッと試合時間の終了を告げる太鼓が鳴ったとき、脳から色んな物質が出まくり耳からあふれ出そうな顔を優作はしていた。

「判定とりますっ判定っ」

主審の号令とともに、きれいに副審の旗四本が赤に上がり、主審も赤、圧勝で優作が勝ち名乗りを受けた。

「オス、がんばってください」

悔しいだろう、若手に座を奪われて気が狂いそうになるくらい悔しいだろう武智が、それだけ言って握手してくる。思いの深さを受け止めるかのように優作がグッと握り返した。

「よっしゃ、なんとかなったな」

青山がパン、と手を叩いて立ち上がる。

「あああ、優作、優作う」

カンスケが感動していた。

「オス、応援、ありがとうございまっしたっ、勝ちましたっ」

「ヒューサックっすんげ、王者に勝ったよ、すんげえっ」

試合場を降りてきた優作にシンヤが抱きついた。

「へっ、たいしたこと……あったけどっ、まだ残り三つ、もっと高いトコまで行くぜ」

おおう、とカンスケが感嘆の目で見る。

そう、この激戦を制してもまだベスト8。まだここから三試合もあるのだ。自分だったら、そう思っただけでカンスケは寒気がする。なんというタフさ、なんという精神力、なんという前向き感。

見ているだけ、応援しているだけでもこの濃密さなのに、まだまだ終わらない、まだまだ高密度の闘いが続く。もういいじゃん、などと思う選手はどんどん脱落してゆくだろう。

セコンドの自分たちが弱気になってもそれだけで影響が出そうなくらい高密度、そうさっき優作が「高み」と言ったが、足場の悪いつり橋でも渡っている気分だった。踏み外せば、気を抜けば落ちる。カッと前を、周りを見ながら正しい判断をしていかなければならない。

それにしても、すでにあの江川は自分たちと同世代なのにこれを経験しているのだ。すっげえヤツ……なんとなくカンスケが江川を目で追った。

——落ち着いてる、にくたらしいくらい落ち着いてる、はは、優作がライバル視するわけだよ……

「おう、カンスケ」

次の試合に向けて準備に向かう青山が一言残してゆく。

「今はなんとかなったみてえだけど、ちょっと突きに頼りすぎてる、ガード注意、それだけな」

「お……オス！」

どうやら優作に言おうとしたがすでに控え室に戻っているらしかった。

「ふううう〜っふ、ふう〜〜〜っは！」

リズミカルに呼吸しながら気を鎮め、身体じゅうに氷を巻きつける。なんだかんだいってもさすが王者、優作もうまく防御していたがそれでも無傷なわけはない。シンヤが氷をつぎたしてくれているところにカンスケも戻ってきた。

「おう、カンスケ、さんきゅ、青山先輩は？」

「うん、もうすぐ次の出番だから行ったよ」

「おれも応援しにいかなきゃ……」

「座ってろって、優作は自分のことでいっぱいいっぱいなんだからっ」

シンヤが頭に氷をのせる。試合が終わったらクーリングが第一である。

「むう、あ、そだ」

納得しかけ、ふいに思い出したようにあたりを見回す。

「ひゃへへ、愛しの総長なら今、飲み物買いに行ってくれてるよ」

ニヤニヤしながらシンヤが言う。

「べっつにさがしてねえもんっ」

「ばっればれだぜユウちゃん」

大会二日目、初日に各階級百二十八人いた選手その他のセコンドたちも負けた順に控え室を去ってゆくことから、すでにベスト8ともなればガラガラになり、さらには同じ支部といえど上位戦、決勝で当たる可能性があるとなれば横でヘラヘラしていられないということもあり、暗黙の了解で江川や恩田たちは別の部屋へ移っていた。この控え室を使っていたのは優作、シンヤ、青山たちだけだった。

「お疲れっ！」

千草がペットボトルをぶらさげて入ってくる。

「おう、疲れてねえけどなっ」

はいはい、とでもいいたげな苦笑のまま千草が優作を見やる。

「まっぢで、ぜんっぜん疲れてねえよ？　ほんっとだって！」

カンスケが大変っすねえ、というような視線で千草を見、まーねーとでもいうようなあきらめた笑いで返していた。

「なんだよそれ」

急に優作がすねだす。千草を少しでも取られたように感じてのことだ。

「あと、ちょいだぜ」

「うんっ」

それでも、優作の声に反応してくれる。

ベスト8からの対戦、これに勝てば単純にベスト4だ。そして4からの対戦で初めてナニナニ回戦というくくりではなく、準決勝、という上位を表す言葉になる。こういう分かりやすい説明は優作を着火させるのに便利だ。

「おおっらあっ、コレに勝って準決だ、これに勝って4だ、これに勝ったら後二つ、コレに勝つ、ぜってー勝つ」

もうラップでも歌うような勢いで優作が選手たまりに向かう。

ちょうど軽量級もベスト8の対戦が終わり、青山が勝ち上がっていた。さすがに消耗戦となっているのだが、それをみじんも感じさせずはつらつとした動作で試合場をおりてきた。オーラ、というか闘気をまとっていた。半径五十センチに入ったら焼き殺されそうなほどだ。

「おおう、わりいけどこっからは一人で行け、おめえの面倒見てられるほどオレもヒマじゃねえ」

優作にそれだけ言って控えに戻っていった。ベスト8に勝った青山はこれから準決勝、地獄の一丁目が開いているのだ。

「ソオラアっ」

両手でバシンと頬をはたくのと同時にカンスケ、シンヤが背中を張る。千草も前の席のパイプ椅子がひしゃげるほど叩いていた。びっくりして振り返るどこかの観客も勢いに飲まれて黙り込んだ。

続いての五回戦。

毎年、ベスト8に残る強豪、帝東支部の山茂伸介を一方的に突き倒し、蹴り倒して優作が延長一回、判定で勝利した。優作はガンぎまりの集中力を発揮していた。最初っからこの状態であれば無双なのだがそういうわけにいかないのが難しいところだ。

ついに晴れて全国区、ベスト4である。

まだ、優作に笑みはない。当たり前だ。誰がエベレストの八合目で喜ぶものか。

カラダをおおう氷をガッシガシ食らう。

そして、準決勝。

さらに高み、一般人ではたどりつけない、選ばれた者だけの世界へ足を踏み入れた。

体重別選手権、中量級準決勝。

第一試合は江川が去年三位の帝南支部、外掛を本戦で中段突きを効かして勝ち上がった。

当たり前に、のぼるべき階段を当たり前にのぼるように江川が決勝へ歩を進めた。

次の試合、同じく準決勝に控える優作にくっと視線を飛ばしてきた。

そして、優作の出番が来る。

「待ってろやあっ」

優作がそう叫びながら試合場へ上がった。

そして――

「白っ、上段回し蹴りいっ、技ありい」

「あああんでえ」

「バッカやめろ優作」

カンスケが思わず試合場へ飛び込みそうになる。

「あんだよ、反則じゃねえか」

優作が主審につかみかかりそうな勢いでかみつく。さすがに決勝を控えた青山はセコンドについていない。

「たーっけっ、それ以上やったら反則負けんなるっ」

千草も叫ぶ。それでやっと少し引いた優作がそれでも不服そうに開始線に戻る。

「おら優作、まだ時間あるぞっ取り戻せっ」

カンスケが必死でアドバイスする。

しかし、一度狂った歯車は元に戻らない。

準決勝の相手は全日本常連ではあるが上位入賞経験のない、東北、秋田の荒巻選手だった。今年二十九歳、熟練の組み手をする。居合いをやっていたこともあり、ノーモーションでの蹴りに定評があった。

間合いの操作がうまく、見合ってくる相手には強いが、優作のようにへたをすれば朝から晩までガチャガチャしてくる組み手は苦手なはず、王者武智を押しのけて上がってきた優作であれば楽勝だろう、そんなふうに思っていた。思ってしまっていた自分をカンスケは恥じた。

ぼくが……もっとちゃんと言ってれば……

「カンスケ、だまんなっいっけっ、ヒューサックッ、取り戻せっ、愛をとりもどせ」

シンヤがすかさず怒鳴り散らす。そう、ポイントを取られた後、セコンドまで沈むのはぜったいにしてはいけない。

「なんっじゃごらっぐっそ」

優作が必死で前に出る。

「ああ、大振りだ……くっそ、タマゴ、だっこちゃん、ほら、優作、だっこ」

カンスケが叫ぶが優作は完全に頭に血が上っているらしく大振りのままだ。

昨日と違い、緊張で固まっているときであればだっこちゃんのアドバイスも生きたであろうが、この状況、優作の一番悪いところが出ていた。すでにさっきまでの無双状態はどこへやら、ポンコツ全開だった。

開始三十秒のことだった。

試合開始後、すぐにバックステップを多用して、間合いを外す荒巻に焦れたように優作が前に出た。

「エエオラア！」

気合満点、油断などしていなかった。大きく構え、突き、蹴る。いつもどおりだった。

試合前、カンスケからのアドバイスはガード、そして相手の情報として、見てくるので間合いに注意して、だった。確かに妙に遠いな、と感じた。突きも蹴りもヒットポイントをずらされている。だがそれくらい！

強引に前に出る。これもいつもどおりだ。荒巻が足を使って、回る。回りながら突きを返してくる。

変なタイミングではあった。

動きやすくするためだろう、通常の構えでは両の拳であごを守るようにガードをするのだが荒巻は両手を腰のあたりでぶらぶらさせている。身体を右に左にスイッチし、そこから突いてくる。起動、技の起こりが読みにくい。

それでも優作としては突いてきてくれれば問題ない。合わせるだけだ。相打ち上等、ぜったい自分の突きのほうが強いに決まってる！

その確信、自信は大切であり、迷いなく攻撃することも大事だった。

「……ユウッ、ガード……！」

微妙に、言うか言うまいか迷うような千草の声が飛んだ。

間合いは遠い。妙なもので、直接打撃で打ち合うこの競技の場合、素面素手素足でダイナミックに相手とコンタクトする特性からか対戦相手の影響を受け合う場合もあった。簡単にいえば新人に多いが、一方が異常に緊張してカッチコチになっていたら一方はリラックスしたり、同調するようにカチカチになったりする。逆に相手がリラックスしているとこちらも動きが軽くなる。

今回の場合は荒巻がガードを低くして動き回る。その場に居つかない。相手をする優作も追いかけながら荒巻の突きに反応するように少しずつガードが下がっているように見えたのだ。だが、やはり間合いは遠く、そんな離れたところでガードをする必要はないといえばない。

幾度目かの交錯の後、優作の仕掛けをしのいだ荒巻がまた距離を取ろうとした。また仕切り直しか、と優作が構え直した。

だが。そのとき。

荒巻が回転しながら踏み込んできた。

「後ろ回しっ」

シンヤが声を飛ばす。さすが飛び技への反応は早い。

「っへっ」

喰らうか！　とばかりに優作が斜めに動く。荒巻の蹴り足を流して背後につこうとステップした。

ヒュン

蹴りより速く優作の目元を打つものがあった。

――なんで？

一瞬棒立ちになる。直後、衝撃が来た。ガクンときた。試合場のマットが顔に近づいてくる。

――なんだ……？　おれ？　倒れ……？

もうマットすれすれ数センチのところまで落下していた頭部を気力で持ち上げ踏みとどまった。目の前にしてやったりという顔をした荒巻が残心をきめていた。

「白っ、上段回し蹴りい、技ありいっ」

主審のコールとともに怒鳴り散らす。

「ああああんでえっ」

「バッカやめろ優作っ」

カンスケの声が聞こえるが止まらない。

「あんだよっ、反則じゃねえか」

優作の叫びは主審には通じない。厳密に言えば、反則、であった。荒巻の後ろ回し、確かに優作の上段にヒットし、倒しかけた。それは間違いない。

問題はその直前だ。後ろ回し蹴りは構えた状態から、まず上半身を回転させ、そのねじりで生まれるタメで下半身も誘導し回転させて蹴る。ここで荒巻の使った手、そう、まさに手は、その上半身を回転させるときに右の手を思いきり大きく回した。まるで、回転しながら優作の顔面に手刀を打ち込むように。いや、まるで、ではなく実際に打ち込んできたのだ。

優作なりに反応し、まともに喰らわなかったが、それも荒巻の計算のうち、一瞬でも動きを止めればよいのだ。その一瞬があれば、蹴りが届く。

優作が主審につかみかかりそうな勢いでかみつくが、聞いてもらえない。

臥薪空手、実戦空手の試合ルール、顔面殴打は反則である。だが基本、殴られるほうが悪い、というスタンスでもある。

この場合は非常に微妙であるが、流れの中の出来事でもあり、それに手刀でダメージを喰らったわけでもない。一番悪いのは蹴りをもらった優作だ。それを分かれといってもなかなか分かるものではない。

「たーっけっ、それ以上やったら反則負けんなるっ」

主審のむなぐらをつかみにいった優作が千草の「反則負け」の言葉に踏みとどまる。

ものすごい不服そうに頬をふくらませながら開始線へ戻った。

「おら、優作、まだ時間あるぞ、取り戻せっ」

カンスケの声が聞こえる。

――ああそうともさっ！　取り戻すどころかブチ殺したるわっ！

完全に頭に血が上っていた。

燃える、気合が入るということと、怒り狂うというのは紙一重だ。どちらもアドレナリンがあふれかえり、痛みを、疲れを感じないという共通項はあるが、やはり違う。

優作の一番の得意技は突きだ。前に出る、相手をぶんなぐって前に出る、という気性に合っているのだろう。それにグンカンとの対戦でコツを覚えたこともあり、とにかく困ったら突きだった。

なにがなんでも突く！　は、いいのだが今回の場合、かなり大振りになっていた。

「残りいっぷ～ん、荒巻せんぱーい、外せ外せ、打ち合わなくていいよー」

向こうのセコンドの声でさらに荒巻が加速する。後ろ向きに。セコンドの指示どおり、外す、間合いを外される。常に優作と一メートル以上の距離を保ったまま動き回る。

渾身の突きを振るいまくる優作だが捉えきれない。基本、バックステップを多用することもあり、いい感触の突きでも重心が後ろへかかっていることから派手に吹き飛ぶが効かすまでには至らないのだ。

さらにはさっきの手刀を振り回すフェイントも入れ込んで優作に警戒させつつ動き回る。これは厄介である。本来であれば審判が注意すべきであるが、さっきの優作の態度がよろしくなかったので荒巻にはなにも言わない。

またもやアウェーだった。

「うううううううううううううっ」

優作が鼻血を出さんばかりに顔を真っ赤にしながら届かない突きを、蹴りを振るう。

「ゆ……ユウー、ユウ！　ユウ！　ああっく……飛び込めえっ」

こちらもじれにじれまくり、すでに前のパイプ椅子の背をへし折らんばかりに握りしめた千草が叫ぶ。

「オウッ」

水泳の飛び込みのように突きで飛び込むが当たり前のようにかわされた。あんまり大きな突きの動作のせいで身体が流れて動きが崩れる。

そこへ荒巻が蹴りに来た。ひゅん、と顔の前をはしった。

「今だ！」

カンスケの声と共に蹴りを放つがすでに荒巻はそこにおらずバックステップしていた。

「くっそ！」

優作が吐き捨てながら荒巻を睨む。

――あれ……？　でも、いまこいつ、攻撃してきたな……

睨みながら考える。先に技ありのポイント先取しており、あとは逃げ回るだけだろうが、こちらの動きが崩れたら、すきを見せたら思わず攻撃はしてくるつもりらしい。

――すきを見せたら……か……

優作の目がぎらりと光る。

「ラスト十五！」

シンヤの悲鳴のような声がとどく。

どうせ時間ねえんだっ
――思いきりやればいいって番場先生も言っ

てたっ
いきなり優作がガードを下ろす。じっと相手を見据えたまま棒立ちになった。

さすがに荒巻がけげんな顔になった。そのまま、まっすぐに荒巻の方向へ歩きだした。スタスタ、とまるで町を歩くかのような調子で歩を進める。

一瞬、虚をつかれた荒巻だがそれでも反応し、後ろ回しにきた。

「どあっ」

回転して振り回してくる腕の付け根に優作の突きが炸裂した。偶然であるが、歩く、という動作で腰の振り、肩のタメができており、かなりの感触だった。

——縫いとめたっ
カッと優作の目が開く。

興奮のあまり飛び上がるカンスケと、途中からなにを言っているか分からないシンヤが交互に大騒ぎする。大興奮の千草が跳ね上がってとにかく優作の名を叫ぶ。

——腕の付け根から肩口、鎖骨っ、ほら効いた、おらあ胸っ、そうそう腕どけろっ、胸開けっ……開いた、よっしゃっ
ッドーンっ
手首まで入りそうなくらい左の拳を水月に叩き込んだ……のと、試合終了の太鼓が同時だった。

のおあああ〜と歓声とため息が広がった。

ぎゅむああん、と耳鳴りしそうな空気の中、優作が開始線に戻った。

——倒せなかった、倒せなかった、倒せなかった……

荒巻は口から泡を吹き、若干身体がくの字に曲がっていたが、それでも倒れず、足をずりず

りしながらも倒れず、開始線へ戻った。意地、だけだろう。倒れなければ勝てるのだ。

「判定取ります、判定！」

ッピーーーッ

「赤、一、二、三、四、主審、赤ーっ」

荒巻に上がった。

いくら攻勢でも、いくら攻め込もうとも、逆に言えばいくら逃げ回ろうと、いくら効かされようとも、技あり、というポイントは大きかった。一発の恐ろしさを身に滲みて知った優作だった。

「オスッ……」

礼をしながら相手に詰め寄る。

まっだまだ元気、ハイこれからもっかい始めましょうよ、優作がそんな顔で下手をすれば殴りかかりそうな勢いで歩を進めたので主審が割って入った。

「おおう、なんすか？」

「手、出すなよ」

「分かってますよ」

くそう、ばれたか、という気配も感じさせながら荒巻に近寄る。

「ぎょふっ」

泡を吹き出しながら出してくる手が震えていた。

「ぎゃあむびゃってきゅぢゅちゃあい」

「っぎょふ」

優作は悔しさのせい、荒巻は腹を効かされたせいでお互いに歯を食いしばったまま話すので、何語か分からない言葉を交わしながらも、優作が目をひきつらせながら渾身の力で握り倒す。

「ああ、もう握手いいから、下がって」

主審が分けようとするが、それでも優作が手を離さない。ギンッギンに睨みたおしながら指の骨を折らんばかりに握りしめていた。

「こらーっ、離しなさいーーっ」

副審もあわてて駆け寄り大騒ぎになった。


決勝戦。

軽量級。

数年ぶりの決勝の舞台に上がった青山は冷静だった。

対するは同じ支部の天才児、恩田。

帝西支部同門対決となった。

師である番場と同じく、実力が認められつつもタイトルに縁がなかった青山であるが、今回、派手な倒し方こそしないものの確実に対戦相手を仕留めて勝ち上がってきていた。対する恩田も去年同様、空中殺法全開で飛び回りつつも要所要所では帝西らしい堅実な受け返しで手堅く上がってきた。


本戦、先制する恩田に対し迎え撃つ青山。

反応がいい。

どんな大技にも幻惑されず、確実に効かしてゆく。

青山は、まずは足を潰す。前足奥足、右から左から前から後ろから蹴りまくる。

恩田も決勝までとても無傷ではない。それでも飛ぶのはさすがであった。だが、延長になりついに失速した。

青山のまさかの後ろ回しでペースを握られラッシュに巻き込まれた恩田は両足を完全に効かされ、はいつくばるように崩れ落ちた。


中量級。

決勝前におこなわれる三位決定戦。通称、三決。

準決勝での不満を爆発させるがごとく、優作は帝南の外掛を突き殺さんばかりに打ち倒し、一本勝ちした。息も切らさずにそのまま客席の空いている椅子に腰かける。

なぜかオデコと左の頬にでかい絆創膏が貼られていた。

「優作、ごくろうさん、タオル……」

カンスケが気遣うが、

「いらねっ」

素っ気ない。シンヤが何か言おうとするが、

「えっとお、ひゅうさく？　その、おめで」

「たくねっ」素っ気ない。

困った二人は最後の頼みの綱、千草を振り返った。

もう、さっきの準決勝後、控え室で荒れに荒れまくる優作をなんとか鎮めたのも千草だった。青山がいたら怒鳴り散らして殴り倒されるくらいはするだろうと簡単に予測できるくらいの情けなさだった。

負けた、口惜しい、しかも反則でやられた、でも審判は取ってくれない、なんでオレだけ、効かしたのに口惜しい、倒されたけどっ、でも反則だしッ、口惜しい、負けた、負けてねえ、負けてねえ、負けてねえ、壁に頭突きしパイプ椅子を蹴り倒し、カンスケ、シンヤを薙《な》ぎ倒す。カンスケは床にひきずり倒され、シンヤは壁に張りついて避難していた。

びびった狭山はドアを開けたところで床に倒れるカンスケと目が合ったが、そのままドアを閉めてどこかへ行った。

う……うらぎりもの……そんなカンスケの声が届いたか、次にドアを蹴破らんばかりに飛び込んできたのは千草だった。

一瞬、優作がそっちを見たが無視してガッシンガッシン壁に頭突きを見舞う。

ツカツカツカツカツカと短い歩幅で千草が歩み寄る。

気のせいかドンドン優作の頭突きが凄まじくなってゆく。

ブアアッシーンッ
千草のビンタが炸裂し、優作が宙を舞う。

後にカンスケは語る。グンカン先輩かと思った。シンヤも語った。飛んだよ、優作、おれより高く。

「目エエ、さまっせーっ、スカタン！」

優作以上にキレッキレの千草に気圧された。

ドッガンバッタンと二人の大ゲンカが始まり、カンスケたちは逃げ出した。ドアの外の壁に背もたれながらハアハアと息をつく。

「こ……こわかったね」

「うん、でも優作飛んでたな」

控え室の中ではドッタンバッタンこそなくなったものの怒鳴り声がもれてくる。

「どうなったんだろ……？」

カンスケが勇気を出して少しだけドアを開けた。

「あんたこそっ、こないだあたしのパンツかぶろうとしたくせにっ変態」

「おめーこそっ、んだよガキガキってこのロリコンッ」

ドアを閉めた。

「どだった？」

「ん……まだ取り込み中みたい」

シンヤが聞くが、無表情のままカンスケが答えた。

金切り声と怒号がこだまし、ドアが震える。

「どする？　もうすぐ三決だぜ？」

「なんとか出さないと、ぼくらが怒られるもんね」

シンヤがストップウオッチを時計モードにして時間を確認する。そう、カンスケの言うとおり負けたからといってヤンピコンピで帰らせては後で優作本人と一緒にバズーカ級に怒られるのは目に見えている。このへん、青山はとても厳しい。

トーナメント、優勝者は一番偉い。当たり前。準優勝、二位はその十分の一くらい偉い。コレも当たり前。優勝に比べれば霞んでしまうが、三位と四位は千倍違う。四位はもちろんトロフィーもないし、表彰台にも上れない。機関紙の「臥薪マガジン」の公式記録にだって、三位までしか載らないのだ。

三位までに入らなければ意味がない。だから三箇所以上の骨折がないかぎり、三位決定戦に出場するのは当たり前。棄権はない。やる気がなくなったの、気分が悪いの、ここが痛い、あそこが痛い、そんなことは認められない。相手も同条件だ。

そんなわけで優作がトチ狂って拗ねて帰った日にはカンスケたちに地獄が待っている。きっと、さっき速攻でいなくなった狭山などもマジメな顔でイイ話をしながら三日三晩、不眠不休でいじめてくれることだろう。

「たのむよお〜鬼百合さまあ」

しゃがみこんだままカンスケが手を合わせる。

「ひゃへへカンスケ、鬼百合教だな」

能天気に笑えるシンヤがうらやましかった。

「お、カンスケ、静かになったぞ？」

「おおう……まさか死人とか出てないだろうね？　やだよ片付けんの」

わけの分からないことを言いながらカンスケがまたドアを少し開けた。

「あれ……？」

確かこの控え室には二人、優作と千草がいたはずなのに一人しかいない。照明がおかしくなったのか、うす暗い控え室には一人分のシルエットしかなかった。

ガチャ、とドアをしっかり開けた瞬間に二人になった。

「んんん……?」

「おう、なんだカンスケ?」

普通なテンションで優作が聞いてくる。顔が赤い。左の頬に思いきり手形が残っているがそれ以外も赤い。

パッと千草を見るが、こちらは顔を両手で隠してうつむいている。でも耳が真っ赤だ。

「なにしてんだよ……」

思いきり疲れた顔でカンスケがつぶやいた。

「よ、優作、三決始まるよ」

後ろからこっちも普通にシンヤが言った。


やっとのことでなんとか優作は三位決定戦に出場、当然すぎるように圧倒し、そして客席に座った。

盟友・江川の晴れの舞台、決勝であるものの、セコンドにはつかなかった。

握りしめた拳が、震えていた。

中量級決勝。

開始と同時に動き回る荒巻。

江川がスン、と前に出た。刹那、荒巻が動いた。

「あ、飛ん……」

シンヤのつぶやきが途切れる前に荒巻が倒れていた。

荒巻が回転系の技を遠い間合いから狙った。優作を打ち落とした後ろ回しだ。その、上半身を先に回転させたとき、これから手を先に飛ばして相手を威嚇しつつ蹴りにつなげようとしたとき。意識を断ち切られていた。

カウンターで江川の上段後ろ回し蹴りを側頭部にもらっていたのだ。

「天才だ……」客席のどこかから声が漏れた。

完全に白目をむいた荒巻が担架で運ばれてゆき、江川が一人で勝ち名乗りを受けていた。

優作の握りしめた拳から血が滴っていた。

第十四回臥薪會舘全日本体重別選手権大会

帝西支部　結果

軽量級　優勝　青山太郎

準優勝　恩田ハジメ

中量級　優勝　江川智明

三位　　硲優作

表彰式が終わり、レセプションの会場へ向かう間も、優作は口をへの字に結んだままだった。

一応皆になだめられて三決に出場、見事三位入賞をしたものの、やはり納得がいっていない。

表彰式でもやはり仏頂面のままだった。

いろんな人間が祝福に来るので黙っているわけにはいかず、とりあえずお礼を言う。

各県の支部長、帝西、帝北支部の本部長、師である番場やグンカンなど、選手もかねている支部長の上のクラス、普段であれば顔を合わさない、会社で言えば重役クラスの人間も次々現れる。

まったく納得のいかない優作はまだ機嫌が悪い。

そして、不思議なことに誰も優作が負けたことに文句を言ったりしない。

そういう意味でももっと正面きってバカにさ

れたりしたほうが優作としても暴れやすい、というかそういうキッカケを待っていたのだが誰も言ってこないので拍子抜けしていた。

青山など少し離れたところにいるのだが、優勝者として忙しいらしくかまってもらえない。こうなれば直接、準決勝の対戦相手、荒巻に文句を言ってやろうと待ち構えていたのだが、病院に直行し、帰ってこなかった。

優作の最後の突きのダメージと決勝の江川の蹴りを喰らったことで完全に失神し、痙攣していたという。平たく言えば、ヤな予感がしたのでズラこいた、のであろう。

振り上げた拳の持って行き場のない優作は仕方なく江川にからもうとするが、そこは優勝者、ひっきりなしに人が訪れ祝福してゆく。レセプションが始まってさらにそれが加速する。

ただ、それでもやはり三位ということもあり、少しはあいさつも来る。それでもしんどい、優勝者である青山、江川などはもう何度も何度も杯をかさねさせられていた。

――あれも大変そうだな……いや、ほんとならオレが、なんなら今からでもっ
少しまた江川を尊敬しそうになり、意地で首を振る。

「ああ、えっと、ハザマさん？　オス」

隣から声がかかる。

「ああ？　あ、えっとオス、すいません」

三決で当たった帝南支部の外掛選手だった。入賞者、ベスト4までがこのレセプションに連れてこられる。だが、優勝者以外は添え物であった。

「いやあ、強いっすね、完敗でしたよ」

外掛のほうが年上、おそらく二十五、六歳だろうにきちんと敬語で話しかけられ、優作が恐

縮する。

「いえっ、おうす、ありがとうございます、……でもっ」

「あーいいな、帝西、すごいじゃないですか、うらやましいっすよ、軽量はワンツーフィニッシュ、中量も優勝と三位でしょ？　今回、うちはオレだけですよ～やっべえなあ、またね、帝南って幹部がやーさんみたいなの多くって～」

案外人なつっこい性格らしく、へらへらと話しだした。

「いやうちだってですね、もおほんっといじめられて……うらやましい……？」

優作がのりかけてとまどう。

「そらあうらやましいっすよ、だってハザマ選手、体重別二回目でしょ？　それで入賞なんてありえんでしょ、おれなんかもう六回目でやっと四位っすからね」

「おうす、ありがとうございます」

どう言ったらいいのか分からずとりあえず礼をする。ふんむう～とまたもや煮え切らない気持ちになってしまう。

「オス、ハザマ、おめっとさん」

グンカン、群斗もやってきた。帝北の支部長として来場していたようだ。今日はギャングのような縦じまのスーツ姿だった。

「オオッスっ、ありがとうございます」

あわてて礼をする。横の外掛などはビッグネームの登場にビビリ倒していた。

「しっかし三位かあ、まあそんなもんだろな」

むうっと優作がグンカンを睨む。ほんとはいけないが反射的にそうなってしまうのだ。

「なにがそんなもんっすか」

「あは？　あのな、いちおう初日からおめえの試合見てたけどさ、あの出来で優勝しようなんておこがましいだろ」

　クールに言いきられた。反論できなかった。

「おめえの気持ちも分からんじゃねえけどよ、青山見てみろ、江川見てみろ、おめえみたいにフラフラしてたか？」

　ぐっと言葉に詰まった。

　確かに初日のザマはなかった。もう、顔から火が出そうなくらいだらしなかったと思う。

「ブレてちゃ勝てねえよ」

　なにも言えない。

「ま、でも準決だっけか？　反則まがいのことされて反則で返さなかったのは誉めてやるよ」

「え……？」

「怖いだろ？　タイトルからみだすと？」

　笑いながら言う。

「おれも何回、目とか狙われたか分かんねえよ」

「目って……ええ？」

「あんまり言うな？　網膜裂傷とかやってるんだ」

　ニヤッと笑うグンカンの目じりには笑いジワにしては深い溝が多数走っていた。

　全日本上位、怖い世界である。

「ただな？　反則されたからそれで負けてたら話になんねえ」

「おうす」

「やられたらやり返せっと、反則しろってわけじゃねえ、押されたら押し返しゃいい、つかまれたらつかみ返しゃいい、とにっかくだ、ぶっとばしゃあいいんだよ」

「オス！」

「おめの敗因はそうだな、まっずは気持ちがぶれてた、それと最後の最後、せっかく効かしてたのに倒せなかったこと、んなもんかな？」

「くおっす……」

「まーがんばれや、あ、ハザマ、やられて口惜しいか？」

「あたりまえっすっ」

「ケンカでボコられたら？」

「すぐ返しにいきます」

「ゴオカックク、また今度遊びに来いよ」

「オッスッ」

立ち去るグンカンに礼をすると外掛が呼び止めた。

「あのお、オッス、群斗先生っ、自分、帝南の外掛といいます」

「ん？　ああ、お杉んとこのか」

千本杉、杉山のことであろう。

意味ありげにニヤリと笑う。それだけで外掛は固まり、何も言えなくなった。

「おめえもがんばれよ、初の入賞だろ？　おめっとさん」

「ありがとうございますっ」

びしいっと直角に礼をしていた。

「とにかく、引くな、ガンガンいってぶっちばしゃあいいんだよ、じゃな」

ピッと腕を上げて立ち去る。ダンディすぎてカタギに見えなかった。

「オスッ」「ありがとうございましたっ」

ふう、と息をつく。

「いやあ、緊張したあ、カッコいいなあグンカン先生」興奮気味に外掛が言う。

「ん、そっすね、ふう、まあまた出稽古行くのもいいかな」

「え？　さっきの遊びに来いってやっぱ出稽古のお誘いなの？　いいなあ〜」

「んじゃ一緒に行きます？」

「いいんすか？」

「たぶん、細かいこと言う人じゃないと思うし

「……」

「じゃあお願いします！　あ、お礼にうちにも稽古来ますか？」

「おお？　あ、いいっすよ、お邪魔します」

「えっとじゃあ連絡先っすけど……」

「おすおす……」

なんか急に仲良く話しだした。

その間も優勝者にはいろんな人間があいさつに来る。優作などは疎い方であるが、そこそこ地方ローカルのタレントやら売り出し中のアイドルも後援会関係からかき集められて祝福におとずれているようだ。

「あ、ああーカンシューケ、今度はチャコちゃんだほーっ、いいないいなあ」

シンヤがクネクネしつつ叫ぶように言い、また酒を飲む。変なテンションなのはシンヤなりに試合が終わってほっとしているのと、自爆飛行で敗退して口惜しいのがごっちゃになっているからだろう。さらには盟友、優作の入賞もあり、気持ちが落ち着かないらしい。

「誰だよチャコちゃんって？」

かなりぐったりと疲れた感じでカンスケがおしぼりで額を冷やしながら聞いた。

「なに言ってんのっ、『時計坂の少女』に出てた女の子じゃんか」

「シンヤ、そういうの詳しいよね」

あきれたようにカンスケが言った。

シンヤの趣味というか、可哀想な物語、泣ける話に目がないのだ。ちなみに「時計坂の少女」は金曜夜のドラマでイケメン俳優に可愛い女優を総動員し、さらには不幸のテンコ盛りであまりの現実離れした不幸さが話題になり、放送局に苦情が殺到、したがそれが逆に話題になり大ヒットしたドラマだ。

ヒロインのチャコこと千夜子は白血病にして盲目、両親は人工衛星が落下してきて死亡、恋人だったイケメンは放送初回に臓器移植に失敗して死んだ、というジェットコースター不幸ドラマだった。そういうトレンディ、というか非常に一般層に響く有名どころに目がなかった。

「いーよなー優勝したらあんな有名人とかがお祝いに来てくれるんだぜ？　ねーカンシュケ？」

大皿に盛られたスパゲッティをかっこみながらシンヤがのんきに言う。

「うん、でもほんっとすごいと思うよ、上位戦、そん中で入賞するなんて……」

カンスケが座の中心にいる優勝者たちをまぶしそうに見つめて言った。

「ほんといーよなー、次こそがんばろーぜー」

「うん、がんばんなきゃね」

「いーよーだってほらモテモテモテだぜ！　あ、総長、ヒューサクがほらモテモテだよう！」

適当に返事していたカンスケの目の前を千草が通りかかった。今回、優作の応援に回るということで試合の手伝いはしていなかったが、やはりレセプションには駆り出されたようだ。

夏ではあるものの、キッチリと見える黒っぽいパンツルックのスーツ姿だった。髪もさっきまで頭をぶん回しすぎてダランダランだったが今はきっちりひっつめている。正調、ペンギンルックとでも呼べそうな姿だった。

会場の華としてあちこちに呼ばれて支部長などとともに後援会へのあいさつ回りや談笑に付き合わされるのだ。やっと千草のほうも一息ついて戻ってきたところだった。

シンヤに言われてチラ、と中心のテーブルに視線を飛ばすが知らん顔で振り返る。

「なななななあ〜〜んが？」

ぜんっぜん気にしてませんがナニカ？　とでも言いたげな表情だった。それでもヒクヒクッと目が優作の方に向きかけるのを意志の力で戻していた。

はああ、とカンスケがため息をついた。

——こっちもこっちで意地っ張りだよもう……

他支部の女子も大勢参加していることもあり、やはり全日本選手権王者ということでかなりキャーキャー言われたりもする。あの青山ですらニヤニヤと口元がゆるみそうになるのをひたすらガマンしながら記念撮影に応じていた。

ただやはり、優勝者とベスト4では扱いの差が歴然としており、三位四位の選手にはあまり人が群がってはいない。そこらへんで少し千草も安心したのかもしれない。

機関紙「臥薪カラテマガジン」の記者たちのインタビューなどや記念撮影もおこなわれていた。各階級、四位までの集合写真も撮るものの、やはり「決勝を争った二人」という切り口のほうが撮りやすいらしく、青山も恩田と二人、構えをとったりおどけたりしている。

重量級も四人揃っていたので問題なかったが、中量級だけは準優勝の荒巻が病院から戻ってこないので三人しかいなかった。仕方なくカメラマンの指示で三人の撮影、また江川と優作の組み写真など撮影していたが、優作の目つきがだんだんとただ事でなくなってきていた。

当たり前の話だが、仕方ないのだが、主役は江川である。優勝したのだから当たり前だ。そしてまたインタビューなどでの受け答えも憎らしいくらいソツがなかった。

「オス、優勝できたのは番場先生や青山先輩、選手会、応援してくれたみなさんが力をくれた結果だと思います」

「帝西支部として最高のストーリーでもありましたね、軽量級は優勝、準優勝、そして中量級は同門の硲選手を下した荒巻選手を江川選手が返り討ちにして優勝、と、あ、硲選手、江川選手がカタキを取ってくれましたが嬉しかったですか？」

記者からしたら、普通の質問だろう。黙ったままじっと記者の目を見つめる優作。さすがにガンを飛ばさなかったのはえらかろうともあまりしてはいけない行為である。

「いや、その硲選手の援護射撃のおかげで決勝は一本勝ちできました」

空気を読んで江川がすっと答えた。パーフェクトすぎる回答だった。

「あ、そ、そうですね、今回硲選手は台風の目として大活躍でしたよね」

記者が、助かった、とでもいうように江川の言葉を拾う。常識で考えれば同じ支部の人間がカタキをとってくれたら嬉しいものなのだ。ただ問題は優作の感覚が常識ではないことだった。

江川もそんなにベッタリと優作と付き合っているわけではないが、いいかげん優作の性格は分かっている。

――暴れないでくれええ……

ちょっと視線に力を込める。そんな江川の願いが通じたか、優作は暴れだしこそしなかったものの、気づけば思いきり記者にガンを飛ばしていた。

さすがのさすがにこの場で暴れだすほどバカではない。と、いうかさっきのグンカンの話がなければもっと荒れていたかもしれないが、やっと、気持ちが前に進めそうだった。

グンカンの最後のセリフがよみがえる。

――引くな、か。

というわけで一歩も引かずにガンを飛ばしていた。かなり方向を誤ってはいたが暴れだすよりははるかにマシだったろう。

どんどんレセプションは盛り上がり、そして優勝者、入賞者への支部長やら後援会関係からのあいさつも一段落したころ、今度は一般参加の道場生たちが群がってきた。地元開催の名古屋、愛知の道場関係者も数多く参加しており、やはり優勝者はモテモテだった。

「おおう、いいなあ、あれ？　青山先輩オンナノコの肩に手回して記念写真とってやがる！」

置いてあった椅子にのっかって人垣の向こうをのぞいていたシンヤが声を上げる。

「ひゃっはー、嬉しそうな顔しちゃってまあ」

「青山先輩もここまでなんだかんだで長かったみたいだしねえ」

カンスケも、それくらい許してあげなよ、といった口調である。

レセプションにはコンパニオンらしき綺麗どころも呼ばれているが所詮営業スマイル、空手に興味などまったくないので仕方ない。

それに比べて愛知県や近隣支部からかき集められてきた女子部軍団、やはり空手経験者だけあって全日本王者や入賞者というだけでカッコイーとなってしまうノリがあった。酒も入り、かなりの勢いで入賞者たちと盛り上がっていた。

「お、今度は中量級いったぜダイナマイト女子軍団、いいなあカンスケ、乱入すっか？」

と、椅子の下を見たらワナワナ震える千草と目が合い、こけそうになった。

「あ、あのお～百合丘先輩？　気になんなら行ったほうが」

「気にしてねっ」

いやあの行ってくれたほうが……どうせ後でとばっちり喰らうのボクらだし……とカンスケが予知能力を働かせる。

もしも優作がお祝いに来てくれている女子部の誰かなんぞにデレデレしたらこの総長が黙っているわけがない。優作もどうせ引っ込みがつかなくなって大ゲンカをするに決まっている。まったくもうどうしてこう二人揃って意地っ張りなのか、とカンスケが頭をかかえたとき、シンヤが言った。

「おお、お？　江川に行こうとした女子部軍団、すげえっ、サッチンがっ」

「なにい？」

「っくっ」

カンスケが驚き、千草が目をひんむいた。

「すげえ、うまいこと江川の前で立ちふさがって優作たちに誘導してるっ」

シンヤが最後まで言う前に千草が飛び出していた。

「おうっ、総長発進、ひひっ、おれらも行こうぜ」

「はあ、うん、いこっか」

秀麗な眉を困惑させたような顔で江川がとりあえずコップでのどを潤した。

本当に江川がこんなふうに困惑した顔をしているのは珍しい。少なくとも優作は見たことがなかった。なので単純に楽しかった。

それから青山たち軽量級入賞者を取り囲んでいた女子の皆さんが中量級へやってきた。

――おおう、名古屋巻きってのかな？

優作が女の子たちの髪形を見て思う。あまり地元では見たことのない感じのクルクルヘアーの子が多かった。

――あれ？　そういやあチイも名古屋だったよな、こういう髪とかもするのかな……

ボンヤリ思いながら江川が取り囲まれてあたふたする様を拝見する。

「江川先輩、ツーショットお願いできますよね？　かっこいー」

「あ、オス……」

実際、今日の一番人気のようだ。確かにイケメン、というか整った顔で育ちも良さそうなので、横にいる優作など雑種と違って血統書付きに見えたりする。

「っきゃー江川先輩、腕ふとーいっ、着やせするんですね、ステキ」

いつのまにやら積極的に、髪をマキマキした子が腕にぶら下がっていた。この子がまた薄着で半乳が飛び出しそうだった。思わず優作がじっと見てしまう、その子と視線が合った。非常に気まずい。

「ねえ～先輩彼女いるんですか～？」

「あたし立候補しちゃおっかなー」

モッテモテだった。優作のところに来てくれてもいいのだが、空手関係者とはいえやはりスキンヘッドでオデコと頬にでかい絆創膏を貼っている男は怖いらしくあまり寄ってこなかった。

三位の優作はすっとばして四位の外掛もモテモテだった。ちょっとむかついてきた。

むう、とか思っていたらなんか流れが変わってきた。さっきでもういなくなったと思っていた道場関係者が再度やってきていた。

――あれ？　道場関係の人ってもう後援会と飲みに行ったんじゃ……

戻ってきた道場関係者がまた江川にお祝いを述べたり試合のことについて話しだしたりするので、さっきまで両腕にぶらさがっていた女子の皆さんは居づらくなったか少し距離ができていった。

なんで？　急に……とよく見るとサッチンが仕切っていた。

――ぬおっ、こ……このアマ、やはり黒いっ
智クンの危機を救うために関係者のおっさんを投入してきやがったらしい。

クルクル巻きがくるっとこっちを見てきた。ま、こいつでもいっか、というような目で優作を一瞥した後、

「おーっす、センパイかっこよかったです～」

完全に棒読みで寄ってきた。バカにされている……分かっていても嬉しかった。哀しい優作だった。

むうぅん、と最初は口数の少ない優作だったがやはり女子に取り囲まれてちやほやされると嬉しかった。単純にこういうのに慣れていないだけであるが、それでも嬉しいものは嬉しい。千草のことが一瞬頭をよぎるがこれはまあ入賞のごほうびだと思うことにする。せっかく来てくれた女子の皆さんを追い返すなんてそんな大人気ないマネはできないのだ、と大人気なさすぎる優作が考えた。

「おす、まあね、自分は突きってのにこだわりがあって……」

気づけばかなり語り口調になっていた。なにを言ってもキャー、スゴーイ、カッコイー、だ。調子に乗ってしまう。これももちろん普段はありえない状況だった。つまり、気持ちいい。どんどん酒も進む。

「ほんでね、この構えってのがね、こう大きなタマゴを抱っこするように……」

もう絶好調の優作は実演を始めていた。

「ええ？　だっこ？　こんなふうに？」

いたずらっぽく笑ってクルクル娘がゆったりとタマゴを抱っこする構えの優作の腕の中に入り込む。周りからキャーッとか嬌声が上がった。

優作が固まっている。さすがにちょっと後のことを考え出していた。

――こ、ここんなことしてんのバレたら……

「じゃあこれでツーショットね、はーい」

クルクル娘の指示で仲間から写真が撮られようとしたとき、バスン、と横から黒い風が吹き、クルクルが押し出された。優作の視界に見慣れた後頭部が入る。

「っきゃ、なーに、もー？」

クルクル娘、言い方は可愛いがそこは臥薪門下生、売られたケンカは即座に買う。口元だけ笑いつつ眼光するどく自分を突き飛ばした物体を見た。

優作の構えの中、ここはアタシの場所だ、と言わんばかりに腕を組んで千草が仁王立ちしていた。

「なにアンタ……」

クルクルが言いかけるのを制するかのように千草が棒立ちで、それでも抱っこちゃんの構えをとって固まったままの優作を振り返り、左の頬に貼られた絆創膏をベリッとはがす。優作は痛かったが怖いので何も言えなかった。

「なにしてんの……？　……あ！」

絆創膏をはがしたその頬にはクッキリ紅葉、千草のビンタの手形が残っていた。

そして、さらに千草がクルクルに見せつけるように右手の平を合わせる。当たり前だがピッタリ合った。

――どーよ、まだ文句ある？

そんな視線で千草がクルクルたちを眺め回す。ふん、とでも言うようにクルクルが引き下がった。なんだよお手つきかよ、野良じゃねーじゃんか、ぜってーオンナいねーと思ったのに……などとかなり下品な感想を述べつつ女子軍団は次のターゲット、重量級入賞者チームへ移動していった。なぜか四位の外掛も一緒に行った。

「あ、おすすす……」

「ったく……」

優作がなにか言おうとしたが、舌打ちで返される。

「んだよ」

「つやらしいっ」

「なにがっ」

「デレデレしてっ」

いつもの言い合いになりそうなところをカンスケが助言した。

「あの～お二人さん、なんでもいいけど、そのカッコのまんましないほーがいーと思うよ～」

まだ、優作は構えをとったまま、千草は腕を組んだままだった。遠くから見たら後ろから抱いているようにも見える。

「ほうわっ」

「っきゃっ」

パッと離れた。

「いやっ、違うっ、一番悪いのはこいつだ、さっちん、こいつが操ってるんだ！」

「はああ？　なに言ってるの？」

いきなり指さされたサッチンが文句を言う。

「優作、そんな電波系な言い訳はちょっとなあ……」

必死でなにか大きな力にあらがおうと叫ぶ優作の後ろから狭山が出てきた。さっきまでは、青山を後でイジろう、とかアイコンタクトしていたはずがやはりイジりやすいところから攻めてくる。恐ろしい男だった。

「ひゃはは、優作惜しかったな～可愛い子だったのに」

シンヤがよせばいいのに能天気に口走り、千草に睨まれた。

「なんでおればっかり、江川だって江川だってっ」

「江川はだっこしてねーぞ優作」

「っっちょっ、あああ青山センパイだって」

「人のことはどーだっていいだろ」

カンスケが狭山が優作を攻め立てる。なにをどうしてもまたもやアウェー出現だった。

「ってなわけであらためてお疲れ～っす」

「おつかれさまっす」「おすおす」

なぜかサッチンの音頭でプチ打ち上げが横手のファミレスでおこなわれていた。

なんだかんだと上層部、幹部連中もたくさんおり、気疲れのするレセプションよりもやはり気の合う連中と過ごしたほうが楽しい。いいかげん夜もふけていたが、このまま宿舎へ帰るのももったいないのでこうしてやってきていた。

やっと。やっとこの緊張と狂気、怒号の二日間が終わった。

「ま、その～まずは、カンスケ、シンヤ、えっとおチイ……グサさんもっ、サッチンもっ、応援ありがとうございました」

優作が頭を上げた。

「んだあ？　オレにはねえのかよ？」

「オス、狭山センパイもどーもありがとーございましたっ」

キカイ的にこたえる。

「おれは？　おれはあ？　あとほれ、江川にもよ」

「青山先輩、江川、……優勝おめでとうぎょじゃいましゅ……」

イイコにしようとしていた優作だが、後半ちょっとおかしくなっていた。

「まーよ、やあっとこさ落ち着いたみてーだな」

青山が笑いながら言った。そう、試合直後からもう表彰式、レセプションまでとても話しかけられる雰囲気ではなかった。時間がたったことと、さっきグンカンの話が身に沁みたこと、プラスやっぱり女子に囲まれて嬉しかったことも影響し、やっとのことで普通に戻っていた。

「オス、その、おめでとうございます」

あらためて祝福する。

「ありがとな、優作、おまえもまあ入賞、おつかれさん」

さすがに、いつものように茶化したりする空気ではないようだった。

「いいえ、そんな……江川、おめでとう、ほんっとに……うらやましいけど……おめでとうございます」

「オス、でもハザマのおかげだよ」

「援護射撃したつもりはねえけどなっ」

「アハハ、そっちじゃなくてな、ほんとにハザマが武智先輩倒して上がってきたときは震えたぜ」

「ああ……」

なんか、遠い昔のことみたいだった。

「ひゃはっ、江川江川、優作にあんまり昔のこと聞いちゃだめだぜ」

シンヤがちゃちゃを入れるが、カンスケが押さえつけ、はい続行~、とかやっていた。

「えっと、まあおれ結構去年はなんにもできずに武智先輩にやられてたんだよ、だからハザマが仇とってくれたってのと、こんなに強かったのかって、それでさ、正直、びびった」

「……え……？」

「ほんっとにおまえと闘いたかった」

「すまん……」

「まだ、決勝やったつもりはねえから」

「あん？」

「いやだから決勝をだな」

「イヤミかてめえ、優勝したじゃねえか」

「いや、あのだからね？」

「ああ？」

優作が睨みかかる。

「たーっけ！」

スパン、と千草がはたき、サッチンも横から出てくる。

「もおー、智クンも口下手だけどさっ、分かってあげなよ！　ハザマくんと闘うまで優勝したつもりはないって言ってんのっ」

「え……あ、そうでしたか……そりゃあどうも」

「もっとちゃんと言う！」

「うっせな……オス、その、じゃあ！　次回！　ぜってー決勝で当たろうぜ！」

千草にもうながされて、やっと優作がらしく言ってみせた。

「つっかれるなあホント」

やれやれ、といった感じでカンスケがソファに沈み込んでいた。

「ふうう、っともうこんな時間！　ユリ先輩たいへん、帰んないと！」

「あ、いかんいかん、じゃね」

サッチンと千草が荷物を持って立ち上がろうとする。どうやら実家帰り中なので門限があるらしい。すでに時間は十一時近い。

「ええ？　なんでえ？　まだいいじゃんか」

優作がつまらなそうに言う。

「だーっめ、今回はユリ先輩んちにホームステイなの！　あははあ、ハザマくん、ユリ先輩が帰るのさみしーんだっ？」

「ばっけろお！」

優作がいきりたつ。図星だからだ。

「まあ、その今回はお疲れさま、そしておめでとうね」

なんか千草も急に照れくさくなったかぶっきらぼうにあいさつする。

「ん、む、おかっ……そのありがとうございました」

みんながいるのでお前のおかげだっただのちょっと可愛らしいことが言いたかったが言えなかった。立ち去りたげな千草にいきなりサッチンが提案した。

「あ、ねえねえ、ユリ先輩、せっかくだしさっ、ハザマくん、実家に来てもらったら？」

「げえっ！」

「先輩、げえって……」

「今のなしっ」

「いや、おい、何の話になってる？」

「まあまあハザマくんもさあ、日ごろお世話になってるユリ先輩のパパママにごあいさつしとかなきゃでしょ、せっかく名古屋来てんだし」

「げえっ！」

「なんでおんなじリアクション……」

「いやっ、そのっ」

「きゅきゅきゅきゅ急すぎるしっ」

二人揃ってあたふたしだした。

「なんだよ優作、行ってこいよ、娘さんをくださいってよギャハハハ……すまそん……」

狭山が豪快に笑い、すぐに二人に睨まれ謝った。

「だってほらユリ先輩おうちで自慢してたじゃ

んか、ハザマくんのこと、ね？　このさいだからさあ」

黒サッチンが降臨したらしく、どんどん提案しだす。どうやら二人をイジるのが楽しいらしい。

優作がしどろもどろになりつつ、このアマなんとかしろ、と江川に視線を飛ばすが真顔でお辞儀をしてくるだけだった。いきなりすぎる展開に青山たちもついてゆけない様子だった。

「ねーねー、ね？　紹介しといたほうがいいよ、マヂでさユリ先輩、ハザマくんもね、こういうのはできるときにごあいさつしとくのが礼儀だよ？」

なぜかサッチンが正論で来る。ここで優作の脳裏にグンカンに言われた言葉が飛来した。

——引くな
どうでもいいときにどうでもいいことを思い出す男である。

「オス」いきなり不動立ちになり十字を切る。

「行ったろうじゃねえか、じょおっとおだよ、行ってやんよっ、案内せんかい」

「おお、おっとこらしー！　でもそんなケンカ腰じゃダメよ？」

手を叩いてサッチンが喜ぶ。千草は固まったままだった。

結局その日はかなり遅くなっていたのであわててサッチンと千草はタクシーに乗り込み、明日、優作が千草の実家に行くことになっていた。

「う～ん、優作、おれら全日本、二日で終わったけどおまえは三日目突入だな」

感心した様子で青山が言った。

「あ～、そのすまんな、ハザマ、ちょっと調子にのったみたいで……」

すべてが終わってからテメエの彼女の暴走を謝罪する男、江川を睨みつけながら礼を言う。

「あああああんがとよ」

「おす」

「ひゅーっさく、すげーすげー！　総長んちに殴り込みだなっ」

盛り上がるシンヤの横でカンスケがアーメン、と空手とは違う十字を切っていた。

「むう、しかしたまげんばかりに正念場が連発するな優作は、なんかとりつかれてるんじゃャネエか？」

狭山が腕を組んで感想を言った。

やっとのやっと、これまた永すぎる二日目が終了した。

「じゃーな色男っ、鬼百合家ノ一族によろしくなー」

「結婚式にはよんでくれー」

「かえったら事後報告会すっから〜」

「えーっと、優作、ファイトッ」

「オス、その、すまん」

狭山、シンヤ、青山、カンスケ、江川にそれぞれ適当すぎる言葉を投げかけられながら優作が不動立ちで礼をする。

「おおっすっ」

なぜか大会終了後も気合入りまくりの優作だった。

まだ、太陽はギンッギンに輝いていた。

大会も終わり、午前中は軽く名古屋市内をバスで観光し、午後から帰宅するというのが定番であった。観光といっても名古屋城の公園で屋台の焼きソバか何かを食いながら金のシャチホコって盗んだら売れるのかとかどうでもいい話をしながら記念写真をとって駅へ移動するだけだったが、それでも大会後ということもあり、解放感が違うので非常に楽しかったりする。

大きな試合後ということもあり、皆気が抜けたようにもっさり動いていた。

みな、昨日までの視線の強さがなくなっていた。

そんな中、まだ優作だけが鋭い眼光を放っている。

空香の章

―夏ノ陣　延長編―

「えっと、ここで乗り換えか……」

優作はぶつぶつ言いながら名古屋の地下鉄をうろうろしていた。

普段の暮らしではチャリ主体で、遠くに出かけるとなればたいがいは道場関係の行事なのでシンヤの車に乗せてもらう優作にとって、電車などたまにしか乗らないし、しかも地下鉄などという都会的なブツは乗る機会がほとんどなかった。しかも、基本さみしがりやなので一人で出かけることなど皆無に等しい。

名古屋って都会なんだな～とかのんきな感想もあるにはあったがすぐにまた緊張する。

なにせ今日は千草の実家にごあいさつなのだ。別にいきなり結婚とかそんな話はありえないだろうが、それでも彼女の部屋にお招きではなく実家体験をしたことのない優作は非常に緊張していた。

どでかいスポーツバッグを斜めにかけたTシャツ、短パン、スキンヘッドを隠すために帽子を目深《まぶか》にかぶったガタイのいい若者がきょろきょろしながらつり革につかまっていた。軽い不審者感もあるらしく、そこそこ混んでいるのに優作の周りはガラガラだった。さらにいえば二日連続の激闘の後であり、全身いたるところに絆創膏やら包帯が巻いてある。骨折などはしていないが湿布を固定するためだった。うっすらとシップ薬の香りもただよう。

千草はもちろん大好きだし一緒にいたい。そうなればやはり千草の家族も仲良くしたい。

カラテの試合となればそこそこ経験もつみ、色んなパターンでシミュレーションも可能であるが、彼女の実家にお邪魔、というこの状況、想像ができなかった。

いきなり殴りかかられることはないだろう、それくらいは優作の頭でも分かる。

いや、しかし分からん、親父さんが居合いの達人で日本刀で斬りかかられたら？

まさかお袋さんがフラメンコを踊りながら毒を盛ってきたら……

そこまで考えて頭をブンブン振る。またもや一昨日までみたいな負の考えになりかけていたらしい。知らない景色に取り囲まれ、また気が細りそうになるが、ここはチイのため、と、くっと前を向く。

いかんいかん、今日は笑顔で好青年を演出せねば、と思い直す。

「いかんいかん……」口に出していた。

ちなみに頭をビュンビュン振り回したせいでかぶっていた帽子が跳ね飛び、スキンヘッドが丸出しとなってさらに周りの乗客に威圧感を与えていたことは言うまでもない。

「さくら……なんとか……で、降りて……デーの七の2……？　の階段ね……ふう」

優作にとってはまるでロールプレイングゲームのような複雑さを感じさせる道のりだった。でもなんとか乗り間違えもせずに目的地までたどりつけたのは奇跡かもしれなかった。

「おおう……」

まるで初めてのおつかいを完了したような感じでちょっと感動した。えらいぞ、おれ、とか思っていた。やるときにゃ、ちゃんとやれるんだよおれは、とかも思っていた。さらには千草の愛も感じて勝手に照れたりしていた。

種を明かせば道案内がわりに異様にまで細かい注釈の入った指示メールが千草から届いており、その通りにしただけなのだが、優作にとって知らない町で一人ぼっち、かなり心細かったが、それでもすぐに千草に連絡するのは恥ずかしかったのだ。というかしっかりしているよオレは、というところを見せたかったので我慢して、なんとか必死でメールを読んで道順どおりに着いた。

道順といっても優作たちの宿泊していた上下ワシントン荘からここ、桜新町まで乗り換え二回、超初心者コースであるが、それでも達成感に満ちた笑顔だった。

都合、四十八分だった。ただ、乗り慣れない地下鉄のせいか、変な疲れもあった。

帽子を脱いでバッグからタオルを取り出して頭をぬぐった。思いきりスキンヘッドを見て優作の周りを歩いていた人々がさっとよける。

「むお……しかし……」

上を見る。高速が走っている。

前を見た。びゅんびゅん車が通り過ぎる。

「ぬう、都会っ子か?」

拳を握りしめてみる。ついでに高架になっている高速道路を見上げてガンを飛ばした。

「なーにしとるっ」後方から声がかかった。

「あ、おう、こんちわ」

なんか知らない町で会うので緊張している優作だった。

千草は今日は実家バージョンで楽々ファッションだったが、それでも彼氏をお招きという急なオファーのせいでちょい可愛い、それでもあまり派手ではない淡いブルーのワンピース姿だった。膝丈くらいで、ミニではないがそれでも新鮮だった。そして日差しをさけるためか麦わら帽子をかぶっていた。

「わっ、可愛いっ」

「えひひひい」

千草が笑う。二人っきりだととても素直に感想の出る優作だった。

「んむ……えっと、あの黒いのは？」

「うん、さっき帰った、てゆーか帰した、たぶん入れ違い」

ふう……と一息ついた。どうやらサッチンはいないらしい。もしかしたらであるがサッチンなりに気をつかって二人になれる時間を提供してくれたつもりかもしれないが、余計なお世話もいいとこだ。

ただ、まあ少しは感謝していた。本人に言うとまた調子に乗ってさらに余計な提案をぶちかましそうなので言っていない。


「あ〜その、おれ、変じゃね？　これでいい？　だいじょぶ？」

「もう、ここまで来たら覚悟決めてさっ」

「う……おう、すまん、初めてなモンで」

「うちも男の子家につれてくんの初めてやわっ」

「え、じゃあそのっパパさんとか」

怒りださないかと、急に不安になった優作が心配する。

「むう、妹は何度か連れてきとるっ」

「あれ、妹いたんだ？」

「言ったでしょ？」

「きーてねーよっ」

変な緊張感でカチカチになっている二人だった。

グッと優作がいきなり千草の手をつかむ。目が据わっていた。千草も見つめ返す。

「だいじょうぶだ、オレに任せとけっ」

もう、引かない、というか今までもあんまり引いていないのだが、それでも、もう、なにがなんでも引かない。そう、決めたのだ。変なところで開き直れるのは間違いなく空手のせいだろう。

「どーんといってみよーっ」

「うんっ！」

愉快な二人だった。

「おお、ここか」

なんか感無量感もありつつ、優作が家を見上げた。

待ち合わせの場所こそ高架の橋が駆け巡る都会であったが、千草にてくてく案内された場所はけっこう畑が点在する立地にある一軒家だった。水の匂いが充満しており、なんとなく落ち着く。ここまでの道中も、夏の日差しをガンガンに浴びつつも、ひさしぶりに二人きり、そして試合も終わった解放感もありほぼ毎週日曜に千草の部屋周辺を散歩するような感じで手をつないだままだった。

緊張しつつも、やはり千草が横にいて、また誰も邪魔するバカタレがいない安心感からか優作の笑みが止まらない。ずっとニヤニヤ、ではないが嬉しそうにする優作に千草も笑みを返す。ぎらぎらの太陽を真っ向からはね返すように笑い合う二人が歩を進めた。

道中、千種の通っていた小学校やら幼稚園、公園などを案内されてこれまた新鮮だった。当たり前の話であるが同じような少し郊外、多摩のはずれで生まれ育った優作の知っている町とは、顔つきというか、吹いている風の匂いが違った。まるで旅人になったようなどこか不安な、でもわくわくする気分だった。

で、千草の実家をしげしげと優作が見る。二階建てのいかにもホームドラマとかに出てきそうな家だった。なんと庭付きだ。それだけでもなんかすごい、と思った。

「なあ〜んか、もお」

千草がぺしぺしとはたく。実家をしげしげ見られて恥ずかしいらしい。

「ふうむ、こう、なんか歴史感じさせるな」

「あ、そおいえばユウんちってどんなん？」

「おれんち？　ボロ家で、むっかしカアちゃんが出てってから、さらにボロい感じが」

「ええ？　そうなん？　知らんかった」

「言ってなかったたっけ？」

「聞ーとらんっ」

またもや同じような言い合いを始めそうになる。二人してウッとつまり、今度は二人してこれではイカン、と目で会話してから深呼吸していた。文字通り、息が合っていた。

臥薪空手の基本稽古で行う遁《のが》れの呼吸、表、である。

ちなみに裏もあり、そちらは組み手中などに構えを崩さずにおこなうのだが、まずは表の呼吸法を会得してからだ。

ガッと両足を肩幅よりわずかに広めのスタンスから両つま先を内側に絞り、正中線を意識する。基本稽古の基本、三戦立ち、となる。両腕のヒジをぐっと引いて胸をそらせ、肺を広げて空気、酸素を入れ込み、そして両腕で手刀でゆっくりと前に打ち込みながら気合を入れる。

「かあ〜〜〜〜〜〜〜ッハッ」

手刀を前方に打ち込みつつ背中を丸め、肺の空気をまた搾り出す。稽古の合間、この動作を何度か繰り返して呼吸を整える……のはいいのだが、うららかな夏の真昼間の住宅街、いかつい男とちっこい女がマジメな顔でそれをやっているのはかなり不気味である。

　度肝を抜かれたのは千草ママだった。実は今か今かと玄関口で待機、防犯用のカメラをガン見していた。

　千草が彼氏を連れてやってくる！

もう百合丘家の一大イベントだった。

　高校時代までは理解不能なアニメにうつつを抜かす娘だったが、とりあえずオツムの出来はそこそこだった。このまま地元にいたらアニメ関係との付き合いでＮＥＥＴ街道まっしぐらだと危惧し、なんとか一浪後に東京の大学へ行かせた……まではよかったが、今度は空手などという恐ろしい世界に足を踏み入れたらしい。正直、目の離せない娘である。

　一昨日にいきなり連れてきた友達の女の子、早苗ちゃんは如才がない娘さんだったがその早苗ちゃんからなんと千草に空手家の彼氏がいるという話を聞いて百合丘家は驚天動地、最近寝たきりのおばあさんまで起きてきた。我が娘ながら針の振れ方が激しすぎる。

　空手、といえば実は名古屋、愛知、中京地区は盛んな土地柄でもあった。そういう意味で幼稚園やら小学校で子供たちがエイ、ヤーと大声を出しているさまは非常に微笑ましい。

　だが、早苗ちゃんの詳細すぎる説明でまた不安になった。空手は空手でもケンカ空手だというのでこれまた卒倒しそうになったら千草の妹の飛鳥が「おーかっけー」ときたのでさらに不安になった。妹の飛鳥は姉に似ず、子供のころから異様に活発で、今度高校に上がるがそれもラクロスの推薦だ。

　それはさておき、ケンカ空手の彼氏を連れてくるというのだ。もうお父さんは昨夜から一睡もせずにボトルシップを作成するという現実逃避っぷりを見せたが、千草が早苗ちゃんを送るついでに彼氏を迎えに行ってから、いきなり犬の散歩に出ていった。もう面倒くさいので放っておき、カメラに視線を戻したらやっと千草が帰ってきた。彼氏も一緒だった。顔はよく分からないが手をつないでおり、仲のよい様子がうかがえる。

なにか、急に言い合いになった感じの後、二人して家の前でカラテをはじめた、ように見えた。

かいやはああああーーーーっ

聞いたことのないヒトにはそんなふうに聞こえる遁れの呼吸音、かなり不気味だ。

——ひいいい、娘が、千草が、彼氏とともに家にゴジラみたいな呼気をはきかけているううう

近所の目があることから、ママがいきなりドアを開けてダッシュし、二人をさらうように家の中へ放り込んだ。

「たったったたーけたことしなさんなーっ」

いきなり怒鳴られた。びっくりした二人は思わず玄関口で正座する。なにかよく分からないモヤモヤした気持ちを吹っ切るための深呼吸（遁れ）だったが、想像をしていない展開にかなり驚いていた。

「ひぐんっ、えっと、こここここちらが優作さんでござる」

千草がなんか言っている。

ご……ござる……？

どうやら名前を言われたらしいので紹介されたようだ。

「オス、いわ……ちがっ、硲優作です、はじめ

まして」

　思わず自分の名前を間違えながらも、くっとあいさつする。この辺、正座などの座礼に関しては稽古のたまものか非常に姿勢がキレイだ。横では同じく、千草も座礼していた。

　二人揃って腰が据わり、姿勢も良く背筋が伸び、アゴを引いて肩を落とす。礼をし終わった後は拳を足の付け根に置いて目を閉じる。

「あ、あらあらあらはじめまして、千草の母ですぅ」

　いきなりママも正座した。玄関口である。見れば、なんとなく千草に似た感じの丸い顔、スッと切れ長の目、遺伝子を感じた。

　ほんわりとした雰囲気ながら、さっきの勢いを見るとどこか激しいところもあるのだろう。そこも似ている気がした。

「オス、ええっと、娘さんをくだ」バシッ
「ではなく、ええっと、お付き合いをですね、させてイタタいただいておりまして……」

　優作がテンパっていきなりビックリするようなことを口走ったので千草がはたき、後半はグダグダになった。

「あ、あ～あ～、まあまあオホホ、もう～」

　ママさんもほがらかに笑う。

「ええっと、こんなとこじゃなんだしお上がりなさいな」

　ママさんがそう言って立ち上がろうとしたとき、ふたたびドアが開いて犬が飛び込んできた。


　千草パパは悩んでいた。

　パパは、今年で五十になる土木事務所の会計課長であった。まじめに生きてきたのになんでこんなめにあうんだろう、と背中がすすける。

　娘が、千草が彼氏を連れてくるという。

いきなりすぎるだろ？　かなりビックリした。ビックリしすぎて作りかけの唯一の趣味であるボトルシップを完成させてしまった。完成させてから落ち込んだ。今年やることがなくなってしまったのだ。

しかし、しかし、しかし、千草が、あの学生時代はアニメとかにしか興味がなかった千草が彼氏とは……。

しかも空手を、ケンカ空手とやらをやっているという。

千草パパの脳内にプロテクター付きの革ジャンを着た筋骨隆々のモヒカンが大型バイクで現れるイメージが浮かんだ。が、今朝まで遊びに来ていた千草の友人らしい早苗という娘さんを見ていると、とても彼女もケンカ空手などという恐ろしい世界の人間だと思えなかった。

それでも、というかそれよりもしかし、彼氏だと？

——まだ早いっ
世界中のパパの共通認識であろう。自分の娘に手を出すやつは許せない。女四人、ママに娘二人、プラスお婆さんというかなりパパには発言権のない家庭で、パパの意見はほとんど通らない。今ではこの柴犬のサクラだけがパパの話し相手だった。

ちなみにサクラは本来、豆柴、という柴犬の小さい版の種族だったのだが、話し相手のいないパパがサクラを溺愛し、欲しがるままにご飯をあげつづけたので今では普通の柴犬になっていた。

——彼氏だとう……？　くそう……なあ、サクラ、おまえだけがボクの味方だよどうしたらいい？

わふんっ

話しかけたらどうでもよさそうに振り返りながら鳴いた。

　実は妹の飛鳥のほうが早熟というかませており、最初に彼氏らしき男の子を連れてきやがったのはまだ幼稚園のときだった。あのときはじっと黙ったまま睨んで追い返してやった、が、あとでママに説教をくらった。

　その後、次々と連れてくるのだが、だんだん彼氏の年齢層が上がってきて、大人の威厳も通じにくそうな、というか単純に彼氏（?）の体格がよくなってきて怖いのだ。

　そこへ今度は千草だ。

　——千草、おまえまでパパのもとを離れてゆくのかい……

　なんとなくさみしい気持ちになったときに下を向いたらサクラが足にオシッコをしていた。思わず蹴っ飛ばした。


「ぎゃんぎゃんぎゃんっ」

「うわあお?」

「っさっサクラ?」

「っきゃーっ」

　玄関口が大騒ぎになった。ドアの陰からパパがのぞく。

　——ふふふ、狙い通りだ。千草の彼氏なんぞサクラに噛まれてしまえ。

　しかしすぐに悲鳴はやみ、かわりに「はっふ、はっふ、っはっふっ」とサクラの嬉しそうな息、そして「ううわ、ちょっと、チイ、なんとかしてって」などと男の声がする。「あらまあ、そんなになついちゃってもう」「にししし」とかママと千草の団欒《だんらん》っぽい声まで聞こえてきた。

　——なんだ、どうなっとる?

　思わずドアを開けた。

「あ〜パパ、おかえんなさい、こちらねえ、うふふ、千草のボーイフレンドの優作さん、ほらステキな方よ？」

「きしししし」

「あ、オス、どうもはじめまして、硲優作です……ううわ、もう舐めんなって」

なぜか玄関口で正座したままの三人に犬のサクラが嬉しそうに優作のスキンヘッドを舐め回していた。べろんべろんに舐められ、テカテカ光っていた。

「お……お坊さんなのか……？」

パパが優作の頭を見て立ちすくんでいた。

客間に通された。なぜかパパさんが少し怖い顔のママさんに別室に連れて行かれ、すぐさま千草も手首をコキコキ鳴らしながら後を追った。

残された優作は数分間サクラを抱っこしていた。

パパさんがなんとなくシュンとして戻ってきた。ついでに気のせいか足もひきずっていた。なんだろう……とは思うが、怖いので聞けなかった。戻ってきた千草もちょっと怒ったふうだった。

そしてサクラはずっと優作のそばから離れようとせず、パパさんがこっちへおいでと引っぱろうとしたらバウバウ吠え立てた。とても飼い主とは思えぬ吠えられっぷりに、ちょっと可哀相になった。

お茶をよばれ、他愛のない話をしながら、少しだけ優作はリラックスしていた。なにか知らないけどママさんと犬から受けがいいようだ。安心した。パパさんは微妙な感じだったが、それでも受け入れてくれるような気がした。

「……そうっす、チイ……草さんとはその、空手の道場で知り合いまして、最初は名前まち……いえ、その、なんとなく気になりだしたりとかしまして、それで、ハイ、オス、ええっと、動物園に誘ってですねアハハ」

「ニヒヒ、象さん見たよね」

「そうそう、ほんで告《こく》ってチュウして」バスッ
「おう……いえ、オス」

余計なことまで言わんでいい、とばかりに横に座った千草が見えない突きを見舞う。速い。確かにチュウ、だのと言ったあたりでパパさんの顔色が変わった気がした。

「オス」

ぺこりと頭を下げつつ、実に便利な言葉だと思った。

にんまりして、ママさんがにじりよってきた。

「ねえ〜まあ〜ところで優作さん？　すてきなオツムねえ？　あのお、ちょっとだけさわってもいいかしら？」

「は……はあ？　あ、どうぞ……」

かなり驚きながら頭を差し出す。横目で千草を見たらなにか悔しそうな目をしていた。

——なんなんだこの家は……？

ふと背後を見たらお婆さんが手を合わせていた。

——なぜだっ……？

がしゃんがしゃんと玄関口で派手な音がした。ドタバタと廊下を走る音がしたかと思ったらガラリと襖が開けられた。

「お姉の彼氏来たー？」

真っ黒に日焼けした女の子が立っていた。ドド短い制服のスカートから長い手足が伸びている。

「っきゃー！　ステキー！」

第一声がそれだった。いきなりママを押しのけて優作の頭を抱きかかえてなでなでしはじめた。

それから少しの間、優作ヘッドの取り合いが続いた。どうやら千草のスキンヘッド好きは家系らしい、と思った。

そしてお昼をご馳走になった。豚の角煮を一口食べるなり、優作が叫ぶ。

「うめーっ」

「こらっ」

千草が注意するが止まらない。

「うめーうめー、こんなうまい食べ物食ったことねえよ」

「なあ〜んがっ、今度つくったるっ」

「ほんと?」

ママの料理に喜ぶ優作に負けじ魂に火がついた千草が叫ぶ。

「まままままさか、部屋にあげたりはしてないだろホねえ?」

少し震える声でパパさんが聞くが、

「やーねえ、パパったら、ねえ? 千草ももう年頃なんですから、ねえ優作さん」

また頭をなでながらママがフォローする。

「お姉、お姉、ええなーええなー」

妹の飛鳥ちゃんも目をキラキラさせながら羨ましそうにしていた。張りついたような笑顔を見せるしかない優作だった。


夕刻前。

「もう、ねえ、今日泊まっていかれたら?」

ずうっと優作の頭をさわりっぱなしのママが言い、飛鳥もいつのまにやらユウ兄ちゃんユウ兄ちゃんとナデナデし、お婆さんが拝み続け、サクラもハアハア言いながら飛びかかるスキをうかがっていた。

怖かったが歓待されてるんだろうな、と思うことにしたが、面白くなさそうな顔のパパさんと、ちょっとむくれ気味の千草が気になった。

　家族みんなで玄関口で見送ってくれるのはいいが、いつまでも手を振ってくれるので送られる優作たちはちょっとプレッシャーだった。犬のサクラまで前足を振っていた。よく見ればパパさんはバイバイではなく手の動きがしっしっ、だったのは秘密だ。

　やっと一本道を外れて千草の実家が視界から消えた。

「あああああ緊張したっ」

　優作がバッグを投げ出して壁に手をつきハアハアと息をつく。

「もう、ママも、飛鳥も、もおおおっ」

「そんな怒んな、優しいお母さんじゃねえかよ」

「ったく、もお、デレデレしちゃって」

「えええ……？」

「ママのほうがええん？」

「なにを言ってる？」

「飛鳥のが、若いほうが……」

「アホかーっ」

「やって、他の人にユウの頭、さわらしたくないもん……」

「なんで泣く？」

　優作が途方にくれつつも手を握った。

「もお、オレが好きなのはチイだけだって」

「ほんま？」

「ほんま、ほんま」

「ほんまにほんまにほんまにほんま？」

「ほんまに……ってやっぱチイ、地元帰ると言葉出るね」

「あむ……イヤ？」

「イヤ、ではない、なんか新鮮で、いい」

　肩を抱いた。

「きしししし」

「ひゃっ……へへ、でもさ、別に泊まらせてもらってもよかったのに」

「あんた明日バイト入れとろーがっ」

「あ、そうでした」

完全に優作の生活スケジュールを把握している千草だった。

「それにっ」

千草がぎゅいんと手を握る。

「おう?」

「い……家おったら二人っきりになれんっ」

押し倒しそうになった。

「どうどうっまだ近所やからっ」

近所じゃなければいいのか、とも思うがなんとか押しとどまった。

「ひひっ」「キシシシ」愉快な二人だった。

「ふううっ」とため息をついてバッグを拾い上げながら優作が夕焼けを見上げた。


公園のシーソーが紅く染まっている。盆地というこどもあり、クソ暑い土地であろうがそれでもふいにビュウンと吹く風が心地よかった。

「やあっと、延長、終了、オス」

「ああん?」

「いや、青山先輩に言われたんだよ、体重別二日で終わってんのに、優作だけ延長戦あんなってさ」

「アハハハハッ、ってそんなにプレッシャー?」

「プレッシャーだっつーのっ」

笑い合いながらも手をつなぎつつ、ブラブラさせながら駅に向かった。

やっとのやっと、夏の陣が終わった。

ドーンと、どこかで花火が上がっていた。

なんのかんのとバタバタしどおしだった名古屋遠征も終了し、やっと地元へ戻った優作だったが、ふたたび稽古三昧……とはならなかった。

　別に千草といちゃつくのに忙しかったわけではなく、支部へ戻ったら戻ったで後援会へのあいさつ回りやらあらためての祝勝会の嵐であった。

　このせいで三キロ以上は太った。

　いつもであればかなりの暴飲暴食でもあまり体重の増加はない優作だ。その秘訣は日々の過剰なまでの運動量の稽古による。選手会は言うに及ばず、一般稽古に参加しても常に一生懸命やるのでかなりのカロリーを消費するのだ。

　さらに言えば今回は試合前のプレッシャー、二度目とはいえ慣れない土地、そして試合直前の寝不足、など考え合わせてもよく三位入賞できたものである。とはいえ三位は三位、同支部から他に入賞者がいなければ別だろうが今回は入賞者ラッシュだった。

　帝西支部あげての祝勝会がこれまた盛大に立川グランドリバーホテルでおこなわれ、地元の有力者やちょっと薄暗い関係者まで総出で歓待してくるのだ。食って飲んで食って飲んで、合間に稽古だった。いつものなら稽古、稽古、稽古、飲んで食って、稽古、稽古、飲んで食って、である。

　そしてその幹部連中が仕切る祝勝会も続くが、選手会の祝勝会も執りおこなわれる。なんだかんだいっても一番居心地のいい空間だ。ここ最近は帝南支部に無差別、体重別ともに後塵を拝していたこともあり、今回の出来はたいしたものだった。

　隣の支部、グンカン群斗の帝北支部も今回は重量級にあの監獄・釘沼が挑戦し、なんとかベスト8に食い込む健闘を見せて面目を保っていた。

「え〜みなさん、選手会の皆さん、どーも、選手会長の狭山です。え〜今回は、こんかいはなあ〜んと三人も入賞者を出すことができて、会長としてとても感激しておりますっ」

試合が終わってからやたら会長である立場を前面に出す男、狭山のあいさつから祝勝会が始まった。今回は師の番場も笑って見ているだけで、他の幹部の参加もなく、まったく身内だけでの飲み会だ。つまり、いつもどおりのメンツであるが、そこは気の知れた連中ばかりで一番楽しいものだ。

今回の会場はホルモン焼きのピーやん。

ものすごい勢いで串にさしたモツが焼かれ、前方二十センチ以上は見えないくらい煙に巻かれた。通常なら火災報知機が鳴りそうな勢いだった。

夏の夜、稽古で大汗をブンかいてから仲間と酒を飲んで串焼きを頬張る。たまらない。

「いいやあ、オス、番場先生、どうです、不《ふ》肖《しょう》狭山、選手会長として見事に入賞者を育て上げ……」

調子に乗った狭山が番場にしたり顔であいさつにゆく。

「おお、狭山、ごくろうさん、今回は審判の係で選手の面倒みられなくってな、助かったよ」

「いえいえなにをおっしゃいますやら」

「ただオマエ、試合終わったばかりの選手を組み手でボコにするのやめろ、潰す気か？　バカなのかおまえは？」

「……おす……」

ばれてたか、という表情で狭山が下を向いた。

そう、今回の選手稽古、やはり大試合の後、メニューも軽めで時間も短いがやはりカンをにぶらせないために組み手はする。するのであるが選手同士であれば技を飛ばし合い、目で追い合うような身体の反応を確かめる組み手が主体となるが、狭山はいつになくガシガシくる。そう、へたをすれば選手の追い込み、一番きつい試合十日前くらいの追い込みの時期よりもガシガシ来ていた。

理由は、今なら勝てるからだ。

試合が終わってやはり身も心もゆるんでいる。武道的にはいけないのであるが、そこは人間、張りつめたままだともたない。緩急が必要だ。組み手をするのはするが、やはり身体のキレが落ちているものだ。そこを、突く。

試合前の追い込みの時期にガシガシ行けば、やられるのでいかない。そしてこのオフとでも呼べそうな時期に、全力で行く。ある意味武道的な男だった。

ただ、べつに狭山がそんなに弱いわけではない。弱ければ三十代半ばで選手会長などできはしない。だが最近は年齢を理由に試合に出ていなかった。同世代である番場とはえらい違いだ。まあ、この年齢で無差別上位常連である番場のほうが一般的に見ればおかしいのであるが。

その、支部内でももちろん弱くない狭山であるが、ここ最近、ここ数年は後輩たち、青山筆頭に全国区に伸びてきている江川や優作などに手を焼いていた。

選手会稽古に初参加した優作がボコられたように、たいていの選手は狭山の洗礼を受けるのだ。だがやはり若さと稽古量のたまものか、伸びしろが違う。なのでここ最近は組み手で当たっても狭山は防戦一方、ひたすら受け返しでダメージを軽減し、カウンターを狙う戦法に徹していた。最初の選手会稽古参加のときに思いきりボコにされた優作などは、実力差が埋まった今、その時のカリを返そうとばかりに思いきりくる。しつこい。ほんとにしつこくてヤだ。試合前の追い込みの時期、掛かり稽古と呼ばれる一人の人間にどんどんかかってゆくような組み手の際でも逆に追い込まれるほどなのだ。

　なので、この時期、大会直後の組み手では狭山がいきいきしていた。優勝した青山、江川、も翻弄、優作にも普段の恨みからか、打ち込みつづけて防戦一方にさせていた。

　番場の説教を喰らう狭山を離れたテーブルで見ていた優作たちがヒソヒソ笑い合っていた。

「ったくもう、なあ？　今日は試合終わって間もないから軽くやるぞっつっといて自分が一番強くくるんだもんな、たまんねーよ」

　優作がホッピーの黒をぶくぶくさせながら文句を言う。

「ひゃははっ、やられてたねーヒューサク」

「まあまあ、でもやっぱ試合直後とはいえ青山先輩とかも効かせるってのはすごいよ」

「お、おれは効いてねーぞっ」

「はいはい」

「ほんとだってて っ」

　常に前に出る優作だった。

「おおう、みんなお疲れ」

「オス、青山先輩、おつかれっしたっ」

「ふいいい、さっすがにこの祝勝会ラッシュはしんどいなあ」

「お……す」

「ああ？　まだ三位っての気にしてんのか？」

「いえ」

「じゃあ胸張れよ、来年取んだろうが」

「オスッ」

「あ、でもそうだ、その前に無差別だよ」

「オッス」

夏の体重別が終われればもう、すぐに秋の気配が訪れて選抜があり、冬将軍を蹴散らす勢いで無差別本戦がおこなわれる。

「まあ、優作は選抜通過だし、おまえらどうする？」

青山が優作のホッピーを横取りしながらシンヤとカンスケに問う。

「おっす、足の調子次第すね、出たいっすキホン」

ヒザをポンポンするシンヤだ。

シンヤの自爆飛行、まるでプロレスのフライングボディアタックのような勢いで試合場のマットから対戦相手はおろか場外線まで軽く飛び越えて客席のパイプ椅子にダイブ、そのときひねったヒザがまだよくなっていない。

もともと柔軟な関節を持ってはいるが、その分、衝撃を受けた場合ありえない位置までぐにゃんと曲がるので、変な部位の靭帯をおかしくしたらしい。空中殺法も考え物だ。体操の床運動などでもすごい勢いで跳躍し、回転して着地に失敗すると交通事故ばりの大怪我をすることもある。

「オス、えっと、できれば、なんですが」

カンスケが正座した。

「あの、できたら、他の地域のブロック試合とかに出てみたいっす」

「ほお……」

青山がニヤリと笑う。カンスケなりにこのあいだの試合を見て感じるものがあったようだ。

「その、支部内の試合がいやってわけじゃないんですが、いろいろ試したいこともあるし、いろんなタイプの選手と当たってみたいです」

「おもしれえかもな、経験積むにゃ、そういうのもいいぜ、うん、考えといてやるよ」

「オス、お願いします」

頭を下げるカンスケの後方で、優作、シンヤが茶々を入れる。

「なんかカンスケ大人だなあ」

「毛はえた？」

「もう、ボクだってね、優作の活躍に刺激受けてんだよっ、シンヤは早くケガ治す、いいね？」

「オッスッ」

いつもながら返事だけはいい。

「おお〜優作、で？　どうだった？　娘さんくださいって言ったのか？　ウヒョヒョ」

番場の説教から解放されたらしき狭山が向かってくる。優作がまたかと、とんでもなくイヤな顔をしていた。


一か月後。

ジーワジーワと夏のサイレン、一週間で燃え尽きる命を叫ぶセミの声がこだまする。

「くっそ、ついに……」

優作がくやしそうな声を出す。

「ふむふむ……波乱の中量級、制したのは麒麟《きりん》児《じ》、江川、かあ……」

千草が記事を音読する。

二人が読んでいるのは臥薪空手の機関紙、臥薪カラテマガジンだった。

内部的な機関誌であるが、一般的にも臥薪空手は認知されており、大会も華々しくおこなわれ、冬におこなわれる全日本無差別大会などはテレビでも放映されるのでかなりの部数を誇り、普通の書店でも店頭販売されているのだ。

そして優作たち選手は、この機関誌に取り上げられることも目標の一つだった。さらに言えば、この機関誌にてニックネームを付けられるということはとんでもない栄光だった。

師である番場のビッグバンに群斗の軍艦、そして無差別王者、杉山の千年杉など名前を絡めたものから白虎、鉄脚などバラエティに富んでいた。

一度付けられたニックネームは引退するまで変更はない。そしてこのニックネーム、体重別優勝か、無差別入賞を果たさないともらえないのだ。

すなわち、優作は落選だった。

「くっそ〜いいなー……でもなんだキリン児って？　江川ってそんな首長い？」

「ちゃーわっ！」

「ええ、でもキリンってさ」

「そっちやないっ」

「じゃあなん？」

「あんね、キリンビールってあんでしょ？」

「うん、好き」

「そのラベル……分かる？」

とつとつと千草が説明するが、優作はちんぷんかんぷんだった。

それでもなんかカッコイイ、うらやましい、というのだけは分かった。

今回は先におこなわれた全日本体重別の特集号だった。季刊であることから夏に発行される号は毎年体重別の特集となる。

「ほえ〜、アオヤマもとうとう頂点かあ、すんごいねえ、あはは、剛爽、青山、悲願の戴冠、へえ〜」

青山のニックネームは剛爽、らしい。なんとなくイメージがわく感じだ。

「あれ？　そういや青山先輩っていくつだっけ？」

「ええとね、二十六歳って書いてゆーよ？」

「まままだ確か大学生、だったような……」

「う……」

「そういえばチイってなんで青山先輩のこと呼び捨てなの？」

「そーいえばそやね……」

「二十六、だっけ？」

「たーっけ！　うちはまだ二十三！」

「だよねえ……あれ？　チイ、今何年だっけ？」

「三年や！　あんあたねえ、彼女のねえ！」

「彼女ってへへへへへへへへへへへへ」

あらためて言われると非常に笑ってしまう。

「なあ～わろとるっ」

言いながら千草も笑う。

「いや、でも三年なの……？」

「実は……まだ実家にはバレとらんけど留年しとる……」

「ええ？」思わず押し黙った。

「いや、ほいでなんで呼び捨てだったの？」

「えっとねえ……」

千草が話しだす。どうやら、あの入学式の式典での少年部演舞にヲタク心を刺激されて入門、授業を完全に忘れ去って毎日稽古しまくり、気づけば留年だったらしい。さすが優作の彼女だった。ただ、その成果と、女子ということもありなんと特例異例、入門してから二年で黒帯を巻いていた。

そのころ優作はやっと復帰したが試合のオアズケを喰らい、一年間選手稽古ばかりしていた。ちょうどすれ違いの時期だったらしい。

そして黒帯を許された後、今から二年半くらい前、たまたま行事で一緒になった青山と話す機会があり、なんとなく大学生同士、じゃあ何年？　と聞いたところ、二年、と言われたので、アア同い年か、じゃあタメでいいや、となったらしい。ちなみにその時点で青山はすでに二十四歳のはずだ。

「んむにょお？　えっと、オレが高校入った年にすでに指導してたぞ？」

「あんたそーいえばガッコ行っとる？」

「…………」

「ヲイッ」

「いや、それより、えっと、その、留年、だいじょうぶ？」

「あんたに心配されるとはね……」

「そんな言い方ねえだろっ、かかかか彼女のことなんだからっ」

「イヒヒヒヒい、彼女おおお？」

愉快でうららかな二人の会話。実はさっきからずっと至近距離である。

うららかな日曜。優作が道場で購入してきた機関誌をソファで眺めていたら千種がかぶさってきた。うつぶせでペラペラめくっていたらむぎゅうと乗られた。いつものことだったのは言うまでもない。ちなみに重い、とか文句を言うとボコにされるのでぜったいにしない。

実は買い換えたソファである。当初、優作が初めてお招きされたときにあったソファは一人用で、それはそれでいいのだが、やはり横になったりできる大きめのヤツに買い換えたのだ。

理由はこんなふうにいちゃつくためである。

「ん～でもオレもなんかこう、かっこいいあだ名欲しいなあ」

「ラッキョウ？」

「やだー、もっと、いいの！」

手足をばたつかせる。

「なーんがええやろねえ、ユウは横文字じゃ似合いそうにないし……」

「ぬう？　この道場一のおしゃれさんになんてことをっ」

「その言い方がすでに鬼ヤヴァイよ」

とはいうものの、最近の優作の着るものは基本、千草が選んでいた。夏ということもあり、簡単な動きやすい格好であるが以前は着なかったようなポロシャツっぽいものや、いつもかぶっている帽子とかもダメージ感のある今ドキっぽいものにマイナーチェンジされていた。そのせいでまた冷やかされるのであるが、最近は結構慣れてきた優作だった。ちなみにその辺のチェックの鋭さはカンスケが秀でていた。

「まあ〜まあ、さっておき今年はさあ、選抜出なくていいと思うけど、そのかわり係やらされるんだろうーなーヤダなー」

「なに言うとるっ、うちはいつもやっとうや」

「そうだけどお……」

試合に出るということであれば選手なのでそういう大会進行の裏方は免除されるが、今度は試合に出ないのでそういうわけにもいかなさそうだ。

「めんどくせーなあ、弁当の手配やら呼び出しやらさあ」

「あんたもしかしたら審判やない？」

「え？　やったことねえけど？」

「うん、でも体重別入賞したでしょ、もううちの支部の看板選手やから」

「そゆもん？」

「そゆもん」

「えへへっでもなに？　看板選手なの、おれ？」

「イヒヒっ、そだよ」

うららかな、夏だった。

空風の章

―番長秋景色―

「あれ、おす、どーかしましたあ？」

毎週火曜、暮塚道場の指導は青山がしており、最近はその補佐をやっている優作が道場へ入ると、なにやら青山が年の若い道場生と話し込んでいた。

秋の気配も濃厚な十月中旬、早い枯葉が舞いだす肌寒い季節。

チャリで飛ばすぶんには絶好調だった。なので優作も絶好調だった。

体重別で一応ベスト4に入賞したので選抜を飛ばして無差別への切符を得ている。この秋は無差別へ向けての出撃態勢を整えるには絶好の機会、すなわち絶好調であった。

そして青山も。青山太郎も。

積年のうらみをはらすが如くの活躍で今年、全日本体重別軽量級を制した。

絶好調のはずだった。

その青山が、剛爽、青山が振り向き、険しい目をして、言った。

「おお、優作、いいとこ来た、学ラン持ってるか？」

「ハアア？」


「そらあやったりましょおやっ」

シンヤがいきりたつ。

いつもの店、鉄板焼きの万心だ。新メニューである牛鍋、五百五十円をかっこんでいた。

鍋の端からドデカイ骨――どうやらスネあたりの――が飛び出している。かなり、グロイ。

千草の実家で食べさせてもらった角煮とはかけ離れたグロさだった。下手をしたら牛の頭蓋骨も沈んでいるのでないかと心配になるような毒々しい色の汁がコトコト土鍋で煮られていた。まあそれでも食らうのだが。

「てゆーかシンヤ、足どうなの？」

「うーん、六〇ぱー」

「そっかあ……」

夏の体重別で負傷したシンヤの足は、案外長引いていた。治りかけになるとすぐに飛び跳ねて悪化させるのが原因らしい。

オレも下手したらこんなふうにケガが長引いてたかも、と優作も拳を見ながら思う。

優作が忘れていても千草が気を配って拳を冷やしたりとケアして思い出させてくれる。一度やった部位は再発しやすいらしいのだ。

シンヤの右足の膝、内足靭帯の負傷であるが、特に日常生活に支障はないし、空手の稽古も問題なくできる。だがここが落とし穴で、空手の稽古、突き蹴りはできても跳べない。正確に言えば、跳ぶことはできるが着地の衝撃を逃がせないのだ。

これはいつも跳びまくっている人間からしたらストレスがかかる。鳥人間かと思うほど、絶好調であれば試合時間三分のうち、ほとんどが滞空時間の場合もあるほど跳ぶ男であり、ちょっとした嬉しさをあらわすためにでもバク転をする男なのだ。

普通に空手の稽古、組み手も問題ない。だが跳べない。とてもストレスをかかえていた。どうしていいか分からない。ただじっとしていれば、跳ばなければいいだけの話だが、残念ながらそれができなかった。さすが優作の盟友だった。

「ってなわけでだ、優作、学ランあるか?」

青山がどぶろくを器に入れながらまた聞いた。かなり酔いが回っているのか、どぶろくを杯に出したり器に戻したりしていた。

「オス、すんません、話がまったく見えないんですが」

「優作、おめえさあ、前から思ってたけどバカだろ?」

狭山がスネの骨をちゅうちゅう吸いながら言う。

「なにおうっ」

バカしかいなかった。

話の発端は、青山が指導を任されている帝西支部傘下である番場道場の一つ、選手会のおこなわれる多摩境道場の少年部、宮本秀星くん十六歳がなにやら学校でイジメにあっているということだった。

「そーゆーわけだよ、分かったろ優作? 学ラン用意しろ」

「すんません、まだ分かりません」

「おめーほんとバカだな」

なんなんだいったい……と思いながらぐるりと席を見渡す。シンヤに青山、狭山に自分が鍋を囲んでいた。狭山はまだスネの骨をくわえていた。秋風の季節、なにか、得体の知れない悪夢に入り込んだような気にもなった。

「オス、えっとっすね、その秀星が? イジメにあってる。と?」

「そうそう」

「で?」

「でって、だと? おい、大丈夫かおまえ?」

聞き返す優作に本気で心配そうな顔で青山がつめよる。

「でーじょぶかよヒューサック！　なーなー」

ひょいっとシンヤが優作の肩に飛び乗り、頭を猿が木をゆらすように振る。いくら身軽だからといえど、こんなことを気軽にするからなかなか足がよくならないのだ。

「オス、ちょっとだけ頭が重いっすけど、だいじょうぶっす」

優作がもお、仕方ねえ、受けて立ったる、という感じでグラングランしながらも言い返した。

「なんだあテメエ、やっぱ色ボケじゃねえのかあ？　ああん？」

横から口を出す狭山に鉄拳を見舞うつもりでガンを飛ばした。

「んむう〜、そろそろ帰っていいすか？　明日も早いんで」

いいかげん付き合いきれなくなってきた優作が立ち上がろうとする。土曜ならともかく、今日は火曜である。優作には、輝ける若者には明日があるのだ。

「なに、オメー帰れねえよ？」

狭山が目を見開いて当然のように言い放つ。

明日なき者が言い放った。

もう〜、とか優作が思うがそこは付き合いも長いのでこうなったときに変にいやがって帰ろうとしたらエライ目にあうのは分かりきっているので仕方なく座り直す。

「はあ、ほおいで、なんでしたっけ？　その秀星がいじめられてると、そいでヤマ返しに高校に学ランでも着込んで殴り込みにでもいくつもりですか？」

まさかそんなバカなことはないだろうと思いながら聞くと、やっと分かってくれたかと満面の笑みで握手を求められた。

ちょっと優作が不安になる。確かに以前から青山は道場生がケンカで負けたりカツアゲを喰らったときは先頭に立って仕返しに参上していたが、まさか高校に殴り込もうとしているとは……。しかも、どうやら学ランを着用して高校生同士のケンカにしてしまおうと思っているようだった。

「いや、まあいいっすけどねえ」

そういえば、優作が今こうしていられるのもこの青山のお節介というか暇つぶしのおかげだった。

「えっと、ハハハ、延長、でしたっけ」

「おお、よく覚えてんじゃねえか」

そう、確か、延長だった。一回やられても、まさに延長戦で盛り返すのだ。それこそが、臥薪魂、らしい。ちなみに「空手に先手なし」「君子の武道」とか綺麗ごとを並べているのは、本当にもめた場合、「相手のほうから先に手を出した、ので仕方なく、本当に申し訳ないが護身のために本当に仕方なく、やり返した」という体《てい》にしたいからだ。

「しっかし、わざわざ学ラン着込んで行かなくても」

「ばっきゃろう！　こういうのはな、カッコから入るんだよ！」

まだ納得のいかない優作に狭山が怒鳴る。

「ありい？　ところでカンスケは？」

いつもいる、もう一人のバカがいなかった。

「やっぱバカだなおまえ」

「いやあの、なんすか？　教えてくださいよ」

ちゅうちゅうとまだスネの骨を吸う狭山に頭を下げる。

「しゃーねーなーほんっとおめえはよお」

ガリガリと今度は骨をかじりながらえらそうに言う。そんなにウマイのかな、とか全然関係ないことを思った。

「もうさあ優作、おめえもな、選手会じゃあ上のほうなんだし、こないだの体重別も入賞してよ、いいかげん自覚っていうかな……。そうそう、おめえも、今度の選抜じゃあ副審とはいえ審判やるんだからよ、出世したモンだよな、こないだまで弁当係だったのによお」

青山も鍋をさらえながら言う。

「こないだって……いつの話っすか……？」

「いいかあ、選手会の人間で一番大事なモンはなんだ？」

真剣な目で狭山が問う。イヤな予感しかしない。

「選手会のって……えっと、空手っすか？」

「やべえ、こいつやっぱバカだな」

空手ではないのか？

「……えっと、選手、だから、試合？」

「ピンポンピンピンピンポーン」

「おお、おめえ、進化したなあ」

本気で喜んでくれているらしいが、ムカツク。横ではちょっとテンパった目つきでシンヤがスルメ天ぷらマヨご飯をかっこんでいる。

「はあ、で、試合が大事ですっと、それで？」

話の方向性がまったく見えない優作が、残ったメシに鍋の汁をかけだした。

「お、優作それうまそう……あ、これタマゴ入れたらいい感じに雑炊になるんじゃね？」

「お、いいっすね、さすが選手会会長っ」

「たりめーだよ、おい、抱っこちゃん、タマゴたのめ、タマゴ、抱っこして持ってこい、間違えていつも抱っこしてる鬼百合もってくんじゃねえぞ」

ドワハッハッハと笑いが炸裂した。

優作が面倒くさそうに立ち上がって万心の大

将に伝えにゆく。そんなにいっつも抱っこしてねーよっ、してるけどどっ、と心の中で言い返す。

聞かれたら大変だ。

「だからさあ、ほら、カンスケは試合、あんじゃんか……」

「ああ、選抜じゃなくて交流試合出るみたいっすね」

そう、カンスケはいつもの支部内の無差別選抜ではなく、関東地区全体での交流試合に参戦を表明した。体重別の後、かなりカンスケなりに思うところがあったらしく、今回はあえて選抜ではなくこちらを選択した。

関東地区交流試合。今回で七回目の開催になる関東近郊の支部の交流を目的とした大会だ。毎回、出場する選手のレベルにかなりばらつきがあり、全日本上位選手が試運転をかねて出場したかと思えば新人戦のような場合もある大会だ。確かに支部内選抜と違い、蓋を開けてみなければどんな相手と対戦するか分からないビックリ箱的なワクワク感は間違いなくあった。

青山がかなり投げやりな感じでごろんと横になる。

「ええっと、まとめっと、オス、ん～カンスケは試合があります、秀星はいじめられてます、オケ？」

うんうんとうなずきながら狭山が生タマゴ七つ割ってまぜまぜしている。

「で、イジメられてる秀星のために殴り込む、学ラン羽織って……とかなんかして」

そうだよ～とばかりに狭山がかきまぜたタマゴを鍋にとかしこむ。

「で、カンスケは試合だから呼んでない、と」

グツグツ煮えたぎる前に火をパッと止めた狭山が、どんなもんだい、ってな笑顔で優作を見る。

「ああ、もういいっす、分かりましたよ」

と、鍋をかきまぜつつ言った後、ふいに優作が顔を上げた。

「今度の選抜、おれら誰も出ないってことで……まさかヒマだからこんなこと無理やりしてるわけじゃないですよね？」

答えはなかった。ただ、秋風だけがしまい忘れたらしい風鈴を揺らしていた。

「おおう、なんか久しぶりなこの感じ、うふふうふん、キャンパスライフ」

なんか照れくさくてどうでもいいような感じで優作が空を見上げた。

蔦のからむ古くさい校舎と割れた煉瓦の歩道、そして血痕としか思えない痕のある土壁。息苦しくなるくらいの緑の多さに囲まれた相里大学構内であった。

まるで国立公園のような自然あふるるキャンパスが売り――とはいうが要は敷地面積が大きすぎて管理ができていないだけだった。

さて、その相里大学の敷地内に、かなり久しぶりに足を踏み入れた優作だった。

「いやあ、こお、同窓会？」

「ひゅーさく、知ってた？　おれらね、三年だよ？　おれも今知ったんだけどっ」

シンヤがそう叫ぶ噴水広場で、全裸の男が火を噴き、横でビキニの姉ちゃんがサンバを踊り狂う。ああ、こんなガッコにいたらバカになるな。

自分のことは棚にあげた優作ですら分かるようなキャンパス。それが現在、在学中らしい相里大学だった。

「くくく、へっへっへ」

狭山が、一般社会であれば完全に通報どころか有罪確定の目つきでヘラヘラ笑いながら歩きだすのをなんとか青山が押しとどめる。恐らくは大学構内いこーるなんでもアリ、という方程式が脳内で確立されての奇行であろうが、まったく目立たないのが恐ろしいところだ。

「ああ、そっか三年なんだおれら」

優作が感無量な感じでつぶやいた。そういえばチイも三年って言っていたっけ、とか思う。空手以外の記憶のない三年だった。

「ん~と、青山先輩? なんでまたここに?」

そう、あの万心での飲み会で最終的に学ラン手配のメドが立たず、きゅうきょこの大学訪問になった。そんなわけで今日はバイトは昼であがらせてもらった。それに対して罪悪感がある時点で優作は学生ではない。さらに言えば平日なのに当たり前のようにこのキャンパスを作業服のまま闊歩する狭山を見てなんで誰も何も言わないのか不思議に思う。

「っひょーっ、もうすぐ学祭らしーぜっ」

シンヤが嬉しそうな声でさわぐ。久しぶりのキャンパスで分からなかったが、確かに学園祭、相里祭り、と書かれたどでかい看板をあちこちで見かける。すれ違う学生たちも皆、熱に浮かされたような表情でうろついていた。忙しげに大道具を運び出す者、縫いかけの着ぐるみのまま走り回る者がいて、広場にはリングみたいなものまで設置され、珍しそうに祭りの準備をするワクワクする感覚が伝わってくる。

「へえええ……」

優作があたりを見回す。

――そういえば、オレ大学生って肩書きこそあるものの、学園祭とかぜんぜん行ったことねえなあ、あ、今度チイと学祭行こうかな? うん！　なんだかんだで夏の合宿もすれ違いが多かったし、ぜんぜんお出かけとかしてないし、喜んでくれるはずだ、いつもみたいにイヒヒヒって笑うはずだ。

「イヒヒヒッ」

「優作、エロい顔して気持ち悪く笑うな、通報されるぞ」

「先輩に言われたくないっす」

冷静な狭山のツッコミに言い返しておく。どうやら声が漏れたらしい。注意せねば。

先を歩く青山とシンヤがなにやら話しながら指をさす。メインストリートとでも呼べそうなこの並木道から枝葉のように横に道が伸びているのだが、うっそうとした森に囲まれているのでぜんぜんどこにつながっているのか分からない。

落ち葉がたなびく石畳の道をつらつら歩く。並木道をはずれ、森の中へ向かった。前方にすすけたコンクリの建物、校舎みたいなのが木々のすきまから見え隠れする。

「あそこ行くんすかあ？」

「うーん、たぶんあそこじゃねーかあ」

きっとこのヒト、どこに向かってるか分かってねえんだろうな、とか狭山を見ながら優作が思う。

建物の前まで行くと、青山とシンヤが話していた。

「第十九サークル会館、たっぶんここだと思うんすけどねえ」

「ん〜まあ、間違ってたら次いけばいーや」

——なんの話なんだろう？

薄暗い感じの建物で、なんとなく気味が悪い。ふっと上を見上げると窓一面に全国制覇とか書かれた旗が張ってあった。

ああ、野球部かなにかなんだろうな、そうだ、オレも全日本なんだよなあ、とかボンヤリ思っていたらいきなり玄関口のドアを青山が蹴り破った。

「うわあっ」優作の目がまん丸になる。

「おっらあああぁーっ」

青山の裂帛の気合が建物を震撼させた。

「ちょっちょ、高校に殴り込むんじゃ……」

完全に置いていかれた優作がおろおろする。

「おお?」「んだゴラアッ」

上の階から怒号が聞こえてきた。

「なにすんすか先輩、ほら、野球部のみなさんが怒ってますよっ」

「野球部う? なに言ってるんだこのバカは?」

ダダダダッと階段を大勢の人間が駆け下りてくる音がする。

青山が首をコキリと鳴らし、シンヤが軽く屈伸、狭山が「よいしょっと」とか言いながら上半身をねじる。仕方なく、優作も臨戦態勢に入るべく、手首を回した。別にやりたくもないケンカであるが、やるのならば仕方ない。

「っだっごらテメー」ドーン!

一番最初に駆け下りてきたヤツが叫ぶが、スイッチの入った優作の突きが炸裂し、壁に叩きつけられた。面倒くさいことはさっさと終わらせる。優作の信条だった。

「しゃおらあっ」

そのまま上に向かって階段を駆け上がろうとする。

「おいおい落ち着けよ、なにいきなり暴れだしてんだ」

「あっぶねーなあ優作って、どっか壊れてんじゃねーか?」

「ヒューサック、なにすんだよ」

三人から非難を浴びた。

「ええええ？」

優作がせっかくやるつもりになっていたのに水を差され、たたらを踏んだ。そうしているあいだにも上からドコドコと駆け下りてくる気配がある。

「なん……おうっ、青山先輩？」「うわああ」「たすけてえええええ」

駆け下りてきた集団が青山の顔を見るや、今度は駆け上がった。

「えええええ」

もう優作は驚くばかりである。なんで名前を知っているのだろう？　世の中、分からないことだらけだった。

「ふっふっふっふ、久しぶりだな〜溝口、まだおめえ学生やってたんだ？　ぎゃっはっはっは！」青山がゲラゲラ笑う。

相手は、三階のサークル部室、第七応援団総本部のソファにでんと座っていた。

「青山さんこそ……、もう何年いるんですかあ？」

第七応援団団長の溝口がいやそうな顔で受け答えする。テカテカのリーゼントにチョビヒゲという、コント映画に出てきそうなキャラだった。どうやら、この応援団とは青山は顔見知りだった様子だ。さすが何年在学しているのか分からない男である。

「うるっせーよ、そういえば気仙とかどうしてんだ？」

「まだ、いますよきっと、この森んどっかに」

溝口がうっそうとしげる緑を窓から見やった。

「ああ、ええっと、オス、さっきは申し訳ありませんでした……」

優作が頭を下げて回る、が謝るべき相手はすでに医務室へ搬送されていた。まともに優作の突きをもらったのだ。ただではすまない。

「まったく、優作の凶暴さにはあきれ返るよなあ」

「溜まってんじゃねえか？　ちゃんと総長に抜いといてもらわんとなー」

狭山とシンヤがのんきに言う。完全に優作がワルモノだ。

「なんでオレだけっすか？　だってみんな準備運動してたじゃないっすか？」

「いや、肩こったから」

「うん、ヒザ悪いしさ」

「最近わき腹の肉がね……」

完全なる勘違いだったようである。

「そんでよ、溝口、頼みがあんだけど」

「なんすかあ？」

青山が身を乗り出す、同時に溝口が引く。

「また女……」むがっ「ド阿呆っ、オレのイメージがわるくなんだろーが」

青山に座ったまま蹴り飛ばされて吹っ飛ぶ溝口を気の毒そうに見ながら優作は、この人もきっと苦労してるんだろうなあ、とか勝手に親近感をもっていた。

「いってて……相変わらずっすね、あれ？　青山さんそのスタジャン？」

ふっとばされた溝口が起き上がりつつ青山の上着に目をやる。年中着込んでいるボロボロのスタジャンだ。

「おおっ、覚えてっか？　あの騒ぎんときに作らせたヤツだよ」

青山の目が嬉しそうに輝く。雨でも雪でもバイクしか足がないのでいつも着用しているのだが、確かに異様に丈夫そうではあった。元は袖が赤、胴が黒で胸にマークの入るよくあるデザインだが、現在はペイントがすべて剥ぎ取られた灰褐色、実はすべて革製で、特に肩や上腕部や肩のあたりには幾重にもケプラー繊維の縫込みが施されていた。

「なあ？　この腕んあたり、防刃にしといてお互い助かったよな」

「まあ助けてもらいましたけど、青山さん、ただ暴れたかっただけ……」

また蹴飛ばされていた。

「まーいいや、溝口、みんなのぶんの学ラン用意しろ、あと、オレのまだあんだろ？」

応援団だったんですか？　つか、防刃とか物騒なんですけど？　そんな質問をはさむ間もなくシンヤが腹が減ったと騒ぎだしていた。

「おう、そだな、じゃあメシ行くか、じゃあ溝口、あとで取りにくっから用意しとけ」


ってなわけでキャンパス内のあちこちにある食堂へ繰り出す。飛び込んだのはメインの並木道へ戻ったところにあるサム・ライミ監修風の西部劇風のカフェ、クイック　デリバリー　アンドデッド、だった。

「さっすが青山先輩、どこに行ってもかなりな無法者っぷりっすね」

なんとなく優作がイヤミまじりに言ってみる。

「なんだそりゃ、いきなり暴れたオマエにみんなびびったんだよ」

「そうだよ、優作、おめーは落ち着きってもんがな？」

すぐに青山が言い返し、狭山もそれに乗る。

「すんませーん、オラ、どっきりビックリカレーくださーいっ」

シンヤがネコ耳のウェイトレスに可愛らしく

叫んでいた。

「ぬうおっ？　負けてられん、じゃあブルーレイ生姜焼き定食くだちゃい！」

負けじと叫ぶ狭山を見て、ふと疑問に思った優作が聞く。

「学ラン学ランってやたら引っぱりますけど、もしかして狭山先輩も着るんすか？」

「ったりめーじゃねえか、誰だと思ってんだよ？」

「おっさん」

「きっさまーっ」

ちなみに狭山は今年三十七歳だ。

「まあ、いいっすけど」と頼んでおいたトキメキカツ丼を一口食うや「うっめ！　これうっめ！　なにこれ？」優作が驚く。

「ふっふっふ、この相大はだな、必要以上に広いキャンパスんなかに農場も持ってて有機栽培の農作物が安価で手に入る小規模自給自足システムなんだよ」

青山が誇らしげに言う。さすが無法者だ。

「へえ～うまいし安いし、量多いし、こりゃいいなあ」

「ひゃむっひゃむっ……どっはー！」

もんのすごい勢いでカレーをかきこむシンヤが突然立ち上がり、走りだした。そのまま店の外へ飛び出していった。

「うっわビックリしたっ」

「はっは、ビックリカレーだからなあ、そらビックリするわ」

当然のように狭山が言うが、ここのビックリカレー、実は辛さの王様、ハバネロがライスの中に仕込まれているのだ。普通に上にかかっているカレーのルーは甘口なので、こんなもんかとかきまぜながら食っていたら突然、クル。

「やべえ、これにもなんか入ってねえだろうな……」

優作がカツ丼のなかを探るが特にはなさそうで、ほっとする。

「オッス、青山先輩、お待たせしましたあ！」

店の外から溝口の声が聞こえた。

「おお、来た来た」

青山が笑いながら外を見た。

青山が指示してもってこさせた学ランを受け取り、道場へ戻った。

シンヤは一昼夜、森を駆け巡ってやっと辛さが抜け、ぼろぼろになって帰ってきた。なにやら、荒野のようなところで山賊に襲われたときに、バイクに乗った青年に助けられてそのまま送ってもらってきたらしい。きっとカレーの幻覚だろう。


そういうわけで渡された学ランを持って、さっそく千草の部屋に遊びに来た優作だった。

「あっはっは、なにそれー！」

優作とシンヤに渡された学ランは短ランと呼ばれる上着が腰の位置までくらいしかないタイプだった。ちなみに青山と狭山は長ランタイプをゲットしていた。

「どっかな、まだ高校生で通用しそうじゃね？」

「ん～やっぱ頭がなあ」

「おめーが剃ってんじゃねえかっ」

リビングでファッションショー的にポーズを決めたまま優作が叫ぶ。

「でも、その学校て女の子おるん？」

「そらいんじゃね？」

「あかんっ」

「ええ？」

「行ったらあかん」

「いやあかん言われても……」

「若い子のほうがええんや、やっぱ……」

「そーいうーので行くんじゃねえし」

「女子高生が……JKがあ……」

「JKっておまえ……」

「ユウ、ミニスカ好きやし……」

「そらキライじゃねえけどおっ」

「やっぱり……」

「あほお、おれが好きなんはっ」

ここまで言っておいて最近、なんとなくこんなふうに言わされることが多いことに気づく。

「ってさあ、オレばっかり言わされてない？」

「イヒヒッばれたあ？」千草が笑う。

「まーいいけど、そんでさ、今度デートすんべよ、デート」

「でえええっとおおっ」

千草が抱きついてきた。やはり嬉しいらしい。


「うわっ」

「イヒヒヒッ、デートデート、どこ行くん？」

ざざざんと紅い砂塵が舞うグラウンドに四人の死神が降臨した。

「ええっと、最後に確認しとくぞ、なるべく手は出さない、いいな？　殴るのは胸か腹、蹴りもなるべく使うな」

青山が威厳がある感じで相当すっとんだ指示を出す。これから殴り込むはずだが、やはり土壇場で少し冷静になったらしい。

「んなこと言うなら、こんなことしなきゃいいのに」

「なんか言ったか？」

「いいいっえっ」

優作が敬礼した。

バカ四人、学ラン姿だった。狭山など気合を入れるためか学帽まで用意してきていた。

「よう、いいだろこれ、学帽マサみてえじゃね？」

「カオルちゃん最強伝説じゃねえんすから」

やはり、三十半ばでの学ラン姿は見るに耐えなかった。

「おうゴラアッ、てめ何中だべ？　へっへっ、こんな感じ？　こんな感じ？」

ウンコ座りで調子に乗るシンヤが一番似合っていた。

「えっと、じゃあ行くぞ？」

行きたくなかったらそう言ってね？　というような目で青山が見てくるが無視する。やはりこれからやることがあまりにもバカ過ぎて、ちょっと後悔しはじめているらしい。

ガタイが良すぎるせいか、青山は案外似あっていなかった。いくら運動しているといっても二十代半ばを超えるとなんとなく肌に出るものらしい。とか千草がしたり顔で言っていたのを思い出す。

「いらっしゃーい、テニス部の焼きせんべいだよ～」

「剣道部のプリンはいかが？」

「ライブ見に来てよー」

キャイキャイ空間が拡がった。

「まっすぐ歩けオッサンっ」

あっちへふらふら、こっちへよろよろ、満面の笑顔を真っ赤にしながら徘徊しはじめる狭山を注意する。

「いやあエへへ、そうは言ってもよお、きっと極楽浄土ってなあ、こおいうとこなんだべなあ」

うんうんうなりながら感無量の面持ちでうなずく。

正門をくぐって校舎までのわずか数メートル

の通路に、所狭しと出店が並び、あちこちで客引きが走り回っていた。先日のバカ大とは比較にならないくらいこぢんまりとしているのが、それがかえって手作り感あふれる感じでおままごとっぽい照れくささもあった。

「ほらほら先輩、目的目的」

狭山をあやしつつも優作がなんとか女子高生をガン見しないようにする。ガン見しない、二人きりで話さない、一人でうろうろしない、終わったらすぐに連絡してくること、などもう、しつこいくらいに千草に念を押されてきたのだ。おかげで寝不足である。

「ひいい〜ひいい〜ミズミズシーっ」

異相のものが転移してきたかのように狭山がうめき、叫ぶのを皆で押しとどめるが、青山ですら半笑いのまま、すでにシンヤは焼きソバを買い食いしながら売り子とお話をしていた。

「おらあ、オッサン、きりきり前向くっ、ほら、おいそこのサルもっ」

なぜか優作が先頭に立って誘導していた。

どうやら学ランを準備してきたこの殴り込み、いきなり行かずに今日来たのは文化祭で女子高生と接しようという目論見もあったらしい。というか下手をすればこっちの比重のほうが大きいようだ。

「もう、ほら、そんで目的地はどこっすか?」

校舎内に入るもふらふらとあちこちの教室に勝手に入ろうとする狭山をまっすぐ歩かせながら優作が背後を振り返ると、今度は青山とシンヤが二人してソフトクリームをぺろぺろ舐めながら歩いていた。

「いつのまにっ、青山先輩、どこ行けばいーすか?」

どこをどう昇ったのか覚えていないがどうや

ら二階に上がってきているらしい。

「あ……ああん？　あっ、バカっ名前呼ぶんじゃねえよ、オレのことは団長って呼べ、言っといたろうが」

「聞いてません……じゃあ、これは？」

えりくびをつかんだままの狭山を指さす。

「それは、ああ、総番長だ」

青山もそれ扱いしていた。

「オレは？」

「親衛隊長……」

だんだんと言うのが恥ずかしくなってきているのが分かった。それでもやめない。

「サルは？」

「と……特攻隊長……？」

後半、聞こえないくらい声が小さかった。

「っひゃーっ、おれ？　特攻隊？　ほほは〜」

特別な空間に来てひときわシンヤの狂猿っぷりが進み、窓枠の外側を手足でぶらさがりながらブランブランしていた。校舎の外側からこちらを指さして悲鳴が聞こえてくる。通報も時間の問題な気がしてきた。

「はあ、じゃあ分かりました、オラ総番長、いくぞ」

「てめえ総番に向かってその口の利き方は」

「行くぞっつってんだよ！　おらあ、特攻サルも戻ってこいっ」

「うっきー」

てなことをしつつも校内を進んでゆく。

しかし、文化祭ねえ、オレって一応高校でてるっていうか今大学生らしいけど、こういうふうなのって今まで一回も来たことなかったなあ……何してたんだろ？　などと優作が思う。高校時代から学業そっちのけで空手、大学入ってから、というか高校出てからが空手とバイトだったのでそれはそうなるであろう。だが言い方を変えればそれ以上に密度の濃い道場でのお祭り騒ぎに参加しているのだが。

「そんでっ団長、どこ行くですかー？」

優作が何度目か分からない様子で聞き返す。定期的にこうやって聞きに振り返るたびに違うものを食べていた。さっきはお好み焼きで今回はポップコーンだ。

「あつあつっ」

「あ、先輩あそこの店行きませんか？」

「オラアアアアっ」

さすがに優作が怒鳴る。

「んだよ～、ちょっとは楽しもうぜ優作よお」

「そおそおヒューサクったら余裕ってもんがないよね、溜まってんじゃね？」

「っさいわっ、遠足じゃねえんだからさっさと用事済ましませんか？」

「んん？　用事ってなんだっけ？」

「冗談に聞こえねえなこのバカどもは……」

「ああん？　誰がバカだって？」

前から狭山が振り返る。いつゲットしたのかたこ焼きを食べていた。

「秀星って十六でしょ？　だったら二年か三年の……」

こいつらはダメダメだと優作が見切りをつけて自力で秀星の教室を探そうとしたとき、悲鳴が聞こえた。ドタンバタンと机やら椅子が倒れる音もした。

――上の階？

優作が視線を飛ばした瞬間に他の三人はいなくなっていた。

「はええ……」

あわてて後を追って廊下を走り、階段をかけ上がった。人だかりをかきわけた先は二年エフ組、どうやら出し物はマンガ喫茶らしい。

「おっす、ごめんなさい、しつれいしまっす」

いかついカラダでかきわける。

「ふうう、やっとついた」

出遅れた優作が人垣を割って前に出ると、ごろごろ人が転がっていた。

その周りに青山たちが立っていた。

秀星の顔も見える。汗だくだった。

「あ〜あ〜こんなしちゃってもお〜、ひでえなあ団長、総番長も」

さっきの仕返しとばかりに優作が言うが、どうも様子がおかしい。秀星がキッとしたいい顔で振り向いて拳で十字を切った。

「オス、やってやりましたっ」

青山を見て言った。足元では四人ほどの不良学生らしき生徒が倒れている。

「先輩に言われたとおり、とりあえず一発入れたらあとは連続で入りましたっ、でもコンビネーションの最後まで誰も立ってんかったですよ、あはははは」

ほがらかに笑う。

「もひかひて、もうやっちゃったデスカ？」

ここ数日のバカ丸出しのこの準備がなんだったのか、と優作が青山に目で問う。

「うっきーっ、やったね秀星、かっけー」

窓からシンヤが入ってくる。どうやら下の階から外壁をよじ登ってきたようだ。

「うん、いや、まあよかったよかった、ハッハッハッハ」

狭山が総番長らしく、腕を組んでカンラカンラと高笑いして牧歌的に締めようとしていた。

「ごっふ、秀星……てめえ、このままですむと思うなよ」

たったいま秀星にやられた不良学生の一人が

床に手をついて上半身を起こしながら言った。

「オレのアニキはルーガーのメンバーなんさ、今日の学祭にも遊びに来るって言うから待たしてあるんだよ、逃げん……」

そこまで言ったところでいきなり宙に浮いていた。

「ボク？　それで、そのヒトタチはどこにいるんだい？」

言い方は優しいが、感情を感じさせない話し方にびびったか、学生が答えた。

「曙通り、このガッコのわきにあるペコタンってサテンだ……です……ひゃっ」

片手で持ち上げていた学生を放り投げるや、優作が走りだしていた。

「あん、どした親衛隊長？」「おおん？」「うっきー……アッ」

ぼけっとする三人の中、一番最初にサルが気づいた。

ルーガー、と聞いた。聞いてしまった。

――そういえばそういえばそういえば、そういえばっ
渡り廊下から一階に飛び降りて正門へとダッシュする。

「そおおおーいやあーっ」

叫んでいた。

道路へ飛び出し、首を左右に振ってコンマ三秒で目的地を肉眼で確認。

――あんときのヤマあ、まだあああっ
「返してもらってねーっ」

叫びながらペコタンに飛び込んでいた。

「いやあすごかったっすよね、あのサテンがなんかサザエさんのエンディングみたいにむちゃ

くちゃになってたもん」

「あらためて凶暴だよな優作、おい、鎖つないどけよ？　なんなら注射とかしとくか？」

「ったくなあ、ほんとに、おれらがいなかったら捕まってるとこだぞ？」

サルの特攻隊長とおっさんの総番長、そしてなんの団か分からない団——きっとバカバカ団だろう——の団長に諭されていた。

なんか知らんがいつもの万心の二階、優作が狭山たちに説教されている、ような図が構築されていた。

バッタバタの秀星の高校への学祭殴り込み、結局は校内では優作たちが行く前に秀星自身がケジメをつけていたのはよかったが、その後がメチャクチャだった。

秀星をいじめていた不良の一人が「ルーガー」の名を出してきたのだ。

ケツモチ、というか不良学生のバックに街の不良チームがいるのはよくある話であった。ただ、相手と、これまた言った相手が悪すぎたのだ。

ルーガー。優作が高校卒業間際になぜか一員だったチームである。ケンカの腕を買われて転がり込んで、追い出されて戻ろうとしたら返討ちにあった。そこから空手に忙しく、完全に忘れ去っていたのだが、思い出してしまった。

思い出してしまったら仕方がない。ヤマは返さねばならないのだ。返す相手がアンドロメダとかにいるのなら仕方ないが、すぐそこにいるというなら行かねばならない。なのですぐに行った。走っていった。

喫茶店ペタコンに飛び込んだら、いつか見た前歯のない顔が振り向く。一秒ほど、固まった。向こうもこちらが誰だか認識したようだったが、それでも優作がなんで学ランで飛び込んできたのか分からなかっただろう。もしかしたらまだ留年していると思ったかもしれない。

まあ、とにもかくにも突然の優作の襲撃に驚いたルーガーのメンバーは、これまた青山たちが駆けつける前に全員間違いなく一か月はまともに歩けないくらいのダメージを受けて転がっていた。さすがに警察を呼ばれたらしく、サイレンの音が聞こえてくる。

「お、おおい、逃げるぞ親衛隊長、いいか、えっと、ワルサー？　え、違う？　なんでもいいや、文句があったらいつでも来い、おれたちゃ相里大学第七応援団のもんだっ」

青山が一応、機転をきかした啖呵《たんか》をきって、そのまま遁走《とんそう》した。相里大まで捜査の手は及ばないだろうし、よしんば及んでも溝口がなんとかするだろうと踏んでの啖呵であった。

「はあ、疲れた……もういいかげんにしてください よ」

「ばっか、そりゃこっちのセリフだろお優作」

まだ学帽をかぶったままの狭山が突き出している牛の角をハシでつつきながら言った。

「そーそー、けっきょくオラどこにも特攻してねえずらよ」

「しなくていーっつってんだよっ」

またもやスルメ天ぷらご飯をかっこみつつ寄り目でシンヤがぼやき、優作が叫ぶ。とかなんとか騒ぎつつも優作の脳内は週末のでーとぷらんで一杯であった。

――へへっ、でもまあ、今週かな、どこの学祭がいいかな、あんまりこの辺だと知り合いにあう確率たけえし、間違ってもこいつらには会いたくねえし、あ、サッチンとかにも気をつけなきゃなあ、あーでもお出かけかあ、楽しみだ

なあ

「おら、親衛隊長なに笑ってんだよ、おめーまだまだ帰れねえよ？」

コトコトうなる土鍋を片手に秋風番長の雄たけびが轟く。

「またっすかあ？」

優作の嘆きが晩秋の夜の河へ流れていった。

空拳の章

―風花舞―

十二月、世間は師走の準備に入りだして騒がしくなる中旬前。

今年のすべてをこの二日間にかけてきた男たちの祭りがはじまる。


第二十六回全日本無差別選手権大会。

魂の重さのみを武器に、寸鉄身に帯びずに闘う男たちの祭りが、はじまる。

寒天が突き刺さるような青空だった。

しゅわっぴゅわっ
カンスケの顔を風が叩く。
冬の大気を切り裂くような熱風が頬をうつ。
となりではシンヤがストップウオッチに目を落としている。
「残り一分、あげてこっ」
ばすっずばっばばばばばっ
音が変わる。気迫がさらに、乗る。
拳に乗る。
優作の拳に気迫が乗る。
熱風が吹いていた。

「優作っ……!」

多摩境道場、選手会稽古に参加のため訪れた道場のドアを開けるとカンスケたちが優作の顔を見て叫んだ。

「お、おう……?」

なんとなくみんなの注目を浴び、照れくさそうに手を上げた。

今日は土曜日、地獄の選手会稽古であるが、土曜。つまり後世の教科書に載るくらい語り継がれるようなイベント、たとえば異星人が侵略してきた、とかいう出来事でも発生しないかぎり、明日は日曜である。

日曜とはつまるところ、千草なのである。

なんだかんだで付き合いだして一年にはならないがそれでもまったくお互いの気持ちはぶれていない。つまり、ラブラブだ。凄まじくどうでもいい理由、手をつなぐときに小指がからんでなかっただの、テレビを見ていて女性タレントに優作が見とれていただのとかで始まるケンカや行き違いで言い合いになるが、それもすべてラブラブを燃焼させるための材料でしかなかった。ラブラブで、バカバカでもあった。

なのでここでも信号待ちをしつつ千草と明日の段取りをメールでやりとりしていた。青蛇街道あたりを登りながら読んだメールの内容が可愛すぎて異様なほどにやけてしまい、赤信号になってから道に出そうになって車に轢かれかけたほどのバカバカがばれたのかと思った。

「優作、もう見た？」

「えっ……なんの話？」

思わずさっきのメールのことかと思い、また照れながら笑う。のを気持ち悪そうにカンスケが見ていた。

「こほん……えっと、あれ？　それ最新号？」

カンスケの手には臥薪カラテマガジンが握られていた。基本、季刊であるのだが、冬の大一番、全日本無差別大会前には臨時増刊として無差別のトーナメント表、特集が組まれるのだ。

「出たか？」

優作の目の色が変わる。カンスケが無言でうなずく。

「おれの相手は?」

「……杉……千年杉、杉山選手……だよ」

カンスケの言葉に拳がぶるっと震えた。

「へっ」

口元をへの字にまげて無理やり笑う。笑ってやった。

「ひゃっひゃーっ、ヒューサック、ケヤキ舞台だぜっ」

「おお、火の見やぐらだあっ」

シンヤが飛び出し、優作が叫ぶ。

「……二人とも違うけど……優作、優作えっとその、優作っ」

「ああん? び……びびってねえよ、ぶったおしたらあっ」

言葉が出ないカンスケのかわりに優作が吠えた。もういっかい、吠えた。

「っとばすっ」


そう、硲優作、帝西支部所属番場道場の二度目の無差別大会、初戦の相手は無差別級三連覇中の千年杉、杉山晃太郎だった。

去年がグンカン、群斗で今年が千年杉である。何か大きなチカラがはたらいているとしか思えない逆境の連続である。並の選手であれば聞いた瞬間に心が折れそうだ。

いつもは無差別選抜の時期であるが、他支部との合同開催の全関東大会にカンスケは単独で出場、有名どころにも競り勝ち、見事優勝したのだ。偶然、であるが他の大学に通うカンスケの妹も彼氏(?)らしき選手の応援に来ており、さらにその妹の友達、沙織嬢と再会し、その後どうにかこうにか交際に至ったようである。

カンスケは今回の無差別にエントリーしていない。前回の全関東の優勝で、師範である番場の推薦で出られないこともなかったが、あの大会でカンスケなりに完全燃焼したこともあり、すぐに試合へ向けて気持ちを高める自信がなかった。

それに、盟友、優作のこともある。やはり、優作のサポートもしたい、という気持ちもあった。全関東で優勝できたことへの恩返しという意味もある。

そういうわけで今回は練習相手に徹するつもりでいたので、ある意味前回カンスケのセコンドだった優作と同じような心境もある。つまり、悪い言い方で言えば他人事、だ。まあ実際は優しいカンスケのこと、そこまで冷たくはないがそれでも自分が試合をするのと応援するのとでは百倍違うものである。

いつもと同じなのは、シンヤのほうかもしれなかった。シンヤのほうも彼なりに故障からの復活の兆しが見えてきていた。

奇《く》しくも、カンスケが優勝した全関東大会がおこなわれた体育館で活動していたサークルがヒントだった。

怪我をした、治りかけの時期になると調子に乗って動く、動きすぎ、跳ぶ。着地の際、またヒザに衝撃がきて故障する。のを何度も繰り返していたのだが、その解決策が案外簡単だった。

シンヤが出合ったサークルはカッポエイラというブラジルに伝わる民族舞踏をやっていた。カッポエイラ。もともとは南米に奴隷《どれい》として連れてこられたアフリカの黒人たちの闘争術であった。奴隷として常時両腕には手錠されており、殴れない、つかみかかれない。ではどうするか？

足は、自由だ。なら蹴ればよい、となり、足だけで、蹴りだけでも闘えるように工夫され、なんと逆立ちしたりとかなりアクロバチックな姿勢から蹴りを出すことが特徴であった。今では闘争術というよりも、舞踏や儀式、回転したり飛び上がったり逆立ちしたりしながら蹴りの動作を取り入れたダンスとして広まっている。

シンヤが見たのはその中でも二人で向かい合い、組み手のように技を飛ばし合いながら踊る、ジョーゴといわれるものだった。

——こ……これってオラが目指してたモノじゃんかよー

そこにはシンヤの欲しいものが揃っていた。ちなみに最近は本気で一人称がオラだった。どうかしている。

アクロバチックな跳び技、回転、逆立ち、バク転、前転、しかもシンヤが悩んでいた跳び技からの着地の際のヒザへの衝撃をどうするか、の答えもあった。

それは、足で着地せずに手で衝撃を逃がしてから足を着くことだった。

身体能力が高すぎるのと、蹴ったら足から着地せねば蹴り足が当たらなかったときに「技のかけ逃げ」という反則を取られる可能性もあることからバク転しようが前転しようがヒネリを入れようが必ず足で着地できる能力を持っていたことが逆にヒザへの負担を強いた。が、それに対する答えがカッポエイラの動きの一つ、アウーと呼ばれる側転であった。

——そーか、足で着地せずに手で着地してすぐ蹴ればいいんだ。

シンヤ、開眼、であった。

さすがにいきなり試合に出ることはできなかったが、選手会稽古などでは手が付けられないくらいの暴れっぷりだった。さらに最近では新境地に目覚めたか、逆四つんばいや、左足と左手だけでの歩行等、若干ホラーも入りだしていた。

おまえ、そんな簡単なのかよ？　とかツッコミが狭山から入ったが、シンヤ復活、であった。ツッコミを入れる狭山の左目が完全にふさがっていた。シンヤの逆立ち蹴りを喰らったのだ。

そんなわけで、優作が全日本無差別出場へ向けサポート体制は万全であった。ただ、今回のトーナメント表、二年連続で強豪、それも一般的な一流どころではなく超一流に当てられる組み合わせについては、帝西支部内から問題提起をおこなわれていたが総本部からはスルーされていた。

「千年杉だろうが、グンカン先輩だろうが青山先輩だろうがよ、優勝するにゃあ全員ぶっとばさなきゃなんねーんだから一緒だよ」

迷いなくそう言う優作にカンスケは何も言えなかった。

対、千年杉。対無差別王者。体重別入賞とはいえ、王者からしたら優作など無名の若手であろう。

その無名が王者を倒したらこんなに痛快なことはない。カンスケは燃えた。杉山の研究を始めた。データは腐るほどある。

身長、百九十五センチ、体重、百二十五キロ、三十歳。全日本デビュー以来八年、このサイズが変わっていないことにまず驚いた。杉山本人として、パワーリフターとして完成されたサイズとの自負があるようだ。

さらに、内部情報ではないが勤め先のフィットネスクラブによればウェイトトレーニング、フリーウェイトと呼ばれるバーベルを使用してのトレーニングで挙げる重量が年々増加しているのだ。つまり、単純にパワーアップしている。

サイズが変わらず上げる重量が増えている。ということは筋密度が上がっているということだ。

重いバーベルを持ち上げることができる、イコール強くなる、強い打撃が打てる、とそこまで単純な話ではないが無差別級王座を守りながらも記録を上げているということはモチベーションが上がっているということでしかない。

まだ、足りない、と思っている。まだ強くなろうとしている。まずその意識がすごい。武道家、というよりはアスリートといったほうがしっくり来る、というところが人気面ではグンカンやビッグバンの後塵を拝するところであり、観客からはあまりにもサイボーグっぽく見えるところから人間味を感じられないらしい。

その点、闘志むき出しの選手のほうがやはり人気があった。そういう意味で臥薪空手フリークと呼ばれる一部の熱狂的なファンからは密かに優作は注目されていた。なにがなんでもド突き合いに持ち込もうとするスタイルはかなり評価されていた。

ちなみに言えば、臥薪會舘上層部には一般人気のない杉山も、闘志全開で人気のある番場、群斗も受けが悪かった。上層部としては、総本部で手塩にかけて育てた選手、今であれば白虎の異名を持つ田山を優勝させたいのだが、なかなか思惑通りいかないものらしい。

やはり試合となれば真剣勝負、思惑は立ち入っても意地が通用するのだ。

さて、カンスケはそれから千年杉の解明に没頭した。組み手のクセがないか、出鼻、試合が始まって様子見に出す技はなにか、苦戦したときのパターン、相手のタイプ、得意なタイプ、伝聞ではあるがトレーニング内容、道場内の組み手稽古の内容、当たる相手、通っているトレーニンジム、一日の生活パターン、好きな食べ物、実家、今住んでいる家、立地、普段の服装……などなど、調べすぎてもう大ファンかストーカーの疑いまでもたれるくらい調べに調べた。

とか言いつつも、全関東に応援に来てくれた昔からの想い人であった沙織嬢とイイ感じになり、それはそれとしてきちんと会う時間を作っていたりするのもさすがである。が、これはまた別な話だ。

とにかく、無差別大会までカンスケは優作専用のトレーナーと化していた。

研究肌のカンスケは、実はボクシングやスポーツのトレーナーに憧れていたこともあり、かなり一生懸命だった。それはもう優作が引くくらいコト細やかな稽古メニューを出してきて嫌がられていた。秒刻みとまでは言わないが、本当に朝昼晩とこなさなければならないメニューだった。

今回の無差別前、優作はバイトの時間を大幅に短縮、その時間を稽古に当てていた。バイト先の惣菜屋も臥薪空手門下生、快諾してくれた。

午前六時起床、軽いジョグで身体をほぐしながら古高公園へ向かう。ここは優作の家とカンスケのアパートの中間くらい、街道はずれの丘にある廃棄されたような蔦のからむ公園であった。シーソーがもぎとられ、ジャングルジムが逆さに転がっているという軽いアルマゲドンでもあったかのような場所だ。そこで早朝、型を舞う。カンスケの指導でなるべく腰を落とす意識を持たせるらしい。千年杉相手にするならば腰が流されては話にならない。重い腰を練る稽古だという。

その後帰宅しシャワーを浴び出勤。九時から十二時までコロッケを揚げる。このあいだ中、カカトをつけないようにする。日によっては片足立ちのままだ。一度落とした重心を今度は上げつづけることにより、上体が浮かされても腰が重くできる、という説明を受けた。本当かどうか定かでないが、優作を納得させるには十分だったようだ。

正午過ぎにはバイト先で出されるまかないの食事で昼食。優作は普通に食べているだけであるが一般人の五倍は軽く食べるのではっきり言ってバイト先からしたら迷惑な話であるが、そこは優作を応援する、と言ってしまった門下生の悲しさであった。完全にバイト代、時給九百円×三をオーバーするほどガッツリ食らう。

食後、一旦自宅へ帰り休憩。たいていは千草とメールのやりとりをしながら寝てしまう。

午後三時から、まずは暮塚道場でカンスケとキックミットを中心とした技の一つ一つの感触を確かめるかのような稽古をおこなう。例えば突きであれば突きのみ、下段の蹴りであればそれのみを沁みこませる。

これも日によってメニューが変更され、朝に行った公園まで走り、そこで漬物石大の岩を肩に担いだり運んだりして体幹部の力、および持ちにくいものを持つことにより指先の鍛錬、それが突きの強化につながるらしい。これには沖縄カラテの裏付けがある。

仕上げにはカンスケが自転車に積んできた大ハンマーでのタイヤ打ち。タイヤはこれもなぜか二十輪くらいの大型トレーラーが骨組みだけになって公園の砂場に突き刺さっており、その直径二メートルくらいのタイヤを使っている。

これはヘビー級のボクサーも伝統的に取り入れている練習法で、足元から背中、肩、上腕、前腕、とパンチ、突きの動作の筋肉がイヤでも鍛えられる、らしい。じっさい、これだけでもヘロヘロになるくらいだった。

　小休憩と軽い食事を入れて午後五時から少年部の指導を青山の補佐に入り、午後七時から一般稽古の指導が九時まで。九時から十時までは青山と軽い組み手をおこない、意見を言い合う。

　十時から夜間部に参加。午後十一時終了。この後、ストレッチを三十分入念におこなう。とくに違和感のある部位、腰などが重く感じればそのときにカンスケに言っておくようにする。それによって次の日のメニューが変わるからだ。

　選手会稽古のある曜日は夕方の少年部の指導補佐が休憩にあてられる。

　ずっとカンスケと顔を合わせる。おめえ、こんなに細かい性格だったのか？　と驚くほど細かかった。バイト中、椅子に腰掛けていただけで怒られたのだ。なんでばれたか分からない。

　選手会稽古でも、千年杉対策に特化した内容のときもあった。同じく無差別大会に出場する青山や江川を横目にカンスケ、シンヤと三人であでもない、こうでもないと研究しながら稽古していた。

　師匠の番場は今大会前に打倒千年杉としてベンチプレス四〇〇キロにチャレンジ、怒号とともに一回挙げきり、なんと非公認で世界記録を達成し、しかもそのままもう一回チャレンジして失敗して大胸筋を痛めて入院、今大会は欠場が決まっていたので、現在番場道場の選手会は狭山主導であった。

　それでも包帯だらけで病院を抜け出して道場で陣頭指揮をとる姿は感動的であった。

　ビッグバン、番場の鍛錬に後悔はない。前向きである。

対杉山のメニューをこなしたあと、へとへとの優作は当たり前のように地獄の掛かり稽古に参加する。たいがい、始まる前に今日は調子が悪いだの天気が悪いだのとブツブツ文句を言うが、「なんだ逃げんだ」とか言われて即座に目の色が変わり立ち上がる。

最初のうちはかかってくる道場生をぶっとばすが後半にカンスケやらシンヤ、そして真打ちの狭山が嬉しそうな顔で攻め込んできて最終的にはボコにされる。

そんなこんなで稽古が終わり、ストレッチをしてから道場の横の銭湯、千鳥湯に飛び込む。道場割引、そして閉店間際ということで百円で入れるのだ。

ここでシンヤと一緒にはしゃぎ回って毎回店主に怒られる。閉店間際で誰もいないとはいえ女風呂に飛び込んだり電気風呂の出力を最大にして根性試しなどやらかしたらそれは怒られるだろう。

ぐだらり〜となってから「万心」その他行きつけの店でどんぶり飯を食らい、帰宅、就寝。

秋口までは毎週のように選手会の後は飲みが始まっていたが、一か月を切ったあたりからさすがに控えられていた。内臓が持たないのだ。

そんな一週間が続き、今までは日曜は完全オフであったが、ここにもカンスケの指導が入った。さすがのさすがに優作がキレて殴り合い寸前までいったが、なんとか事なきを得た。

カンスケの提示した日曜メニューはプール歩きであった。ヒザに負担をかけずに汗を出し、しかも一週間酷使した筋肉の治癒目的もあった。

優作がキレた理由に、日曜は千草と過ごす！ということが間違いなくあるのだが、さすがに言えなかった。それでも、なんとかぜったいにさぼりません、と誓約書を書かされてカンスケの同行をはばんだ。

　というわけで毎週日曜は千草がプールにつき合わされていた。ある意味迷惑な話でもあろうが、そこはさすがの鬼百合会総長、微苦笑しながらも愛すべきガキの相手をしてくれていた。まあ千草自身も優作に会えればなんでもいいのだが、冬も近い時期に温水プールというのもおつなものだった。

　ちなみにこの施設はジャグジーなども併設され、かなりリフレッシュできた。やはりさすがにクタクタではあるが、それでも千草と過ごす日曜のリフレッシュ効果は計り知れず、また次週もがんばろうという気になった。

　一番偉いのはきっと千草であろう。

カンスケが研究すればするほど杉山には穴がなかった。それはそうだろう。少しくらい（でもないが）の研究で穴など見えた日には地獄の鬼どもが跳梁《ちょうりょう》跋扈《ばっこ》する全日本無差別で三連覇などできはしない。

　さらに言えば杉山の得意なタイプ、倒してきた選手のタイプにドコをどう当てはめても優作はピッタンコだった。

　足、ステップを使わない。突き主体。しかも向こう意気が強く、前に出たがる。しかも真正面から。リーチ、体格で劣る。もう、データ的に言えば倒してくださいとしか言いようのない状態であった。

　シンヤのようにびっくりさせるような跳び技もできない。それでもとりあえず気分転換がわりにカンスケも一緒にシンヤからカッポエイラの基本的なステップを習った。無理な姿勢からの蹴り技、逆立ちしての蹴りや飛び込み前転などはとてもいきなりはできないので、まずは基本的な柔軟体操からはじめた。

　ゆっくりと状態を反らせてブリッジし、手をついてさらに腰の位置を上げ、床を蹴って逆立ちし、手を交錯させて着地、そのまま開脚して床にペタンと低い姿勢になり反動をつけて起き上がる。

　最初見たときにはシンヤがタコか化け物みたいに見えたが、それでも動作を一つ一つ分解していけばなんとかサマになってきた。

　やはり、できなかった動きができるようになると面白いものだった。

　だが、これはあくまでもビックリ箱みたいなもので、シンヤのようにずっと試合中、この動作をこなせるわけもない。基本はガチ、正面突破で行くしかないとカンスケは思っていたし、優作本人もそのつもりだし、それ以外受け付けないつもりだった。

　――どうせやるなら真正面から。当たって砕けろ？　冗談じゃねえ、砕いたるわっ
　それが口ぐせになっていた。

　そして十二月に入り、最終調整の時期。

　優作のサイズは、身長は一七五センチで変化はなかったが、体重のほうは八十三キロまで増量されていた。

　対杉山が決定してからの稽古メニューで、当初はかなりの疲弊で体重も七十キロを割るほど落ち込んでいたが、やはり若さと負けん気でどんなに疲れていても食いまくり、体重を元に戻し、さらに上乗せしてきた。

　一日七食中、昼と夜のメインは茹でた肉野菜が中心で、一食にぜったいにゆで卵を五つ以上食べていた。なぜ肉野菜炒めでなく茹でるかと

いうと、腹がいっぱいで食べられない場合、すぐにスープとして流し込めるからだ。肉は鶏、豚が日替わり、野菜はじゃがいも、にんじん、キャベツがたくさんとありものがぶちこまれる。まあ、チャンコ鍋みたいなものだ。それ以外はご飯にキナコをぶっかけるなど、とにかくたんぱく質を摂取させせまくった。

増量したといっても動きが悪くなったわけではなく、短期間でできるバルクアップとしてはギリギリのラインであった。

できることは全てやった。と思いたい。

基本はやはり突きの強化、肉体の耐久力のアップ、スタミナ、技術力、パワーアップ、とその気になればやることは鬼のようにあるが、とにかく、突きを特化してきた。

漬物石や大ハンマーを用いての上半身、バランスの鍛錬、前に出る瞬発力をつけるための坂道ダッシュ、掛かり稽古でも相手は突きも蹴りも出せるが優作は突きのみで反撃……など、とにかく突きを強化してきた。

杉山は必ず、試合が始まって序盤、かなりの確率で上段の前蹴りを相手の顔面に飛ばし、制空圏を主張する。無理に入ろうとすればすぐに長いリーチの突きで相手の突進をストップする。

この前蹴りがやっかいで、予備動作なしでジャックナイフのように飛んでくるのだ。

さらにこの前蹴り、かわしてもそのまま蹴り足を伸ばして上へ振り、そこからカカト落としにつなげる。つまり往きも帰りも技として成立する。タチが悪いとしか言いようのない効率のいい技だ。

ここで流れに乗せるとあとはもう特急に乗せられるようにボコボコにされる。

三人で話し合った結果、作戦としてはなんとか最初の前蹴りはかわす、なんとかして優作にかわしてもらう。そして次のカカト落としに合わせてカンスケが全関東を制した後ろ回しパンチをぶち込んで突きの打ち合いに持ち込む。

リーチの差がある場合、遠い間合いであればそれはリーチのあるほうが得だが、接近戦、近距離での打ち合いになった場合は長いリーチが邪魔をしてしまう場合もあるのだ。

なんとかその展開へ持ち込めれば。

「まかしとけって」

優作の根拠のない自信がこれほどかっこよく見えたことはなかった。

シンヤのカッポエイラ教室のおかげで回転技の体軸の安定もできてきたことにより、後ろ回しをしてからの突きもスムーズに出せるようになってきていた。

いうなれば三人で力を合わせて作り上げてきた戦法であった。

試合を一週間後に控え、道場内で壮行会がおこなわれている。番場道場、胡桃沢道場合同で、もちろん千草、サッチンなども一緒だ。一緒でないと優作がぐずるからだ。

今回の無差別は、番場だけでなく胡桃沢も欠場しており、若手の台頭という雰囲気であった。選手会会長の狭山のあいさつ、いきなり泣きだして目立つという荒技をかましてきた。

「がおお、がおおお、不肖、狭山、哀、ふるえる哀、この若き哀戦士たちを死地へ赴かせるに当たり……」

かなり永くなりそうなベタな語りが入りだしたので、すぐに青山が立ち上がりあいさつを始めた。

「え～、本日はお集まりいただきありがとうございます、体重別での結果は忘れ、今回の無差別でも粉骨砕身突き進んで栄冠を手にしたいと選手一同のぞむつもりですので応援よろしくお願いします、押忍っ」

簡潔に締め、そのまま乾杯の音頭はなぜかまたカメルーンからの刺客、ワッシーがやっていた。

「ん〜〜〜カンぺっ」

前歯がオール金歯なのは優作のせいだった。

どっと盛り上がり、あちこちでグラスのかち合う音が奏でられた。

これから試合に出る選手たちの壮行会であり、選手が主役なのであるが、今回はまた違った風が吹き荒れていた。全関東大会の際に登場してカンスケとめぐりあった（正確には再会した）沙織嬢、そしてブラジル人の集団だった。

カンスケは彼女をこんなバカバカ会に呼びたくなかったが、選手会長狭山、若頭であり兄貴分の青山以下道場生全員の血判署名活動がおこなわれ、呼ばなかったら破門にされそうになって仕方なく呼んだのだ。

現れるや沙織嬢、ドゆるい空気をかもしだしていきなり皆を癒してくれた。今日はお招きされたということでヒラヒラのワンピースで、冬でも生脚全開、しかもそのスカートがぺらぺらめくれそうになるのでカンスケは気が気ではなく、付きっきりだった。

そしてブラジル人集団、こちらも全関東大会つながり、というか同日におこなわれていた体育館施設内で活動していたサークル、カッポエイラ同好会の面々だった。飛んだり跳ねたりと忙しい彼らのダンスレッスン中に、いきなり飛び入りで誰よりも元気に嬉しそうに踊るヤツがいた。それがシンヤだったのだ。陽気なラテンの血で飛び入りのシンヤとすぐに意気投合、その場で教えを乞い、ステップや回転技を教えてもらった。

現在は空手をしているとはいえ元体操選手、飲み込みは早かった。それ以降も定期的に連絡を取り合っているらしく、今日はたまたま隣町でお祭りがあり、そこにサークルのメンバーの六人が踊りを披露しにやってきたので壮行会にも参加したのだ。

浅黒く屈強な男たちと情熱的な女たち。酒を飲めばいつでもどこでもカーニバルだ。

今日はサークルのリーダーであり、シンヤのカッポエイラの師匠にあたるバルボーザが来ていた。出稼ぎで日本に来た三十過ぎの男だ。ラテンなのに案外シャイで無口なのが逆にもてるという。こいつが飲み始めたらこれが踊り倒し、騒ぎ倒した。しかもなぜかワッシーと仲良くなり、それにシンヤも加わってバカの世界大戦でも始まりそうな勢いだった。

バルボーザたちの持ち込んだブラジル産のピンガというサトウキビの蒸留酒がまたうまくて、皆でしこたま飲んだ。

この殺されても死んだことが分からずに踊り続けそうなくらい陽気な連中の乱入でかなりカンスケはほっとしていた。以前、優作と千草の関係を発表したときの飲み会でのいじられ方があまりにもすごかったので、自分と沙織嬢がどう扱われるかかなり警戒していたのだ。確か帝北支部への出稽古ではグンカンや青山に殴りかかるという暴挙に出たのも千草がらみでやりすぎたせいだった。

ただ、そうは言っても沙織ちゃんは道場生ではないのでそこまでひどいことにはならないだろうが、油断は禁物である。狭山など、何をしでかすか言い出すか読めないのだ。

一時間後。

「よお、カンスケ、飲んでる？　あ、沙織ちゃんでしたっけ、ども、オトモダチのハザマっす」

優作が半笑いでやってきた。

やっと狭山を撃退したカンスケが一息ついた。あろうことか、沙織ちゃんのパンツをのぞこうとしやがったので目を突いてやったのだ。まだカンスケも見ていないのに……

「ハアハア……お、おう優作か……」

「あは～あ、こんばんミ～」

沙織ちゃんは両手を上げてピョンピョン飛び跳ねる。とても可愛い。

「ハハ、カんばんみ～、いやあ、カンスケっていいやつだからさあ、よろしくね」

「ゆ……優作！　おまえ……」

あんなに狭山や青山たちと一緒に優作と千草のことをイジリ倒したのに、自分に彼女が、厳密にはまだはっきりそうではないがそんな感じの子ができて祝福してくれるなんて、なんてなんていいヤツなんだろうとカンスケは感動していた。

「よせよお、へへっ」

優作が笑いながら杯を空ける。とっても大人な感じがした。

内情は違う。

これでやっと優作と千草、道場内、選手会でのカップルの後続ができたことで狭山らの照準がずれるはずだという計算もあった。それに、やはりイジリまくられて何度かキレたりもしたが元凶は狭山と青山である。そしていくらイジられたといっても優作には千草がいる。これは心強い。どんなにイジられたとしても後でいちゃつくときにこれがまた燃えるのだ。

　イジるのはいいが、それで別れられたりしたらまた優作たちがターゲットになってしまう。そんな理由もあり、優作としても盟友に彼女ができたことを祝福していた。

「わあすごいーカン兄ちゃん、あれすごいー」

　――まだ〝兄ちゃん〟ナンデスネ？

　――言わないでっ
　ダンスを始めたシンヤたちを見てはしゃぐ沙織ちゃん、それを受け優作とカンスケが目で会話していた。

「よおう、飲んでっか……って大丈夫か？」

　青山がやってきた。猫みたいに丸まって寝ている沙織ちゃんを見て心配そうな顔になった。いくら無法者で鳴る青山団長も道場生ではない一般人の女の子には非常に優しい。

「おうす、じじ自分が責任をもってですね」

　カンスケが沙織ちゃんを守るように立ちはだかる。

「ばか、何もしねえよ」

「おす」

「ヒヒヒ、心配でたまんねえなあ、可愛い彼女ができると」

「テメーなんだそら？　オンナがいねえオレに言ってんのか？」

「っいえっ、オス……」

　余計な地雷を踏みかけた優作が瞬時に真顔になり正座する。

「まいーや、そんでな、優作」

「オス」

　まだ緊張していた。

「おめえがうらやましいよ」

「……へ？」

「言っとくけど鬼百合と付き合ってるのがじゃ

ねえぞ?」

「はおす」

一瞬そうかと思って焦っていた。

「二年連続、王者クラスと当たれるオメエがうらやましいんだよ」

「おお……お」

カンスケが感嘆した。そうか、そういう見方もあったのか。

確かに無差別選手権、日本最強を決めるトーナメント、誰だって優勝したい。優勝するには当たり前だが一回戦から勝ち上がらなければならない。なるべく皆、楽な相手に勝って弾みをつけたいものだ。

「ボクシングとかだったらな? チャンピオンとやるにゃあ何回もやらなきゃならん。そこに行くまでボロンボロンだぜ。それがオメエ、無傷でやれんだよ、本ッ気でうらやましいよ」

「おす」

優作のほうはあまり意味が分からずかしこまっていた。

言うなればこれがプロではないアマチュア、いくら王者とはいえそれはその年の話。次の年にはまた横一線から始める。何連覇していようが常に一回戦から勝ち上がらねば優勝できないのだ。そういう理由で、毎年誰かが昨年、一昨年の王者と一回戦で当たる。だが、どうせ当たるのだ。優勝するつもりであればいつかどこかで当たらざるを得ないのだ。

さすが優作の兄貴分、前しか見ていなかった。

「かましたれよ」

「オスッ」

そんな二人を少しうらやましげにカンスケが見ていた。

「言っとくけどな、くれぐれもオレにオンナがいねえからうらやましいわけじゃねえぞ？」

少し醒めた目になった。


大会当日。

素手の殴り合いで日本一を決める大会、精鋭たちが日本中から集結する。

もちろん、観るほうのプロもまた。

「ととっ」

北風に身体ごともっていかれそうになり、踏みとどまりつつ真田重慶がバランスをとった。

細い。ひと目で昨年より細くなっていた。絞った、とかそういうことではなく、リアルに食事をしていないような痩せっぷりだった。

防寒着がわりにきているウインドブレーカーの上下が凧《たこ》のようにはためいた。大会スタッフにしか配られない、臥薪會舘マーク入りの自慢の逸品である。


真田は、今年の夏に会社が不渡りを連発し、現在絶賛逃亡中である。なんとかなる、と思っていたがダメだった。

それがどうした？　このあと、なんとかすりゃいい。仕事が飛ぼうがメシが食えなかろうが、まずは全日本無差別、なのだ。

今年はちょっと忙しく、夏の体重別は行けていない。相当後悔していた。どうせ不渡りを出すなら行けばよかったと本気で思っていた。

帝西支部の若手が中量級で入賞したらしい。調べたら昨年、無差別一回戦で群斗と対戦した若手だ。

名門帝西支部の復活か？

総本部在籍という矜持《きょうじ》をもつ真田であるが、ビッグバン番場の躍進に、弟子の青山のいさぎよい闘いっぷりで帝西支部推しであった。

つねに全力疾走を心がけているような組み手

は観ている者の胸を打つ。そういう意味で、噂の新人が今年はなんと千年杉と一回戦で当たるということでさらに楽しみが増えた。

入場式、開会式も終わり、一度それぞれの選手控えに戻される。そこで一息つくのだが、やはり優作は大一番を前にし、かなり緊張していた。

対杉山戦、杉山はこの大会を三連覇中のため、文句のない優勝候補である。

そして臥薪空手のシステムでは優勝候補、あるいは前年の王者はトーナメントの一番最後のゼッケンが与えられる。すなわち、全日本大会の参加人数百二十八名であるのでゼッケンは一二八番。優作は一二七番だ。

すでに一回戦は始まっており、ゼッケン一番は去年の準優勝者である我らがグンカン、群斗が当たり前のように一本勝ちしていた。

やることはやった！　やりすぎるほどやってきたはずだ。やっていなくてもやったことにする。というかアレ以上は無理だ。

いやもっとやれたかも、追い込めたかも。かも、とかは言わない。でも言いそうになる、思いそうになるのを踏みとどまる。

ぶれない。引かない。

——ぶったおすっ

何度も思考のループに入りそうになりつつも優作が踏みとどまる。

頭の中でぶっ倒されてくやしがった体重別、クソみたいに動けなかった一回戦、千草の笑顔、カンスケと向かい合う黒い巨人、跳ね回るシンヤ、表彰台の一番上で十字を切る青山、そして優作の手の届かなかった場所へ行った江川、グンカンの突き、また千草の笑み、青山の顔、汗だくの狭山の説教、学ラン、黒サッチン、サクラ、飛鳥、千草ママ、千草の怒った顔、千草のパンツ、土鍋、牛の角、突き、蹴り、割れた足の裏、はれ上がったくるぶし、ケロヨン坂、ゲロを吐くカンスケ、笑いながら吐くシンヤ、名古屋の川沿いで二人並んで吐く優作と千草……千草、くそう、千草ばっかだっ――ばっかじゃねえけどっ。

――これ以上できねえってくれえの稽古はしてきた――つもりだけどもしかして……いやっまた思考がループに入りかけたところでカンスケたちにうながされて優作はアップに入った。

ゆっくり、ゆっくりと大きく弧を描くように腕、足を振ってゆき、それから時間をかけて振りをコンパクトにしてゆく。さらに少しずつスピードを乗せてゆく。身体がどんどん起き上がり、感覚が冴えてくる。まるで心臓を中心に結界が張られ、それが少しずつふくらんでゆく感覚。制空圏に入るものは全て撃ち落とせそうな気持ちになる。

――そう、オレは軍艦……だとパクリになるし……えっと、まあ、なんだっけこないだ千草んちで見たアニメの波動ガン？　惑星をぶったぎってたなんかそんなアレかっ

汗だくになりながらも少し笑みがもれる。

すでにアップ用で着ているシャツと短パンはぐっしょりだ。カンスケが技の指示をしながらうなずいていた。はたから見ても仕上がりはいい。動きが軽く、反応もいい、そして汗も出ている。玉のように盛り上がり、肌を滑って流れ落ちてゆく。普段から汗腺が活発に動いている証拠だ。

「優作、蹴り多く出しとこう、蹴り、ただでさ

え試合じゃ出にくいから高い蹴り意識して！」

カンスケが声を飛ばす。

優作のスタイル、突きで前に出るタイプはただでさえ前傾姿勢になりやすく、前足重心となり、蹴りが出しにくい。重心よりなにより、まずは気持ちが前に出すぎるのだ。本番、試合になればなおさら出しにくい。

「ステップふんでっ、カカトつけない、ほら視界に拳ある？　落ちてるよっ」

シャドーボクシング、この場合はシャドーカラテだが、それをしながらカンスケから動きのチェックが入る。視界に拳が見えるかどうかは、つまり、ガードが上がっているかどうかだ。

「よっし、シンヤ入って」

「あいよっ」

横から回転体が飛び出してくる。

これから当たる千年杉、杉山とはサイズも違うが、それでも異様な角度から得体の知れない姿勢で飛び出す蹴り技は緊張感がある。優作には言っていないが、シンヤには本気で当てるつもりでやれと指示してあった。試合直前に動ける身体を作るために汗をかき、気持ちも張るために一回緊張する環境で体感しておくのだ。

そういう意味で最近のシンヤはほんとに気が抜けない。どこからどう跳んで蹴ってくるか分からないのだ。まるで武器でも持っているかのようでもある。

案の定、何発かかすめ、優作の目の色が変わった。

本来なら試合直前にする練習ではない。だが今回は千年杉なのだ。まともにやって、優作は勝つつもりだが、さすがにカンスケもそこまで能天気ではない。なので今回はイチかバチかだ。

一回戦で当たるということは、杉山も優作も初戦だということだ。そこだけが頼りだった。

さすがに無差別王者、一回戦だからと言って優作のことを舐めはしないだろう。だがそれでも、シンヤと試合さながらの組み手をした優作とは心の緊張が違うはずだった。

そこに、賭けた。

一回、真剣勝負をやっておく。これが秘策と言えば秘策だった。

正直、効果は不明だが、なんとなく優作にはこういう荒療治が効きそうな気がしていた。カンスケも正直、手さぐり、というか行き当たりばったりなところもある。

メコっだずんっ
聞いたことのない擬音が通路に木霊《こだま》した。

「ひゃっ、ヒヒ……」

「……コロス」

シンヤの本気の蹴りが頭部をかすめ、というか、ヒットしていたが、意地で優作は倒れずに突きを振り回す。ちょっとカンスケが止めるタイミングが遅かったらしい。計算では、真剣勝負の緊張感を一回浴びてそれを維持したまま杉山戦へつなげようとしていたのだが、とっくにシンヤも優作も本気モードの組み手、というかケンカになっていた。

シュブシュバと回転、逆立ち、下手をすれば横の壁、柱まで踏み台にして跳び、蹴りにつなげてくるシンヤ。もう四次元殺法だった。平坦な試合場のマットより、多角的に空間を使っていたのはカンスケも驚いた。

相手の優作はもっと驚いていた。身体をほぐして汗をかき、動きを確かめてミットで突きの感覚をつかみ直してシンヤと技を飛ばし合っておく、と聞かされていた。最近のシンヤのキレは手にあまるくらいなのは分かっていたが、いきなりとんでもない勢いで跳んできた。

右頬をかすめた、というかもらったが気合で首を張ってごまかし、突きを振り回した。優作の突きも何発かはかすめたり入ったりもするがいずれも、浅い。

基本的にシンヤは軽い組み手というものができなかったりする。本人は軽くやっているつもりでも、前転後転逆立ちバク転、いやでも蹴り足に体重と回転力が乗ってくる。しかもシンヤも優作相手だと気合が乗るらしく、回転力も速い、すなわち威力も倍増する。まるで小さなヘリコプターがびゅんびゅん飛び回るイメージだった。プロペラが当たるとダメージを喰らう。なんとか喰らわないようにして胴体を縫いとめにゆく。

緊張感あふれまくる技の交錯に思わず見入ってしまったカンスケだった。


——やべえ、どっちも火ついちゃったかな?

背中が汗びっしょりだった。

とにかく気持ちで前に出る優作だが、何もしてこない相手に自分から行けないところもある。だがそういう意味ではシンヤは適役だった。

だが、適役すぎたようだ。良くも悪くも空気の読めないシンヤは、完全に、優作がこれから大試合を控えており、怪我などをさせてはいけないとかそんな心配りはまったくない容赦なしの非情の一撃を飛ばしまくる。

頭部のガードをしながら前に出した手で触角のようにシンヤの制空圏を読みながら突きを入れるタイミングを計る優作。

カンスケの予想以上の緊張感だった。

シンヤの蹴りも優作の突きもとんでもない集中力になっていた。

そして優作、突き蹴り、という基本スペックに変化はないのだが、動きの幅が大きくなっていた。今大会に向けての特訓の一つ、シンヤのカポエラレッスンで関節の稼働域がわずかに拡がっていたのだ。

決して動作の一つ一つが大振りになっているわけではない。飛距離が上がった。つまりは破壊力が増していた。

わずかな差をシンヤも察知しているらしく、異様なまでにフェイントを入れ倒す。

——と……止められないよ……

カンスケが焦る。近くにいるだけで拳風、蹴速で皮膚が切れそうな勢いだった。というかすでに組み手ではなくなっている気配もある。優作は平気で顔を狙いにいっていたし、シンヤもわざと通路に置いてある灰皿やらを蹴とばしながら壁に張りついていた。

「ッダッゴラッ」「うっきーっ」

すでに二人とも日本語を発してない。

——こ……声が出ないんですけど……

カンスケのノドがからっからだった。

——どどどど……どうしよう……？

「優作っ」

廊下の向こうから声が飛んだ。

「そろそろ着替えろ」

それだけ言って去っていった。青山だ。

目が飛んだまま、それでも優作が構えを解いてシンヤから離れた。くっとカンスケを見て、言った。

「行こうか」

カンスケは震えながらうなずいた。シンヤはまだぶら下がっていた。

「……続いて、一回戦最終試合をおこないます、この試合の後十五分間の休憩に入ります……ゼッケン一二七番、硲優作選手！　ゼッケン一二八番、杉山晃太郎選手！」

ドオオオオっとざわめきが起こった。

絶対王者、千年杉の登場に新宿武道館が震撼する。会場中の視線を独占しながら杉山が試合場へ上がる。

そう、会場中の視線は杉山に集中している。完全無欠に王者の一挙手に注目していた。

今日も真っ黒でテカテカしている。道着のすき間から見える筋肉の束がうねるようだ。短く刈り込んだ髪でコメカミのあたりにブロックを入れていた。

周りにいるセコンドの数も尋常ではない。噂では飲み物係、タオル係、タイムキーパーは言うに及ばず、オイルを塗る係に攻撃が当たれば拍手する係、相手の攻撃を喰らっても「当たってない」と騒ぐ係など総勢四十人以上いるらしい。

対する優作、カンスケとシンヤ。

――人数じゃねえよッ
そう思っていたら続々と人が集まってきた。青山を筆頭に江川、狭山に選手会一同、番場も背広のままかけつけ、なんと試合を終えた群斗もやってきていた。何かを感じてのことかもしれない。

千草やサッチンは後方の観客席だ。今回も少年部を引き連れている。俊平も来ていた。

試合場へ上がる前に一瞬視線を飛ばすと千草がプルプル震えているのが見える。大丈夫！

まかしとけっと目に力を入れる。

けやき舞台だぜ……口の中で言葉を転がす。さっきシンヤに蹴られた左目下あたりがわずかに蒼くにじむ。

集まってきてくれた皆の顔を見ながら礼をす

る。今さらあーだこうだと直前にがちゃがちゃ言ってこないのはありがたかった。狭山がここぞとばかりにアドバイスをしまくろうとする気配を察知し、青山が本気で睨みつけてくれたおかげで静かにしていた。番場は黙って、優作以上に緊張した面持ちで腰を落とし、群斗はいつものように口元だけで笑う。監獄、釘沼もいた。

皆、優作のことを分かってくれていた。ありがたい。カンスケも感謝していた。

大一番直前、試合直前にいろんなことを言われても混乱するだけだ。なかには試合直前に言われたいろんなことがすっと頭に入り、実行できる者もいるだろうが、自分たちでは無理だ。結局は積み重ねなのだ。

青山も皆もこの期に及んであれをしろこれをしろなど言わない。俺らが見届けてやるから思いきり行け、ぶっ殺して来い。それだけしか言わなかった。

技術的なことはカンスケのみが指示する。そんな暗黙の了解であった。

「正面、礼っ、主審、礼っ、互いに礼っ」

向き合いながら優作が視線を杉山にぶつける。千年杉の眉間を、突き刺さらんばかりにじっと見る。

「構えて」

杉山が腰を落として両腕を真上に上げる。いつものポーズだった。

「はじめえエエ」

合図とともに腕を下ろし、アゴの横を守るように拳を固める。ここでドオオオオっと観衆が沸く。

真っ黒に日焼けした肌が純白の道着に映える。袖でカットした道着からワイヤーでも編み込んだかのような上腕部が飛び出していた。

「セッラーーッ」千年杉の気合が鳴り響いた。急に温度が低くなったような気がしてカンスケが横を見たら群斗が舌打ちしていた。怖い。

「セラじゃねえよ……」

「ゆっ、ゆーさーっく、出鼻！　最初！　集中……はしてっから注意、意識っ」

怖いので大声を出してごまかした。

「あんじょらがっ」

何か言い返そうとしたらしいが、もう何が言いたかったたか分からない優作が気合をぶつけ返す。

気合は声を出して勢いをつけるだけではない。変な話であるが、大声をぶつけることにより相手の動きを止める効果も認められているのだ。

杉山は長いリーチを持ちながらも拳をアゴの横にすえて三白眼《さんぱくがん》で見据える。モアイとか裏で言われているほど長い顔だ。そして手足も長い。打撃格闘技では非常に有利である。

優作はいつもどおり、というか調子がいいときの構え、だっこちゃんだ。うつむき加減から思いきりガンを飛ばしているのが分かる。これも怖い。

だが一応はカンスケの予定通りだった。すなわち、シンヤとの真剣勝負というかケンカのテンションのまま試合場へ上がっていた。気持ちはオッケー。ちょっとホッとした。――ところに爆弾がきた。

「カッコつけてねーでさっさと行けよッ」

うわあ、とカンスケが群斗と反対側の横を見たらシンヤが野次を飛ばしていた。

「ジャオラ」臨界点を突破してしまった。

「あほおっ」思わずカンスケがシンヤをしばく。

いきなり真正面からつっかけた優作が顔面にまともに前蹴りをもらい、ふっとんでいた。なんとか踏みとどまるも、ヒザをついたら技ありをとられるようなタイミングだった。

「優作、おち……つかなくてもいいから、思い出せ、出してくれッ今までのことおオオ」

鼻血を噴き出しながら一瞬、優作がカンスケを見た。気がした。

「ジャゴラッ」

もう一回同じようにつっかけた。

「うわあ」カンスケが頭をかかえる。

——なにもかも台無しだあ、このズ阿呆たれどもがああ
そうなじってやろうとシンヤを見たら拍手してやがった。

——こんのお、ヒトの苦労もしらねえでええとか思ったのだが、そのさらに横にいる、青山や番場、グンカンも拍手しながら声を飛ばしていた。


「おおっしゃ、いっけえ」「いいぞ、いいぞ、いいぞおっ」「ぶっちらばったれ」

「なにぼーっとしてんだカンスケッほら、ボビーが入ったよッ」

シンヤがはしゃぎながら飛び上がる。

——え？　ボビーってあの後ろ回しヒジ打ち……？

カンスケの頭にハテナマークが広がる。

試合場へ目をやった。少し、ほんの少しだけ驚いた様子で杉山が下がっていた。

「い、いいぞ、優作、ボビーッボビーッ」

とりあえずカンスケも叫ぶが、ボビーが入るような展開だったかなと疑問が襲う。

後退していた杉山が流れを変えるべく、また前蹴りを突き刺してきた。ガツン、と優作が顔の前に立てたヒジで受け止めた。

「っひゃ、また出たよボビー、いいぞボビーッ」

シンヤが飛び上がる。

「え？　あれボビーにやったヤツじゃないんですけど……」

カンスケのつぶやきは風に消される。

しかしさすがは王者、千年杉、前蹴りをつぶされても意に介さずそのままカカト落としにつなげてきた。

「優作、ここでっ」

カンスケがここぞとばかりに練習してきた後ろ回しパンチを指示するが優作はまたヒジで受けていた。さっきの通路でのシンヤとの組み手の影響か、至近距離で変化してくる蹴りへの反応が異常にいい。まるでカウンターでも入れるように肘打ちを蹴りに当てていた。

「あれえ……？」

「いいぞボビー、ボビー」

さすが優作、まったく今までの練習の成果を出さずに闘っていた。

「なにや……えっと、いいぞ優作っ」

なにやってんだ、と文句を言いそうになったが実際に闘っているのは優作であり、そして最終目的である接近戦へ持ち込んでいた。本来はカカトをかいくぐって後ろ回しパンチを入れて接近戦へ持ち込むはずだがとりあえずは作戦通りであった。むかつくけど結果オーライなので文句は言えなかった。

鼻血を垂らしながら優作が前進する。リーチが短い分、前進する。杉山の射程よりも近い距離が優作の距離だ。

びっと痙攣するような肩の動きのフェイントから優作が杉山の腹を突きにゆく。思いきり殴ったのに筋肉で跳ね返された。驚いたがもう一回突く。何度でも突く。筋肉の壁をぶちぬくまで突く。

「おおしゃ、いいぞ優作っ」「ボビー、ボビーっ」

「軸意識」「ぶちのめせっ」

カンスケたちセコンドも後押しする。

「セラっ！」

杉山が底冷えするような目つきで吠えながら優作を押す。押されまいと優作が踏ん張ったところに飛びヒザがきた。ガツンとアゴにもらう。強制的に歯が噛み合わさせられ、何本か飛んだ。

「主審！　つかみだ！　頭抱えてる！」

番場が叫んだ。

そう、今、杉山が出した優作の顔を狙う飛びヒザ蹴りは優作の頭を右手で抱え込んでいた。反則である。

「赤！　抱え込み、注意、一！」

反則一回で注意一回、二回で減点となるが注意一だけでは判定にあまり影響しない。そして何よりも、仕切り直しができる。つまり、せっかく優作が苦労して持ち込んだ接近戦が止められ、また離れた間合いからやり直さなければならない。

杉山からしたら反則で注意一を取られても接近戦をやめにしたかったのだ。

「なんだろ……荒いな……」

「群斗」

「オス、なんかおかしいなこりゃ」

カンスケがつぶやき、横で番場と群斗が小声で会話する。

そう、おかしかった。優作が、ではない。優作がおかしいのはいつものことだ、と言えば怒るだろうが仕方がない。

杉山が、おかしいのだ。荒い。荒すぎる。

無名——というわけではないが若手を相手に手こずっている。反則を犯してまで仕切り直しに来た。

「構えて……はじめっ」

主審の声とともに優作が回転した。遠い間合い、蹴りも届かない距離から左足を踏み出し、思いきり右のオーバースローを投げるフェイントから一回転、左手を大きく振るった。

杉山の反応が遅い。

——これって……これって……

カンスケが目を見開く。

バシン、と優作の左手が杉山の前に出した腕を払う。優作が前回の体重別準決勝でやられた手刀のフェイントの変形だ。さすがに顔を狙っての手刀のフェイントはいただけないので、杉山のガードを叩いた。ガードしていた腕を払われて反射的に杉山が腕を上げる。頭部を守るために。

そこへ。——貫いた。

ずぶっと入ったとかそんな生優しいものではない突きが杉山の腹へ吸い込まれた。カンスケと練習したあの後ろ回しパンチを優作オリジナルなフェイントでぶちこんだ。

「おおっしゃあっ、入った、入った、はいったぞおお」

と、大喜びをするいとまを与えてもらえなかった。優作の突きを喰らった杉山が即座にとんでもない威力のひざ蹴りを突き刺してきた。本気で効いたのだろう。殺気立って反撃してきた。

今度は両腕で優作の肩を抱え込むように固定して連打する。もちろん反則であるが、ギリギリだった。それに無差別王者に何度も注意できる審判は少ない。

「くうわっ」

優作がもがく。以前の選抜でも大型選手にこれをやられたときのことを思い出す。そう、確か千草のショートで！　という指示で内側から崩した。

「オラっ……ったがっそっ」

　後半舌打ちになった。さすがの王者、千年杉、反則まがいの技術も完璧だった。すなわち、両肩のロックを外させないテクを持っていた。ロックの内側のわずかなすきまを利用して腰をねじってタメを作り、突きを打ちたいがそれができない。ガツン、ガツン、とヒザ蹴りが飛んでくる。

「軸っ、頭立てとけ、軸っ」

　青山の声が飛ぶ。腹と顔のガードをする腕が何度も喰らうヒザ蹴りのせいでしびれだすが、それでも前かがみにならないように体軸を立てる。

「えっと優作、チャンスだぞ、ピンチだけどチャンスだ、なんか、えっとっ」

　珍しくカンスケがわけの分からないことを叫ぶ。だが、そう、チャンスのはずなのだ。

　杉山がおかしい。ぜったいにおかしい。研究しまくったカンスケの目で見ればもう別人だ。

　もちろん、規格外のサイズからくりだされる突き蹴りの威力は凄まじかろうが、その連携や組み立てがバラバラだ。それにバランスが悪い。

「どっか傷めてるな……」

　番場が目を細める。もともと細い目が糸のようになった。

「残り三十っ、優作、時間ねえ、流れかえろ流れっ、流れかえろよバカヤロウ」

　シンヤが怒鳴りつける。またケンカ腰だった。

「ウゴアッ」

　それに反応して優作がなんとかしようとさらにもがく。もがくがやはりうまくいかなされ、肩を押さえつけられて逃げられない。このままいけば注意を一回もらっているとはいえ、終盤のこのヒザ蹴り連打で杉山に旗は上がるだろう。

それでなくとも有名人に勝つには一本か、最低でも効かしたと分からせなければダメだ。

だが、押し込まれていても今回の杉山の出来はぜったいにおかしい。そういう意味で大チャンスのはずである。

「もおっ、ウッキーッなんとかしろって言ってんだろぎゃあああっ」

シンヤが切れまくる。

「優作っその、軸足だあ、刈れ、刈れっ」

青山も叫ぶ。

そう、ヒザ蹴りは近距離で片足立ちになるので残った軸足を刈られるともろいのだが、足を蹴りにゆくというのはこちらの、優作の方のバランスが整っていないと蹴れない。杉山はその辺をうまく調節し、肩をロックしながら優作を前後左右に崩してから蹴っていた。

「あああ、もおおおお」

シンヤが地団駄を踏む。

「うわあっ、ユウ、ユウ、うわあっもお」

「先輩落ち着いてっ」

客席では居ても立ってもいられなくなった千草が立ち上がり地団駄を踏んでいた。何もアドバイスできない、そんなもどかしさがあった。優作の調子が悪いわけでもなく、去年の群斗戦のように真正面から激突して押されているわけでもない。

「クッソオオオオオオッ」

優作まで地団駄を踏んでいた。己のもどかしさ、杉山のこのヒザ連打から逃れられない技量、体力の未熟さ、相手が何か調子の悪いのは分かっているのにそこに付け込めない自分の甘さに憤っていた。

——どうすりゃいいんだ？　突きは打てない、肩のロックを外せない、蹴りも打てない、ヒザ蹴りで腰を浮かされるので蹴りの姿勢を作らせてもらえない。

もおおっとばかりに地団駄を踏んだ。

ドーンっ
足踏みするように。

そうしたら踏んでしまった。杉山の足を。

目の前にあった杉山のモアイづらがとんでもない形相になっていた。

一瞬、お互い固まる。

「足だあっ足、左足の甲踏みつけろっ」

一番最初に我に返ったのはシンヤだった。道着のすそに隠れて見えにくいが、ポッコリと杉山の左足の指先がふくれ上がっていた。

ドガン！

優作が足を踏み鳴らすように踏み込んだ。必死の形相で杉山が足を引いてかわす。優作の目が光った。

足を引く、ということはどういうことか？

腰を引くのではなく、足だけをあわてて引くと、頭が下がるのだ。頭が下がるということは、当たり前だが胸も下がっている。

この一瞬で飛びヒザに行けるほど優作は器用ではない。踏み込んだ足の勢いのまま、体当たりするようにヒジで杉山の胸を打った。もみくちゃの乱戦、とっくみ合いの距離だったので突きではなく肘が出た。今までのうっぷんを、これまでの稽古のしんどさもなんもかも、全部乗せて。

思いきり腰を回転させる。骨盤が反対側を向くくらい、ねじった勢いをヒジに乗せてぶちこんだ。

「っひゃーっボビーだっ、また出たぜっ」

シンヤが大喜びする。横でカンスケも喜びつつも微妙な表情だった。なぜならボビーではないからだ。

引いた足に意識が行っていたか、杉山が胸を打たれて顔をしかめた。いくら筋肉で増強しているとはいえ、意識のない場所、筋繊維を意識して締めて固めていない場所を打たれれば、効くはずだった。

ザクッと筋肉を断ち切るような感触がヒジにあった。なんと、一撃で杉山の胸が真っ赤に染まった。杉山は今回、脂肪率を限界まで下げて筋量の増加をはかった結果、皮膚がパンパンに張りつめていた。そこへ優作の渾身のヒジを喰らい、スパッと裂けたようだ。表面が切れただけで見た目ほどダメージはなかろうが、それでもものすごい印象だった。

大昔のエログロナンセスな時代劇みたいに血がビュウビュウ噴き出す。優作も鼻から口からダボダボと血を流しながら打ちまくる。蹴りまくる。

足を踏む、という動作のフェイントから振り上げた足で蹴り、また蹴りのフェイントから突きにゆく。そして突きの動作からヒジにつなぐ。

「があああっ！」

終了間際、一太刀でも、と必死で斬りかかった。

ドーン！

終了の太鼓が打ち鳴らされたとき、両者とも血まみれになっていた。酸鼻を極める展開となっていた。

「判定、取ります、赤、注意一、あります、判定っ」

主審が本部席に設置されたポイントボードを確認しながら叫び、判定に入った。

――効いたはず、効かしたっ、それに反則も

あるはずだしっ、でもくっそ、有名人、主役っ、なんぼのもんじゃっ
――技ありとれんかった、くっそっ
優作が歯噛みしながら、というか前歯が消失しているので奥歯を噛みながら悔やむ。不動立ちでプルプル震えつつ顔を真っ赤にして前を見据えていた。

セコンドのカンスケたちも、もちろん千草も電気でも流れているかのように震えていた。

ピーッと笛が吹かれ、旗が振られた。

うおおおおおおおおおおっ！

歓声と悲鳴、ざわめきが広がる。

「赤一、引き分け一、白、一、二っ」

優作の目がクワッと広がった。あと一本、あと一本旗が上がれば、主審が白なら勝てる。ヒザが震えた。

「優作っ、もお一回いくぞっくんぞっ、いけんなっ？」

青山が声をこじいれた。同時に、

「主審、引き分けっ」

主審の判定が下った。赤に一本、白に二本、引き分けに二本、赤にも白にも三本上がらなかった、つまり引き分けだ。

ここで本部席から指導が入った。本来ならこのまま延長戦へ入るのだが、両者とも出血がひどいとの理由で止血、テーピング後に再開となった。

「ふぁっふぁっ、ふぁっふぁっ」

優作が汗だくの血まみれで試合場を降りてきた。ヒザは震えていない。

すでにセコンド陣に追加して千草も待機していた。すぐさま椅子に座らせ、氷を顔に当てさせる。本来は身体も冷やしておいたほうがいいが、直後に試合があるのであまりにも冷やすと

動けなくなる恐れがあった。あくまでも応急措置だ。

うがいを何度もさせるが、その度にカラカラと欠けた歯が洗面器に転がる。千草は心配そうな顔を見せないように黙々と止血に取り組んでいた。少年部の稽古などでもやり慣れた治療である。カンスケたちもなるべく大騒ぎしないようにしていた。

何も言わなくとも優作の目が試合中のそれだった。目だけで皆を見回して礼を言う。そしてまかしとけっとばかりに笑う。とにかく何度もうがいをして口の中をゆすぐのに忙しい。

それでも一言だけ、青山を見て言った。

「オス、先輩、ありがとうございました」

一瞬、ほんの一瞬であるが判定の途中、勝ったとか思ってしまった。気を抜きかけた瞬間を見逃さずに声を飛ばしてくれたのだ。

気を張ったまま延長戦へ臨むのと、ええ？勝ってたのに～、とか思って臨むのでは姿勢がまったく違う。

「バッカ、いいよ、それより……」

青山が向こう側の陣営に目をやる。胸の傷の治療後、血にまみれた道着を取り替えていた。気分も変わるし、なにより血まみれでは印象も悪い。そう考えてのことだろう。

「優作、替えの道着は？」

青山の問いに優作は当然のように首を振る。そこに気がいたらなかったのを恥じるように千草がすまそうに優作を見た。気にすんな、とでも言いたげに目で笑ってみせる。優作も胸元が真っ赤だった。

「ふぁっこなんざ関係ねえよ」

歯がかけたおかげで変な発音で優作が立ち上がる。

すでに杉山は試合場へ上がろうとしていた。

やおら青山が道着を脱ぎだした。

「優作、これ着ろ」

「え……？」

いや、いいっすよ、とか言おうとしたが、青山の目を見てやめておいた。

「オス、はりがとうございます」

礼を言って着替えた。

皆、口々に、それでも声高にならず背中を押し出すように激励する。

「優作、延長、また出鼻注意な」

「上ガラ空きだぜヒューサク、蹴っとこうよ」

「ハザマ、杉山は次は足捨てて来るぞ」

カンスケがシンヤが番場がそれぞれ言う。狭山は何も言わず、腕を組んでうんうんうなずき、江川も真剣な目で視線を合わせてきただけだった。

「お杉、ぶっちらばしてこい」

群斗が笑いながら送り出す。

一人ずつに礼をしつつ、軽くコツンと拳をぶつけていった。

「優作、ここで勝てないようじゃオメエ一生これ以上上がれねえと思え」

青山が最後にネジを巻いた。ギンッとした目つきで優作がもう一回、十字を切った。千草が黙ったまま拳を突き出してきた。ゴツン、と当てる。何か言っておきたいが言い出したら止まらなくなる。そんな表情だった。優作も同じだった。言いたいことも聞かせたいことも、すべては後だ。千年杉をブチ折ってきてからだ。

「勝ってくる」

小さくつぶやきながら試合場へ上がった。

青山は身長こそ優作より低いが肉の厚みは上だ。なので青山の道着は優作のものよりサイズが上だった。わずかに袖を詰めてあるらしく、突きが出しやすそうだ。このほうがゆったりしてていいな、今度からこのサイズにすっか、などと一瞬思いながら開始線に立った。

横目で杉山を見る。胸のテーピングより、左足の先のほうがカチカチに巻いてある。おそらくは序盤に放った上段前蹴りをヒジで受けられた際にでも指の骨をおかしくしたのだろう。

真剣勝負、弱いところを攻めるのは鉄則だ。

しかしそれでも足をひきずったりしていないのはさすがだった。番場の言うとおり、足を捨ててくるだろう。青山の言うとおり、王者とはいえこの手負いの杉山を倒せないようではこれから上には行けないだろう。

――前歯折られて鼻もおかしいけど関係ねえ、なにが、なんでも、勝つ！

「延長戦から再開します、構えてっ、はじめ」

号令よりわずかに早く杉山がつっかけてくるが、それより優作が早い。フライング競争だった。

杉山はもう足をかばわない。傷めたはずの左足で思いきり蹴ってくる。さすがは王者だ。

それを思いきりヒジで受ける。さすがに一瞬杉山の動きが止まる。そこを、突いた。突いた。突いた。突き込んで突き倒す。小細工なしだ。

それ以前に優作に小細工はできない。

杉山も真正面から来る。

無差別選手権、一回戦は本戦三分、延長二分までしかない。再延長もないし、型判定もない。延長が終わって引き分けであれば体重の軽いほうが勝者となるシステムだ。いくら連覇している王者とはいえ、黙って立っていただけで旗が上がるほど甘い世界ではない。

僅差かわずかに劣勢くらいであれば有名どこ

ろが勝ち上がるのは仕方ない。若手は噛みつき続けるし、有名どころもそんなに安穏とはしていられない。それが臥薪空手のトーナメントだ。

さっきまでは無表情だった杉山が鬼のような形相になっている。優作は最初っから全開である。一旦止まった鼻血も口からの出血もふたたび出てきていた。突く蹴る打つ前に出る、あふれ返って前に出る。

「ぐおおおおっ」

優作の雄たけび一発、完全無欠の抱っこちゃんの構えから風を切り裂き拳がぶちかます。

体重差は四十キロ。二回り以上も体格が違う。そんな相手に真正面から勝負に行く。その後ろ姿だけでもう千草はまともに見ていられない。それでも一緒に戦っている。一緒に拳を前に突き出していた。

すでに優作は痛みを感じていなかった。突く、突く、突く、突いておいて、蹴った。視線は下を向いたまま、真上を蹴ってやった。

蹴りをフェイントにしてまた突こうと思っていたのにまともに右足の甲に衝撃があってびっくりした。ふと見上げたら杉山も目を白黒していた。

「キャラッポッ」シンヤが飛び上がり千草が転げ回っていた。狂喜乱舞だ。

「ファンちき？」

目を泳がせたまま杉山が突いてきた。案外まともに効いたのか、目測を誤ったか、思いきり優作の顔面に炸裂した。ちょうど優作も突きにいこうとしたところだったのでカウンターのようにまともに入った。

ガクン、と膝を折り、マットに横たわる。

ッピイーーーーッ

一斉に笛が吹かれた。

「赤っ顔面殴打、注意……いちいっ……合わせて、減点、イチイイイイイッ」

一瞬、主審が躊躇《ちゅうちょ》し、だがすぐに宣言した。

減点一。技ありと同等のポイントだ。

奪取してしまった。反則とはいえポイントはポイントである。臥薪空手の試合ルール、本戦、延長と続いてゆくのだが、反則のポイントがその試合中常に適用される。本戦で技ありを取っても延長になればそれは無効となるが、今回のように本戦で注意一を取られていた場合には延長戦も注意一を取られたところがスタートとなる。

そういうわけで杉山は本戦、抱え込みで注意一回、延長の顔面殴打でもう一回、合計二回やらかしてしまった。有名人であればある程度は反則も見逃してもらえるが今回はさすがに難しかった。試合展開が派手すぎた。良くも悪くも盛り上がりすぎた。あまりにもあからさますぎた。そして優作のセコンドに青山、江川、番場に群斗という一流どころが顔をそろえたことから、かなり審判陣もプレッシャーになっていたようだった。

注意一回であればなんとか試合中の攻勢点で挽回できるが、減点一となればそうはいかない。最低でも技ありを取らねば勝てない。ちなみに減点二で失格となる。

「ううわ、やった……優作、立て立て、いけるか？　いけるな？　いけなくてもいけよ？」

一瞬舞い上がりつつ、青山がすぐに我に返って試合場に倒れ込んだ優作を励ます。

「ゆゆーさっく、気ぬくぬく……かこおおっ」

カンスケがもうとんでもないことになっていた。横ではすでにリミッターがはずれたシンヤが飛び回り、千草がお祈りをするように丸くなっていた。

「ハザマっ残り三十ないぞ、立てっ」

番場が珍しく顔を紅潮させてマットを叩く。

「ぶっちらばれっ、喰いちらせっ」

群斗も険しい目で叫んだ。

「ぐおおおあああっ」

さっきとは比べ物にならないほど口から出血した優作が上体を起こす。口の中を派手に切ったらしい。

このまま寝ころがりたいがそうもいかない。なにせ試合中なのだ。しかも殴られて寝かされるのは許せない。なにより、このまま優作が倒れたままであればまた試合が中断され、最悪の場合は試合続行不可とされたりしたら杉山が勝ち上がることになる。ただの殴られ損、やられ損だ。

「優作、流れはおまえだ、主役はおまえだぞ！」

青山が決死の表情で叫んだ。

「ユウーーーーー！」

千草も渾身の叫びで心を震わせた。

「まっかしゅとっけー！」

叫びながら立ち上がった。多少ふらつくがそれでも目のチカラは凄まじい。

「やります、やれます、やっときます、ぶっとばチラシュしまシュッ」

優作が立ち上がり、ここまできて終わりにされてたまるかとばかり、主審に叫ぶ。

杉山は開始当初の無表情に戻っていた。だが、それでもあふれんばかりの気魄が感じられる。連覇中の無差別王者が超本気モードだった。もう、倒すしかなくなった。背水の陣である。

「流すとか考えるなっ、考えてねえだろうけど」

青山が一応言っておく。

そう、このまま残り数十秒、逃げきれば恐らく勝てるだろうが、それでも最後の最後まで向かい合っていかなければ何が起こるか分からない。流して逃げきろうとかは、恐らく優作のことなので脳内にそんな選択肢はなかろうが、とりあえず言っておかないと不安だった。そんな知恵が回るくらいならこんなにみんな苦労していないし、愛されてもいないだろう。

「構えて、ぞっこお！」

優作がいきなり回転、後ろ回しだ。

杉山も防御は捨てて絨毯爆撃のように打撃を落としてくる。またもや優作の顔を拳がかすめるが、かっと目を見開き受け流す。

「杉山っ杉山っ杉山っ杉山っ杉山っ」

千年杉の名にかけて、無差別連覇の名にかけて、名門帝南支部の名を背負う王者にセコンド陣、応援団から津波のような歓声が飛ぶ。

「優作、はざまっ、っひゅーさく、優作、いわまっ、ゆう、ゆう、ゆう、ゆうっ」

こちらは若干まとまりがないが、それでも会場のアチコチからいろんな声が飛び交う。

時間もなく、ポイントを取り返せねばならない時、人間、やはり出るのは一番得意な技である。優作なら、ぜったい突きでいく。

杉山も突いてきた。千年杉の異名を取り、サイボーグ的な圧倒的な肉体を持つこの無差別王者もこういう時には突いてくんだ、そんな思いが一瞬優作をかすめた。ニカっと歯の無い口元をゆがめ、突きで迎え撃った。

——こおちとらあっ、番場先生のおっ、青山先輩のおっカンスケのシンヤのみんなのおおっ、グンカン先輩のおっっチイのおおおおおっ
もう何を言いたいのか分からないが、それでも思いのたけをぶつける。ドガン、と鎖骨が十五センチくらいへこむような突きを喰らっても

無視して打つ。

背中にデコボコと骨や肉が飛び出しているような錯覚におちいる。胸、腕、鎖骨、肩、肝臓、水月、腎臓、気骨、あらゆる箇所に超弩《ど》級の打撃が襲う。なんでもかんでもいい、無視して打つ、打ち返す。

背骨がねじれそうになっても無視して叫ぶ。胸骨がきしんでも無視して打つ。肋軟骨がひしゃげても無視して打つ。

拳を握っているのかいないのか、そこらへんも分からなくなっているが無視して打つ。何をされても何がどうなっても打つ。打ち返す。

バアシコーンッ
杉山がいきなり下段を蹴ってきた。まともに入れられた。腰に電撃が走った。前足、左足の股関節から先の感覚が消失した。

それでも打つ、突く。

——前に出ろっ
ガクン、と腰から落ちそうになるところをツッカエ棒のように右の拳を飛ばした。バスッと食い込ませた。杉山の右の腰の根元に、肝臓に食い込ませた。ぜったいのぜったいにコメカミに血管が浮いたはずだ。

「じゃおらっ」

「セッラーッ」

お互いに構えをとって気合をぶつけ合う。

まだ終了の太鼓は鳴っていない。最後の最後、大事な時間だ。とんでもなく大事な時間帯だ。ここで攻め込んだら勝てる、それくらい大事な時間帯、であった。

それでも優作は前に出られなかった。

いや、気持ちは前に出ていたし、優作本人も前に出る気は満々であった。それでも出られなかった。足が前に出なかったのだ。

理由は前足、左足の感覚が全くなくなっていたからだ。意識としてはもちろん、あるし、目にも見えている。だが、あの杉山の下段回し蹴りを喰らってから電撃が走り、感覚が途切れた。一歩も動けない。「動いたらやられる」とかそんな達人な武芸者めいたものではなく、足が文字通り動かないのだ。

完全に効かされた。正座をし続けると血行が悪くなり、足がしびれる、動けなくなる。例えるならそれが急に来たようなものだ。

さっき、まともに喰らい、崩れ落ちそうになったとき、とっさに手をつくように突きが出た。当たり前だが思いきり前のめりに体重が乗っていた。それがまともに杉山のレバーに入った。いくら筋肉で増強しようとも急所は急所、まともに入れば効く。ぐちゅうりとにしゃげるような感触がまだ拳に残っていた。

杉山も凄まじい表情をしている。いつもはこけている頬をパンパンにふくらませて目をまんまるに開いている。まるで優作を笑わそうとしているようだ。

しかしお互い笑っている場合ではないのは確かだ。

「最後っ、最後だ優作っ、ラスト十ねえ、最後だぞっ」

完全に声が擦り切れたカンスケが叫ぶ。

——動けねえ、足が動かないんだって、踏み出せないんだってっ

優作がガン焦りで心で叫ぶ。

「杉山先輩、ラストっす、ラストっす、オーラスっす」

向こうのセコンドも必死で声を飛ばす。

紙相撲のようにお互いのセコンドが声でトントン叩けば前に進んでくれる、そんな風な感じ

だった。

優作も目を見開き拳を構えるが、出ないものは出ないのだ。足が踏み出せない。出したらそこから崩れ落ちそうなくらい感覚がない。

それでも泡を吹き出しながら杉山が踏み出して来た。

――やべえええええっ
「ユウっ、だっこたまごっ、負けてもええから前でーーーっ！」

――出たるわいっ
最後の最後、杉山がやはり優作の左足を狙って下段回し蹴りを蹴ってきた。左足を上げてスネでガード、はしても流される。突く、突きしかないっ、でも胸も腹も遠い。

――とどかねえっ
でも突く！　そう、突くしかないので、突いた。思いきり、杉山の蹴ってきた足を突いてやった。

スネの上あたりのヒザの下に吸い込まれるように入った。

ガッキーン！

金属音とともに衝撃が優作の脳を揺らす。今度は右腕が完全にしびれた。まさか蹴り足に拳をぶつけられると思っていなかった杉山はきょとんとした顔をしていた。優作もびっくりしたような顔のまま固まっていた。

っピーーーーーーーーーーッ
――えっあ、反則？

あわてながら優作がキョロキョロ副審判を見る。旗は振られていない。

「しっかり立つっ」

主審に注意され、びっくりしたまま不動立ちになった。

「赤に減点一ありますっ、判定っ……取りますっ…………判定っ」

いいのか？　いいんだな？　取るよ？　判定取りますよ？　そんな不安げな表情で主審が号令した。

ピ……ピー……

試合場の四方の角にパイプ椅子で座る副審四人が一瞬であるが目を見合わせる。

――どっち？　いいの？　杉山上げなくてていい？　後で怒られね？　えんじゃね？　だって減点一あるっしい♪

どおおおおっと観衆がどよめいた。

旗が、割れていた。

赤ならば赤い旗を上げ、白ならば白い方の旗を上げ、引き分けの場合は下で交差させる。各色、旗が三本上がれば勝ちとなる。殴りっこという原始的すぎる競技であるが、倒せなかったときには多数決となる。

それがなんと、赤二本、白二本、であった。

はい、主審にまかせましたっ、そんな副審四人のニヤケ顔も浮かんで見える修羅場であった。先におこなわれた一瞬のアイコンタクトでこの連携は為された。

――くっ、きっさまらっ

主審をおおせつかっていた福島県支部長、佐藤俊太四十三歳が手に汗を握った。

中量級の体格ながら第八回無差別選手権で三位入賞し、その実績を買われて支部長就任となり順風満帆であった。東北、山形は鶴岡に生を受けて十四で飛び出すように上京して空手漬けの毎日から右も左も分からず会津《あいづ》磐梯山《ばんだいさん》を見上げて気合を入れてきた。気づけば会津美人の女子大生を妻とし、三児の父として後進を指導する毎日、この黄金の日々が未来永劫続くと信じていた。

無差別二日目、後半の準決勝、決勝ともなれば地方の支部長クラスではなく総本部主席師範やら地域本部長などの上層部が捌く決まりであった。だが、残念ながら今日この場この瞬間は初日、しかも一回戦であった。

さっきはらしくなかった。そんなことを佐藤が思った。さっきとは本戦での判定のことだ。思わず引き分けにしてしまったのは慣れない空気を読んだからであった。延長にしろ、分かってんな？　そんなオーラが本部席から出ていたのが分かったのだ。

ぶっちゃけ、前年までの王者である杉山の試合など圧勝だろうとか思っていたのに、この若手ががんばりすぎた。主審の身にもなってみてほしい。たまったものではない。勝たせていいのか、さっさと負けにしたほうがいいのか、もうテンパって分からなくなっていた。

それにこの副審連中ときたら、誰でもいいから三本上げてくれていたらっ。そしたらそれに添うように主審も乗れるのに赤白それぞれに旗二本ときやがった。

ポイントの開きは明白で、当たり前に採点したら減点一のある杉山の負けとなるが、その後の盛り返し、ダメージ、見た目、手数、それになんといっても場の空気が優先される。さっきの本戦は正直に言って面白半分……まではいかないが、それでもどこかに遊び心、というか無名のほうが上がれば面白い、という気持ちがあった。

そしてここからが本懐、であるのだが、臥薪空手の試合は覆らない。分かりやすくブッとばしての一本勝ちの場合は当たり前に覆らないが、判定の場合、時々、ほんのたまにではあるが審判も人間、時折間違いが起こることもある。あるいは、それこそ面白半分や判官びいき、知り合い、お友達判定、マニーなどなど黒寄りなものも含め、若干の素敵なサムシングがあったりする。

場内に不穏な空気が流れ、応援団は気色ばみ、選手は必死で拳を握る。後でどんなに紛糾しようが、一度判定が決定したものは覆らない。これは初代館長、早乙女礼門の言葉が残っているからだ。

——地運も実力のうちじゃ
ただ、この言葉の背景には、判定の結果なんぞどっちでも一緒、という考えがあった。つまりは原点にはやはり、直接打撃で倒してなんぼ、倒せない時点で五分《ごぶ》、後は運否天賦《うんぷてんぷ》である。

ただそれでも誰でも勝ちたい。腕っぷし、勢い、用意できる道具の予算、飛ばせる鉄砲玉の数を含めた貯金残高、人脈金脈動脈静脈、なにがどうあろうと、そのときに強いものが勝ち上がる。結果、勝ったほうが強い。

一応、そういう背景もあるので全日本を冠する大会の審判は出場選手の所属支部の人間が入らないように調整してある。急にものすごい重圧を感じた。

——ドドドドどうしよう？　来年には二人目の子が小学校上がるし……えっと、その、えっと……

そんなことを考え続けていたので溜めに溜め、選手関係者はおろか会場中の視線のレイザービイムを独り占めだった。肉厚に押されるように声を絞った。

「しゅ……しゅひん……ヒ……ひきわけえ？」

後半、疑問符だったのは責任逃れかもしれない。

地響きのような歓声が弾けた。主審の思わず放ったつぶやきを受けるかのように大会アナウンサーが進行させた。

「主審、判定、引き分けとなりましたっ、ということは無差別大会一回戦規定に則り、延長一回で引き分け判定の場合は体重の軽い方の勝利となります！」

ザンワアアアと空気が重くなった。佐藤の顔面が青から白になった。

「ゼッケン一二七番っ硲選手、当日計量、八十三キロッ、ゼッケン一二八番杉山、選手っ、当日計量っ……百！　二十一キロおおっ、りょりょ両者に十キロ以上の差があぁ……いいんですね？　失礼しました、両者に十キロ以上の差があるためっ、一回戦最終試合は硲選手……いいんですよね？　硲選手の勝ちとなります！」

阿鼻叫喚、狂喜乱舞、錯乱軒轟《かんごう》、とんでもない異空間が広がった。

「……勝ちっ！」

小さめ、であるがそれでもしっかりと主審が優作に勝ちを宣告した。

試合が終了してからここまですでに一分以上経過していた。このあいだ、優作も杉山もセコンド陣も関係者も、下手をしたら観客もみんなまばたきをしていなかった。

ブルブル震えながら勝ち名乗りを受ける優作に、催眠から解けたように会場全体がうねりだした。全日本無差別選手権、一回戦で王者が消えたのは二十六回、二十六年、四半世紀におよぶ大会歴史の中で初であった。

総本部の位置する館長席や、来賓席まで椅子が揺れる気配があり、臥薪マガジンの記者席は言うに及ばず、取材に来ていた一般スポーツメディアの記者も目の色を変えていた。

ケンカ空手、直接打撃を信条とする臥薪會舘の大会は、プロではないが、かなりニーズがあった。

「千年杉が倒されましたっ……あ、いえ、一本ではないですが、それでも完敗です、はい！」

「今回の大会レポート、増ページできませんかね？」

「牙城、墜つ……？　う〜ん見出しはこれかなあ……」

「さって、やばいなあ面白くなってきたなあ」

「千年王朝の牙城……こっちかなやっぱ」

デスクに連絡する者、ネットに速報を投げる者、さっそく総括を始めだす者、様々だ。それくらい初戦での王者敗退は一大事であった。

最後の最後は体重判定とはいえ、優作が終始押し込んでいた攻勢点が認められてこそである。

会場のざわざわ感も異様であった。各県、各地域の支部長、幹部クラスが飛び回り、どうせ一回戦は王者が勝つと思い込んで会場入りすらしていない人間に連絡を取りまくりすぎて一帯の通話が不調になったくらいである。

「杉山、消えたっ、負けました、一コケッ」

たいがいの第一声はそれだ。あっちこっちでコケコケうるさかった。

「はあ？　ニワトリか？　もう飲んでんのか？」

定番の返事だった。まだ日は落ちていない。わずかな沈黙の後、「まじか？　誰だ？」そして定番の質問だった。

勝ち名乗りを受けて杉山と握手を交わして試合場を降りてくる優作はまるで景色が変わったような錯覚に陥った。

会場中の視線が自分に集中しているのが分かる。あまりにも大人数の視線は物理的な重みすら感じる。重みと同時に四方八方から矢で射抜かれたような鋭い視線も感じた。

気圧されないように胸を張ってやった。ついでに、これは自然にだが笑みも浮かぶ。

天井からパラパラ雪の結晶のようなものも降ってきているように見えた。

——なんか、キラキラしてんだな……

一瞬とぼけたことを思いながら試合場の舞台の横に設置された五段ほどの階段をおりる。ゆっくりおりる。理由は杉山に左足を壊されたからだ。

まだ一回戦、次も次も次もある。効いた場所など知られたくない。慎重に、なんでもないふりを装いながら、一歩一歩確かめるようにおりる。はた目には勝利を噛みしめているようにも見えた。実際、それも少しはあった。

最後の一段を踏み外しそうになったとき、どっと囲まれた。青山もシンヤもカンスケも、千草も皆、なにを言ってるのか聞き取れなかった。

それでも言いたいことは分かるので、笑った。

グググググっと千草が震える。飛びつきたい！　抱きしめたい！　そう顔に書いてあった。

ふらつきながらも不動立ちになり、胸の前で正拳を交差させて十字を切った優作が叫ぶ。

「押忍っ帝西、番場道場っハザマあっ、一回戦！勝ちましたああっ！」

どっかーんと歓声が爆発する。四方八方、さらには宙空から抱きつかれてえらいことになった。

なんとか控え室へ戻ったがそこでも大歓声であった。番場も群斗も青山も、全日本級も祝福してくれた。

控え室へ向かう通路でも各支部の人間の視線、幹部連中の驚いた顔、みながみな、優作を見ていた。

みんなが見ていた。全員が見ていた。

一人一人に視線を飛ばして、どんなもんだ、と言ってやりたい気分であった。というか実際に思いきりあちこちをキョロキョロ見回しながら自慢げに拳を突き上げて笑っていた。

試合場を降りて花道を控え室へ戻る道中、知らない人間に次々話しかけられ、握手をねだられた。年のいったのも若いのも男も女もいた。ついでにテレビのレポーターのインタビューまで来ていた。ダイジェスト版であるが、毎年、臥薪會館全日本無差別選手権は深夜に放送されており、安定の視聴率をたたき出している。そんなわけで女子アナも普通に用意されていた。

優作が今まで生で見たことのないくらい手足と腰の細い女子アナウンサーとかいう美人さんにいろいろ聞かれたが、緊張してオス、オス、としか答えられなかった。とてもいい匂いがしたことは確かだ。ものすごいカメラのフラッシュ、そしてテレビクルーの照明に目がくらみそうだった。スーパースターになったような気分だった。

「おおおおうっ優作うう、優作っ」

さすがのさすがに狭山が感極まっていた。あまりの偉業にふざけるすきまがなかったらしく固まっていた。ありがたい。

「いやあ、勝ちましたーっはっはーっ、まかしたってくださいい、オレについてこいっ」

左手を大きく振り回しながらはしゃぐ優作を、カンスケたちセコンド陣がかつぎあげるように奥のブースへ放り込んだ。いきおいで青山、江川、サッチンも巻き込まれ大騒ぎだった。

「冷やせっはやく、氷、水っ」

「あいあいさっ」

「っせっからタオルと、オレンジ、いやアップルジュースっそれとバナナ」

「ええ？　オレ、おにぎりのほうが……」

「だあっとれえっ」

千草が吠える。

「んだよお、言っとくけどオラア千年杉倒したんだぜ？　優しくしろよな」

ふんぞりかえる優作に、やっぱりか、とでもいうような表情でカンスケたちが視線を交わす。

浮かれていた。それは分かる。仕方ないと思う。

調子に乗っていた。当たり前だ。王者を倒したのだ。

今まで、二十六回に及ぶ無差別選手権の歴史上、王者交代がなされた刻《とき》にはそれまでの王者を倒した人間が次の王者となっていた。常にそうだった。だが大抵は決勝で倒していた。前年までの王者が一回戦で敗退することなど歴史初なのだ。

調子に乗るのは仕方ない。たいがいの人間は調子に乗るだろう。そうなのであるが、よりにもよってこのとき、一番調子に乗せたらいけない人間が調子に乗っていた。

「なに？　えっとこれからは優作サマって言っていただかないとお話できませんよ～、ワリイけどマネージャーさんとか通してくれねえとコメントできませんからっ、うふ？　サイン？　どおしよっかなー、かいちゃおっかなー？　プレミアッっすよ～？　鬼レア、みたいな？」

誰も聞いていないのに延々しゃべりつづけていた。

「カンシュケええ……なにヒューサクどうなってんのよ？」

「ボクに聞かれても……」

シンヤとカンスケがヒソヒソしながら千草を見やる。

「うち、見んなっ！　……えっと、オス、ああ、あの調子に乗ってしまってござるっ」

非常に申し訳なさそうに千草がこうべをたれた。ハラキリでもしそうな勢いだった。

「どおすんだよっ？　あ、すまん、オレもうすぐ二回戦だわ」

「あわわ青山先輩ずっりっ」

さっさと立ち去る青山の背にシンヤが文句を言う。

「うっせっ」

弟分である優作の偉業はそれとして、自身の試合が大事なのは言うまでもない。

「こほん、智くん、そろそろでなくて？」

「そだね」

棒読みのようなセリフから二人してトテトテいなくなった。

「サッチンっ、江川わわわ……」

青山に触発されたかのように江川とサッチンもくさい芝居をはさんで消えた。江川ももちろん試合があるのだ。仕方がない。あるわけない。

「きみたちねえ？　いい？　言っとくけどさ、カラテってのはね？　おら、そこのバカ、聞いてんのかあ？」

優作が完全にどうかしている感じで、なぜか床に正座しているシンヤに蹴りを入れる。

「うわうう……」

蹴られるままにあたりを見回すが、すでに番場も群斗もおらず、いつもの顔ぶれだけだった。

肩もめ足もめ水飲ませ、冷やせだの冷やしすぎだのもうウルサイコトこの上ない。しかも今後のスケジュール、テレビ、雑誌の取材の順番を決めたり、女子アナウンサーとのやりとりの練習をしたり、ドラマや映画の話が来たらどうしよう？　だのとバカ丸出しのテンションだ。さらには自伝のタイトルまで考えはじめる始末であった。

　だんだんとみんなの目が冷たくなってきていた。しかしそれでもこの場では選手が王様、一番偉い。なにがなんでも一番偉いことは間違いない。さらに言えば王者を倒した。すなわち、少なくともこの場、この瞬間の最大風速はマックスであった。裸の王様であったがそれでも王様は王様だった。

「あ、あの、優作さま、そろそろお時間が……」

　カンスケがコップに水を足しながら言いにくそうに言う。

「ああん？　聞いてないよお？　きみい、困るねえ」

　パイプ椅子にふんぞり返り、千草に肩をもませてシンヤにタオルで団扇《うちわ》代わりにあおがせていた。よくみんなキレださないものだがここはやはり次の試合、二回戦がすぐに控えているからだろう。

　なにはともあれ強い、ということは大事だ。とにかくまずは強いことが大前提ではある。だが、この場合は、調子に乗りすぎていたのは間違いない。

「そろそろ行かんと怒られるで」

　不機嫌そうな声で千草が言う。肩を叩く手で後頭部をはたきそうだ。しかもグーで。

「ヒューシャックウうう、もういいだろお？　疲れたよお〜」

　シンヤも泣き声だ。

「しっかたないなあキミタチ、まあボキの試合を心待ちにしてるファンが待ってるというのであればっ、行ってあげないとねっ？」

満面の笑みでうなずきながら立ち上がる。

「ほら、聞こえてこないかい？　あの大観衆の声が……」

耳を澄ますしぐさで目を閉じてうっとりしながら優作が語りだす。

「ボキの時代が来た……う～ん、どうしよ、このまま勝ち上がるだろ？　そらもうモテモテじゃんよ？　芸能人とかも寄ってきたりしてだな、あ、そっか、もう街とか歩けねえよな、いっつもグラサンいるにょりん？　イテっ」

しびれを切らした千草がケツを蹴とばした。

「なにすんだよっ」

「はよ行け、時間がない」

「……ったくっ、覚えとけよ？」

ぶつくさ言いながらやっと試合場へと向かいだした。

控え室を出て廊下を歩き、試合場への花道でもあちこちから声が飛ぶ。もう完全にニューヒーロー誕生だ。と優作は信じきっていた。

実際に異様なうねりは会場にあった。

かなりの大物風な感じで胸を張って悠々と歩を進めながら手を振って歓声に応える。かなり慇懃《いんぎん》でヤな感じなのだが、本人は全く気づいていないのが優作だった。観客席に行った千草もセコンドのカンスケたちも恥ずかしそうに小さくなっていた。

「さってっと、フフフ、小指一本で倒してくるかな？　ニューヒーローとしてはそれくらいのことは期待されてるよね？」

たまりに座り、水を飲みつつヘラヘラ笑う。

「おら、聞いてんの？　突きで倒すほうがいいかな？　蹴りで派手にやっちゃう？　なあなあなあ？」

横に座るシンヤの肩をバシバシ叩きながらほえたおす。シンヤは必死でカンスケに助けをこうがどうしてもやれない。それでも少しは気が逸れればと思いつき話しかけた。

「えっと、一応、その、優作サマ？　次の相手は広島、呉の弦巻選手、杉山選手ほどじゃないけどかなりリーチがあって……」

「あん？　だいじょビッ、ズバっと決めてくっからっ！　祝勝会の準備はじめとけっ」

カンスケのアドバイスにまったく耳を貸さずに立ち上がった。

「ゼッケン一二七番、硲選手っ」

アナウンサーの声に大歓声が上がり、威風堂々、優作がマットへ上がる。思いきり胸を張り、あたりを見回すようなしぐさでアゴを突き上げ進んでいった。


五分後。

「ったくよお～、もおよお～ヒューサックはもお～ねえ？」

またまたタオルで仰ぎながらシンヤがあきれ声を漏らす。

そう、漏らすという表現がぴったりであった。開始七秒、上段回し蹴りで失神ノックアウトされた。帝西支部番場道場、硲優作、無差別選手権二度目の挑戦は、二回戦敗退、であった。

試合開始早々に大物ぶって構えを大きく取り、かかってきなさい、ってな感じで前に出した手でクイクイッとやった。相手の弦巻選手は一瞬カチンときた様子でステップを踏む。重量級選手、一八五センチ、九十キロであるが足を使い、スピード重視の組み手で地元の大会を勝ち上がってきた二十五歳だ。背筋を立て、右手を大きく伸ばして構えを取った。

足が速い。高校時代まで短距離の選手でインターハイまで行った。

「ふゅーーーーっ」

長い吐息で攻めに入るタイミングを見据える弦巻。五メートルを一気に詰め、蹴る。

左構えで両手のガードを腰まで落としてリラックスした上体からステップ、後ろ足でマットを蹴って移動してすべるように奔《はし》る。そしてそのまま勢いを利用して相手と交差するように蹴りを放つ。

様子見、というかファーストコンタクトで派手な蹴りをかまして主導権を取ろうとした。とにかくビビらせればラッキーッ、くらいな気持ちで出した蹴りがクリーンヒットし、弦巻のほうがビビった。

まともに喰らった優作はそのまま失神、担架で医務室へ運び込まれた。もうみんなあきれ果てて何も言えなかった。

さらに言えば、前歯が全滅となり、鼻骨も骨折、さらには杉山戦の最後に蹴りを迎撃した突きのせいで右肩も脱臼していたことが判明した。本来であれば一回戦が終わった時点でドクターストップもありえた状態でもあった。

杉山戦後、ダメージより疲労よりなにより王者に勝ったという嬉しさが上回り、完全に怪我のことなど飛んでいたようだ。

失神から覚めてやっと正気にも戻ったらしき優作はベッドの上で正座していた。

「えっと、あのお……インタビューとか取りに……」

まだ戻りきっていなかった。

「まだ言うか?」

「総長っ、すとっぷすとっぷ」

まだ調子にのっとる、とばかりに殴りかかろうとする千草を必死でカンスケが止める。一応は頭を蹴られて失神したので打撃はまずい。

「んだよお……その、あのお、オレ、負けた……ですよね、はあ、やっぱり、はあ……」

負けた、のところで千草に頭蓋骨が歪むほど睨まれて後半途切れた。

「いやあ、アハハ、やっちゃいましたか……ねえ？」

「ほんっとにねっ、やらかしてくれましたわよ優作サマはよっ」

カンスケがイヤミたっぷりに言えば、

「心臓止まりそうな試合した思たら気イ狂いそうな試合してくれたり、もおおおおお」

千草も顔をしかめながら文句を言う。

「オス、あの、まあ返す言葉もないっしゅ……」

捨てられた子犬のような目で優作が小さくなっていた。とにかく気を惹こうと千草の上着の端をつかんで離さない。ときどき上目づかいに見上げて泣きそうになっていた。千草も千草でときどき振り払おうとするがそれでも本気で振り払ったりはしていなかった。

「でもまーよー、ヒューサックッ！　面白かったぜヒャヒャヒャヒャ！」

アグラをかいたままタオルを振り回していたシンヤが高々と笑った。つられてカンスケも千草も苦笑する。

確かに面白いか面白くないかと言われれば、面白かった。天国から地獄、一気に神くらいまで昇り詰めかけて急降下した。ある意味、とてもとても優作らしい話だった。もう戦闘機並に高低差を感じさせてくれたのはさすがである。

やっと一息ついた優作であったが、この後、当たり前のように二回戦を勝ち上がってきた青山たちに囲まれて、核融合でも起こしそうなくらい説教された。

今大会で優作は、間違いなく「調子に乗りすぎると痛い目に遇う」という教訓を学んだ。普通であれば十歳までに学ぶことであった。

大波乱の第二十六回無差別、優勝したのはなんと弦巻であった。さっそく、「竜巻」の異名を取っていた。

初日の二回戦で優作を倒し、二日目へ進んだ弦巻は、鹿児島の波乃平、岐阜の小松を粉砕して無人の野を往くがごとく勝ち進み、決勝では満を持して調整してきた総本部の白虎、田山をも撃破、見事優勝した。

つねにフットワークを使ってステップし、試合場を円を描くように回り続ける新しいスタイルであった。そしてありえないような遠い間合いからすべるような足さばきで蹴りを放つ。ほんとうに飛び道具でも持っているかのようだった。

その回転に巻き込まれたら最後、倒される。そこから付けられた名が竜巻であった。

体重別王者として今大会に臨んだ青山と江川であったが、そろってベスト8に終わった。それでも二人とも着実に去年よりも順位を上げてきていた。

今年は三位に終わった群斗であったが、それでも収穫はいろいろあったらしい。試合後、顔を合わせたときに優作を見てゲラゲラ笑いながらもいろいろとアドバイスしてくれてまた親近感が増した。こんな理由で増している場合でもないのだがそんなものだ。

「今日はやられてても、次、倒しゃいいんだ。最後の最後にぶっちらばしゃあ、いんだよ」

そういうところの切り替え方といおうか、気分の変え方はかなり勉強になった。

「まあた初日で消えちまったかよおう」

閉会式も終わり、大会の看板撤収の風景をぼんやりみながら優作がつぶやいた。

もう皆、帰り支度をしていた。

この後、歯と鼻骨と肩の治療のために病院へ行かねばならない優作は付き添いの千草の手を握りながらだった。右肩は三角巾で吊っているので左手で手をつないでいる。左手でつなぐのはいつもどおりだった。

「保険証よし、えっと検査して、今日は泊まりになるかもしれんから、着替えも……っと、あん？」

「つめてえよ、優しさに飢えてるんだよ、おれあ？」

すでに仲間たちは言いたいことをしこたま言いまくり、打ち上げへと移動していた。

初戦、初日の昨日も昨日で敗戦直後に説教を喰らったが、大会終了後ということであらためて選手、関係者、幹部連中、さらには少年部にまで説教を喰らった優作だった。ライバル（？）俊平、十一歳には試合に臨む心構えから教えられた。ド突き回したかったが背後に千草がいるのでできなかった。みんながみんな、口角泡を飛ばして、メガトン級にいろんなことを言い置いていった。

さすがのさすがに今日は打ち上げに参加は無理らしい。単純にさみしい。かなりへこんではいたが、それでもやはり皆、口々に杉山を倒したことを賞賛はしてくれた。

だが、それでも冷静になって考えてみれば勝ったといっても体重判定である。勝ちは勝ちだ、胸を張れ、そうビッグバンは言ってくれたが、それでもブッ倒したわけではない。ささくれのように胸に刺さったままだった。

「ユウ」

千草が手を思いきり握る。

「胸はりい」

まだうつむいたままの優作だった。

「えっと、そのお、強敵に勝った後であっさり負けるトコがスラムダンクみたいって言えないこともないいんやし」

「何を言ってる？」

「励ましとんっ！」

「すんまそん……」

「……だいたいがっ、いっつも前しか見とらんっちゅうか、前も見とるか怪しいけど、そこがっ……」

「好き？　デえへへ……、あ、すんまそん……オス」

ギッと睨まれ、またうつむいた。

「そうだ、前歯さあ、試合の保険で入れられるそうなんだけど、ワッシーって金歯じゃんか？　あれに対抗して銀歯とか」

「別れたいん？」

「いえ」

流れを変えようとホガラカトークは空振りだった。ちょっと反省した優作の手の温度がさらに上がる。

「もうっ！」

握ったまま手をブン、と振った。

「はっ」

優作が握り返し、さらに強く振った。

「心配しなさんなっ」

「してねーよっ」

言いながら歩きだした。会場を出て、靖国通りに向かう。

チラチラと粉雪が舞っていた。晴れていたのに雪が舞う、珍しい現象だった。

「ロマ……」

ンチックかもねえ……とか言いそうになって横を見たら優作が必死で雪を食おうと口を開けていた。少しだけ、ほんの少しだけ考え込んだ千草がため息交じりに文句を言おうとしたとき。

「見とけって、来年！　見とけって、ずっと見てててくれって！」

上を向いたまま口を開けながら空に吠える優作の手が汗ばんでいた。

「見といたるって！」

千草も笑いながら空に吠えた。

キラキラ、していた。

この作品はフィクションです。実在の人物や団体などとは関係ありません。

著者プロフィール
凪田 暁彦（なぎた あきひこ）
京都府出身。
平成元年に上京、ラヂカルでエクストリームな
いろいろを体験。
その後、東海地方その他を転々とする。

青拳物語

2019年12月15日　初版第1刷発行

著　者　凪田 暁彦
発行者　瓜谷 綱延
発行所　株式会社文芸社
〒160-0022　東京都新宿区新宿1－10－1
電話　03-5369-3060（代表）
03-5369-2299（販売）

印刷所　神谷印刷株式会社

ISBN978-4-286-20796-4